LA CLOCHE D'ISLANDE

LA CLOCHE D'ISLANDE

HALLDOR KILJAN LAXNESS

LA CLOCHE D'ISLANDE

roman

Introduction et traduction de l'islandais
par
RÉGIS BOYER

GF
FLAMMARION

Titre original : « Islandsklukkan ».
© Halldor K. Laxness, 1943.
Traduction française et introduction
© Unesco, 1979.
© 1991, Flammarion, Paris.
ISBN : 2-08-070659-4

INTRODUCTION

Trois personnages dominent cette vaste fresque dont aucun Islandais vivant ne songerait, un seul instant, à douter qu'elle ne soit la plus grande œuvre écrite dans sa langue à l'époque moderne : La Cloche d'Islande. *C'est d'abord le paysan Jon Hreggvidsson, noir de poil et (peut-être?) de conscience, têtu, gaillard, paillard, sarcastique, sentimental, sordide, sublime, indécrottable et indomptable, fustigé, rossé, affamé, vilipendé, glorifié. Et vivant, prodigieusement vivant. Puis Snaefrid Eyda-lin Björnsdottir, la vierge claire, la femme-elfe, l'irréelle sylphide digne des rêves de Chateaubriand, l'une de ces « majes-tueuses filles de Vikings » que le bon Xavier Marmier, voici plus d'un siècle, ne se lassait pas d'admirer « tant elles sont belles à voir passer sur la crête de la colline, avec leur taille élancée et leurs longues boucles de cheveux blonds tombant sur l'épaule ». Et enfin Arnas Arnaeus qui est la science et la conscience, la mémoire et le savoir. Sur chacun d'eux pèsent de tout leur poids l'histoire, la légende et le prestige de l'Islande, tout ce qui fait la gloire non pareille de ce peuple minuscule (il compte tout juste deux cent vingt mille habitants aujourd'hui pour une superficie qui représente le cinquième de celle de la France; il n'atteignait pas cinquante mille âmes à l'époque où se déroule le roman, c'est-à-dire au début du XVIIIᵉ siècle) demeuré exemplaire à plus d'un titre.*

Lire un tel livre, à la fois historique — encore que librement romancé — épique et dramatique, c'est bien plus que se plonger dans une atmosphère tant soit peu exotique et découvrir un décor, une action, une époque et un univers fascinants. C'est aller aux sources mêmes de notre civilisation et de notre culture, en leur esprit, c'est vivre quelques-uns de leurs maîtres mots, ici lourds de chair et de sang, et qui s'appellent indépendance, liberté, dignité, honneur, courage. Car il n'a jamais été facile d'être Islandais. Et Laxness, prix Nobel en 1955, qui serait apprécié chez nous à l'égard de Cervantes, de Zola, de Tolstoï ou de Hamsun s'il n'était Islandais, le sait mieux que personne.

Car enfin, qu'est-ce qu'être Islandais? Et comment peut-on

7

l'être? Il n'est guère possible de comprendre et d'apprécier à leur juste valeur La Cloche d'Islande et son auteur sans posséder au moins quelques éléments de réponses à ces questions. Force m'est donc de convier le lecteur à un exposé aussi bref que faire se peut de faits qui doteront d'une profondeur et d'une vérité plus grandes encore Arnas Arnaeus (qui tire le meilleur de lui-même d'un authentique Islandais, Arni Magnusson le collectionneur de manuscrits, 1663-1730), Snaefrid Björnsdottir (le nom de son père, Eydalin, rappelle celui du gouverneur Pall Vidalin qui exerça ses fonctions au début du XVIIIᵉ siècle. Quant à elle, elle est à peine inventée : de 874 à 1976, elle n'a cessé, belle comme les neiges, d'inspirer les scaldes) et Jon Hregg-vidsson, personnage historique, lui, dont les aventures réelles ont pu être l'incitateur initial du roman.

Les Norvégiens mâtinés de Celtes qui découvrirent et coloni-sèrent l'île, à partir de 874, après de fantastiques traversées de mers particulièrement dangereuses sur leurs extraordinaires bateaux, ne pouvaient qu'être des hommes d'une trempe peu commune. Fuyaient-ils des tyrannies locales? Tentaient-ils d'échapper à des conditions matérielles difficiles? ou, tout simplement, obéissaient-ils sans broncher à cette loi d'aventure comme imprescriptible qui les chassa, eux et leurs pairs, d'un bout à l'autre du monde connu, et même au-delà, entre 55ᵉ et 70ᵉ parallèles de l'hémisphère nord, trois siècles durant? Tout cela, ensemble, sans doute. Ce sont les Vikings, les prestigieux (et si mal connus de nous) Vikings de nos terreurs médiévales ou de nos rêveries contemporaines. Il ne leur faudra qu'un siècle pour pousser plus loin vers le Groenland, vers l'Amérique aussi, probablement, labourant de leurs proues toutes les mers, tous les fleuves, du Labrador à Byzance, du Spitzberg à Samarcande et du Ladoga à Cadix.

Et sur place même, ce fut bien autre chose. Dès 930, ils se donnaient un système politique sans équivalent, que ne recouvrent exactement ni notre concept de démocratie ni notre idée de répu-blique, mais qui respectait parfaitement leur double idéal de liberté et d'honneur, et dont l'expression fut cette sorte de parlement en plein air ou Althing dont il sera tant question dans le roman de Laxness, installé dans ce cadre maintes fois amoureusement décrit de Thingvellir, grandiose, sauvage, incomparable et, en toutes saisons, transfiguré par l'incroyable lumière du Nord. Avec cela, une législation d'une impensable minutie mais en même temps respectueuse à un point surprenant de la dignité de la personne humaine, une administration souple et fondée avant tout sur les relations d'homme à homme (les godar, dont héritent, dans le roman, ces « chefs de districts à l'ancienne mode » comme Vigfus Thorarinsson).

Respect de l'être humain, amour de l'indépendance, attention à la loi, dynamisme : il manque encore le plus beau fleuron, qui n'a pas fini de nous étonner. Dès que l'Église, qui s'installe définitivement dans l'île autour de l'an mille, les met en état de le faire, les Islandais entreprennent de consigner par écrit les anciennes traditions et légendes de leur vieux patrimoine nordique, ils se mettent à composer les chefs-d'œuvre de la poésie scaldique dont l'élaboration, le raffinement et la maîtrise formelle n'ont été que rarement égalés ailleurs, et rédigent enfin ces joyaux de prose narrative, épique et dramatique que sont les sagas : le secret n'en a jamais vraiment été retrouvé malgré les exégèses les plus passionnées, elles pourraient avoir été écrites hier. Eddas, scaldes, sagas : que l'on essaie d'imaginer (c'est à peine vraisemblable, mais c'est ainsi, il n'y a pas d'autre solution) tout un peuple lisant, composant, copiant, déclamant — et sans lui, tout ou presque tout serait perdu du trésor spirituel, intellectuel et artistique des peuples nordiques et germaniques; voilà l'Islande du Moyen Age. Mais qui sait, chez nous, que sa littérature est certainement la plus riche, sinon la plus importante, de tout l'Occident, entre X^e et XIVe siècle?

Il s'y ajoute que, dès le début, les Islandais eurent à cœur de confier au parchemin ces textes poétiques ou en prose et qu'ils enluminèrent amoureusement ces superbes manuscrits qui jouent un rôle si éminent dans La Cloche d'Islande. Sans doute avaient-ils déjà le sentiment plus ou moins confus d'être les conservateurs de la « langue danoise » ou « norraine » comme on appelait alors le vieux norois; sans doute encore, insulaires conscients de s'être donné une destinée exceptionnelle, ressentaient-ils intensément la valeur du nationalisme impénitent sinon farouche qui leur donnera, par la suite, la force de défier les traverses de l'histoire : ils étaient créateurs et gardiens d'un trésor artistique et littéraire sans égal, dépositaires vraiment, comme le veut Laxness, de « l'âme des pays du Nord » ancien. Quelle gloire vaut celle-là? Comprend-on que, dès lors, et pour les siècles, toute leur grandeur reviendrait avant tout à une fidélité?

Par là se trouve justifiée d'abord Snaefrid. Plus que tout autre héros du livre, elle est l'esprit même de son peuple, elle se confond avec lui, malgré ses propres inconséquences, elle en incarne la légende, dorée comme sa chevelure ou ce halo solaire qui la cerne (lorsque Laxness adaptera son roman pour la scène, il donnera au drame qu'il en aura tiré un titre repris du roman même et qui s'entend selon diverses harmoniques : Snaefrid soleil d'Islande, 1950). Elle est l'âme impérissable des anciens jours et plus encore qu'il y paraît : l'archiprêtre Sigurd a clairement été conçu pour lui servir d'antagoniste, on pourrait dire même, de révélateur. Il représente, à tort ou à raison, des impératifs d'austérité, de négation de soi et de refus qui s'opposent violemment à cette gloire de vie et de légende. Il est ce « non » que ne prononce jamais l'altière Islandaise. En fait, dans l'Islande devenue, de force, protestante, ascétique et dogmatique, il n'est pas chez lui. Il vient d'ailleurs, disons qu'il symbolise des temps nouveaux, étrangers.

Les temps nouveaux, pour l'époque où se déroule l'action, cela signifie aussi l'ère la plus noire de toute l'histoire islandaise. Et c'est ici qu'il faut être averti de l'évolution des faits, si l'on veut entendre correctement la cloche d'Islande lorsqu'elle se brise sur le sol, détachée par le brigand Jon Hreggvidsson du pignon de la maison de la Lögrétta.

Car l'âge d'or islandais a commencé de tirer à son déclin à partir de la date (1264) où, minée par des rivalités inexpiables entre grandes familles (cela est conté tout au long dans la collection intitulée Sturlunga Saga et rédigée au tout début du XIVe siècle) l'île perd son unité et son indépendance pour passer sous la couronne norvégienne. La voici tributaire, à tous les sens du mot, et exploitée. C'est le début de ce que l'on appelle « la longue nuit » islandaise qui durera jusqu'à la fin du XVIIIe siècle, sinon davantage, d'autant que la Norvège elle-même, dont l'attachement sentimental à l'Islande restait grand, deviendra bientôt simple territoire danois et que les liens entre l'île et son suzerain seront de plus en plus lâches et négligés.

Et voici l'Islande férocement isolée, reléguée aux confins du monde, absolument dépendante (elle n'a plus de marine) du bon vouloir des armateurs, navigateurs et commerçants danois. Lesquels, s'étant arrogé le monopole exclusif du commerce avec l'île, à la fois lui extorquent ses seules ressources importantes, hier comme aujourd'hui, poisson et huile de baleine, et lui refusent ou lui mesurent parcimonieusement les matières premières indispensables à sa survie, dont le bout de corde que vole Jon Hreggvidsson est le symbole lourdement ou tragiquement ironique; sans compter qu'ils cherchent à la vendre en effet, à plusieurs reprises, et qu'ils ont même effectivement songé à en déplacer toute la population, pour en finir : il faut se rappeler que si Laxness n'écrit pas à proprement parler de l'histoire, presque rien de ce qu'il avance n'est dépourvu de fondement.

Encore n'est-ce pas là le pire de ses maux. Qu'elle ait un gouverneur danois résidant à Copenhague et se souciant d'elle autant qu'un poisson d'une pomme, qu'elle soit livrée pieds et mains liés aux trafiquants de la « Compagnie » ne suffit pas à son malheur. Le Danemark l'a, volontairement ou non, coupée brutalement de ses sources vives en lui imposant avec une rudesse sans équivoque la Réforme et en décapitant, en 1550, le dernier des grands Islandais de la vieille roche, l'évêque Jon Arason et ses deux fils.

Et le ciel, avec ou sans majuscule, s'acharne. Asservi, bafoué, nié, le peuple islandais subit aussi, plusieurs siècles durant, une incroyable série de catastrophes naturelles : famines, hécatombes de bétail, épidémies, la « Mort Noire », le scorbut endémique, sans parler d'effrayantes éruptions volcaniques, de tremblements de terre ou de raz-de-marée assassins. Ici, Laxness n'a nul besoin de pousser le tableau au noir. L'Islande est véritablement écartelée.

Et ici interviennent conjointement Jon Hreggvidsson et Arnas Arnaeus. Comme Snaefrid, mais de façons bien différentes, ils résistent, ils disent non. Jon incarne la fantastique obstination, le formidable vouloir-vivre d'un tout petit peuple qui se sait confusément grand puisqu'il descend de Gunnar de Hlidarendi, le magnifique héros de la plus belle de toutes les grandes sagas du XIIIᵉ siècle, la Saga de Njall le brûlé. Torturé, malmené, nié, c'est un symbole parlant. Mais il est aussi le seul véritable

11

triomphateur de l'histoire, il est d'ailleurs présent au dernier comme au premier chapitre du cycle romanesque. Il n'a pas déchu. Il n'a pas cédé. Il avait, pour survivre, ses *Rimes de Pontus l'Ancien*, l'âme in nuce de son peuple, un commerce ininterrompu avec les géantes, les trolls, tout un folklore littéralement vivant ainsi que l'amour, frustre mais sans réserves, qu'il voue obscurément à sa Demoiselle-elfe, Snaefrid. Je l'ai dit : il a réellement existé et son éternel procès figure toujours aux annales. Mais on notera bien que c'est au nom de son honneur qu'il lutte, qu'il résiste. L'honneur de l'Islande, des pauvres, des petits — on dirait aujourd'hui, des minoritaires, qui est de s'opposer, de rester enfoncés, comme une écharde dans la chair, dans la bonne conscience des nantis, des puissants, des grands.

L'autre façon de dire non, c'est celle, plus subtile, d'*Arnas Arnaeus*, en vérité *Arni Magnusson* qui passa sa vie et dépensa sa fortune à recueillir par toute l'île les prestigieux manuscrits d'autrefois. Lui, allait directement à l'essentiel tant il reste vrai qu'ici par excellence, les précieux vélins étaient et demeurent pierres vives. Qu'il ait profité de l'accession au pouvoir, en Danemark, de souverains plus libéraux pour tenter d'inventorier et d'améliorer la condition de son peuple est exact également, tout comme est authentique cet incendie de Copenhague, en 1728, qui détruisit une partie de sa collection et où il fit en effet preuve d'une inexplicable nonchalance au moment crucial. Et, en un sens, il pourra apparaître comme le grand vaincu de toute cette histoire : amant malheureux, savant raillé, collectionneur spolié. Mais ce n'est que vue superficielle et notoirement insuffisante : il a, comme le dit expressément le texte, Jon Hreggvidsson car c'est bien lui qui, de bout en bout, a soutenu sa querelle et l'a menée à bien. Et il a, il a eu, il garde, même s'ils ont en partie disparu, l'âme de l'Islande, cachée dans ses grands manuscrits. La preuve en soit le fait que, lorsqu'en 1971, le Danemark accepta de restituer à l'Islande les glorieux codex, la fondation et le bâtiment destinés à les accueillir à Reykjavik portèrent son nom : Fondation Arni Magnusson. Par là, c'est-à-dire par Jon et par les livres, Arnas Arnaeus a l'honneur de son pays : l'honneur vivant, en la personne de Jon dont il a soutenu la cause, juste ou injuste (n'importe! il ne s'agit pas de savoir s'il est criminel ou non, mais bien si l'on a le droit d'écraser un peuple sans aucune défense apparente), l'honneur pérenne, par les manuscrits qu'il a exhumés, ressuscités, redonnant vie de la sorte à cela seul qui ne doit, qui ne peut périr : le souffle, l'esprit, la poésie, étymologiquement et spirituellement créatrice. La Cloche d'Islande dépeint, en dernière analyse, la superbe victoire de l'esprit de poésie sur le sort : le premier chapitre de la troisième partie dit assez clairement que quiconque a vu un jour l'Islande surgir de la mer après une éprouvante traversée en bateau comprend définitivement que ce pays n'est pas à vendre. C'est suggérer d'une autre façon qu'il a une âme impérissable car, en bon Nordique, Laxness ne sépare pas le décor de ses habitants et il a précisé ailleurs, dans un de ses derniers romans : « Qui ne vit pas en poésie ne saurait survivre ici-bas. »

Ajoutons, pour satisfaire la curiosité du lecteur, qu'une ténacité si fantastique finira par porter ses fruits : au cours du XVIIIᵉ siècle, puis crescendo au siècle suivant, les Islandais reprendront progressivement pied, retrouveront quelque autonomie; dès 1903 on leur concède un régime parlementaire. En 1918, c'est presque l'indépendance, définitivement et totalement acquise en 1944. Le 17 juin de cette année-là, à Thingvellir, l'Islande se proclame officiellement République indépendante, la « longue nuit » est terminée, restauré l'ordre des anciens jours.

Encore que... De même que la mythologie nordique ancienne — que nous ne connaîtrions pour ainsi dire pas si les Islandais ne nous l'avaient exposée en détail, il y a sept cents ans — oppose sans cesse aux puissances du bien et de l'ordre les forces du désordre, le destin de l'Islande s'est malignement plu, semble-t-il, à éprouver tout au long de son histoire l'étonnante capacité de résistance de ce petit pays en accumulant les embûches sur sa route. Si l'indépendance a pu être reconquise de si chaude et rude lutte, la seconde guerre mondiale y fut pour quelque chose. Et notons au passage que La Cloche d'Islande, en ses trois parties, a été composée exactement à ce moment décisif : la première partie (« La cloche d'Islande ») a été publiée en 1943, la seconde (« La vierge claire ») en 1944 et la troisième (« L'incendie de Copenhague ») en 1946, c'est-à-dire précisément au

*moment où, en passe de sortir d'une servitude, l'Islande risquait
de sombrer dans une autre bien pire.*

*Cela requiert explication : pendant le dernier conflit mondial,
l'île fut occupée, d'abord par les Britanniques, puis par les
Américains qui y installèrent une grande base militaire suscep-
tible de devenir station atomique, à Keflavik, dans le sud-ouest.
L'Islande occupe une position stratégique remarquable, à
mi-chemin entre Est et Ouest (idéologiquement parlant), surtout
à partir du moment, qui se situe exactement à la guerre dite
froide, où les communications et interventions militaires éven-
tuelles entre les deux blocs purent commencer de s'envisager par
le pôle Nord. Lorsque, donc, la guerre fut terminée, les États-
Unis proposèrent, moyennant dédommagements importants, de
conserver leur base à Keflavik : tutelle autrement subtile, dont
les meilleurs esprits islandais ne pouvaient manquer de s'émou-
voir. Dès 1948, avec le roman* Station atomique, *pamphlet
plus qu'œuvre de fiction, Laxness, exactement dans la ligne de*
La Cloche d'Islande, *partait en guerre contre des relations
d'un genre qu'il n'avait pas prévu, puisque obtenues avec l'assen-
timent de ses compatriotes. Le problème, d'ailleurs, n'est toujours pas réglé et continue de déchaîner des marches de protes-
tation sur Keflavik. Car plus que jamais s'impose la conclusion
du chapitre 13 de « L'incendie de Copenhague » : « Un serviteur bien gras n'est pas un grand homme. Un esclave que
l'on rosse est un grand homme, car dans sa poitrine habite la
liberté. »*

*La citation vaut un commentaire : Il s'y lit une double
équation qui donne la mesure de l'idéal islandais et d'un
certain idéal humain tout court (modestie à part) : être
homme = être grand homme; grand homme = liberté. On
voit que, pour un Islandais, ce n'est pas être que de n'être pas
semblable (on y revient toujours) aux héros des sagas d'autrefois.*

*En même temps, cette fracassante citation situe à quelle
hauteur respire Laxness et, en vérité, il est grand temps de le
présenter un peu au lecteur car si* La Cloche d'Islande, *son
chef-d'œuvre sans doute, est si chère au cœur de l'Islandais
d'aujourd'hui, c'est aussi parce qu'elle se situe à l'apogée
d'une évolution personnelle de l'auteur qui, autant que la*

rétrospective historique qui précède, illustre un propos décidé-
ment fondamental et exemplaire.

Personnalité hors du commun, il se définit d'abord par ses
adhésions enthousiastes suivies de renoncements bruyants, mais
dès le début, ses origines paysannes, partant, son attachement
profond à la terre d'Islande, auraient pu suggérer le sens de son
évolution.

Des études méritoires : il a douze ans en 1914, *l'Université*
d'Islande n'est fondée qu'en 1911; *de nombreux voyages à*
l'étranger dès sa jeunesse : ce sera toujours un instable; et, pre-
mière étape importante, après un début romanesque à dix-sept ans
éloquemment intitulé Enfant de la nature, *la conversion au*
catholicisme, au terme d'un long séjour au Luxembourg et en
France. Mais dès 1927, *avec le premier chef-d'œuvre,* Le
Grand Tisserand de Cachemire, *la rupture est consommée :*
il y a quelque chose de rebutant, pour Laxness, amant de la vie
et de la liberté, dans l'abnégation et le dogmatisme d'un certain
christianisme, Séra Sigurd de La Cloche d'Islande *servira*
encore, vingt ans après, de cible complaisante à ce terrible iro-
niste. Lequel se tourne, un temps, vers les mouvements intellec-
tuels révolutionnaires qui agitent l'Occident, surréalisme, freu-
disme, et lit avec passion quelques farouches individualistes
comme lui, Strindberg, Nietzsche, Saint Augustin, Papini,
entre autres. Il publiera même un recueil de poèmes dans le
meilleur goût dadaïste.

Puis des voyages aux États-Unis, où il se lie avec Upton
Sinclair, et en URSS l'orientent vers les idéologies socialiste
et communiste. Le roman Salka Valka (1931-1932) *décrit*
les rudes luttes d'un petit village de pêcheurs islandais pour
survivre. Ce populisme fera long feu : bien qu'ayant repris ses
distances avec toute idéologie après 1956, *Laxness restera tou-*
jours extrêmement sensible aux aspirations du petit peuple.

Mais en fait, c'est à partir de Salka Valka *qu'il entrevoit*
enfin ses véritables dimensions, le fond même de son inspiration,
et que sa voix acquiert l'autorité, la gravité (malgré un humour
qui, jamais, ne se dément) propres à imposer définitivement son
nom. Ce roman se déroulait en Islande, parmi le petit peuple,
tout comme Gens indépendants (1934-1935, *ce titre se passe*
de commentaire) et l'extraordinaire Lumière du monde (1937-

1940) où s'incarne, pour la première fois clairement et consciem-
ment, l'âme de son peuple telle qu'il la voit : en l'occurrence,
dans la personne du poète malheureux et malchanceux Olaf
Ljosviking à qui le destin a tout ravi hormis cela seul qui compte :
la beauté du ciel d'Islande, sa poésie. Ainsi, nous voici parvenus
au credo, à la reconnaissance et à l'acceptation de l'essentiel :
Laxness a fini par se connaître Islandais.

Et par là, tout est dit. Le voici situé dans le droit fil d'une
tradition quasi millénaire, retrouvant et acceptant la stature
et le tempérament des ancêtres glorieux. C'est en ce sens que
La Cloche d'Islande *est un accomplissement et, même si c'est*
avec l'ironie parfois durement iconoclaste de La Saga des
Fiers-à-Bras *(1952) qui stigmatise le faux héroïsme au nom*
des mêmes idéaux que ceux d'Arnas Arnaeus, le reste de l'œuvre,
d'une belle fécondité, ne fait que reprendre et varier les grands
thèmes, maintenant bien connus. Il me fait penser à Sibelius,
pour des raisons évidentes d'ailleurs, il est hanté par l'Islande,
comme le grand musicien par sa Finlande. Le Paradis retrouvé
(1960), la pittoresque Chronique de la cambrousse *(1970)*
ne feront plus que broder, avec une sérénité croissante, teintée
de taoïsme, nous dit-on (mais qu'importe), avec aussi, enfin
avouée, une immense tendresse pour son peuple, pour les petites
gens de son pays. Pour cette nation bien-aimée, selon ses propres
termes.

Sans doute est-il possible d'apprécier La Cloche d'Islande
pour son art de la peinture à la fresque, ses dialogues étonnam-
ment vivants, quel que soit le registre où ils évoluent, truculent
et vert, chattemite et papelard, noble, distingué, aérien et toujours
parodique — ce qui expliquera une certaine recherche du baroque,
caractéristique du XVIIIe *siècle scandinave. On admirera aussi*
le tempo divers : le premier volet évolue à un rythme endiablé,
le second est plus didactique, plus rêveur aussi, le troisième
liquide sur le fond les problèmes les plus graves et s'achève, après
le crescendo de l'incendie, sur une note quasi mélancolique :
variété des tons, des tournures, des genres et des modes d'écri-
ture.

Œuvre dominée s'il en est, où s'impose, en définitive, la per-
sonne de l'auteur. Œuvre située, sans aucun doute, et qui s'en-
tendrait malaisément sans ce long préambule. Œuvre qui vaut

par excellence, il me semble, pour le don de sympathie, selon l'étymologie du terme, dont elle témoigne — à l'égard de son pays et de son peuple, certes, mais aussi de toute vie vraie, de tout amour vrai.

La Varenne, mai 1976.

Régis Boyer.

LA CLOCHE D'ISLANDE

LA CLOCHE D'ISLANDE

Il fut un temps, est-il dit dans les livres, où la nation islandaise ne possédait qu'un seul bien qui eût quelque valeur marchande. C'était une cloche. Cette cloche était suspendue au pignon de la maison de la Lögrétta[1], à Thingvellir[2], sur la rive de l'Öxara, attachée à une poutre sous les combles. On la sonnait pour se rendre aux tribunaux, et avant les exécutions. Elle était si vieille que nul ne savait son âge avec certitude. Mais à l'époque où commence ce récit, il y avait beau temps qu'elle était fêlée et les anciens croyaient se rappeler qu'elle avait eu un son plus pur. Les anciens, toutefois, la chérissaient toujours. En présence du bailli, du sénéchal, du bourreau et d'un homme que l'on allait décapiter ou d'une femme que l'on allait noyer, on pouvait souvent, par les jours de temps calme, vers la Saint-Jean, entendre dans la brise qui venait des Sulur[3] et le parfum des bouleaux de Blaskog[3], le son de la cloche se mêlant au bruissement de l'Öxara.

Mais l'année où parvint ici l'édit selon lequel tous les gens de ce pays devaient livrer au roi tout le bronze et le cuivre qu'ils détenaient, ces choses étant nécessaires à la reconstruction de Copenhague après la guerre, on envoya des gens chercher également l'ancienne cloche de Thingvellir sur l'Öxara.

Quelques jours après la fin du thing, deux cavaliers accompagnés de quelques chevaux de bât s'en vinrent chevauchant par la route de l'ouest qui longe le lac, descendirent la pente de la faille en face de l'embouchure et passèrent la

1. *La Lögrétta* : initialement, l'assemblée des chefs chargés de légiférer, une sorte d'assemblée législative, donc. Elle siégeait en plein air. Ensuite, elle s'installera dans un bâtiment et se chargera également des affaires judiciaires.
2. *Thingvellir* est le nom du site naturel où se déroulait l'Althing. Littéralement : champs du thing. Le site, grandiose et sauvage, est délimité d'un côté par une coulée gigantesque de lave qui tombe à pic sur une plaine où coule la rivière Öxara.
3. Les *Sulur, Blaskog* : noms de lieux situés non loin de Thingvellir.

rivière à gué. Ils descendirent de selle au bord du champ de lave près de la maison de la Lögrétta : l'un était un homme pâle aux joues rebondies, avec de petits yeux; il avait les bras croisés comme font les enfants quand ils jouent à faire les beaux messieurs et portait un habit de seigneur, usé jusqu'à la corde et bien trop petit pour lui; l'autre était un gueux, noir et laid.

Un vieil homme s'en vint du champ de lave avec son chien et s'avança vers les arrivants :

— Qui êtes-vous?

Le gros répond : Je suis le prévôt et l'exécuteur des hautes œuvres de Sa Majesté.

— Ah vraiment! grommela le vieil homme d'une voix caverneuse et enrouée. C'est Notre Seigneur qui commande pour l'heure.

— J'ai une lettre pour cela, dit le prévôt du roi.

— Pour ça, je sais, dit le vieil homme. Des lettres, il y en a eu des quantités. Et il y en a, des sortes de lettres.

— M'accuserais-tu de mensonge, vieux diable, demanda le prévôt du roi.

Le vieillard ne se risqua pas à s'approcher des deux hommes, il s'assit sur la palissade délabrée de la maison de la Lögrétta et les regarda. Il ne différait en rien des autres vieillards : barbe grise, yeux rouges, bonnet pointu, jambes noueuses, les mains bleues serrées sur son bâton et le chef tremblant incliné dessus. Son chien courut à l'intérieur de l'enclos et flaira les hommes, sans aboyer, comme font les bêtes sournoises.

— Autrefois, il n'y avait pas de lettres, marmonna le vieillard dans sa barbe.

Alors le Noir, le compagnon du Pâle, s'écria :

— Tu dis vrai, camarade. Gunnar de Hlidarendi [4] n'avait pas de lettres.

— Qui es-tu? demanda le vieillard.

— Oh! C'est un pendard de voleur de ficelle d'Akranes.

---

4. *Gunnar de Hlidarendi* est l'un des héros de la plus belle saga islandaise, *La Saga de Njall le brûlé*. Beauté physique et morale, amitié, fidélité, bravoure, il représente une sorte d'idéal.

Il est resté dans la Caisse aux Esclaves de Bessastadir [5] depuis Pâques, répondit le prévôt du roi en décochant un coup de pied perfide au chien.

Le Noir prit la parole en ricanant de telle sorte que ses dents blanches luirent :

— Voici le royal bourreau de Bessastadir. Tous les chiens lui pissent dessus.

Le vieillard, sur son enclos, ne dit rien et l'expression de son visage ne laissa rien transparaître non plus, mais il continua de les examiner tout en cillant un peu de sa tête branlante.

— Grimpe sur cette maison-ci, Jon Hreggvidsson, vermine d'esclave, dit le bourreau du roi, et coupe-moi la corde qui tient cette cloche. Je me réjouis de penser que, le jour où mon Très Gracieux Sire m'ordonnera de te passer la corde au cou en ce lieu, on ne sonnera pas de cloche.

— Ne plaisantez pas, braves gens, dit alors le vieillard. C'est une vieille cloche.

— Si tu es un homme du prêtre, dit le bourreau du roi, dis-lui de ma part qu'il n'est question ni d'ergoter ni de chipoter. Nous avons des lettres pour dix-huit cloches, celle-ci étant la dix-neuvième. Nous les mettons en pièces et les emportons jusqu'à un bateau à Holm [6]. Je n'ai de comptes à rendre à personne, hormis au roi.

Il s'octroya une prise, sans en offrir à son compagnon.

— Dieu bénisse le roi, dit le vieil homme. Toutes les cloches d'églises qui appartenaient autrefois au pape, c'est le roi qui les possède à présent. Mais ça, ce n'est pas une cloche d'église. Ça, c'est la cloche du pays. Je suis né ici, moi, sur la lande de Blaskog.

— As-tu du tabac? demanda le Noir. Ce bourreau d'enfer ne daigne pas vous donner une prise.

— Non, dit le vieillard. On n'a jamais eu de tabac dans ma famille. L'année a été rude. Les deux enfants de mon fils

---

5. *Bessastadir*, actuellement résidence du Président de la République, est l'endroit, non loin de l'actuelle Reykjavik, où avaient choisi de résider les baillis danois.
6. *Holm* : nom du port d'où partent les bateaux pour le Danemark.

sont morts ce printemps. Moi, je suis devenu un vieil homme. Cette cloche-là, elle a toujours appartenu au pays.

— Qui a des lettres pour l'attester? dit le bourreau.

— Mon père est né ici, sur la lande de Blaskog, dit le vieux.

— Tout ce qu'on possède, on doit avoir des lettres pour l'attester, dit le bourreau du roi.

— Je crois qu'il est dit dans les anciens livres, dit le vieillard, que quand les Norvégiens arrivèrent ici dans un pays inhabité, ils trouvèrent cette cloche dans une grotte au bord de la mer, ainsi qu'une croix qui a disparu maintenant.

— Ma lettre est du roi, j'ai dit, dit le bourreau. Et fiche-moi le camp sur le toit, Jon Hreggvidsson, voleur noir.

— Il ne faut pas casser cette cloche, dit le vieil homme qui s'était levé. Il ne faut pas l'emporter au bateau de Holm. Elle va de pair avec l'althing sur l'Öxara depuis que celui-ci a été institué — bien avant que ce roi n'existe; d'aucuns disent : bien avant que le pape n'existe.

— Peu m'importe, dit le bourreau du roi. Il faut relever Copenhague. Il y a eu la guerre, et les Suédois qui sont des coquins du diable et des gens abominables ont bombardé la ville.

— Mon grand-père habitait à Fiflavellir, loin là-bas à l'intérieur de la lande de Blaskog, dit le vieux comme s'il allait commencer une longue histoire. Mais il n'alla pas plus loin.

> *Jamais le roi dans ses robustes bras*
> *N'enlacera fille gracile*
> *N'enlacera fille gracile...*

C'était le voleur noir, Jon Hreggvidsson, qui était assis à califourchon sur le faîte, les pieds pendant devant le pignon, et qui chantait les Anciennes Rimes de Pontus [7]. La cloche était fixée à la poutre par une grosse corde qu'il trancha de

---

7. On appelle Rimes (islandais *rimur*) les chants populaires, d'allure généralement épique, qui ont fleuri en Islande à partir du milieu du XIVe siècle, dans la ligne de la poésie scaldique, pour la forme, et dont le sujet dédouble les grandes sagas.

sa hache, si bien que la cloche tomba sur le pavé devant les portes de la maison :

> *N'enlacera fille gracile*
> — *Sinon jeune, riche et faci-i-i-ile,*

et l'on raconte que mon Très Gracieux Seigneur Héréditaire aurait pris une troisième maîtresse à présent, ajouta-t-il du haut de son toit tout en examinant le tranchant de sa hache, comme s'il annonçait la nouvelle au vieil homme. Ce serait la plus grasse de toutes, à ce qu'on dit. C'est autre chose que Siggi Snorrason et moi.

Le vieux ne répondit rien.

— Ces propos-là te coûteront cher, Jon Hreggvidsson, dit le bourreau.

— Gunnar de Hlidarendi n'aurait pas couru loin pour une bedaine blanche de l'Alftanes, dit Jon Hreggvidsson.

Le prévôt, l'homme pâle, prit dans leur bagage un gros frappe-devant de pierre, posa l'ancienne cloche d'Islande sur la dalle d'entrée de la maison de la Lögrétta, leva le frappe-devant haut en l'air et frappa. Mais la cloche se contenta de glisser de côté en émettant une plainte indistincte. Jon Hreggvidsson hurla du haut de son toit :

— Rarement craque ossement sans fondement, mon brave, disait Axlar-Björn [8].

Mais quand le bourreau du roi eut placé correctement la cloche, de façon à frapper à l'intérieur avec la dalle comme soubassement, elle vola en éclats. Le vieillard s'était rassis sur l'enclos. Il regardait dans le vide, de sa tête branlante, ses mains maigres et décharnées nouées autour de son bâton.

De nouveau, le bourreau s'offrit une prise. On voyait les plantes des pieds de Jon Hreggvidsson, en haut du toit.

— Est-ce que tu as l'intention de chevaucher cette maison toute la journée? cria le bourreau au voleur.

Jon Hreggvidsson déclama sur le toit de la maison de la Lögrétta :

---

8. *Axlar-Björn* est un criminel réputé dans les légendes islandaises anciennes.

> *Jamais de mes robustes bras n'étreindrai*
> *Jeune pucelette gracile*
> *Jeune pucelette gracile*
> *Sinon grasse, riche et faci-i-i-le.*

Ils empaquetèrent les morceaux de la cloche dans un sac de peau qu'ils équilibrèrent ensuite avec le frappe-devant et la hache. Puis ils montèrent à cheval. Le Noir menait les chevaux par la bride. Le pâle chevauchait tout seul devant, à la mode des chefs.

— Au revoir, vieux diable de Blaskog, dit-il. Et va porter les salutations de Dieu et les miennes au pasteur de Thingvellir, dis-lui que le prévôt et exécuteur des hautes œuvres de Sa Majesté le Roi, Sigurd Snorrason, est venu ici.

Jon Hreggvidsson déclama :

> *Arrivent en trombe avec leurs jeunes pages*
> *Le sire du pays et les pucelles*
> *Le sire du pays et les pucelles*
> *Le sire du pays et les pucelles*
> *— Les étalons mâchent le mors de fe-e-e-er.*

Ils reprirent avec leurs chevaux le même chemin qu'à l'aller, passèrent l'Öxara à gué, remontèrent la pente de la faille en face de l'embouchure et longèrent le lac par la route de l'ouest, dans la direction de la lande de Mosfell.

En vérité, aucune preuve n'avait été retenue contre Jon Hreggvidsson, mais il restait inculpé comme toujours. Au demeurant, chacun cherchait à voler, au mieux de ses possibilités, ce qui pouvait être volé dans les remises des pêcheurs du Skagi au cours des rudes printemps : certains, du poisson, d'autres, de la corde pour faire des lignes à morue. Et tous les printemps étaient rudes. Mais à Bessastadir, on manquait souvent de monde et le bailli se réjouissait quand les chefs de districts lui envoyaient des voleurs pour son atelier encore appelé Caisse aux Esclaves; en ce lieu, les voleurs présumés étaient aussi bienvenus que les voleurs convaincus. Mais au début de la fenaison, les autorités du Borgarfjord envoyèrent au bailli un message pour qu'il renvoie Jon à sa ferme, à Rein dans l'Akranes, parce que sa famille n'avait plus de soutien et était dans la détresse.

La ferme se tenait au pied de la montagne, à l'endroit le plus menacé à la fois par les glissements de terrain et les avalanches. La terre, et ses biens estimés à la valeur de six vaches [1] appartenaient au Christ. Un évêque de Skalholt [2] la lui avait donnée, longtemps auparavant, à titre de fondation de bienfaisance à l'intention de quelque veuve pieuse, vertueuse et pourvue d'une nombreuse progéniture dans la paroisse d'Akranes et, au cas où il ne s'en trouverait pas dans cette paroisse, on en chercherait une dans la paroisse de Skorradal. Il ne s'était rencontré aucune veuve de cette espèce dans ces deux paroisses depuis longtemps, en sorte que Jon Hreggvidsson avait été promu fermier de maître Jésus.

A la maison, la situation était telle qu'on pouvait s'y attendre, les gens de la ferme étant ou lépreux [3] ou hébétés,

1. Le *kugildi*, littéralement : valeur d'une vache, était une unité de prix courante au Moyen Age en Islande.
2. Siège du premier évêché d'Islande.
3. *Lépreux* : la lèpre est restée une maladie endémique en Islande jusqu'au siècle dernier.

si ce n'est l'un et l'autre. Quand il arriva chez lui, Jon Hreggvidsson était bien éméché et il se mit incontinent à rosser sa femme et son fils, qui était idiot. Sa fille de quatorze ans, qui se moquait de lui, il ne la battit pas autant, non plus que sa vieille mère qui le serra dans ses bras en pleurant. Sa sœur et sa parente, qui toutes deux étaient lépreuses, l'une lisse et paralytique, l'autre pleine de nodosités et de plaies, étaient assises à croupetons, en fichus noirs, près d'un tas de fumier : elles se prirent par la main en louant Dieu.

Le lendemain matin, le paysan trempa la lame de sa faux et se mit à faucher. Il déclama les Rimes de Pontus à gorge déployée. Les fichus noirs se traînèrent dehors dans le clos et se mirent à manipuler les rateaux. L'idiot et le chien s'assirent sur une touffe. La fille, noire, blanche et mince, apparut à la porte, nu-pieds, en jupon loqueteux, pour sentir l'odeur du foin fraîchement coupé. La cheminée fumait.

Puis quelques jours passèrent.

Il se fit alors qu'un jeune homme s'en vint à Rein, de noble allure et galopant, qui convoqua Jon Hreggvidsson à se présenter devant le tribunal du Skagi, chez le chef de district, dans une semaine de là. Au jour dit, Jon sella sa monture et chevaucha jusqu'au Skagi. S'y trouvait Sigurd Snorrason, le bourreau. On leur donna du petit lait aigre. Le tribunal siégeait dans le salon du chef de province, et Jon Hreggvidsson fut accusé d'avoir, à Thingvellir sur l'Öxara, offensé Notre Éminence Suprême et Majesté et Comte de Holstein, Notre Très Gracieux Sire et Roi Héréditaire, par des propos inconvenants et railleurs dont la substance était que ledit Sire aurait eu trois maîtresses en dehors de son mariage. Jon Hreggvidsson nia avoir jamais prononcé de tels propos sur son Bien-aimé Roi Héréditaire et Très Gracieux Sire, Éminence et Majesté et Comte de Holstein, et s'enquit de témoins. Sigurd Snorrason jura alors que Jon Hreggvidsson avait tenu ces propos. Jon Hreggvidsson requit de pouvoir prêter serment contraire, mais les serments contradictoires n'étaient pas autorisés dans un même procès. Quand on eut refusé au paysan de prêter serment, il déclara qu'en fait, il pouvait bien se faire qu'il eût tenu ces propos, mais que c'était là une plaisanterie bien connue dans la Caisse aux Esclaves de Bessastadir; mais il s'en fallait de beaucoup que, par là, il eût voulu offenser son roi : au contraire, il avait voulu vanter l'excellence du roi qui entretenait trois maîtresses à la fois en sus de la reine; d'autre part, il avait pensé plaisanter son bon ami Sigurd Snorrason qui, jamais que l'on sût, n'avait approché de femme. Et quand bien même il eût employé ces propos à destination de son Très Gracieux Sire Héréditaire, il espérait qu'une telle Éminence pardonnerait avec bienveillance de telles divagations à un miséreux inconnu et à un gueux ignare. Sur ce, le tribunal leva la séance, et le verdict fut rendu sur cette cause : Jon Hreggvidsson devait payer au roi trois rixdales dans le délai d'un mois, et si cette amende n'était pas versée, il serait flagellé. Il était dit dans la sentence que ce verdict « n'avait pas été rendu tellement eu égard au nombre des témoins mais au poids de celui à qui incombait le témoignage ». Jon Hreggvidsson rentra chez lui dans cet état. Pour le reste, il n'y eut rien d'autre à dire de la fenaison. Mais le croquant n'eut guère cure de payer son amende au roi.

En automne, il y eut un thing à Kjalardal. Jon Hreggvidsson y fut convoqué et deux paysans furent mandatés par le chef de district pour l'y accompagner. La mère du croquant lui rapiéça ses chaussures avant qu'il s'en aille. La jument du paysan de Rein boitait et leur voyage prit du temps, ils arrivèrent à Kjalardal tard le soir, peu de temps avant la fin du thing. Il s'avéra alors que Jon Hreggvidsson devait être flagellé pendant ce thing, de vingt et quatre coups de verge. Sigurd Snorrason était arrivé sur les lieux avec ses lanières et sa cape de bourreau. Beaucoup de paysans avaient quitté le thing, mais quelques jeunes gens des fermes voisines étaient venus regarder, pour leur plaisir, la flagellation. Les flagellations avaient lieu dans un parc à moutons où l'on trayait les brebis en été : au milieu de ce parc, il y avait une mangeoire en travers de laquelle on plaçait le coquin tandis que justice était faite. Les notables se tenaient à l'intérieur du parc pendant ce temps-là, de part et d'autre de la mangeoire, mais les enfants, les chiens et les vagabonds restaient en haut des murs.

Un petit groupe de gens s'était rassemblé là quand Jon Hreggvidsson fut amené dans le parc. Sigurd Snorrason avait boutonné jusqu'au cou sa cape de bourreau et il avait fini de lire le Notre Père; le Credo, il ne le lisait qu'en cas de décapitation. Il sortit ses lanières d'un baluchon, les caressa dignement et soigneusement et, conscient de ses responsabilités, en essaya les manches pendant que l'on attendait le chef du district et les témoins du thing — il avait des mains grasses et bleues, squameuses, avec de larges ongles. Les deux paysans maintinrent Jon Hreggvidsson entre eux tandis que Sigurd Snorrason essayait ses lanières. Il pleuvait. Les gens avaient l'air absent, comme il arrive souvent par temps de pluie, et les jeunes gens, trempés, gardaient le regard fixe, les chiens étaient en chaleur. En fin de compte, Jon Hreggvidsson commença à se fatiguer :

— Les maîtresses exigent de plus en plus de Sigurd Snorrason et de moi, dit-il.

Des visages isolés se déridèrent lentement, mais sans alacrité.

— J'ai fini de lire le Notre Père, dit calmement le bourreau.

— Écoutons aussi le Credo, très cher, dit Jon Hreggvidsson.

— Pas aujourd'hui, dit Sigurd Snorrason en riant. Plus tard.

Il caressa ses lanières, joyeusement, soigneusement, très doucement.

— Tu devrais au moins faire un nœud à la mèche, mon cher Siggi, dit Jon Hreggvidsson, ne serait-ce que pour l'amour de la reine.

Le bourreau ne pipa mot.

— Un homme du roi aussi éminent que Sigurd Snorrason n'est guère de nature à endurer des reproches de la bouche de Jon Hreggvidsson, dit un vagabond sur le mur, dans le style des anciennes sagas.

— Roi bien-aimé de notre cœur, dit Jon Hreggvidsson.

Sigurd Snorrason se mordit la lèvre et fit un nœud à la mèche de son fouet.

Jon Hreggvidsson rit, une lueur dans les yeux, et ses dents blanches brillèrent dans sa barbe noire — « Il vient de faire un nœud pour la première maîtresse, dit-il. Il n'a pas un cœur de jument, celui-là. Fais encore un nœud, mon bon ami. »

Les spectateurs commencèrent à s'animer, comme quand on suit une partie où les joueurs misent gros.

— O serviteur de Sa Majesté Royale, souviens-toi de Notre Sire ! dit du haut du mur, sur un ton de prédication, la voix qui venait de parler dans le style des sagas anciennes, et, estimant que tous les gens qui étaient là étaient de son parti et de celui du roi, le bourreau regarda en souriant autour de lui, d'un mur à l'autre tout en faisant un second nœud à la mèche ; il avait de petites dents espacées qui découvraient de grosses gencives.

— Bon ! Bon ! Maintenant, c'est le tour de la dernière... la plus grasse, dit Jon Hreggvidsson. Maint brave homme a fait sa dernière affaire au moment où l'on faisait le dernier nœud pour elle.

Sur ces entrefaites arriva le chef du district accompagné des deux témoins, des paysans aisés ; ils écartèrent les gens et entrèrent dans le parc. Ils virent le bourreau en train de faire des nœuds à la mèche de son fouet et, arguant du fait qu'ici on avait à rendre justice et non à railler, le chef lui ordonna de défaire les nœuds. Puis il l'invita à se mettre en besogne.

On enjoignit au croquant de défaire ses habits et l'on étendit de la toile de bure sur la mangeoire. Puis l'homme fut étendu de tout son long, à plat ventre, sur ce banc, Sigurd Snorrason lui baissa les braies et lui remonta la chemise sur la tête. Le croquant était maigre mais bien bâti, ses muscles saillaient et se contractaient en gros nœuds quand il faisait un mouvement, il avait un peu de poil noir sur ses fesses solides et jusqu'en bas dans le creux des genoux, sinon il était blanc de corps.

Sigurd Snorrason se signa, se cracha dans les mains et se mit en besogne.

Sous les premiers coups, Jon Hreggvidsson ne broncha pas, mais au quatrième et au cinquième, son corps se contracta convulsivement de telle sorte qu'il se souleva aux deux extrémités, jambes, visage et partie supérieure du corps se détachant du sol tandis qu'il reposait de tout son poids sur le ventre tendu, ses poings se nouèrent, ses pieds se raidirent aux chevilles, ses membres et ses muscles se durcirent; on vit, aux plantes de ses pieds, que ses chaussures venaient d'être réparées. Les chiens avancèrent sur le rebord du mur en aboyant vers le parc. Quand on en fut venu au huitième coup, le chef du district dit qu'il fallait faire une pause, le délinquant ayant droit à un répit. Cependant, son dos n'avait bel et bien pas encore commencé de rougir. Mais Jon Hreggvidsson n'avait cure d'un répit, il cria, la chemise sur la tête :

— Continue, homme, au nom du diable !

Alors, on poursuivit la besogne sans plus de délai.

Au douzième coup, le dos de Hreggvidsson était passablement strié de sang et au seizième coup, la peau se mit à éclater en haut des omoplates et autour des reins. Les chiens sur le mur aboyaient comme des furieux, mais l'homme gisait roide comme une bûche et ne bougeait pas.

Au seizième coup, le chef du district dit que le délinquant avait de nouveau droit à un répit.

On entendit Jon Hreggvidsson crier :

— Au nom du diable, au nom du diable, au nom du diable...

Le bourreau du roi se cracha de nouveau dans les mains et rajusta le manche de ses lanières.

— C'est maintenant qu'il s'en prend à la dernière... et à la plus grasse, dit l'homme sur le mur qui se mit à rire sans s'arrêter.

Sigurd Snorrason avança le pied gauche et, du pied droit, chercha à prendre le meilleur appui sur le sol glissant du parc; il se mordit la lèvre tout en brandissant son fouet pour frapper. La lueur de ses yeux plissés témoignait de l'ardeur qu'il apportait à sa tâche : son visage en devint bleu. Les chiens ne s'apaisaient pas. Au vingtième coup, le sang suintait presque partout sur le dos du paysan, les lanières étaient devenues humides et glissantes et, pour finir, les éclaboussures rejaillissaient dans toutes les directions, dans le visage des gens parfois, le fouet était brûlant et trempé de sang et le dos de l'homme n'était plus qu'une plaie sanguinolente. Quand le chef donna le signal de la fin, le croquant n'était quand même pas épuisé au point d'accepter de l'aide pour remettre ses braies. Il regardait le mur du parc, les hommes, les chiens et les enfants en riant, et ses dents blanches luisaient dans sa barbe noire. Tout en rebouclant sa ceinture, il déclama à gorge déployée cette strophe des Anciennes Rimes de Pontus :

> *Le pape festoya de nobles invités,*
> *L'empereur et les rois joyeux*
> *Entonnèrent une boisson forte.*

Le soir était venu quand les derniers prêts quittèrent le thing pour rentrer chez eux, chaque groupe dans sa direction. Dans le tout dernier groupe chevauchaient le chef du district et les deux témoins du thing : les gros paysans Sivert Magnussen et Bendix Jonsson, avec quelques paysans du Skagi, plus Sigurd Snorrason le bourreau, sans oublier Jon Hreggvidsson de Rein.

Bendix Jonsson habitait à Galtarholt et comme il restait encore un long chemin à faire aux gens de Skagi, il offrit de régaler toute la compagnie chez lui avant qu'ils poursuivent leur route. Bendix avait un tonneau d'eau-de-vie dans sa resserre, car c'était un grand homme et un *signor*. Il proposa à Jon Hreggvidsson de lui prêter une ligne de fond, et c'était là une offre magnifique étant donné la pénurie d'engins de pêche et la famine qui accablaient alors le pays.

A l'une des extrémités du bâtiment, il y avait une pièce isolée par une cloison : c'est là que le maître de maison mena le chef du district, le bourreau du roi et *Monsieur* Sivert Magnussen, mais les trois hommes de moindre rang ainsi que le flagellé, on les installa dans la première partie du bâtiment, parmi les coussins de selles et les huches à farine. Bendix emplit diligemment les gobelets et bientôt il y eut liesse générale dans la salle. Rapidement, toute séparation entre les deux parties du bâtiment s'avéra superfétatoire.

On s'assit en cercle dans la première pièce et l'on se mit à raconter des histoires prodigieuses, à faire assaut de paroles, à composer des poèmes et à s'amuser de maintes façons. On oublia vite les contrariétés de la journée, de grands sentiments de fraternité se développèrent entre eux, avec poignées de mains et embrassades. Le bourreau du roi s'étendit sur le plancher et embrassa en pleurant les pieds de Jon Hreggvidsson tandis que le croquant balançait son pichet en chantant. Signor Bendix était le seul à ne pas être ivre, comme il sied à un hôte avisé.

Il faisait nuit noire quand les gens quittèrent Galtarholt; ils étaient tous bien ivres. A peine sortis du clos, ils s'égarèrent et se trouvèrent soudain dans un affreux marécage pourri, avec de profonds bourbiers, des fondrières, des mares et des tourbières. Il semblait que ce décor n'eût pas de fin et les voyageurs pataugèrent dans ce parvis de l'enfer une grande partie de la nuit. Monsieur Sivert Magnussen s'abattit dans une tourbière en invoquant le nom de Dieu. Dans les eaux de cette sorte, la coutume générale était de noyer les chiens, aussi fallut-il longtemps à ses compagnons de voyage pour tirer de là le gros paysan, tant il était difficile de distinguer ce qui était homme vivant de ce qui était chien mort. Finalement, ils parvinrent à tirer l'homme sur le bord, par la grâce de Dieu surtout, et il s'endormit là. La dernière chose que se rappelait Jon Hreggvidsson fut qu'il essayait de remonter sur sa jument après avoir tiré Monsieur Sivert Magnussen de la tourbière. Mais sa selle avait perdu ses étriers et, en outre, sa jument paraissait avoir considérablement grossi, elle ruait continuellement. Était-il remonté dessus lui-même, ou bien quelque chose d'autre s'était-il produit qui contrariait ses entreprises dans l'obscurité profonde de cette nuit d'automne : il n'en eut par la suite qu'un souvenir confus.

A l'aube, il réveilla les gens de Galtarholt, dans un état pitoyable, crotté et trempé, claquant des dents et demandant à voir Signor Bendix. Il montait le cheval du bourreau et avait sur la tête le chapeau du bourreau. Le maître de maison l'aida à descendre de cheval et le traîna dans la maison, le mit au lit dans une couchette. Le bonhomme était tout endolori, il s'allongea sur le ventre parce qu'il avait le dos tuméfié et s'endormit aussitôt.

Vers neuf heures, quand il se réveilla, il demanda à Bendix de l'accompagner dans le marécage parce qu'il avait perdu son chapeau, ses mitaines, son fouet, sa ligne de fond et sa jument.

La jument était dans un troupeau de chevaux, non loin de là, sa selle sous le ventre. Le marécage n'était pas aussi grand que la nuit précédente. Ils cherchèrent un moment les objets perdus le long d'un ruisseau étroit où Jon Hreggvidsson se rappelait s'être allongé : en effet, ils découvrirent, sur la rive de ce ruisseau, l'endroit où il s'était allongé, son fouet s'y trouvait, encore serré dans l'une de ses mitaines, et la ligne de fond gisait auprès. A quelques pas de là, ils trouvèrent le bourreau, mort. Il était à genoux, coincé entre les berges du ruisseau qui était si étroit que le cadavre de l'homme avait suffi à le barrer. Une petite mare s'était formée en amont du cadavre en sorte que l'eau qui, sans cela, n'atteignait pas plus haut que le genou, montait jusqu'aux aisselles du mort. Le cadavre avait les yeux et la bouche fermés. Bendix le contempla un moment puis regarda Jon Hreggvidsson et demanda :

— Comment se fait-il que tu aies son bonnet sur la tête?

— J'étais nu-tête quand je me suis réveillé, dit Jon Hreggvidsson. Mais quand j'ai fait quelques pas, j'ai trouvé cette coiffure. Alors j'ai crié très fort ho-ho! mais personne n'a répondu, alors je l'ai mise.

— Comment se fait-il qu'il ait les yeux et la bouche fermés? demanda Signor Bendix.

— Du diable si je le sais, dit Jon Hreggvidsson, ce n'est pas moi qui l'ai installé comme ça.

Il avait l'intention de ramasser son fouet, sa mitaine et sa ligne, mais Bendix s'y opposa en disant :

— A ta place, je convoquerai d'abord six hommes pour se porter témoins oculaires de cela.

C'était un dimanche. La conclusion fut que Jon Hreggvidsson alla à Saurbaer et convoqua des gens parmi ceux qui étaient à l'église pour venir examiner le cadavre de Sigurd Snorrason, le bourreau, dans la position où on l'avait trouvé. Beaucoup les accompagnèrent, par curiosité de voir le bourreau mort, et six d'entre eux se déclarèrent volontaires pour jurer qu'on ne pouvait voir sur le cadavre aucune blessure non plus qu'aucun signe que l'on eût porté la main sur l'homme, hormis le fait que les yeux et la bouche étaient fermés.

Le cadavre du bourreau fut traîné jusqu'à Galtarholt, sur quoi chacun s'en retourna chez soi.

Le lendemain, le temps était calme et clair, sur terre et sur mer les gens vaquaient à leurs occupations, mais Jon Hreggvidsson était étendu à plat ventre sur sa couche, maudissant sa femme et priant le Seigneur, en soupirant amèrement, de leur donner du tabac et de l'eau-de-vie et trois maîtresses. L'idiot était assis sur le plancher, à ramasser des brins de laine en riant aux éclats. La puanteur importune de la lèpre régnait dans la pièce, dominant toutes les autres infections.

Soudain, le chien se précipita en haut de la maison [1] en faisant de grands aboiements et le piétinement des sabots de nombreux chevaux résonna au dehors. On entendit bientôt le cliquetis de bridons et le son de voix d'hommes devant les portes; une voix autoritaire distribua des ordres aux palefreniers. Jon Hreggvidsson ne bougea pas. Sa femme entra en courant dans la pièce et dit, tout essoufflée :

— Seigneur Jésus, miséricorde, voici des chefs!

— Des chefs? dit Jon Hreggvidsson. Est-ce qu'ils ne m'ont pas déjà écorché? Qu'est-ce qu'ils me veulent?

Mais il n'était pas loisible de bavarder longuement; le murmure de vêtements, de pas et de voix s'approcha. Les arrivants entrèrent sans y avoir été invités.

Passa le premier le seuil de Jon Hreggvidsson un dignitaire robuste et rougeaud, en ample manteau, le chapeau attaché sous le menton, une lourde bague au doigt, une croix d'argent pendue à une chaîne et tenant une cravache de prix. Le suivait une femme en bonnet jaune, haut et pointu, portant amazone noire et châle de soie rouge, encore entre deux âges et les joues fleuries quoique la souplesse de la jeunesse commençât à s'estomper dans ses manières, qu'elle se mît à prendre de l'ampleur et que son allure commençât à porter l'empreinte des réalités terrestres. Elle était suivie d'une autre femme, très jeune. Celle-ci était, dans la mesure

---

1. Les maisons en Islande étaient fort basses et leur toit de tourbe descendait jusqu'au sol.

où elle avait éprouvé moins de ces choses qui marquent une femme, le correspondant lyrique de la première. Elle était nu-tête et sa chevelure dénouée irradiait. Son svelte corps avait la flexibilité et la douceur de l'enfance, ses yeux étaient immatériels comme le bleu du ciel. Elle n'avait encore reçu que la beauté des choses et non leur usage, aussi le sourire qu'elle fit en pénétrant dans cette maison était-il au-delà des humaines réalités. Son manteau, taille haute et broche d'argent au col, était d'un bleu indigo et, de ses doigts minces, elle le maintenait serré autour d'elle. Elle portait des bas à rayures rouges.

Dernier de cette imposante compagnie venait un noble homme, calme de manières, réfléchi et taciturne. Il était de belle taille, d'un âge indéterminé, les traits du visage réguliers et le nez droit, la bouche à la fois douce et triste, avec quelque chose de féminin bien que sans indécision. Ses mouvements contrôlés témoignaient d'une maîtrise de soi lentement acquise. Quoique son regard fût ferme et calme, ses yeux étaient grands et clairs avec une expression ouverte et accueillante et l'on eût dit qu'ils portaient plus loin qu'il n'est habituel, si bien qu'on n'eût pu leur cacher peu de chose. Ces yeux qui saisissaient tout bien que, comme l'eau calme, ce fût plus par nature que par curiosité, plus par don naturel que par application, étaient la marque de noblesse de cet homme. En vérité, si son vêtement n'avait fait la différence, l'arrivant aurait plus eu l'apparence d'un homme du peuple, sage et pensif, que d'un chef qui doit tout à son autorité. Un chef ordinaire se reconnaît à son apparence, celui-ci se révélait par un goût discret et soigné. Sa délicatesse s'exprimait par chaque couture, chaque pli, chaque trait de son vêtement; ses bottes étaient de fin cuir anglais. Sa perruque, qu'il portait sous un chapeau à larges bords aussi bien parmi les valets de ferme et les gueux, était de facture raffinée et soigneusement peignée, comme s'il avait eu l'intention de se présenter au roi.

En retrait de cette noble compagnie venait le gardien de l'âme de Jon Hreggvidsson, le curé de Gardar, accompagné de son chien de berger qui allait flairant, la queue recourbée. Avec tant de beau monde, il y avait presse dans la pièce et la femme de Jon Hreggvidsson tira l'idiot dans un lit pour faire de la place.

— Eh oui! Jon Hreggvidsson de Rein, dit le pasteur, ainsi, tu devais vivre cela : voici l'évêque de Skalholt lui-même et sa dame, Jorun, et la sœur de celle-ci, fleur parmi les vierges, Demoiselle Snaefrid, les filles du gouverneur Eydalin; et enfin l'assesseur de notre Très Gracieux Seigneur et Roi Héréditaire, Arnas Arnaeus, professeur à l'Université de Copenhague — ici présent dans ta chaumière.

On entendit Jon Hreggvidsson émettre un faible reniflement, rien de plus.

— Le maître de maison est-il malade? demanda l'évêque qui, seul des arrivants, lui tendit sa main chargée de la lourde bague d'or.

— Oh! Je ne saurais dire, dit Jon Hreggvidsson. J'ai été flagellé hier.

— En quoi il ment, il a été flagellé avant-hier. En revanche, hier il a tué un homme, le malheureux, dit soudain sa femme d'une voix aiguë en se coulant le plus vite possible dehors, par la porte, derrière les arrivants.

Alors, Jon Hreggvidsson dit : « Je prie vos Nobles Seigneuries de ne pas prêter attention à cette bonne femme-là : ce qu'elle est, on peut le voir à son rejeton, là-haut dans le lit, et fiche-moi le camp d'ici, idiot et ne te montre pas aux gens de bien. Petite Gunna, Gunna! Où est ma Gunna, elle qui a les mêmes yeux que moi? »

Mais la petite fille ne vint pas, bien qu'il l'eût appelé; l'évêque se tourna vers le pasteur en demandant si quelque beneficium avait été attribué à ce miséreux. On lui répondit que personne ne l'avait demandé. La femme de l'évêque saisit le bras de son mari et s'appuya contre lui. Snaefrid Eydalin regarda son calme compagnon, le sourire qu'elle arborait spontanément disparut peu à peu pour faire place à une expression épouvantée.

L'évêque pria le pasteur Thorstein de faire connaître la raison de la venue de l'assesseur, puis de rassembler tous les gens de la ferme car il voulait leur donner sa bénédiction.

Alors, le pasteur Thorstein prit la parole, spécialement

pour dire qu'était venu de la grande ville de Copenhague un homme fort instruit, Arnas Arnaeus, ami du roi, confrère des comtes et des barons et l'honneur véridique de notre pauvre pays parmi les nations. Il voulait acheter tous les lambeaux écrits de l'antiquité, en parchemin comme en papier, vieux grimoires, chiffons de papier et tout ce que l'on pouvait trouver sous forme de lettre ou de livre, qui était en train de pourrir dans des recoins chez les pauvres et misérables habitants de ce malheureux pays qui ne s'entendaient plus à ces choses en raison de la famine et des autres châtiments divins qui accablent les hommes endurcis et ceux qui montrent de l'ingratitude envers le Christ. Cet homme-là, dit le pasteur, trouverait ensuite pour ces livres un lieu d'entreposition dans son grand château de la ville de Copenhague, où il les conserverait pour l'éternité afin que les savants du monde puissent se convaincre qu'en Islande avaient vécu autrefois des hommes dignes de ce nom, comme Gunnar de Hlidarendi, maître Njal et ses fils[2]. Sur ce, le pasteur Thorstein exposa comment son maître, en vertu de la nature prophétique que seuls ont reçue les témoins très érudits des dons de Dieu, avait eu la vision que l'ignorant Jon Hreggvidsson de Rein devait conserver en cachette quelques anciens lambeaux de parchemin portant des écrits de l'époque papiste : voilà pourquoi l'éminente compagnie qui se trouvait là et qui se rendait d'Eyadal, dans l'ouest, à Skalholt, avait fait un détour jusqu'ici dans l'Akranes pour parler à ce pauvre fermier du Christ qui sommeillait sur sa couche, avec ses marques récentes de flagellation. L'assesseur avait grande envie de voir ces lambeaux de parchemin s'ils existaient encore, de les emprunter s'ils étaient à prêter et de les acheter s'ils étaient à vendre.

Malheureusement, Jon ne voyait pas qu'il eût dans ses cachettes aucun fragment de parchemin, chiffon de papier ou lambeau qui conservât la mémoire des hommes d'autrefois et il déplora qu'une aussi noble compagnie eût fait en vain un si long voyage. Il n'y avait dans cette demeure

---

2. Njall, ses fils, Gunnar : héros de la *Saga de Njall le brûlé*.

aucun livre, hormis des lambeaux d'un Graduel ainsi que les Psaumes de la Croix, vilainement versifiés par le pasteur Halldor de Prestholar et ce n'était sûrement pas Gunnar de Hlidarendi qui aurait pu composer pareils psaumes. A la ferme, personne ne lisait couramment, hormis la mère de Jon Hreggvidsson qui avait été initiée à cet art parce que son père avait été relieur de livres chez le regretté pasteur Gudmund de Holt et qu'il avait manipulé des grimoires jusqu'à sa mort. En ce qui le concernait personnellement, lui, Jon Hreggvidsson, il dit qu'il ne lisait pas, à moins d'y être forcé, mais qu'il avait appris de sa mère toutes les sagas et rimes nécessaires, outre d'anciennes généalogies, ce qui faisait qu'il considérait descendre en ligne paternelle de Harald à la dent guerrière, roi des Danois[3]. Il dit que ne lui sortaient jamais de la mémoire des anciens aussi remarquables que Gunnar de Hlidarendi, le roi Pontus et Odd-aux-flèches[4] qui faisaient douze aunes de haut et auraient atteint l'âge de trois cents hivers si rien ne leur était arrivé, et que s'il avait possédé un pareil livre, il l'aurait immédiatement envoyé au roi et aux comtes, gratis, pour prouver qu'ici en Islande, il avait existé des hommes autrefois. En revanche, il considérait que ce n'était pas pour leur impénitence que les Islandais étaient maintenant tombés dans la misère, car, Gunnar de Hlidarendi, quand s'était-il repenti? Jamais. Il dit que sa mère ne se fatiguait jamais de chanter les Psaumes de Pénitence du pasteur Halldor de Prestholar, mais que cela ne servait pas à grand-chose. En revanche, il dit que le manque d'engins de pêche avait fait aux Islandais un tort bien plus considérable que l'absence de repentir, et que le commencement de son propre malheur avait été de se laisser tenter par un bout de corde. Pourtant, nul ne pourrait soutenir, et Monseigneur l'évêque moins que quiconque, qu'il eût été ingrat envers le Christ ou qu'il eût jamais envisagé de laisser péricliter sa terre; bien au contraire, ce propriétaire terrien et maître céleste avait toujours été doux et miséricordieux

3. Les généalogies islandaises anciennes font toujours remonter les Islandais aux grands rois sinon aux dieux.
4. *Oddr-aux-flèches* est le héros d'une célèbre saga légendaire.

envers son pauvre fermier et ils avaient toujours été en bons termes.

Tandis que parlait le maître de maison, des gens entrèrent pour recevoir la bénédiction de l'évêque de Skalholt. La parente de Jon, la nouée aux phalanges décharnées, sa sœur, avec ses plaies et son visage emporté par la lèpre n'eurent de cesse qu'elles se fussent frayé un passage jusque tout près des visiteurs, face à face avec les gloires de ce monde. Les mutilés et surtout les lépreux guettent le moment d'exposer leurs plaies, en particulier devant ceux qui ont quelque pouvoir, souvent avec une fierté provocante qui désarme aussi bien le plus courageux et rend l'homme le plus beau ridicule à ses propres yeux : Vois, voilà à ce que le Seigneur, dans sa grâce, m'a fait, voici mes mérites devant le Seigneur, disent ces créatures en demandant par là même : quels sont tes mérites, à toi? comment le Seigneur t'estime-t-il? ou, aussi bien : le Seigneur m'a infligé ces plaies à cause de toi.

L'idiot était toujours jaloux des deux lépreuses et supportait donc mal qu'elles fussent plus proches que lui de l'endroit où de grands événements étaient en cours. Il les maltraitait et les ennuyait de toutes les façons en leur donnant des coups de pied, en les pinçant, en leur crachant dessus, et Jon Hreggvidsson dut lui intimer de se retirer à plusieurs reprises. Le chien du pasteur Thorstein se faufila dehors, la queue entre les jambes. La femme de l'évêque essaya de sourire affablement aux deux lépreuses qui levaient vers elle leurs visages noirs, mais Demoiselle Snaefrid se détourna de cette vue en poussant un cri, entoura involontairement de ses bras les épaules d'Arnaeus qui se tenait à ses côtés, se cacha la tête dans sa poitrine d'un mouvement tremblant et rapide, puis s'arracha à lui en essayant de se dominer, ajoutant d'une voix sourde, un peu assombrie :

— Mon ami, pourquoi m'entraînes-tu dans cette terrible maison?

Les autres personnes, la mère, la fille, la femme de Jon étaient maintenant venues s'ajouter au groupe pour recevoir la bénédiction. La vieille mère tomba à genoux devant l'évêque et baisa son anneau selon la vieille coutume, et Sa Seigneurie l'aida à se relever. Le joyau de la maison, c'étaient les yeux noirs et apeurés de la fille, bombés et scintillants. La femme de Jon revint à la porte, nez pointu et voix aigre, prête à disparaître s'il arrivait quelque chose.

— Il semble, dit le pasteur Thorstein, comme je l'ai déjà maintes fois redit à Monseigneur, qu'il n'y ait pas grands trésors à chercher ici. Il n'est pas jusqu'à la miséricorde du Seigneur qui soit encore plus éloignée de cette maison que des autres de la prébende.

Il y avait dans cette imposante compagnie une personne sur laquelle aucune horreur ne faisait effet et qui ne se laissait surprendre par rien, ni en ce lieu ni ailleurs, et qui ne se départait pas de son calme d'homme du monde. Rien, dans l'expression d'Arnas Arnaeus, ne témoignait d'autre chose que de sa satisfaction de se trouver dans cette maison. Il s'était mis à converser avec la vieille femme, lentement, humblement, sans cérémonies, comme un habitant de quelque vallée retirée qui a beaucoup réfléchi dans la solitude. La douceur de sa voix grave évoquait le velours plus que le duvet. Et, chose bien remarquable, il se fit que lui, cet ami fidèle du roi, ce commensal des comtes et notre honneur parmi les nations, cet homme du monde distant que l'on ne pouvait guère tenir pour Islandais sinon en rêve et dans les contes, il connaissait dans les moindres détails la famille et l'origine de cette vieille femme insignifiante, il était au courant de la parenté qu'elle avait dans l'ouest du pays, disant avec un sourire placide que, plus d'une fois, il avait eu entre les mains des livres que son père avait reliés pour le compte d'un certain pasteur Gudmund, mort il y avait cent ans.

— Malheureusement, ajouta-t-il en regardant l'évêque, malheureusement, le regretté pasteur Gudmund de Holt avait coutume de faire arracher de vieux livres sur parchemin portant de célèbres sagas, dont chaque feuille, que dis-je, chaque demi-feuille, voire même le moindre fragment était *auro carior* [5], certaines valant plus qu'une grosse

5. *Auro carior* : plus précieux que l'or.

ferme pièce. Puis il faisait utiliser ces feuilles de parchemin comme reliures ou comme couvertures de livres de prières et de psautiers qu'il recevait, non reliés, de l'imprimerie de Holar, et qu'il vendait contre du poisson aux enfants de sa paroisse.

Après quoi il s'adressa de nouveau à la vieille femme :

— Maintenant, je voudrais demander si la vieille mère ne pourrait me montrer un endroit ou un autre, sous les lits, dans la cuisine, dans les communs ou dans le grenier, où échoue parfois un lambeau rapiécé de culotte de cuir, ou, dans les coins, une paire de souliers éculés, ou encore entre le toit et le mur, dans une cabane où l'on fourre parfois, en hiver, de vieux chiffons dans les fentes pour que la neige ne rentre pas, sans parler de vieux sacs de peau ou de caisses pleines de vieilleries, où je pourrais fouiller un peu pour voir s'il ne pourrait se faire que je trouve ne serait-ce qu'un méchant lambeau de quelque reliure de l'époque du pasteur Gudmund de Holt.

Mais dans cette demeure, il n'y avait ni sac de peau ni boîte à vieilleries non plus que de grenier. Pourtant, l'assesseur ne faisait pas mine de devoir abandonner et bien que l'évêque s'impatientât un peu et souhaitât en finir avec sa bénédiction, l'ami du roi continuait de sourire aimablement aux gens.

— Dans ce cas-là, il faut que ce soit au fond du lit de ma mère, dit Jon Hreggvidsson.

— Très juste, dit l'assesseur en sortant du tabac à priser de sa poche et en en offrant à tout le monde, l'idiot et les deux lépreuses compris, Dieu sait sur quoi ne couchent pas nos braves vieilles.

Quand Jon Hreggvidsson eut prisé de cet excellent tabac, il lui revint à l'esprit que les vieux morceaux de peau qui, un ou deux ans plus tôt, s'étaient avérés inaptes à rapiécer ses braies avaient bien dû échouer quelque part.

Poussière et puanteur s'élevèrent dès que l'on se fut mis à fouiller dans la couche de la vieille car, vers le fond, le foin était vieux et abondamment moisi. Parmi ce foin, il y avait pêle-mêle toutes sortes de fatras, comme des chaussures sans semelles, des morceaux de souliers, des jambes de bas, des chiffons de bure moisis, des bouts de ficelle, de la corde à filets, des fragments de fers à cheval, des cornes, des os, des ouïes de poissons, des queues de poissons dures comme verre, des bûchettes et autres bouts de bois inutiles, des contrepoids de métiers à tisser, des coquilles de moules, des coquillages et des étoiles de mer. Il n'était pas exclu pourtant que, parmi tout cela, on pût trouver des choses utiles et même remarquables, comme des fermoirs de sangles en cuivre, des pierres à accouchements, des garnitures de fouets, d'antiques pièces de monnaie.

Jon Hreggvidsson s'était personnellement traîné hors de son lit pour aider le professeur *antiquitatum* à fouiller dans la couche de la vieille. Les belles dames étaient sorties à l'air libre et les lépreuses étaient restées près de l'évêque. La vieille femme se tenait à distance et le rouge monta à ses joues ridées quand ils se mirent à fouiller, ses pupilles s'élargirent; plus ils fouillaient, plus ils touchaient de choses, plus elle était émue, jusqu'au moment où elle se mit à trembler. Finalement, elle troussa sa cotte jusqu'à ses yeux et pleura sans bruit. L'évêque de Skalhot était auprès, un peu méfiant de la conduite de l'assesseur, mais quand il vit que la vieille femme s'était mise à pleurer, il caressa avec une compassion toute chrétienne sa joue humide et parcheminée en s'efforçant de l'assurer qu'on ne lui enlèverait rien de ce à quoi elle tenait.

Au terme d'une longue et minutieuse recherche, le noble invité sortit finalement du foin pourri quelques lambeaux de peau recroquevillés, si chiffonnés, desséchés et durcis qu'il fut impossible de les aplanir.

Le sourire d'excuses courtoises qui se lisait dans les yeux du placide dignitaire tandis qu'il fouillait dans ce fatras avait soudain disparu pour faire place à la gravité pleine d'abnégation de l'homme de métier pendant qu'il élevait sa trouvaille à la douce lumière du jour diffusée par la lucarne. Successivement, il souffla sur la peau, l'examina, sortit un mouchoir de soie de son gousset et l'en épousseta.

— C'est du parchemin, dit-il finalement en jetant un

rapide coup d'œil à son ami l'évêque, et ils l'examinèrent tous les deux : quelques feuilles de vélin, pliées et brochées, le fil ayant depuis longtemps été déchiré ou pourri; mais quoique la surface de la peau fût noire et crasseuse, on pouvait facilement discerner un texte en caractères gothiques. Leur ardeur était presque recueillie, ils manipulaient des lambeaux ridés aussi prudemment que s'il se fût agi d'un fœtus sans peau, en murmurant des mots latins comme *pretiosissima, thesaurus et cimelium.*

— Cet écrit date d'environ 1 300, dit Arnas Arnaeus. Tout ce que je peux voir, c'est que ce sont des feuilles de la Skalda elle-même.

Puis il se tourna vers la vieille femme, lui dit que c'étaient là six feuilles d'un ancien manuscrit et demanda combien il avait pu y en avoir au début.

La vieille femme cessa de pleurer quand elle vit qu'ils ne convoitaient rien de plus précieux dans le fond de son lit et répondit qu'il n'y avait sûrement pas eu plus d'une feuille supplémentaire, elle se rappelait qu'une fois, il y avait bien longtemps, elle avait fait tremper ces lambeaux de peau et en avait arraché une feuille pour rapiécer les braies de son Jon, mais ça ne valait rien, ça ne tenait pas le fil; quand l'hôte demanda ce qu'était devenue cette feuille, la femme répondit d'abord que ça n'avait jamais encore été dans ses habitudes de jeter chose utilisable, surtout pas si c'était de la peau, étant donné le manque de chaussures qu'elle avait dû souffrir dans sa vie, avec tous ces pieds : il eût fallu un vraiment mauvais lambeau de peau pour qu'il ne servît à rien dans les années difficiles, alors qu'il y en avait beaucoup qui devaient manger leurs chaussures; quand bien même il ne se serait agi que d'un morceau de lacet, on pouvait toujours le fourrer dans la bouche des enfants pour qu'ils le sucent. Messeigneurs ne devaient pas croire qu'elle n'eût pas fait de son mieux pour tirer profit de ces lambeaux-là.

Ils contemplèrent tous deux la vieille femme qui essuyait ses larmes en reniflant. Puis Arnas Arnaeus dit à voix basse à l'évêque :

— Voilà sept ans que je cherche et que j'interroge par

tout ce pays pour savoir s'il ne se trouverait pas un fragment ou au moins une *minutissima particula* des quatorze feuilles qui me manquent de la Skalda, car sur ce manuscrit unique ont été consignés les plus beaux poèmes du Nord. En voici trouvées six, toutes chiffonnées et difficiles à lire, assurément, mais tout de même *sine exemplo*.

L'évêque félicita son ami en lui serrant la main.

Alors Arnas Arnaeus haussa la voix et se tourna vers la vieille femme : J'emporterai donc ces lambeaux de misère, dit-il. Ils ne conviennent pas, en tout cas, pour rapiécer des braies ou pour ressemeler des chaussures; et il n'est pas nécessaire d'envisager que l'Islande soit accablée d'une famine telle qu'on les tienne pour mangeables. Mais tu auras de moi une pièce d'argent pour ta peine, ma brave femme.

Il enveloppa les morceaux de parchemin dans son mouchoir de soie et les fourra dans son gilet tout en disant au pasteur Thorstein, sur ce ton de nonchalance enjouée que l'on affecte quand on veut s'adresser cordialement à un secourable compagnon avec lequel on n'a rien en commun d'autre part :

— Il se trouve donc, cher pasteur Thorstein, que le peuple qui possède les plus remarquables *literas* de l'hémisphère Nord depuis l'antiquité, préfère à présent marcher sur du vélin et manger du vélin que de lire d'anciens écrits sur vélin.

Sur ce, l'évêque donna sa bénédiction aux gens de la ferme.

Les gentes dames avaient attendu leurs cavaliers dehors, dans la rougeur du couchant; elles vinrent en souriant à leur rencontre. Une vingtaine de chevaux en liberté mâchonnaient ardemment l'herbe du petit clos en s'ébrouant. Les palefreniers en amenèrent quatre sur le terre-plein. Puis la compagnie monta en selle et suivit le chemin caillouteux à bride lâche. Les sabots lançaient des étincelles.

Quelques jours après, Jon Hreggvidsson s'en alla dans le Skagi, réclamer la taxe sur les renards : c'était lui qui détruisait leurs tanières pour le compte des gens de la contrée. Il reçut le paiement de la taxe sous forme de poissons, comme c'était la coutume, mais comme d'habitude, il y avait pénurie de corde, si bien qu'il lui vint à l'idée d'aller rendre visite au chef du district pour lui emprunter de la ficelle afin d'attacher son poisson. Le chef du district se tenait devant la porte avec quelques paysans du Skagi quand Jon Hreggvidsson entra dans la cour avec ses poissons.

— Paix à vous tous! dit Jon Hreggvidsson.

On lui répondit mollement.

— J'avais pensé prier l'autorité de me prêter un tout petit bout de corde, dit Jon Hreggvidsson.

— Sûrement que tu vas avoir un bout de corde, Jon Hreggvidsson, dit le chef du district qui se tourna vers ses hommes en disant : Emparez-vous de lui, au nom de Jésus!

Outre le chef du district, ils étaient trois, tous de vieilles connaissances de Jon. Deux d'entre eux se saisirent de lui, le troisième restant inactif. Jon fit immédiatement résistance, se précipita sur les paysans à tour de rôle, les rossa et les repoussa, les roula dans la boue en sorte qu'ils eurent bien du mal, jusqu'à ce que le chef du district, qui était d'une force herculéenne, vienne à leur rescousse. Il se fit qu'au bout d'un moment, ils eurent maîtrisé le croquant, mais les poissons avaient été foulés aux pieds au cours de la bagarre. Sur ce, le chef du district alla chercher des chaînes et les mit au croquant en lui disant que désormais il ne manquerait pas de logement. Le prisonnier fut mené à la résidence du chef du district, dans le vestibule de la pièce des domestiques, où les gens entraient et sortaient à longueur de journée, et il fut gardé là, fers aux pieds, sous bonne garde, deux semaines durant. On lui fit carder du crin de cheval ou moudre du grain et les domestiques se relayèrent pour le surveiller. La nuit, on le faisait dormir sur un coffre. Les gamins et les fillettes le raillaient et se moquaient de lui en passant les portes et une vieille lui versa dessus un pot de chambre parce qu'il chantait les Rimes de Pontus pendant la nuit, empêchant les gens de dormir. Mais une pauvre veuve et ses deux enfants eurent pitié de lui et lui donnèrent de la graisse chaude avec des rillons dedans.

Finalement, on se rendit au Kjalardal avec le croquant et il y eut un thing sur cette affaire. Là, le chef du district établit que l'on s'était emparé de lui à bon droit, qu'il était accusé d'avoir assassiné le bourreau Sigurd Snorrason et qu'il lui était enjoint de se disculper de cette accusation en faisant prêter serment par douze hommes, lui-même devant produire ses témoins. Mais les six personnes qui se trouvaient à l'église de Saurbaer jurèrent que le cadavre de Sigurdur Snorrason avait les yeux et la bouche fermés quand ils l'avaient découvert dans le ruisseau. Monsieur Sivert Magnussen, celui que l'on avait tiré de la tourbière, jura que le bourreau et Jon Hreggvidsson s'étaient écartés des autres ce soir-là, dans l'obscurité. On ne prêta aucun serment favorable à Jon Hreggvidsson. Après un procès de deux jours, il fut condamné à mort pour le meurtre de Sigurd Snorrason. Il lui était permis de faire appel au jugement du gouverneur à l'Althing.

L'automne était fort avancé, le sol était couvert d'une couche de neige gelée, l'état des chemins était bon et tous rentrèrent à pied, sauf le chef du district et son scribe. Sur le chemin du retour pour le Skagi, le chef du district fit un détour par Rein et le prisonnier dut rester enchaîné et gardé devant sa propre ferme pendant que le chef du district y entrait.

On avait appris l'identité des arrivants, la mère de Jon Hreggvidsson trayait les vaches et apporta au paysan du lait tiède dans un seau de bois. Quand il eut bu, elle lui écarta d'une caresse les cheveux qu'il avait sur les yeux. La fille de Jon sortit aussi devant la ferme, se tint auprès de l'homme et le regarda.

Le chef du district entra dans la salle de Rein sans frapper à la porte.

— Ton mari a été condamné pour meurtre, dit le chef du district.

— Oui, c'est le pire des hommes, dit la femme. C'est ce que j'ai toujours dit.

— Où est son fusil? dit le chef du district. Les instruments de meurtre sont superflus dans cette maison.

— Oui, c'est extraordinaire qu'il ne nous ait pas tous tués depuis longtemps avec ce fusil, dit la femme en le lui remettant.

Sur ce, elle prit une chemise de bure, neuve, bien pliée, la tendit au chef du district et dit :

— Comme tout le monde peut le voir, je suis enceinte, et de plus, malade et pas belle à voir, et d'ailleurs il ne se soucie certainement guère de me voir. Mais je voudrais prier le chef du district de lui porter ce vêtement s'il doit être parti longtemps : il est chaud.

Le chef du district attrapa la chemise, en gifla la femme et dit, tout en jetant le vêtement à la volée :

— Je ne suis pas votre domestique, à vous autres, gens de Rein.

Le garçon éclata de rire parce qu'il prenait toujours autant de plaisir à voir faire du mal à sa mère, quel qu'en fût l'auteur. Les lépreuses étaient assises ensemble sur un lit, l'une nouée, l'autre couverte de plaies, se tenant les mains en tremblant et louant Dieu.

Comme l'hiver avait fait son apparition et qu'il ne fallait pas espérer que le procès de Jon Hreggvidsson fût conclu avant l'Althing, il fut décidé que le prisonnier serait transporté à Bessastadir, car il n'y avait pas grandes possibilités ailleurs de garder des prisonniers longtemps. On envoya des hommes en barque vers le sud jusqu'à l'Alftanes, avec le prisonnier à l'arrière. Il faisait froid, le vent soufflait et la barque embarquait pas mal d'eau. Les hommes se réchauffaient en ramant et en écopant. Jon Hreggvidsson chantait les Anciennes Rimes de Pontus. Quand ils le regardaient, il cessait un instant de chanter, il y avait une lueur dans ses yeux, il leur riait en pleine figure par provocation de sorte que ses dents blanches fulguraient dans sa barbe noire, puis il continuait de chanter.

A Bessastadir, le prisonnier fut reçu par l'intendant du bailli, un scribe et deux domestiques danois. Cette fois, on ne le logea pas dans la Caisse aux Esclaves, on le mit directement au cachot. Au-dessus d'une petite élévation sur le sol, qui ressemblait au haut d'un puits, il y avait de lourds volets avec une traverse et de puissants verrous recouvrant un gouffre profond aux parois blanchies à la chaux. On lança une échelle de corde et l'on fit descendre Jon jusqu'au fond, puis les domestiques du bailli descendirent après lui pour le mettre aux fers. Pour toutes commodités, il y avait une petite couchette avec une peau de mouton, une caisse de bois pour faire ses besoins, un billot sur lequel il y avait une belle hache et, à côté, un pot de terre plein d'eau. La lanterne de l'intendant éclaira un instant cette image, le billot, la hache et le pot de terre tandis que les hommes repartaient. Ils regrimpèrent, tirèrent l'échelle de corde derrière eux, fermèrent les volets, poussèrent la traverse et firent tourner les clefs dans les verrous. Puis tout fut silencieux. Il faisait noir comme dans un four, on ne voyait pas ses mains devant soi. Jon Hreggvidsson chanta :

> *Le gaillard obtint son déduit,*
> *Mit près de soi la femme dans son lit,*
> *De l'ivresse d'amour empli,*
> *De l'ivresse d'amour empli,*
> *— A peine avait-elle dit oui.*

Dans ce cachot, Jon Hreggvidsson chanta les Anciennes Rimes de Pontus tout cet hiver-là ainsi que fort avant dans l'été.

En ce lieu, on ne comptait pas le temps par quarts, encore moins par révolutions solaires, il n'y avait pas de différence entre jour et nuit et Jon n'avait aucun passe-temps : on lui descendait à manger dans un panier une fois par jour, parfois deux. De la compagnie, il n'en avait guère, et passagère.

En vérité, il avait oublié ce que sont les hommes quand on fit entrer ses premiers invités : aussi les salua-t-il avec joie. Il étaient deux, tous deux fort abattus et ils répondirent à peine à ses salutations. Il leur demanda leur nom et d'où ils étaient, mais ils ne se pressaient pas de répondre. Finalement, il parvint à tirer d'eux qu'ils étaient, l'un du Seltjarnarnes, Asbjörn Joakimsson de son nom, l'autre de Hraun, Holmfast Gudmundsson.

— Oui, dit Jon Hreggvidsson, les gens de Hraun ont toujours été des scélérats du diable. Mais j'aurais cru que les gens du Seltjarnarnes étaient inoffensifs.

Les deux hommes attendaient d'être flagellés. A la lenteur qu'ils mettaient à répondre et à la façon dont ils prenaient garde à ce qu'ils disaient, tout comme à la gravité avec laquelle ils considéraient leur lot, il était facile de voir que c'étaient des hommes honorables tous les deux. Jon Hreggvidsson continuait de questionner et de bavarder. Il se révéla que cet Asbjörn Joakimsson avait refusé de faire passer de l'autre côté du Skerjafjord un messager du bailli. Holmfast Gudmundsson était condamné à la flagellation pour avoir vendu quatre poissons contre un bout de ficelle dans le Hafnafjord au lieu de remettre ces poissons au marchand de Keflavik, du secteur commercial duquel dépendait sa ferme selon la nouvelle ordonnance royale prescrivant de répartir les transactions commerciales en secteurs donnés.

— Qu'est-ce qui t'empêchait de remettre les poissons dans le secteur où il t'avait été assigné de commercer par mon Très Gracieux Sire? demanda Jon Hreggvidsson.

L'homme dit qu'il n'y avait pas eu moyen d'obtenir de la ficelle chez le commerçant auquel le roi avait attribué Keflavik — chez le marchand de Hafnafjord non plus, en fait, mais un individu bienveillant qui se trouvait dans la boutique lui avait fait avoir un tout petit bout de ficelle pour ces quatre poissons. Et il a fallu que cela m'arrive, à moi, Holmfast Gudmundsson, dit l'homme pour en finir.

— Tu aurais mieux fait de te pendre à cette ficelle, dit Jon Hreggvidsson.

Asbjörn Joakimsson était encore plus taciturne que son frère en flagellation.

— Je suis fatigué, disait-il. On ne peut s'asseoir nulle part?

— Non, dit Jon Hreggvidsson. Ce n'est pas un salon, ici. Cette couchette est pour moi tout seul et je ne la laisserai pas. Et cesse de rôder autour du billot là-bas, tu pourrais renverser mon pot de terre avec mon eau.

Puis ce fut de nouveau le silence, jusqu'à ce qu'on entende un profond soupir dans l'obscurité :

— Et moi qui m'appelle Holmfast Gudmundsson.

— Et alors? dit l'autre. Est-ce que je ne porte pas un nom, moi aussi. Est-ce que nous ne portons pas un nom, tous? Je crois que ça revient au même, comment on s'appelle.

— Quand a-t-on lu dans les livres anciens que les Danois aient condamné à la flagellation un homme de mon nom, dans son propre pays, ici, en Islande?

— Les Danois ont décapité l'évêque Jon Arason lui-même, dit Asbjörn Joakimsson.

— Si quelqu'un a l'intention de maudire mon Roi héréditaire ici, dit Jon Hreggvidsson, je suis son Serviteur héréditaire.

Puis le silence régna un long moment. Alors, on entendit de nouveau l'homme de Hraun prononcer son nom dans l'obscurité :

— Holmfast Gudmundsson.

Il le répétait, presque silencieusement, comme si c'eût été la réponse énigmatique d'un oracle : Holmfast Gudmundsson.

Puis, de nouveau, le silence.

— Qui a dit que les Danois avaient décapité l'évêque Jon Arason? demanda alors Holmfast Gudmundsson.

— Moi, dit Asbjörn Joakimsson. Et du moment qu'ils ont décapité Jon Arason, est-ce que ça ne revient pas au même que le roi fasse flageller des bouseux comme nous?

— Il est honorable d'être décapité, dit Holmfast Gudmundsson. Même un type insignifiant devient quelqu'un pour avoir été décapité. Un type insignifiant peut déclamer une strophe tandis qu'on le mène à la décapitation, comme Thorir Jökull qui en déclama une et fut décapité[1], et son

---

1. Thorir Jökull est un personnage présenté par la *Sturlunga Saga*. Il est resté célèbre pour avoir déclamé, au moment de mourir, une strophe d'un stoïcisme altier.

nom vivra tant que le pays sera habité. En revanche, il est mesquin pour tout le monde d'être flagellé. Il n'y a pas d'individu glorieux qui ne se couvre de ridicule pour avoir été flagellé.

Il ajouta à voix basse : Holmfast Gudmundsson, a-t-on jamais entendu nom plus islandais ? Et à ce nom islandais, le souvenir d'un fouet danois restera attaché à travers les siècles, dans la conscience d'un peuple qui consigne tout dans les livres et ne peut jamais rien oublier.

— Je n'ai été amoindri en rien pour avoir été flagellé, dit Jon Hreggvidsson. Et personne n'a ri de moi. C'est moi qui ai été le seul à rire.

— C'est à soi-même que ça ne fait rien d'être flagellé, à soi tout seul, dit Asbjörn Joakimsson. D'un autre côté, je ne nie pas que ça puisse être un petit peu plus ennuyeux pour les enfants d'apprendre, quand ils sont plus grands, que leur père a été flagellé. Les autres enfants les montrent du doigt en disant : ton papa, il a été flagellé. J'ai trois petites filles. Mais à la troisième ou quatrième génération, tout cela est oublié — en tout cas, je n'imagine pas qu'Asbjörn Joakimsson soit un nom si remarquable qu'il soit consigné dans les livres et lu à travers les siècles, loin de là, je suis comme n'importe qui dont le nom n'est pas connu, en mauvaise santé et bientôt mort. En revanche, le peuple islandais défiera les siècles s'il ne cède pas, quoi qu'il advienne. Que j'aie refusé de faire passer un homme du roi de l'autre côté du Skerjafjord, c'est vrai. Ni vif ni mort, j'ai dit. Je serai flagellé, c'est bien. Mais si j'avais cédé, quand bien même ce n'aurait été que cette seule fois-là, et si tout le monde cédait toujours et partout, aux marchands et aux baillis, aux fantômes et au diable, à la peste et à la petite vérole, au roi et au bourreau — où donc ce peuple-ci aurait-il droit de cité ? Même l'enfer serait trop bien pour un pareil peuple.

Holmfast ne répondit pas mais continua de répéter son nom en silence. Jon Hreggvidsson était résolu à ne pas les admettre avec soi sur sa couche. Quelque temps après, ses fers cessaient de cliqueter et les premiers ronflements commencèrent, avec un halètement rapide à la surface du conscient, pour s'approfondir peu à peu et devenir réguliers.

Au fur et à mesure que l'hiver s'écoulait, il arriva souvent que l'on jetât à Jon Hreggvidsson des voleurs, parfois plusieurs d'un coup, on les gardait là la veille du jour où il étaient marqués au fer rouge ou amputés de la main. Il était sur des charbons ardents, dans la crainte qu'ils ne lui volent son pot de terre ou même sa hache. Et on lui balançait encore pour quelque temps d'autres gens qui attendaient leur châtiment, des gens du district de Gullbringa surtout. Un métayer avait refusé de prêter son cheval au bailli, sous prétexte que des gens qui ne se déplaçaient pas sans avoir quatre-vingt-dix chevaux bien que n'en possédant pas un seul eux-mêmes n'avaient qu'à rester chez eux : jamais Gunnar de Hlidarendi n'avait demandé à personne de lui prêter un cheval; — un autre, Halldor Finnbogason des Myrar, avait refusé de recevoir le saint sacrement et avait été accusé de blasphème notoire et de diffamation des objets sacrés; tous deux étaient condamnés à avoir la langue tranchée, maudissant entre autres son père et sa mère, si bien que Jon Hreggvidsson n'eut aucun repos de la nuit et se fâcha finalement tellement qu'il déclara que quinconque ne s'approchait pas de l'autel était un idiot et qu'il se mit à chanter les Rimes de Jésus — qu'il connaissait mal, pourtant. Exception faite des voleurs, la plupart de ses hôtes étaient des gens qui, d'une manière ou d'une autre, avaient fait la nique au commerce royal. L'un avait été trouvé en possession de tabac anglais. Un autre avait allongé le poids de sa laine avec du sable. Certains étaient allés acheter en cachette de la farine à Eyrarbakki parce que celle de Keflavik était moisie et pleine de vers. Il y en avait qui avaient traité leur marchand de voleur. Et ainsi de suite, sans fin, et tous étaient flagellés. Le fouet du roi ne cessait de claquer allègrement sur les corps décharnés des Islandais à plat ventre. Finalement, furent amenés à ce logis quelques pendards endurcis de la même espèce que Jon Hreggvidsson lui-même, des hommes qui devaient ou bien être mis à mort, ou bien être envoyés à Brimarholm au Danemark [2], l'endroit de ce pays loin-

2. Brimarholm était autrefois un îlot à proximité de Copenhague; cet îlot est maintenant rattaché à la terre ferme. S'y trouvait une forteresse où l'on enfermait les condamnés de droit commun.

tain que connaissait le mieux le tout venant islandais.

Jamais Jon Hreggvidsson ne put voir la lumière du jour pendant ces vingt-quatre semaines, si ce n'est une lueur pour Noël et pour Pâques, quand on l'emmena à l'église, entendre la parole de Dieu. Ces deux jours-là, des gens du bailli descendirent dans son cachot, lui tirèrent un sac de peau sur la tête, lui détachèrent ses fers et l'accompagnèrent à l'église où il fut installé sur un banc tout en bas près de la porte, entre deux types colossaux, pour être édifié, sac sur la tête. La corde qui fermait le sac n'était pas serrée autour de son cou au point de ne pas lui permettre d'entrevoir, à la lueur des lampes, sa main dans la maison de Dieu. Mais il ne vit rien d'autre cet hiver-là.

Vers Pâques, on descendit au croquant un homme de l'Est qui avait été condamné à être envoyé à Brimarholm pour un des crimes les plus scandaleux qui se pût commettre en Islande : il s'était rendu jusqu'à une barque de pêcheurs hollandais et avait acheté du fil à coudre. Jugement avait été passé sur son affaire en automne, et, au printemps, il devait être envoyé à l'étranger depuis le Sudurnes avec un bateau qui avait hiverné en Islande. Au cours de l'hiver, il avait été expédié d'un chef de district à l'autre, tout autour du pays, jusqu'à ce qu'il atteigne cette étape-ci.

— Non, dit Guttorm Guttormsson. Ils n'ont jamais réussi à me convaincre d'avoir acheté autre chose que cette seule bobine-là. En revanche, ces pendards de marchands avaient eu vent que j'étais monté à bord de la barque. Dans ma contrée, tout le monde monte à bord des barques de pêcheurs. Qui n'a jamais vu un ducat d'or hollandais ne sait pas ce que c'est que d'avoir vécu.

C'était un homme à la voix ardente, il était toujours ému et suffocant quand il faisait mention de monnaies hollandaises.

— Elles sont grandes comme ça, disait-il en prenant Jon Hreggvidsson par les épaules et en lui dessinant un cercle sur le front dans l'obscurité.

— Il ne me viendrait jamais à l'idée de trahir mon roi héréditaire et Seigneur pour un denier de Judas comme ça, dit Jon Hreggvidsson.

— Les Hollandais sont des gens en or, disait l'homme. La nuit, si je me réveille et que je ne peux pas dormir, je pense à ces bienheureuses grandes pièces de monnaies et ça me remet de bonne humeur. Quelle taille! Quel poids! Quel éclat!

— En as-tu beaucoup? demanda Jon Hreggvidsson.

— Beaucoup? dit Guttorm Guttormsson. Que j'en aie beaucoup ou pas beaucoup (et ça ne te regarde pas, camarade), je sais ce que c'est que d'avoir vécu. J'ai connu bien des jours heureux. Vous autres, gens du Sudurnes, vous ne vivez jamais un seul jour heureux.

— En cela, tu mens, dit Jon Hreggvidsson. Nous aimons et révérons notre roi.

— Nous autres, gens des fjords de l'est, nous n'avons jamais été une race d'esclaves, dit Guttorm Guttormsson.

Quand ils furent devenus plus intimes, l'homme de l'est laissa peu à peu échapper que, quoiqu'il n'eût pas commis d'autre crime que d'avoir acheté une bobine de fil aux gens de la barque de pêche — n'est criminel que ce qui est découvert — il avait commercé avec les Hollandais des années durant et fait de bonnes affaires. Sa femme travaillait pour eux pendant l'hiver; l'été, il leur apportait du beurre, du fromage, des veaux, des agneaux et des enfants. Il recevait d'eux de la farine de choix, des cordages, de l'hématite, des hameçons, du tabac, des foulards, du vin rouge, de l'eau-de-vie blanche; et, pour les enfants, des ducats d'or.

— Les enfants? dit Jon Hreggvidsson.

— Oui, un ducat pour une petite fille, deux ducats pour un garçon, dit Guttorm Guttormsson.

Il y avait bientôt cent ans que les gens des fjords de l'est vendaient couramment des enfants aux gens des barques, mais il faut dire aussi que les infanticides étaient plus rares dans les fjords de l'est que partout ailleurs dans le pays. Guttorm Guttormsson avait vendu deux enfants aux gens des barques, un garçon de sept ans et une petite fille de cinq ans, aux cheveux blonds.

— Si bien que tu n'as pas plus de trois ducats, dit Jon Hreggvidsson.

— Combien de ducats as-tu, toi? dit Guttorm Guttormsson.

— Deux, dit Jon Hreggvidsson. J'ai deux ducats chez moi, à la maison, à Rein dans l'Akranes — deux ducats vivants qui me regardent.

— Tu les as eus en échange de quoi? demanda l'homme de l'est.

— Si tu crois que je les ai eus pour de l'amorce à poisson, tu te trompes, camarade, dit Jon Hreggvidsson.

Les papiers de l'homme révélèrent que c'était un habile forgeron, aussi fut-il tiré du cachot après un court séjour en ce lieu, et mis dans la Caisse aux Esclaves pour rendre service en attendant son passage pour Brimarholm, si bien que Jon Hreggvidsson ne vit plus ni n'entendit parler de cet excellent homme.

En revanche, vers le printemps, on lui fournit un nouveau camarade, qui resta. C'était un sorcier des fjords de l'ouest, un certain Jon Theofilusson. C'était un individu dégingandé, entre quarante et cinquante ans, qui avait habité une petite ferme dans une vallée écartée, avec sa sœur, une femme d'âge mûr. Il n'avait pas eu grand succès auprès des femmes, surtout parce qu'il n'avait pas assez de moutons, et il avait envisagé de remédier à l'une et à l'autre choses par sorcellerie, comme ç'avait longtemps été l'habitude dans les fjords de l'ouest — en vérité, avec des résultats divers. Un autre homme, un brave paysan à moutons, avait conquis le cœur de la fille d'un pasteur que Jon Theofilusson avait convoitée, et Jon avait essayé de lui envoyer un revenant. Mais il s'y était pris si maladroitement que le revenant était entré dans la vache du prêtre et l'avait tuée. Quelque temps après, un jeune cheval de son rival avait péri dans une mare mystérieuse. Alors, on s'était emparé de Jon Theofilusson et on avait trouvé chez lui deux objets magiques portant des signes cabalistiques. Tandis que l'on enquêtait sur cette affaire, le frère du rival tomba malade et mourut. Le diable, que le sorcier appelait Pokur, se montra à cet homme sur son lit de mort et expliqua que Jon Theofilusson avait fait un pacte avec lui et avait provoqué les accidents qui s'étaient produits avec la vache et le cheval, ainsi que la maladie du frère. L'homme certifia sous serment cette révélation au jour de sa mort. De la sorte, le Diable s'était fait principal témoin dans le procès de Jon Theofilusson, et ce fut ce témoignage-là qui provoqua la perte de l'homme.

Jon Theofilusson redoutait fort d'être brûlé et en parlait souvent d'une voix mourante : il aurait voulu être décapité.

— Pourquoi t'ont-ils amené ici dans le sud, pourquoi ne te brûlent-ils pas dans l'ouest, coquin? dit Jon Hreggvidsson.

— Les gens du Thorskafjord ont refusé de fournir du petit bois, dit l'homme.

— C'est une nouveauté, ça, que les gens d'ici, dans le sud, aient plus de bois de chauffage que dans les autres quartiers du pays, dit Jon Hreggvidsson. Tu devrais solliciter d'être décapité avec moi, de préférence sur ce billot-ci, parce que je suis sûr qu'il n'y en a pas de meilleur dans le pays. Tout le long de cet ennuyeux hiver, je me suis amusé à adapter mon cou dans l'entaille qu'il porte.

— J'ai prié Dieu tout l'hiver pour être décapité au lieu d'être brûlé, dit l'homme.

— Pourquoi n'invoques-tu pas le Diable, mon brave? dit Jon Hreggvidsson.

— Il m'a trahi, dit l'homme en larmoyant. Quand Pokur vous a trahi, on se met à prier Dieu.

— Je vois que tu es une poule mouillée, dit Jon Hreggvidsson. Arrête de sangloter et essaie plutôt de me montrer comment on fait un signe magique.

— Non, dit l'homme en pleurant.

— Tu peux au moins m'enseigner à susciter le Diable, dit Jon Hreggvidsson.

— Je n'y suis jamais arrivé tout seul, dit l'homme. Et bien que Pokur ait soutenu cela, me perdant de la sorte devant le tribunal, c'est un mensonge. En revanche, je me suis procuré un signe à vent magique, et je l'ai un peu essayé pour le compte d'une fille. Outre le fait que j'avais des braies de cadavre cabalistiques.

— Quoi? dit Jon Hreggvidsson. Un signe à vent magique? Pour le compte d'une fille?

— Oui, dit l'homme. Mais ça n'a pas réussi.

— As-tu un signe à vent magique de ce genre-là ici? demanda Jon Hreggvidsson. On peut toujours refaire un essai. Qui sait si nous ne pourrions pas faire arriver ici une bonne femme par sorcellerie? On en a souvent eu besoin, mais maintenant, c'est urgent.

Mais les autorités avaient pris à l'homme son signe à vent magique.

— Est-ce qu'on ne pourrait pas se fabriquer un signe à vent magique? dit Jon Hreggvidsson. Est-ce qu'on ne pourrait pas tracer le signe d'enfer avec la corne de la hache sur le billot et avoir une belle femme bien dodue ici, chez nous, cette nuit, ou même trois de préférence?

Mais se fabriquer un signe de ce genre ne se faisait pas en un tour de main, il fallait pour ce faire avoir accès au règne animal et aux forces de la nature considérablement plus que ce dont ils disposaient en ce lieu; on grave un signe à vent magique avec du fiel de corbeau sur l'intérieur d'une peau de chienne brun clair, et l'on verse dessus ensuite le sang d'un matou noir dont une vierge intacte a coupé le cou à la pleine lune.

— Comment as-tu pu trouver une vierge intacte pour couper le cou d'un matou noir? demanda Jon Hreggvidsson.

— C'est ma sœur qui a fait ça, dit l'homme. Il nous a fallu trois ans pour trouver du fiel de corbeau. Et la première nuit où j'ai monté le signe magique sur le toit de la chambre à coucher de la fille du prêtre en énonçant la formule magique, ils m'ont mis la main dessus. Mais la vache est morte tout de même.

— Et la fille? demanda Jon Hreggvidsson.

— Il y avait un type qui était couché avec elle, dit Jon Theofilusson en pleurant.

Jon Hreggvidsson secoua la tête.

— Mais au fait, tu n'as rien dit des braies de cadavre : je ne comprends pas bien comment tu as pu te trouver en péril si tu avais une paire de braies de cadavre, car j'ai entendu dire qu'il y a toujours de l'argent dedans si on cherche bien.

— Je m'étais procuré des braies de cadavre cabalistiques, et j'avais volé de l'argent à la veuve pour le mettre dedans. Mais les braies du cadavre elles-mêmes, je n'ai jamais pu les avoir parce que l'homme avec qui j'avais convenu que je le dépouillerais de sa peau n'est pas encore mort, bien qu'il ait près de quatre-vingt-dix ans. D'ailleurs, il était bien trop tard, car la vache était morte et le jeune cheval était tombé dans la mare. Et peu de temps après, Pokur s'est montré au bienheureux Sigurd sur son lit de mort et a témoigné contre moi.

Alors, il y eut un moment de silence, seulement troublé par les sanglots du sorcier dans l'obscurité. Au bout d'un certain laps de temps, Jon Hreggvidsson dit à voix basse :

— Tu seras sûrement brûlé.

Le sorcier continua de pleurnicher.

C'est une vieille femme qui veut faire un voyage. Elle est sur le rivage, le matin, à l'heure où les pêcheurs prennent la mer. Elle s'adresse à l'un, puis à l'autre, disant qu'il lui faut se rendre vers le sud. Et bien que tout le monde lui refuse le passage ce jour-là, la voici revenue le lendemain. Elle a des chaussures neuves, un châle brun autour de la tête qui ne laisse dépasser que le bout de son nez, un sac de peau et un bâton et elle a troussé ses cottes comme font les femmes qui ont un long voyage à faire.

— Ça ne présage pas grand malheur que de permettre à une malheureuse de naviguer avec vous et de la déposer à terre quelque part sur un cap.

— Il y a assez de vagabonds sur les caps dans le sud, disent-ils.

Le temps passe, les jours de déménagement [1] sont passés. Et le matin, la femme se traîne toujours sur le rivage, elle veut faire un voyage. En fin de compte, un batelier se rend, il la prend dans sa barque en jurant et la dépose à terre près de Grotta, puis il repart en ramant. Elle se traîne sur les rochers couverts d'algues et les cailloux battus par la mer, jusqu'à ce qu'elle soit arrivée en haut, dans l'herbe verte. Eh oui! ainsi, elle a traversé la mer. Les montagnes de chez elles, l'Akrafjall et le Skardsheidi, bleuissent dans le lointain.

Quittant cette pointe, elle dirigea ses pas vers l'intérieur des terres. La journée de printemps était claire et calme, elle grimpa sur une hauteur au milieu du cap pour regarder alentour. Les masures se tapissaient parmi les algues jusque tout en bas, à la limite des hautes eaux. De l'autre côté du fjord, au sud du cap, brillait au soleil la maison blanche de Bessastadir, où régnaient les hommes du roi; du côté nord du cap, de longs bâtiments s'étendaient sur les rochers pelés jusqu'à la mer et il y avait des bateaux de commerce au

---

1. Légalement, on ne pouvait déménager qu'aux *fardagar*, jours de déménagement, quatre jours consécutifs fin mai.

mouillage : c'était le comptoir de Holm. Vers l'intérieur des terres, de hautes montagnes, rendues bleues par l'éloignement, faisaient cercle autour de monticules sombres aux pentes verdoyantes.

Longtemps, ce jour-là, elle marcha vers l'intérieur des terres en longeant le fjord, par des terrains pierreux et les marécages détrempés, jusqu'à ce qu'elle arrive à une rivière qui se jetait dans une baie en deux bras écumants et dont le courant bleuâtre luisait. Elle n'avait pas grand espoir de traverser par ses propres moyens. Une personne au pied ferme et dans la fleur de l'âge aurait peut-être enlevé ses bas pour passer à gué, mais elle, c'était une vieille femme. Elle prit le parti de s'asseoir et de réciter un psaume de pénitence du pasteur Halldor de Prestholar. Elle sortit de son sac un bout de queue de morue séchée et le grignota tout en récitant le psaume, et but dans sa paume de l'eau de la rivière tandis qu'elle se demandait quelle strophe venait ensuite, car le Seigneur n'exauce les prières qu'à condition qu'elles soient récitées dans le bon ordre. Elle prenait garde également à dire le psaume sur le ton requis, faisant traîner un peu sa voix un vers sur deux pour baisser le ton à la fin de chaque distique, avec des accents affligés, comme quand le doigt glisse sur une corde.

Quand elle eut terminé le psaume, des hommes qui menaient des chevaux de bât arrivèrent de l'est et elle les pria, en versant des larmes, d'aider, au nom de Jésus, une pauvre misérable à passer à l'est des bras de la rivière, mais ils répondirent qu'il y avait suffisamment de vieilles vagabondes de l'autre côté. Quand ils furent partis, elle cessa de pleurer et poursuivit la récitation des Psaumes de Pénitence. Alors surgirent des convoyeurs qui venaient de l'ouest, transportant du poisson séché. Elle les pria en pleurant d'aider une misérable vieille, mais ils étaient bien ivres d'eau-de-vie et dirent qu'ils allaient la rosser à coups de fouet si elle ne retournait pas à l'endroit dont elle était venue. Les éclaboussures que faisaient leurs chevaux en traversant à gué rejaillirent au passage sur la femme. Elle cessa de pleurer et progressa dans la récitation des psaumes de pénitence.

Vers le soir arriva une petite bergère d'une des fermes de l'ouest de la rivière. Elle était à cheval et gardait du bétail dans l'îlot entre les bras de la rivière. La vieille femme promit de prier Dieu de bénir la petite fille si celle-ci l'aidait à traverser. La gamine ne dit rien mais arrêta son cheval près d'une touffe de gazon appropriée. Puis elle fit monter la femme derrière elle, lui fit traverser les deux bras, arrêta le cheval près d'une touffe de gazon de l'autre côté et attendit que la femme soit descendue de la monture. La vieille prit congé de la gamine en l'embrassant, priant Dieu de la bénir, elle et toute sa descendance.

Le soir était venu.

A l'ouest sur la lande, dans les fermes, il y avait foule partout, c'étaient surtout des convoyeurs qui s'en allaient chercher du poisson séché dans le sud le long de la mer, certains étant venus de loin à l'est, et de riches paysans à cheval, pleins d'argent, qui étaient allés faire des courses à Bessastadir ou au comptoir de Holm : c'était à eux, de préférence, que l'on donnait un logement pour la nuit. De plus, il y avait là beaucoup d'autres gens, de ceux surtout qui ont le malheur de constater que le poisson qu'ils cherchent est toujours de l'autre côté de la montagne et dont, en conséquence, la vie est un perpétuel voyage ; dans cette catégorie figuraient des paralytiques et autres malades de consomption, des poètes, des voleurs marqués au fer rouge, des simples d'esprit, des demi-idiots, des gamines, des chantres, des estropiés, des violoneux et des fous. Il y avait une famille qui venait des Rangarvellir, dans l'est, l'homme, la femme et cinq enfants, et qui avaient mangé tout leur bétail ; ils voulaient se rendre chez des parents à eux, dans le sud, à Leira, dans l'espoir d'y avoir du poisson. Un des enfants était à l'agonie. Ils racontaient que les cadavres de vagabonds récemment arrivés gisaient devant les portes des gens partout dans les contrées de l'est. Dans les Rangarvellir, dix-neuf voleurs avaient été marqués au fer rouge et un, pendu.

Il fallait que les convoyeurs surveillent leur chargement de poisson séché pendant la nuit. Les vagabonds s'étaient installés sur les pavés, les enclos et les murs et proposaient toutes sortes de divertissements à ceux qui voulaient s'amuser, les lépreux tendaient leurs moignons décharnés en louant Dieu. Un simple d'esprit se tenait debout sur le faîte d'une maison et exerçait l'art navrant de la pétomanie, cela coûtait un skilding. Ce chantre s'était fait revêtir d'une cape d'amazone et, pour quelques ouïes de morue séchée, psalmodiait en contrefaisant la voix de l'évêque de Skalholt un prétendu évangile de Saint Marc de Midhus adressé aux beaux-frères de ce dernier à propos de deux filles et de deux tonneaux d'huile de baleine : Qui déshonore mes filles à Noël ne pourra voir leur gloire à Pâ-âques. Puis il psalmodiait en contrefaisant la voix de l'évêque de Holar : La souris sauta sur l'autel et mordit la chandelle, avec sa longue queue et ses rouges chaussu-u-res. Puis, de sa propre voix :

> *Vesenis tesenis tara*
> *Je suis une merveille je crois,*
> *Hallara stallara stotinn,*
> *Le plongeon dans le pied jaspi-i-i-ne.*

Mais personne ne voulait voir ni entendre le violoneux, et d'ailleurs les cordes de son violon étaient rompues.

Pour finir, la vieille femme s'enquit du chemin pour aller vers l'est en traversant la montagne et dit qu'elle envisageait de continuer sa route cette nuit-là.

— Où veux-tu aller ? lui demanda-t-on.

Elle dit qu'elle avait une petite commission à faire chez la femme de l'évêque, à Skalholt.

On la regarda avec indifférence. Quelqu'un dit :

— Est-ce qu'il n'y a pas eu deux vieilles vagabondes qui se sont perdues sur le Hellisheidi, la nuit de Pâques, ce printemps-ci ?

Un autre dit :

— Les chefs de districts ont interdit désormais de faire passer vers l'est les grands fleuves aux vagabonds.

Un troisième, qui semblait bien être un vagabond lui-même :

— Les fesse-mathieu de l'est ne rêvent que de meurtres, ma vieille.

Au fur et à mesure que la soirée s'avançait, le temps se couvrait et il se mit à pleuvoir. La femme avait les pieds endoloris. Les oiseaux pépiaient joyeusement et avec animation dans la nuit claire, et la mousse chaude, dans les champs de lave, était d'un vert si tendre que la brume en était éclairée. Finalement, la femme avait marché si longtemps que ses pieds avaient cessé d'être sensibles : au contraire, ils s'étaient engourdis. Elle se coula dans une petite caverne au bord du chemin et essaya de les ranimer en les frottant, avala un morceau de poisson séché et récita un psaume de pénitence.

— Oui, bon ! peut-être qu'elles se sont perdues la nuit de Pâques, ces deux vieilles-là, marmonnait-elle dans ses dents entre les strophes. Oui, bien sûr, c'étaient deux pauvres vieilles.

Un petit moment après, elle s'était endormie, le menton sur les genoux.

Mais le lendemain, vers le soir, quand elle fut parvenue à l'est, à l'Ölfusa, tout ce qu'elle avait entendu dire au sud de la lande se révéla vrai : aux endroits de passage des rivières, on exigeait des laisser-passer des personnes suspectes. Parmi une bande d'hirondelles de mer, sur un banc de sable au bord du fleuve, six vagabonds attendaient, dont un cadavre. Le passeur avait dit non. L'un des vagabonds raconta qu'il avait essayé de demander du lait à la ferme voisine et qu'on l'avait éconduit en lui disant que les saumons tétaient les vaches. Cet homme dit qu'il s'était offert à raconter des histoires, car il était scalde et connaissait plus de mille récits, mais en cette année de disette, personne n'avait considéré pouvoir se priver d'un bol de lait écrémé, quel que fût le dédommagement offert en échange.

— Qu'est-ce que Gunnar de Hlidarendi aurait dit s'il avait vu un pareil peuple, dit le scalde. Et Egill Skallagrimsson [2] ?

— Il fut un temps où je forgeais de l'argent pour les chefs, dit un vieil homme aveugle qui tenait par la main un gamin

[2]. Egill Skallagrimsson est le héros de l'une des plus célèbres des grandes sagas islandaises (*Egils Saga Skallagrimssonar*).

aux yeux bleus. Et maintenant, je mendie une nageoire de poisson.

Cette remarque tomba un peu à côté du sujet, comme il arrive souvent aux propos des aveugles, et le fil de la conversation en fut interrompu, si tant est qu'il eût existé. Les mendiants contemplèrent longuement, en silence, l'eau du fleuve aux couleurs de glacier qui coulait devant eux.

Le cadavre était celui d'une petite fille. On l'avait disposé correctement sur le banc de sable, mais nul ne s'en souciait plus. On disait que, de son vivant, elle avait eu le cerveau dérangé. Si on lui relevait les cheveux sur le front, on voyait qu'elle avait été marquée au fer rouge.

— Il y a deux corbeaux qui n'arrêtent pas d'aller et venir, à l'est de la rivière, dit le gamin aux yeux bleus qui conduisait l'aveugle.

— Le corbeau est l'oiseau de tous les dieux, dit le scalde. C'était l'oiseau d'Odin et c'est l'oiseau de Jésus-Christ. Ce sera également l'oiseau du dieu Skandilan, qui n'est pas encore né. Quiconque est lacéré par un corbeau sera sauvé.

— Et l'hirondelle de mer? dit le gamin.

— A certains oiseaux, le Seigneur a donné toute la terre en plus du ciel, dit le scalde. Étends-toi de tout ton long comme moi, jeune homme, interprète le vol des oiseaux pour ton propre compte, et ne parle pas.

Le fleuve glaciaire courait toujours.

Un mendiant au corps enflé, vraisemblablement hydropique, qui s'était assis, jambes écartées, sur le banc de sable en regardant entre ses pieds leva alors ses yeux d'eunuque et dit :

— Pourquoi ça, de l'argent? Pourquoi pas de l'or?

L'aveugle répondit :

— J'ai aussi travaillé de l'or.

— Alors, pourquoi n'as-tu pas dit de l'or? demanda l'homme en corps enflé.

— J'aime mieux l'argent que l'or, dit l'aveugle.

— J'aime mieux l'or, dit le boursouflé.

— J'ai remarqué que peu de gens aiment l'or pour lui-même, dit l'aveugle. J'aime mieux l'argent pour lui-même.

Le boursouflé se tourna vers le scalde et demanda :

— Quand est-ce qu'on parle d'argent en poésie?

— Si tu étais jeune fille non mariée, dit le scalde, préférerais-tu te marier avec un homme ou avec trente baleines?

— C'est une énigme, ou quoi? demanda le gros mendiant.

— La fille que j'aimais s'est mariée avec trente baleines, dit le scalde.

— De la compagnie des mauvaises gens, *parsinobis domine*, dit une vieille aux manières d'autrefois, en tournant le dos aux autres.

— Elle n'a pas voulu de moi, dit le scalde. Et pourtant, j'étais dans mes meilleures années. C'était une année de disette, comme maintenant. Le même printemps, trente baleines vinrent s'échouer sur le rivage d'un veuf de soixante-dix ans, de la contrée.

— L'or ne tire pas son prix du fait que ce soit un métal meilleur que l'argent, dit l'aveugle. L'or tire son prix du fait qu'il ressemble au soleil. L'argent a la lumière de la lune.

Deux notables qui arrivaient de l'est se portèrent garants pour l'aveugle et son gamin, qui furent transportés sur l'autre rive. Un homme se porta garant pour la vieille papiste et même pour l'homme au corps enflé qui avait un frère lépreux dans le Kaldarnes. Mais pour le scalde, nul ne voulut se porter garant, non plus que pour le cadavre ou pour celle qui venait d'arriver du Skagi. Elle pleura un moment et conjura les paysans au nom de Jésus, mais rien n'y fit; ils montèrent dans le bac et le passeur sortit les rames : il resta trois personnes, deux vivantes et une morte.

Le scalde dit :

— Tu es une vagabonde novice, ma brave femme, si tu crois que la miséricorde de Dieu existe encore. La miséricorde de Dieu est la première chose à mourir dans les mauvaises années. Si l'on pouvait obtenir quelque chose par les larmes en Islande, non seulement on ferait passer à la rame les rivières aux mendiants, mais encore on les emporterait sur des ailes par-dessus les mers.

La vieille femme ne répondit pas. Elle se mit en route

avec son sac et son bâton en remontant le long du fleuve. Quelque part, il devait bien se trouver un endroit où l'eau mugissante du courant se réduit à un petit ruisseau qu'un enfant peut traverser à pied sec.

Restèrent le scalde et le cadavre.

Le but de ce voyage, Skalholt, siège de l'évêque et de sa docte école, offre un accueil inhospitalier au voyageur inconnu avec son fourmillement de bâtiments couverts de touffes de gazon. Le printemps était si avancé que la tourbe avait séché. Les gens n'avaient cure des inconnus et ne s'intéressaient pas aux hôtes insignifiants, ils passaient auprès en glissant comme des ombres ou des créatures de rêves, muettes, sans demander les nouvelles. Malgré cela, il était rafraîchissant de humer le fumet qui enveloppait les lieux, ce mélange de fumée de cuisine, d'odeurs de poisson, d'émanations de fumier et de puanteur de détritus. Les masures de tourbe se comptaient assurément par centaines, certaines déjetées, avec des toits roussis et sans âge, d'autres opulentes, presque jeunes, avec des cheminées fumantes et des toits couverts d'herbe. La cathédrale, un bâtiment de bois goudronné avec clocher et hautes fenêtres en ogive, dominait ce tas de terre.

Elle demanda son chemin pour se rendre à la résidence de l'évêque. Celle-ci était une grande maison à un étage, également en tourbe, si ce n'est qu'un pignon de bois blanchi à la chaux donnait du côté de l'église, percé d'une rangée de fenêtres à croisillons, à mi-hauteur d'un élégant pavé. De ce pavé, on pouvait voir dans les pièces. Y brillaient des pichets et des vases d'argent, d'étain et de cuivre, des coffres bellement peints et de magnifiques bois sculptés, mais il ne s'y voyait personne. Il y avait des doubles portes à l'entrée, la porte extérieure était rongée par le temps et se trouvait entrebâillée, mais la porte intérieure était faite d'un bois choisi et sculptée de dragons, un anneau de cuivre autour de la serrure. Depuis le sol, on pouvait atteindre de la main les fenêtres, avec seulement deux vitres à chacune, tendues de rideaux de couleur claire qui se rejoignaient en haut de la fenêtre mais étaient tirés sur les côtés dans le bas.

Maintenant que la voyageuse était enfin arrivée au terme de sa route et se trouvait sur le terre-plein devant la maison de l'évêque, à Skalholt, maintenant qu'il ne restait plus qu'à frapper à la porte, ce fut comme si elle était prise d'hésitations; elle s'assit sur le pavé devant les fenêtres de l'évêque, ses jambes noueuses au bord du pavé, et sa tête s'affaissa sur sa poitrine. Elle était fatiguée. Il y avait un moment qu'elle était restée assise de la sorte quand une femme traversa le terre-plein et demanda ce qu'elle voulait. La vieille femme leva lentement les yeux, tendit la main pour saluer.

— Ce n'est pas un endroit pour les vagabonds, ici, dit l'autre.

La vieille se mit en devoir de se lever et demanda où était la femme de l'évêque.

— Les mendiants doivent s'adresser à l'intendant de l'évêché, dit la femme, une imposante veuve dans la fleur de l'âge qui semblait avoir grande autorité et être en bonne santé.

— La femme de l'évêque me connaît, dit la vieille.

— Comment la femme de l'évêque te connaîtrait-elle? dit la femme. La femme de l'évêque ne connaît aucune mendiante.

— Dieu est avec moi, dit la vieille. Et voilà pourquoi je peux parler à la femme de l'évêque de Skalholt.

— C'est ce que disent tous les vagabonds, dit la femme. Mais moi, je suis certaine que Dieu est avec les riches et pas avec les pauvres. Et la femme de l'évêque sait que si elle parlait avec les miséreux, elle n'aurait plus le temps de rien faire d'autre, et l'évêché de Skalholt serait dévasté.

— Elle est tout de même venue chez moi dans ma ferme l'année dernière et elle a parlé avec moi, dit la vieille. Et si vous croyez que je suis pauvre, ma bonne madame, qui que vous soyez et quel que soit votre nom, je vais vous montrer un peu quelque chose ici.

Elle fouilla dans sa poitrine et sortit sa pièce d'une rixdale, soigneusement enveloppée dans un mouchoir, et la montra à la femme.

— La femme de l'évêque n'est pas chez elle, dit alors celle-ci. Elle est allée dans l'ouest avec l'évêque, chez sa mère, pour se rétablir après cet épouvantable printemps. Il y a souvent eu des cadavres ici, sur le pavé, le matin, quand les gens se levaient. Elle ne reviendra pas avant la mi-été, quand l'évêque aura fini sa tournée d'inspection pastorale dans l'ouest.

La main qui tenait la rixdale s'abaissa, et la visiteuse qui avait fait un si long chemin regarda la femme en dodelinant de la tête. Elle avait la langue sèche depuis longtemps, à force de réciter les psaumes de pénitence du pasteur Halldor de Prestholar.

— Croyez-vous qu'on ait déjà décapité des gens à l'Althing maintenant? dit-elle finalement.

— Décapité des gens? Quelles sortes de gens? demanda la femme.

— Des pauvres gens, dit la visiteuse.

— Est-ce que je sais quand on a pu décapiter des criminels à l'Althing, dit la femme. Qui es-tu, femme, qu'est-ce que tu veux? et où as-tu eu cette rixdale?

— Où peut bien être maintenant le noble gentilhomme de Copenhague, celui qui est venu dans l'Akranes l'an dernier avec l'évêque?

— Tu ne veux tout de même pas parler d'Arnas Arnaeus, ma brave femme? Et où pourrait-il bien être avec ses livres, sinon chez lui à Copenhague? Tu es peut-être aussi de celles qui espèrent trouver un consolateur arrivant par bateau à Eyrarbakki, haha!

— Et où est la svelte jeune fille qu'il a amenée l'année dernière dans notre ferme, à Rein?

La femme montra les fenêtres du haut et baissa la voix, mais ce sujet de conversation lui délia la langue : Si c'est de Demoiselle Snaefrid, la fille du gouverneur, que tu t'enquiers, brave femme, elle est ici, à Skalholt, et elle serait fiancée, disent certains; on a été jusqu'à entendre dire que bientôt elle se pavanerait parmi les comtesses. Une chose est sûre : on lui a fait apprendre ici à la fois le latin, l'histoire, l'astronomie et autres sciences bien au-dessus de la condition des femmes qui ont vécu ici en Islande. Et elle a elle-même laissé entendre, ce printemps-ci, qu'elle espérait un peu la venue de quelqu'un par bateau, à Eyrarbakki et qu'à cause de cela, malgré sa fébrilité, elle ne pourrait pas accompagner sa sœur dans l'ouest. Mais ce bateau est arrivé à Eyrarbakki il y a une semaine, et personne n'a rien remarqué. En revanche, il s'agite ici, en plein jour, sur le terre-plein, des gens qui devaient bien, cet hiver, se glisser ici tard le soir. Et c'est de plus en plus rarement que l'on envoie quérir le professeur. Plus on monte haut, plus on tombe bas. Le monde est ce qu'il est, ma brave femme. On m'a appris que le mieux était de garder la mesure en toutes choses.

Finalement, la vieille femme fut conduite à l'étage supérieur de la maison de l'évêque, à la chambre de Snaefrid, fille du gouverneur, qui, vêtue de soie fleurie et tissant une ceinture, était assise sur une chaise. Elle était d'une incroyable sveltesse, sans poitrine presque, son hâle doré de l'automne précédent avait fait place depuis longtemps à une pâleur délicate, et le bleu de ses yeux était encore plus clair qu'alors. Son visage était sans joie, elle avait le regard absent, les lèvres serrées, en sorte que le sourire qui leur était naturel en était proscrit et le pli de sa bouche s'était durci sous l'effet d'une tension qui ne lui était pas naturelle. Elle contempla, comme d'une sorte de lointain infini, l'être crotté et accablé par l'âge qui se tenait à sa porte, avec son sac vide et ses pieds ensanglantés.

— Que veut cette vieille femme? demanda-t-elle finalement.

— Mademoiselle ne reconnaît-elle pas cette vieille femme? demanda l'arrivante.

— Qui est capable de faire la différence entre les vieilles femmes d'Islande? dit la demoiselle. Qui es-tu?

— Mademoiselle ne se souvient-elle donc pas d'une petite ferme en bas d'une montagne près de la mer?

— Il y en a des centaines, dit la demoiselle. Des milliers. Qui peut les distinguer les unes des autres?

— Une célèbre et noble demoiselle se trouve dans une petite maison un jour d'automne et se penche vers l'homme le plus éminent du pays, le meilleur ami du roi. « Ami, dit-elle, pourquoi m'as-tu entraînée dans cette épouvantable maison? » C'était la maison de mon fils, Jon Hreggvidsson.

La demoiselle posa son ouvrage et se renversa sur ses

coussins pour se reposer, ses doigts minces, presque transparents, pendirent des bras sculptés de son siège, indifférents à la vie de son pays. Elle portait une grosse bague en or. A l'intérieur, l'air était lourd de musc et de nard.

— Que me veux-tu, femme? demanda-t-elle mollement, après un long silence.

— Rarement femme du sud aura fait un aussi long voyage vers l'est, dit la femme. J'ai parcouru tout ce chemin pour demander à Mademoiselle de délivrer mon fils.

— Moi? Ton fils? Le délivrer de quoi?

— De la hache, dit la femme.

— Quelle hache? demanda la demoiselle.

— Je sais que Mademoiselle ne se moquera pas d'une vieille femme, toute naïve qu'elle soit.

— Je ne comprends pas de quoi tu parles, ma brave femme.

— On dit que votre père a l'intention de faire décapiter mon fils à Thingvellir sur l'Öxara.

— Cela ne me regarde pas, dit la demoiselle. Il en fait décapiter tant.

— Mademoiselle aura peut-être un jour un fils qui sera le plus beau de tous les Islandais, dit la femme.

— Es-tu venue ici pour me prophétiser malheur?

— Dieu me garde de prophétiser malheur à Mademoiselle, dit la vieille. Il ne m'était même pas venu à l'idée que je verrais Mademoiselle. J'ai fait tout ce chemin pour rencontrer la femme de l'évêque, étant donné qu'il n'est pas de femme si puissante qu'elle ne comprenne une autre femme. J'espérais qu'elle, qui est fille du gouverneur et épouse de l'évêque, se rappellerait qu'elle a pénétré dans ma maison et qu'elle aurait pitié de moi, maintenant que l'on va décapiter mon fils. Mais maintenant qu'elle est partie, il n'y a personne qui puisse m'aider en dehors de Mademoiselle.

— Comment peut-il venir à l'idée des gens que ma sœur et moi, deux femmes ignorantes, puissions avoir quelque influence sur les lois et les jugements, dit la jeune fille. Il est peu probable que ton fils soit décapité sans raison. Même mon fils ne serait pas épargné s'il était coupable, serait-il le plus beau des Islandais. Et moi, pas davantage. Et d'ailleurs, la reine des Écossais n'a-t-elle pas été décapitée?

— Mademoiselle peut disposer des lois du pays, elle peut disposer des jugements, dit la vieille femme. Les amis du roi sont les amis de Mademoiselle.

— Le théâtre de l'actualité n'est pas un lieu que je fréquente, dit la jeune fille, ceux qui y règnent, certains par les armes, d'autres par les livres, sont des hommes forts. Ils me nomment la vierge claire et disent que la nuit est mon royaume.

— On dit que la nuit règne sur le jour, dit la vieille femme. C'est le matin qu'il faut louer la vierge[1].

— C'est moi, cette femme dont on fera l'éloge une fois qu'elle aura été brûlée, dit la jeune fille. Retourne, ma brave mère, à l'endroit d'où tu es venue.

A ce moment, on entendit un cavalier arriver sur le terre-plein et une voix bourrue qui donnait des ordres à un palefrenier. La demoiselle sursauta et se pressa le poing contre la joue.

— Ainsi, il est venu, murmura-t-elle. Et moi qui suis seule.

En moins de temps qu'il n'en faut pour le dire, les pas d'un homme botté s'approchèrent dans l'escalier avec un cliquetis d'éperons et la porte fut poussée avant que la jeune fille ait eu le temps de déplisser sa jupe, d'arranger ses cheveux ou de composer son visage.

Il était de haute taille et large d'épaules, bien pris mais un peu voûté comme s'il avait tenu pour une magnificence excessive de se redresser, le regard en dessous et un peu sournois évoquant assez un taureau, et il se déplaçait avec une désinvolture maussade.

— Bonjour, dit-il d'une voix mince et désagréable, en levant un regard oblique avec une grimace dégoûtée, selon la coutume qu'ont les snobs de ne rien considérer d'assez bon pour eux, pas même le plus noble parti du pays. Il émanait de lui un faible relent d'eau-de-vie. Il avait de

1. Citation littérale d'un des plus grands poèmes de l'*Edda*, le *Havamal*.

hautes bottes à semelles doubles, un collet espagnol crasseux, un manteau aux manches bouffantes, une grande perruque à la façon des petits maîtres danois et si haute qu'il devait tenir son chapeau à panache à la main. Au lieu de s'incliner devant la demoiselle et de lui baiser la main, il pointa le doigt en direction de la vieille femme et demanda sur le même ton que quand il avait salué :

— Qui est cette vieille?

La demoiselle regarda en l'air avec cette expression glacée qui jamais, tant qu'il fait jour, ne trahit ce que l'on a sur le cœur, si bien que le cavalier alla tout droit à la vieille en haillons, lui mit le manche de son fouet sur la poitrine, toute penchée qu'elle était sur son bâton, et demanda :

— Qui es-tu, la vieille?

— Ne lui faites pas de mal, dit la fille du gouverneur. Elle est en train de parler avec moi. Je suis en train de lui parler. Et comme je le disais tout à l'heure, vieille femme, même la reine des Écossais a été décapitée. De puissants rois ont été décapités, et leurs meilleurs amis de même. Nul ne peut sauver autrui de la hache. C'est à chacun de se sauver de la hache, ou bien d'être décapité. Magnus de Braedratunga, donnez une petite pièce à cette femme et faites-la sortir.

Le cavalier sortit sans mot dire de la petite monnaie de sa bourse et la donna à la femme, la fit sortir ensuite et ferma la porte.

Le matin était gris, le jour où l'on repêcha Jon Hreggvidsson et le sorcier dans le cachot de Bessastadir, où on les mit à cheval pour les conduire à l'Althing sur l'Öxara. Puis il se mit à pleuvoir. Ils arrivèrent tard le soir, tout trempés. Pour Jon Hreggvidsson qui avait assassiné le bourreau du roi, des dispositions spéciales étaient en vigueur. On se méfiait de lui plus que des autres criminels et il fut mis à part, sous surveillance individuelle, dans une tente, derrière le baraquement[1] du bailli : c'est là qu'on lui apporta à manger. Dès son arrivée, il fut mis aux fers. Devant l'ouverture de la tente, un géant était assis sur une pierre, une pipe de terre à la bouche et un brasero à côté de lui avec quelques branches dont il prenait bien garde qu'elles ne se consument pas complètement. Du coin de l'œil, en silence, il regardait Jon Hreggvidsson tout en fumant comme une cheminée.

— Donne-moi une bouffée, dit Jon Hreggvidsson.

— Personne ne me donne à fumer, je paie pour mon tabac, dit le gardien.

— Alors, vends-en-moi.

— Où sont tes sous?

— Tu auras un agneau en automne.

— Ça, jamais. On pourrait envisager de te fourrer la pipe dans le bec pour un skilding comptant, dit le gardien. Mais je ne veux pas me faire rembourser pour un décapité, aussi vrai que je m'appelle Jon Jonsson.

Jon Hreggvidsson regarda pensivement l'homme un moment, puis rit, les yeux brillants et ses dents blanches étincelèrent, ses fers cliquetèrent et il se mit à déclamer.

---

1. *Baraquement.* Tant à l'Althing qu'aux autres endroits de réunions publiques, on édifiait des constructions temporaires qui consistaient en une assise de tourbe, stable, sur laquelle on montait des toiles de tente. C'est ce genre de constructions (budh) que l'on appellera ici baraquement.

Le lendemain, le gouverneur, les gens de la Lögrétta et les représentants du roi siégèrent à une vieille table déglinguée dans le bâtiment vermoulu, prenant l'eau et glacé d'où l'on avait emporté la cloche du jugement, l'année précédente. Seuls, deux de ces chefs avaient de bons manteaux, le gouverneur Eydalin et le bailli de Bessastadir, lequel était en outre le seul à porter une fraise. La plupart des autres étaient en foulards, en houppelandes mal coupées ou en manteaux de voyage élimés, un ou deux chefs de districts avaient les mains douces et blanches, mais la plupart les avaient violettes à cause des intempéries, la peau tannée, pleine de cals et de durillons, le visage laid quoiqu'avec des nuances de l'un à l'autre, et la taille voûtée. Bien que les uns fussent grands et les autres, petits, les uns, larges de visage, et les autres, longs, les uns, blonds et les autres, bruns, collection de races les plus dissemblables, tous portaient un signe distinctif national commun : ils avaient de mauvaises chaussures. Même le gouverneur Eydalin avec son manteau étranger tout neuf, avait de vieilles bottes, crevassées, déformées et racornies par incurie, mal ressemelées et imprégnées de vieille crasse. Seul, le bailli, le Danois, avait de hautes bottes étincelantes, de beau cuir souple et brun, fraîchement cirées, avec les revers rabattus sur les genoux et des éperons d'argent bien fourbis. En face de ces notables du pays, se tient un déguenillé en redingote déchirée, ceint d'une corde de crin de cheval, les pieds noirs et nus, les poignets enflés et meurtris. Il a petites mains, les cheveux et la barbe d'un noir de charbon, le visage grisâtre, des yeux bruns, l'expression résolue et sévère.

Furent produits devant la Lögrétta les actes que l'on avait dressés sur son procès à Kjalardal l'automne précédent. Selon le jugement prononcé au thing de Thvera par le chef du district, jugement dont Jon Hreggvidsson faisait appel devant le tribunal du gouverneur à l'Allthing, l'accusé avait été condamné à mort, verdict fondé sur le serment des six hommes qui s'étaient trouvés à Saurbaer à l'église et qui avaient vu le cadavre de Sigurd Snorrason dans le ruisseau, le premier dimanche de l'hiver. Ces hommes avaient déposé sous serment que le corps du bourreau était atteint de rigidité cadavérique lorsqu'ils étaient arrivés à lui, dans le ruisseau qui coule à l'est du Midfellsland, dans la paroisse de Strönd dépendant du thing de Thvera, que ses yeux et sa bouche étaient fermés mais qu'il avait la tête toute droite et étrangement raide. On avait attesté en outre que, la veille, juste avant que le défunt ne flagellât Jon Hreggvidsson à Kjalardal, le dernier nommé avait tenu des propos provocateurs et menaçants à son égard, bien qu'en termes couverts, le menaçant au nom du diable et disant qu'il lui revaudrait chèrement cela avant qu'il n'eût fait le nœud qui servirait pour la dernière et la plus grasse maîtresse. Fut en outre proclamée la déclaration faite sous serment par Monsieur Sivert Magnussen, établissant que, le soir du meurtre, Jon Hreggvidsson et Sigurd Snorrason avaient chevauché dans l'obscurité par un autre chemin que leurs compagnons de voyage en quittant Galtarholt. Finalement, il fut établi que, peu avant l'aube, Jon Hreggvidsson s'était manifesté à Galtarholt, chevauchant la monture de Sigurd Snorrason et portant sur la tête le chapeau de celui-ci. Douze hommes avaient été convoqués au thing de Kjalardal pour donner, sous serment, leur opinion, à savoir, si Jon Hreggvidsson était coupable, ou non, de la mort de Sigurd Snorrason, et il avait résulté de ces serments que ces hommes étaient certains que c'était par œuvre humaine que Sigurd Snorrason avait eu la bouche et les yeux fermés, et que Jon Hreggvidsson en était convaincu plus que quiconque.

Le gouverneur siégeait en chapeau et perruque, les yeux rouges et ayant mal dormi car il contint un bâillement en demandant à l'accusé s'il avait quelque chose à ajouter à sa précédente déposition, celle qu'il avait faite à Kjalardal. Jon Hreggvidsson répéta qu'il n'était pas capable de se rappeler ce dont on l'accusait sous serment, comme d'avoir fait des menaces et des provocations à Sigurd Snorrason avant d'être flagellé, non plus que cette chevauchée qu'ils auraient faite tous les deux dans l'obscurité à l'écart des autres. Tout ce qu'il se rappelait de cette chevauchée nocturne, c'est qu'ils avaient échoué dans un vaste terrain marécageux, dans le noir, et que lui, Jon Hreggvidsson, avait contribué pour une part importante à retirer d'une tourbière où il était tombé parmi les chiens pourris Monsieur Sivert Magnussen, ce maître et soutien de la contrée; l'accusé établit que ce sauvetage avait manifestement réussi. Après que lui, Jon Hreggvidsson, ait sauvé cette précieuse vie humaine, il avait envisagé d'essayer d'enfourcher sa monture. La dernière chose qu'il se rappelait, c'était que la jument s'était mise à ruer sans compter que, dans le calme de la nuit, elle avait grossi dans des proportions déraisonnables et paru à peu près impossible à monter, du reste, il ne se souvenait pas non plus d'être jamais parvenu sur son dos. De ses compagnons de voyage, il n'avait plus la moindre idée, ils avaient tous disparu à ce moment-là. Ce qui lui paraissait le plus vraisemblable, c'est qu'alors il était aussitôt tombé à la renverse et s'était endormi. Quand il s'était réveillé, il y avait un soupçon de jour dans le ciel. Il s'était levé et avait vu une guenille dans l'herbe, et l'avait ramassée; c'était le chapeau de Sigurdur Snorrason, il se l'était mis sur la tête étant donné qu'il avait perdu son propre bonnet. A courte distance de là, il avait aperçu un quadrupède et s'était rendu jusque-là : c'était le cheval du bourreau, il l'avait monté jusqu'à Galtarholt. Voilà, dit Jon Hreggvidsson pour finir, tout ce qu'il était capable de dire sur les événements de cette nuit-là, et tout ce qui avait pu se produire d'autre au cours de la nuit s'était passé à son insu : de cela, je prends à témoin, dit-il, le Seigneur qui a créé mon âme et mon corps et qui les a unis en un seul...

— Non, non, non, Jon Hreggvidsson, coupa alors le gouverneur Eydalin. Il ne t'appartient pas d'invoquer ici le Seigneur.

Puis il ordonna de faire sortir le prisonnier.

Quand le gardien eut de nouveau mis Jon Hreggvidsson aux fers, il s'assit sur la pierre devant l'ouverture de la tente, ranima le brasero et se mit à fumer.

— Fourre-moi un coup de ta pipe dans la gueule, chien d'enfer, et tu auras un mouton, dit Jon Hreggvidsson.

— Où est-il, ce mouton, dit l'homme.

— Il est dans la montagne, dit Jon Hreggvidsson. Je vais te faire un certificat.

— Où est le scribe?

— Amène un papier, je vais gribouiller, dit Jon Hreggvidsson.

— Et après, faudra-t-il que j'aille chasser la bête dans la montagne avec ce certificat? demanda l'homme.

— Qu'est-ce que tu veux? demanda Jon Hreggvidsson.

— Je ne traite que comptant, dit le gardien... surtout avec un condamné à mort. Aussi vrai que je m'appelle Jon Jonsson. Et tais-toi.

— Il faut que nous en discutions un peu plus, dit Jon Hreggvidsson.

— Je ne dis plus rien, dit le gardien.

— Tu devrais t'appeler Hundur Hundsson[2], dit Jon Hreggvidsson.

C'était le dernier jour du thing.

Le soir, les verdicts furent proclamés, et, vers minuit, Jon Hreggvidsson fut nouveau traîné à la Lögrétta pour entendre la sentence.

Après enquête et examen minutieux, était-il dit dans le verdict, et en raison des dépositions d'hommes dignes de confiance touchant toutes sortes de mauvaises expériences qu'ils avaient faites de Jon Hreggvidsson, les conclusions unanimes du gouverneur et des membres de la Lögrétta étaient, après avoir imploré la grâce de l'Esprit Saint, que Jon Hreggvidsson était convaincu d'assassinat et de meurtre sur la personne de feu Sigurdur Snorrason. La Lögrétta ratifiait en tous points le verdict du chef du district et la sentence serait exécutée sur-le-champ.

Mais comme le soir était venu et que l'on avait besoin de repos après ces rudes besognes, le gouverneur ordonnait que les exécutions capitales fussent reportées au lendemain matin, enjoignant au bourreau et à ses aides de mettre la nuit à profit pour mettre en état leurs instruments. De la sorte, Jon Hreggvidsson fut une fois encore conduit à sa tente, derrière le baraquement du bailli et mis aux fers cette dernière nuit. Le gardien Jon Jonsson s'assit dans l'ouverture, son dos puissant à l'intérieur de la tente, et se mit à fumer.

2. *Hundur Nundsson* : nom inventé, Chien fils de Chien.

Le blanc des yeux de Jon Hreggvidsson était d'un rouge inhabituel et il jura un peu dans sa barbe, mais le gardien n'y prêta pas attention.

Finalement, le croquant ne put plus taire ce qu'il avait sur le cœur, il dit avec humeur :

— Est-ce que c'est des mœurs que de vouloir décapiter quelqu'un sans lui donner de tabac?

— Mets-toi en route pour faire tes prières et te pieuter, dit le gardien. Le pasteur viendra au petit jour.

Le condamné à mort ne répondit pas et il y eut un long silence, si ce n'est qu'on entendait une hache s'abattre à coups réguliers sur un billot; dans le calme de la nuit, la paroi de la crevasse renvoyait l'écho de ces coups avec un son métallique et creux.

— Qu'est-ce que c'est que ces coups-là? dit Jon Hreggvidsson.

— Demain matin, on va brûler un sorcier des Terres de l'Ouest, dit le gardien. Ils sont en train de débiter du petit bois.

Il y eut de nouveau un moment de silence.

— Si tu me donnes du tabac, tu auras ma vache qui vêle de bonne heure, dit Jon Hreggvidsson.

— Qu'est-ce que c'est que ces bêtises-là? dit Jon Jonsson. Qu'est-ce que tu veux faire avec du tabac, toi qui es déjà comme mort?

— Tu auras tout ce que je possède, mon brave, dit Jon Hreggvidsson. Va chercher du papier, je vais faire mon testament.

— Tout le monde dit que tu es un sale type, dit Jon Jonsson. Et qu'il ne faut pas se fier à toi.

— J'ai une fille, dit Jon Hreggvidsson. J'ai une fille jeune.

— Tu as beau être aussi malin qu'on le dit, tu ne réussiras pas à me tromper, dit Jon Jonsson.

— Elle a des yeux qui scintillent, dit Jon Hreggvidsson. Bombés. Et des seins hauts. Jon Heggvidsson de Rein jure devant le Christ, maître de sa terre, que sa dernière volonté et sa dernière disposition est qu'elle soit mariée avec toi, Jon Jonsson.

— Quelle sorte de tabac tu demandes? dit le gardien en

hésitant, tout en se retournant et en regardant d'un œil à l'intérieur de la tente. Hein?

— Évidemment, je demande la seule sorte de tabac qui puisse convenir à un condamné à mort, dit Jon Hreggvidsson. Le tabac que toi seul peux me vendre, au point où nous en sommes.

— Alors, c'est moi qui serai décapité, dit le gardien. D'ailleurs, il n'est guère probable que la fille dise oui, même si j'échappais à la hache.

— Si elle voit une lettre de moi, elle dira oui, peu importe ce qui sera écrit, dit Jon Hreggvidsson. Elle aime et respecte son père au-delà de toute mesure.

— Comme si je n'avais pas assez de ma vieille va-nu-pieds dans le Kjos, dit le gardien.

— Je vais m'en occuper cette nuit même, dit Jon Hreggvidsson, tu n'auras pas besoin de te faire de soucis pour elle.

— Est-ce que tu serais en train de menacer de tuer ma femme, chien d'enfer, dit alors le gardien. Et de m'amener, moi, sur le billot. Tes offres sont des mirages, comme tout ce qui vient du Diable. C'est vraiment une bonne action que de ne pas laisser un coquin de ton espèce faire de vieux os.

Un petit homme bien fait se tient à la porte, il est vêtu en pasteur, il a le teint sombre, les sourcils noirs, des lèvres rouges et s'est exercé à se mouvoir lentement. Il est un peu effarouché par la lumière.

— Bonjour, Mademoiselle, — il s'est également exercé à parler lentement et en se dominant.

Les boucles épaisses des cheveux de la jeune fille flottent sur ses joues et sur ses épaules. Dans la lumière du matin, le bleu céleste et serein de ses yeux évoque les lointains.

— Monsieur l'archiprêtre! Et moi qui suis à peine levée et qui n'ai pas même mis ma perruque!

— Je vous demande pardon, Mademoiselle. Mettez-la donc. Je regarderai ailleurs. Mademoiselle ne doit pas se gêner pour moi.

Mais elle ne se presse nullement de mettre sa perruque.

— Ai-je l'habitude d'avoir peur de Monsieur l'archiprêtre?

— Les yeux de Mademoiselle contemplent en étrangers et comme de loin ce qui se fait dans le siècle. Il est vrai qu'il ne se passe que choses grossières dans le siècle. Et les yeux de Mademoiselle ne sont pas de ce monde.

— Suis-je donc morte, cher pasteur Sigurd?

— Certains ont reçu le don de vie éternelle ici-bas, Mademoiselle.

— Pour Monsieur, c'est tout le contraire, il appartient à sa cathédrale tout entier, hormis les yeux, peut-être... pardonnez-moi! Quand j'étais petite et que je suis venue pour la première fois ici, à Skalholt, que j'ai entendu prêcher Monsieur, il m'a semblé que c'était un des apôtres sculptés et peints sur la chaire qui s'était mis à parler. Votre bonne et défunte épouse me donnait du miel dans un pot. Est-il vrai que vous chantez l'*Ave Maria* en cachette, pasteur Sigurdur?

— *Credo in unum Deus,* Mademoiselle.

— Ah! comment pouvez-vous prendre la peine de gaspiller du latin pour une gamine! Et pourtant, pasteur Sigurd — je sais conjuguer *amo* à la plupart des *modis* et des *temporibus*.

— Souvent, j'ai loué Dieu pour la douceur et la beauté des fleurs de ce pays, dit l'archiprêtre. Quand les humains cessent de se lever de la poussière, ce sont les fleurs qui nous donnent les promesses éternelles.

— De quoi êtes-vous en train de parler?

— Prenons le myosotis. Il est gracile, mais il a reçu le don de l'amour, aussi ses yeux sont-ils beaux. Lorsque vous êtes venue à Skalholt pour la première fois...

— Les fleurs graciles ne me plaisent pas, je veux une grande fleur au lourd parfum, coupa la jeune fille; mais il n'en eut cure et poursuivit :

— Lorsque vous êtes venue ici, à l'évêché, pour la première fois, petite fille, avec votre sœur, cette femme remarquable qui devait prendre possession de l'autorité en ces lieux, ce fut comme si le myosotis lui-même était venu, sous forme humaine.

— Oui, vous êtes un poète renommé, pasteur Sigurdur, dit la jeune fille. Mais il semble que vous ayez oublié que, sous un autre nom, le myosotis s'appelle œil-de-chat dans notre langue.

— Je viens à vous dans la lumière de l'aube et je vous salue au nom de Jésus et dis : myosotis! D'autres visiteurs viennent vous voir à d'autres moments avec d'autres sentiments et vous chuchotent à l'oreille d'autres paroles.

Et pour conclure ce qu'il venait de dire, il regarda la jeune fille de ses yeux brûlants et sombres et il y eut un léger tremblement autour de sa bouche.

Elle croisa son regard et demanda froidement :

— Que voulez-vous dire?

Il dit :

— Je suis votre prétendant depuis longtemps. Vous m'avez permis de porter ce nom.

— Oui, oui, dit-elle. Au nom de Jésus? Oui, peut-être, oui, hum!

— Vous êtes jeune, Snaefrid, dix-sept ans seulement. La témérité de la jeunesse est la chose la plus merveilleuse qui soit sur terre — après l'humilité. Et moi, je suis un homme de trente-huit ans.

— Oui, pasteur Sigurd, je sais que vous êtes un homme 'prouvé, doué et érudit; et veuf. Et je vous estime beaucoup. Mais quels que soient mes visiteurs, quelle que soit l'heure à laquelle ils viennent et la teneur de leur propos, vous savez bien que j'aime un homme.

— Un prétendant de longue date n'est pas ignorant de la chose. Il sait parfaitement aussi qu'il n'y a qu'un homme d'origine islandaise qui soit digne de vous. Celui qui vous aime le mieux ne peut pas vous souhaiter meilleur homme que lui. Quand il arrive, je n'existe plus. Je disparais. Mais tant qu'il n'est pas arrivé, ne prenez pas la chose en mauvaise part, demoiselle Snaefrid, j'écoute, j'attends, je veille. Peut-être entends-je le bruit des sabots d'un cheval dans la nuit...

— Je ne tolère pas les insinuations. Que voulez-vous dire?

— Pour parler bref, Mademoiselle, je suis amoureux.

— Oui, je n'ai jamais pu m'imaginer rien d'aussi comique qu'un archiprêtre amoureux. Non, ne soyez pas fâché contre moi, bien que je sois méchante avec vous. Et promettez-moi de ne plus parler de cela avant que tous les bateaux ne soient arrivés, pasteur Sigurd.

— Tous les bateaux sont arrivés.

— Non, non, non, pasteur Sigurd, ne dites pas cela. Bien que le bateau d'Eyrarbakki soit arrivé, il peut encore en venir de la côte est; ou ouest. Et nul ne sait encore qui peut être sur ces bateaux.

— La présence de cet homme ne resterait pas secrète, en quelque quartier du pays qu'il ait débarqué. Et si vous pensiez qu'il viendrait, vous n'auriez pas reçu un autre visiteur.

Elle se leva, tapa du pied devant lui et dit :

— Si je suis une putain, j'exige que vous me fassiez noyer dans l'Óxara.

— Dieu pardonne à Mademoiselle de prononcer un mot si laid que le seul fait de le dire souille le voile dont la grâce céleste a daigné couvrir sa virginité.

— Qui est-ce que cela regarde, les visiteurs que je reçois? Vous vous introduisez ici le matin au nom de Jésus. D'autres viennent le soir au nom du Diable. Je suis femme. Témoignez contre moi et faites-moi noyer si vous osez, — et de nouveau elle tapa du pied devant lui.

— Aimable enfant, dit-il en lui tendant la main. Je sais que vous n'êtes pas en colère contre moi. C'est à votre conscience que vous êtes en train de parler.

— J'aime un homme, dit-elle; et vous le savez; je l'aime, éveillée; endormie; vivante; morte. L'aime. Et si je ne l'obtiens pas, c'est que Dieu n'existe pas, pasteur Sigurdur, et vous non plus, Monsieur l'archiprêtre, et l'évêque non plus, et mon père et Jésus-Christ non plus; rien, — seulement le mal. Que Dieu tout-puissant m'aide.

Elle se jeta sur les coussins et se cacha le visage dans les mains, mais son désespoir était glacé, elle releva les yeux sur l'archiprêtre : ils étaient secs; elle dit à voix basse : Pardonnez-moi.

Il leva les yeux au ciel et pria Dieu dans les larmes, tout en parvenant à lui caresser les cheveux pendant ce temps. L'esprit ailleurs, elle se pencha vers lui, puis elle se leva et s'éloigna, trouva sa perruque et la mit. Il continua de lui tenir des propos théologiques, pleins de consolation.

— A propos, coupa-t-elle froidement au milieu de cette méditation parce qu'il venait de lui passer une idée par la tête. Est-ce qu'il existe un homme qui s'appelle Jon Hreggvidsson?

— Jon Hreggvidsson, répéta l'archiprêtre en ouvrant de grands yeux. Mademoiselle ose prononcer le nom d'un tel homme?

— Ah bon, il existe donc, dit la demoiselle. Je croyais avoir rêvé. Qu'est-ce qu'il a fait?

— Pourquoi Mademoiselle veut-elle que je lui parle de ce misérable coquin? Je sais seulement qu'il a été condamné à mort, à l'ouest dans le Borgarfjord cet automne pour avoir assassiné, de nuit, le bourreau de Bessastadir et que ce jugement doit être ratifié ces jours-ci à l'Althing.

Elle éclata de rire et l'archiprêtre, étonné, la regarda; ayant voulu savoir, elle se contenta de répondre qu'elle trouvait comique que le bourreau de Sa *majestatis* royale eût été assassiné par le premier coquin venu; c'est comme si je voyais un pauvre pêcheur du commun prêcher Monsieur l'archiprêtre! Ou alors, ce n'est peut-être rien du tout que de tuer un homme? demanda-t-elle.

Peut-être l'archiprêtre s'était-il trouvé offensé par la comparaison qu'elle avait faite, car il ne parvint pas à rire avec elle; au contraire : un pauvre clerc, sévèrement élevé dans les vérités théologiques sur la liberté qu'a l'homme de choisir entre bien et mal ne comprend pas les points de vue frivoles d'une jeune fille de la race des fleurs, points de vue selon lesquels les actions humaines semblent indépendantes de la loi, non seulement les péchés, mais même les offenses capitales qui, ou bien sont tenues pour comiques, ou bien provoquent la question de savoir s'il est difficile de les commettre.

Elle n'écouta pas ce qu'il disait, mais redevenue grave, continua à mettre de l'ordre dans sa chambre. Pour finir, elle dit distraitement :

— J'ai changé d'avis. Il n'y a rien à attendre ici. Priez l'intendant de me faire avancer de bons chevaux. Je m'ennuie. J'ai l'intention d'aller dans l'ouest, dans les Dalir, chez moi.

— Mon enfant dit le gouverneur Eydalin en levant les yeux, surpris, de même que ses compagnons de table, quand Demoiselle Snaefrid entra soudain, en tenue d'amazone, par la porte du baraquement du gouverneur à l'Allthing, une nuit claire vers la fin du thing. Tous se turent. Sois la bienvenue, mon enfant, — mais que veux-tu? Que s'est-il passé?

Il se leva, s'avança vers elle d'un pas assez mal assuré, l'embrassa.

— Que s'est-il passé, mon enfant?

— Où est Jorun, ma sœur?

— L'évêque et sa femme sont allés dans l'ouest, chez ta mère. Ils m'avaient transmis tes salutations et m'avaient fait savoir que tu ne quitterais pas Skalholt cet été. Ils disaient t'avoir laissée aux bons soins du maître d'école et de sa femme. Que s'est-il passé?

— Que s'est-il passé? Voilà trois fois de suite que tu me le demandes, père? S'il s'était passé quoi que ce soit, je ne serais pas ici. Mais il ne s'est rien passé et c'est pour cela que je suis ici. Pourquoi ne pourrais-je pas venir au thing? Hallgerd longues-braies est venue thing[1].

— Hallgerd longues-braies? Je ne te comprends pas, mon enfant.

— Ne suis-je pas un être humain, père?

— Tu sais que ta mère n'aime pas que les filles fassent à leur gré.

— Qui sait si je n'ai pas changé d'avis? Qui sait s'il ne s'est pas produit des choses...

— Que s'est-il produit?...

— ...ou, pour mieux dire, s'il n'y a pas des choses qui ne se sont pas produites. Qui sait si, tout soudain, je n'ai pas eu envie de revenir à la maison — chez mon père. Je suis une

---

1. *Hallgerd longues-braies,* belle idéalement mais méchante, est un des principaux personnages féminins de la *Saga de Njall le brûlé;* c'est la femme — et cause de la mort — de Gunnar de Hlidarendi.

enfant, tout de même. Ou bien ne suis-je pas une enfant?

— Mon enfant, où vais-je te faire loger? Ici, il n'y a pas de lieu où passer la nuit pour une femme. Le thing est fini. Nous restons ici, quelques nobles hommes, qui avons l'intention de veiller jusqu'à ce que le soleil se soit levé. Et il nous faudra alors assister à l'exécution de quelques criminels. Ensuite je m'en irai au sud jusqu'à Bessastadir. Que crois-tu que dira ta mère...

Un cavalier en hautes bottes à éperons, longue barbiche et perruque atteignant les pointes du collet, l'épée au côté, se leva avec l'assurance solennelle et satisfaite de soi d'un homme assez ivre, s'avança, fit claquer ses talons à la mode allemande, s'inclina profondément devant la demoiselle, lui prit la main et la porta à ses lèvres en parlant allemand. Attendu qu'il devait rester ici, dans la demeure du très noble père de ma gracieuse demoiselle jusqu'à ce que cette besogne commence, au matin, la gracieuse demoiselle avait, de tout cœur, la disposition de son lit à baldaquin, avec tout ce qui s'y trouvait et il déclara qu'il ferait réveiller sur-le-champ son marmiton et son valet pour la servir. Toutefois, il était lui-même, lui, bailli du roi à Bessastadir, le plus humble de tous les serviteurs de Mademoiselle. Elle le regarda en souriant et il dit que la nuit parait ses yeux, tout en s'inclinant devant elle et en lui baisant de nouveau la main.

— Je voudrais bien voir la Mare aux Noyades, dit la jeune fille dès qu'elle fut sortie au plein air avec son père, en route vers son logis pour la nuit. Son père ne trouvait pas nécessaire de faire un détour, mais elle maintint sa requête et, en réponse à la question qu'il lui posa, elle dit qu'il y avait longtemps qu'elle désirait voir l'endroit où l'on avait coutume de noyer les femmes condamnées. Finalement, elle obtint gain de cause. Quelque part, venant d'une faille, on entendait des coups et les rochers donnaient à ce bruit un son chantant. Quand ils furent arrivés à la mare, la jeune fille dit :

— Regarde, il y a de l'or au fond. Regarde comme ça miroite.

— C'est la lune, dit son père.

Elle dit :

— Est-ce qu'on me noierait ici si j'étais adultère?

— Ne plaisante pas avec la justice, mon enfant, dit-il.

— Dieu n'est-il pas miséricordieux? demanda-t-elle.

— Si, ma bonne enfant : de la même façon que la lune dans la Mare aux Noyades, dit le gouverneur. Allons-nous-en d'ici.

— Montre-moi le gibet, père, dit-elle.

— Ce n'est pas pour les jeunes filles, dit-il. Et je ne dois pas quitter mes invités trop longtemps.

— Oh papa! se plaignit-elle en lui prenant le bras et en se penchant vers lui. J'ai tellement envie de voir tuer des gens.

— Ah! Tu n'as donc fait aucun progrès à Skalholt, ma pauvre enfant, dit-il.

— Oh! tu ne veux pas me laisser voir tuer des gens, papa chéri, se plaignit la jeune fille. Ou alors, est-ce que tu ne m'aimes pas du tout?

Il consentit à lui montrer le gibet à condition qu'ensuite elle irait se coucher. Ils traversèrent l'Almannagja dans le calme de la nuit, jusqu'à ce qu'ils débouchent sur un endroit ouvert et verdoyant, entouré de parois rocheuses en surplomb, où une poutre avait été posée en travers d'une crevasse, avec une estrade amovible par-dessous. Deux cordes neuves étaient attachées à la poutre.

— Les belles cordes que voilà! dit la jeune fille. On dit si souvent qu'il y a pénurie de cordages en Islande. Qui est-ce qui doit être pendu?

— Ce sont deux brigands, dit le gouverneur.

— Est-ce toi qui les as condamnés? demanda-t-elle.

— Ils ont été condamnés par les things de leurs districts. L'Althing a ratifié ce verdict.

— Et c'est pourquoi faire, ce bloc de bois là-bas sur le monticule?

— Le bloc de bois? dit le gouverneur. Ce n'est pas un bloc de bois. C'est le billot, mon enfant.

— Qui doit être décapité?

— Oh! c'est un coquin du Skagi.

— Ce n'est quand même pas celui qui a tué le bourreau,

95

dit la jeune fille. J'ai toujours trouvé cette histoire-là tellement drôle.

— Qu'as-tu appris à Skalholt cet hiver, mon enfant? dit le
gouverneur.

— Amo, amas, amat, dit-elle. Amamus, amatis, amant.
Mais qu'est-ce que c'est que ces coups drus et réguliers qui
résonnent si curieusement dans le silence?

— Ne peux-tu donc fixer ton attention sur rien, mon
enfant? dit-il. Les gens instruits sont mesurés dans leurs
propos, de même que les femmes bien élevées. On est en
train de faire du petit bois.

— De quoi étions-nous en train de parler déjà, dit-elle.
Est-ce que nous n'étions pas en train de parler de meurtre?

— Qu'est-ce que ces balivernes? dit-il. Nous étions en
train de parler de ce que tu as appris à Skalholt.

— Est-ce que tu me ferais décapiter, père, si j'avais tué
un bourreau? demanda la jeune fille.

— La fille du gouverneur ne commet pas de meurtre,
dit-il.

— Non, mais elle commet l'adultère, peut-être.

Le gouverneur s'arrêta net et regarda sa fille. En présence de cette jeune femme inconnue, l'ivresse l'avait
quitté et il la contemplait, là, devant lui, dans sa trop grande
sveltesse, avec ses yeux d'enfant de sept ans et cette lueur
sur ses boucles. Il eut l'intention de dire quelque chose, mais
n'en fit rien.

— Pourquoi ne me réponds-tu pas? dit-elle.

— Il y a des jeunes filles qui rendent incertain tout ce qui
les entoure, l'air, la terre et l'eau, dit-il en s'efforçant de
sourire.

— C'est parce qu'elles possèdent le feu, père, dit-elle
aussitôt. Et rien que lui.

— Chut! dit son père. Il ne faut pas dire de pareilles
bêtises!

— Je n'arrêterai pas avant que tu ne m'aies répondu,
père, dit-elle.

Ils firent ensemble quelques pas en silence, et il s'éclaircit la gorge.

— Le simple adultère, ma chère enfant, dit-il ensuite sur

le ton sentencieux du fonctionnaire, le simple adultère est une affaire que l'on doit régler avec sa propre conscience. En revanche, l'adultère est souvent le commencement et la cause d'autres crimes. Mais les filles de gouverneurs ne commettent pas de ces crimes-là.

— Mais leurs pères gouverneurs se hâteraient de les dérober aux poursuites.

— La justice ne soustrait personne aux poursuites.

— Ainsi, tu ne chercherais pas à m'y soustraire, père?

— Je ne comprends pas où tu veux en venir, mon enfant. Personne ne fait exception.

— Est-ce que tu exigerais de moi que je fasse un faux serment, comme l'évêque Brynjolf l'exigea de sa fille [2]?

— L'erreur de l'évêque Brynjolf fut de ne pas avoir estimé sa fille plus qu'une fille du commun. Dans notre condition, ces choses-là n'arrivent pas...

— Même si elles arrivent, ajouta la jeune fille.

— Oui, mon enfant, dit-il. Même si elles arrivent. Tu appartiens à l'une des plus nobles familles du pays. Toi et ta sœur êtes les seules personnes de ce pays qui soient de plus noble origine que moi-même.

— Ainsi, l'évêque Brynjolf a mal interprété la justice, dit la jeune fille. Il a cru qu'elle valait pour tous.

— Prends garde à cette langue de poète qui te vient de la famille de ta mère, dit le gouverneur.

— Père, dit-elle, j'ai du mal à marcher toute seule, permets-moi de m'appuyer sur toi.

Ils se dirigèrent vers le baraquement du bailli, lui, puissant, le teint rouge et échauffé, dans son ample manteau, avec ses petites mains blanches et nobles sortant des manches, elle, trottinante et svelte, avec son long cos-

---

2. L'évêque Brynjolf Sveinsson (1605-1675) découvrit le manuscrit qui contient l'*Edda* poétique. Il exigea de sa fille, Ragnheid, qui était accusée de s'intéresser trop vivement à un jeune et brillant pasteur, Dadhi, de jurer solennellement dans la cathédrale de Skalholt qu'elle était vierge. Neuf mois après, jour pour jour, elle donnait le jour à un beau garçon. Cet épisode n'a jamais cessé de déchaîner la verve islandaise.

tume d'amazone et son chapeau pointu, appuyée sur le bras de son père et penchée vers l'avant; à leur côté se dressait la paroi verticale de la montagne.

— La forêt que tu vois, dit-il, s'appelle Blaskog[3] ou Blaskogaheidi[4]. La montagne, là-bas, de l'autre côté de la forêt, c'est le Hrafnabjörg dont on dit qu'il fait une belle ombre. Ensuite commencent d'autres montagnes. Tout au loin, tu vois une voûte basse qui ressemble à un tableau lointain, c'est le Skjaldbreid qui est pourtant la plus haute de toutes les montagnes, beaucoup plus haute que le Botnssulur lui-même, qui s'élève là-bas à l'ouest de l'Armannsfell, et cela vient de ce que...

— Ô père! dit la jeune fille.

— Qu'y a-t-il, ma chère enfant?

— J'ai peur de cette montagne-ci.

— Oui, j'ai oublié de te dire que l'endroit où nous nous trouvons s'appelle Almannagja.

— Pourquoi cet insupportable silence?

— Silence? Ne m'entends-tu pas te parler, mon enfant?

— Non.

— Je suis en train de dire, mon enfant, que lorsque l'on contemple le mont Sulur qui semble gigantesque parce qu'il est tout près de nous, et que l'on regarde ensuite vers le mont Skjaldbreid...

— Père, n'as-tu pas reçu de lettre?

— Lettre? J'ai reçu des centaines de lettres.

— Et il n'y avait aucune salutation pour moi?

— Hum! Si, c'est vrai. L'Assesseur Arnaeus m'a prié de porter ses salutations à ta mère, à ta sœur, et à toi.

— Et rien de plus?

— Il m'a demandé de rechercher si, par hasard, on n'aurait pas sauvé quelques fragments de livres anciens du couvent de Helgafell[5] : ces livres ont été déchirés et jetés.

3 *Blaskog* : Forêt Bleue
4 *Blaskogaheidi* : Lande de la-Forêt-Bleue
5 *Helgafell* est un des hauts lieux de l'histoire intellectuelle islandaise. C'est le centre de la *Saga de Snorri le godi*. Il s'y trouva ensuite un couvent, en effet.

— N'a-t-il rien dit d'autre?

— Il a dit que ces livres-là avaient plus de valeur que les contrées les plus fertiles du Breidafjord.

— N'a-t-il rien dit de lui-même? Pourquoi n'est-il pas venu en Islande par le bateau d'Eyrarbakki, comme il l'avait dit en automne?

— Il parle de perspectives difficiles et de toutes sortes de *curas*.

— *Curas*? Lui?

— Je tiens de source sûre que sa collection de livres, tant manuscrits qu'imprimés, sur l'histoire ancienne d'Islande et de Norvège, est en péril, à la fois parce qu'elle est exposée à détérioration en raison des mauvaises conditions de conservation et parce qu'en outre les dettes de l'assesseur sont devenues telles qu'elle est menacée.

Elle tira impatiemment son père par le bras et dit :

— Oui, mais c'est un ami du roi.

— Des exemples récents montrent que des amis du roi ont été destitués de leurs charges et jetés en prison pour dettes. Nul n'a autant d'ennemis que les amis du roi.

Elle retira son bras et se tint droite et sans appui sur le sentier, en face de son père, le visage levé.

— Père, dit-elle. Ne pouvons-nous pas l'aider?

— Viens, ma chère enfant, dit-il. Je ne peux rester plus longtemps loin de mes invités.

— J'ai des terres, dit-elle.

— Oui, ta sœur et toi avez reçu quelques lopins de terre, dit-il en la prenant par le bras. Puis ils poursuivirent leur chemin.

— Ne puis-je pas les vendre? demanda-t-elle.

— Bien qu'un Islandais estime que ce soit beaucoup que de posséder un lopin de terre, de telles propriétés n'ont pas grande valeur à l'étranger, mon enfant, dit le gouverneur. La pierre précieuse qu'un puissant comte de Copenhague porte au doigt vaut plus cher que toute une province d'Islande. Mon manteau neuf coûte plus d'argent que ne m'en rapportent mes fermages en bien des années. Nous autres Islandais, nous ne pouvons ni faire de commerce ni naviguer, aussi n'avons-nous pas d'argent. Nous ne sommes pas seulement un peuple opprimé, mais aussi un peuple en danger de mort.

— Arnas a donné tout ce qu'il possède pour rassembler des livres anciens afin que le nom de l'Islande soit sauvé même si nous périssons. Faut-il qu'ensuite nous le contemplions dans sa prison pour dettes, où il aura été jeté en pays étranger pour l'amour du nom de l'Islande?

— L'amour pour le prochain est une belle doctrine, mon enfant. Et juste. Mais en cas de danger de mort, la seule loi qui vaille est que chacun s'aide soi-même.

— Ne pouvons-nous donc rien faire?

— Ce qui importe pour nous, mon enfant, c'est que le roi est mon ami, dit le gouverneur. J'ai beaucoup d'envieux qui harcèlent les comtes de leurs calomnies dans l'espoir d'empêcher que je reçoive une lettre royale me confirmant dans cette charge de gouverneur, réputée, certes, la plus haute fonction d'Islande bien que ce ne soit que futilité en regard d'un emploi de balayeur de plancher à la Chancellerie pour peu qu'il puisse faire remonter sa généalogie à quelque coquin allemand.

— Que se passera-t-il alors, père?

— Une lettre royale confirmant une telle charge entraîne toutes sortes de *privilegia*. Nous pouvons nous approprier plus de terres, et plus grandes. Tu deviendras un parti meilleur encore. Des hommes éminents viendront te demander ta main.

— Non, papa. Les trolls[6] m'emporteront, un monstre travesti en bel animal, que je languis de caresser, viendra m'attirer dans la forêt pour m'y déchirer. As-tu oublié toutes les histoires que tu m'as racontées?

— Ceci n'est pas une histoire, c'est un mauvais rêve, dit-il. En revanche, ta sœur m'a dit de toi une chose qui, j'en suis sûr, affligerait ta mère.

— Ah bon!

— Elle a dit qu'un homme remarquable avait demandé ta main cet hiver et que tu en avais fait peu de cas.

— L'archiprêtre, dit la jeune fille avec un rire glacé.

6. Initialement, les trolls étaient d'affreux géants et ogres.

— Il appartient à l'une des meilleures familles d'Islande, c'est un homme instruit et un poète, il est riche et c'est un homme de valeur. Je ne vois pas quel parti tu te destines si tu ne te tiens pas pour pleinement honorée par celui-là.

— C'est Arnas Arnaeus qui est le plus éminent de tous les Islandais, dit la demoiselle Snaefrid. Là-dessus, tout le monde est d'accord. Quand une femme a connu un homme extraordinaire, elle trouve risible un brave homme.

— Que sais-tu de ce que pense une femme, enfant, dit le gouverneur.

— Plutôt le pire que celui qui n'est pas le meilleur, dit la jeune fille.

Le baraquement du bailli était intérieurement tendu de tapisseries claires, le plancher était propre, il y avait une alcôve, une table, des bancs et deux fauteuils; sur une étagère on voyait une statuette équestre de Notre Très Gracieuse Majesté. Derrière le baraquement, près de la paroi rocheuse, se dressaient deux tentes, l'une, grande et magnifique, d'où sortirent deux serviteurs qui parlaient danois, l'autre, plus éloignée, près d'un rocher, petite et négligée, en vadmel brun, devant laquelle était assis un colosse en houseaux de cuir, qui fumait la pipe.

Le bailli avait donné l'ordre à ses domestiques de servir la fille du gouverneur, et ils lui présentèrent de la viande grillée et du vin; le gouverneur prit congé de sa fille et retourna à ses invités, dans son baraquement. Tandis que les domestiques la servaient, la demoiselle, le teint pâle, restait à la porte du baraquement, regardant vers l'est les nuages que le soleil, non encore levé, teintait d'un éclat doré. Elle contemplait aussi la paroi rocheuse noire, la rivière bruissante, les montagnes et le lac :

— Pourquoi ce colosse-là reste-t-il devant cette petite tente? demanda-t-elle.

Ils dirent : c'est le gardien.

— Quel gardien? dit-elle.

— On garde dans cette tente un malfaiteur enchaîné que nous avons amené de Bessastadir, mais qui sera décapité ce matin de bonne heure, Dieu merci.

— Oh! je voudrais bien le voir, dit la demoiselle en retrouvant de l'animation. Je voudrais tellement voir un homme que l'on doit décapiter ce matin.

— Mademoiselle veut plaisanter, dirent-ils. Mademoiselle aurait peur. C'est le diable noir, Joen Regvidsen[1] qui a

1. *Joen Regvidsen :* plaisante transcription phonétique de la prononciation danoise pour Jon Hreggvidsson. Laxness utilisera souvent ce procédé. Ainsi, Sigurdsson deviendra Sivertsen, Keflavik, Keblevig, etc.

volé de la corde, invectivé Sa Majesté et tué le bourreau du roi.

— Va trouver le bailli, dit-elle, et dis-lui que j'ai peur. Fais-lui savoir de ma part que je veux un gardien ici, à la porte du baraquement, pendant que je dormirai.

Elle picora la viande grillée comme un petit oiseau, mangea quelques grains de gruau et but trois gorgées de vin, mais resta longtemps à se laver les doigts et à se rafraîchir le front avec l'eau d'un vaisseau d'argent. Elle remit aussi de l'ordre dans sa chevelure et s'aspergea du parfum d'une cassolette. Le messager revint dire que Joen Joensen veillerait sur la gracieuse demoiselle pendant qu'elle dormirait.

— Je veux qu'il s'assoie sur la dalle de seuil, près de moi, dit-elle.

Ils appelèrent le gardien et lui dirent de monter la garde de la gracieuse demoiselle, qui avait l'intention de dormir.

— Mais l'assassin? dit-il.

— Qu'est-ce qu'un assassin tout noir à côté de l'honneur de la gracieuse demoiselle? dirent-ils.

Le gaillard se leva à contrecœur et transporta son brasero jusqu'à la porte de la demoiselle, s'assit sur la dalle et continua de fumer. Elle pria les serviteurs d'aller dormir.

— Es-tu Islandais? demanda-t-elle ensuite au gardien.

— Hein! dit-il. Je suis du Kjos.

— Le Kjos? dit la jeune fille. Qu'est-ce que c'est?

— C'est le Kjos, dit-il.

— Es-tu armé? dit-elle.

— Hein! dit-il. Euh!

— Qu'est-ce que tu ferais si on m'attaquait? dit-elle.

Il lui montra ses grosses pattes, le dos d'abord, puis les paumes, après quoi il serra les poings et les lui montra. Puis il cracha entre ses dents et continua de fumer.

Elle entra et referma la porte. Tout était silence, hormis le bruissement de l'Öxara qui se mêlait au calme et aux coups de hache réguliers de l'individu placide et consciencieux qui était en train de faire du petit bois.

Mais un moment après, au plus profond du silence, la fille du gouverneur se glisse hors du lit du bailli, entrebâille la porte et regarde furtivement au dehors. Le gardien, toujours fumant, était assis comme devant sur la dalle de seuil.

— Je voulais voir si tu ne m'avais pas trahie, dit-elle à voix basse.

— Hein! dit-il. Qui ça?

— Tu es mon homme, dit-elle.

— Dors donc, dit-il.

— Pourquoi me tutoies-tu? dit-elle. Ne sais-tu pas qui je suis?

— Euh! dit-il. La chair est poussière.

Il bâilla longuement.

— Écoute, Jon le fort, dit-elle. A quoi penses-tu?

— Je ne m'appelle pas Jon le fort, dit-il.

— Tu n'as pas envie d'entrer t'asseoir au bord de mon lit? dit la demoiselle.

— Qui ça? Moi?

Il tourna très lentement la tête et la regarda d'un demi-œil à travers la fumée du tabac, puis cracha en décrivant un grand arc de cercle. Morbleu! ajouta-t-il quand il eut fini de cracher, en se remettant la pipe en bec.

— Tu n'as pas besoin de tabac? demanda-t-elle.

— Du tabac? Moi? Non.

— De quoi as-tu besoin? demanda-t-elle.

— De pipes, dit-il.

— Quelles sortes de pipes?

— En terre, dit-il.

— Je n'en ai pas, dit-elle.

Il ne dit rien.

— En revanche, j'ai de l'argent, dit-elle.

— Oh! dit-il.

— C'est inouï, ce que tu es peu causant, dit-elle.

— Allez-vous-en vous coucher, maintenant, ma bonne madame.

— Je ne suis pas une madame, dit-elle. Je suis une demoiselle. J'ai de l'or.

— Ah bon! dit-il, c'est ça. Hein?

Il tourna rapidement la tête, une fois encore, et la regarda de nouveau.

— Tu es mon homme, dit-elle. Veux-tu de l'or?

— Non, dit-il.

— Pourquoi non?

— Je serai pendu, dit-il.

— De l'argent alors?

— Faudrait voir s'il est frappé. Personne ne peut rien redire à ça.

Elle sortit de sa bourse une pièce d'argent et la lui donna :

— Va-t'en, dit-elle, dans la tente qui est là-bas près du rocher et détache l'homme qui est dedans, aux fers.

— Hein? dit-il. L'homme? Quel homme? Le Jon Hreggvidsson? Non.

— Veux-tu encore de l'argent? dit-elle.

Il cracha.

— On le détache, dit-elle en lui tendant encore de l'argent et en le prenant sous le bras pour le faire lever.

— Je serai décapité, dit-il.

— S'il t'arrive quoi que ce soit, dit-elle, je suis la fille du gouverneur.

— Euh! dit-il en examinant sa pipe. Elle s'était éteinte.

Tirant à demi l'homme derrière elle, elle ouvrit elle-même l'entrée de la tente et jeta un coup d'œil à l'intérieur. Jon Hreggvidsson dormait là, en haillons, tout noir, le visage à même le sol nu. Ses mains étaient enchaînées derrière son dos et il avait des cadenas aux fers de ses pieds. Il n'y avait que ses épaules qui bougeaient quand il respirait. Une écuelle avec des restes de nourriture était posée à côté de lui. La jeune fille était entrée complètement dans la tente et contemplait l'homme noir qui dormait calmement avec ses poignets enflés et ses chevilles écorchées par les fers, ses longs cheveux et sa barbe confondus en une même touffe.

— Ainsi, il dort, murmura la jeune fille.

Il fallut du temps au gardien pour pénétrer par l'ouverture de la tente.

— Bon, dit-il enfin quand il fut complètement entré et qu'il se fut mis à genoux pour ne pas cogner contre le toit.

Jon Hreggvidsson ne se laissa pas troubler dans son sommeil.

— Je croyais qu'ils veillaient, dit la jeune fille.

— Il n'a pas d'âme, dit Jon le fort.

— Réveille-le, dit la jeune fille.

Jon le fort se redressa, courbé vers l'avant, et décocha à l'homme un coup de pied si vigoureux dans le dos qu'il ne pouvait y avoir de malentendu. Jon Hreggvidsson fit un bond, comme si le cran d'arrêt d'un ressort d'acier s'était défait et écarquilla des yeux abasourdis, mais les fers de ses pieds résistèrent et contrarièrent ce mouvement, en sorte qu'il retomba à plat ventre.

— Tu es venu me mener sous la hache, chien d'enfer? dit Jon Hreggvidsson. Que veut cette femme?

— Chut! dit la jeune fille en mettant un doigt sur sa bouche et en ordonnant de délivrer le croquant au gardien qui sortit une clef de sa bourse et ouvrit les fers. Mais bien qu'il fût détaché, l'homme resta à genoux, jurant et sacrant, les mains dans le dos.

— Lève-toi, homme, dit la jeune fille au prisonnier. Et au gardien : Va-t'en.

Elle resta seule près du condamné à mort, tira de son doigt une bague d'or et la lui donna : c'était un serpent qui se mordait la queue.

— Arrange-toi pour prendre un bateau pour la Hollande, dit-elle. Va-t'en ensuite à Copenhague, trouver Arnas Arnaeus, l'ami du roi, et demande-lui de redresser ta cause pour l'amour de moi. S'il pensait que tu as volé cette bague, porte-lui les salutations de la vierge claire, de l'elfe au svelte corps; — il n'y a que lui et moi pour connaître ces mots-là. Dis-lui que s'il peut sauver l'honneur de l'Islande quand bien même sa vierge claire essuierait des affronts, son visage brillera toujours à ma vue tout de même.

Elle tendit à l'homme une rixdale qu'elle sortit de sa bourse, et s'en alla.

Puis tout fut silence à Thingvellir sur l'Öxara, hormis le bruissement du lac et les coups de hache de La Faille au Bûcher, répercutés par l'écho.

ONZIÈME CHAPITRE

Jon Hreggvidsson se leva et se lécha les poignets. Il
regarda dehors par l'ouverture de la tente et ne vit personne
nulle part, n'entendit rien de suspect. Puis il sortit. L'herbe
était humide. Il continua d'épier autour de soi, c'était
l'époque de l'année où la nuit est l'ennemie des criminels.
Il y avait un courlis posé sur un rocher. L'homme grimpa
au haut de l'Almannagja par l'endroit où il y avait eu un
glissement de terrain du haut en bas de la paroi rocheuse et
se cacha un instant dans une crevasse pour concerter un
plan. Sur ce, il prit ses jambes à son cou.

Il se dirigea vers une région inhabitée à l'est du Sulur,
puis vers le nord par les Uxahryggir, s'efforçant de suivre
les replis de terrain et les vallons, aussi loin que possible du
grand chemin. Il avait de bonnes jambes et ne se souciait
guère de s'écorcher aux pierres et aux branchages : ses
écorchures s'imprégnaient de vraie boue, bien différente
de la saleté du cachot. Il courait autant que ses jambes le
pouvaient, ne s'accordant d'autre repos que le temps de
se jeter à plat ventre près d'une source pour boire. Des
oiseaux des landes, curieux, le suivaient. Le soleil se leva
et éclaira l'homme et les montagnes.

Vers neuf heures du matin, il arriva à une ferme sur la
lande, en amont du Lundarreykjadal et déclara être un
convoyeur de chevaux du Skagafjord qui cherchait deux
chevaux en provenance du Kjalarnes, au sud et qui s'étaient
perdus près de Hallbjarnarvarda du haut. On lui donna du
lait caillé dans une grande écuelle et du lait de chèvre. La
vieille lui donna une paire de chaussures. Quand il eut
mangé, il se dirigea d'abord vers les régions habitées mais
dès qu'il fut hors de vue de la ferme, il prit vers l'Ok en
haut des vallées et monta sur le glacier pour se rafraîchir et
déterminer sa position, car du sommet du glacier, on voit
tous les chemins vers le nord.

A quatre heures et demie, il vit, en dessous de lui, Husafell : ce presbytère se trouve tout en haut d'une gorge à l'intérieur des hautes terres et on le trouve sur le grand chemin quand on a traversé les régions inhabitées entre les quartiers du pays.

Le lait caillé de Vördufell ne pouvait durer bien long-temps et le croquant commençait à avoir la dent creuse. De l'autre côté des basses terres commençaient les immenses landes qui séparent les Terres du Sud de celles du Nord, l'Arnarvatnsheidi et le Tvidoegra, mais le voyageur était affamé, n'ayant aucun casse-croûte. D'un autre côté il n'était guère tentant de se faire connaître dans un pres-bytère situé sur le grand chemin et où des gens résolus et bons cavaliers pouvaient se tenir aux aguets d'un évadé. Il rencontra un petit berger et demanda si l'on avait vu des gens venant du sud par le Kaldadal, mais le gamin dit que personne encore n'était venu du sud ce jour-là et qu'on n'attendait personne venant de là avant neuf heures du soir. Le croquant comprit qu'il avait gardé sur les gens du thing qui revenaient vers le nord l'avance que lui avait donnée son lever matinal; d'ailleurs, la plupart du temps, il avait marché en ligne droite.

Des servantes étaient en train de faire un tas de petit bois et de fumier de mouton derrière la ferme, et Jon Hreggvidsson réédita son histoire de convoyeur de chevaux du Skagafjord, des deux chevaux du Kjalarnes et de Hall-bjarnarvarda dont, toutefois, il ne savait pas bien le nom. Elles coururent à la ferme dire au pasteur, qui était dans la pièce principale en train d'inscrire les Rimes d'Illugi Gri-darfostri sur le plafond en pente, qu'un brigand était arrivé. Le pasteur, un colosse grisonnant, posa son morceau de craie, remonta ses braies et sortit par le passage qui menait aux portes extérieures de la ferme en disant :

— Si tu es du Skagafjord, récite une strophe sur la façon de boire la bière et de courtiser une femme : alors, tu auras le droit de manger.

Jon Hreggvidsson déclama :

Le jour a fui. Levons haut en nos mains
Le gobelet empli de miel.

Salut à toi, reine de mes quatrains.
Le sang viril en moi déferle.

— Ni le ton ni le poème ne sont du Skagafjord, et j'entends bien mal si ce n'est pas là le prologue aux Anciennes Rimes de Pontus, dont il aurait mieux valu que leur auteur se fût noyé dans une tourbière. Mais comme tu as bien répondu à mes propos, tu auras à manger, qui que tu sois.

On mena Jon Hreggvidsson dans la salle. Il prit soin de ne pas s'asseoir trop loin de la porte. On lui apporta de la bouillie de pommes de terre aux herbes, des tripes de mouton sûres, une tête de morue séchée, du beurre rance et du requin pourri. D'une voix terrifiante, le pasteur déclama à son hôte les rimes de son plafond pentu : il n'y était question que de géantes qui, dans ce poème, étaient traitées de vieilles tignasses acariâtres, de peaux de vaches et de culs de pierre. Tant que l'invité mangea, le maître de maison ne tint pas d'autres propos.

Quand le croquant eut écouté les rimes et mangé, il embrassa le pasteur en disant : Dieu vous le rende, et déclara qu'il n'avait pas le temps de rester davantage.

— Je vais te reconduire jusqu'au coin du parc à moutons, mon garçon, dit le pasteur, et je te montrerai la pierre où les sept criminels ont dû se rendre à mon grand-père maternel, et où j'ai moi-même conjuré soixante et onze diables.

Il fit sortir de l'enclos son invité en emprisonnant le bras maigre du croquant dans sa gigantesque poigne de fer et en le poussant devant soi. Deux femmes étalaient de la laine sur le mur du cimetière pour la faire sécher, l'une, vieille, l'autre, jeune, et la chienne de la ferme dormait sur une tombe. Le pasteur cria à ces femmes de le suivre à l'est du pré clos.

— Ma mère a quatre-vingt-cinq ans et ma fille, quatorze, dit le pasteur. Elles ont l'habitude de touiller du sang.

Les deux femmes étaient des plus impressionnantes, encore que sans fatuité.

Sur le terrain plat, à l'est du clos, il y avait un parc à moutons aux clôtures de pierre, en forme de cœur, divisé en deux avec des portes au nord et au sud; le décor, tout autour,

avec ses hauts glaciers, ses pentes boisées et ses ravines, semblait se concentrer en ce lieu : c'était comme si la contrée
avait eu là son centre. La clôture du parc avait été édifiée
à partir des pierres du genre du gros bloc solidement fiché
dans le sol qui constituait le pilier nord de la porte sud et
qui, aux dires du pasteur, s'était avéré aussi remarquable
comme billot pour les criminels que comme pierre tombale
pour les diables. Pourtant, Jon Hreggvidsson ne trouva pas
de hache à proximité de la pierre. En revanche, il y avait
un bloc de pierre sur le sol devant l'entrée du parc. Ce bloc,
le clerc le traita de petite dalle et pria son invité de le porter
sur l'énorme pierre, en signe de gratitude pour l'hospitalité
reçue.

Jon Hreggvidsson se courba sur cette dalle, mais elle
était en basalte poli par les eaux et, en conséquence, difficile
à saisir et il fut incapable de la soulever si peu que ce fût, il
ne put que la dresser sur un côté et la retourner. La gent
féminine de Husafell se tenait immobile à quelque distance,
le visage de marbre, et contemplant l'homme. Finalement,
l'invité estima qu'il devait partir.

— Ma bonne mère, dit alors le pasteur. Veux-tu porter cet
éclat de roche autour du parc pour montrer à ce moutard,
avant qu'il ne s'en aille, qu'il y a encore des femmes en
Islande.

La vieille était grosse et large d'épaules, avec un large
visage, des sourcils touffus et un double menton, la peau
bleuâtre et rugueuse comme celle d'une volaille. Elle alla à
la pierre et se courba, ploya un peu les genoux et souleva la
pierre, d'abord à hauteur de sa cuisse, puis de sa poitrine,
puis elle se mit en route en la tenant dans ses bras, autour
du parc, sans broncher le moins du monde, si ce n'est qu'elle
avait le pied encore mieux assuré qu'avant. Elle posa tran-
quillement la pierre près du bloc qui était fiché en terre. A
cette vue, une ardeur frénétique s'empara de l'invité qui
oublia qu'il avait un voyage urgent à faire ; il empoigna de
nouveau la pierre de toutes ses forces, mais sans plus de
résultat que précédemment. La fille le regardait de ses yeux
limpides, les joues bleues, le visage large d'une aune, comme
il est dit des jeunes géantes dans les sagas anciennes. Mais

pour finir, son visage se fendit et elle éclata de rire. La vieille, sa grand-mère, fit un petit hennissement d'une voix de basse profonde qui lui sortait du fond de la gorge. Jon Hreggvidsson se redressa en sacrant.

— Ma petite fille, dit alors le pasteur. Montre à cet homme qu'il y a encore des jeunes pucelles en Islande et fais avec ce caillou ne serait-ce que deux ou trois tours au pas de course autour du parc.

La gamine se courba alors sur le fardeau et, bien qu'avec sa jupe courte il lui manquât encore d'avoir atteint toute sa taille, elle était si bien développée vers le bas que piliers plus stables n'eussent guère porté d'autres pucelles dans la fleur de l'âge par tout le Borgarfjord; du reste, elle se redressa avec la pierre sans avoir ployé le genou et se mit à courir avec elle, riant comme si c'eût été un sac de laine, fit trois fois le tour du parc puis la posa sur le bloc fiché dans le sol.

Alors le pasteur dit : Va-t'en donc au gré de Dieu avec tes gros sabots, Jon Hreggvidsson de Rein. Tu as été suffisamment châtié à Husafell.

Dans ses vieux jours, Jon Hreggvidsson disait que jamais il n'avait éprouvé son insignifiance devant Dieu et devant les hommes plus qu'à cet instant-là. Il s'enfuit à toutes jambes. La chienne de la ferme le poursuivit en jappant jusqu'au nord de la rivière.

Il courut tout ce jour-là et la nuit suivante et but beaucoup d'eau car c'est dans le Tvidoegra que se trouvent la plupart des lacs d'Islande. Il continuait d'éviter les grands chemins et essayait de garder la direction qu'il avait prise depuis l'Ok, vers la mer, au nord. Le temps était calme, les cygnes criaient beaucoup et un peu partout, on voyait des bandes de ces bêtes nuisibles, plus nombreuses que des troupeaux de bétail. Tard le soir, le soleil se levait. Il courait. Finalement, ses jambes le trahirent. Il n'avait pas senti qu'il était fatigué, mais voilà qu'il venait de tomber. C'était dans la poussière tiède de la limonite des marais, et il ne put se relever. Il dormit jusque fort avant dans le jour, profondément; d'abord à plat ventre puis sur le dos; le soleil continuait de briller et la poussière de s'échauffer. Il se réveilla quand le soleil était haut dans le ciel. Il y avait un vol de corbeaux autour de lui : ces oiseaux envisageaient manifestement de lui extirper les yeux car ils pensaient qu'il ne serait pas en état de se défendre, ou même qu'il était mort. Il était un peu courbaturé mais n'avait pas soif, en revanche, il regrettait de n'avoir pas mangé plus de requin à Husafell. Et la lande n'avait pas rapetissé tandis qu'il dormait.

Il n'avait plus le pied aussi léger qu'avant de s'être endormi. La lande, qu'il avait embrassée du regard la veille, semblait ne pas vouloir prendre fin ce jour-là. Plus il allait, plus les terres du Nord s'éloignaient.

Alors, trois hommes barbus portant des truites dans des cageots chevauchèrent soudain vers lui. Celui qui commandait était un gros paysan du bas du Borgarfjord, ils rentraient chez eux après être allés à la pêche dans l'Arnarvatnsheidi. Ils descendirent de cheval et l'homme du Borgarfjord demanda à Jon Hreggvidsson qui il était et s'il était bien un être humain. Les deux domestiques n'osèrent pas s'approcher d'abord, mais Jon Hreggvidsson les embrassa tous en pleurant. Il dit être un vagabond des Terres du Nord qui aurait dû être marqué au fer rouge pour vol, à Biskupstunga dans le sud, mais qui s'était évadé de prison. Il versa des torrents de larmes et se mit à réciter ses prières en les suppliant d'avoir pitié d'un pauvre malheureux, au nom de la Sainte Trinité. Ils lui donnèrent à manger un morceau. Quand il eut mangé, il se mit en devoir de continuer à réciter ses prières en guise de remerciement, mais le paysan dit alors :

— Allons, tais-toi, Jon Hreggvidsson.

Jon Hreggvidsson cessa immédiatement de pleurer et de prier, leva les yeux sur l'homme et fit :

— Hein?

— Tu crois peut-être que nous autres, gens du Borgarfjord, ne reconnaissons pas ceux que nous flagellons, dit l'homme. Ce n'est pas pour cela, il n'y en a pas beaucoup d'autres qui se seraient comportés plus virilement.

A cette révélation, les deux domestiques se levèrent involontairement. Jon Hreggvidsson se leva également.

— M'est avis que vous auriez bien envie de vous mesurer à lui, garçons, demanda le paysan.

— Est-ce que c'est celui-là qui a tué le bourreau de Bessastadir? demandèrent les hommes.

— Oui, dit le paysan. Il a tué le bourreau du roi. Voici donc pour vous l'occasion de venger ce meurtre, garçons.

Les hommes se regardèrent. Finalement, l'un d'eux dit :

— Ce n'est pas une grande affaire pour le roi de se procurer un nouveau bourreau.

L'autre répondit :

— Et ce n'est pas moi qui deviendrai bourreau du roi.

Le troisième homme, le paysan, régla formellement l'affaire de la façon suivante : étant donné que cette rencontre s'était produite dans les régions inhabitées où ne valent ni lois, ni droit, ni même les dix commandements de Dieu, le mieux était qu'ils s'asseoient tous et prennent une larme d'eau-de-vie. Les hommes se rassirent. Jon Hreggvidsson également. Il ne pleurait plus ni ne récitait des prières, il contemplait ses pieds car les chaussures de la vieille étaient hors d'usage, et il entreprit de laver ses écorchures en crachant dessus.

Peu après qu'il eut pris congé des gens du Borgarfjord,

des nuages d'orage s'accumulèrent au nord, car la journée avait été torride. Un moment après, un crachin glacé l'assaillit, le brouillard s'avança vers le sud de la lande à grande vitesse, pareil à une horde saisie d'une fureur meurtrière, rouge comme la fumée d'une forge incandescente, mais qui noircit de plus en plus jusqu'à ce que le soleil disparaisse et que l'homme soit pris dans le brouillard. Celui-ci était si dense que Jon n'entrevoyait même pas la hauteur la plus proche. Pour commencer, il continua dans la direction d'où il lui semblait que venait le crachin, mais bientôt, le brouillard ne bougea plus et quand, pour la troisième fois, il arriva au même cairn de pierres écroulé sur une dalle rocheuse, il comprit dans quelle posture il se trouvait. Il s'assit près du cairn pour réfléchir au parti à prendre.

Il resta longtemps assis, et le crépuscule descendit sur la lande. Quand il fut trempé jusqu'aux os, il récita une strophe des Anciennes Rimes de Pontus et, ayant terminé, ajouta : « Voici que cette nuit gèlent les poux de Bessastadir sur le fils de Hreggvid », rit, jura, se leva, battit des bras pour se réchauffer, se rassit et s'appuya le dos contre le cairn. Quand il fut resté assis un long moment encore, il lui sembla soudain voir un grand objet informe s'approcher de lui, venant de la lande, comme si c'eût été un homme montant un cheval noir. Ayant fixé cet objet un moment, Jon Hreggvidsson se leva, descendit de la dalle rocheuse pour pénétrer dans le marécage, bien qu'à contrecœur car cette apparition ne lui plaisait qu'à demi. Plus il s'en approchait, plus la silhouette grossissait. Jon Hreggvidsson s'arrêta et voulut héler l'arrivant, mais à l'instant d'ouvrir la bouche il fut saisi de crainte si bien qu'il se tut et resta immobile sur la lande, bouche bée et fixant le brouillard. La silhouette s'approchait toujours en continuant de grossir jusqu'à ce qu'elle fût assez proche de lui pour qu'il pût en discerner la forme dans le brouillard, tout près; c'était une géante qui marchait vers lui. Il ne vit pas bien si c'était la mère du pasteur de Husafell ou sa fille, mais il était certain que c'était quelqu'un de cette famille-là. Son visage était large d'une aune et sa mâchoire à l'avenant elle portait une jupe courte avec de formidables gigots dessous et une croupe comme en ont les chevaux qui ont passé l'été dans les pâturages de montagne. Elle tenait ses énormes poings noués sur ses hanches et jetait au croquant des regards qui n'avaient rien d'amical. Il estima que s'il s'enfuyait devant cette femme, elle le rattraperait bientôt, s'emparerait de lui, le jetterait à terre, lui romprait l'échine sur un rocher, lui arracherait les membres et lui grignoterait la chair des jambes. Et alors, la saga de Jon Hreggvidsson serait écourtée.

Tandis qu'il se tenait là, il se sentit plus de forces et de courage, presque comme s'il avait été saisi de la fureur des guerriers-fauves [1], et il s'entendit proférer ces paroles :

— Puisqu'il existe des femmes en Islande, dit-il, tu vas pouvoir faire l'expérience, affreux laideron, qu'il existe aussi des hommes en Islande !

En un éclair il s'était précipité sur la géante et ils se mirent à se battre. Le combat fut long et rude, aucun des deux n'épargnant sa peine. Il remarquait bien qu'elle était plus forte que lui, mais qu'elle n'avait pas les membres aussi souples ni les mouvements aussi rapides ; elle le chassa devant elle loin dans la lande, et leurs pieds faisaient voler la terre. Longtemps, cette nuit-là, se succédèrent les prises brutales et les grandes claques, les coups de griffes et les pinçons, jusqu'à ce que Jon Hreggvidsson réussisse à prendre la femme-troll à bras-le-corps. Elle s'abattit au sol, sur le dos, avec un fracas et lui, retomba sur elle. Alors, la géante terrassée lui hurla furieusement à l'oreille, pour l'exciter :

— Profite de cette chute, Jon Hreggvidsson, si tu es un homme.

Quand il revint à lui, le vent soufflait du sud et balayait le brouillard de dessus la lande ; il vit le Hrutafjord ouvrant ses longues mâchoires étroites vers le Hunafloi et les monts des Strandir qui bleuissaient à l'horizon. Il considéra qu'il se trouvait en meilleure posture que tout à l'heure.

Il n'interrompit pas son voyage qu'il ne fut arrivé au nord dans les Strandir, suivant constamment les landes et les chemins de montagne en mentant sur son nom et sur les buts de

---

1. *Guerriers-fauves,* les *berserkir* ou guerriers furieux, consacrés à Odin dans le paganisme nordique et qui, lorsqu'ils étaient saisis de la fureur sacrée, étaient capables de prouesses invraisemblables.

sa course. Il n'entendit pas parler de bateaux hollandais tant qu'il ne fut arrivé à Trékyllisvik.

Nul crime n'est plus sévèrement châtié que de faire du commerce avec les bateaux étrangers : aussi était-il extrêmement malaisé de se mettre en confiance auprès de ceux qui s'adonnaient à ce genre de besogne. Si on les questionnait, ils montraient, assurément, les voiles rugueuses que ces nations interdites avaient hissées devant le rivage, mais quand l'arrivant exposait la raison de sa venue dans le nord, on estimait que son affaire était dans une mauvaise passe, on disait que ces bateaux-là ne prenaient jamais de passagers hormis un enfant par-ci par-là qu'ils achetaient aux gens de ce pays, soi-disant pour les élever, des garçons aux cheveux roux de préférence. Ce ne fut que lorsque les gens de Trékyllisvik connurent de source sûre la situation de Jon Hreggvidsson, avec toutes les circonstances, lorsque donc ils surent le grand criminel que c'était, qu'ils consentirent à l'aider. Et il se fit qu'une nuit, alors que les gens du bateau hollandais mouillaient près de la côte, un paysan leur amena dans sa barque, depuis la baie, ce condamné à mort. Le patron regarda sans aménité ce gueux noir qui était en si mauvais état après son séjour à Bessastadir qu'il n'aurait même pas pu servir d'appât pour les requins. Mais à peine l'homme de Trékyllisvik eut-il fait comprendre aux gens du bateau que cet homme avait assassiné le bourreau du roi des Danois que la nouvelle fut proclamée sur tous les bateaux et que les hommes poussèrent de grands cris de joie, prenant Jon Hreggvidsson dans leurs bras, l'embrassant et lui souhaitant la bienvenue. Car le roi des Danois avait coutume d'envoyer des vaisseaux de guerre dans le nord du pays couler leurs bateaux si l'occasion s'en présentait ou se saisir d'eux sous prétexte qu'ils étaient soupçonnés de contrebande : aussi les gens des bateaux haïssaient-ils ce roi-là plus que quiconque.

Ensuite, ils hissèrent l'homme à bord, lui donnèrent une ligne et lui firent pêcher du poisson. La coque était bien chargée. Jon Hreggvidsson ne comprenait pas un mot de leur langue, mais quand ils lui tendaient une écuelle pleine à ras bords de nourriture, il s'y plongeait avec ardeur et tout disparaissait. Le soir, ils apportèrent un seau plein d'eau salée et le posèrent devant lui : il crut que c'était pour se moquer de lui, se vexa et donna un coup de pied dans le seau, qui se renversa. Alors ils se jetèrent sur lui, lui lièrent les mains et les pieds, le dépouillèrent de ses habits, lui coupèrent ensuite les cheveux et la barbe et lui mirent sur la tête quelque chose qui ressemblait à du goudron; sur ce, ils versèrent sans désemparer de l'eau de mer sur l'homme nu en criant et en faisant du tapage pendant que deux hommes dansaient autour en jouant de la flûte. Jon Hreggvidsson déclara plus tard qu'il n'avait jamais été plus convaincu que c'en était fait de lui. Mais l'ayant traité de la sorte un moment, ils le détachèrent et lui donnèrent une serviette. Puis ils lui remirent des sous-vêtements, des braies de vadmel, un tricot et des sabots, mais pas de bas. Ils lui fourrèrent une pipe bourrée de tabac dans la bouche et le firent fumer. Il se mit à déclamer les Rimes de Pontus.

Le lendemain, Jon Hreggvidsson découvrit qu'ils avaient pris la mer car on ne voyait plus que les cimes des montagnes au-dessus de l'eau. Il maudit ce pays et pria le Diable de le faire sombrer dans la mer.

Puis il continua de déclamer les Rimes de Pontus.

Rotterdam, sur le fleuve Meuse, est une grosse ville marchande, découpée de canaux qu'on appelle grakt et qui servent de ports aux bateaux : il y a là beaucoup de bateaux de pêche et beaucoup de vaisseaux marchands, car le commerce est libre. Selon leur bon vouloir, ils vont sur leurs bateaux par le monde entier, certains pour acheter des marchandises, d'autres pour pêcher, et ce pays-là est gouverné par un duc renommé. Le port fourmillait de bateaux tout équipés, les uns goudronnés, les autres peints, et l'on eût difficilement découvert une barque qui n'eût pas été dans le meilleur état tant il était évident que c'étaient des gens prospères qui habitaient cette ville.

Maintenant qu'on était arrivé, le capitaine demanda à Jon Hreggvidsson ce qu'il avait l'intention de faire. Jon prononça le nom de Copenhague. Ils essayèrent de lui faire comprendre, par gestes, qu'il serait décapité s'il se rendait en cette ville. Il tomba à genoux, prononça en pleurant le nom du roi des Danois, essayant de la sorte de leur représenter qu'il avait l'intention d'aller trouver Sa Très Gracieuse Majesté pour lui demander grâce. Ils ne comprirent pas. L'homme leur avait plu et ils voulaient l'emmener avec eux dans leur prochaine campagne de pêche jusqu'en Islande, espérant qu'il s'habituerait rapidement à leur langue pour pouvoir se faire leur interprète dans leurs transactions commerciales avec les Islandais. Mais il n'en démordit pas.

Ils demandèrent :

— As-tu tué le bourreau du roi des Danois, oui ou non?

Il dit : Non.

Alors, ils considérèrent qu'il s'était joué d'eux, lui qui était venu à eux en tant qu'ennemi de leur ennemi, le roi des Danois, et qui envisageait maintenant d'aller rendre visite à ce bandit de roi. Il y eut des voix qui s'élevèrent pour qu'on attache cet homme à la quille ou pour qu'on le fasse passer par les baguettes. Ils se contentèrent de le menacer de le mettre à mort s'il ne décampait pas sur-le-champ. Il se hâta de passer à terre ; il était très content qu'ils ne lui aient pas enlevé ses braies, ses sabots et son chandail.

Les rues de la ville décrivaient d'étranges sinuosités, assez semblables aux galeries creusées dans un arbre vermoulu ; propriétés et maisons se serraient, avec des façades hautes comme des chaînes de montagnes et des pignons comme des pics ; les rues pleines de gens, de chevaux et de voitures grouillaient comme de la viande avariée et d'abord, il eut l'impression que tout le monde courait comme s'il y avait le feu. Ce furent pourtant les chevaux qui l'ébahirent le plus : après les baleines, c'étaient les plus grosses bêtes qu'il eût vues [1].

En Hollande, tout le monde était, sinon seigneur, au moins petit-maître ; s'il fallait en juger par le vêtement, on aurait pu marcher longtemps sans voir un seul homme qui eût une condition inférieure à celle d'un chef de district ; partout, c'étaient des perruques et des chapeaux à plume, des collets espagnols et des chaussures danoises et des manteaux si amples que, dans un seul, on eût pu tailler des habits pour la plupart des enfants pauvres de la paroisse d'Akranes. Il y avait des gens de si hautes conditions qu'ils allaient en carrosses étincelants et sculptés du plus beau travail, avec des rideaux damassés aux portières. Passaient aussi dans les rues de nobles dames aux formes imposantes et de sveltes demoiselles portant toutes sortes d'atours superbes : des collets à pointes qui s'évasaient au-dessus des épaules tout comme les rebords de leurs chapeaux, d'amples robes plissées et des chaussures à hauts talons retenues par des attaches d'or autour du cou-de-pied ; et elles relevaient coquettement leurs jupes, si bien que l'on entrevoyait leur jambe.

Quand il arriva en Hollande, Jon Hreggvidsson avait une rixdale dans sa bourse. Comme le soir venait et qu'il commençait à faire sombre, il se mit à la recherche de quartiers pour la nuit. Dans le demi-crépuscule, les rues luisaient de l'éclat des lanternes qui étaient suspendues çà et

1. L'Islande ne connaissait, en fait de chevaux, que les poneys qui, seuls sont capables de circuler parmi les champs de lave.

là au-dessus des portes. Dans une étroite ruelle aux maisons anciennes et penchées, une femme se tenait à une porte, blanche de peau, aimable de propos, qui demanda les nouvelles au paysan. Ils se mirent à converser et elle l'invita à descendre chez elle. Le chemin jusqu'à son domicile traversait la maison, le long d'un long passage pavé, puis une cour où des chats silencieux étaient postés, chacun sur sa pierre de seuil, le poil hérissé mais feignant de s'ignorer les uns les autres. Quand ils furent entrés dans sa chambre, elle invita son hôte à s'asseoir à côté d'elle sur un canapé et elle lui parla abondamment tout en mettant la main dans sa bourse et en tâtonnant jusqu'à ce qu'elle trouve la rixdale. Cette découverte ne refroidit pas son accueil. Elle sortait et ressortait de ses braies la rixdale, trouvant que c'était là une belle pièce de monnaie. Il lui parut qu'en la plupart des choses, cette femme pouvait, par toutes ses manières, se mesurer aux meilleures d'Islande; en outre, elle était d'une amabilité extrême. Elle avait de l'embonpoint, parlait affablement et un léger parfum de musc émanait de sa gorge; il eût volontiers admis que ce fût la femme d'un pasteur ou d'un doyen de Rotterdam. Comme elle se serrait tout contre lui sur le canapé, il lui vint à l'idée qu'elle était peut-être dure d'oreille, il éleva la voix et chercha à lui faire comprendre qu'il avait très faim, mais elle lui mit le doigt sur la bouche en signe qu'il n'était pas nécessaire de parler fort. Puis elle alla dans son office, lui chercher du rôti de veau, du pain, du fromage et un curieux fruit rouge et doux-amer ainsi que du vin dans un pichet. Il estima n'avoir jamais encore pris un meilleur repas. La femme mangea avec lui pour lui tenir compagnie. Ensuite, il coucha avec elle. Il avait beaucoup veillé en mer, les marins l'avaient fait travailler dur; il eut la tête lourde à cause de tout ce bien-être, il s'endormit sur le canapé à côté de la femme et l'on ne put le réveiller. Au cours de la nuit, deux solides gaillards survinrent qui le rossèrent dans son sommeil de façon à le réveiller, sur quoi ils l'empoignèrent et le jetèrent comme un cadavre, dehors, dans la rue; ainsi disparut la rixdale de Jon Hreggvidsson.

Il ne savait où diriger ses pas dans Rotterdam. Quand

il commença à faire jour, il chercha un chemin pour sortir de la ville, vers le nord, où il pensait que se trouvait le royaume des Danois. Ce pays était comme une marmite de gruau, on ne voyait pas une motte nulle part, sans parler de monticule, rien que des clochers d'églises et des moulins à vent qui émergeaient çà et là; mais la contrée était verte et propice à l'agriculture. Un peu partout, on voyait paître des troupeaux de vaches, de belles bêtes, en revanche, il semblait que les gens de ce pays ne fussent pas de grands éleveurs de moutons. Un peu partout, il y avait des fermes bien bâties, avec de hautes bâtisses charpentées comme à Bessastadir, bien qu'il y eût quantité de chaumières et de métairies, tantôt par groupes, tantôt disséminées, avec des murs de torchis et des toits de chaume, et des poules dehors : ce sont des oiseaux qui crient comme des cygnes mais qui ne savent pas voler. Il y avait encore d'autres gros oiseaux qui se dandinaient devant les portes, semblables d'apparence à des cygnes mais avec le cou plus court; ils étaient hargneux. Il considéra que c'étaient là des oiseaux de l'espèce qui, dans les poèmes anciens et dans les Rimes, sont appelés oies. Ces sales oiseaux-là s'ébouriffaient et se portaient à l'attaque des étrangers en poussant de grands cris. Les chiens avaient l'air méchant dans ce pays, mais, par chance, la plupart étaient attachés. La fenaison et le fauchage des blés battaient leur plein et le croquant trouva que c'était un spectacle imposant que de voir les gens ramener la moisson dans des chariots attelés de jeunes bœufs. Cependant, il apparaissait que l'on portait aussi du foin sur le dos. L'eau de la mer se ramifiait dans tout le paysage en fossés profonds et dormants ou en canaux, si bien que le pays tout entier était comme un poumon. Dans les canaux, on naviguait dans des barques à fond plat et il y avait un bœuf ou un cheval qui marchait sur la berge et qui tirait cette embarcation. Ces bateaux transportaient diverses marchandises. Il y avait dessus des maisons avec toit et fenêtres à rideaux et à fleurs, et une cheminée sur le toit, qui fumait car la femme était en train de préparer le repas. L'homme était assis devant sa porte, sur le bateau, tout en fumant du tabac tandis qu'il interpellait la bête de trait et dirigeait son bateau, et les enfants jouaient; parfois, il voyait de grasses donzelles hâlées, des filles dorées aux bras nus, et d'imposantes femmes occupées à plumer une volaille. Il devait être agréable d'être le maître à bord.

Ici, les chemins étaient différents de ceux d'Islande, ils étaient faits de main d'hommes et non par les sabots des chevaux et l'on y passait également en voiture. Il croisait des véhicules de toutes sortes et de grands chefs en manteaux voletants ainsi que des groupes de cavaliers portant fusils et épées. Les carrefours étaient nombreux. Jon Hreggvidsson choisissait inconsciemment le chemin qui se dirigeait le plus au nord, mais le jour passait ici autrement qu'en Islande et, finalement, il ne sut plus quelle heure il était, ce qui lui fit perdre sa direction.

Chez la femme du pasteur, on avait oublié de jeter ses sabots derrière lui. En fait, cela n'avait pas grande importance — il avait couru, pieds nus, par la dure Islande, pourquoi pas, par conséquent, par la douce Hollande? En revanche, la soif accablait le voyageur par ce temps calme et sec, mais l'eau de mer trouble était salée dans les canaux. Un homme qui était en train d'abreuver ses bêtes dans la cour d'une ferme lui donna de l'eau, de même qu'une femme près d'un puits, quelque temps après; toutefois, ils le regardèrent tous les deux d'un œil apeuré. En fin de compte, il était passé par tant de carrefours qu'il n'avait plus la moindre idée du chemin qui menait aux états du roi des Danois. Il s'assit, jambes étendues, essuya la sueur sur son visage et contempla ses pieds d'un air interrogateur. Un gamin passa sur le chemin en lui criant des moqueries, un autre fit claquer son fouet au-dessus de sa tête. Deux paysans âgés menaient à la ville un chariot plein de choux, de raves et de bottes de légumes. Jon Hreggvidsson se leva, se mit en travers du chemin et demanda :

— Où est le Danemark?

Les hommes s'arrêtèrent et le regardèrent avec étonnement, mais ils ne connaissaient pas le pays qu'il nommait.

— Danemark, dit-il en désignant le chemin. Danemark. Copenhague.

Les hommes s'entre-regardèrent, secouèrent la tête; ils

n'avaient jamais entendu nommer ni ce pays ni cette ville.

— Le roi Christian, dit Jon Hreggvidsson. Le roi Christian.

Les hommes se regardèrent.

L'idée vint alors à Jon Hreggvidsson qu'il se pouvait qu'il se fût mal rappelé le nom de Sa Très Gracieuse Majesté, il rectifia et dit :

— Le roi Frédéric. Le roi Frédéric.

Mais les hommes ne voulaient reconnaître ni le roi Christian ni le roi Frédéric.

Il s'adressa à plusieurs personnes qui passaient sur le chemin, mais rares étaient celles qui daignaient lui répondre, la plupart pressaient l'allure ou fouettaient leurs chevaux en voyant s'approcher ce sauvage noir. Et les rares qui s'arrêtaient ne connaissaient absolument pas le roi de Jon Hreggvidsson. Finalement arriva en voiture un homme de haut rang, portant ample soutane, fraise, perruque et chapeau haut de forme, les joues bleues et un livre saint sur la bedaine. Si ce n'était l'évêque de Hollande lui-même, c'était pour le moins le doyen de Rotterdam et Jon Hreggvidsson se mit sur son chemin en commençant à pleurer amèrement.

Le voyageur ordonna à son cocher de s'arrêter et adressa à Jon Hreggvidsson quelques paroles réprobatrices, quoique sans acrimonie, et l'égaré crut comprendre qu'on lui demandait qui pouvait bien être un pareil homme, sur les routes de Hollande.

— Islande, dit Jon Hreggvidsson en essuyant ses larmes et en se désignant lui-même. Islande.

L'homme se gratta délicatement derrière l'oreille, il avait visiblement du mal à trouver un sens à tout cela, mais Jon Hreggvidsson poursuivit :

— Islande, Gunnar de Hlidarendi, dit-il.

Soudain, la lumière se fit pour l'évêque, mais en même temps, il fut saisi d'une épouvante non petite et demanda d'un air effrayé :

— Hekkenfeld [2] ?

2. C'est-à-dire le mont Hekla, le redoutable volcan.

Mais Jon Hreggvidsson ne savait pas ce qu'était Hekken-feld, et il fit une tentative avec le nom du roi des Danois, Christian.

— Christianus, répéta alors le digne seigneur dont le visage s'éclaira, car il comprenait le tout de telle sorte que, bien qu'assurément ce sauvage fût originaire du Hekken-feld, c'était un chrétien. Jesus Christus, ajouta-t-il douce-ment en faisant un signe de tête au gueux.

Pour sa part, Jon Hreggvidsson était si content qu'eût surgi là un nom que tous les deux connaissaient, qu'il s'abstint de poser des questions sur tout ce qu'il avait envi-sagé, et se contenta de répéter le nom du propriétaire de sa terre, Jesus Christus. Ensuite, il se signa au nom de la Sainte Trinité pour montrer qu'il était un fermier véridique du Christ, et le seigneur détacha une bourse de sa ceinture, en sortit une piécette d'argent, la donna à Jon Hreggvidsson puis poursuivit sa route.

Quand le soleil se coucha, Jon pénétra d'un pas nonchalant dans la cour d'une grosse ferme où il présumait que vivaient des gens hospitaliers, car cette ferme était pleine de voitures, de chevaux et de cochers. Des voyageurs au long cours, gras et bien vêtus, sortaient dans la cour en se frottant le ventre après leur repas. Certains fumaient de longues pipes. Un des postillons remarqua Jon Hreggvids-son et se mit à se moquer de lui. D'autres arrivèrent. Jon Hreggvidsson dit qu'il était Islandais, mais personne ne comprit. Peu à peu, tout un groupe s'était formé autour de lui et on lui adressait la parole en diverses langues. En fin de compte, il prit le parti de prononcer les mots qui lui avaient si bien réussi avec le dignitaire, sur la route :

— Hekkenfeld. Jesus Christus.

Certains crurent que c'était un hérétique et un blasphéma-teur de Valland [3], et il y en eut un qui dit Marie Joseph et qui lui plaça son poing noué sous le nez.

Jon Hreggvidsson continua de répéter Jesus Christus Hekkenfeld en se signant.

Le groupe s'accroissait toujours : des servantes aux larges

_____
3 Valland France, pays catholique.

hanches, en cotillons courts et portant chaperon, des cuisiniers en tabliers de cuir, des gentilshommes gras et pansus,
en fraise et manches bouffantes et coiffés de chapeaux à
plume par-dessus leur perruque — ils se frayaient un passage pour pénétrer à l'intérieur du cercle afin de voir ce qui
se passait, mais ce n'était rien d'autre qu'un gueux étranger
en train de blasphémer. La fin de cet attroupement fut qu'un
imposant cavalier, portant chapeau à plume, bottes à revers
et l'épée au côté, se fraya un passage dans le cercle, leva son
fouet et fit pleuvoir sur Jon Hreggvidsson des coups plus
violents les uns que les autres. D'abord, il rossa l'homme
en travers du visage, puis sur le cou et les épaules, jusqu'à
ce qu'il s'affaisse à genoux et tombe dans la cour, les mains
devant le visage. Après quoi ce puissant cavalier ordonna
aux gens de décamper, chacun à sa besogne, et il ne s'en
trouva comparativement qu'un petit nombre pour décocher en s'en allant un coup de pied à l'homme abattu. Quand
le groupe se fut dispersé, Jon Hreggvidsson revint à lui-
même, il se tâta le visage pour voir s'il saignait; ce n'était
pas le cas, il était seulement enflé. Puis il s'en alla.

Le soir, il eut à manger chez un couple qui possédait un
petit champ. Il donna la pièce d'argent à l'enfant parce que
le paysan ne voulait pas être payé pour son hospitalité.
Quand il eut mangé, il se coucha sous la haie vive, pensant
dormir car le temps était doux et promettait de le rester.
Mais le Hollandais le mena à un grenier à foin, et le voyageur suivit ses recommandations et dormit dans la paille. Il
fut réveillé de bonne heure par un oiseau bizarre qui passait
continuellement en volant et en criant devant la lucarne, en
laissant pendre ses pattes en cours de vol, et qui avait son
nid sous la poutre faîtière. Le Hollandais était levé et Jon
Hreggvidsson lui tint compagnie pour aller jusqu'à son
champ, il porta du grain avec lui toute la journée sans se
ménager, et le Hollandais fit comprendre qu'il le trouvait
fort. Jon Hreggvidsson souffrait de ne pas pouvoir raconter
à cet homme les histoires de Gunnar de Hlidarendi. Deux
jours durant, il porta du grain et, le troisième, il apprit à
manipuler un fléau et un crible. On le nourrissait bien mais
quand il fit comprendre qu'il avait besoin d'argent, il

s'avéra que le Hollandais était trop pauvre pour pouvoir entretenir un journalier. Alors, Jon Hreggvidsson se prépara à prendre congé. Toute la famille pleura à la pensée que cette créature bipède et muette l'abandonnerait. Jon Hreggvidsson pleura un peu en échange, par politesse, puis il embrassa les gens en guise d'au revoir. L'homme lui donna des sabots, la femme lui donna des bas et l'enfant lui donna une perle de verre bleue.

Une fois de plus, Jon Hreggvidsson prit la même direction que précédemment. Mais les cadeaux de ces honorables gens ne hâtèrent pas notablement son voyage et, au bout de deux jours, il dut de nouveau s'engager au travail de la moisson, cette fois chez un comte puissant qui possédait quelques districts dans cette partie du pays et qui avait à son service des milliers de métayers, esclaves et semi-esclaves, ouvriers, chefs d'équipes et sous-comtes, lui-même étant invisible : on disait qu'il résidait en Espagne. Jon Hreggvidsson travailla là pendant le reste de l'été, à diverses besognes qui exigeaient des forces physiques et de la persévérance et il apprit assez de hollandais pour pouvoir expliquer aux gens comment il se faisait que son voyage l'eût amené dans ces parages. Tout le monde en Hollande avait entendu parler du Hekkenfeld en Islande, sous lequel brûle l'Enfer, et ils étaient très curieux d'avoir des détails sur cette montagne. Ils appelèrent l'homme Van Hekkenfeld.

A coup sûr, l'invisible comte d'Espagne le berna sur son salaire et les sous-comtes dirent qu'il pouvait louer Dieu de ne pas avoir été pendu, mais quelques pauvres gens de Hollande craignant Dieu se cotisèrent pour rassembler des pièces de cuivre et de la petite monnaie d'argent pour Van Hekkenfeld, afin qu'il puisse poursuivre sa route jusque chez son roi. Puis il se mit en chemin. Il cacha les pièces dans l'un de ses bas, ayant enroulé l'autre autour de son cou, l'envers à l'extérieur, à la mode des bergers, pour ne pas s'égarer. Ses sabots, il les attacha l'un à l'autre et les porta sur son épaule, un par-devant, un par-derrière ; pour la perle, il l'avait perdue.

L'hiver était venu quand Jon Hreggvidsson parvint chez les Allemands. Régulièrement, il avait dû s'engager, pour subsister, comme bête de somme chez les Hollandais, mais sans recevoir grand-chose pour sa peine car, bien que les Hollandais possèdent des biens à foison, ce sont gens parcimonieux comme ont coutume de l'être de bons paysans, et ils sont lents à verser les salaires. D'un autre côté, un homme chanceux pouvait parfois mettre sans difficultés la main sur quelque bonne chose car, en Hollande, en raison de leur aisance, les gens n'ont pas aussi peur des voleurs qu'en Islande. De la sorte, Jon Hreggvidsson réussit à voler de superbes bottes à un duc qui possédait trois districts. Chez cet homme, qui était invisible comme tous les nobles hommes de Hollande, il s'était fait valet pour un temps, mais il avait quitté cette place pour raison de famine, car les gens riches sont chiches sur la nourriture, en Hollande comme en Islande. Il trouva ces bottes dans un tas de vieilleries et les cacha dans un buisson épineux un demi-mois avant de filer. Il n'osa pas les mettre avant de s'être éloigné de dix milles, il les portait dans un sac sur son dos. Mais quand le temps se fut mis à se gâter et que l'état des chemins fut devenu plus pénible, les bottes se révélèrent bien utiles car la Hollande a beau être de nature douce, sa boue est glacée, surtout quand vient l'automne.

Il tombait une bruine glacée et le soir venait. Le voyageur était trempé, les bottes du duc étaient pleines d'eau et lourdes de boue. Dans le brouillard froid et l'obscurité, plus loin sur le chemin, l'Allemagne attendait : il y avait là les plus grands guerriers du monde. Jon Hreggvidsson n'avait même pas un bâton à la main. Il avait faim. La frontière consistait en une rue, une église et une ferme où les voyageurs de grand chemin pouvaient acheter gîte et couvert. De grands carrosses couverts allaient se mettre en route, quittant l'auberge avant la nuit pour l'Empire, tirés par de doubles attelages de quatre chevaux qui s'ébrouaient, et pleins de voyageurs prospères, bien vêtus, qui possédaient des femmes hautement parées et de grosses escarcelles. Les femmes se mirent à l'aise sur leurs sièges, en disposant des coussins et des couvertures, et les hommes, tous gens distingués, suspendirent à des crochets au-dessus des sièges leurs ceintures, leurs épées et leurs chapeaux à plume, puis tout le monde se mit en route. Jon Hreggvidsson envisageait d'acheter du thé, qui est une remarquable boisson venue d'Asie, car il gardait en cachette quelques piécettes, mais on ne le laissa pas entrer.

Il se trouvait devant l'église, jurant un peu, quand il subodora un fumet de pain chaud. Il regarda alentour et, se laissant conduire par son nez, découvrit une baraque de boulanger où un homme et une femme étaient en train de sortir des pains d'un four. Il acheta un pain et alla jusqu'à la porte d'une pauvre maison, mendia de la bière chaude pour accompagner le pain, mangea et but sur le seuil parce que les gens voyaient bien que c'était un voleur et un assassin et ne voulaient pas le faire entrer. Le petit chien aboyait continuellement contre lui depuis la cuisine, réveillant les poules, et le mari des poules, le coq, chanta.

Il fourra le reste du pain dans sa poche, souhaita bonne nuit et s'en alla ragaillardi sous la pluie, sur la trace des voitures de poste. Celles-ci franchirent une grille, sur le chemin, où se tenaient deux guerriers hollandais armés de fusils à mèches qui laissaient passer qui le voulait. De l'autre côté de la grille commençait un petit bois, puis, sur un espace ouvert, il y avait une forteresse avec un fossé tout autour des remparts : un pont enjambait ce fossé et le chemin traversait la forteresse en son milieu. Dans des lanternes noires et pointues, à l'extérieur du grand porche de pierre, brûlaient de faibles lumières qui, à travers la bruine, avaient l'air de touffes de laine dorées mêlées de bleu. Le chemin qui passait sous le porche de la forteresse était pavé et les roues cerclées de fer des voitures faisaient grand bruit quand elles cahotaient sur les pavés en faisant voler des étincelles. La forteresse était aplatie vers le haut, avec un parapet autour du toit et des créneaux pour les catapultes et les canons. C'était le portail de l'Allemagne.

Quelques hommes tout armés se tenaient près du portail, avec d'autres, en habits bariolés, derrière eux, qui tenaient des protocoles, des rôles et des plumes d'oie pour inscrire les gens. Les voitures de poste étaient passées. Les guerriers d'Allemagne étaient de taille gigantesque, avec d'immenses casques à pointe et des moustaches torses qui ressemblaient à des cornes de béliers. Jon Hreggvidsson se présenta devant ces hommes en regardant par le portail, dans l'intention de poursuivre son chemin, mais alors, ils lui pointèrent simultanément devant la poitrine deux piques en lui adressant la parole en langue allemande. Il ne trouva rien à répondre. Ils se saisirent de lui et le fouillèrent, mais ne trouvèrent que quelques pièces de menue monnaie hollandaise qu'ils se partagèrent entre eux. Puis ils soufflèrent dans des trompes. Alors, un homme vint s'ajouter au groupe, un grand colosse bleu. Les autres voulaient remettre Jon Hreggvidsson à cet homme, mais il répondit d'un air fâché et il y eut une dispute entre eux, où le mot « hen-gen » fut le seul que le paysan comprit, ce qui signifie pendons-le. Pour finir, le dernier venu fut forcé de prendre en charge Jon Hreggvidsson; de la pointe de son épée il poussa le paysan dans le dos et le propulsa de la sorte devant soi à l'intérieur de la forteresse, lui fit monter un grand escalier mal éclairé, puis traverser des paliers et des couloirs jusqu'à une aile éloignée de la forteresse où ils arrivèrent à une grande salle avec, dans la muraille, des fenêtres sans vitres où le vent soufflait et où la pluie pénétrait; le colosse poussa Jon Hreggvidsson pour lui faire franchir le seuil. En dehors du faible cercle lumineux de la lanterne du colosse, il faisait noir. Mais quand l'homme entreprit de refermer la porte, Jon Hreggvisson la bloqua du pied en réclamant, en hollandais, des explications. Comme il arrive souvent chez les frontaliers, le colosse pouvait parler les deux langues s'il le voulait et il répondit que Jon Hreggvidsson ne repasserait plus cette porte. Malheureusement, dit-il, on n'arrivait pas à mettre la main sur l'homme qui était chargé de pendre les gens; il en avait déjà pendu tant ce jour-là qu'il était fatigué et qu'il était allé dormir chez lui ainsi que son aide. Cela dit, le butor pointa l'estoc de son épée sur l'estomac de

Jon Hreggvidsson pour le chasser de la porte et lui souhaita bonne nuit.

— Hola! cria Jon Hreggvidsson pour faire durer la conversation. Fais en sorte que la besogne soit faite, camarade, et pends-moi toi-même. Je pourrais peut-être t'aider.

Toutefois, l'autre était gardien, vaktmeister en allemand, il n'avait ni la dignité ni les prérogatives de bourreau et il dit que nulle force humaine ni même celle de Notre Seigneur, ne pourrait le forcer à se charger des devoirs qui incombaient à un autre, pas plus que de manquer aux devoirs qui avaient été assignés à un vaktmeister par l'Empereur. Mais qu'est-ce que tu as là sur le ventre?

— Laisse, dit Jon Hreggvidsson, c'est mon pain.

— Que diable veux-tu faire avec du pain? dit le vaktmeister. Toi qui vas être pendu à la première heure. Je confisque ce pain, au nom de l'Empereur.

Il pointa son épée sur la poitrine de Jon Hreggvidsson pendant qu'il furetait dans ses habits, à la recherche du pain. Puis il mit son épée au fourreau et se mit à mâchonner le pain.

— C'est du pain diablement bon, dit-il. Où as-tu eu ce pain-là?

— En Hollande, dit Jon Hreggvidsson.

— Oui, vous autres Hollandais, vous êtes des couillons, dit le vaktmeister. Vous ne pensez qu'au pain. Nous autres, Allemands, nous ne pensons pas au pain. Les canons ont plus de valeur que le pain. Écoute, est-ce que tu n'aurais pas un bout de fromage sur l'estomac?

De nouveau, il fouilla Jon Hreggvidsson mais ne trouva pas de fromage.

— Un jour, continua-t-il en mastiquant, un jour viendra où nous autres, Allemands, nous montrerons à des mangeurs de pain comme vous autres, Hollandais, ce qu'il en coûte de ne penser qu'au pain. Nous vous écraserons. Nous vous aplatirons au niveau du sol. Nous vous anéantirons. Est-ce que tu as de l'argent?

Jon Hreggvidsson dit ce qu'il en était : que les hommes en habits bariolés lui avaient dérobé ses quelques skildings.

— Oui, je sais bien, dit le vaktmeister. Ces satanés douaniers n'ont pas l'habitude de laisser quoi que ce soit à un pauvre père de famille.

Alors, on entendit crier quelque part au-dehors :

— Fritz von Blitz, est-ce qu'on continue de jouer à pile ou face?

Le vaktmeister répondit :

— J'arrive.

— Maintenant, reste tranquille ici jusqu'à ce que le bourreau arrive, dit-il à Jon Hreggvidsson. Et tu peux considérer que si tu essaies de sauter par la fenêtre, ce sera ta mort. Maintenant, je n'ai plus le temps. L'homme qui jouait à pile ou face avec moi commence à s'ennuyer sans moi.

Cela dit, le butor disparut de la porte et referma au verrou le lourd panneau de chêne derrière lui. Jon Hreggvidsson jura sur tous les tons un moment. Puis il se mit à tâtonner autour de soi dans ce logis humide, glacé et plein de courants d'air. Il se cognait continuellement à des objets massifs qui étaient suspendus au toit, comme des carcasses de moutons dans un fumoir, et qui se balançaient quand on les touchait. Juste à ce moment-là, la chance voulut que la lune jetât un coup d'œil à travers la bruine et lançât une lueur livide sur les visages de quelques hommes qui avaient été pendus là. Ils pendaient des poutres, têtes obliques, bouches relâchées, le visage gonflé et les yeux blancs, mains liées derrière le dos, orteils à la verticale, dans cet abandon imbécile qui éveille plus l'envie de les pousser pour les faire se balancer que le désir de couper leurs cordes pour qu'ils tombent. Jon Hreggvidsson alla de l'un à l'autre en tâtant leurs pieds pour le cas où il y en aurait eu un qui avait des chaussures utilisables, — en fait, plus par vieille habitude de paysan que parce qu'il aurait imaginé avoir besoin de chaussures; mais la façon dont étaient chaussés ces gens-là n'avait rien de bien enviable.

Le croquant avait peine à trouver quelque chose qui pût distraire un pensionnaire pour la nuit dans une demeure aussi sinistre; même les Rimes de Pontus devenaient ridicules en ce lieu. Il se rappelait en tout cas avoir entendu dire qu'il était utile de s'asseoir sous un pendu, comme on dit en Islande, c'est-à-dire sous une potence où est pendu un homme mort; c'était la coutume du méchant roi Odin et d'autres vieillards renommés et maîtres de l'ancien temps : ils en obtenaient toutes sortes de révélations. Ce fut donc le parti que prit Jon Hreggvidsson. Il choisit le spectre qui pendait le plus vers le mur, afin de pouvoir s'appuyer sur la muraille quand il aurait ses révélations. Mais comme le croquant était très fatigué, à peine eut-il le temps de s'asseoir sur le dallage qu'il sombra dans une sorte de torpeur. Il resta un moment sous le pendu à sommeiller, le menton sur la poitrine et les épaules contre la muraille. La lune était repartie et il faisait noir comme dans un four, dans cette salle. Quand donc Jon Hreggvidsson eut dormi là un moment, il fut réveillé par des craquements dans la poutre au-dessus de lui et, en moins de temps qu'il n'en faut pour le dire, le pendu se détache et descend de sa corde. Sans barguigner, il se précipite sur Jon Hreggvidsson, il piétine le bonhomme un moment, de tout son poids, avec la force qui caractérise les morts. Plus il piétinait, plus il écrasait le manant et, tout en piétinant, il déclamait cette strophe :

> Liesse pour qui fut une fois pendu
> Dans la salle aux spectres.
> Nul ne fut deux fois pendu
> Au-dessus de la glèbe.
> Piétinons, nous les bien pendus
> Le cœur du trop peu pendu,
> Ce gland dur
> Au sein du non pendu.
> Piétinons du fils de Hregvid
> Le dur gland de la poitrine.

« Assez piétiné ! » cria Jon Hreggvidsson qui était sur le point d'étouffer sous ce traitement. Il réussit alors à s'arracher au spectre et à lui faire une prise, il y eut si rude combat alors que les moellons du sol furent mis en pièces à coups de pieds tandis que les autres pendus descendaient de leurs cordes et entamaient une danse obscène autour d'eux, déclamant des poèmes indécents, de grossiers discours et prodiguant les affirmations sans fondement. Cela dura longtemps et Jon Hreggvidsson pensait bien ne s'être jamais trouvé pris dans une danse aussi rude. Finalement, le spectre harcela tellement le croquant que ce dernier crut bien ne plus pouvoir résister davantage à un tel adversaire. Mais on vit bien là la différence entre qui est voué à la mort et qui ne l'est pas, comme il avait été dit aussi dans la strophe du pendu : on ne peut tuer un pendu deux fois, qu'on l'attaque aussi longtemps et violemment qu'on le voudra. Jon Hreggvidsson se contenta d'échapper à la prise de l'ennemi et, de la sorte, d'essayer de fuir. Et comme les morts ne sont pas aussi souples que leurs prises sont rudes, le croquant réussit finalement à se libérer, il bondit à la fenêtre, prit son élan pour atteindre le châssis qu'il parvint à saisir et se jeta dehors, tête baissée, sans se soucier de ce que serait son point de chute. L'eau du fossé venait battre la muraille de la forteresse, l'homme y sombra profondément sans heurter le fond, puis il remonta, émergea et se mit à barboter. C'était comme de tomber dans une tourbière si ce n'est qu'ici, c'étaient des corps humains en décomposition que l'on trouvait au lieu de carcasses de chiens. Jon Hreggvidsson sortit du fossé en barbotant, remonta en rampant sur le versant, de l'autre côté et cracha. Il claquait des dents. Il chercha à s'orienter, y parvint et décida de diriger ses pas de nouveau vers la Hollande plutôt que de se risquer à d'autres aventures chez les Allemands.

Il échoua dans la ville d'Amsterdam, au bord de la grande lagune qui s'enfonce dans la Hollande et que l'on appelle Zuydersee. Amsterdam est une grosse ville commerçante d'où l'on fait voile pour l'Asie. Comme il commençait à se tirer d'affaire avec la langue, il réussit à se trouver du travail comme porteur, dans une compagnie qui avait là des entrepôts, au bord du canal. La nuit, il couchait chez l'homme qui s'occupait du chien de garde. Souvent, on entendait de grands hurlements la nuit, parfois jusqu'au point du jour.

Jon Hreggvidsson dit :

— A lui tout seul, ton chien hurle plus fort que tous les autres chiens des entrepôts.

L'homme dit :

— C'est parce que c'est lui le plus malin.

Jon Hreggvidsson dit :

— Il n'y a pas lieu de louer un chien parce qu'il est malin. Il n'y a que les chiennes qui hurlent. Dans les anciennes sagas, il est dit qu'autrefois on choisissait à juste raison comme roi l'homme qui avait le chien le plus méchant, pas celui qui hurlait le plus fort.

— A quoi est bon le chien du roi des Danois? dit l'homme.

— Ton duc a une chienne, dit Jon Hreggvidsson.

— Ma chienne, elle défie ton chien, dit l'homme.

— Ça peut se faire que mon chien soit minable, dit Jon Hreggvidsson, mais les Allemands, qui sont des héros au combat et de vrais hommes n'hésiteraient pas longtemps sur ce qu'ils feraient du tien.

Maintenant, Jon Hreggvidsson prenait toujours les Allemands à témoins, eux qui mangeaient le pain des gens pour les pendre ensuite, dans la mesure où le bourreau était bien disposé; il vouait un respect mêlé de crainte à cette peuplade fabuleuse et il était fier d'avoir appris à la connaître. Le chien continuait de hurler. Vers le point du jour, Jon Hreggvidsson sortit, trouva une corde, pendit le cabot et le jeta dans le canal.

Il erra longtemps le long des canaux et sur les ponts. Les Hollandais n'étaient pas encore debout, hormis des pêcheurs et des passeurs. De la fumée montait d'un bateau où des gens étaient en train de préparer du thé. Il les héla et leur demanda du thé. Ils lui demandèrent qui il était, et il dit qu'il était d'Islande, là où se trouve l'Enfer. Ils l'invitèrent à monter dans le bateau, lui donnèrent à manger et se mirent à lui parler du Mont Hekla. Il dit qu'il était né et qu'il avait été élevé au pied de cette montagne, et que d'ailleurs, il s'appelait Van Hekkenfeld. Ils demandèrent si l'on pouvait voir l'Enfer depuis le sommet de l'Hekla malgré les méchants oiseaux qui planent éternellement au-dessus du cratère en se battant violemment. Il dit que non, mais qu'une fois pourtant, il avait pourchassé un oiseau de ce genre avec une gaffe qu'il avait emportée sur la montagne : ils ressemblaient à des corbeaux, n'était qu'ils avaient des serres et un bec de fer. Ils demandèrent si ces oiseaux-là étaient comestibles et il rit d'une pareille bêtise ; en revanche, on pouvait employer les serres comme hameçons et le bec comme crocs. Comme crocs, dirent-ils, et pourquoi pas comme tenailles, mon brave ? Oui, pourquoi pas comme tenailles, dit-il. Ils lui reproposèrent du thé. L'un d'eux lui demanda s'il avait l'intention de retourner en Islande ce soir. Il dit que non, qu'il avait l'intention de se rendre au Danemark, trouver sa Très Gracieuse Majesté. Ils vouèrent le roi des Danois à tous les diables et dirent qu'ils espéraient que le duc de Hollande lui déclarerait la guerre au plus vite. Faites gaffe à ça, dit Jon Hreggvidsson. Ils dirent qu'ils se battraient avec joie pour leur duc, jusqu'à la dernière extrémité, et qu'ils ne céderaient jamais. Il y avait un bateau du Danemark qui mouillait un peu plus loin en amont du canal et le mieux serait de le trouer. Jon Hreggvidsson remercia et prit congé.

Il chercha le vaisseau danois qui mouillait plus loin dans le port et salua les gens qui s'y trouvaient. Ils dirent qu'ils étaient de Lukkstad[1] dans le Holstein et qu'ils venaient

---

1. Lukkstad : plaisante graphie pour Glückstad.

chercher du malt et du houblon. Pour commencer, ils ne lui firent pas mauvais accueil. Il demanda à parler au capitaine, dit qu'il était Islandais et qu'il voulait prendre un passage. Mais dès qu'ils entendirent qu'il était Islandais, ils se mirent à l'insulter car les Danois tenaient cette peuplade pour la plus méprisable de toutes. Jon Hreggvidsson tomba à genoux devant le capitaine et lui baisa la main en pleurant. Le capitaine dit qu'il n'avait besoin de personne, surtout pas d'un Islandais, mais qu'il pouvait revenir le lendemain. Puis ils lui donnèrent à manger, disant que les Islandais devaient toujours vivre des aumônes que leur faisaient les peuples étrangers, sinon c'en était fait d'eux. Jon Hreggvidsson remercia très poliment. Il resta dans les parages de ce navire toute la journée car il se croyait proscrit de Hollande depuis qu'il avait pendu le cabot. La nuit, il eut la permission de se coucher sous une voile, sur le pont. Comme toujours jusque-là, la chance servit le croquant car cette même nuit, deux des membres de l'équipage s'en allèrent s'amuser en ville, et l'un fut tué, l'autre mutilé, en sorte que le capitaine se laissa persuader de prendre Jon Hreggvidsson à la place de celui qui avait été tué, et la nuit suivante, il put dormir sous le pont. Vingt-quatre heures après, ils prirent la mer.

A bord, Jon Hreggvidsson dut chèrement expier le fait d'être Islandais, à tel point que, quand ils essuyèrent une tempête au large de la côte frisonne, et qu'ils dérivèrent en mer, ils l'accusèrent d'être la cause de cette tempête et ils l'auraient ligoté et jeté par-dessus bord dans l'espoir de voir la mer se calmer si le mousse, qui eût vraisemblablement été le suivant à connaître le même sort, n'était allé furtivement trouver le capitaine en le priant d'intervenir pour que ce pauvre diable eût la permission de rester en vie.

Quand la tempête se fut apaisée, Jon Hreggvidsson reprit du poil de la bête. En ce lieu, il ne servait assurément à rien de dépeindre l'Enfer qui brûle sous l'Hekla en Islande, car même l'Enfer paraît insignifiant aux Danois s'il se trouve en Islande. En revanche, il décrivit aux membres de l'équipage son ancêtre Gunnar de Hlidarendi qui faisait douze aunes de haut, atteignit l'âge de trois cents ans et sautait, tout armé, sa propre longueur, aussi bien en avant qu'en arrière [2]. Quand, demanda Jon Hreggvidsson, s'était-il trouvé un pareil homme chez les Danois?

— Dans l'antiquité, dirent-ils, il y avait aussi des champions en Danemark.

— Oui, dit Jon Hreggvidsson, peut-être Harald à la Dent guerrière. Mais c'est mon ancêtre également.

A Lukkstad, sur l'Elbe, dans le Holstein, le but était atteint, en ce sens que Jon Hreggvidsson était maintenant arrivé dans les états de Son Très Gracieux Roi et Seigneur Héréditaire. Il passa à terre d'un pied léger, le soir venu, et le croquant eût sans aucun doute donné un skilding au mousse pour le remercier de lui avoir sauvé la vie si le capitaine ne l'avait pas chassé de sa vue ne le menaçant de le faire rosser en guise de salaire.

Lukkstad ne fit pas grande impression à un homme qui avait parcouru la Hollande. Le pis était qu'il ne connaissait pour ainsi dire plus aucune langue, hormis le Hollandais, quand il se fâchait. Pourtant, jusque-là, il avait cru pouvoir distinguer le danois des autres langues; or, voilà que comprendre leur dialecte passait ses capacités. Il y avait un brouillard gelé. Il avait une piécette d'argent, hollandaise. Il chercha un gîte pour la nuit en montrant sa piécette, mais il fut partout chassé avec des injures et on lui dit que la pièce était fausse. A cause de cette pièce, certains firent mine de vouloir livrer le croquant à la justice. Il avait faim, la rue était glissante, les gens du lieu avaient tiré les volets devant leurs fenêtres et étaient rentrés manger leur rôti. S'il arrivait quelqu'un à votre rencontre, avec une lanterne, la lumière faisait d'abord comme une touffe de laine grisâtre, puis comme un halo bleuâtre, enfin comme un jaune d'œuf. Le fumet de rôtis infinis continuait de sortir des maisons et les auberges y ajoutaient une odeur d'épices, de fumée de tabac et de boissons. Il ne vit pas d'autre issue que de chercher une écurie ou un grenier au-dessus de l'étable, quelque part dans une cour d'auberge.

2. Si les douze aunes et les trois cents ans sont inventés par Jon Hreggvidsson, la *Saga de Njall le brûlé* dit en effet de Gunnar qu'il était capable de sauter tout armé sa propre hauteur aussi bien en avant qu'en arrière!

Mais alors qu'il s'était mis en quête de quartiers de nuit de ce genre, il se trouva tout soudain dans les bras d'un homme qui avait une lanterne à la main. C'était un personnage imposant, portant moustaches, barbe en pointe et chapeau à plume, en bottes à revers et manteau. Il répandait une bonne senteur d'eau-de-vie. Il salua cordialement Jon Hreggvidsson. Ils ne comprenaient pas leurs langues respectives mais en fin de compte, Jon Hreggvidsson crut saisir que le citadin avait de bonnes nouvelles à rapporter et que même, il laissait espérer un pichet de bière, chose que Jon ne trouva pas prématurée, au pays de son seigneur et maître qui avait été pour un temps le pays de ses rêves.

Ils se rendirent ensemble à un grand cabaret où les gens étaient assis à des tables de chêne massives, la plupart en uniforme et buvant ferme. L'atmosphère était très animée, mais médiocrement pacifique. Le bourgeois indiqua à Jon Hreggvidsson une place à un bout de table, dans un coin, et s'assit à côté de lui, et l'aubergiste, un solide colosse bleu noir, leur apporta sans qu'on le lui eût demandé un pichet de bière à chacun. Le pichet du bourgeois était sensiblement plus petit, avec des figures en relief et un couvercle d'argent, tandis que le croquant se voyait gratifié d'un grand pichet de simple grès, puis, immédiatement après, d'un double gobelet d'eau-de-vie, en étain, alors que le hobereau recevait un petit gobelet d'argent.

Quand il parut évident que l'on ne pouvait s'adresser à Jon Hreggvidsson dans une langue intelligible, l'aubergiste et le citadin contemplèrent leur hôte un moment en se parlant à voix basse, comme s'ils doutaient d'avoir trouvé l'homme qu'il fallait. Néanmoins, ils remplirent de nouveau le pichet et le gobelet quand le croquant les eut vidés jusqu'au fond, et celui-ci n'eut cure qu'ils se soient trompés de personne, il but et fit chère lie, qu'il s'appelât Jon Hreggvidsson de Rein ou tout autre chose. De toute manière, pichet et gobelet continuaient de se remplir. Et, quelle que fût son identité, il entama les Rimes de Pontus pour cette assemblée :

> *Faisons siffler nos lances acérées*
> *Sur les capes des hommes.*

Alors, le hobereau tira de sa poche un papier avec quelque chose d'écrit dessus et le posa devant le croquant pour qu'il mette une croix au bas, et l'aubergiste apporta de l'encre et une plume fraîchement taillée. Jon Hreggvidsson pensa à part soi que, pour du beau monde, ces gens-là dérogeaient à leurs coutumes s'ils lui demandaient d'apposer son nom au bas d'une bonne chose, il résolut de continuer à boire et à déclamer tant qu'il resterait une goutte dans le pichet et le gobelet, et ne leur répondit que par le mot « hen-gen » tout en se passant l'index sur la gorge. Par là, il voulait dire qu'ils étaient bienvenus à le pendre, qu'il signe ou non; mais s'il y avait autre chose à espérer que la potence ou autres instruments du même genre, il était d'accord aussi, sans signature, dorénavant comme jusque-là.

Alors, le hobereau fit un signe aux hommes en uniforme qui, jusqu'à ce moment-là, étaient restés assis à l'autre bout de la table sans être intervenus. Ils se levèrent immédiatement et se ruèrent sur Jon Hreggvidsson. Le croquant se battit un peu, par vieille habitude, sans cesser pourtant de déclamer, et ses dents blanches luisaient dans sa barbe noire au plus fort de la mêlée :

> *Faisons siffler nos lances acérées*
> *Sur les capes des hommes.*
> *Si le bon manteau tient alors,*
> *Si le bon manteau tient alors,*
> *C'est une chose à voi-a-ar.*

Il avait administré de superbes soufflets à deux hommes et décoché un bon coup de pied à un troisième quand ils réussirent à venir à bout de lui, à le bâillonner et à le ligoter. Mais au moment même où s'achevait cette besogne, ou presque, il fut pris d'un agréable engourdissement en sorte que, pendant un moment, il ne sut pas bien ce qui se passait.

Le lendemain matin, il se réveilla au son du clairon. Il était couché sur le plancher d'une grange et des lanternes qui répandaient une faible lumière pendaient du toit. Il vit que d'autres hommes du même acabit que lui sortaient de leur sommeil et se levaient, dans la paille tout autour, tandis qu'un supérieur passait alentour avec un gourdin et les forçait à se lever. Un autre supérieur survint, qui contempla la recrue en jurant par le nom de Jésus et de Marie, à la française, quand il vit ses guenilles et le traîna avec lui dans l'église qui leur tenait lieu d'arsenal ; là, il le vêtit d'une veste, de pantalons et de bottes, lui mit un chapeau sur la tête et le ceignit d'un ceinturon. Puis ce gentilhomme lui demanda son nom et sa nationalité, nota d'abord cela dans un livre, puis sur un morceau de tissu qu'il attacha à l'intérieur des vêtements du croquant, ainsi libellé : Johann Reckwitz. Aus Ijsland buertig [3].

On leur donna du pain et de la bière et on leur remit des fusils et des épées. Puis on les fit avancer sur la plaine, dans le petit matin. Il faisait un temps aussi brumeux que le soir précédent. La marche en rase plaine se déroula sans incident, quoique dans un concert de cris brutaux, mais lorsque commença l'exercice, avec les multiples manœuvres militaires afférentes, Jon Hreggvidsson perdit le fil et fit tout de travers. Bientôt, les ordres brutaux se muèrent en menaces coléreuses dans ce langage difficile à comprendre et, finalement, en gifles. Jon Hreggvidsson considéra qu'il était incongru de rendre la monnaie en un tel endroit. Et ce ne fut pas d'être rossé qui lui fit mieux comprendre les ordres. En fin de compte, l'officier renonça, il jeta un regard courroucé sur le bout de tissu au revers des habits de l'homme et il apparut alors que c'était un Islandais. Alors, tout le monde se mit à rire. Après un long travail éreintant, on revint à la ville et l'on donna aux hommes de la soupe chaude.

Quand on eut rossé et injurié Jon Hreggvidsson trois jours durant, on le mit aux cuisines pour aller chercher de l'eau, couper du bois, enlever les cendres et les ordures et exécuter les besognes que l'on tient pour les moins honorables. Quoique les fourriers et les cuisiniers fussent Allemands et n'eussent cure qu'il y eût ou non un pays appelé Islande, les marmitons étaient Danois, de même que l'homme qui devait actionner le tournebroche des officiers, et ce leur était un réconfort tout particulier que de faire savoir à tout propos à Regvidsen que l'Islande n'était pas

3. *Aus Lisland buertig* : jargon pour : originaire d'Islande.

un pays et les Islandais, pas des hommes. Ils disaient qu'à l'extérieur de cet entonnoir de l'Enfer, un peuple d'esclaves pouilleux traînait une vie lamentable à base de résidus d'huile de baleine et de requin pourri ainsi que d'aumônes du roi. Regvidsen disait qu'à coup sûr il y avait dans ce pays une ouverture sur l'Enfer, et qu'on pouvait souvent entendre parler danois par cette ouverture; mais d'un autre côté, il était tout aussi sûr qu'à d'autres égards, ce pays surpassait le reste du monde et que d'ailleurs tous les gens y étaient des héros et des scaldes de grandes familles. Les Danois appelèrent Regvidsen le chien noir. Tous les jours, ce n'étaient à la cuisine que brimades et vexations.

Dieu merci, les hommes portaient parfois leur intérêt sur d'autres sujets, en particulier sur la lenteur avec laquelle la solde était versée. Outre des Danois, il y avait dans l'armée des mercenaires de diverses nationalités et de divers états, des Saxons, des Esthoniens, des Wendes, des Polonais, des Bohémiens, des brigands, des paysans et des vagabonds. Beaucoup doutaient qu'il dût y avoir le moindre paiement de solde avant que l'armée ne se fût mise à remporter la victoire à la guerre et à conquérir des pays. Jon Hreggvidsson découvrit peu à peu que les troupes qui étaient rassemblées là s'en iraient sous peu au sud du monde, dans des montagnes nommées Carpathes et qu'elles s'y battraient pour le compte de l'Empereur allemand. Une autre armée danoise y était arrivée précédemment, qui s'était battue en divers lieux mais maintenant, elle avait besoin de renforts pour pouvoir déclencher une véritable offensive et le roi des Danois avait ordonné que vingt centaines d'hommes de Lukkstad se joignent à eux au plus tôt. Car le roi des Danois et l'Empereur des Allemands étaient grands amis.

L'homme qui devait actionner le tournebroche des officiers faisait valoir que l'armée avait la perspective d'acquérir grand renom dans les Monts Carpathes. Celui qui était chargé d'entretenir le feu rappelait comment les choses s'étaient passées, une certaine année, il n'y avait pas bien longtemps, quand une armée danoise s'était battue pour le compte d'un empereur allemand afin de conquérir l'Espagne : l'empereur avait promis de payer au roi des Danois une ancienne dette, cent mille louis d'or, plus cent mille gulden en récompense quand la victoire aurait été remportée. Mais, avec votre permission, quand est-ce que l'Empereur a soumis l'Espagne?

— Jamais, dirent les sous-cuisiniers.

— Et quand est-ce que les louis d'or ont été payés?

— Jamais, dirent les sous-cuisiniers.

— Et les gulden, quand?

— Jamais, dirent les sous-cuisiniers.

— Et où est l'armée qui devait recevoir le paiement de sa solde?

— Morte, dirent les sous-cuisiniers.

— C'était une expédition militaire ratée, voilà tout, dit l'homme qui devait actionner le tournebroche. A la guerre, il y a la chance et la malchance. L'armée danoise qui a été envoyée l'année dernière en Lombardie a conquis grand renom. Son nom vit dans les étoiles. Ils se sont battus près de la forteresse de Crémone où se trouvaient les Français, et on les appelle maintenant les faucons danois de Crémone.

— Que non pas! dit l'homme qui était chargé d'entretenir le feu. Un moine italien les attira par ruse dans un égout qui allait de la forteresse au fleuve Po. Il est vrai que l'on dit qu'il y a eu quelque chose comme une bataille dans l'égout et que quelques-uns en sont sortis vivants. Mais avec votre permission, qu'est-ce qui attendait les faucons danois de Crémone qui sont sortis vivants de l'égout? J'ai appris de source sûre, par un Allemand qui était sur les lieux, que quand il a fallu payer ceux qui en étaient sortis vivants, leur commandant, le comte Slippin, avait dilapidé toute leur solde en la jouant aux dés à Fenedi[4], si bien qu'ils ne purent rentrer chez eux et furent chassés comme agneaux en pâture vers l'est, dans les Monts Carpathes, que là, on leur ordonna de se battre contre les Magyars, qui sont un peuple de sauvages. Maintenant, il paraît qu'on leur a promis leur solde, et au roi, cent mille louis d'or, s'ils traversent les montagnes. Et tout ce dont ces condamnés à mort ont besoin pour tra-

4. *Fenedi* : Venise.

verser les montagnes, c'est de vingt centaines de morts en plus.

— Souvent, j'ai désiré voir des montagnes, dit le tournebroche. Ce doit être amusant de se battre dans les montagnes. Pour un peu, je croirais qu'il vaut mieux être battu dans les montagnes que de remporter la victoire dans les égouts.

Alors, celui qui s'occupait du feu demanda :

— Qu'est-ce que dit Regvidsen, lui qui s'est battu contre des diables et des démons au sommet de l'Hekla?

Jon Hreggvidsson se contenta de dire qu'il était facile de voir qui avait reçu sa solde ici.

— Ça mérite une louche, dit le tournebroche en administrant, avec sa louche, un soufflet à Jon Hreggvidsson qui était assis sur le billot et qui reçut le coup de telle sorte que l'on vit les semelles de ses chaussures.

Le lendemain, les brimades reprirent dans la cuisine, mais alors, Jon Hreggvidsson se rua sur son supérieur, le tournebroche qui voulait se battre dans les montagnes lui baissa culottes et lui administra une volée. Sur ce, on sonna le clairon, les gardes du régiment empoignèrent le croquant et l'amenèrent devant les officiers. Mais ceux-ci, tous Allemands, étaient sur le départ pour les Monts Carpathes, dans le sud, avec l'armée, ils étaient pressés, de plus la plupart étaient bien ivres et ils ne s'accordèrent pas sur ce qu'il fallait faire du coquin. Certains voulaient le faire découper en quatre morceaux séance tenante au lieu de s'attarder à lui trancher d'abord le cœur et à l'en gifler ensuite pour, finalement, le mutiler, comme le veulent les lois en vigueur sur les infractions à la discipline dans l'armée du roi, d'autres voulaient respecter l'article de la loi dans le détail, vu que la justice dure éternellement, quelle que soit l'urgence du moment présent. Finalement, l'affaire fut déférée au colonel qui, au nom du roi des Danois, avait recruté cette armée et plusieurs autres encore, et qui avait un pouvoir discrétionnaire sur la vie et les membres des hommes de troupe; et cette affaire fut cause que le croquant du Skagi perdit de vue son régiment et ne s'en alla pas cette fois-là au sud du monde combattre pour Sa Très Gracieuse Majesté.

Ce colonel était un noble gentilhomme, très instruit, comte, baron et gentilhomme du pays de Poméranie et il résidait dans un majestueux palais du voisinage. Jon Hreggvidsson y fut conduit. Devant les portes se tenaient quelques soldats, l'épée tirée. Dans une salle aux fenêtres hautes, avec des pommiers dans le jardin en dessous, était assis un cavalier maigre et chamarré d'or, avec barbe en pointe et perruque, ceint de l'épée, des manchettes à pointes aux poignets, des culottes collantes de soie jaune et de hautes bottes rouges à revers qui revenaient en doubles plis sur les genoux, et un manteau de velours bleu si grand que les pans flottaient loin sur le plancher. Il était accoudé d'un bras sur la table, sa joue pâle contre son long index, et lisait de gros livres. C'était le colonel. De l'autre côté, son officier d'ordonnance était assis comme une statue, regardant dans le vide, tandis qu'au bas bout se tenait le secrétaire, courbé sur sa plume d'oie. Les gardiens de Jon Hreggvidsson annoncèrent à la sentinelle qui se tenait à la porte qu'ils amenaient Johann Reckwitz aus Ijsland, lequel avait administré une volée à son supérieur. Le chef des sentinelles annonça la chose à l'officier d'ordonnance. Le colonel continua à lire ses livres, une main sur son épée et l'autre sous la joue, jusqu'à ce que l'officier d'ordonnance lui annonce que l'Islandais était arrivé. Le colonel ordonna alors de ne pas laisser Reckwitz stationner à plus d'un empan du seuil, de laisser ouvertes derrière lui toutes les portes et d'ouvrir toutes les fenêtres. Le vent souffla à travers la salle. Le colonel regarda fixement Jon Hreggvidsson un moment en grinçant des dents. Soudain, il rassembla les pans de son manteau, se leva d'un bond, fit quelques pas dans la salle à la vitesse de l'éclair et renifla dans la direction du croquant avec une expression d'horreur toute faite sur le visage. Puis il se rassit, prisa longuement et soigneusement dans une tabatière d'argent et prescrivit à tout le monde d'en faire autant, chacun pour soi. Sur ce, il dit quelque chose en allemand, que seul l'officier d'ordonnance entendit, sans cesser toutefois de regarder fixement Jon Hreggvidsson. L'officier d'ordonnance dit dans un danois rocailleux, sans mouvoir une seule fibre de son corps et en s'adressant à Jon Hreggvidsson :

— Mon maître a lu dans des livres renommés que les Islandais sentent tellement mauvais qu'il faut se mettre du côté du vent quand on leur adresse la parole.

Jon Hreggvidsson ne dit mot.

L'ordonnance dit :

— Mon maître a lu dans des livres renommés que la demeure des réprouvés et des démons se trouve en Islande, dans la montagne qui s'appelle Hekkenfeld. Est-ce juste?

Jon Hreggvidsson dit qu'il ne le niait pas.

— Ceci encore : Mon maître a lu dans des livres renommés, primo qu'il y a en Islande plus de revenants, de monstres et de démons que d'hommes; secondo, que les Islandais enterrent du requin sous le fumier et le mangent ensuite; tertio, que les Islandais enlèvent leurs chaussures quand ils ont faim et qu'ils les mangent ensuite sur le pouce, comme des crêpes; quarto, que les Islandais vivent dans des trous dans la terre; quinto, que les Islandais ne sont capables de rien faire; sexto, que les Islandais prêtent leurs filles aux étrangers pour qu'ils couchent avec elles; septimo, qu'une fille islandaise est réputée vierge jusqu'à ce qu'elle ait son septième enfant illégitime. Est-ce juste?

Jon Hreggvidsson en resta un peu bouche bée.

— Mon maître a lu dans des livres renommés que les Islandais sont primo, des voleurs, secondo, des menteurs, tertio, des vantards, quarto, des pouilleux, quinto, des ivrognes, sexto, des débauchés, septimo, des couards bons à rien pour la guerre, — tout cela, l'officier d'ordonnance le dit sans faire un geste, et le colonel continua de grincer des dents en regardant fixement Jon Hreggvidsson. Est-ce juste?

Jon Hreggvidsson avala un peu de salive pour s'humidifier la gorge. L'ordonnance haussa la voix et répéta :

— Est-ce juste?

Jon Hreggvidsson se redressa et dit :

— Mon ancêtre Gunnar de Hlidarendi faisait douze aunes de haut.

Le colonel dit quelque chose à l'officier d'ordonnance, et celui-ci dit à haute voix :

— Mon maître dit que quiconque ment sous les drapeaux subira le supplice de la roue.

— Douze aunes, répéta Jon Hreggvidsson, je n'en démordrai pas. Et atteignit l'âge de trois cents ans. Et portait une résille d'or autour du front. Sa hallebarde faisait le plus beau chant qu'on ait entendu dans les pays du Nord. Et les jeunes filles sont jeunes et sveltes, elles viennent délivrer les gens la nuit et on les appelle vierges claires et on dit qu'elles ont le corps comme des elfes...

A Copenhague, devant un portail de noble aspect, se tient un soldat qui porte une veste neuve, des bottes hautes, une ceinture et un chapeau noir, mais qui n'a pas d'armes. Incertain, il piétine un moment devant la maison, se coule au haut des escaliers et, de nouveau, reste long-temps sur la dernière marche, le genou un peu cagneux, levant les regards sur la façade verticale, poings noués autour des pouces. Il y a sur la porte un anneau de laiton avec une tête de marteau, que l'on peut agiter de haut en bas, et une petite enclume en dessous qui émet un son péné-trant dans l'intérieur de la maison, mais l'arrivant ne s'en-tend pas à cette machinerie, il préfère frapper de trois coups de poing à la porte. Il attend un moment, personne ne vient à la porte. Il frappe une seconde fois, deux fois plus fort, sans résultat. Finalement, le soldat se fâche et se met à marteler du poing la porte de chêne, sans arrêt, lourdement et durement.

En fin de compte, la porte s'ouvrit. Apparut dans l'entre-bâillement une femme naine et bossue, avec une mâchoire de bouledogue, un menton qui lui descendait au milieu de la poitrine, des bras trop longs aussi minces que ses poignets et des mains effilées. Elle regarda méchamment le soldat. Il salua en hollandais. Elle répondit d'une voix stri-dente, pour prier ce diable noir de déguerpir au plus vite.

— Est-ce qu'Arnas est chez lui? demanda-t-il.

La femme fut d'abord interdite, tant elle était abasour-die d'entendre un soldat prononcer le nom d'un tel homme à la porte même de celui-ci, mais lorsqu'elle eut recouvré ses esprits, elle se mit à parler en bas allemand et le soldat crut comprendre qu'elle le traitait de diable noir dans cette langue également. Mais quand elle voulut refermer la porte, il mit le pied dans l'entrebâillement. Elle poussa sur la porte un moment, mais se rendit compte bientôt qu'en l'occurrence, la force ferait plus que la loi et elle disparut à l'intérieur de la maison. Il retira le pied mais n'eut pas l'audace de la suivre. Un bon moment passa.

Tout était tranquille dans la maison et alentour, le soldat continuait d'attendre sur la marche. Après un long moment, on entendit un faible bruit dans l'entrebâillement de la porte. Un œil risqua un regard, puis sortit un nez mince qui reniflait.

— Qu'est-ce qu'il y a? entendit-on renifler en islandais. Mais le soldat eut des difficultés à s'y retrouver dans cette langue et donna le bonjour en danois.

— Qu'est-ce qu'il y a? renifla-t-on de nouveau.

— Rien, répondit le soldat en islandais.

Alors, la porte s'ouvrit.

S'y tenait un Islandais, roux, le visage long, le cheveu court et raide, des yeux de castrat, des cils blancs et le sourcil rare, et qui tremblotait légèrement; sa robe était rapiécée aux manches. Assurément, cet homme n'était pas assez distingué pour être le serviteur d'un gentilhomme, mais d'un autre côté, ses tics n'étaient pas d'un homme du commun; il reniflait continuellement en clignant des yeux, rejetait la tête en arrière comme pour se débarrasser de moustiques et se frottait le nez de l'index. Tout à coup, il se mit à se gratter un mollet avec le cou-de-pied de l'autre jambe. Il était difficile de voir s'il était jeune ou vieux.

— Qui êtes-vous? demanda l'Islandais.

— Je m'appelle Jon Hreggvidsson, de Rein dans l'Akranes, dit le soldat.

— Bonjour, Jon, dit l'Islandais en lui tendant la main. Bon. Et on s'est laissé embrigader comme soldat!

— Je faisais un long voyage et ils m'ont pris à Lukkstad dans le Holstein, dit Jon Hreggvidsson.

— Oui, ils s'entêtent à prendre des types qui vagabondent, dit l'Islandais. Il vaut mieux rester tranquille chez soi dans l'Akranes. Bon. Soit dit en passant, tu n'as sans doute rien à voir avec Jon Marteinsson?

Jon Hreggvidsson dit que non, qu'il ne connaissait pas l'homme qu'il avait nommé, mais qu'en revanche il avait une commission pressante à faire auprès d'Arnas Arnaeus...

et est-ce que je me trompe, c'est bien lui le maître de cette maison?

— Connaît pas Jon Marteinsson, bon, bon, dit l'Islandais. Et originaire du Skagi. Qu'est-ce que tu as de neuf à raconter de l'Akranes?

— Oh! ça va son petit bonhomme de chemin, dit Jon Heggvidsson.

— Personne qui ait fait un rêve extraordinaire?

— Pas que je me rappelle, sinon qu'il y a eu des enfants qui ont rêvé de ce qui arriverait le lendemain. Et les vieilles sentent à leur cuisse que le vent va passer au nord-est, dit Jon Hreggvidsson. Qui es-tu?

— Je m'appelle Jon Gudmundsson, de Grindavik, surnommé Grindvicensis, dit l'homme. On me tient en vérité pour *doctus in veteri lingva Septentrionali;* mais ma passion, c'est la *scientia mirabilium rerum.* Comme j'ai dit : bon. N'as-tu rien à raconter éventuellement? Rien remarqué? Pas entendu parler de merveilleuses créatures ou de choses de ce genre dans les Hvalfjardarströnd?

— Je ne saurais dire, dit Jon Hreggvidsson. En revanche, on rencontre souvent des monstres marins dans l'Akranes, dont certains très laids, mais on n'en fait pas de cas... à peine une fois ou une autre, s'il faut qu'on se batte contre eux. Mais puisque nous sommes en train de parler de monstres, il y a ici un épouvantail qui est venu à la porte, un mélange de troll et de nain quoique ayant la forme d'une femme, et j'ai rarement eu aussi peur d'un être vivant; d'ailleurs, elle m'a traité, en allemand, de diable noir quand je demandais à voir le maître de maison.

A ce discours, l'Islandais Grindvicensis renifla et béa, en se frottant le cou-de-pied droit sur le mollet gauche, et inversement. Quand, finalement, il fut en état de parler, il dit :

— Puis-je faire remarquer à mon excellent compatriote que, puisqu'il dit vouloir parler à mon maître, mon maître n'est pas un de ces paysans comme il y en a en Islande, bien qu'à coup sûr ce soit un Islandais, mais que c'est un monsieur noble et bien né, *assessor* du *consistorio, professor philosophiae* et *antiquitatum Danicarum* et très érudit secrétaire des Archives de Sa Majesté Royale. Et de là suit qu'également son épouse légitime et suave bien-aimée, ma maîtresse, est de noble extraction et qu'il sied de lui adresser courtoisement la parole, mais point par raillerie et moquerie. Et qui est-ce qui t'envoie, toi, un simple soldat, à mon maître?

— C'est mon affaire, dit Jon Hreggvidsson.

— Eh bien, bon! Mais quel document ou preuve en provenance d'une personne haut placée as-tu en mains pour parler à mon maître?

— J'ai en mains document et preuve qu'il comprendra.

— Ouais, est-ce que, des fois, ce ne serait pas une trouvaille de ce coquin et gibier de potence Jon Marteinsson pour mettre la main sur des livres et de l'argent, dit l'Islandais Grindvicensis. Et pourrait-on me permettre à moi, *famulo in antiquitatibus* de mon maître, de voir cette preuve?

Jon Hreggvidsson dit :

— Je ne montrerai cette preuve à personne d'autre qu'à lui-même. Je l'ai cousue dans mes haillons à Trékyllisvik. Et quand je suis devenu militaire, je l'ai cachée dans une de mes chaussures. Les brigands me tenaient pour le rebut du monde, aussi ne leur est-il pas venu à l'idée que je portais sur moi un objet précieux. Voilà ce que tu peux dire à ton maître. Avec cet objet précieux, j'aurais pu acheter la vie sauve bien des fois, mais j'ai préféré souffrir la faim et les coups en Hollande, la potence en Allemagne et la veste espagnole à Lukkstad.

Alors, le savant islandais sortit complètement de la maison, ferma la porte derrière soi et pria Jon Hreggvidsson de le suivre jusqu'au coin; ils entrèrent dans un jardin derrière la maison, où de grands arbres aux branches noires et nues ployaient sous le verglas blanc. Il pria son hôte de s'asseoir sur un banc couvert de glace. Ensuite, il regarda au coin, derrière les arbres et les buissons, comme pour s'assurer que l'ennemi n'était à proximité nulle part, revint finalement et s'assit sur le banc.

— Comme j'ai dit : bon, dit-il de nouveau sur le même ton de maître d'école que précédemment, tout plein de ses passions scientifiques. Il dit que, malheureusement, il n'avait pas eu l'occasion d'explorer le monde de ses propres yeux, hormis, étant enfant, ses voyages de Grindavik à Skalholt : mais alors, il avait cherché, selon ses capacités, à étudier et à noter tout ce qu'il y avait de remarquable, d'incroyable et d'incompréhensible, spécialement à Krisuvik, Herdisarvik et Selvogur. D'autre part, il s'était toujours efforcé d'acquérir le savoir auprès de personnes expérimentées, de haute aussi bien que de basse condition et d'ailleurs, il avait maints livres en cours sur ces sujets. Maintenant qu'il comprenait que Jon Hreggvidsson connaissait bien l'Allemagne, il aurait bien aimé savoir s'il était vrai que dans les forêts sauvages de ce pays-là vivaient encore des animaux, mi-hommes, mi-chevaux, que l'on nomme centaures dans notre langue?

Mais Jon Hreggvidsson dit n'avoir jamais fréquenté de tels êtres; en revanche, il avait lutté, en Allemagne, contre un pendu. Mais là, le docte Islandais l'interrompit en disant qu'il avait eu assez d'ennuis avec des choses de ce genre-là, les snobs instruits de Copenhague et, surtout, Jon Marteinsson, ayant coutume d'accuser de superstition quiconque parlait de revenants et de le traiter de menteur; du reste, l'apparition ici-bas de personnes défuntes n'appartenait pas aux sciences naturelles, et à peine aux *mirabilia* non plus : c'était à la théologie de s'occuper de ces choses-là. Il demanda plutôt à Jon Hreggvidsson s'il ne s'était pas trouvé en relations avec des géants, car sur ce sujet-là, il travaillait à un petit écrit en latin. Jon savait-il qu'on aurait trouvé des ossements de géants dans le sol de ses pâturages ou sur les landes au-dessus du Borgarfjord? — les étrangers attachaient grande importance aux preuves présentées dans les livres, dit-il. Jon Hreggvidsson dit que non; au demeurant, il lui semblait que de si gros ossements devaient se ramollir intérieurement et pourrir rapidement par conséquent. En revanche, le croquant dit qu'il était tombé sur une géante vivante dans le Tvidoegra et ce, pas plus tard qu'il y avait un an; il rendit scrupuleusement compte de ses démêlés avec la géante et ajouta que, pour finir, elle avait émis des doutes sur sa virilité. Le docte Islandais trouva cela fort intéressant et ce récit n'accrut pas petitement le prestige du soldat à ses yeux; il dit qu'il consignerait minutieusement ce récit dans son livre *De gigantibus Islandiae.*

— Soit dit en passant, dit-il, est-ce que tu n'aurais pas, par hasard, entendu parler de cet enfant, si tant est que l'on puisse appeler cela un enfant, qui avait la bouche dans la poitrine et qui a vu le jour il y a deux ans à Aerloekjarsel dans le Floi?

Jon Hreggvidsson n'en avait décidément pas entendu parler; en revanche, il savait qu'un agneau avec un bec d'oiseau était venu au monde à Belgsholt dans le Melasveit, trois ans plus tôt. Le docte Islandais estima que c'était là une bonne nouvelle et dit qu'il inscrirait cela dans sa *Physica Islandica,* — ajoutant que, pour un homme du commun, Jon Hreggvidsson était savant et plein d'entendement, vraisemblablement un homme d'honneur mais, ajouta-t-il, je crains que mon seigneur et maître ne souhaite pas parler à une personne d'aussi basse condition. Je vais tout de même essayer d'intervenir en cette affaire, si tu n'as pas changé d'avis.

Et comme tel n'était pas le cas, il en résulta que le docte Islandais pénétra dans la maison par l'entrée principale, voûté, reniflant et imbu de ses responsabilités, afin de plaider la cause de son hôte. A peine avait-il disparu dans la maison que Jon Hreggvidsson entendit bâiller à côté de lui sur le banc et, comme il tournait la tête, il vit qu'un homme était assis là, de façon aussi inattendue que s'il était tombé avec le givre, car il ne l'avait vu ni entrer par la grille du jardin, ni sortir de la maison, ni non plus passer par-dessus le mur, d'autant plus que le docte Grindvicensis s'était assuré qu'il n'y avait personne de caché dans les buissons ou derrière les arbres.

Ils se dévisagèrent un moment. L'homme était bleu de froid, il enfonçait ses mains dans ses manches.

— Quel pays du diable, voilà qu'il pleut aussi par temps de gel, dit cet homme tombé du ciel en suçant sa lèvre supérieure avec l'inférieure.

— Qui êtes-vous? demanda Jon Hreggvidsson.

— Nous n'y sommes pas encore, répondit l'inconnu en

se mettant à tripoter les bottes du croquant. Changeons plutôt de bottes. Je te donnerai mon couteau en sus.

— Ce sont, dit Jon Hreggvidsson, les bottes de Sa Majesté.

— Je me moque de Sa Majesté, dit l'inconnu calmement, presque froidement.

— Moque-t'en donc, camarade, dit Jon Hreggvidsson.

— Bon alors, échangeons nos couteaux, c'est mieux que rien, dit l'autre. Sans voir, et sans marchander !

— Je n'achète rien sans voir, dit Jon Hreggvidsson.

— Je vais te montrer le manche du mien, dit l'homme.

Puis ils échangèrent leurs couteaux. Celui de l'homme était une belle chose, mais celui de Jon Hreggvidsson était un vieil engin rouillé.

— C'est toujours moi qui y perds, dit l'inconnu. Tout le monde me floue en affaires. Mais ça ne fait rien. Debout, et allons chez Kristin Doktors nous payer un pichet de bière pour ce couteau.

— Quel couteau ? dit Jon Hreggvidsson.

— Mon couteau, dit l'homme.

— C'est mon couteau à présent, dit Jon Hreggvidsson. Et je ne le donnerai pas pour avoir à boire. En revanche, tu peux boire toute la bière que tu voudras pour mon engin rouillé.

— On ne ment pas sur ton compte, Jon Hreggvidsson de Rein, dit l'inconnu. Il faut que tu sois non seulement un assassin et un voleur, mais aussi le pire des hommes. Si je peux me permettre, qu'est-ce que tu fais là à fureter devant cette minable maison ?

— Je vois bien que toi-même, tu es un mendiant, dit Jon Hreggvidsson. Qu'est-ce que tu as aux pieds, si je peux me permettre ? Est-ce que ce sont là des chaussures ? Et pourquoi remontes-tu tes pattes comme ça dans tes manches ? Et d'ailleurs, où est ta maison ?

— Ma maison est un puissant château à côté de celle-ci, dit l'homme, calmement obstiné comme une vieille haridelle.

— Je tiens, dit alors Jon Hreggvidsson que, depuis la colonisation du pays, aucun Islandais n'a jamais possédé demeure aussi magnifique que celle-ci et pourtant, nombreux étaient ceux qui possédaient de magnifiques demeures autrefois.

Mais l'inconnu ne se laissa pas abattre. Il avait besoin de trancher le mot, parlant vite et d'une voix aiguë, un peu geignarde, avec un léger zézaiement, comme s'il lisait un vieux livre à haute voix :

— Dans les fables, maint roi abandonna tout ce qu'il possédait pour une perle. Et maint jeune homme pauvre était prêt à perdre la vie pour une princesse ou pour accomplir de dures tâches afin de conquérir le royaume. Passe pour les rois de la mer et les hommes de Hrafnista [1] qui couchèrent avec de vieilles sorcières s'il se trouvait qu'ils échouassent au nord en Gestrikland ou à Jötunheim [2], des choses de ce genre arrivèrent à des héros aussi célèbres que Halfdan Brönufostri, Illugi Gridarfostri et Örvar-Odd lui-même [3] — et ils n'en furent pas moins tenus pour des hommes. Mais vendre à la fois sa perle et sa princesse, et le royaume par-dessus le marché, pour une vieille sorcière... une pareille histoire ne se rencontre pas dans les *antiquitatibus* complètes.

Juste alors, le docte Islandais grindvicensis ressortit de la maison. Quand il aperçut le dernier arrivé, à côté de l'autre, il leva à demi les mains, en signe de terreur, puis les laissa retomber sans force, comme s'il ne savait plus que faire.

— Aïe ! c'est bien ce que j'aurais pu penser, dit-il. Jon Marteinsson, je t'ordonne de me rendre mon *Historiam literariam* que tu m'as volée un jour de fête. Jon Hreggvidsson, bon, tu peux voir mon maître dans sa bibliothèque — mais dis-moi d'abord quels tours pendables cet oiseau de malheur a joués.

— Nous avons échangé nos couteaux, dit Jon Hreggvidsson en montrant le couteau.

— Voilà bien ce que je pensais : c'est le couteau que mon maître a perdu ce matin — et il arracha l'objet à Jon Hreggvidsson.

1. *Les hommes de Hrafnista* : héros légendaires.
2. *Jötunheim* : le monde des géants, évoqué par les *Eddas*.
3. *Halfdan, Illugi, Örvar-Odd* : héros de textes légendaires.

Jon Marteinsson bâilla d'un air ennuyé, comme si tout cela ne le regardait pas. Tout en entrant dans la maison, Jon Hreggvidsson l'entendit demander au docte Grindvicensis de lui prêter de quoi boire un pichet de bière.

— Bonjour, Jon Hreggvidsson, et sois le bienvenu après ton voyage, dit Arnas Arnaeus d'une voix lente, profonde et calme, comme omnisciente; on eût dit un roc noir qui eût parlé dans une claire journée d'été, et qui connaissait depuis le début les aventures du voyageur. D'un autre côté, le croquant n'aurait su dire si c'était de la moquerie ou de l'amitié qui se cachait dans les profondeurs de cette voix.

C'était une grande pièce, haute de plafond, les murs étaient couverts de rayonnages de livres, de haut en bas, si bien qu'il fallait utiliser une échelle, comme dans une grange à foin, pour atteindre les rayons supérieurs. Les fenêtres se trouvaient tout en haut des murs, avec de petits carreaux sertis de plomb et elles laissaient pénétrer si peu de lumière qu'il fallait allumer une chandelle sur le pupitre. Dans un coin sombre, autour d'une lourde table de chêne, il y avait des fauteuils à hauts dossiers et, sur la table, une cruche et quelques pichets de grès. Dans un autre coin se dressait la statue d'un homme ou d'un dieu et, dans le troisième angle, un poêle de faïence brûlant.

Le maître de cette maison installa son hôte dans un siège. Dans un recoin, il y avait un baril sur un support, dont il tourna le robinet, faisant couler de la bière écumante de Rostock dans un pichet qu'il plaça devant le manant :

— Bois, Jon Hreggvidsson.

Jon Hreggvidsson dit Dieu vous le rende, et but. Il avait excessivement soif. Quand il eut vidé le pichet jusqu'au fond, il soupira d'aise, gardant le fumet de la bière dans le nez, et se suça la barbe. Arnas Arnaeus le regardait. Et comme son hôte tardait à faire connaître la raison de sa visite, il demanda :

— Que me veux-tu, Jon Hreggvidsson?

Alors, Jon Hreggvidsson se pencha et se mit en devoir d'enlever une de ses bottes.

— As-tu le pied mouillé? demanda Arnaeus.

— Non, dit Jon Hreggvidsson.

— Est-ce que tu t'es blessé? demanda Arnaeus.

— Non, dit Jon Hreggvidsson.

A l'intérieur de sa botte, il avait le pied enveloppé de chiffons et quand il les eut déroulés, il apparut qu'il avait une bague d'or à l'un de ses orteils. Il retira cette bague, la frotta sur la jambe de son pantalon et la remit à Arnaeus.

Celui-ci regarda la bague sans rien dire, et sa voix se tendit un peu, comme s'il avait pris de la distance, quand il demanda à son invité où il avait eu ce bijou.

— La vierge claire, dit Jon Hreggvidsson, la vierge claire m'a demandé de dire...

— C'est assez, dit Arnas Arnaeus en posant la bague sur la table devant son hôte.

— La vierge claire m'a demandé de dire, — reprit l'hôte, mais de nouveau, le maître de maison l'interrompit :

— N'ajoute rien.

Jon Hreggvidsson regarda Arnas Arnaeus et, peut-être, pour la première fois, il eut un peu peur. Une chose est sûre : parvenu au terme de son voyage, il n'osait pas transmettre le message qu'il avait enfoui dans son esprit pendant tout ce long chemin, ces mots qu'on l'avait chargé de dire.

Il se tut.

— J'ai entendu dire que tu as tué un homme, Jon Hreggvidsson. Est-ce vrai?

Jon Hreggvidsson se leva un peu dans son siège et répondit :

— Est-ce que j'ai tué un homme ou est-ce que je n'ai pas tué un homme? Qui a tué un homme et qui n'a pas tué un homme? Quand est-ce qu'on tue un homme et quand est-ce qu'on ne tue pas un homme? Du diable si j'ai tué un homme. Et voire!

— Voilà une étrange tirade, dit Arnas Arnaeus, sans sourire toutefois. Il ne regardait plus la bague, mais continuait de contempler Jon Hreggvidsson.

— Te tiens-tu personnellement pour homicide? demandat-il finalement.

Jon Hreggvidsson répondit :

— Non, — dommage, je serais tenté de dire, parfois.

— Je ne comprends pas, dit Arnas Arnaeus. J'ai vu par un document qui venait d'Islande que tu étais accusé de meurtre et que tu as été condamné l'an dernier au thing de l'Öxara, mais que tu t'es évadé d'une façon incompréhensible. Maintenant, je te demande quelle est la vérité dans ton affaire et je ne suis pas plus avancé.

Alors, Jon Hreggvidsson se mit à rendre compte de tous ses démêlés avec Dieu et le roi, depuis qu'il avait volé de la corde pour en faire une ligne pendant la disette, il y avait trois ans de cela et qu'il était allé dans la Caisse aux Esclaves ; ensuite, comment, l'année d'avant l'année dernière, il avait aidé à casser la cloche du pays pour Notre Très Gracieuse Majesté ; puis comment sa langue s'était emballée en parlant au bourreau du roi et qu'il avait écopé d'une flagellation, chose que Monsieur savait bien puisqu'il était venu lui rendre visite dans sa chaumière de Rein le lendemain même de l'exécution de cette peine ; puis cette histoire de décès trop précoce de Sigurd Snorrason et comment lui, Jon Hreggvidsson, s'était réveillé à proximité suspecte du cadavre de ce défunt ; sur ce, comment il avait séjourné à Bessastadir dans la longue nuit du cachot, sans voir la lumière de Dieu, sinon, un tout petit peu, à Noël et à Pâques ; comment il avait été jugé, à Thingvellir sur l'Öxara, l'endroit où les pauvres gens d'Islande ont souffert les plus grands supplices et outrages ; et comment, la nuit qui précédait son exécution, ses liens avaient été défaits, il avait reçu la bague d'or avec l'ordre d'aller trouver Monsieur et de lui demander de racheter sa tête ; comment il avait voyagé, depuis le moment où l'Islande avait sombré dans les flots de la mer (et il l'avait maudite) jusqu'à ce que, après toutes sortes d'aventures dans les états du monde, il fût arrivé dans cette salle-ci, lui, individu minable et ignorant du Skagi, implorant et suppliant Sa Très Gracieuse Majesté de lui accorder la paix pour qu'il puisse s'occuper de sa petite maison...

Arnas Arnaeus écouta ce récit. Quand il fut terminé, il s'en alla à l'autre bout de la salle, s'éclaircit la gorge et revint.

— Très juste, commença-t-il sur un ton un peu traînant en regardant au-delà de son hôte comme s'il s'était mis à penser à autre chose; quand, cet automne, j'ai regardé, pour m'amuser, la copie des actes juridiques concernant ton procès, ici à la Chancellerie, il m'a paru difficile de te déclarer coupable sur la foi des témoignages invoqués pour passer jugement. Je ne suis pas parvenu à voir un lien clair entre ce jugement et l'enquête qui avait précédé. Autrement dit, il semblait s'agir d'un de ces excellents verdicts que nos sages pères et soutiens de notre pays se sentent tenus de rendre, là-bas, pour une quelconque raison plus contraignante que celle de satisfaire aux exigences de la justice.

Alors Jon Hreggvidsson demanda si l'ami du roi et commensal des comtes ne pouvait faire en sorte que son procès fût repris et qu'un autre verdict, meilleur, fût rendu ici à Copenhague.

Arnas Arnaeus refit dans la salle le même chemin que précédemment et revint.

— Malheureusement, dit-il, tu n'es pas ici dans la bonne maison, Jon Hreggvidsson. Je ne suis pas le gardien des lois et du droit en ce royaume, ni par goût ni par fonction. Je suis un pauvre bibliomane.

Et il montra de la main les murs couverts de livres, regarda le manant avec une étrange lueur dans le regard, tout en ajoutant :

— Ces livres, c'est moi qui les ai achetés.

Jon Hreggvidsson regarda les livres, bouche bée.

— Quand on a acheté tant de livres, et si précieux, ça ne fait pas grande différence, de dire le mot qui obtiendrait la grâce de Jon Hreggvidsson dit-il pour finir.

— Dans ton affaire, Jon Hreggvidsson n'a pas grande importance, dit Arnas Arnaeus en riant.

— Hein? dit Jon Hreggvidsson.

— Ton affaire ne te concerne guère, Jon Hreggvidsson. C'est une affaire beaucoup plus importante. A quoi sert-il que la tête d'un mendiant soit rachetée? Un peuple ne vit pas de grâce.

— C'est celui qui brûle qui a le plus chaud, dit Jon Hreggvidsson. Je sais que demander grâce n'était pas tenu pour viril aux jours d'autrefois, mais quel pouvoir un mendiant isolé a-t-il pour lutter pour sa vie contre le monde entier?

Arnas Arnaeus contempla minutieusement, une fois encore, cet homme qui avait été flagellé à Kjalardal, mis aux fers à Bessastadir, condamné au bord de l'Öxara, rossé sur les grand-routes de Hollande, envoyé à la potence par les Allemands, mis à la veste espagnole à Lukkstad, et qui était là, son hôte, assis à côté de sa botte, la botte du roi — et qui voulait vivre.

— S'il y a eu falsification dans ton affaire, dit Arnas Arnaeus, le plus naturel est que tu te présentes toi-même au roi et que tu lui portes oralement ta supplique, afin que l'on t'assigne de nouveau et que l'on reprenne ton procès. Le roi n'a rien contre le fait de voir ses sujets face à face et il satisfait volontiers et de bon gré à leurs souhaits s'il les estime fondés. Mais ne me mêlez pas à cette affaire. Car rien n'est sauvé si je te sauve. Et c'est faire tort à tout le monde que de me demander d'intervenir pour de petites choses en ce lieu.

— Ah bon! dit Jon Hreggvidsson, abattu. Voilà donc le prix de mes peines. C'est pour rien, alors, que je me suis assis sous un pendu. Et voici, devant moi, le signe de reconnaissance. Si je demande encore un pichet de bière, on peut espérer que cela ne sera pas pris en mauvaise part.

Arnas Arnaeus lui versa de nouveau du contenu de la cruche et le laissa boire.

— Je ne te veux pas de mal, Jon Hreggvidsson, dit-il. Et pourtant, je veux peut-être encore plus de bien à ta vieille mère qui conserva six feuilles de la Skalda : tu en bénéficieras, même si c'est peu de chose. Le bijou qui est devant toi a orné une fois la main d'une noble dame du sud. La chance m'échut, une nuit d'été, dans le Breidafjord, de pouvoir la passer au doigt d'une autre reine. Voici qu'elle me l'a renvoyée. Je te la donne. Ce bijou que les reines appelaient leur bel or, ce dragon qui se mord la queue, je te le donne à présent, Jon Hreggvidsson, prends-le pour t'acheter un pichet de bière.

— Qu'est-ce que ce soldat-là vient faire ici, est-ce que je ne l'ai pas mis à la porte de la maison, peut-être?

La sorcière bossue se trouvait dans la pièce. Son visage allongé, surmonté de ses cheveux comme d'une tour et prolongé par en bas par le long menton comme une saillie rocheuse était fait de telle sorte que l'on aurait cru que sa bouche était au milieu de la poitrine. Sa voix stridente et âpre venait de rompre le calme de la bibliothèque.

— Ma charmante! dit Arnaeus qui alla vers elle et caressa joyeusement sa longue joue. Comme c'est bien d'être venue!

— Pourquoi ce soldat a-t-il enlevé sa botte ici? dit la femme.

— Elle devait le blesser, ma charmante, dit son mari en continuant de la flatter allégrement. C'est un Islandais qui est venu me voir.

— Il faut que ce soit un Islandais, car sa puanteur s'est répandue dans toute la maison, dit la femme. Et, naturellement, c'est pour demander l'aumône, comme tous les Islandais, chez eux ou hors de chez eux, qu'ils soient en veste, en manteau ou en capote de soldat! N'est-ce pas assez, mon bien-aimé, que vous traîniez ce fou de Jon Grindevigen et ce mauvais diable de Martinsen qui m'a volé deux beaux poulets hier et traînaillait la patte dans le jardin tout à l'heure, pour ne pas amener ici d'autres échantillons encore de cette épouvantable peuplade. Depuis une demi-année que je suis votre épouse, il m'a fallu acheter plus de lavande que pendant tout mon long et excellent mariage précédent.

— Ô ma charmante, voilà bien mon pauvre peuple, dit le très savant secrétaire d'archives, *assessor consistorii* et *professor antiquitatum Danicarum* en continuant de caresser, langoureux, son épouse.

Jon Hreggvidsson descendait la rue en flânant, sans savoir exactement ce qu'il ferait car il avait une permission de toute la journée. Il aurait bien voulu descendre dans une taverne pour se rafraîchir, mais il n'avait que quelques skildings. Désemparé, il resta au coin d'une rue : les gens passaient auprès de lui. Soudain, on lui adressa la parole :

— Hein? dit Jon Hreggvidsson.

— Je te disais que ça ne servirait pas à grand-chose, dit l'homme, sur un ton indifférent.

Jon Hreggvidsson ne dit rien.

— Oh! Il faut le comprendre, dit l'autre.

— Qui ça? dit Jon Hreggvidsson.

— Oh! Qui d'autre que ce pauvre Arni? dit l'homme.

— C'est toi qui as volé les poules de sa femme, dit Jon Hreggvidsson.

— Bah! Elle a hérité de son précédent mari une grosse exploitation agricole en Zélande, dit Jon Marteinsson. Pour ne rien dire de ses propriétés en ville, de ses bateaux et de ses tonneaux d'or. Mais écoute, camarade, qu'est-ce que ça signifie de rester ici? Allons plutôt chez Kristin Doktors prendre un pot de bière.

— C'était à ça que je réfléchissais, dit Jon Hreggvidsson. Mais je n'étais pas sûr d'avoir de quoi.

— Ça ne fait rien, dit Jon Marteinsson. Chez Kristin Doktors, on est toujours servi tant qu'on a des bottes correctes.

Ils descendirent à la taverne de Kristin Doktors et prirent de la bière de Lubeck.

Il s'avéra que les Islandais de Copenhague étaient au courant du procès de Jon Hreggvidsson et de son évasion de Thingvellir sur l'Öxara au printemps dernier. En revanche, on était moins au courant de son sort ultérieur jusqu'à son apparition ici comme soldat inscrit dans le livre du roi et récemment transféré de Lukkstad à Copenhague. L'intéressé raconta lui-même alors ses aventures tout en buvant de la bière. Bien entendu, il se garda de préciser comment il était sorti de ses fers, afin de ne trahir personne, il dit seulement qu'une grande dame lui avait remis la précieuse bague d'or pour la transmettre à celui qui était maintenant le meilleur des Islandais, en le priant de faire en sorte qu'il obtienne grâce et pardon. Puis Jon Hreggvidsson raconta sans détours à son nouvel ami comment s'était passée sa mission auprès du grand homme. Jon Marteinsson eut la permission de regarder la bague et la soupesa dans sa paume pour en estimer la valeur.

— Bah! J'en ai connu, des grandes dames, et même des filles d'évêque, dit-il. Une fille en vaut une autre. Mais maintenant, on va se commander de l'eau-de-vie.

Quand ils eurent obtenu, et bu l'eau-de-vie, Jon Marteinsson dit :

— On va prendre de l'eau-de-vie française et... de la soupe. De toute manière, l'Islande a sombré dans la mer.

Puis ils prirent de l'eau-de-vie française et de la soupe.

— En ce qui me concerne, elle peut bien avoir sombré autant de fois qu'on voudra, dit Jon Hreggvidsson.

— Elle a sombré, dit Jon Marteinsson.

Ils entonnèrent une fois : « Ô Jon, ô Jon, Plein aujourd'hui, Plein hier et Plein avant-hier. » Quelqu'un dans le tripot dit qu'il était facile d'entendre qu'il y avait des Islandais ici-dedans. Et facile de les reconnaître, à l'odeur, ajouta un autre.

— Ce ne serait pas si mal, si elle avait sombré, dit Jon Hreggvidsson.

— Elle a sombré, dit Jon Marteinsson. Est-ce que je ne suis pas en train de te dire qu'elle a sombré?

Ils reprirent de l'eau-de-vie. « Ô Jon, ô Jon, Plein aujourd'hui, Plein hier et Plein avant-hier. » Le résultat fut que Jon Hreggvidsson demanda à Jon Marteinsson de se faire son porte-parole auprès du roi et des comtes.

— Alors, il faut que nous prenions un rôti de venaison avec du vin rouge français, dit Jon Marteinsson.

Ils eurent un rôti de venaison avec du vin rouge français. Quand Jon Hreggvidsson eut mangé un moment, il enfonça son couteau dans la table et dit :

— Enfin, j'ai mangé à mon soûl. Voilà que le pays se remet à émerger, petit à petit.

Jon Marteinsson se courba voracement sur la nourriture.

— Elle a sombré, dit-il. Elle a commencé à sombrer quand on a mis un point final à la Saga de Njall le brûlé. Jamais aucun pays n'a sombré aussi profondément. Jamais un pareil pays ne pourra se relever.

Jon Hreggvidsson dit :

— Il y avait une fois un homme de Rein qui fut flagellé. Et Snaefrid, soleil d'Islande, est venue se glisser tout contre le plus noble chevalier du pays, lui qui connaît les histoires des rois antiques — mais derrière elle, dans l'ombre, il y a une multitude de visages de lépreux, et ce sont mes visages. Il était une fois un condamné à mort, à Thingvellir sur l'Öxara. Demain tu seras décapité. J'ouvre les yeux et la voilà qui se dresse au-dessus de moi, blanche, avec sa taille de guêpe et les yeux bleus qu'elle a ; et moi qui suis tout noir. Elle règne sur la nuit et te délivre. Elle est et elle restera la vraie reine du Nord tout entier et la claire vierge au corps d'elfe, quand bien même on la trahirait, elle aussi ; et moi qui suis tout noir.

— Hé ! n'y a-t-il donc aucun terme à la *vanitate*, dit Jon Marteinsson. Laisse-moi la paix pendant que je mange cette bête sauvage et que je bois ce bourgogne.

Ils continuèrent de manger. Quand ils eurent terminé la venaison et le bourgogne et que la vieille eut posé devant eux du punch dans un pot, Jon Marteinsson dit :

— Maintenant, je vais te dire comment on couche avec une fille d'évêque.

Il s'approcha tout près de Jon Hreggvidsson, se pencha vers lui et expliqua minutieusement la chose au croquant, à voix basse, se redressa ensuite, fit un geste du plat de la main et dit :

— Et voilà tout !

Jon Hreggvidsson ne s'en laissa pas imposer :

— Tout à l'heure, quand il m'a rendu la bague, je me suis dit : Et alors, qui est le plus pauvre, lui ou Jon Hreggvidsson de Rein ? Ça ne m'étonnerait pas qu'un grand malheur vienne frapper un tel homme.

Soudain Jon Marteinsson se leva d'un bond comme s'il avait été piqué par une aiguille, il noua ses maigres poings, tendit, menaçant, le menton vers Jon Hreggvidsson, ayant tout d'un coup perdu son air indifférent :

— Est-ce que tu proférerais des malédictions, espèce de démon, dit-il. Si tu te risques à prononcer le nom que tu penses, tu t'écroules mort, avec ce nom sur les lèvres.

Jon Hreggvidsson ouvrit de grands yeux :

— Tout ce que je me rappelle, c'est que tout à l'heure, tu l'as traité de coquin et de pauvre hère et que tu as dit que sa maison était minable.

— Essaie voir de prononcer son nom! siffla Jon Marteinsson.

— Tire ton groin, que je puisse cracher, dit Jon Hreggvidsson.

Et comme il n'en disait pas davantage, Jon Marteinsson se rassit.

— Ne prends jamais au sérieux un Islandais qui n'est pas soûl, dit-il. Le Dieu de miséricorde n'a donné aux Islandais qu'une vérité, elle s'appelle eau-de-vie.

Ils chantèrent « Ô Jon, ô Jon » et les autres clients les regardèrent en frissonnant de dégoût.

Alors, de nouveau, Jon Marteinsson se pencha tout contre Jon Hreggvidsson et chuchota :

— Je vais te dire un secret.

— Bah! J'en ai assez d'entendre parler de cette fichue fille d'évêque, dit Jon Hreggvidsson.

— Plus question de fille d'évêque, dit Jon Marteinsson. Aussi vrai que tu me vois.

Il se pencha tout contre l'oreille de Jon Hreggvidsson et chuchota :

— Nous avons un homme, pas plus.

— Nous avons un homme, qui ça? dit Jon Hreggvidson.

— Cet homme-là, tout seul. Et après, plus personne. Plus rien.

— Je ne te comprends pas, dit Jon Hreggvidsson.

— Il les a eus tous, dit Jon Marteinsson, tous ceux qui ont quelque importance. Ceux qu'il n'a pas eus dans le grenier des églises et dans les recoins des cuisines, ou dans les fonds de lits pourris, il les a achetés aux seigneurs et aux gros paysans pour des terres et de l'argent, jusqu'à ce que toute sa famille soit dans la misère, et pourtant, il descend de gens importants. Et ceux qui étaient sortis du pays, il les a pourchassés de pays en pays jusqu'à ce qu'il les trouve, celui-là en Suède, cet autre en Norvège, tantôt en Saxe, tantôt en Bohême, en Hollande, en Angleterrre, en Écosse et en France, et même jusqu'à Rome. Il a emprunté de l'or à des usuriers pour les payer, de l'or en sacs, de l'or en barils et jamais on ne l'a entendu barguigner sur le prix. Il y en a qu'il a achetés à des évêques et à des abbés, d'autres, à des comtes, des ducs, des princes électeurs et des rois, quelques-uns au pape lui-même, — jusqu'à ce que la faillite et la prison pour dettes le menacent. Et jamais, de toute l'éternité, il n'y aura d'autre Islande que celle qu'Arnas Arnaeus a payée de sa vie.

Les larmes ruisselaient sur les joues de Jon Marteinsson. Et la journée s'écoula.

— Maintenant, je vais te montrer Copenhague, la ville que les Danois ont reçue des Islandais, dit le nouveau protecteur et guide du croquant, tard le soir quand ils eurent payé leur écot avec la bonne bague d'or, à la taverne de Kristin Doktors — il leur en restait même assez pour aller au bordel : cette ville n'a pas seulement été construite avec de l'argent islandais, mais elle est aussi éclairée avec de l'huile islandaise.

Jon Hreggvidsson déclama un extrait des Anciennes Rimes de Pontus :

> *Où que tu voies baril de schnaps,*
> *N'épargne point du tien,*
> *Ne t'endors pas que tout soit bu,*
> *Ne t'endors pas que tout soit bu,*
> *Dans la cohorte des lurons*

— Et voici le Jardin de Plaisance du Roi, dit Jon Marteinsson, c'est là que les gentilshommes en zibeline rencontrent les nobles demoiselles décolletées aux souliers dorés, alors que le reste du monde demande en pleurant de l'hématite et de la corde.

— Ah! Est-ce que tu crois que je ne sais pas qu'il n'y a ni hameçon ni ligne, dit Jon Hreggvidsson. Mais maintenant, je veux aller au bordel.

Leur chemin allait du rivage au centre de la ville. Le temps s'était éclairci, il gelait légèrement et la lune prêtait main-forte à l'huile islandaise qui éclairait la cité. Les palais, les résidences des grands de ce monde se dressaient sur un de leurs côtés, plus imposants les uns que les autres, avec cette apparence extérieure glacée et distante qui est la véritable marque de la richesse. De lourdes portes de bois rare, soigneusement verrouillées, fermaient les entrées de ces puissantes maisons. Jon Marteinsson continuait d'instruire l'étranger :

— Dans ce palais réside la gracieuse Maria von Hambs qui possède maintenant une des parts les plus importantes du commerce d'Islande. L'autre jour, elle a donné de l'argent pour offrir de la soupe aux pauvres gens une fois par jour, afin qu'elle n'aille pas en enfer; ainsi, non seulement le tiers des habitants de cette ville — ceux qui ont quelque importance — tirent leur gagne-pain du commerce d'Islande, mais désormais la vermine, les fils de Grimur la frange, en retirent également leur subsistance, eux qui, jusque-là, erraient par les rues, le ventre vide, et qu'on avait coutume de balancer ensuite dans les canaux quand ils étaient morts de faim. Ce palais illuminé et entouré d'arbres frui-tiers, où tu entends chanter le psautier et jouer la symphonie, appartient à Henrik Muller, le trésorier, qui a des ports dans les Fjords de l'Est — il n'y a pas que toi et moi, cama-rade, qui font la fête ce soir. Et ce palais, avec un ange près du portail, appartient au plus magnifique cavalier de la ville, Peder Pedersen, qui possède les ports de Batsendar et de Keflavik. On dit qu'il ne lui reste plus qu'à ramasser le mouchoir du roi au prochain banquet pour devenir gen-tilhomme avéré, avec un « von » et un long nom en allemand.

Pour finir, ils parvinrent à un grand verger entouré d'un haut mur. Ils regardèrent par une ouverture dans le mur. Il y avait du verglas sur les arbres et du givre dans l'herbe. Les rayons de la lune jouaient sur toute cette glace et jetaient un éclat doré sur les étangs calmes du verger. Dans le calme de la nuit, deux cygnes brillants glissaient sur l'eau en courbant majestueusement le cou.

Au milieu de ce parc se dressait un haut et magnifique château abrité par les vastes frondaisons des chênes, un château tout neuf, au toit abrupt et aux façades décorées, avec des fenêtres de granit rouge en encorbellement et des niches où des statues se dressaient sur leurs socles. Ce château avait quatre tours aux galeries étagées, chacune surmontée d'un clocher : on était en train d'achever la construction du dernier. La lune brillait sur le cuivre étincelant du toit et des tours.

Jon Marteinsson poursuivit :

— On a construit ce château avec toute la magnificence possible, pour impressionner les légats et les princes étrangers, on est allé chercher les matériaux de construction en divers endroits et rien n'a été épargné. C'est un maître hollandais qui l'a construit, un sculpteur italien qui l'a décoré à l'extérieur et, à l'intérieur, les salles ont été parées par des peintres et des sculpteurs français.

Jon Hreggvidsson avait peine à détourner les yeux de ce spectacle : cette forêt de porcelaine blanche, ce toit de cuivre étincelant sous l'éclat de la lune, cet étang et ces cygnes qui glissaient toujours sur l'eau en courbant le col, c'était comme un rêve.

— Ce château, débita Jon Marteinsson avec l'indifférence de qui connaît les lieux, ce château appartient à Christian Gyldenlöwe, parent du roi, sire du comté de Samsö, baron de Marseille, chevalier, amiral en chef, lieutenant général et grand maître des postes de Norvège, gouverneur et receveur des impôts d'Islande, un seigneur particulièrement pieux et bon.

Alors, Jon Hreggvidsson se réveilla soudain de sa torpeur, il cessa de regarder fixement par l'ouverture, se fourra les doigts dans son épaisse tignasse sous son chapeau et se gratta :

— Hein? dit-il en revenant à lui-même. Est-ce que je l'ai tué? Ou est-ce que je ne l'ai pas tué?

— Tu es plein, dit Jon Marteinsson.

— Plaise au Créateur que je l'aie tué, dit Jon Hreggvidsson.

Plus de cent ans durant, une peuplade de l'autre côté de l'Öresund, que l'on appelle les Suédois, avait livré un perpétuel combat aux Danois, venant maintes fois leur rendre visite à domicile avec des armées, les harassant de troupes d'occupation, corrompant les paysans, extorquant de l'argent au roi, violant les femmes et bombardant Copenhague; sans compter qu'ils avaient forcé les Danois à leur abandonner le bon pays de Scanie [1]. Il n'était pas rare que les premiers nommés rassemblassent toutes sortes de nations inconnues pour se porter avec elles contre les derniers nommés, encore que, parfois, ces derniers nommés parvinssent ainsi, avec l'aide de Dieu, à soulever des nations éloignées, comme le grand knjas de Moscovie, contre les premiers nommés [2].

Or, une fois encore, voici que les relations s'étaient tendues depuis un moment entre ces voisins. De part et d'autre, on avait cherché un soutien en des lieux éloignés. Le soir, quand Jon Hreggvidsson arriva à sa caserne, ayant bu toute la valeur de la bague d'or avec Jon Marteinsson, il se trouvait dans d'excellentes dispositions pour invectiver les coquins qui jamais ne se lassent de tourmenter un Islandais pouilleux. Malheureusement, il ne se présenta aucune occasion propice à bagarre. La garde avait été renforcée et tout le monde avait reçu l'ordre de respecter le règlement. On disait que les Suédois allaient débarquer. Jon Hreggvidsson administra une gifle à un ou deux hommes, mais on n'y fit pas attention, quelqu'un, tout au plus, lui donna un coup de pied. Tout le monde pensait à la guerre. Un homme dit que, naturellement, les Suédois ne se contenteraient pas de la

1. La Scanie, en effet, aujourd'hui province du sud de la Suède, fut l'objet de litiges incessants entre Suède et Danemark. Elle était originellement danoise.
2. Il a en effet existé des liens particuliers entre la Russie et la Suède Ce sont peut-être des vikings suédois qui ont fondé les États de Novgorod et de Kiev.

Scanie, maintenant, c'était le tour de la Zélande. Ensuite, ce serait la Fionie, puis le Jutland.

Il y en eut un pour demander : Où est la flotte? La flotte n'a-t-elle pas l'intention de défendre le Sund?

Un autre dit que les Anglais et les Hollandais avaient pénétré dans le Sund avec des bateaux de guerre et qu'ils se comportaient comme s'ils étaient en train de faire une promenade jusqu'en Moscovie pour aller parler avec le knjas. Et puis notre amiral Gyldenlöwe est descendu à terre, il s'est installé dans son château pour mignoter Amalie Rose.

Jon Hreggvidsson déclama une strophe amoureuse des Anciennes Rimes de Pontus :

> *Voici le jour. De nouveau nous allons*
> *Livrer bataille mondiale.*
> *Adieu, femme de mes quatrains,*
> *Bellement le sang du meurtre coule.*

Le lendemain, on rafistola les bottes et on renforça les courroies de portage des capotes des hommes. Le jour suivant, de bonne heure le matin, on battit du tambour, on souffla dans les chalumeaux, les trombones et les cromornes et l'on se mit en route pour se battre contre l'ennemi. Chaque homme dut porter ses cinq quarts[3]. La bruine tombait. Le chemin était un véritable bourbier et beaucoup, dont Jon Hreggvidsson, avaient peine à suivre le rythme. Des officiers allemands bien éméchés chevauchaient en hurlant le long de la compagnie, fouet et pistolet brandis. La musique avait cessé depuis longtemps parce que les musiciens avaient les doigts gourds, mais on entendait bêler un homme.

On avait appris que les Suédois mouillaient devant les côtes avec de gros bateaux, qu'ils avaient envoyé des éclaireurs à terre et qu'il y aurait déjà eu des escarmouches avec les avant-postes danois. Jon Hreggvidsson avait faim, ainsi que l'homme qui marchait à ses côtés et qui était de nationalité wende. Il pleuvait toujours. Des corneilles croassantes voletaient au-dessus des cimes noires et nues des arbres dans le brouillard. Ils passaient devant de longues

---

3. *Cinq quarts* : environ vingt-cinq kilos.

fermes d'un seul tenant, car la coutume, au Danemark, est de mettre les demeures des gens et celles du bétail sous un seul et même toit, les unes dans le prolongement des autres. Chevaux et moutons paissaient dans de vertes prairies. Les toits de chaume des maisons descendaient si bas qu'un homme à pied en touchait le rebord de l'épaule et, dans les demeures, il y avait de petites fenêtres à carreaux avec des rideaux où regardaient les jeunes filles, elles observaient les soldats qui allaient se battre pour le roi contre les Suédois, par cette humidité, et qui étaient si trempés et si épuisés qu'ils n'avaient même pas une pensée pour elles.

Dans un village de ce genre, il se fit que trois dragons à cheval arrivèrent à bride abattue, dans de grands claquements de fouets, et arrêtèrent la compagnie. Ils dirent quelques mots au commandant, qui donna alors l'ordre de faire halte. Les officiers chevauchèrent le long des rangs et inspectèrent les hommes. Ils s'arrêtèrent en face de Jon Hreggvidsson et le montrèrent de leur fouet. Puis l'un d'eux appela le croquant dans l'un de ces noms allemands qu'on lui donnait constamment à la guerre :

— Joen Rekkvertsen.

La première fois, il ne comprit pas ce nom, mais quand on l'appela pour la deuxième fois, son camarade lui donna une bourrade pour signifier que c'était de lui qu'il s'agissait et Jon Hreggvidsson porta la main à hauteur de son calot, à la mode militaire. On lui ordonna de sortir du rang.

Quand les officiers eurent identifié l'homme, on appela deux conducteurs. Jon Hreggvidsson fut ligoté et jeté sur un chariot et on le reconduisit à Copenhague, escorté par les dragons.

Arrivé là, il fut de nouveau traîné devant des officiers allemands dans une maison qu'ils ne connaissait pas, et interrogé. Ils étaient en habits bariolés, ceints de l'épée, moustaches en croc et panache. Ils firent demander si cet homme était bien Johann Reckwitz aus Ijsland buertig. Le croquant était hirsute et noir, boueux et trempé, de plus enchaîné à deux soldats en armes. Il répondit :

— Je suis Jon Hreggvidsson d'Islande.

— Tu es un assassin, dirent les officiers.

— Ah bon! dit Jon Hreggvidsson. Qui a dit cela?

— Il se permet de poser des questions ici, dit l'un des officiers, abasourdi, et l'autre donna l'ordre d'aller chercher un fouet et de battre cet homme. On alla chercher un fouet et Jon Hreggvidsson reçut quelques coups, à la fois par-derrière, par-devant, sur la nuque et un petit peu dans la figure. Quand on l'eut rossé un moment, l'un des officiers donna l'ordre de cesser et demanda s'il était un assassin.

— Ça ne sert à rien de battre des Islandais, dit Jon Hreggvidsson. Ça ne mord pas plus sur nous que des poux.

— Ainsi, tu n'es pas assassin, dirent les officiers.

— Non, dit Jon Hreggvidsson.

Alors, les officiers donnèrent l'ordre d'aller chercher un Paternoster. Ce Paternoster se révéla être une couronne de corde avec beaucoup de nœuds et on la glissa sur la tête de l'homme, puis on la serra avec une cheville jusqu'à ce que les nœuds s'enfoncent dans le crâne, de telle sorte que les yeux étaient sur le point de jaillir de leurs orbites. Jon Hreggvidsson estima alors que le jeu n'en valait plus la chandelle et dit qu'il était un assassin. Ils ordonnèrent de lui enlever le Paternoster.

Après cette aventure, Jon Hreggvidsson fut emmené à la Tour Bleue, parmi les infanticides et les voleurs de poules, on le déshabilla et on lui mit une méchante chemise de toile de sac, puis il fut enchaîné à la muraille. Une grosse chaîne allait de cette muraille à trois anneaux de fer assujettis à l'homme, un autour de la cuisse, l'autre autour de la taille, le troisième autour du cou, ce dernier carcan étant rivé par une cheville. On appelle cet engin « fer et travail du roi ».

C'était tard le soir, et Jon Hreggvidsson n'avait rien eu à manger après cette éreintante journée, aussi, lorsque les hommes qui l'avaient attaché furent partis avec leur lanterne, prit-il le parti de déclamer quelques strophes bien choisies des Anciennes Rimes de Pontus, dans la position où il se trouvait, dos au mur :

Notre panse recèle force virile suprême,
Sagacité dans nos entrailles aussi,

Seule, la mangeaille est toute-puissante,
Seule, la mangeaille est toute-puissante,
Et donc éternelle itou-ou-ou.

Les autres pensionnaires de cette prison commune se réveillèrent et le couvrirent de malédictions. Commencèrent en cette résidence grandes chamailleries et lamentations, pleurnicheries et criailleries, mais Jon Hreggvidsson déclara qu'il était Islandais et n'avait cure de leurs cris, et il continua de déclamer.

Alors, ils comprirent tous que, désormais, il n'y avait plus rien de pis à attendre et ils s'abandonnèrent à leur destin dans une muette épouvante.

Rarement, Jon Hreggvidsson avait rencontré un tel ramassis de sans-logis, sans-famille, ignorants de toutes histoires. Attachés comme du bétail, ils devaient carder du chanvre tant qu'il restait un rayon de lumière dans le ciel et l'on n'entendait proférer que grossièretés et malédictions. Jon Hreggvidsson réclama qu'en sa qualité de soldat du roi on le transférât à Stokkhus, la prison militaire, parmi des gens corrects. En réponse, les autorités lui demandèrent si, vraiment, la présente compagnie n'était pas tout à fait ce qu'il fallait à un Islandais.

Il demanda selon·quelles lois on l'avait envoyé ici et encore, où se trouvait le tribunal, mais ils répondirent que le roi était équitable. Certains de ceux qui entendirent cela maudirent le roi et dirent qu'il s'était mis en ménage avec Catherine-la-Bottée.

Il ne semblait pas exister de voie qui menât de cette tour à la vie humaine, que ce fût légalement ou illégalement. Il y avait de gros barreaux de fer devant la lucarne. Les fenêtres étaient placées si haut que, de mémoire d'homme, personne n'avait jamais regardé au-dehors. La seule distraction qu'il y eût en ce lieu se présentait quand l'ombre des ailes déployées d'un oiseau qui volait passait rapidement sur le mur. Un vieillard de cette compagnie, un malfaiteur qui aurait bientôt passé là une génération, dit qu'une fois, il y avait vingt ans de cela, il avait pu regarder par une fenêtre, et il affirmait que cette tour se dressait sur une île déserte, très loin des terres, et qu'elle était si haute qu'on ne pouvait voir le sol : rien que la mer infinie.

Un jour, un nouveau malfaiteur apporta la nouvelle que la guerre était finie, au moins pour le moment. Les Suédois avaient débarqué près du Humlebaekk et remporté la victoire, les Danois avaient été battus. Toutefois, la bataille n'avait pas été sanglante. Aussi la défaite ne tenait-elle pas aux pertes en hommes, non plus d'ailleurs qu'aux pertes de territoires; en revanche, Notre Très Gracieuse Majesté avait dû se soumettre à de dures conditions pour avoir la paix : évacuer toutes les fortifications de quelque importance et promettre de ne pas en construire de nouvelles. Mais le pis était qu'il avait été forcé de verser comptant, en monnaie courante, cent mille rixdales au roi suédois.

Un des malfaiteurs se demandait où le roi, qui était perclus de dettes et n'avait pas de quoi s'acheter du tabac, avait pu räcler une telle somme par ces temps difficiles.

— C'est le comte von Rosenfalk qui a arrangé la chose, dit un nouveau malfaiteur. Quand l'ennemi s'est mis à froncer le sourcil en disant : amenez l'argent, le roi a fait envoyer un message à ce jeune et bel homme, et il est aussitôt descendu dans ses caves pour faire payer l'or.

Premier malfaiteur : Qui est ce comte von Rosenfalk ?

Second malfaiteur : Mais c'est Peder Pedersen.

Premier malfaiteur : Quel Peder Pedersen ?

Second malfaiteur : Le fils de Peder Pedersen.

Les autres malfaiteurs : Qui diable est ce Peder Pedersen-là ?

Jon Hreggvidsson : Il loue les ports de Batsendar et de Keflavik. J'ai connu un homme du nom de Holmfastur Gudmundsson qui traitait avec le père et le fils.

Bien que Jon Hreggvidsson priât la garde, jour après jour, semaine après semaine, tantôt avec colère, tantôt par flatteries et amitié, sinon dans les sanglots, de transmettre sa requête au commandant de la forteresse — car c'est ainsi que l'on désignait le chef de la tour — pour que son procès fût repris devant un quelconque tribunal, tout était vain : aucun tribunal n'y était disposé. Il n'y avait jamais moyen d'élucider comment le croquant était arrivé là et qui l'y avait envoyé.

Un matin que le gardien entrait avec le gruau de seigle, il alla tout droit à Jon Hreggvidsson, lui administra, de toutes ses forces, un coup de pied et dit :

— Voilà pour vous, Islandais d'enfer !

— Mon très cher ! dit Jon Hreggvidsson en souriant. Quel plaisir de te voir !

— J'ai bu avec un de tes compatriotes hier soir chez Kristin Doktors, dit le gardien. Et il a bu le prix de mes bottes. J'ai dû revenir chez moi nu-pieds. Allez au diable, tous tant que vous êtes !

Mais à dater de cet événement — à savoir, que Jon Marteinsson ait bu avec le gardien de la Tour Bleue — quelques jours seulement s'écoulèrent quand, un matin, un officier allemand pénétra dans la prison en compagnie de deux sergents de ville. Cet officier ordonna de détacher Jon Hreggvidsson, puis ils l'emmenèrent avec eux.

— Va-t-on enfin me décapiter ? demanda-t-il, joyeux.

On ne lui répondit pas.

D'abord, on amena Jon Hreggvidsson devant le commandant de la forteresse. On feuilleta des livres et on trouva en bonne place le nom de Johann Reckwitz aus Ijsland buertig. L'officier et le commandant de la forteresse regardèrent l'homme, dirent quelque chose en allemand et se firent un signe de tête. Sur ce, il fut mené en bas, dans une cave profonde, où deux vieilles lavandières évoluaient parmi la fumée et la vapeur au-dessus de chaudrons remplis d'eau et de baquets. De la tête aux pieds, à la brosse de chiendent, on fit nettoyer Jon Hreggvidsson par ces bonnes femmes ; elles lui frottèrent la tête à la lessive, et le croquant pensa n'avoir jamais subi pire chose depuis que les Hollandais lui avaient déversé de l'eau dessus dans le bateau, au large des côtes islandaises. Puis on lui donna sa tenue de soldat, nettoyée, et ses bottes, cirées, celles-là mêmes qu'il avait réussi à sauver des griffes de Jon Marteinsson. Ensuite, on fit mander un barbier de la ville pour lui couper élégamment les cheveux et la barbe, jusqu'à ce que le bonhomme ait l'air d'un administrateur de biens d'église un jour de fête. Apparemment, on préparait une belle décapitation, bien montée, en présence d'invités délicats et de nobles gens.

— Est-ce qu'il viendra des dames aussi ? demanda Jon Hreggvidsson, mais on ne comprit pas la question.

Une voiture à deux chevaux attendait au-dehors. L'Allemand monta et s'assit sur le siège arrière, et, en face de lui, on fit s'asseoir Jon Hreggvidsson avec un sergent de ville de chaque côté de lui. Une fois assis, l'officier allemand ne donna plus signe de vie, si ce n'est qu'il rotait de temps à autre. Les sergents de ville gardaient le silence également.

Après avoir roulé un bon moment, ils arrivèrent à une grande maison en ville, avec un large escalier devant. Y trônaient sur des socles deux lions à l'allure terrifiante et, au-dessus de la porte, était sculpté un masque affreux qui avait l'expression d'une bête, d'un homme et du diable. Sur les marches se tenaient des soldats gigantesques, tout armés, raides comme des piquets et le sourcil froncé.

D'abord, on fit monter l'escalier à Jon Hreggvidsson, marche après marche; puis il traversa un vestibule haut et sombre où brûlait une lumière contre le mur et il glissa sur le pavé froid; ensuite, il monta un grand escalier de pierre, plus raide que le précédent, où il glissa également; alors, il traversa un long labyrinthe où alternaient couloirs et salles : là, délibéraient des gentilshommes tout de noir vêtus; ou bien d'autres, en longues robes, courbés, le cheveu gris et tout ridés, méditaient sur des pupitres en rédigeant de sévères verdicts. Le croquant pensa être parvenu au Palais de Justice suprême, celui qui domine tous les autres.

Enfin, ils pénétrèrent dans une salle de taille moyenne, plus claire que les précédentes. La fenêtre descendait presque jusqu'au plancher et avait de lourds rideaux, si bien que des ombres grisâtres, tantôt offusquaient le paysage et tantôt lui conféraient une nuance irréelle. Sur l'un des murs, il y avait un grand portrait aux couleurs vives de Sa Gracieuse Majesté Royale jeune, portant une perruque qui lui descendait jusqu'au milieu du bras, en chape bordée de fourrure si longue que la traîne s'étalait sur le plancher sur une distance de trois aunes. Et il y avait un autre tableau de son glorieux père, de haute et louable mémoire, ainsi que des deux reines.

Au milieu de la salle, autour d'une table de chêne, siégeaient trois gentilshommes en amples manteaux, portant perruque argentée et grand collet, ainsi qu'un général chamarré d'or, avec des éperons d'or et des diamants à la garde de son épée, le visage bleu et des moustaches si haut retroussées que les pointes en atteignaient les poches rouges sous ses yeux.

Mais plus loin, près de la fenêtre, à demi dans la lumière, à demi pris dans les ombres des lourds rideaux, se tenaient deux gentilshommes particulièrement distingués qui conversaient à voix basse sans prêter attention aux quatre personnages assis à la table. C'était comme si, à la fois, ces deux hommes à l'arrière-plan étaient ici chez eux et ne l'étaient pas. L'entrée des arrivants ne leur fit pas tourner la tête, mais leurs silhouettes continuèrent à se détacher sur la chaude lumière qui venait du dehors. Jon Hreggvidsson se dit qu'il n'était plus capable de reconnaître personne si l'un de ces deux hommes n'était pas Arnas Arnaeus.

On envoya un secrétaire chercher un livre et, une fois de plus, reprit le cérémonial qui consistait à prouver que cet homme était bien Jon Hreggvidsson. La chose une fois avérée, les Grands se mirent à compulser leurs documents et l'un d'eux releva dignement le menton de sa poitrine et prononça componctieusement quelques paroles à l'adresse du croquant. Sur ce, le bleu aux diamants sur la garde de son épée lui dit très semblablement quelques mots, mais d'un ton plus bourru. Jon Hreggvidsson ne parvint pas à comprendre ces hommes-là.

Alors, l'un des gentilshommes qui étaient à l'écart quitta la fenêtre et vint à Jon Hreggvidsson, un homme sombre et fatigué, mais avec des yeux doux, et sans manières. Il adressa la parole au bonhomme en islandais.

D'une voix basse et lente, il expliqua à Jon Hreggvidsson que l'on avait découvert cet hiver qu'un Islandais servant sous les drapeaux du roi était un prisonnier évadé qui, au printemps précédent, avait été condamné à mort par le Thing de l'Öxara. Dès que le fait avait été connu, les autorités avaient ordonné que cet homme fût arrêté et exécuté sans délai. Il s'en était fallu d'un rien que cet ordre n'eût été exécuté. Au dernier moment, un noble Islandais avait signalé au roi que, selon toute apparence, le verdict rendu sur cette affaire, en Islande, tant par le tribunal du district que par la Lögrétta, présentait quelques défauts. Après cela, cet Islandais demanda aux Trois Grands la lettre du roi. Quand ils la lui eurent remise, il en lut quelques points au manant, où il était dit qu'étant donné la difficulté de voir sur quelles bases le jugement précité avait été rendu, Nous avons, selon le très humble vœu formulé par Jon Hreggvidsson, concédé très gracieusement à celui-ci et permis, sous Notre Protection, de se rendre en toute liberté jusqu'à Notre Pays d'Islande pour se présenter en personne devant son juge équitable au Thing de l'Öxara et, s'il le désire, déférer sa cause à Notre Tribunal Suprême, ici, en Notre ville de Copenhague. Semblablement lui est concédée par cette lettre Notre très gracieuse protection pour voyager en homme libre de Notre pays d'Islande jusqu'à Notre ville de Copenhague afin d'y attendre condamnation ou acquittement, selon ce que Nos lois et Notre Cour Suprême trouveront équitable.

L'Islandais reçut de la main du général une seconde lettre. Celle-là, il l'appela, en latin, *salvum conductum* : il y était dit que Johann Reckwitz aus Ijsland buertig, mousquetaire à pied de la compagnie de Messire le capitaine Trohe, se voyait octroyer par le colonel Schönfeldt une permission de quatre mois pour aller en Islande y ester en justice, puis pour revenir ici, dans la ville où résidait le roi, Copenhague, y reprendre son service sous les drapeaux.

Cela dit, le fonctionnaire islandais remit à Jon Hreggvidsson les deux lettres : le sauf-conduit du roi avec assignation devant la Cour Suprême, et le *salvum conductum* de l'armée danoise.

Arnas Arnaeus se tenait toujours immobile à la fenêtre de la salle, une joue dans la lumière et l'autre dans l'ombre, continuant à regarder dans la rue d'un air absent. Il semblait n'avoir pas de part à cette réunion et ne jeta pas un regard dans la direction de Jon Hreggvidsson de Rein.

Jamais par la suite le croquant ne se rappela comment il était sorti de cette grande maison, mais il se trouva soudain sur la place, au-dehors, les deux lions derrière lui tout comme l'épouvantable tête d'homme, de bête et de diable. Les sergents de ville qui s'étaient assis de part et d'autre de lui dans la voiture étaient partis. L'officier allemand avait disparu aussi, comme rosée au soleil. Le ciel était clair. Alors, le bonhomme remarqua que c'était l'été car les arbres avaient des frondaisons bien vertes, il régnait un parfum de forêt et une espèce de moineau pépiait sans arrêt dans ce temps calme et sec.

LA VIERGE CLAIRE

Calme et large, avec de forts courants, le Tungufljot glisse dans son lit profond pour aller se jeter dans la Hvita, le fleuve du glacier, à l'est de Skalholt. Dans le cap au confluent des fleuves, s'étendent d'abord de vastes marécages à laîches, puis le décor s'élève et un terrain bien habité se dessine, dont le point culminant est occupé par une demeure principale entourée de ses fermes. Cette demeure s'appelle Braedratunga. Là, dans sa chambre, une femme est assise, le teint doré, les yeux bleus, qui brode d'anciennes prouesses : c'est Sigurd, descendant de Völsung, qui triomphe du dragon et s'empare du trésor [1].

La fenêtre à petits carreaux qui est à l'étage brille. De là, on voit les gens qui circulent par la contrée : les grands chemins suivent les berges du fleuve au sol ferme et sec, les bacs s'en vont dans toutes les directions, mais Skalholt elle-même disparaît à la vue derrière Langholt. La femme est assise dans un fauteuil sculpté, un tabouret sous les pieds, parmi les coussins. Il y a des tentures devant le lit clos, le rideau de lit est tissé d'images anciennes. Contre la cloison, de l'autre côté, sous le toit en pente, il y a son coffre à habits, vert, et une solide cassette de bois massif. Plus près de la porte, sur un chevalet, sa selle est posée, un objet magnifique, décoré de bout en bout, l'arceau et les montants sont recouverts de laiton avec toutes sortes d'enjolivures, des dragons, des hommes, des anges parmi les spirales, le dossier de cuir repoussé fixé par des clous de laiton porte son nom et l'année et une belle couverture de selle, repliée, couvre le siège, les rênes pendent à l'arceau : c'est comme si cette femme allait partir en voyage. Il y a encore autour d'elle un parfum étranger et fort lourd.

Quelques hommes arrivent du sud, dans la direction du

---

1. *Sigurd :* le héros des grands poèmes épiques et héroïques nordiques et germaniques consignés dans l'*Edda* et dans le *Niebelungenlied.* Son principal exploit fut de tuer le dragon Fafnir, gardien de l'or du Rhin, pour s'emparer de son trésor.

bac de Hvitarholt où passe le chemin qui descend à Eyrarbakki; trois d'entre eux sont à cheval, deux d'entre eux chevauchant de part et d'autre du troisième et tout près de lui pour le soutenir; il y en a un quatrième à pied, qui mène par la bride le cheval de celui qui est au milieu. Ce dernier, qui paraît pourtant être le point central de cette expédition, laisse pendre la tête sur sa poitrine, son chapeau lui a glissé sur le visage. Sa perruque dépasse de la poche de son manteau. On l'a visiblement tiré de quelque bourbier, pour ne pas dire pis. Ces hommes se dirigent vers Braedratunga.

Quand on aperçoit le domaine depuis le chemin, il fait grande impression : quinze pignons en ligne en plus des autres bâtisses, certains à un étage, orientés au sud-ouest, tout au bout, un bâtiment aux murs de bois et la principale résidence du district domine en beauté le décor vert et plat par un clair jour de printemps comme celui-ci, quand le soleil luit sur les murs et les toits.

Mais si le voyageur rompt l'enchantement de la distance, l'impression change. Il vaut mieux ne pas voir cette maison de tout près. C'est la maison de la désolation. Toute la construction menace ruine, les murs se sont affaissés ou effondrés, ils ressemblent au bord herbeux d'un éboulis, les mottes de tourbes sont minées par l'eau et des pierres se sont détachées des murs, il y a des trous sous les auvents du toit, les toitures sont de guingois ou défoncées et d'ailleurs, ce sont les agarics et non pas les hommes ou les animaux qui habitent un grand nombre de ces demeures, les cloisons, les encorbellements, les châssis des portes et autres parties en bois sont ou bien pourris ou bien en pièces, avec des mottes de gazon entassées dans les fentes les plus graves; il n'y a qu'une seule vitre intacte dans tout le domaine, les carreaux de peau sont déchirés en maints endroits et rebouchés avec de la bourre de selle ou avec des morceaux de toile de sac remplie de foin; dans la cour, les dalles de pierre sont enfoncées, ou de travers, ou encore de chant. Autour d'une si grosse ferme, on voit évoluer étrangement peu de monde. Deux valets bien gras dorment, le bonnet tiré sur le visage, sous la barrière du pré clos, dans le calme de midi, parmi les pépiements des oiseaux, et une vieille dont les jambes dépassent des cottes comme des baguettes essaie de nettoyer le pré clos avec un râteau de bois, besogne qui, toutefois, arrive trop tard car l'herbe pousse déjà sur le fumier.

Alors, la gouvernante frappe à la porte et passe la tête par l'entrebâillement pour dire à la maîtresse de maison :

— Oh! chère Snaefrid! le junker est arrivé, trois paysans l'ont ramené du Floi jusqu'ici.

La maîtresse de maison poursuit sa broderie sans même lever les yeux, tant la nouvelle lui paraît insignifiante et répond, aussi impassible que s'il s'agissait d'un veau :

— Fais-le donc porter dans sa remise, qu'on lui donne quelque chose de fort, du petit lait sur dans un bol, et qu'on barricade sa porte à l'extérieur.

— Mais s'il passe par la fenêtre, dit la femme.

— Alors, c'est que notre petit lait sur n'est pas encore assez fort pour lui, dit la maîtresse de maison.

— Est-ce que j'offre quelque chose aux hommes?

— Donne-leur un peu de petit lait sur mêlé d'eau dans une cruche s'ils ont soif, dit la maîtresse de maison. Il y a beau temps que j'en ai assez de régaler les gens qui le traînent à la maison.

Un petit moment après, l'expédition repartait, cette fois en crachant et en sifflant son mépris. Le troisième homme, celui qui avait mené le cheval par la bride, chevauchait maintenant, mais le quatrième, celui qui avait chevauché au milieu, était resté sur les lieux. Les hommes s'amusèrent à galoper à travers le pré clos en dehors du chemin tracé, en sorte que l'herbe fut arrachée par les sabots des chevaux. Les valets dormaient toujours sous la palissade. On entendait des mugissements dans la ferme.

Peu après, il y eut du bruit dans l'escalier qui montait à l'étage et la porte fut violemment ouverte. La maîtresse de maison se pencha un tout petit peu plus sur son ouvrage et retira de sa toile un nœud qui, peut-être, était imaginaire. L'homme resta en riant dans l'ouverture de la porte. Elle le laissa rire un moment avant de lever les yeux. Puis elle le regarda. Il avait une barbe de plus d'une semaine, un œil au beurre noir et, de plus, une cicatrice qui lui barrait la joue et le nez, pleine de caillots de sang noir. Il lui manquait deux dents de devant. Il avait des écorchures aux mains également. Il riait en faisant d'énormes grimaces et titubait, tantôt de l'avant, tantôt de l'arrière, si bien qu'on ne voyait pas bien de quel côté il allait tomber, dans la mansarde ou au-dehors.

Elle dit :

— Je pourrais te pardonner bien des choses, mon cher Magnus, si tu ne t'étais pas fait sauter ces deux dents de devant l'an dernier en te battant.

Puis elle reporta les yeux sur son ouvrage.

— Comment te permets-tu donc d'adresser la parole au junker de Braedratunga? dit-il. Quelle garce es-tu donc?

— Je suis ta femme, dit-elle en continuant de coudre.

Il pénétra dans la pièce en chancelant dans les coins et s'affaissa sur le coffre, y resta prostré un instant comme une masse inanimée, puis fit un violent effort pour rassembler ses forces et leva la tête; au milieu de leur cerne noir, ses yeux étaient blancs, toute expression humaine avait disparu de son visage.

— Peut-être que je ne suis pas l'homme de la plus haute famille de ce quartier du pays? Je ne suis pas le fils du membre de la Lögrétta de Braedratunga, l'homme le plus riche de trois paroisses? Et ma mère, n'était-elle pas estimée valoir vingt bons quartiers [2]?

Elle ne dit rien.

— Il peut se faire que tu sois de plus haute famille que moi, dit-il. Mais tu es une femme sans âme; et qui, en plus, n'a pas de corps.

Elle ne dit rien.

— Les matrones, ici, à Braedratunga, ont toujours été grasses, dit-il. Et ma mère avait une âme, en plus. Elle m'a appris à lire dans le livre des Sept Paroles. Mais toi, qu'est-ce que tu es? Une elfe : couleur, mirage. Qu'est-ce que j'ai à faire, moi, chevalier, junker et cavalier, de cette taille mince? et de ces longues cuisses? Et tout de même, tu es

2. Plaisante façon de rappeler le montant de la dot de l'intéressée.

venue de la maison de tes parents, souillée, à l'âge de seize ans. Une femme qui faute dans sa jeunesse ne grandit pas. Morbleu! Je veux une femme. Va-t'en. Viens.

— Essaie de descendre chez toi et de faire passer ton ivresse en dormant, Magnus, dit-elle.

— La prochaine fois que j'aurai besoin d'eau-de-vie, je te vendrai, dit-il.

— C'est cela, dit-elle.

— Pourquoi ne me demandes-tu jamais les nouvelles? dit-il.

— Je te les demanderai quand tu te réveilleras — si tu ne pleures pas trop.

— Tu ne veux même pas savoir qui est arrivé? dit-il.

— Je vois bien que toi, tu es arrivé, dit-elle.

— En quoi tu mens, dit-il. Je suis parti. C'est un autre qui est arrivé.

Puis il cria :

— Il est arrivé. Et s'affaissa comme un tas, comme s'il avait employé ses dernières forces à pousser ce cri. Dans sa torpeur, il se mit à marmonner, la tête affalée sur la poitrine : Il est arrivé, enfin, arrivé au pays, par bateau, à Eyrarbakki.

Elle leva rapidement les yeux et demanda :

— Qui est arrivé?

Il continua de marmonner, la tête sur la poitrine, un moment, jusqu'à ce qu'une nouvelle fois il se secoue et hurle :

— Qui ça, sinon celui qui doit annuler tous les jugements. Qui ça — sinon celui que la fille du gouverneur aime. Celui avec qui cette femme sans âme m'a cocufié. Celui avec qui cette gamine a couché dans la maison de son père avant d'être adulte. Celui que cette garce... celui qu'elle n'épousera jamais, c'est lui qui est arrivé.

Elle leva les yeux en souriant :

— Que ce soit une consolation pour toi, Magnus, de savoir que je ne t'ai pas pris contrainte et forcée quand des hommes remarquables s'offraient à moi, dit-elle.

— Putain, dit-il, pas un seul jour tu n'as vécu avec moi sans en aimer un autre, — et il se leva en vacillant, lui arracha des mains son ouvrage et lui donna une gifle, mais il était trop ivre pour la battre vraiment. Elle lui donna une petite bourrade en disant :

— Ne me bats plus, mon cher Magnus, tu pleureras d'autant quand tu te réveilleras —

et il tomba à la renverse sur le coffre, les grossièretés expirèrent peu à peu sur ses lèvres, pelotonné qu'il était sous le toit en pente, le menton sur la poitrine, la bouche relâchée. Peu après, il se mit à ronfler. Elle le regarda dormir sans qu'un mouvement de sa face ne trahît ses pensées. Finalement, elle repoussa son ouvrage et se leva. Elle alla chercher une cuvette d'étain emplie d'eau et de lessive, disposa l'homme de telle sorte qu'il fût allongé sur le dos, les pieds dépassent du rebord du coffre. Alors, elle lui enleva ses bottes et lui retroussa ses vêtements en le poussant, puis le nettoya soigneusement et termina en lui lavant les pieds.

Quand ce fut fait, elle poussa le coffre, avec l'homme dessus, jusqu'à son alcôve, écarta le rideau du lit, ôta le couvre-lit, souleva la couverture, roula enfin l'homme du coffre sur le lit aux draps d'une blancheur de neige et le borda. Après quoi elle remit le coffre en place, tira le rideau de lit, se rassit sur son siège et reprit la broderie de l'image ancienne.

Quand le junker fut resté chez lui, couché, une journée, des voyageurs arrivèrent à la ferme. Ils étaient quatre : le chef du district de Hjapmholt, Vigfuss le riche, fils de Thorarinn, et son gendre, Jon de Vatn, négociant clandestin, le seul homme du district d'Arnes qui eût de l'eau-de-vie à vendre pour de l'argent ou des biens fonciers quand l'agent d'Eyrarbakki lui-même n'avait plus d'eau-de-vie, enfin deux autres paysans de bonne extraction, sans compter les palefreniers. Ces arrivants firent leur entrée d'étrange façon. Ils firent comme chez eux, descendirent de selle au bord du pré clos en enjoignant à leurs domestiques de mener paître les bêtes à l'intérieur de la palissade, à peu de distance de l'endroit où les valets s'étaient couchés pour dormir dans la chaleur de midi, comme la veille et l'avant-veille, puis se remirent à circuler parmi les masures. Ils éprouvèrent du doigt les charpentes pourries, hochèrent la tête devant mainte entrée dépourvue de porte, poursuivirent enfin jusqu'à la maison d'habitation, y reprenant les mêmes investigations et ils étaient bel et bien entrés en ayant oublié de frapper à la porte. La maîtresse de maison était à sa fenêtre, elle appela son mari qui était dans son lit, malade, et demanda :

— Que vient faire ici le chef du district?

— J'ai dû faire quelque chose, marmonna le junker sans bouger.

— Ce n'est pas moi qu'il vient voir, dit-elle.

Le junker se traîna hors du lit d'un blanc étincelant de sa femme, l'aspect semblable à celui d'un homme qui a commencé à se décomposer dans sa tombe, et elle lui tendit quelques hardes. Puis il descendit saluer les arrivants.

Alors, il se révéla que le junker avait vendu son patrimoine et ses biens allodiaux de Braedratunga, meubles et immeubles, à Jon de Vatn, le gendre du chef du district, et le nouveau propriétaire était venu avec le chef du district, en se rendant au thing, ainsi que deux experts, évaluer bêtes et bâtiments, sur le compte desquels un accord complet n'avait pas été passé le jour où l'affaire avait été conclue. Une partie du prix d'achat avait déjà été versée et le maître de Vatn avait reçu quittance de Magnus Sigurdsson pour cela; il apportait une somme supplémentaire à remettre, selon le contrat. Ils entrèrent dans la remise de bois du junker, où le toit était crevé et où, à un endroit, le mur était effondré; terre, pierre et eau; s'assirent sur son coffre, certains sur son lit, sortirent leurs documents et les lui montrèrent. Tout était correct : le contrat était, à tous égards, légal et valable, établi à Eyrarbakki, signé et attesté. Magnus avait vendu le domaine principal, 80 cents de terres, pour 160 rixdales dont 40 avaient été payées, 40 seraient versées à la remise de la terre, laquelle devait avoir lieu ce jour, et le reste devant être réglé au cours des dix prochaines années. Les bâtiments et le bétail, le maître de Vatn avait le droit de les acheter à leur valeur estimative : Ils s'enquirent donc de ces biens-là. Mais le junker ne répondit guère, il dit qu'il n'entrait pas dans ses habitudes de compter les têtes de bétail, ils n'avaient qu'à se renseigner auprès des vachères et, pour les moutons, ils pouvaient aller voir dans les pâturages s'ils le voulaient. Ils demandèrent s'il voulait de l'eau-de-vie, mais il refusa.

Le domaine principal de Braedratunga avait, depuis des temps immémoriaux, été le patrimoine de la même famille de chefs : des possesseurs de godords[1], des chefs de districts et autres fonctionnaires royaux, dont certains anoblis, d'où ce titre de junker que les hommes de ce lignage avaient pris l'habitude d'étaler quand ils faisaient bonne chère et quand Magnus Sigurdsson avait repris cette terre à la mort de son père, l'homme de la Lögrétta, il y avait encore de grandes richesses amassées là. Mais la famille dégénérait. Les frères et les sœurs du junker Magnus moururent, jeunes, de tuberculose. Lui-même, il grandit gâté et abandonné à lui-même dans la demeure de ses pères et quand on l'envoya ensuite à l'école de Skalholt, il ne put se plier à la discipline

1. Dans l'Islande ancienne, l'autorité était exercée par des godar (sg. godi) qui cumulaient des prérogatives religieuses, administratives, juridiques et éventuellement politiques. Un godi ou chef administrait donc un godord, désignation à la fois géographique et « fonctionnelle »

scolaire ni se soumettre au labeur que *grammatica* exige des fils de Minerve, tout son comportement tendait à la décadence, à l'apathie et à l'indifférence, et il détestait les efforts. Pourtant, ce n'était pas que l'homme ne fût pas de belle taille, la peau douce, avenant et souple, mais il eut de bonne heure la tête penchée et l'œil rond comme s'il éprouvait de l'aversion à regarder les gens, peu aimable dans sa façon d'adresser la parole et la voix un peu stridente. Les femmes disaient qu'il avait les plus beaux yeux du monde. C'était un chef. Mais dans un pays où la famine est la cause ordinaire de décès au printemps, il n'existe pas de chef que ne mine le manque d'énergie de la société qui l'entoure, quand bien même ses propres garde-manger ploieraient sous le faix des fromages et des mottes de beurre.

Le maître d'école représenta donc à l'homme de la Lögrétta de Tunga que son fils n'acquerrait pas grande renommée dans les livres, et comme le jouvenceau ne s'était pas montré revêche à certains arts, on résolut de l'envoyer à Copenhague y apprendre, si possible, une de ces activités artisanales qui ont toujours été tenues pour dignes des nobles hommes d'Islande. Dans cette famille, il y avait toujours eu des hommes habiles de leurs doigts, quand bien même on les eût tenus aux livres selon la coutume de l'époque. Mais le jeune chef islandais se rendit rapidement compte, quand il se trouva avec les petits-maîtres de Copenhague, qu'à l'étranger on avait depuis longtemps cessé de tenir les travaux manuels au nombre des occupations de gens bien nés, comme autrefois forger le fer avait été tenu pour honorant Skallagrim [2]. Les apprentis artisans n'étaient guère plus estimés que comme des espèces de gamins mendiants, et plutôt moins, car c'étaient dans une certaine mesure les esclaves de leurs maîtres et ils n'obtenaient qu'une pinte d'eau-de-vie le dimanche, on les réveillait au point du jour pour garder les cochons ou faire les courses des servantes, ils allaient se coucher tard, rossés par les maîtres et insultés par les ouvriers.

2. Skallagrim est le père du scalde Egill (voir note p. 36; la saga le donne en effet pour un excellent forgeron).

Un demi-hiver durant, Magnus de Braedratunga persévéra comme apprenti sellier, et une partie d'un autre hiver, il travailla l'argent, mais pendant deux ans il but ou fut malade et, au bout de trois ans, il rentra chez lui. Pourtant, par la suite, il vécut à l'aise sur les rudiments qu'il avait reçus dans ces deux activités artisanales, les premières années de son mariage, il put, entre deux équipées pour aller boire, commencer une selle ou travailler du laiton, s'y appliquant avec cette ardeur particulière et cet intérêt que montrent souvent, plus que les artisans consommés, les amateurs, sans parler de son sens artistique inné. Par ce travail qu'il accomplissait comme pénitence entre ses fugues, il se fit une réputation d'habileté artistique qui dépassa de beaucoup la renommée des artisans avérés. Dans les dernières années, les répits entre les crises d'ébriété s'étaient tellement raccourcis qu'il n'avait plus le temps de s'adonner à ces activités artisanales autrement que pour réparer ses bâtiments et ses outils, encore cela ne valait-il pas grand-chose.

Chez lui, il n'était jamais ivre. Les crises commençaient avec son départ de la maison. Ordinairement, cela débutait par de prétendues courses urgentes qu'il avait à faire au sud à Eyrarbakki. Au commencement de chaque expédition, il fréquentait les Danois qui faisaient halte là un moment pour des transactions commerciales qui, de plus en plus, s'effectuaient en ce lieu ; le premier jour, c'était l'agent, le second, son assistant. Le troisième toutefois, il échouait généralement dans la compagnie des garçons de boutiques ou même des magasiniers. Au fur et à mesure que les crises progressaient, ses fréquentations dégénéraient, bientôt, il se retrouvait dans le sillage de prêtres ivres du Flói ou des Hreppar, et même eux l'abandonnaient rapidement. Alors, c'était le tour des miséreux d'Eyrarbakki et autres gens de basse condition, puis des vagabonds et parfois, l'équipée gagnait d'autres districts de manière assez mystérieuse car un des traits caractéristiques de ces crises était qu'elles s'accompagnaient de déplacements obscurs mais continuels d'un endroit à un autre, voyages dont on ne voyait pas bien quel lien unissait leurs étapes. Il arrivait que le junker retrouvât ses esprits en plein air, quelque part sur un banc de sable inattendu ou près d'un enclos dans un autre district ou encore sur un chemin de montagne inconnu d'où il lui fallait plus de vingt-quatre heures pour retrouver son chemin jusqu'aux lieux habités; parfois, c'était au beau milieu d'un sentier où il était tiré de son sommeil par un chien errant qui lui pissait sur la figure. Il lui arrivait de se réveiller à demi plongé dans un ruisseau ou une mare, ou sur un banc de sable dans une rivière. Parfois, la chance s'en mêlait, il se réveillait dans une chaumine, tantôt parmi ses propres vomissements et les crachats des gens sur le sol de terre nue, tantôt dans la couche de quelque indigent, qui pouvait fort bien être lépreux, ou de quelque bonne femme dont il ne s'expliquait pas la présence, ou encore, une fois ou l'autre, par miséricorde divine, dans le lit conjugal d'un couple inconnu. Après ces éreintantes escapades, il revenait finalement chez lui, parfois transporté à dos de cheval sur une litière ou attaché par des gens qui avaient pitié de lui, car ses propres chevaux, il les avait ou bien perdus ou bien échangés contre de l'eau-de-vie, parfois tout seul, marchant de nuit, à quatre pattes, et tout trempé, ordinairement malade, roué de coups, ensanglanté et meurtri, les os rompus de temps à autre, et toujours plein de poux. C'était habituellement la maîtresse de maison qui l'accueillait, elle le lavait comme si c'eût été une chose morte, l'épouillait et l'enfermait dans la cabane en bois qui était sa chambre. S'il était très mal en point, elle lui permettait toutefois de coucher dans son propre lit, à l'étage. Quand il revenait à la conscience, il ne pouvait plus se contenir et elle lui donnait une décoction forte, aux herbes, ou quelque autre remède pour arrêter ses larmes. Au bout de quelques jours, il ressuscitait des morts, livide, beau et transfiguré, souffrant et un peu barbu, une lueur dans les yeux, ayant en vérité jeté un regard derrière le voile de la mort, non sans une certaine ressemblance avec quelques-uns de ces saints qui sont peints sur les tableaux. Assurément, il était toujours taciturne, si ce n'est, à la longue, devant un gobelet qui portait le nom d'Hilarius, mais dans la vie courante, on ne tirait pas un mot de lui, sinon des grognements et des grommellements; mais jamais comme après une de ses expéditions. Le printemps était rude, comme les autres printemps, les moutons, en piètre état comme d'habitude, les vaches portaient des veaux décharnés et restaient couchées, hors d'état de se lever, sans donner de lait de tout l'été, les chevaux étaient incapables de transporter le poisson séché et où y avait-il de l'argent? Le junker répondait aux gens l'un après l'autre, quand ils venaient lui rendre compte de la situation du domaine : N'es-tu pas berger? N'es-tu pas vachère? Demande à la gouvernante de te donner du poisson séché, ce n'est pas moi qui distribue les vivres.

La gouvernante, Gudrid Jonsdottir, avait été envoyée à Braedratunga par la femme du gouverneur d'Eydal, dès la première année où Snaefrid avait été maîtresse de maison, afin de veiller à ce que la jeune femme ne fût pas réduite à la mendicité; cette femme considérait n'avoir pas d'autres obligations envers Dieu et les hommes. Mais bien que Gudrid Jonsdottir estimât être au service de la femme du gouverneur d'Eydal, ou, plus exactement, se condisérât comme sa mandataire dans un autre quartier du pays — et un mauvais quartier — elle fut chargée de tous les soucis pour ainsi dire de ce foyer étranger, car Dame Snaefrid ne s'occupait d'aucun autre ouvrage que de ses broderies, n'ayant jamais pris soin de l'entretien d'une maison non plus que des affaires domestiques. De la sorte, il se fit que cette femme des Dalir, servante venue d'un autre quartier du pays, dut, bien contre son gré, devenir Conseil Suprême et Chancellerie d'un célèbre domaine des terres du Sud — sinon, elle n'eût pu remplir la charge que lui avait confiée sa maîtresse, la femme du gouverneur, et qui était de veiller à ce que la fille de celle-ci eût vivres en suffisance, service à table et au lit, que sa chambre résistât aux intempéries et qu'elle pût, par grands froids, être chauffée par un petit poêle de faïence.

Quand le junker recouvrait la santé après une de ses expéditions, il avait coutume d'inspecter la chambre de son épouse, à l'étage, il grimpait sur le toit pour examiner si la couverture de tourbe était en bon état, rajoutait un bout de planche si la charpente était pourrie, car il aimait ardemment sa femme et n'avait pas de plus grande crainte que de voir Gudda [3] la lui emmener. Parfois aussi, le junker avait le temps, avant que le prochain paquet de mer ne déferlât, d'entreprendre de petites réparations ailleurs dans les bâtiments, mais malheureusement, les temps étaient rarement assez bons pour qu'il possédât un bout de bois utilisable. Il était rare que le junker passât quelques jours chez lui, après une fugue, sans que viennent lui rendre visite toutes sortes d'autorités, le chef du district, le chef de la commune rurale, des pasteurs, des huissiers qui, tous, avaient pour mission de lui demander raison d'incartades qu'il avait commises au cours de sa dernière équipée, ou de conclure avec lui quelque contrat qu'il avait mis en route, ou de l'amener à honorer des obligations de toutes sortes auxquelles il avait souscrit par papiers en bonne et due forme pendant ladite expédition. Il pouvait apparaître alors qu'il avait vendu l'une de ses terres, du reste, il s'était maintenant dessaisi de la plupart d'entre elles, et le dernier hiver, il avait commencé de rogner sur le domaine principal lui-même en vendant une métairie. Parfois, c'était son cheval ou du bétail qu'il avait vendu. En règle générale, la somme reçue à l'achat avait disparu d'inexplicable façon au moment où il prenait connaissance de ses contrats par des documents en bonne et due forme, soussignés de sa propre main. Continuellement, il vendait son chapeau ou ses bottes au cours de ses fugues et il arrivait qu'il revînt chez lui sans ses braies. Il lui arrivait parfois d'acheter des chevaux, des moutons ou des terres au cours d'une expédition et les gens venaient le voir, contrat en main, lui réclamer leur dû. C'était une habitude générale que de lui réclamer des amendes pour toutes sortes de dégâts qu'il avait occasionnés durant ses équipées. Il était courant qu'il abîmât les coiffures des gens ou qu'il déchirât leurs habits. Parfois, on exigeait de lui des dédommagements pour avoir pénétré de force dans les maisons des miséreux d'Eyrarbakki et avoir couché avec leurs femmes. D'autres avaient dû supporter ses invectives, ils avaient été traités de voleurs ou de chiens ou même de chiens de voleurs, et ils avaient été

3. *Gudda* : forme populaire et affectueuse de Gudrid.

menacés de mort devant témoins. Il résultait de tout cela que l'homme était constamment menacé de poursuites judiciaires et de contraventions.

Quand il n'était pas ivre, Magnus Sigurdsson était en fait un homme réservé, peu enclin à se brouiller avec les gens, timide, très semblable à un animal qui ne désire que pouvoir rester tranquille dans son trou. Dans son état normal, il aurait tout fait pour avoir la paix, il était prêt à donner quelque dédommagement à tout le monde pour les frasques qu'il avait commises dans son ivresse, surtout si cela pouvait se faire sans histoires et s'il en avait, il donnait à ses créanciers de l'argent ou autres biens vifs ou morts; il allait jusqu'à leur remettre des outils qu'il arrachait à ses domestiques si leurs exigences étaient si mesquines, donnant joyeusement quelques toises de corde à l'homme dont il avait entretenu la légitime épouse d'une façon qui ne correspondait pas exactement aux commandements, allant jusqu'à se dépouiller de ses frusques pour expier d'avoir traité un homme d'Eyrarbakki de voleur ou un du Floi de chien, le tout sans lever les yeux ou daigner prononcer une parole. Certains se satisfaisaient de le voir faire publiquement amende honorable, mais c'était là celle de ses obligations qu'il trouvait la plus pénible. Une fois ses créanciers partis, il se rendait souvent en silence chez sa femme, dans sa mansarde, et y pleurait sans mot dire, des nuits entières parfois.

— Il a vendu le domaine, dit la gouvernante Gudrid qui avait écouté aux portes et qui avait couru, surexcitée, voir sa maîtresse dans la mansarde. Je suis sûre que madame, à Eydal, ma patronne, ne me pardonnera jamais cela.

— Mon mari a longtemps été un homme entreprenant, dit la maîtresse de maison.

— Il ne vous a pas laissé un liard, dit la femme des Dalir. Ce satané chef de district est venu en personne faire les évaluations et il nous faut nous en aller d'ici aujourd'hui même. Ils vous ont réduite à la mendicité. Comment vais-je pouvoir regarder ma bonne madame!

— Il y a longtemps que je désire être vagabonde, dit la maîtresse de maison. Ce doit être amusant de dormir sur les pentes de bruyère près d'agneaux nouveau-nés.

— Je ferais mieux de me noyer, dit la femme des Dalir, car Dieu sait que la seule chose qu'elle m'ait enjointe de faire était de veiller à ce qu'on ne vous réduise pas à la mendicité. Et voici qu'à cette heure, vous êtes réduite à la mendicité et moi, je n'ai plus qu'à rendre des comptes à ma maîtresse.

— Peut-être que c'est elle qui sera réduite à la mendicité, la prochaine fois, dit Snaefrid. Mais la femme des Dalir ne répondit pas à ces propos futiles.

— Que de fois, continua-t-elle, n'ai-je pas dû cacher, comme si c'étaient des larcins, le peu de vivres qui vous étaient destinés, bon beurre, tranches de flétan séché, œufs au petit lait aigre et viande d'agneau, pour qu'il ne les donne pas en compensation de ses invectives à un idiot du Floi ou pour avoir dormi avec quelque ribaude d'Olves; et pas plus tard que cet hiver, les coffres ont été forcés et vidés un soir, et si je n'étais pas allée en cachette, de nuit, à Skalholt, parler à votre sœur, je n'aurais rien eu à vous donner le lendemain pour le petit déjeuner, et ce n'est là qu'un petit exemple de la lutte que j'ai dû soutenir contre ce tyran que le Seigneur a frappé de furoncles. Et les choses en sont au point que vous ne possédez plus de terre où résider, ici, dans le Sud. Je ne vois rien d'autre à faire que de m'en aller avec vous vers l'ouest, chez nous.

— Tout sauf cela, dit Snaefrid d'une voix sombre, étouffée, sans lever les yeux. Tout sauf cela.

— Oh! Je voudrais que mon Dieu fasse que ces épouvantables rivières des Terres du Sud me portent dans la mer pour que je n'aie pas à me présenter à ma bonne madame, couverte de honte, dit cette grande et forte femme, sur le point de pleurer. Mais alors, la fille du gouverneur se leva et l'embrassa sur le front.

— Allons! Allons! ma chère Gudda! dit-elle. Nous nous mettrons à couvert. Descends voir le chef du district, porte-lui mes salutations et dis-lui que la maîtresse de maison aimerait voir son vieil ami.

C'était un de ces vieux chefs dignes comme on pouvait en voir chaque printemps trois douzaines, ou environ, dans la

Lögrétta à l'Althing. Il avait le visage buriné et hâlé, ses yeux avaient une expression fatiguée et un peu endormie, mais il haussait les sourcils comme un homme qui a longtemps cherché à vaincre le sommeil en écoutant le pénible discours d'un adversaire; c'était un de ces visages qui semblent imperméables à la plupart des arguments surtout à ceux qui invoquent la faiblesse humaine. Les aïeules de Snaefrid, fille du gouverneur, avaient l'habitude de la froide protection de ces hommes depuis des temps immémoriaux. Elle connaissait la nature des hommes de ce genre-là jusqu'au bas de leurs bottes racornies.

Elle l'accueillit en souriant à la porte de sa mansarde, souhaita la bienvenue au collègue et commensal de son père, dit que ç'avait toujours été pour elle une cause d'affliction que de voir passer de grands hommes sans qu'ils manifestent quelque condescendance pour une frêle jeune femme et qu'elle pensait pouvoir tirer avantage de la réputation d'hospitalité qu'avait sa mère, la femme du gouverneur.

Il l'embrassa, elle l'invita à s'asseoir, ouvrit sa cassette et en sortit une bouteille de beau clairet, puis remplit un gobelet pour lui et un pour elle.

Il se passa la main sur ses longs maxillaires gris, balança doucement le buste en respirant avec bruit, de telle sorte qu'il était difficile de savoir s'il chantonnait ou s'il geignait.

— A Dieu ne plaise! dit-il, hum-hum-hum, je me rappelle la bisaïeule de ma chère amie. Elle était née à l'époque papiste. Elle était mince et blonde et le resta jusqu'à son dernier jour, et d'ailleurs elle épousa feu le pasteur Magnus de Rip à l'âge de cinquante ans après avoir été veuve de deux chefs de districts. Il y a toujours eu de belles femmes en Islande; rares parfois, à Dieu ne plaise, surtout ces derniers temps, car c'est la beauté qui meurt la première quand tout meurt. Mais il y en avait toujours une qui se cachait par-ci, par-là. *Quod felix.* A Dieu ne plaise. A sa santé!

— Mais malheureusement, il y a aussi, dit la maîtresse de maison qu'il se trouve beaucoup moins de vrais chevaliers maintenant que dans votre jeunesse, monsieur Vigfus Thorarinsson.

— La grand-mère de ma chère madame n'était pas une femme moins remarquable, dit-il. Hum-hum-hum. C'était une de ces grandes femmes comme il s'en est toujours trouvé dans le Breidafjord, une de ces vraies femmes des îles qui, outre qu'elle connaissait latin et *versificaturam,* hérita de vingt grandes centaines en propriétés terriennes et alla se chercher un mari à l'est, à Thingmuli, s'en alla à la voile avec lui jusqu'en Hollande où il apprit le métier d'encadreur, et ensuite, elle en fit un représentant de chef de province et le plus grand poète latin des pays du Nord. Elle aussi avait ces yeux bleus et ces cheveux d'un blond aérien qui n'est cependant pas doré. Quand j'étais gamin, on ne parlait jamais d'elle autrement que comme de la femme qui dominait les Terres de l'Ouest. A Dieu ne plaise! Il y a toujours eu des femmes en Islande. A sa santé!

— A sa santé! dit-elle — à la santé aussi des anciens cavaliers magnanimes qui faisaient preuve envers les belles femmes d'une vraie chevalerie et qui étaient prêts à traverser le feu et l'eau pour magnifier notre honneur.

— La chère mère de ma chère madame, Gudrun d'Eydal, était et reste une vraie femme noble, bien qu'elle n'ait pas l'allure de ses aïeules. C'est, des femmes de ma génération, celle que je croirais la plus capable de se conduire dans les palais des rois, dans les pays où, autrefois, on tenait les Islandais pour des hommes, et pourtant, cette vertueuse femme d'honneur est, plus que toute autre, aimée des petits. Elle fait le bien comme il sied à une véritable chrétienne et femme de chef, tout en gardant son cœur à ses enfants, ainsi qu'il convient à une femme qui ne se contente de rien de moins que de la fierté des femmes du Nord antique, quand celle-ci était à son zénith; et elle a une telle ambition pour le compte de son mari qu'elle ne lui aurait jamais laissé de repos — lors même qu'il eût été un homme de moindre importance que mon ami Eydalin — qu'il ne fût devenu le plus éminent des hommes qui ont quelque autorité, ici, en Islande. Ce sont ces fières femmes-là qui ont soutenu ce pays, mais il va sombrer à présent. A sa santé!

— Je me suis félicitée de ne pas avoir de fille, dit Snaefrid. Car qu'adviendra-t-il désormais des femmes islandaises qui sont nées pour le sort malheureux de n'aimer que de grands hommes, de ceux qui emploient leurs forces à terrasser les dragons, comme Sigurdur Fafnisbani sur ma broderie?

— J'ai toujours pensé que ma chère amie Snaefrid était une de ces grandes femmes qui ont vécu en Islande. J'ai cru comprendre aussi, à voir votre mère, la dernière fois que j'ai été reçu chez elle, qu'elle ne devait pas dormir en paix toutes les nuits en pensant que, peut-être, il n'y avait que quelques-unes de ses aïeules qui avaient vu le jour à l'époque — hum-hum-hum — où Brynhild dormait dans la montagne. Et maintenant, ma chère, il faut que je m'en aille, le jour s'avance. Et salut à qui m'offrit l'hospitalité. Je remercie la fille de mes amis de m'avoir invité chez elle. Me voici devenu vieux et l'on ne m'a pas compté parmi les gentilshommes. A Dieu ne plaise! Mais puisque je vois que votre grâce, ma chère, possède une magnifique selle, est-ce qu'un vieil admirateur de ses aïeules pourrait laisser, ici dans la cour de la ferme, son meilleur cheval, si elle veut bien l'accepter? Je l'ai fait acheter dans les Dalir l'année dernière et il saura bien connaître le chemin.

Vigfus Thorarinsson leva son gobelet en signe d'adieu, se leva lourdement et lui fit de sa patte bleue une petite caresse de remerciement, en priant Dieu d'être miséricordieux pour nous tous.

Aussitôt après, elle les entendit partir. Ils chevauchaient vers l'est, en remontant les Tungur. Magnus se traîna jusque chez sa femme, courbé, et sans dire un mot, il se jeta à plat ventre sur son lit.

Elle demanda :

— Faut-il que nous nous en allions aujourd'hui?

— Non, dit le junker. Après t'avoir vue, il a dit que nous pouvions rester ici encore dix jours.

— Je n'ai pas demandé de délai, dit-elle.

— Moi non plus, dit-il.

— Pourquoi n'as-tu pas exigé de t'en aller immédiatement? dit-elle.

— Tu ne m'as jamais rien demandé, ne me demande rien, dit-il.

— Pardon, dit-elle.

Puis elle descendit.

La porte de la maison était entrebâillée et elle vit quelques belles rixdales en deux piles côte à côte sur la table, les documents à côté. Elle sortit de la maison et s'avança dans la cour, le soleil brillait sur le Tungufljot, le vent apportait une odeur d'herbe. Un cheval roux était attaché à une pierre, inquiet d'avoir été laissé là en lieu inconnu, et quand il aperçut la femme, il tira sur son attache en lui jetant des regards de ses jeunes yeux de feu, d'un noir brillant, puis s'ébroua farouchement. Il avait son nouveau pelage de l'année, son corps luisait, son museau était doux comme la soie, c'était une svelte bête au col élancé, à la croupe splendide.

Les deux valets dormaient encore en bas de la palissade du pré clos, le bonnet tiré sur le visage, et la femme aux jambes comme des baguettes râtelait toujours le pré.

La maîtresse de maison pénétra dans le pré et les réveilla :

— Allez à la ferme chercher un coutelas et abattez-moi ce cheval qui est attaché à la pierre. Et empalez la tête sur un piquet et tournez-la dans la direction de Hjalmholt[4].

Les hommes sortirent de leur sommeil en se frottant les yeux. Il ne s'était pas encore trouvé depuis qu'ils vivaient en ce lieu que la maîtresse de maison leur eût assigné un travail à faire.

4. Snaefrid entend rééditer ici l'une des opérations magiques les plus impressionnantes du Nord ancien : on érige un « bâton d'infamie » en empalant sur un piquet une tête de cheval que l'on tourne dans la direction où réside la personne que l'on veut flétrir, on grave sur le piquet des runes destinées à appeler la malédiction sur l'ennemi.

Le lendemain, Snaefrid s'en alla à Skalholt parler à sa sœur Jorun, la femme de l'évêque. Dame Jorun avait coutume, chaque printemps au début de l'Althing, de s'en aller dans l'ouest, à Eydal, rendre visite une dizaine de jours à sa mère, et c'est ce qu'elle allait faire cette année-là encore.

— Tu viendras peut-être avec moi, sœur, dit la femme de l'évêque. Notre mère se réjouirait plus de te voir un printemps que moi, dix.

— Ma mère et moi, nous nous ressemblons en bien des choses, mais nous avons pourtant grand-peine à nous mettre d'accord, dit Snaefrid. Et je crois qu'il faudra du temps avant que l'histoire du fils prodigue puisse finir par s'appliquer à notre famille, du côté des femmes, tant qu'il y en aura une qui ressemblera à sa mère, sœur Jorun. En revanche, j'ai une petite commission à faire auprès de mon père, ce printemps-ci, quoique je ne sois pas en mesure d'aller le voir à Thingvellir. A ce propos, sœur, prends-tu le chemin qui passe par l'Althing?

Jorun dit que oui : elle irait, comme d'habitude, à Thingvellir avec son époux, l'évêque, y passerait une nuit puis continuerait vers l'ouest avec son escorte.

— J'aurais bien voulu prier mon père de venir chez moi dans l'est, dit Snaefrid, mais, d'une part, on dit que le gouverneur est maintenant bien accablé par l'âge et peu enclin aux voyages superflus, d'autre part, nous n'avons pas grandes possibilités d'accueillir des gens importants chez nous à Braedratunga. Voilà pourquoi je voulais te demander de lui transmettre un message, sœur.

Puis elle raconta sans détours à sa sœur ce qui s'était passé : son mari, Magnus, avait vendu son domaine principal aux riches Vigfus Thorarinsson, chef du district, et à son gendre Jon, le trafiquant d'eau-de-vie de Vatn, et les nouveaux propriétaires avaient mis à la porte sans délai son mari et elle. A cette nouvelle, la femme de l'évêque alla à sa sœur et l'embrassa, les larmes aux yeux, mais Snaefrid la pria de rester calme et poursuivit son discours : elle précisa que ce qu'elle avait à faire dire à son père, c'était de le prier d'aller parler à Vigfus Thorarinsson et de racheter le domaine, disant qu'elle-même n'avait pas barre sur le chef du district au point de l'amener à revenir sur un marché, mais que les autorités d'Islande se connaissaient entre elles, l'un ayant toujours quelque moyen de faire pression sur l'autre, en sorte qu'il pouvait le forcer à parvenir à un arrangement sur une chose ou une autre.

— Chère sœur, je sais que tu ne veux pas dire que cela concerne notre père, dit la femme de l'évêque. Et quand donc a-t-on entendu dire que, dans ce pays-ci, quelque autorité ait pu le forcer à passer un accord qu'il savait injuste?

Snaefrid dit qu'elles en resteraient là. Mais elle assura que leur père avait pouvoir sur plus de notables que tout autre et qu'il était fort capable de leur imposer sa volonté — jusqu'à nouvel ordre. Elle dit qu'elle le savait capable de racheter le domaine au riche Fusi s'il le voulait, et au prix qu'il voudrait. Ensuite, quand le domaine serait en possession de leur père, elle désirait le lui acheter en donnant pour paiement les terres qu'elle possédait dans l'Ouest et dans le Nord et qui ne lui avaient pas été remises en dot étant donné qu'elle s'était mariée sans prendre conseil de ses parents, avant d'avoir vingt ans.

La femme de l'évêque toisa sa sœur, de la tête aux pieds, pendant un moment, avec un soupçon de compassion dans l'expression parce que le charmant relâchement du corps et de l'âme qui accompagne une longue prospérité ne l'avait pas encore marquée mais que cette femme de trente-deux ans dût encore être svelte et claire, avec cette violence cachée dans le sang et cette tension du corps qu'elle conservait comme une jeune fille.

— Pourquoi, sœur, pourquoi? dit finalement la femme de l'évêque.

— A propos de quoi demandes-tu cela?

— Oh! je ne sais pas, chère sœur. Mais dans un sens, si j'étais à ta place... je remercierais mon Sauveur si Magnus de Braedratunga me réduisait à la mendicité me permettant, de la sorte, de m'en aller impunément.

— S'en aller où?

— N'importe où. Notre mère...

— Oui, je sais que tu vas me dire qu'elle tuerait le veau gras. Mais merci. Va-t'en chez ta mère, Jorun, quand l'évêque t'aura dépossédée de Skalholt.

— Pardonne-moi, sœur, si je ne te parle pas comme il faut, je sais que tu ressembles à nos aïeules plus que moi. Mais c'est précisément pour cela, Snaefrid, c'est précisément pour cela que c'est tellement dommage, c'est pour cela que c'est au-delà des larmes, c'est pour cela que cela crie vers le ciel.

— De quoi es-tu en train de parler?

— Je pensais n'avoir pas besoin de te parler plus clairement de ce qui, depuis longtemps, est la fable du pays. Tu sais que notre mère n'est pas en bonne santé... cette fière femme.

— Voyons! Voyons! Elle deviendra la plus vieille des femmes, dit Snaefrid. Si la masure de Braedratunga peut donner quelques rhumatismes de temps à autre, l'évêché de Skalholt est une bonne fille qui tient en bonne santé.

— Je sais, ma chère Snaefrid, que le Seigneur fait toujours en sorte que l'épreuve soit suivie de sa miséricorde, dit la femme de l'évêque. A ceux qui sombrent dans le malheur, il donne la force de l'âme. Mais il nous faut nous garder avant tout des dangers qui amènent l'endurcissement de l'âme à prendre la place de la miséricorde du Seigneur, le mépris de Dieu et des hommes, voire même de ses propres parents, la place de l'humilité du cœur.

— Mon bonheur ne s'inscrit pas selon les livres de prières, ma bonne sœur, et pourtant, je doute que beaucoup de femmes en Islande soient plus heureuses que moi, dit Snaefrid. Et pour rien au monde, je ne voudrais changer avec toi, femme d'évêque.

— Tu n'as pas tout ton bon sens, Snaefrid, cessons cette conversation, dit la femme de l'évêque.

— La veuve de Laekur, dit Snaefrid, a tué son septième enfant le jour de l'Assomption, l'an dernier. C'était son troisième enfant de malheur. On va la noyer à l'Althing près de l'Öxara dans quelques jours. L'été dernier, les enfants vivaient encore, de viande de cheval et de gruau. Mais ce printemps, un dimanche, sous la pluie, il y en avait trois qui se trouvaient dans la cour, à Braedratunga, en compagnie de leur grand-mère décrépite, décharnés, le corps enflé, les yeux fixes et me regardant à la fenêtre. Les trois autres étaient morts. Je suis une femme heureuse, ma bonne sœur.

— Oui, nous autres humains ne comprenons pas le Seigneur, ma chère Snaefrid, dit la femme de l'évêque, et ce peuple a sans doute vécu dans l'insouciance aux temps passés, il purge sa peine à présent, comme nous entendons nos saints hommes de Dieu le dire souvent. Mais malgré tout, ce n'est pas servir Dieu que de se jeter sans l'avoir mérité sous les verges alors que l'on est de ceux qu'il a fait naître de condition élevée.

— Ce printemps... car tout se passe au printemps, ici, en Islande, ce fut dans un vallon verdoyant, ici, près de la Hvita : on y a trouvé deux petites filles et un coussin de linaigrette. Le foyer avait été dispersé, les objets domestiques, répartis, et le coussin de linaigrette était revenu aux deux jumelles. Elles avaient toutes les deux penché la tête, chacune sur son coussin, et elles étaient mortes. Le corbeau était passé par là. On n'avait pas pensé à prendre soin de leurs restes, et c'est moi qui les ai fait enterrer. Ç'aurait pu être mes filles. Non, ma bonne sœur, je suis une femme très heureuse.

— Pourquoi te tourmentes-tu à énumérer ces malheurs, ma chère sœur, dit la femme de l'évêque dont le visage placide commença à trahir un soupçon d'impatience.

— Maintenant, pour la Sainte Croix, ils ont enfin tranché la question et décidé de prendre le voleur de moutons de Krokur. Il avait été condamné maintes fois et, une fois, on lui avait coupé une main, mais il ne s'était pas amélioré pour autant, au contraire, il volait d'autant plus de moutons qu'il avait moins de mains. Les gens de Tungar-les-Hauts l'ont emporté du lieu du supplice, couché en travers d'une selle, et l'ont jeté au passage à sa femme et à ses enfants, dans l'entrée de la maison. Non, ma bonne sœur, s'il y a une femme heureuse en Islande, c'est moi, car je tisse des toiles aux anciennes images, je brode des nappes d'autels et des chasubles pour les églises, j'amasse de l'argent au fond de mes coffres, sans compter que le Seigneur m'a fait stérile et c'est peut-être là le plus grand bonheur qui puisse échoir à une femme islandaise.

— Ne nous querellons pas là-dessus, sœur; toutefois, il me semble que ce doit être la volonté du Créateur que toute femme bonne souhaite avoir un vaillant fils, et j'avais grande joie de mes deux fils quand ils étaient petits. Mais si une femme n'a pas d'enfant de son mariage, ce n'est pas sa faute, c'est Dieu qui l'a décidé. Et si une femme est de haute condition, elle ne fait pas bien en jaugeant sa vie à la mesure des vagabonds et des criminels que l'on a exécutés, elle blasphème le nom de Dieu. Et tu as bien changé, sœur, si même ce qu'il y a de pis te convient.

— J'ai toujours été une femme que rien ne satisfait, dit Snaefrid. J'ai choisi mon destin en conséquence... et je m'y suis résignée.

— Qui vit dans d'étranges imaginations ne sait de qui il est le jouet avant qu'il ne soit trop tard, dit la sœur aînée. Tu t'es mariée sans prendre l'avis de tes parents, contre les lois de Dieu et celles de ce pays, et ce n'est que pour te sauver d'un déshonneur encore plus grand que notre père s'est abstenu d'invalider cette union. Il ne me paraît pas invraisemblable qu'il réfléchisse à deux fois avant de racheter le domaine principal de Magnus Sigurdsson pour le prix des terres qu'il n'a pas voulu inclure dans ta dot. Mais je connais un homme, notre fidèle ami bien qu'il ne fasse pas de bruit autour de sa personne, qui ne se lasse jamais de parler de ton salut, recommandant du matin au soir ton âme à la protection du Seigneur. Cet homme-là n'a pas moins de crédit auprès du chef de district Vigfus et de son gendre que notre père. C'est ton directeur de conscience, le grand poète latin et docteur, le pieux homme de Dieu, le pasteur Sigurd Sveinsson, un des hommes les plus riches du diocèse.

— Si mon père devait me faire faux bond en cette affaire, j'avais envisagé autre chose, dit Snaefrid.

La femme de l'évêque voulut savoir quel expédient sa sœur avait imaginé.

— Le bruit m'est parvenu, dit-elle, qu'un ami qui est resté longtemps parti serait arrivé.

Le doux sourire indulgent de la sœur aînée disparut en un instant, malgré elle. Elle devint écarlate. Il y eut une lueur de violence dans ses yeux. C'était une autre femme. Elle voulut parler, mais se retint. Après quelques instants, la femme de l'évêque demanda d'une voix sans timbre :

— Comment sais-tu qu'il est arrivé?

— Nous sommes femmes, toi et moi, ma bonne sœur, dit Snaefrid. Et nous autres femmes, avons le pressentiment de certaines choses. Nous apprenons les choses même sans les avoir entendues de nos oreilles.

— Et tu avais envisagé d'aller le trouver au sud, à Bessastadir, ou peut-être ici, à Skalholt, pour le prier de racheter Braedratunga, pour toi et Magnus Sigurdsson? Es-tu enfant à ce point-là? Est-ce que le monde et tout ce qui est du monde est un livre fermé pour toi? Ou bien, te moques-tu de moi, ma chère sœur?

— Non, je n'envisage pas de le prier d'acheter des terres pour moi, dit Snaefrid. Mais j'ai vaguement entendu dire qu'il serait venu ici pour inspecter de quelle façon les chefs exercent leurs fonctions. Le contrat qu'ont passé avec mon mari ces parents par alliance, le chef du district et le trafiquant d'eau-de-vie, ne serait peut-être pas une pièce dépourvue d'intérêt entre les mains d'un homme qui collectionne les documents sur les Islandais.

— Sais-tu quel homme est Arnas Arnaeus, sœur? demanda gravement la femme de l'évêque.

— Je sais, dit Snaefrid, que le parti que vous choisiriez pour moi, toi et mes autres parents, comme étant le meilleur ou presque, je le méprise plus que le pire. Telle est ma nature.

— Je n'essaierai pas d'interpréter tes obscures paroles, sœur, mais j'aurais difficilement cru qu'une femme de ta famille, ici, en Islande, prendrait le parti d'un criminel contre son vieux père irréprochable, le parti des condamnés contre leur juste juge, le parti de ceux qui veulent soulever le peuple contre ses maîtres et détruire le christianisme et les bonnes mœurs dans ce pays.

— Qui donc a fait tout cela?

— Arnas Arnaeus et ceux qui le soutiennent.

— Je croyais pourtant qu'Arnaeus ne reviendrait qu'à condition que ses pouvoirs soient plus élevés que ceux de quiconque en Islande.

— Assurément, on dit qu'il s'est rendu à l'Althing avec une lettre qui serait signée du roi, dit la femme de l'évêque. Et il prétend juger les marchands, il s'abat sur eux dans leurs entrepôts des ports du Sud, et, ou bien jette leurs marchandises à la mer, ou bien les met sous scellés royaux, en sorte que les pauvres doivent accourir à lui en pleurant pour avoir une poignée de farine ou une pincée de tabac dans leur détresse. Il se dit le porte-parole des coquins et l'accusateur de l'autorité. Mais des gens avertis tiennent pour vrai qu'il est l'envoyé de ceux qui, à Copenhague, ont expulsé les vieillards et les nobles gentilshommes du Conseil du Roi pour y instituer des voyous d'artisans, des brasseurs de bière et des vagabonds. Et à peine le bruit court-il de son arrivée que tu te montres ardente à lui remettre en mains des témoignages contre notre bon père. Puis-je te rappeler, ma sœur, que Didrik de Muenden qui, lui aussi, prétendait avoir une lettre du roi, est enterré à Söduholt, ici, de l'autre côté du ruisseau.

Snaefrid, impassible, regarda sa sœur et remarqua qu'il y avait sur ses joues des taches rouges qui ne voulaient pas disparaître.

— Ne me parle pas d'Arnaeus, ma bonne sœur, dit Snaefrid. Et du gouverneur Eydalin non plus. Mais pardonne-moi, femme d'évêque, si je pense que c'est parler de notre père sans grande affection que de comparer sa probité aux roueries d'un trafiquant d'eau-de-vie et que de devoir appeler ennemie du gouverneur Eydalin celle qui met en doute les contrats que passe le riche Fusi.

— Je n'ai pas dit que les autorités ne peuvent pas agir incorrectement, dit la femme de l'évêque. Nous savons bien que tous les hommes sont pécheurs. Mais je dis, et tous les gens de bien disent que si les autorités islandaises doivent être abaissées au point de subir le châtiment de Brimarholm et s'il faut ravaler jusqu'à terre les meilleurs hommes de ce pays, l'Islande ne pourra plus rester debout. L'homme qui vient contester l'ordre et les dispositions qui, jusqu'ici, ont empêché notre pauvre peuple de devenir un ramassis de voleurs de grand chemin et d'incendiaires, l'homme qui met sous scellés la farine et le tabac des petites gens, suspecte les balances romaines, les poids et mesures de nos bons marchands qui prennent tant de peine à traverser la mer sauvage — comment faut-il appeler un pareil homme? Il faut me pardonner, sœur, si les mots me manquent quand j'entends dire que tu as confiance en un tel homme. Et quand tu me laisses entendre que tu le connais aussi bien que ton père, excuse-moi si je demande : comment se fait-il que tu connaisses si bien cet homme? Il est vrai qu'il a logé chez nos parents une partie de l'été, quand il prenait des mesures pour rassembler et emporter de notre pays les livres qui existaient sur le compte de nos illustres ancêtres, et je me rappelle qu'il nous accompagna jusqu'à Skalholt, mon mari, toi et moi, quand il s'en alla au bateau. Se peut-il qu'il t'ait tourné la tête pour toute la vie? Je n'ai rien voulu entendre de ce que disait la rumeur publique là-dessus, car tu n'étais en fait pas plus qu'une enfant alors, tu ne t'y entendais pas plus à un homme qu'un chat aux étoiles et d'ailleurs, avant la fin de cette année-là, il avait épousé une riche bossue au Danemark. Pourtant, j'aimerais bien savoir à présent, sœur, ce qui s'est passé entre vous pour que, seize ans après, tu préfères chercher secours auprès de ce traître plutôt que d'accepter l'assistance toute naturelle de tes véritables amis fidèles.

— Si mon père, le soutien de ce pays, ne veut pas se charger de mon affaire, celle-là même que je te prie de lui présenter, dit Snaefrid, et si, d'un autre côté, cet homme que tu appelles traître trahit mes espoirs et manque à invalider le contrat du riche Fusi, alors, ma bonne sœur, je te promets de me séparer du junker Magnus et de me fiancer à mon soupirant et ami fidèle, Sigurd, l'archiprêtre, ton protégé. Mais pas avant.

Les sœurs cessèrent peu après cette conversation, l'une, échauffée, l'autre, glacée. La femme de l'évêque promit de présenter l'affaire à leur père, à l'Althing, et Snaefrid revint chez elle à Braedratunga.

Au commencement de la fenaison, le junker fut, une fois encore, saisi de cette agitation qui annonçait toujours la même chose, sa superbe s'accrut ainsi que la raideur de son comportement. Tôt le matin, il était sur pied, pourtant rien n'était fait, les instruments qu'il avait à réparer restaient intacts près de ses outils dans le tas de copeaux de bois, sur le plancher de son atelier. Il restait là, à guetter au-dehors, sur la colline, dans le petit matin; peu après, il était arrivé au nord jusqu'au fleuve, pour croiser les voyageurs. Un bon moment après, on l'entendait déclamer une demi-strophe dans l'entrée de la ferme, il envoyait chercher les chevaux disponibles, examinait minutieusement leurs fers, allait à la forge en réparer un, flattait longuement les chevaux, brossant leurs taches de terre en leur parlant d'une voix amicale, les faisait lâcher ensuite tout en gardant l'œil sur eux, entrait dans une chaumière et faisait le bourru auprès des manants, errait çà et là. Gudrid, la femme des Dalir, avait apporté à manger au maître de maison dans sa baraque en bois, car il ne prenait jamais ses repas avec ses domestiques. C'était de la caillebotte, du poisson séché et du beurre. Il fit la grimace et demanda :

— Il n'y a pas de tripes de mouton?

— Que je sache, ma maîtresse, la femme du gouverneur d'Eydal, n'a rien dit de cela, dit la femme.

— Et des testicules de bélier suris?

— Non, dit la femme. Les moutons qui ont été abattus ce printemps n'ont donné ni testicules ni tripes.

— Est-ce que nos fermes des Terres du Nord ont cessé de payer leurs fermages? dit-il.

— Je ne sais pas, dit la femme, mais il y a du petit lait qui a coulé du patrimoine du junker.

— Apporte du petit lait, dit-il. Bien acide, et froid.

— A propos, dit la femme. Faut-il laisser expulser la fille de ma maîtresse ou faut-il qu'elle s'en aille de son plein gré? et quand?

— Demande cela au gouverneur Eydalin, ma brave femme, dit le junker. Voilà quinze ans qu'il me retient la dot de sa fille.

Quand la femme des Dalir apporta le petit lait, le junker était parti.

Il disparut comme meurent les oiseaux, personne ne savait ce qu'il était devenu, il ne prit pas le chemin qui menait de chez lui à la grand-route mais s'éloigna en décrivant des lacets par les sentes à bestiaux, pendant que les gens faisaient leur sieste, personne n'était certain de l'avoir vu s'en aller; mais pour être parti, il était parti. Sa hache et son marteau reposaient sur le rebord d'une fenêtre où il avait eu l'intention de poser un carreau de peau et dont il avait commencé de préparer le cadre. Il y avait des copeaux de bois dans l'herbe.

Cette fois, il emportait de l'argent, et bien que les scellés royaux eussent été posés sur les portes des magasins, il était facile d'obtenir de l'eau-de-vie en payant de la sorte, de même que la société qui convenait au junker : des marchands, des capitaines et autres Danois.

Dans cette société, on ne manquait pas de sujets de conversations, le dernier en date étant que l'envoyé du roi, Arnas Arnaeus, arrivé en bateau à Stykkisholm, s'était rendu sur la plupart des lieux de commerce des Terres du Sud — et tout récemment à Eyrarbakki — où il avait condamné les marchandises des commerçants comme étant falsifiées : il avait fait mettre au rebut plus de mille barils de farine en déclarant que ce n'était que vers et vermine, décrété que le bois de construction était tout juste bon à faire du feu, que le fer n'était que scories et la corde, pourriture. Quant au tabac, il était bon pour les Juifs. Les poids et les mesures étaient suspects aussi. Les manants faméliques regardaient, les larmes aux yeux, jeter à la mer la farine, redoutant que désormais les marchands ne revinssent plus dans un pays si ingrat.

— Cette affaire sera portée devant la Haute Cour, disaient les marchands. C'est la Couronne qui paiera. Ce ne serait que justice que le roi payât pour ses Islandais, dont il n'y a rien à tirer qu'ordures et honte et dont aucun roi, empereur ou négociant étranger n'a voulu, bien que, maintes fois, Sa Majesté ait offert de les vendre.

Le junker s'irrita un moment d'entendre dénigrer ce pays, car il lui revenait alors en mémoire qu'il était l'un de ses chefs. Et pour prouver que les Islandais étaient de grands hommes et des héros, il enfonçait ses mains dans ses poches et en retirait poignée sur poignée de rixdales d'argent étincelantes et récemment frappées qu'il éparpillait dans toute la pièce, disant qu'il voulait du rôti, réclamant la servante pour coucher avec elle, sortant en claquant la porte et achetant un lopin de terre à Selvogur. Il continua de la sorte deux ou trois jours et comme l'Islande ne prenait pas plus d'importance aux yeux des Danois malgré le comportement superbe du junker, comme son argent de poche tirait à sa fin, il se fit, en fin de compte, qu'il n'eut plus que ses poings pour prouver que les Islandais étaient des grands hommes et des héros. Il ne fallut pas attendre longtemps alors pour que les Danois cessent de lui adresser la parole. En moins de temps qu'il en faut pour le dire, il se retrouva étendu tout de son long dans la boue, sur la place, devant les boutiques. C'était la nuit. Quand il revint à soi, il essaya de rentrer de force chez le marchand, mais tout était fermé et la porte était solide. Il appela la fille, mais elle ne connaissait pas cet homme. Il menaça de mettre le feu aux maisons, mais ou bien il n'y avait pas de feu à Eyrarbakki, ou bien le junker n'était pas au fait des mœurs des incendiaires, car la maison resta intacte. Quand le junker eut beuglé sans interruption de minuit au point du jour, le garçon de boutique vint à une fenêtre, en sous-vêtements.

— De l'eau-de-vie, dit le junker.

— Où est l'argent? dit le garçon de boutique. Mais le junker n'avait rien d'autre en mains qu'un obscur papier parlant d'un lopin de terre à Selvogur.

— Je vais te descendre, dit le junker.

Le garçon referma la fenêtre et se recoucha, le junker n'avait pas de fusil.

Vers le matin, le junker réussit à réveiller le commis.

— Où est l'argent? dit celui-ci.

— Ferme ta gueule, dit le junker.

On en resta là.

Quand le junker eut hurlé, juré et cogné sur la maison toute la nuit, son ivresse commença à le quitter et il retrouva ses chevaux.

Vers neuf heures du matin, il arriva chez Jon Jonsson, à Vatn. Il n'était plus ivre mais il avait la gueule de bois. Le paysan et ses valets étaient en train de faucher le pré clos.

Le junker chevaucha jusqu'à lui dans le pré, mais le paysan était de mauvaise humeur et dit à cette racaille de décamper du coin qui n'était pas fauché.

— As-tu de l'eau-de-vie? dit le junker.

— Oui, dit Jon de Vatn. Et qu'est-ce que ça peut te faire?

Le junker lui demanda de lui vendre de l'eau-de-vie, disant qu'il paierait n'importe quoi, bien qu'il n'eût pas d'argent liquide pour le moment.

— Quand bien même tous les lacs du pays seraient devenus un océan d'eau-de-vie à mon nom, dit Jon de Vatn, et que toute la terre sèche serait devenue de l'argent marqué Magnus Sigurdsson de Braedratunga, je serai mort avant qu'une once de ton argent paie un pot de mon eau-de-vie.

Le junker déclara pourtant n'avoir pas monté de chevaux gras depuis qu'il avait traité avec lui, il n'y avait pas bien longtemps qu'il s'était réduit au vagabondage à cause de l'eau-de-vie du paysan de Vatn et il était fort probable qu'en ce moment même, sa femme était déjà expulsée de la baraque de Braedratunga.

Alors il apparut pour quelles raisons le maître de Vatn était si fâché contre le junker : deux jours auparavant, son beau-père, Vigfus Thorarinsson, l'avait convoqué à l'Al-thing, et là, le gouverneur Eydalin avait, sous la menace, forcé les deux hommes à lui vendre Braedratunga pour une bouchée de pain, puis il avait ensuite, par contrat spécial, donné le domaine à sa fille Snaefrid. Il ne servait pas à grand-chose que le junker produisît le contrat d'achat d'un lopin de terre à Selvogur, le maître de Vatn ne voulait pas mettre une fois encore sa réputation en jeu, en faisant affaire avec le gendre du gouverneur. Le junker s'assit dans l'herbe et pleura. Jon de Vatn continua de faucher. Quand il fut arrivé tout près du junker, il lui ordonna une fois de plus de déguerpir, mais le junker supplia : Passe-moi la faux sur le cou, au nom de Jésus!

Alors, le trafiquant d'eau-de-vie prit pitié de l'homme, il l'invita de bon cœur dans une remise, lui versa une mesure d'eau-de-vie et lui tailla, de son couteau de poche, une tranche de requin séché. Du coup, le junker se ranima. Quand il eut lampé la mesure d'eau-de-vie et englouti le requin, il se rappela que son père avait été *notarius,* membre de la Lögrétta, administrateur des biens d'un couvent et beaucoup d'autres choses, que ses ancêtres, des deux côtés, avaient été de grands hommes, dont certains anoblis, il déclara qu'il n'avait pas coutume de manger du requin sur le pouce dans une remise à la mode des bouseux, et qu'il préférait être mené dans une chambre, se faire servir à table et au lit par les maîtresses de maisons ou leurs filles, comme il seyait à son état. Le maître de Vatn dit qu'il n'y avait pas longtemps qu'il était assis, pleurant dans l'herbe, en suppliant qu'on lui tranche le cou. Le désaccord entre l'invité et son hôte fut alors plus grand qu'auparavant et le premier fit mine de porter la main sur le second pour raison d'hospitalité peu satisfaisante. Le maître de céans était un personnage maigre et débile et qui ne savait pas se battre, il appela ses valets, leur ordonna de ligoter son invité et de le fourrer dans un sac. Ils tassèrent le junker dans un sac de crin et l'attachèrent, puis l'emportèrent dans le pré clos. Le junker cria et rua considérablement dans le sac une bonne partie de la journée, mais pour finir, il s'endormit. Vers le soir, ils détachèrent les liens, vidèrent le sac, montèrent l'homme sur son cheval et lâchèrent sur lui quatre chiens furieux.

Le soir, il était revenu à Eyrarbakki. Il essaya de frapper chez le marchand ou le garçon de boutique ou de se faire mener en barque chez le capitaine du bateau de commerce, mais les Danois ne voulaient plus le connaître. Même le commis ne lui répondait plus. Il avait grand faim, mais la famine régnait à Eyrarbakki et dans les environs; pourtant, une pauvre veuve lui donna du lait battu dans une écuelle de bois, une poignée d'algues ainsi qu'une tête de morue séchée qu'elle lui dépeça elle-même car il se rappela soudain qu'il était trop grand chef pour dépecer une tête de morue séchée.

La boutique était toujours fermée, les gens de lieux éloignés (certains venaient du district de Skaptafell) avaient dû empiler leur laine et autres marchandises en tas contre les murs, pendant que le marchand était chez lui, prenant du rôti avec du vin, toutes portes closes. Certains croquants restaient devant les portes de la boutique, contemplant les scellés royaux, d'autres s'étaient mis à faire du tapage et du bruit, les garnements et les va-nu-pieds surtout, tandis que d'autres encore parlaient en pleurant de rédiger une supplique. Il y en avait qui déclamaient des strophes à tour de rôle ou essayaient de soulever de grosses pierres au bord de l'eau. Des paysans de l'Öraefi qui avaient fait treize journées de marche, se rendaient, de nuit, vers le sud à travers la lande avec leurs chevaux de bât, dans l'espoir qu'on leur ouvrirait peut-être à Batsendar. L'endroit était sec, pas une goutte ne filtrait à travers la boutique, mais certains hommes bien pourvus avaient de l'eau-de-vie en réserve et ils en donnèrent un petit verre au junker, chose qui n'eut toutefois pas d'autre effet que d'aiguiser sa faim. Après minuit, l'endroit était désert, tout le monde était parti se reposer quelque part, certains en bas des enclos de fermes, avec leurs chiens faméliques. Le junker resta seul, avec la demi-lune blanche au-dessus de la mer, et plus d'eau-de-vie.

Soudain, arriva Thord Narfason, alias Ture Narvesen, qui se mit rapidement en mouvement, visage poisseux, dents blanches, yeux rouges, nez de travers et mains crochues. Il enleva sa casquette de tricot élimée en voyant le junker et tomba à genoux à quelque distance de lui. Dans sa jeunesse, il avait été serviteur de l'évêque à Skalholt, mais on l'avait renvoyé parce qu'il était trop porté sur les femmes. Depuis, cependant, il savait toujours quelques mots de latin. Il avait assassiné sa petite amie, d'aucuns disaient : deux, quoique, peut-être, ce n'eût pas été de sa faute. Une chose était sûre, on ne l'avait pas mis à mort, il avait été condamné aux travaux forcés et avait longtemps séjourné à Brimarholm. C'était un grand artiste, poète et écrivain, solide buveur et grand séducteur de dames, et si bien à son affaire en danois qu'il évoluait parmi les Danois comme s'il avait été l'un des leurs. Il était *factotum* et garçon de courses à la boutique et dormait dans la soue à porcs. Mais comme il était artiste, il aidait souvent le tonnelier, en hiver, et s'intitulait tonnelier parmi les Islandais quoique les Danois le tinssent pour un apprenti. A cette époque, Ture Narvesen était une sorte de garde de Sa Majesté Royale en ce lieu, on lui intimait de passer les nuits dehors pour surprendre en flagrant délit ceux qui pourraient avoir l'intention de mettre le feu aux maisons ou de fracturer les scellés royaux.

Le junker posa le pied sur la poitrine de cet homme courtois, agenouillé qu'il était là, le plus crotté de tous les enchanteurs que pucelle d'Islande eût jamais appelé son ange avant que ledit enchanteur ne la mît à mort.

— Amène-moi de l'eau-de-vie, chien d'enfer, dit le junker.

— Très Noble Seigneur. De l'eau-de-vie... à cette heure effroyable? dit Narvesen d'une voix stridente.

— Faut-il que je te tue? dit le junker.

— Ah! Votre Clémence! cela revient au même : le monde est en train de périr, quoi qu'il en soit.

— Je te donnerai un cheval, dit le junker.

— Messire le junker veut donner un cheval, dit Ture Narvesen en prenant le junker dans ses bras. *Salutem.* Longue vie à Messire.

Puis il entreprit de s'en aller.

— Tu auras une terre à Selvogur, dit le junker en empoignant les haillons de Ture Narvesen et en le serrant convulsivement. Quand l'homme vit qu'il ne pouvait s'échapper, il étreignit de nouveau le junker et l'embrassa.

— N'ai-je pas toujours dit qu'un cœur tendre triomphe de ce monde, dit Narvesen. Et puisque, pour une fois, de grandes choses doivent se passer, je ne vois rien de mieux à proposer que d'aller trouver le porcher.

Le junker suivit Ture Narvesen jusqu'à la soue à porcs. On gardait là les bêtes qui, seules de toutes les créatures, vivaient dans le bien-être et l'honneur en Islande, surtout depuis que le représentant spécial du roi avait strictement interdit aux bipèdes de manger vers et vermine. Parfois, par miséricorde, les croquants obtenaient la permission de contempler ces bêtes merveilleuses à travers un grillage et ils en avaient la nausée, d'autant que ces animaux, par leur couleur, ressemblaient à des hommes nus, avec une chair de gens riches, et de plus, vous regardaient avec des yeux raisonnables de pauvres; à cette vue, beaucoup vomissaient de la bile.

La soue était en bois, comme les demeures des nobles gens, et goudronnée; à un bout couchait l'homme qui s'occupait des bêtes, un certain Jes Lo qui faisait aussi les courses pour la boutique, un ami de Ture Narvesen et son confrère à Brimarholm. On se méfiait de l'homme qui élevait de telles bêtes, dans un pays où adultes et enfants gisaient, pattes en l'air, par centaines et par milliers, chaque printemps, pour raison de famine. Ture Narvesen frappa à la porte d'une façon particulière que comprenait son ami et fut admis à l'intérieur, mais le junker dut attendre dehors. On parlementa longtemps dans la soue et le junker commençait à s'impatienter, mais les volets étaient si bien clos que, de nouveau, il fut forcé de reprendre ses vociférations et ses malédictions et de menacer de tout mettre à feu et à sang. Enfin, Ture Narvesen sortit. Il était très abattu et dit que le sous-assistant Jes Lo avait fait la sourde oreille à ses représentations : tout était fermé ici et mis sous scellés par ordre du roi, on n'aurait pu se procurer de l'eau-de-vie pour de l'or. Il ajouta que les Islandais feraient mieux d'aller trouver leur compatriote Arnesen [1] pour prendre chez lui l'eau-de-vie dont ils estimaient avoir besoin. Le junker pria Ture de dire que le porcher aurait une terre à Selvogur. Ture dit que le porcher n'avait pas envie de posséder une terre. Le junker dit que le porcher n'avait qu'à dire ce qu'il voulait. Ture Narvesen finit par promettre de faire une ultime tentative auprès du porcher, mais le junker était résolu à aller jusqu'au bout et il fit irruption avec lui dans la soue.

Jes Lo était d'une corpulence assez semblable à celle des bêtes qu'il gardait et il dégageait la même odeur qu'elles. Il était étendu sur un grabat, sur le plancher, les bêtes tout

1. Danisation pour Arnas Arnaeus.

près de lui de l'autre côté d'un grillage : un verrat, tout seul dans une stalle, une truie avec douze porcelets dans une autre et quelques jeunes porcs dans une troisième. Ces belles bêtes s'étaient réveillées et se mirent à grogner. Aucun Islandais ne supportait leur odeur, mais le junker ne sentit rien, il pressa le porcher contre lui et l'embrassa. La porte était restée ouverte, dehors, il y avait la mer et la lune. Le porcher dit que même le voleur le plus ingénieux ne pourrait pénétrer dans l'entrepôt, car ce satané chien islandais d'Arnesen avait posé les scellés, indubitablement falsifiés, sur toutes les portes, de la cave de la boutique, hormis une porte dérobée dont personne n'avait la clef que le marchand lui-même, lequel dormait dessus. Le junker Magnus Sigurdsson continuait d'offrir propriétés et rémunérations, mais sans aucun résultat, on n'avait pas confiance en ses propriétés, on ne savait pas exactement qui possédait ses biens meubles et immeubles, lui ou les trafiquants d'eau-de-vie d'un peu partout, ou peut-être son beau-père, le gouverneur ? Le junker dit que le plus juste serait de les tuer tous les deux. Ture Narvesen jeta un regard d'intelligence à Jes Lo et dit d'une voix aiguë, sur un ton humble et traînant :

— Mon frère a entendu dire que Sa Bienveillance est en possession d'un bien dont on dit qu'il est encore en sa garde, non vendu et non mis en gage, ce serait sa chère, louable et vertueuse épouse...

A l'évocation de sa femme, il se fit que, soudain, le junker fit sans autre échange de propos voler son poing sur le nez de Ture Narvesen. Celui-ci abandonna un instant toute courtoisie et frappa en retour. Puis ils se mirent à se battre. Magnus Sigurdsson n'avait cure des coups qu'il portait et cherchait à estropier les gens. Jes Lo sortit de la paille en rampant, remonta ses chausses et se jeta également sur le junker. Ils luttèrent un moment. Finalement, ils réussirent à maîtriser le junker, mais il était tellement furieux qu'il était impossible de discuter avec lui autrement que ligoté. Ils décrochèrent d'une attache un bout de corde et parvinrent, non sans peine, à lui lier mains et pieds, sur quoi ils le poussèrent de l'autre côté du treillage, chez les cochons.

Le cavalier se roula en hurlant à plusieurs reprises sur le pavé de la soue, mais il ne put se détacher. Le porcher tendit à l'assassin Ture Narvesen un coutelas en lui ordonnant de surveiller le scélérat pendant qu'il s'éloignait un moment. Ture resta près du treillage. Tantôt il arrachait un cheveu de sa tignasse et essayait dessus le tranchant de son coutelas, tantôt il aiguisait minutieusement ce coutelas sur la paume de sa main, redevenu la politesse même, louant le junker et sa femme pour leurs vertus, leurs qualités et leur haute naissance. Mais le junker ligoté continuait de mugir sur le pavé de la soue. Les cochons, terrifiés, s'amoncelaient en tas dans un coin du cloisonnage. Enfin, le porcher revint. Il apportait un baril de huit mesures, plein d'eau-de-vie, plus une bouteille. Il posa ce baril sur le plancher près du treillage. Quant à la bouteille, ils y burent à même le goulot à tour de rôle. Le junker n'eut rien.

Quand les deux confrères eurent pris leur content, Ture dit au junker :

— Notre ami Jes Lo est disposé à vendre ce baril à Son Excellence, mais il faut d'abord passer contrat là-dessus, car à présent l'eau-de-vie vaut plus que l'or et qui en fait le commerce court le risque d'être flagellé ou de subir la peine de Brimarholm.

— Donnez-moi à boire, dit d'une voix aiguë le junker qui avait cessé de mugir — ensuite, vous pourrez me couper le cou.

— Oh ! nous ne faisons pas d'affaires de ce genre-là bien que les temps soient durs, et nous ne jouerons pas sans nécessité, à une noble personne, un tour aussi pendable que de lui couper le cou, dit Ture Narvesen. En revanche, je vais griffonner ici une petite convention, sur un papier que nous attesterons ensuite en y apposant nos signatures.

Jes Lo avança le nécessaire pour écrire qu'il était allé chercher en même temps que l'eau-de-vie et Ture Narvesen resta longtemps assis à écrire, une planche sur les genoux en guise de pupitre. Jes Lo s'assit à côté, lui donnant une goutte à boire de temps en temps. Après de longs efforts, la lettre fut terminée, Ture Narvesen se leva et se mit à lire, le ventripotent porcher se tenant derrière lui en ricanant.

La lettre commençait par les mots : *In nomine Domini amen salutem* et *officia*, attestant que le scribe avait servi un temps chez l'évêque, puis continuait dans le style solennel, courtois et craignant Dieu qui était caractéristique de cet assassin. Il y était dit qu'alors qu'un certain nombre — dûment donné — d'années s'était écoulé depuis la naissance de Dieu, s'étaient, au pays d'Islande, au lieu dit Örebakke, dans la soue à porcs du marchand, rassemblés trois hommes d'honneur, Monsieur Magnes Sivertsen, seigneur, cavalier et junker de Brödretunge et les estimables respectables honorés Jens Loy, commerçant, assistant et maître du bétail proprement danois en ce lieu, ainsi que l'artiste, grand voyageur et poète très savant Ture Narvesen, autrefois sous-diacre de Schalholt, à présent tonnelier royal et préfet de police auprès de la société Commerce, et qu'ils avaient arrangé entre eux, par lettre et contrat légal et indubitable que sous l'invocation de la miséricorde de l'Esprit Saint ils avaient juré de respecter dans tous ses détails et *articulis* par poignée de mains et qui ne pourrait être rompue par personne hormis Notre Très Gracieux Sire le Roi avec le Conseil d'État, une convention dont le contenu s'exprimait en ces termes : Le baril d'eau-de-vie qui se trouve sur le plancher entre les parties sera la propriété légale et souveraine du soussigné cavalier et junker Magnus Sivertsen, moyennant que le même susdit remplira immédiatement, après avoir soussigné ledit contrat, vis-à-vis des honorés susnommés, les conditions suivantes, à savoir, volontairement et de bon gré prêter et abandonner aux très célèbres et respectés hommes d'honneur Jens Loy et Ture Narvesen pour pleine jouissance conjugale pendant trois nuits *item* trois jours sa, à lui, junker Sivertsen, femme et très bien-aimée réputée par tout le pays pour sa beauté, son savoir et sa naissance, sa vertueuse et prude épouse légitime, compagne et conjointe, Snaefridur Björnsdottir Eydalin, et le cavalier Monsieur Sivertsen délivrera en même temps que ce contrat afférent sa lettre et attestation adressée à ladite sa ci-dessus décrite et cætera...

Quand le lecteur fut parvenu à ce point, on put entendre le cavalier dire :

— Dans ces yeux, le ciel lui-même est descendu. Et moi, je sais que je gis, enchaîné, parmi les immondices.

...dont il ressort, était-il dit plus loin dans la lettre, que de même que l'eau-de-vie dans ledit baril sera une eau-de-vie pure et claire, de force moyenne quoique non coupée d'eau, de même la femme du junker Monsieur Sivertsen se comportera en toutes manières, vis-à-vis des porteurs de cette lettre, bien et chrétiennement, s'abstenant de toute aversion et courroux, les fréquentant avec une complaisance toute naturelle, un bon vouloir et une douceur pleins de sollicitude, les régalant de tout ce dont la maison dispose, en particulier tripes de mouton suries, testicules de bélier et beurre de baratte, non moins que s'ils étaient, chacun pour soi et tous deux simultanément, les époux suaves et légitimes de Sa vertueuse noblesse...

— Les étoiles font une couronne scintillante autour de ce front, dit le cavalier. Je sais que je suis l'Islande lépreuse et pouilleuse.

Les deux hommes de bien ne prêtèrent aucune attention aux interruptions du junker, et Ture continua de lire, jusqu'à ce qu'il fût finalement dit : que ce contrat serait tenu secret comme il sied aux accords passés entre grands hommes, à la fois afin que ni le grand public ni la racaille des vagabonds ne puissent avoir sur les lèvres les noms des trois intéressés, et, en second lieu afin qu'aucun d'entre eux ne pût voir sa réputation molestée ou démoralisée par des tiers non concernés, et cet unique exemplaire du contrat serait conservé, celé et gardé par son auteur. Apposant ci-dessous nos signatures pour confirmation et satisfaisante ratification de tout ce qui a été écrit supra...

Le ligoté avait cessé et de pleurer et de hurler et de se rouler sur le sol, il restait tranquille et silencieux sur le plancher de la soue, le baril à une brasse de lui, pas davantage, de l'autre côté du treillage. Finalement, il se redressa à demi dans ses liens, regarda droit vers le toit de la soue, le visage convulsif et la nuque renversée et dit à celui qui habite là-haut :

— Dieu, quand bien même je te cracherais à la face, à la porte de l'église, serait-ce un vendredi saint, je sais tout de même : c'est Toi.

Puis il retomba à la renverse sur le sol de la soue et dit à voix basse aux hommes :

— Donnez-moi le baril.

Ils dirent que la seule condition était qu'il apposât son nom au bas du contrat. Il y consentit. Alors, ils le déta-chèrent. Il écrivit son nom au bas du contrat, non sans quelques rapides tiraillements, si bien que la plume cracha. Ture Narvesen soussigna ensuite de son style élégant qui ne ressemblait pas à sa grosse patte, mais le porcher Jes Lo fit une croix car, comme la plupart des Danois, il ne savait ni lire ni écrire, puis Ture traça, de sa part, son nom sous la croix. Enfin, ils remirent le baril au cavalier, qui le porta immédiatement à sa bouche.

Quand il eut lampé un moment, il regarda autour de lui et vit que ses acolytes étaient partis. Peut-être en alla-t-il de lui comme de beaucoup une fois qu'ils ont obtenu le tré-sor des trésors qu'ils ont longtemps convoité : il n'était pas content. Il se redressa. Il sortit de la soue en vacillant, au bord du vertige et se dirigea vers le banc de sable, le baril sous le bras. Il y avait une odeur d'algues, la lune brillait d'un éclat blanc. Il appela les hommes, mais ils ne se trou-vaient nulle part. Il essaya de courir, sans savoir vers où, mais il avait les jambes molles, il perdit l'équilibre, au même instant il était étendu de tout son long, la joue contre la poussière sans s'être rendu compte qu'il tom-bait. Puis, de nouveau, la terre se mit à s'incliner. Il essaya de marcher calmement, mais le sol continuait de faire des vagues. En fin de compte, il s'assit sous le pignon d'une maison, s'appuya du dos contre le mur en attendant que la terre s'immobilise. Il laissa pendre la tête et énuméra en marmonnant : gouverneurs, chevaliers, chefs de districts, scaldes, pèlerins à Jérusalem et *notarii*, ce qu'avaient réel-lement été ses ancêtres. Il ne ressemblait pas à un être humain et encore moins à un animal. Il dit qu'il était la plus vile des créatures terrestres, et le plus grand homme d'Is-lande. Pour finir, il s'était mis à chanter les austères psaumes de la passion et les prières des agonisants que sa mère lui avait enseignés dans son enfance.

Notre récit revient à présent à l'autre partie, les deux

hommes fortunés qui avaient acheté la femme de l'homme. Ils avaient détalé, le document à la main. La nuit était parfaitement calme. Des milliers de petites fermes de tourbe se recroquevillaient sur le sol, sans rompre toutefois l'harmonie avec le ciel. Çà et là, un chien aboyait. Le porcher avait gardé une bouteille d'eau-de-vie sous sa veste. Les deux hommes avaient besoin de se remonter souvent, car une rude besogne les attendait à présent. Ils avaient résolu de se rendre à Braedratunga sur-le-champ avec le contrat. Le Danois disait que c'était le matin que les femmes sont les plus ardentes. Ils étaient tous deux dans cet état de bonheur spirituel qui vient de ce que l'action semble aussi facile que la résolution. Il ne leur manquait que des chevaux, mais, par chance, il y en avait en nombre suffisant dans les pâtures et ils se mirent en devoir de choisir une monture. Il y avait là à la fois des haridelles de bât qui venaient de lieux éloignés, les pattes avant entravées, et des troupeaux de chevaux qui paissaient le long du ruisseau. Ces chevaux virent les hommes d'un mauvais œil, le Danois surtout, et ne voulurent pas se laisser attraper : ils s'esquivèrent. Finalement, Narvesen réussit à s'emparer de deux bêtes et à leur passer un bout de corde dans la bouche, mais il n'y avait pas de selle et ils n'eurent pas d'autre choix que de monter à cru. Assurément, l'Islandais avait appris, entre autres, cet art, mais le Danois n'était jamais monté à cheval, ni à cru ni sur selle, et comme c'était un individu corpulent qui n'était plus dans ses meilleures années, de plus bien ivre, il eut du mal à grimper sur le dos de la bête; il y réussit finalement, grâce à une haute motte de gazon. Mais parvenu si haut, il fut saisi d'un fort vertige et sortit presque de son ivresse. Il pensait que le cheval, ou bien allait tomber sur le flanc, ou bien allait faire une culbute et qu'alors lui, le cavalier, serait précipité au sol à une redoutable vitesse et qu'il y laisserait la vie. Chaque mouvement du cheval lui paraissait annoncer un danger mortel. Il implorait son compagnon de voyage d'aller prudemment, se penchait de l'avant et se cramponnait au cou du cheval. Ture Narvesen dit qu'ils avaient un long chemin à faire et qu'il fallait chevaucher ferme, qu'il fallait aussi faire passer les chevaux à la nage pour traverser de grandes rivières afin d'écourter la distance, s'ils devaient atteindre Braedratunga au matin, au moment où leur épouse légitime, qu'ils possédaient en commun, était encore toute tiède dans son lit.

— Je tombe de la bête, dit le Danois.

— Peut-être préfères-tu rester en arrière, mon ami, et venir à pied demain, dit Ture Narvesen.

— C'est bien à toi de me trahir, moi qui ai fourni l'eau-de-vie, dit le Danois. Tu sais bien que j'ai de mauvaises jambes et que je ne peux marcher en Islande.

— Frère bien-aimé, dit Ture Narvesen, tout ce que je disais, c'est que, si tu le voulais, je pourrais prendre les devants et saluer de ta part, pour dire que tu arriveras dans l'après-midi.

— Comment trouverai-je le chemin si tu prends les devants, dit Jes Lo. Je suis certain de ne jamais arriver à Brödretunge. Je ne sais même pas dans quelle direction je dois aller. Peut-être que je me perdrai, que je tomberai de la bête et que je me casserai le cou, et toi, tu seras arrivé avant moi, tu auras pris la femme et trahi ton ami. Et moi qui ai volé l'eau-de-vie.

— Tu ne dois pas oublier, mon bien-aimé frère et ami, que c'est moi qui ai rédigé le contrat, dit Ture Narvesen. Les Danois sont de grands hommes dans leurs pays, mais ici, il ne tient qu'à eux-mêmes qu'ils sachent écrire, marcher et aller à cheval, ou non. Ici en Islande, on n'attend personne. C'est celui qui arrivera le premier qui aura la femme.

Jes Lo s'était mis à pleurnicher sur son cheval, et Ture Narvesen eut pitié de lui : comme le cheval du Danois semblait enclin à s'arrêter, le plus commode parut à Ture de chevaucher derrière lui. Mais alors il s'avéra que le cheval du Danois était une jument et, en conséquence, qu'elle était sur des charbons ardents à cause de son pucelage : elle se mit à ruer et à hennir parce qu'on chevauchait derrière elle de trop près. Sous l'effet de ces ruades, le Danois glissa vers l'avant, très gentiment vers la crinière de la jument, et tomba les quatre fers en l'air.

— Là, vous vous montrez sous votre vrai jour, vous

autres Danois, dit Thord Narfason qui descendit de selle et donna un coup de pied à l'homme.

— Salaud! Tu me donnes un coup de pied alors que je suis à terre, blessé et inconscient, dit le Danois.

Thord Narfason retourna l'homme sur le dos et le tâta pour découvrir qu'il était trempé d'eau-de-vie et que la bouteille avait volé en éclats — sans cela, il n'était pas abîmé.

— Puisque tu as cassé la bouteille, je n'ai plus rien à faire avec toi, dit Thord Narfason. Nos accords sont rompus. Je me proclame séparé de toi. Maintenant, c'est chacun pour soi. Celui-là aura la femme qui arrivera le premier.

Alors le porcher saisit le pied de Thord Narfason et dit :

— Je suis un honorable Danois au service de mon marchand, de ma Compagnie et de mon roi et c'est moi qui ai volé l'eau-de-vie, c'est à moi de posséder la femme.

— Grand est votre manque de chance, à vous autres Danois, dit Thord Narfason en continuant de donner des coups de pied à son ami, si vous croyez que le jour viendra où vous posséderez Snaefrid, soleil d'Islande.

Pour finir, sa patience était à bout : il essaya de faire un croc-en-jambe à son ami l'assassin qui était maintenant devenu ouvertement son rival; par là, le combat avait commencé. Le moment venu, ce Danois honorable et adipeux était fort et il connaissait divers mauvais coups qui prirent l'Islandais à l'improviste. Celui-ci voulait se battre debout et faire des prises de lutte, mais le Danois voulait se battre à terre en tirant profit de sa corpulence. Ils luttèrent fort longtemps, s'arrachant mutuellement leurs guenilles, jusqu'à ce qu'ils soient à peu près nus, ils se lacéraient et se rouaient de coups, l'un et l'autre le visage ruisselant de sang, aucun des deux n'ayant été assez prévoyant pour emporter une arme. En fin de compte, Thord Narfason réussit à décocher à son ami un coup bien dirigé et à lui faire perdre connaissance : la tête du porcher retomba, inerte, en arrière, puis de côté, sa langue sortit de sa bouche sanglante et ses yeux se fermèrent. Thord Narfason, épuisé par le combat, s'assit à quelque distance. Le soleil était en train de se lever. Pas d'eau-de-vie. Il vit le contrat sur le sol et le ramassa. Il s'était tordu la cheville, il boitait, sa fureur guerrière le quittait peu à peu et il se sentait de plus en plus de douleurs dans tout le corps. Le Floi était calme encore, à l'exception du bruissement des rivières, le temps de la nidification était passé. Il aperçut son cheval un peu plus loin, se traîna jusque là et s'en alla. C'était un cheval très paresseux qui ne pouvait se résoudre à avancer que si le cavalier lui rossait les flancs de toutes ses forces à coups de talons. Finalement, il cessa de bouger et resta parfaitement immobile. L'homme descendit de cheval et donna des coups de pieds à la bête, puis se coucha contre une touffe, nez en l'air. La lune n'avait pas encore disparu malgré l'éclat du soleil. Il tira le contrat de la ceinture de ses braies rapiécées, ainsi que la lettre pour la femme, les relut soigneusement l'un et l'autre et n'y trouva presque rien à redire.

— Dieu soit loué que je suis un homme instruit, et un scalde, dit-il.

Lire lui faisait un peu mal à un œil et il découvrit qu'il ne pouvait le garder ouvert, il enflait furieusement. Il essaya de se lever mais la tête lui tourna. Ce n'était pas pour avoir donné le coup de grâce à ce Danois qu'il était au bout de ses peines. Il y avait encore du chemin à faire pour arriver à Braedratunga chez la tiède femme. Il avait envie d'eau-de-vie mais n'eut pas la force de se lever.

— Il vaut sûrement mieux faire un petit somme, dit-il; il se coucha sur le chemin, le contrat à la main et s'endormit.

Le lendemain de ces événements, vers trois heures, Snaefrid Björnsdottir Eydalin traverse le pré clos pour rentrer chez elle à Braedratunga, en compagnie d'une autre femme, avec une boîte d'herboriste en bandoulière, car comme ses aïeules, elle connaissait les simples : de certains, elle faisait d'excellentes potions et d'autres, des teintures. Il y en avait qu'elle cueillait pour leur parfum. Elle portait un vieux manteau bleu, le cou et la tête nus sous l'éclat du soleil, les cheveux flottants et brûlés de soleil car elle allait chaque jour chercher des herbes et une gloire dorée entourait cette femme, dans le pré clos.

Alors, elle vit à quelque distance un cheval noir et gras attaché à une pierre, et un homme de courte taille, maigre et de noir vêtu qui faisait les cent pas dans la cour, penché vers l'avant tout en marchant, les mains nouées, paumes tournées vers le sol. C'était l'archiprêtre de Skalholt. Quand il aperçut la maîtresse de maison, il dénoua les cordons de son chapeau et, le gardant à la main, alla au-devant d'elle dans le pré clos.

— Quel honneur inattendu ! dit-elle en souriant et en faisant la révérence. Elle s'approcha de lui, lui tendit une main bronzée et un peu terreuse, et il émana d'elle un fort parfum de thym, de flouve odorante, de terre et de bruyère. Il évita de la regarder, et quand il l'eut saluée en louant Dieu de l'avoir trouvée en bonne santé, il rattacha son chapeau sur sa perruque des grands jours, renoua les mains dans la même position que précédemment en baissant les yeux sur leur dos, qu'elles avaient enflé et bleu.

— Le jour était si beau que je n'ai pu m'empêcher d'aller chercher mon Noiraud, dit-il comme pour s'excuser de sa venue.

— C'est précisément au moment de la canicule que le staphylin vole, dit-elle. C'est toujours à cette époque-là que j'ai envie de vivre comme un hors-la-loi.

— En ce pauvre pays où tout meurt, ces jours-là ont

un caractère d'éternité, dit-il. C'est l'*apex perfectionis*.

— Que je me réjouis de rencontrer Monsieur au ciel — sur ce pré clos, dit-elle. Soyez le bienvenu.

— Non, non, dit-il, je n'avais pas l'intention de prêcher une hérésie, et Madame ne doit pas croire que je me suis mis à incliner vers le paganisme, louant la création avant le Créateur. Je voulais seulement dire que ce sont des jours parfaits que ceux où la prière se fait action de grâces comme d'elle-même : on a l'intention de prier et, sans même y penser, on se met à rendre grâce.

— La prochaine fois que vous viendrez me voir, cher Monsieur le pasteur Sigurd, je suis certaine que vous me direz avoir rencontré une belle fille et que ce fut vie éternelle et *sumum bonum*, dit-elle. Et moi qui avais entendu dire que vous aviez trouvé un affreux crucifix dans une ruine et que vous l'invoquiez en cachette!

— *Credo in unum Deum*, Madame, dit-il.

— Pour rien au monde vous ne devez croire que je vous soupçonne d'hérésie, bien que vous possédiez une statue, cher pasteur Sigurd, dit-elle.

— La façon dont l'homme est disposé vis-à-vis des images, voilà ce qui importe, dit-il; pas les images elles-mêmes. L'essentiel est de croire à la vérité, qui peut se cacher même dans une image imparfaite, et de vivre pour elle.

— Oui, dit-elle, j'ai dû supprimer la corne droite du bélier d'Abraham l'autre jour, parce qu'il fallait que je place un monogramme et l'année sur ce côté de ma toile. Est-ce qu'il est jamais venu à l'idée de personne que ce bélier a dû se casser les cornes dans ce buisson? Non, tout le monde sait que le bélier d'Abraham fut envoyé par Dieu et qu'il avait deux cornes magnifiques.

— Puisque nous en sommes à parler d'images, dit-il, je vous dirai mon opinion. Il y a une image par excellence, c'est l'image de notre vie, celle que nous faisons nous-mêmes. Les autres images sont bonnes si elles nous montrent en quoi il nous manque quelque chose et comment nous pouvons améliorer notre façon de vivre. Voilà pourquoi j'ai conservé cette ancienne image du Christ qui date des temps papistes et que l'on a découverte en faisant des fouilles.

— Vous êtes un sage, pasteur Sigurd, mais je ne sais si je voudrais tisser dans mes toiles toutes les bonnes images dont vous parlez.

— Pourtant, il est fermement établi, dit-il, comme on peut le lire chez les *doctoribus*, que la vérité qui se manifeste dans une bonne vie est la plus belle des images.

— Puis-je inviter le *doctor angelicus*, rené dans le Floi, à pénétrer dans une pauvre demeure pour y prendre une innocente boisson que je prépare moi-même, dit la maîtresse de maison.

— Dieu vous le rende, dit-il, bienheureux l'homme que Madame plaisante. Mais tout comme un staphylin rampe onze mois sur terre pour s'envoler dans l'éclat du soleil le douzième, le temps d'un pauvre homme de pasteur doit être bien employé : ne pourrais-je plutôt marcher aux côtés de Madame un moment dans le pré et lui parler d'un sujet qui préoccupe mes pensées?

Ils marchèrent dans le pré clos.

Il n'avait pas encore commencé à lever les yeux, il marchait prudemment et méticuleusement, s'attardant à chaque pas comme pour mesurer le juste effet de ce pas aussi bien sur le sol que sur lui-même. Il était un tout petit peu plus petit qu'elle.

— Nous parlions tout à l'heure d'images, continua-t-il de réciter les mains toujours dans la même position, d'images vraies et fausses, d'images que l'on fait à juste titre et d'images que l'on ne fait pas à juste titre, encore que Dieu ait fourni la matière. Je sais que vous vous étonnez que je sois venu vous voir pour vous débiter de telles sornettes. Mais je suis censé être votre directeur de conscience. Il me semble que c'est le Seigneur qui veut que je parle. Et je l'ai prié de m'éclairer. Il me semble qu'Il veut que je vous dise ces mots : Snaefrid, le père céleste vous a donné plus que vous n'avez voulu recevoir.

— Faut-il prendre cela pour une accusation? demanda-t-elle.

— Ce n'est pas moi qui vous accuse, dit-il.

— Qui alors, demanda-t-elle, et ai-je mal agi envers quelqu'un?

— C'est envers vous-même que vous avez mal agi, dit-il. Dieu le dit, tout le pays le sait, bien que personne ne le sache mieux que vous-même. La vie que vous avez menée toutes ces années ne convient pas à une femme qui est l'ornement de son sexe, comme vous êtes.

Enfin, il leva les yeux sur elle, encore que très rapidement, et il eut un tremblement autour de la bouche. Le hâle doré de Snaefrid fit tressaillir ses yeux noirs.

Elle rit un peu distraitement et répondit avec insouciance, comme s'il lui avait fait remarquer un grain de poussière sur sa manche :

— Bah! Est-ce qu'à présent l'épouse du Christ aussi s'est mise à s'intéresser à une chose aussi misérable et insignifiante que ma vie?

— Je ne pensais pas, dit-il, avoir à assumer l'épreuve de devoir aller trouver une noble femme, de plus une femme qui est aussi éloignée que Madame d'avoir commis une action que l'on appellerait crime soit *in civilibus* soit *ecclesiasticis,* pour lui tenir de graves propos sur sa façon de vivre.

— Vous me faites peur, cher pasteur Sigurd, dit-elle. Serait-ce que vous auriez lu la Prophétie de Merlin ou l'Extase de Duggal [1] avant de partir? Je donnerais beaucoup pour vous comprendre parfaitement.

— Je serais heureux si je connaissais le chemin de votre cœur, mais il n'est pas possible à un simple clerc de s'y retrouver dans de tels labyrinthes, surtout pas si vous-même ne voulez pas comprendre ce qui vous est dit, dit-il. Mais quand bien même votre cœur serait un mur où un mauvais scalde ne trouve aucune porte, il est tout de même de mon devoir de parler.

— Parlez, mon cher pasteur Sigurd, dit-elle.

— Quand je parle à Madame, qu'elle sache que je ne me cache pas qui est celle à qui je m'adresse : vous êtes une femme d'une noblesse comme il ne s'en est jamais trouvé dans les pays du Nord, savante comme les femmes que l'on appelait autrefois, en Islande, sages, rompue depuis l'en-

1. *Prophétie de Merlin, Extase de Duggal :* deux poèmes islandais, tous deux d'origine chrétienne et celtique, qui furent composés au XIIIᵉ siècle et restent fort célèbres en Islande.

fance à *grammatica* et si habile en son art que ses broderies
sont renommées dans les cathédrales de l'étranger. De plus,
une femme qui, seule de sa conformation, a été dotée par
la mère du Seigneur d'un tel parfum de vie que son existence
en ce pays, jointe à celle de nos petites fleurs, constitue une
promesse que la protection de Notre Seigneur maintiendra
debout ce pauvre pays malgré le légitime courroux du Père.
Sur les rares Islandais qui aient quelque valeur humaine
reposent de lourdes charges par ces temps difficiles, et une
femme telle que celle que je viens de décrire n'a pas le droit,
devant Dieu, de gâcher sa vie en s'unissant à une personne
qui offense à l'honneur de sa patrie. Il peut se faire que
vous vous étonniez d'entendre la bouche d'un pasteur
parler contre ce que le Seigneur a uni. Mais j'ai veillé et
prié. J'ai invoqué l'Esprit Saint. Et je suis convaincu que
votre problème doit être résolu *in casu*. Je suis certain
que même le pape en personne, qui déclare que le mariage
est un *sacramentum* inébranlable, vous aurait déliée, pour
la raison que c'est un scandale plus grave que l'adultère.

— Ah! j'avais presque oublié, pasteur Sigurd : vous êtes
mon ancien soupirant, dit-elle. Vous considérez que je devrais
divorcer d'avec mon Magnus pour me marier avec l'archiprêtre. Mais écoutez, mon cher, si je le faisais, vous cesse-
riez d'être mon prétendant, et les prétendants sont les plus
heureux des êtres humains, à l'exception des fiancées. Et de
plus, ce Christ que vous avez déterré d'un tas de décombres,
que dirait-il?

Il dit :

— J'ai toujours su que la langue de scaldes de vos ancêtres
et aïeules était d'origine païenne; que puis-je contre elle,
moi clerc au cœur tendre, qui ne pense guère et dis encore
moins. D'un autre côté, je ne sais que trop, depuis longtemps,
malgré cette vieille plaisanterie maintenant oubliée, que la
fille du gouverneur n'était pas faite pour s'entendre avec moi.
La meilleure preuve en fut la façon dont elle fit son choix
quand ce grand homme du siècle qu'elle aimait fit faux-bond.
Et combien moins ce misérable clerc, un vieil homme bientôt, pourrait espérer en une telle femme, serait-elle libre,

maintenant qu'est de nouveau au pays celui-là même qu'il ne lui est jamais venu à l'idée de vouloir concurrencer dans ses jeunes années.

Elle s'impatienta légèrement et dit :

— Ah ! Cessez donc de me jeter à la figure les lubies qu'une gamine ignorante pouvait avoir caressées dans la maison de son père. Peu de choses font rire d'un meilleur cœur une fois qu'on a veilli ; et plus innocemment.

— Plaisanterie ou chose sérieuse, Madame, c'est votre conscience qui en juge, dit-il. Mais d'un autre côté, je me rappelle clairement que c'est une femme faite qui m'a dit à l'oreille l'aimer veillante ou endormie, vivante et morte. Et je ne serais pas surpris que les fils qui constituent la chaîne du canevas de votre vie aient été tissés en fonction de la connaissance que vous avez faite de lui. Est-ce que vraiment ce n'est pas ce grand homme du siècle, ce demi-étranger qui fut le premier à guider vos faibles pas sur les degrés glissants qui gravissent le précipice où vous vous trouvez à présent ? C'était le confrère des princes et des comtes, de l'autre côté de la vaste mer, portant bottes anglaises et changeant chaque semaine son collet espagnol, connaissant sur le bout des doigts toutes les hérésies des renégats, la dialectique des païens et ces livres français actuels, comme ont coutume de faire les contempteurs des jugements de Dieu. Le Seigneur expose parfois les humains à des mirages aux merveilleuses chimères. Il a permis au Tentateur de venir sur terre revêtu d'habits de lumière. Comme toujours dans les fables, vous avez perdu le sens sous l'opération de votre volonté aveuglée et vous vous êtes réveillée aux côtés d'un esprit mauvais comme le paraissent tous les hommes du siècle devant la face du Seigneur : en vérité, celui-là ne possédait pas de comté de l'autre côté d'un fleuve plus large que le Tungufljot et il n'avait qu'une fraise, et encore, fort crasseuse. Mais il n'était pas moins à son aise que le précédent en fait de raillerie des saintes reliques, sur le conseil du *spiritus mali ;* et cela, aux yeux de Dieu, vaut bien des livres français et la *dialectica* des païens, quand bien même, en l'occurrence celle-ci porterait le nom d'eau-de-vie.

— D'abord, je croyais que vous étiez venu dans le dessein de semer la discorde entre moi et Magnus, dit-elle, mais j'entends qu'en fait, c'est un tout autre homme que vous avez en tête : celui dont vous m'avez dit une fois qu'il était le meilleur qu'un ami fidèle pût me souhaiter. S'il est le Tentateur sous forme humaine, comme vous le dites, vous ne me souhaitiez pas grand bien quand vous m'avez dit ces mots.

— A trente-cinq ans, au déclin de ma jeunesse, j'ai assisté à l'enterrement de la bonne et gracieuse dame qui avait été à la fois ma sœur, ma mère et ma plus chère amie, mon étoile conductrice et ma protection. Elle avait vingt-cinq hivers de plus que moi. J'étais à la croisée des chemins. Le désir présomptueux du siècle s'empara de moi et je voyais, ravi, les étincelles jaillir autour des chevaux de ceux qui avaient pleins pouvoirs, la splendeur du siècle devint si grande à mes yeux que le Christ disparut derrière Adam le pécheur. Et j'étais le prétendant de la jeune fille du gouverneur, elle avait dit que je venais en seconde position. Le maître du monde était passé par là, le seul être humain que j'enviasse, lui qui, le premier, avait obtenu votre amour. Je savais que vous ne l'épouseriez jamais. Je savais qu'il ne reviendrait jamais.

— Et maintenant que vous le savez revenu au pays, vous considérez que le temps est venu de dire ce que vous pensez de lui.

Il répondit :

— Vous ne parlez plus à un prétendant énamouré, Madame, mais à un ermite qui a fait l'expérience de la vie, qui, comme vous le disiez, a exhumé son Christ d'un amas de décombres... et qui ne blêmit plus devant les maîtres de ce monde. Mais même si je suis un vieil ermite, vous êtes une jeune femme et vous avez une longue vie devant vous, avec des obligations envers ce pays et la chrétienté. Et c'est du sort de votre chère âme qu'il m'appartient de prendre soin... pour la gloire de Dieu.

— Et, si je peux me permettre, quel sort Monsieur m'a-t-il choisi, pour la gloire de Dieu?

— Je suis sûr que votre sœur, la femme de l'évêque, se réjouirait si vous acceptiez de demeurer chez elle, à Skalholt, une année environ, pendant que serait résolu votre divorce d'avec Magnus et que vous réfléchiriez à votre situation.

— Et ensuite?

— Comme je l'ai dit, vous êtes une jeune femme.

— Je comprends tout, dit-elle. A part vous, cher pasteur Sigurd, quel rustre ou quel prêtre de misère me réservez-vous pour la gloire de Dieu, après cette année-là?

— Vous pourriez choisir parmi des hommes puissants et de grands chefs, dit l'archiprêtre.

— Je sais qui je prendrais, dit-elle. Je prendrais le vieux Vigfus Thorarinsson, s'il voulait bien se contenter de si peu. Ce n'est pas seulement un homme riche de terres, il a aussi de l'argent par sacs. De plus, c'est un des rares hommes en Islande qui sache parler aux nobles femmes.

— Peut-être que quelque autre, qui aurait des pouvoirs encore plus élevés, prendrait le chemin de Skalholt au cours de l'année, Madame.

— Maintenant je ne comprends plus, dit-elle... J'espère que l'archiprêtre n'a pas destiné le Diable lui-même à ma chère âme... pour la gloire de Dieu?

— Une femme prude, si elle s'applique à la vertu et veille à l'honneur de ses parents ainsi qu'à la justice qui a fait de son père le doyen de ce pays, possède des pouvoirs et une autorité plus grands que les lettres du roi. Peut-être Dieu a-t-il décidé, que, comme Judith, Madame devra, par l'amour, vaincre l'ennemi de son père.

— Il n'est pas bien difficile, dit-elle, d'être généreux de ce que l'on ne possède pas, cher pasteur Sigurd, et il faut me pardonner si je dis que cet entretien me rappelle beaucoup le jeu d'enfants où il est dit : mon bateau est arrivé à terre. Je n'essaierai pas d'interpréter vos obscurs propos sur le titre de mon père et encore moins de me mêler de la façon dont vous disposez des envoyés du roi. Mais si vous et Jorun, la femme de l'évêque, avez l'intention de me donner asile comme si j'étais un composé de pouilleuse et d'indigente, je dois vous rappeler que je suis la maîtresse de Braedratunga et que je n'aime pas moins mon époux que ma sœur Jorun, son mari l'évêque, en sorte que, pas plus elle que moi, nous n'avons besoin d'être traitées en pauvresse par l'autre... et je pensais qu'elle le savait avant de vous envoyer porter ce message.

Parvenu à ce point, l'archiprêtre avait cessé de garder les mains nouées et l'on vit alors qu'elles tremblaient. Il s'éclaircit la gorge pour affermir sa voix.

— Bien que je vous connaisse depuis votre enfance, Snaefrid, dit-il, il semble qu'un mauvais scalde mette bien du temps à fouler le sentier étroit des paroles qui mènent aux portes de votre cœur, et nous allons maintenant cesser cette conversation. Mais puisque les paroles sont impuissantes, il ne me reste plus, par force, que la ressource de vous présenter le signe que j'eusse préféré vous cacher.

Il plongea la main à l'intérieur de son manteau et en sortit un document froissé et crotté, le déplia en tremblant et le lui tendit. C'était le contrat qui avait été établi dans la soue à porcs d'Eyrabakki la nuit précédente et où il était dit que son mari le junker la vendait pour pleine jouissance conjugale, trois nuits durant à un porcher danois et à un assassin islandais, pour un baril d'eau-de-vie. Elle saisit le document et le lut, et il essaya de dévorer du regard chaque mouvement de son visage tandis qu'elle lisait, mais ce visage resta impassible. Elle garda les lèvres closes et son visage prit cette expression de vide parfait qui, depuis son enfance, avait été l'expédient auquel il recourait quand son sourire disparaissait. Quand elle eut soigneusement lu le contrat par deux fois, elle rit.

— Vous riez, dit-il.

— Oui, dit-elle. Elle relut et rit.

— Il peut se faire, dit-il, que je sois si puéril que je ne mérite que raillerie et moquerie de votre part en lieu et place de conversation honorable et amicale. Ce que je sais pourtant, c'est qu'une femme fière ne rit pas, quand bien même elle ferait semblant, d'un affront aussi inouï que cet écrit.

— Il y a une chose que je ne comprends pas, dit-elle. Comment avez-vous eu part à cette affaire, cher pasteur Sigurd? Et où est le contrat que, de votre côté, vous avez passé avec le porcher et l'assassin?

— Vous savez bien que je n'ai pas contrefait cette pièce grotesque, dit-il.

— Cela ne m'est jamais venu à l'idée non plus, dit-elle. Aussi vous incombe-t-il de prouver que vous êtes entré dans ce marché. Sinon, il revient à la serve d'attendre que son maître véritable se fasse connaître.

Quelques jours plus tard, Magnus de Braedratunga revint chez lui. Dans le petit matin, il était assis devant les portes de Snaefrid, tout trempé, car il avait plu, déchiré, ensanglanté, crotté, malodorant, barbu, hirsute, émacié et bleu. Il ne levait pas les yeux, ne bougea pas quand elle passa, mais restait assis comme un mendiant fou qui se serait glissé de nuit dans une maison inconnue. Elle le conduisit chez elle et le soigna et il pleura trois jours, selon son habitude. Puis il se leva. Il ne disparut pas tout de suite, il se rendait dans le pré clos vers midi et fauchait, d'ordinaire tout seul dans son coin de pré, loin de ses gens et ne se mêlant pas à eux, ne prenait pas ses repas dehors mais rentrait à la maison quand il ne faisait plus assez clair pour travailler et prenait son repas du soir dans sa chambre avant de se mettre au lit. Souvent, il se rendait dans son atelier et réparait des outils pour ses gens, aiguisait des faux, rafistolait des instruments, mais ne parlait guère, ou pas du tout.

Quand la fenaison fut faite, il ne sembla pas qu'il eût envisagé de disparaître encore, il continuait de se rendre utile à la maison, souvent ne quittant pas l'atelier de plusieurs jours, se faisant apporter tous les ustensiles domestiques abîmés, boîtes, auges, barattes, seaux, rouets, caisses et coffres, ou remettant en état les bâtiments. Il retrouva son teint pâle et sa peau douce, se rasa, mit des habits que sa femme avait revus, si bien qu'on n'y voyait ni tache ni pli.

Après que les moutons eurent été rentrés des pâturages de montagnes, il y eut un répit dans les pluies d'automne, le temps s'apaisa, le ciel resta clair et il gela légèrement la nuit si bien que les flaques d'eau se couvrirent d'une croûte de glace, et l'herbe, de givre.

Alors, Gudrid des Dalir monta à la mansarde de Snaefrid pour dire qu'il y avait un vieil homme dehors, qui voulait parler à la maîtresse de maison; il disait être du thing de Thvera.

— Oh! A quoi bon, Gudrid, dit-elle. Je ne m'occupe jamais des mendiants. Si tu peux trouver un peu de beurre ou un bout de fromage pour lui, va, mais qu'on me laisse en paix.

Il apparut alors que cet homme ne voulait pas d'aumônes, mais que c'était un voyageur qui se rendait à Skalholt et qu'il avait une commission pour la maîtresse de Braedratunga, une affaire importante; il demandait qu'on lui dise qu'elle le reconnaîtrait si elle le voyait. On le conduisit chez elle.

C'était un homme mûr et il salua familièrement, enleva son bonnet de laine en arrivant à la porte. Il avait les sourcils encore noirs, mais ses cheveux étaient tout gris. Elle le regarda, répondit froidement à ses salutations et demanda ce qu'il voulait.

— Comme il fallait s'y attendre, vous ne me reconnaissez pas, dit-il.

— Non, dit-elle. Est-ce que tu as servi un moment chez mon père, ou quoi?

— Un peu, dit-il. Un certain printemps, par accident, je l'ai approché d'un peu trop près.

— Comment t'appelles-tu? dit-elle.

— Jon Hreggvidsson, dit-il.

Elle ne connaissait pas cet homme.

Il la regardait toujours en grimaçant. Ses yeux étaient noirs, et quand la lumière tombait dessus ils devenaient rouges.

— C'est moi qui suis allé en Hollande, dit-il.

— En Hollande? dit-elle.

— Je vous dois une rixdale depuis longtemps, dit-il.

Il fourra sa main dans sa veste et tira d'une escarcelle de peau un lambeau de bure entortillé autour de quelques pièces d'argent brillantes.

— Oh! dit-elle. Est-ce toi, Jon Hreggvidsson. Je me souviens que tu étais noir.

— Je suis devenu vieux, dit-il.

— Reprends cette rixdale, mon cher Jon, assieds-toi là

sur ce coffre et raconte. Où est-ce que tu habitais, déjà?

— Je suis toujours fermier du vieux Christ, dit-il. L'endroit s'appelle Rein. Je me suis toujours bien entendu avec le vieux. Et c'est parce qu'aucun des deux ne doit rien à l'autre. En revanche, j'ai trop tardé à vous rembourser cette rixdale.

— Tu veux du lait aigre, ou du lait ordinaire? dit-elle.

— Oh! je bois tout, dit Jon Hreggvidsson. Tout ce qui coule. Mais cette rixdale-là, je veux la rendre. S'il fallait que je reparte en voyage, ce qu'à Dieu ne plaise, je voudrais n'avoir pas de dettes envers Votre Bienveillance pour pouvoir revenir la voir.

— Tu n'es jamais venu me voir, Jon Hreggvidsson, c'est moi qui suis allée à toi. J'étais une gamine. Je voulais voir un homme que l'on allait décapiter. C'est ta mère qui était allée à l'est, à Skalholt. Tu étais noir alors. Maintenant, te voilà gris.

— Tout change, sauf Ma Demoiselle, dit-il.

— Voilà quinze ans que je suis mariée.

— Ma Demoiselle demeure, dit-il.

— Vraiment? dit-elle.

— Oui, dit-il. Ma Demoiselle demeure... Ma Demoiselle. Elle regarda par la fenêtre.

— Est-ce que tu n'avais pas un message à transmettre de ma part? demanda-t-elle.

— J'ai remis la bague, dit-il.

— Pourquoi ne m'as-tu pas rapporté la réponse?

— On m'a enjoint de me taire. Et il n'y avait pas de réponse. Sinon qu'on ne m'a pas décapité... pas cette fois-là. La femme avait la bouche au milieu de la poitrine. Il m'a rendu la bague.

Elle regarda son hôte de loin.

— Que me veux-tu? dit-elle.

— Oh! Est-ce que je sais, dit-il. Pardonnez à un pauvre homme.

— Veux-tu à boire tout de suite?

— Je bois dès qu'on m'apporte à boire. Tout ce qui coule est un don de Dieu. Quand j'étais à Bessastadir, j'avais de l'eau dans une cruche; et une hache. Une hache bien aiguisée est un plaisant instrument. En revanche, j'ai toujours eu du mal à me faire à la potence, bien que jamais autant qu'après avoir lutté contre un pendu.

Elle continuait de regarder l'homme depuis ces lointains infinis que la couleur bleue conférait à ses yeux; sa bouche était close. Puis elle se leva, appela des domestiques et fit apporter à boire à l'homme.

— Oui, c'est bon d'avoir quelque chose pour sa soif, dit-il... même si mes vieux amis de Copenhague trouvaient cet hydromel-là un peu clair.

— Sont-ce là des remerciements? dit-elle.

— La bière que son Excellence m'a tendue dans une cruche, quand je suis arrivé de Lukkstad dans les bottes du roi, un vieux croquant du Skagi ne l'oubliera jamais.

— De qui es-tu en train de parler?

— De celui auquel vous m'aviez envoyé et que je vais maintenant aller voir de nouveau.

— Qu'as-tu l'intention de faire? dit-elle.

Il fouilla de nouveau dans son escarcelle de cuir et en tira une lettre froissée portant un sceau brisé, qu'il remit à la maîtresse de maison.

La lettre était écrite en beau style de scribe et elle lut d'abord la formule de salutation simple, appropriée à un homme du commun : Salut, Jon Hreggvidsson, puis la signature : Arnas Arnaeus, de sa propre main, rapide et pourtant assez ferme, rédigée avec cette plume douce et large qui s'accordait si étrangement à sa voix qu'on croyait l'entendre quand on lisait. Elle pâlit.

Lire cette lettre brève lui prit un temps anormalement long. C'était comme si un brouillard lui passait devant les yeux. Finalement, elle comprit. La lettre était datée de Holar, à la mi-été, et disait qu'Arnas Arnaeus convoquait le paysan de Rein à Skalholt, un jour dit vers la fin de septembre, quand lui serait arrivé au sud après avoir traversé l'est du pays, pour discuter avec le bonhomme de son ancienne affaire qui ne semblait pas encore légalement réglée conformément à la lettre précise qui, en son temps, avait été très gracieusement édictée à ce sujet par Sa Majesté Royale. L'auteur de cette lettre représentait à Jon Hreggvidsson qu'il avait été chargé par le roi d'examiner les procès qui, ici en Islande, au cours des années passées, n'avaient pas été menés conformément à la loi par les juges du pays et d'essayer d'y apporter quelque amendement en espérant que, par là, la sécurité publique en serait désormais accrue.

Elle regarda par la fenêtre la prairie jaunie par l'automne, le scintillement du soleil sur le fleuve.

— Est-il à Skalholt, ici, de l'autre côté du fleuve? dit-elle.

— C'est là qu'il m'a convoqué, dit Jon Hreggvidsson. Voilà pourquoi je suis venu vous voir.

— Moi?

— Quand vous m'avez libéré à Thingvellir, j'étais encore jeune et ça ne me faisait rien de courir à travers le pays, dit-il. Maintenant, je suis vieux, j'ai de mauvaises jambes et je ne me crois même plus capable de courir à travers la douce Hollande, que dire alors de la dure Islande!

— De quoi as-tu peur? dit-elle. Est-ce que tu n'as pas été innocenté par le roi il y a bien des années?

— Oui, c'est précisément ça, dit-il. Un homme du commun ne sait jamais si la tête qu'il porte sur les épaules lui appartient. Et voilà que se produit ce que j'ai toujours appréhendé : ils vont se mettre à se chamailler là-dessus.

— Et que me veux-tu?

— Est-ce que je sais? dit-il. Peut-être qu'on écoutera ce que vous direz... quelque part.

— On n'écoute nulle part ce que je dis, et d'ailleurs je ne dis rien.

— Oui, il y a quand même le fait que, quel que soit le possesseur de cette laide tête grise que vous voyez ici, c'est quand même vous qui l'avez relevée. Je dormais. Demain tu seras décapité. On m'a réveillé et vous m'avez détaché. C'est une histoire bien ennuyeuse, et maintenant, voilà qu'on va reprendre tout ça devant les juges.

— A l'évidence, je suis coupable devant les lois du pays de t'avoir délivré, dit-elle. Du reste, de quoi t'es-tu rendu coupable, initialement? Es-tu un brigand? ou un assassin?

— J'ai volé une corde, ma bonne Demoiselle, dit Jon Hreggvidsson.

— Oui, dit-elle, je n'étais qu'une petite sotte comme les autres. Tu aurais mieux fait d'être décapité.

— Ensuite, ils ont dit que j'avais maudit le roi et assassiné le bourreau, dit-il. Maintenant, tout dernièrement, on prétend que j'ai tué mon fils, mais ce sont là de petites choses, les autorités ne se mêlent pas de savoir si on tue ses enfants de famine, si on le fait d'une belle manière, il reste encore bien assez de mendiants. La seule chose qui m'ait fait du mal toutes ces années, ce sont les lettres.

— Les lettres? demanda-t-elle, distante.

Alors il lui expliqua que, lorsqu'il était revenu en Islande avec ces deux lettres du roi, l'autre année, et qu'il était revenu d'un lointain pays chez lui, dans l'Akranes, il avait trouvé sa maison sévèrement châtiée : sa fille de quinze ans, qui avait les yeux brillants, gisait sur son lit de mort et son fils à demi crétin riait; ses deux parentes lépreuses, la nouée et l'ulcéreuse, étaient en train de louer Dieu et sa très vieille mère, en train de chanter les psaumes de pénitence aux rimes de mirliton du pasteur Halldor de Prestholar pendant que sa lamentable pauvre femme tenait sur ses genoux un enfant de deux ans dont elle prétendait qu'il était de lui. Mais qu'était-ce, en comparaison des malheurs qui, en l'absence de l'homme, avaient accablé le bétail? Les bêtes qu'il avait lui-même élevées lui avaient été retirées par jugement et remises au roi en guise de compensation pour les crimes qu'il avait commis, et les vaches qui appartenaient au domaine et qui étaient donc la propriété du Christ étaient mortes en masse comme des mendiants, parce que cette misérable famille avait été si occupée à louer Dieu qu'elle avait oublié de rentrer du foin pour les bêtes pendant que l'homme était en train de se battre pour son roi dans d'autres pays.

Il raconta alors comment, à presque cinquante ans, il avait dû commencer une nouvelle vie, les mains vides, et même s'habituer à de nouveaux enfants puisque les anciens étaient morts. Mais, déclara-t-il, il s'était dit : Est-ce que je ne descends pas de Gunnar de Hlidarendi, peut-être? Il y avait beau temps maintenant que le Christ avait retrouvé son bétail. Et lui, Jon Hreggvidsson, s'était construit une baraque au bord de la mer, sur la terre d'Innriholm, il l'avait appelée Hretbyggja et il s'en allait de là à la pêche en huit-rames.

— Il n'y a rien qui me tracasse, en dehors des lettres, dit-il pour finir. Et comme elle n'était guère au courant de son affaire, sinon pas du tout, et qu'elle ne savait rien des lettres qui avaient jeté une ombre sur la joie de ce paysan du Skagi, il lui expliqua en détail sa convocation devant la Cour Suprême, qui devait être portée à la connaissance de la Lögrétta, et sa lettre de sauf-conduit où on lui concédait protection et permission de s'absenter quatre mois de sous les drapeaux du roi pendant qu'il plaiderait sa cause en Islande.

— Et alors? dit-elle.

— Ces lettres n'ont jamais été rendues publiques, dit-il.

— Que s'est-il donc passé? dit-elle.

— Rien, dit-il.

— Pourquoi ne t'a-t-on pas décapité, si ces lettres n'ont pas été rendues publiques?

— C'est là que Messire le gouverneur recommence à jouer un rôle dans cette affaire, dit Jon Hreggvidsson.

— Mon père ne fait jamais mystère de rien, dit-elle.

— J'espère bien, dit alors Jon, que le bien-aimé gouverneur serait le dernier homme que Jon Hreggvidsson blâmerait, en ce cas, ce serait seulement d'avoir été trop clément envers moi et les autres. Et si j'avais été à sa place, je n'aurais jamais laissé échapper une seconde fois Jon Hreggvidsson, la tête sur les épaules.

Alors il expliqua qu'une fois arrivé chez lui, l'autre année, il s'était procuré un cheval et il s'était rendu à l'Althing sur l'Öxara, trouver le gouverneur Eydalin avec les lettres. Le gouverneur n'avait pas, comme il était naturel aussi, répondu aux salutations d'un homme qu'il avait condamné à mort, mais les lettres, il les avait lues soigneusement, puis les lui avait rendues en lui disant de les apporter à la Lögrétta où elles ne seraient pas passées sous silence. Ensuite, Jon Hreggvidsson était allée à la Lögrétta avec ces lettres, trois jours de suite, et y avait vu les juges qui, deux années auparavant, l'avaient condamné à mort. Il était assis sur un banc avec d'autres gens qui avaient à rester là pour quelque affaire, mais on n'avait pas appelé son nom. Le troisième jour, il avait reçu un message du gouverneur lui disant de revenir à son baraquement et alors, le gouverneur lui avait dit ces mots : « Jon Hreggvidsson, je te conseille de ne pas brandir ces papiers mais de te tenir aussi tranquille que possible. Sache qu'il est en mon pouvoir de te faire décapiter maintenant, ici, à ce thing. Et sache d'autre part que si ton procès revenait devant une Haute Cour à Copenhague, tu ne dresserais pas la tête devant moi une troisième fois. Bien que tu aies eu la chance, avec le soutien des railleurs de Copenhague, de te procurer un document, plus pour nous ridiculiser ici, chez nous, comme ces coquins en ont l'habitude, que par sollicitude pour un gueux et un assassin, on fera en sorte que tu ne réussisses pas une seconde fois à dresser des provocateurs et des singes contre les autorités du pays. »

— Mon père n'a pas l'habitude de menacer les gens. Il les condamne s'ils sont coupables, dit la fille du gouverneur.

— J'ai repensé à Copenhague, dit-il, et j'ai vu devant moi un chef islandais, très paisible, dans une grande maison qui est le siège de leur Cour Suprême : c'est lui qui m'avait expliqué ces lettres le jour où je croyais qu'enfin, on me lavait pour m'emmener à mon exécution. Mais au loin, près de leurs grandes fenêtres à vitres avec des rideaux devant, je vis la joue de mon ami Arni Arnason, qui ne me regarda pas et ne me salua pas, mais qui était au courant pourtant de ce qui se passait parce que tout ça, c'était son œuvre. Et j'ai dit au père de Ma Dame, à mon juge : Vous êtes l'homme le plus puissant, que j'ai dit, et vous pouvez certainement me faire décapiter ici et maintenant. Mais ces lettres sont signées de Ma Suprême Majesté et Grâce, Mon Roi héréditaire et Seigneur lui-même. Et quand le très noble Messire gouverneur vit que je n'avais pas peur, mais que je devais avoir un ami, il ne se fâcha pas non plus contre moi.

— Mon père ne se laisse pas menacer, dit-elle.

— Non, dit Jon Hreggvidsson, je sais bien. Mais mon ami, l'ami de ma Demoiselle, est un homme aussi, pas moins que mon juge, le père de ma Demoiselle.

254

Snaefrid regarda un instant, de loin, Jon Hreggvidsson, mais soudain, ce fut comme si l'homme s'approchait d'elle, et elle eut un rire bref.

— Le gouverneur Eydalin a dit : « Je te rends tes biens et tes propriétés selon ces lettres, et en plus les intérêts depuis le moment où ton bien t'a été confisqué. Tout sera comme avant. » Et il en dit davantage qu'il ne sert à rien de répéter, parce qu'il n'y avait pas de témoins. J'ai demandé : que dira mon roi si ses lettres ne sont pas rendues publiques ? « C'est mon affaire, a-t-il dit, mais tu les remettras demain matin à la Lögrétta quand on t'appellera. »

Elle demanda ce qui s'était passé ensuite, et il répondit qu'ils s'étaient arrangés mieux que ça n'en avait l'air, car lorsqu'on lui avait ramené ses bêtes, à Rein, leur nombre avait doublé.

— Mon père ne corrompt jamais personne, dit-elle. Et les lettres ?

Il dit que le lendemain, quand son nom avait enfin été appelé à la Lögrétta et qu'on lui avait demandé quelle était son affaire, il avait déclaré être venu avec des lettres de Notre Très Gracieuse Majesté et demandé qu'on les rendît publiques. Alors, Gudmund Jonsson, le chef de son district, le Skagi, s'était avancé, lui avait pris les lettres, les avait regardées un moment ainsi que le bailli de Bessastadir, puis ils les avaient remises au gouverneur. Celui-ci avait demandé au chef de district de lire à haute voix l'une de ces lettres, c'était celle de sauf-conduit, et quand cette lecture avait été terminée, le gouverneur avait dit que c'était assez lu comme cela, une grande grâce avait été concédée à Jon Hreggvidsson et il devait maintenant se rendre chez lui sans provoquer d'autres hostilités désormais.

Le croquant s'était tu, et quand elle s'enquit de la suite de l'histoire, il dit qu'il n'y avait rien d'autre que cette lettre, datée de quatorze ans plus tard et signée Arnas Arnaeus.

— Que me veux-tu ? demanda-t-elle.

— Me voilà devenu un vieil homme, dit Jon Hreggvidsson. Et j'ai une fille de quinze ans, de nouveau.

— Et après ? dit-elle.

— Je suis venu vous prier de lui dire qu'une fois, Jon

Hreggvidsson a été jeune et noir et qu'on ne pouvait lui faire peur; mais ce temps-là n'est plus. Je voudrais vous prier de lui dire que c'est un vieillard aux cheveux blancs, et pleurant, qui est venu vous voir.

— Je ne vois pas que tu pleures, dit-elle. Et tes cheveux ne sont pas blancs, mais gris. Et je ne vois pas non plus que toi, un homme innocent, tu aies à t'inquiéter si l'on reprend ton procès. Si l'instruction a été défectueuse la dernière fois, c'est tout à ton avantage que de faire confirmer ton innocence, même s'il est tard.

— Que je sois innocent ou coupable, c'est absolument la même chose pour moi, pourvu qu'on me laisse en paix avec mes biques et ma barque, dit-il.

— Sans doute, dit-elle. Et pourquoi donc as-tu couru à travers des pays doux et durs? Est-ce que ce n'était pas dans l'espoir d'obtenir justice?

— Je suis un homme du peuple, dit-il, et je ne comprends que ce que j'ai en mains. Une hache, je comprends ça. Et de l'eau dans une cruche. Un pauvre s'estime content s'il sauve sa vie.

— Est-ce qu'il ne t'est jamais venu à l'idée que la vie et la justice sont cousines germaines et que la justice vise à assurer la vie aux pauvres?

— Je n'ai jamais vu la justice viser à autre chose qu'à ôter la vie aux pauvres, dit Jon Hreggvidsson. C'est pourquoi je vous prie, vous qui savez parler aux gens distingués, de délivrer Jon Hreggvidsson de la justice.

— Tu fais erreur sur la personne, Jon Hreggvidsson. Je ne sais pas parler aux gens distingués. Ce n'est pas l'usage que d'écouter le bavardage des femmes, à l'heure actuelle. D'ailleurs, je ne vois pas que ton affaire ne soit pas en bonnes mains. Est-ce qu'il reste quelque chose dans la cruche? Si tu n'as plus soif, tu n'as plus qu'à t'en aller.

Jon Hreggvidsson se leva, lui tendit sa petite main crasseuse et remercia mille fois pour la boisson.

Il fit quelques pas sur le plancher, indécis, sans se résoudre à s'en aller.

— Je sais, dit-il, que dans les anciennes sagas, on ne connaît rien d'aussi lamentable qu'un pauvre type qui demande grâce. Le roi Odin ne pardonne jamais à l'homme qui demande grâce. Cette laide tête grise, elle pourrait bien voler. Mais que dirait ma Demoiselle si, en même temps, la hache frappait des cous placés beaucoup plus haut ?

— Ah ! Maintenant enfin, je comprends pour quelle raison tu es venu, dit-elle en souriant. Tu es venu me menacer de voir voler ma tête en même temps que la tienne, pour punition de t'avoir délivré l'autre année. Je t'en prie, camarade. Tu es un homme fort plaisant.

En entendant la maîtresse de maison parler de la sorte, Jon Hreggvidsson tomba à genoux sur le plancher et se mit à pleurer, la main sur les yeux — De toutes les tribulations qu'il avait dû endurer dans sa vie, aucune ne l'avait touché aussi près du cœur que ces mots-là, dit-il en sanglotant.

Elle se leva et alla jusqu'à l'homme — Laisse-moi toucher tes paupières, dit-elle. Mais il ne voulut pas la laisser faire. Du reste, elles étaient sèches. Il se leva.

— Cela n'importe guère que Jon Hreggvidsson tue le bourreau ou que ce soit le bourreau qui tue Jon Hreggvidsson, dit-il. Mais si mon juge Eydalin a bien jugé il y a seize ans, il pourrait se faire que Arnaeus, qui m'a aidé, l'envoyé du roi, doive loger au cachot et que préjudice soit fait à notre roi. En revanche, si Jon Hreggvidsson est trouvé innocent, le gouverneur d'Islande est en danger de perdre ce qui, pour un supérieur, est plus précieux que sa propre tête : son honneur.

Le rictus que portait son visage était insolent et froid, les dents blanches dans la barbe grise évoquaient un chien qui montre les crocs, même après avoir été rossé. Elle remarqua qu'il avait une corde neuve autour des reins.

Quelques jours après, le junker avait disparu. Il devait être parti de nuit car, un matin, on n'entendit plus aucun coup de hache. La hache était dans un tas de copeaux. Puis il se remit à pleuvoir. Il pleuvait nuit et jour, avec de grandes rafales de vent. Toutes les rivières débordaient. Les murs de terre des maisons et les toits de tourbe s'imprégnaient continuellement d'eau jusqu'à ce qu'ils ne fussent plus qu'un tas de boue. Ils dégageaient une humidité putride, plus froide que le gel, à l'intérieur des maisons. Il se formait des mares dans les entrées et les porches, et il devint difficile de circuler par le domaine. La maîtresse de maison s'emmitoufla dans ses édredons et ne se leva pas. Les nuits étaient obscures et, de plus, longues. Une nuit, il y eut une telle fuite dans le toit de sa mansarde qu'elle dut étendre une peau au-dessus de son lit. Les gouttes continuaient de tomber et partout où la peau formait de petits creux, il y avait des flaques d'eau. Puis la pluie cessa. Un jour, au crépuscule, le temps fut de nouveau clair, et l'on vit la lune et les étoiles.

Le soir, Magnus revint. Il y eut un cliquetis de harnais et de ferrures dehors — ainsi, du moins, il n'avait pas vendu son cheval — et un bon moment après, il monta l'escalier sans avoir besoin de marquer des arrêts et sans tituber. Il frappa à la porte et attendit qu'elle l'eût prié d'entrer. Elle était assise sous la lumière accrochée au pilier, son travail de broderie à la main. Elle leva les yeux et il la salua d'un baiser, il ne sentait pas trop l'alcool. Mais tout son comportement avait une sorte de douceur aérienne excessive, tout autre que lorsqu'il était tout à fait sobre, et on lisait dans ses yeux une sorte d'expression étrangement farouche et roide, cette espèce d'ivresse glacée, sans violence, apparentée au somnambulisme, qui rend l'homme conscient de ce qu'il fait tant qu'elle dure, mais qui lui en fait perdre la mémoire ensuite.

— J'avais besoin de faire un tour dans le sud jusqu'à Selvogur, dit-il comme s'il voulait s'excuser d'être parti, c'est-à-dire que j'avais rendez-vous avec quelqu'un pour acheter des terres.

— Acheter des terres? dit-elle.

— Oui, tu ne trouves pas que nous devrions nous mettre à acheter des terres, dit-il. Ça n'a pas de sens que de vendre des domaines et de ne pas en acheter d'autres à la place. Maintenant, finalement, je me suis décidé à acheter des terres. Je viens d'acheter un grand domaine à Selvogur.

— A quel prix? demanda-t-elle.

— Oui, c'est précisément ça, ma Snaefrid, dit-il en s'approchant d'elle et en l'embrassant. Quel plaisir que d'être rentré à la maison, chez sa femme si bonne, quand on n'a pas pu revenir pendant quatre jours à cause des inondations.

— Oui, c'est une bonne chose de t'entendre parler de cette eau, dit-elle. J'ai failli me noyer ici.

— Maintenant, on va bientôt boucher tous les trous, dit-il. On va faire tout ça à la perfection. Il n'y aura pas une seule goutte qui passera. Mais d'abord, il faut acheter des terres.

— Si tu as l'intention d'acheter des terres, mon cher Magnus, dit-elle, ne voudrais-tu pas commencer en faisant affaire avec moi? Que dirais-tu de m'acheter un grand domaine? Braedratunga est à vendre.

— Celui qui appartient à la famille par alliance de grands chefs n'a pas besoin de payer pour dormir avec sa femme, dit-il. Et le beau-père ne fait aucune difficulté pour verser la dot.

— Ah bon, dit-elle, et comme ça, tu vas acheter d'autres terres?

— Mari et femme ne font qu'un, dit-il. Les terres que j'achète t'appartiennent, les terres que ton père te donne m'appartiennent. Ceux qui s'aiment possèdent tout en commun. Ton père a forcé le riche Fusi à abandonner Braedratunga puis te l'a donné par lettre. Tu m'aimes. De la sorte, Braedratunga m'appartient. J'ai l'intention d'acheter un domaine principal à Selvogur. Je t'aime. De la sorte, le domaine principal de Selvogur que j'ai l'intention d'acheter t'appartient.

— C'est un partage inégal, dit-elle. D'un côté, un homme

qui a de grands moyens, de l'autre, une pauvre bonne femme : bien que je t'aime mille fois plus que tu ne m'aimes, c'est quand même toi qui perds à cette association à parts égales.

— Tout le monde dit que je suis le mieux marié de tous les Islandais, dit-il.

— Ce n'est pas peu dire, dit-elle. Mais j'y pense, as-tu eu quelque chose à manger?

Mais le junker n'était pas d'humeur à répondre à une question aussi triviale : c'est-à-dire, ma Snaefrid, que maintenant, nous avons topé et réglé tout, si ce n'est qu'il me manque seulement une centaine de rixdales en argent... et la terre est à nous cette nuit même. Le vendeur m'attend au sud de la rivière.

— Cela ne te mettra guère plus dans la misère qu'avant, dit-elle.

— Tu sais bien toi-même, femme, que tu n'as rien à faire du dixième ou du vingtième des bijoux que tu caches dans tes coffres. Sors l'argent, sors l'or, femme, et montre que tu aimes ton mari, afin que nous puissions acheter de la terre. Tu sais bien qu'on m'a enlevé Braedratunga par ruse, et je ne supporterai pas de ne pas posséder de terre à mon nom. Comment un junker, un cavalier pourrait-il regarder les gens en face s'il n'a pas de terre! Embrasse-moi, ma chérie, et dis que je posséderai une terre.

— Quand j'étais petite, on me disait que celui qui avale une rotule posséderait une terre, dit-elle. As-tu essayé? Une rotule de mouton devait donner une métairie, une rotule de bœuf, un domaine principal.

— Je sais bien qu'il y a une terre que tu me souhaites, dit-il : le cimetière. Je sais bien que tu voudrais me tuer.

— Je n'avais pas vu que tu étais ivre, Magnus, dit-elle. Maintenant, je le vois. Arrêtons. Taisons-nous. Descends et va demander à Gudrid qu'elle te donne à manger.

— Je mange ce qui me plaît, quand il me plaît et chez qui il me plaît, dit-il.

Elle ne dit rien, il était dans un tel état qu'il était difficile de prévoir ses réactions.

— Tu le vois bien toi-même, ma chérie, dit-il, s'étant de

nouveau rapproché d'elle, joyeux, l'argent, c'est la richesse des grippe-sous cossus, pas des grands chefs; on le garde dans des coffres, il n'est utile à personne et il s'oxyde d'année en année.

— Il y en a plus d'un qui prend plaisir à passer ses nuits à veiller au clair de lune en astiquant ses rixdales, dit-elle.

— Oui, mais ce sont les terres qui font les grands chefs, dit-il. Nous sommes de grands chefs.

— Toi, dit-elle. Pas moi.

— Mais tu es toujours si gentille avec moi, ma Snjoka, dit-il. Tu n'as qu'à me donner une vieille ceinture d'argent abîmée, un diadème cabossé et, peut-être, trois ou quatre broches usées, quand bien même ça ne vaudrait pas plus d'une cinquantaine de rixdales.

— Bien que je sois une femme insignifiante, dit-elle, c'étaient de grandes Islandaises qui possédaient mes bijoux d'argent, mes aïeules, certaines au XIe siècle, et elles s'en paraient pour les grandes fêtes : ces objets-là gardent en eux, la stature de ces femmes et l'âme de leur temps, aussi leur appartiennent-ils toujours, à ces anciennes femmes qui m'ont précédée, même si c'est moi qui les conserve. La matière dont ils sont faits n'est pas en cause.

— Je vais te montrer le contrat d'achat de ma nouvelle terre, pour que tu ne croies pas que j'aie l'intention de boire le prix de ces bijoux, dit-il. Pour dire la vérité, j'ai cessé de boire, ma Snaefrid. Je déteste l'eau-de-vie. Du moins, je ne prends plus aucune joie à boire. De la joie, je n'en ai plus qu'à être ici, près de toi, ma bien-aimée, j'en prends le Créateur à témoin. Ma Snaefrid, un diadème cabossé, une broche, quand bien même ça ne vaudrait pas plus de vingt-cinq rixdales...

— Je crois que tu devrais aller dormir, Magnus. On se verra demain matin.

...quand bien même ce ne seraient que quelques cuillers d'argent à demi dépolies de l'époque de la Mort Noire [1], pour qu'ils voient de l'argent, qu'ils voient que je peux ache-

---

1. L'époque de la Mort Noire, c'est-à-dire de la Grande Peste au début du XVe siècle.

ter, qu'ils voient que je suis un homme et que j'ai une
femme.

— Je ne sais pas si tu es un homme, Magnus, dit-elle. Et
je ne sais pas non plus si tu as une femme.

Il s'éloigna rapidement d'elle, et elle continua de contempler cet inconnu, de loin, mais sans surprise.

— Ouvre le coffre, dit-il.

— Ce ne sont pas tes yeux qui me regardent, Magnus, et
ce n'est pas ta voix qui me parle.

— Je sais ce qu'il y a dans ce coffre, dit-il. C'est un
homme.

Elle le regardait toujours.

— Je l'ai vu traverser le pré clos, à cheval, devant moi.
Et je l'ai reconnu. Je t'ordonne d'ouvrir ce coffre.

— Nous devrions plutôt laisser cet homme en paix, dit-
elle. Il est fatigué.

— Jamais il n'aura la paix, dit le junker. Je le tuerai. Je le
lacérerai à mort.

— Très bien, mon ami, dit-elle. Fais-le. Mais nous allons
d'abord tous aller dormir maintenant.

Il alla jusqu'au coffre et lui donna de son pied botté un
coup de toutes ses forces, en criant : « voleur! chien! chien
de voleur! » Mais le coffre était de chêne, massif et solide.
Autant donner un coup de pied dans un rocher.

— Où est le livre que tu m'as volé, un livre à moitié écrit, en me jetant la couverture, cria-t-il à l'homme
dans le coffre en continuant de donner des coups de
pied.

L'homme dans le coffre ne répondit rien.

— Je veux qu'on me rende mon livre.

Silence.

— Toutes les enluminures dorées et les suaves chants,
comme les pages non écrites, blanches et lisses, tu les as
arrachées, tu les as détruites, en ne me laissant que les couvertures qui n'enferment que froid et vide. Espèce de loup,
rends-moi mon livre.

Il continua un bon moment à donner des coups de pied
dans le coffre en criant des menaces et des insultes à
l'homme du coffre, mais le coffre ne bougea pas.

— Magnus, dit sa femme à voix basse, assieds-toi près de moi.

Il cessa de donner des coups de pied et la regarda sans lever la tête, les yeux blancs et rouges, comme un taureau qui vient de fouir le sol. La voix de Snaefrid le touchait plus que tout. Quand elle lui parlait ainsi, d'une voix étouffée et contenue, basse et un peu grave, bien qu'avec un timbre doré, c'était comme si l'on avait touché un point sensible en lui, et il perdait toutes forces.

Mais quand il eut pleuré un instant auprès d'elle et qu'elle l'eut caressé plusieurs fois de sa main fine, roide et non caressante, un peu distraite, comme quand on flatte un animal, il se calma — et recommença :

— Snaefrid, dit-il, prête-moi une toute petite bague, même si elle ne vaut pas plus de deux rixdales. Je dois de l'argent à un homme d'Eyrarbakki, pour du fer doux, et il y va de mon honneur que je règle cela cette nuit, il y va de mon renom de chef, de ma fierté, je sais, Snaefrid, que toi, qui es encore plus noble que moi, ne pourrais souffrir que je sois humilié.

— Passe la nuit ici, mon cher Magnus, et nous paierons ce fer doux demain, dit-elle.

— Je t'en conjure, dit-il. Quand bien même il ne s'agirait que de quelques skildings à jeter à la gueule de ces fripons pouilleux qui injurient les chefs sur le grand chemin.

— Dormons cette nuit, dit-elle. Demain, nous descendrons à Eyrarbakki jeter des skildings aux fripons pouilleux qui nous injurient.

Il pleura en poussant de gros soupirs.

— A-t-on jamais vu un mendiant plus misérable que moi, demanda-t-il entre ses larmes.

— Non, dit-elle.

Il continua de pleurer.

Cette nuit-là, la lune brillait. Il y avait longtemps qu'il était redescendu chez lui, mais elle ne pouvait s'endormir, elle se retournait dans son lit, bien réveillée. La lune répandait son éclat sur le plancher. Elle se leva et regarda par la fenêtre, le temps était calme et le sol luisait qui avait été si humide : il s'était mis à geler avant que les fleuves aient cessé de déborder. Puis elle se recoucha. Il y avait un moment qu'elle était allongée quand il lui sembla entendre des craquements dans l'escalier de la mansarde, comme quand on se déplace en catimini, de nuit, dans une maison et jamais autrement. A ses oreilles rendues sensibles par l'insomnie, ce craquement fit l'effet d'un violent fracas. Finalement, on tâtonna le loquet de la porte, en gestes furtifs et maladroits qui font l'effet d'une sonnerie de clairon sur une oreille aux aguets dans le calme de la nuit. La porte s'ouvrit. Elle le vit se glisser dans sa chambre, en bras de chemise et pantoufles, une hache à la main. Il regarda tout autour de soi, à la clarté de la lune, et elle vit son visage et ses yeux qui plongeaient vers elle, dans l'obscurité de l'alcôve, sans la voir. Elle pensa qu'il allait essayer de la frapper sur-le-champ, mais ce ne fut pas le cas. C'était au coffre qu'il pensait avant tout. Il tomba à genoux devant, tâtonna le couvercle et le verrou et découvrit tout de suite qu'il était solidement clos. Il chercha un endroit où il pourrait enfoncer un coin du fer de sa hache sous le couvercle pour le faire sauter. Finalement, elle crut voir qu'il enfonçait le tranchant à un endroit et commençait à éprouver le couvercle.

— Laisse ce coffre tranquille, Magnus, dit-elle.

Il cessa sa besogne, jeta lentement un coup d'œil en dessous dans sa direction, et de nouveau, elle vit le blanc de ses yeux et ce reflet rouge qu'ils avaient. Il se releva lentement, dégagea sa hache et la releva, dans un geste de charpentier plutôt que de meurtrier, et fit rapidement face à l'alcôve où sa femme était couchée. Puis tout se passa plus rapidement qu'on ne peut le dire. Le rideau de lit était à demi tiré devant l'alcôve, qui était obscure à l'intérieur. Il dut ployer les genoux et les épaules pour pouvoir assener un coup à l'intérieur de l'ouverture basse de l'alcôve. Mais il oublia que celle-ci était également ouverte aux pieds et il avait à peine frappé qu'on le prit par-derrière et qu'on lui entortilla une couverture autour de la tête : c'était la femme qu'il pensait être en train de frapper Elle appela de toutes ses forces sa servante Gudrid qui dormait, ainsi qu'une autre femme, de l'autre côté de l'escalier, à l'autre bout du grenier. Quand ces femmes arrivèrent sur les lieux, le junker avait réussi à se débarrasser de la couverture, il s'était emparé de sa femme, ses pouces sur sa gorge, mais il avait lâché la hache. Il n'eut pas le temps d'exécuter ses desseins, les deux femmes se précipitèrent sur lui et il fut accablé sous le nombre. Quelques instants après, il était assis comme une masse sur le coffre, épuisé, la tête pendante sur la poitrine.

— Tout est mal allé pour moi, et voilà le pire, dit la femme des Dalir. Et je suis certaine que Madame, ma maîtresse, ne me pardonnera jamais cela. Le mieux serait que je m'en aille à la maison et que le gouverneur m'écrase la nuque de son talon.

Comme Snaefrid voulait savoir en quoi elle avait manqué à ses devoirs, elle répondit seulement que ce n'était pas grâce à elle que la bien-aimée fille de Madame était restée en vie. Elle voulait s'en aller à l'ouest prier sa maîtresse d'envoyer à sa fille une servante plus fidèle qu'elle. Elle essuya ses larmes en priant le Dieu miséricordieux de lui pardonner ce péché.

— C'est moi qui m'en vais, ma chère Gudrid, dit la maîtresse de maison. Toi, tu vas rester surveiller la maison. Prends mes meilleurs habits et mes bons bijoux, et emballe-les-moi vite et bien, mais prends soin du reste. J'ai l'intention d'aller m'installer un moment à Skalholt. Réveille les valets, dis-leur d'aller me chercher des chevaux pour m'accompagner cette nuit et passer le fleuve.

Quand, tard dans l'été, Arnas Arnaeus envoya, de l'Est du pays, un message pour faire savoir qu'on pourrait l'attendre à Skalholt vers l'époque où l'on ramène les moutons des pâturages de montagnes et qu'il souhaiterait passer l'hiver chez l'évêque, ce dernier réagit sur-le-champ; il convoqua des charpentiers pour mettre en état le Grand Salon vert et deux petites chambres derrière où l'on avait coutume de loger les hôtes de distinction. La charpente fut réparée, repeinte ou vernie, les verrous et les gonds renforcés, les poêles de faïence remaçonnés. Dans la chambre d'hôte du fond, on installa un lit avec des édredons et force coussins, on sortit de nouveaux rideaux de lit plissés que l'on suspendit et la pièce de devant fut aménagée en salle de séjour; on y plaça un grand coffre, un pupitre, des tabourets, deux fauteuils à oreillettes remis à neuf avec d'anciennes sculptures et un coffre à habits. Tous les objets de métal, cruches d'étain, pots de cuivre et l'argenterie de table furent astiqués, et la maison fut récurée jusqu'à la porte extérieure; puis on brûla du genévrier dans la salle.

A la fin de septembre, un des serviteurs de l'envoyé du roi transporta ses bagages sur quelques chevaux de bât depuis l'ouest, à travers la lande, et quelques jours après, Arnaeus arriva lui-même des Terres de l'Est avec trente chevaux, des secrétaires, son page et ses suivants. Il apportait quantité de livres et de documents qu'il fit mettre en piles et les pièces furent bientôt remplies.

Bien que l'envoyé du roi fût un homme calme et paisible, il y eut bientôt grande animation autour de lui après qu'il eut installé sa bibliothèque à Skalholt. Il envoyait des domestiques porter des lettres et des messages en divers endroits afin de convoquer des gens, et d'autres venaient sans en avoir été priés, certains de régions éloignées. Tous étaient curieux d'en savoir davantage sur sa mission, car on savait qu'il avait été chargé par Notre Majesté d'inspecter minutieusement la situation du pays et de faire ensuite des propositions au roi sur la meilleure façon de soulager la grande détresse qui accablait le peuple. Il ressortait de ses lettres — celles qu'il avait fait lire à l'Althing, — qu'il avait libre accès aux documents des gens en place et qu'il pouvait exiger qu'on lui rendît des comptes sur tout ce qu'il voulait; en outre, il avait qualité pour juger les procès que la Chancellerie considérait comme sujets à caution, et il pouvait exiger la revision de ceux qui lui paraissaient mal jugés en en rendant responsables les fonctionnaires. Mais quoiqu'il parlât volontiers avec les gens de la plupart des choses et qu'il s'enquît beaucoup de leur situation, il ne paraissait pas disposé à donner des précisions sur sa mission, et se montrait encore plus discret sur ses pouvoirs; il était plus modeste, plus affable dans ses propos que quiconque, s'inquiétant de tout comme une vieille connaissance, comme s'il avait passé la plus grande partie de sa vie dans le voisinage de celui auquel il parlait. Il n'était pas moins au courant de la vie et de la famille de voleurs pendus et de mendiantes marquées au fer rouge que de celle des gouverneurs et des grands clercs, mais jamais il ne faisait valoir dans sa conversation ce qu'il avait vu et vécu de plus que les autres. On notait que son sujet d'entretien préféré, c'étaient les livres et les souvenirs anciens; et les gens qui s'étaient attendus à être questionnés par un sévère dignitaire sur les mauvaises actions qui accablaient leur conscience s'étonnaient fort que sa conversation tournât avant tout sur un vieux chiffon de parchemin ou sur quelques bribes inutilisables de livres.

Ce jour d'automne-là, tout était tranquille à Skalholt, et nul ne savait qu'il se fût passé quoi que ce fût. Il avait commencé à geler, ce qui atténuait la puanteur d'ordures et de fange qui caractérisait les lieux. Elle avait débarqué là tout au début de la matinée, à l'heure où les gens dorment le plus profondément, et comme elle connaissait la maison, elle n'eut besoin de déranger indûment personne, elle chevaucha jusqu'à la fenêtre où elle savait que se trouvait sa sœur et frappa, du manche de son fouet, au carreau. La femme de l'évêque se réveilla, regarda par la fenêtre et vit qui était arrivé. Quand elle arriva à la porte, l'escorte était partie et Snaefrid se tenait seule, avec ses affaires, derrière la maison.

Elles parlèrent à voix basse toute la matinée dans la chambre de la femme de l'évêque, jusqu'à ce que la lune fût descendue et que les servantes eussent commencé de claquer les portes des antichambres et de faire du feu; alors, elles allèrent se coucher. Vers neuf heures, quand la femme de l'évêque descendit, Snaefrid venait de s'endormir et elle dormit toute la journée. Personne dans la maison ne sut qu'une nouvelle arrivée se trouvait là.

Mais quand la femme de l'évêque fit envoyer dire à l'archiprêtre Sigurd qu'il ne prendrait pas son repas du soir dans les communs, mais à la table de l'évêque, dans la Grande Salle, le docte homme de Dieu fut saisi d'un soupçon, il mit son vieux manteau des dimanches rapiécé aux manches, usé et lustré, chercha sous son lit une paire de bottes poussiéreuses et racornies et les tira sur ses jambes. Quand il entra dans la Grande Salle, à l'heure dite, il n'y avait personne toutefois sur les lieux, hormis Gudrun, la fille aînée de l'évêque, tout juste sortie de l'adolescence, qui ne cessa d'entrer et de sortir quand elle le vit, en soufflant comme si elle sentait une odeur désagréable. Il y avait des nappes sur les tables, des assiettes luisantes, des cruches étincelantes et deux chandeliers à trois branches avec des cierges magnifiques tout allumés. Un petit moment après, le secrétaire de l'assesseur entra, un jeune homme qui avait fait ses études à Holar[1], *baccalaureus* de l'université de Copenhague; il regarda l'archiprêtre sans le saluer, se mit à circuler tout autour de la table tout en tapotant des doigts sur les cloisons et en chantonnant dans son désœuvrement des vers latins.

L'archiprêtre se garda bien de lever les yeux mais ne put pourtant s'empêcher de murmurer *o tempora, o mores* tout en toussotant, le menton sur la poitrine.

Peu après l'évêque entra avec ses grandes manières et la croix pendue à son cou, large, lisse, rouge et rayonnant, ouvrant les bras de son évangélique bonté à tous les croyants et chassant toute ride, toute discorde, car la passion du Seigneur annonce la joie; ami de tous étant donné que Dieu

---

1. Holar : second évêché d'Islande, dans le nord de l'île.

veut que chacun soit sauvé, interprétant dans le meilleur sens les paroles de chacun puisqu'il n'est pas de sein qui soit fermé à l'Esprit Saint, encore qu'il pût arriver, quand s'approchait la résolution d'une cause, que ses yeux d'un gris froid reprissent le dessus : de son sourire, il ne restait plus alors que les rides, comme subsistent les sillons dans le sable au reflux de la mer, et l'évêque donnait alors de la cause en question une interprétation à laquelle la plupart étaient bien éloignés de s'attendre.

Arnaeus sortit presque sans bruit de sa chambre et salua dignement les messieurs. Il était pâle, et le pli de son menton était plus marqué que seize ans auparavant, ses paupières, plus lourdes, mais sa perruque était toujours aussi soigneusement frisée, ses vêtements, aussi bien coupés; et quand il regardait un objet, il ne voyait pas seulement, malgré lui, tout ce qui l'entourait, mais aussi, à travers et derrière cet objet. Visiblement, il ne s'attendait à rien de particulier et s'assit à table immédiatement; l'évêque et maître de maison suivit son exemple comme pour donner son accord et invita le pasteur Sigurd à prendre place en face de l'assesseur.

Alors, la femme de l'évêque entra dans la salle avec sa sœur, Snaefrid. Il est assis en face de la porte, il la voit entrer. Et dès qu'il eut vu qui était là, il se leva aussitôt et s'avança vers elle. Elle était aussi svelte qu'avant, quoique la mollesse un peu gauche de l'enfance, assez semblable aux mouvements des poulains, eût fait place à la stature de la femme faite. Sa chevelure restait aérienne et animée bien que, tout comme les sourcils, elle se fût assombrie d'un ton, mais elle levait les sourcils plus haut qu'autrefois et ses lèvres, ouvertes alors, étaient maintenant fermées et il y avait une poignante expression d'absence dans le bleu radieux de ses yeux; elle portait un manteau clair, brodé d'or, d'une teinte qui faisait penser à un mélange de bleu et de rouge passés. Il lui tendit les deux mains et redit, de la même voix douce et grave, seize ans après :

— Demoiselle Snaefrid !

Elle lui tendit la main et fit courtoisement la révérence, sans expression de joie, le regardant de lointains nobles et bleus. Et il se hâta d'ajouter :

— Je sais que mon amie pardonnera une telle plaisanterie, mais elle était si jeune quand nous nous sommes quittés que c'est comme si c'était hier.

— Ma sœur est venue nous rendre visite, dit en souriant la femme de l'évêque. Elle pense passer quelques jours chez moi.

Snaefrid serra la main à tous les messieurs, qui se levèrent à tour de rôle, et son beau-frère l'évêque la prit dans ses bras et l'embrassa.

— Il faut souhaiter la bienvenue à une telle invitée, dit Arnaeus tandis que l'évêque l'embrassait. Il faut boire en son honneur. Avec la permission de Dame Jorun.

La femme de l'évêque dit qu'elle n'aurait pas l'audace d'offrir de son mauvais vin, et surtout pas à l'assesseur et à ses amis, anciens et nouveaux, d'autant qu'elle savait qu'il avait apporté du clairet à la maison, et Arnaeus ordonna à son secrétaire d'appeler le page et de lui dire d'apporter une cruche de clairet. Il ne servit à rien que Snaefrid déclinât un tel honneur en expliquant qu'il ne seyait pas à de nobles hommes de boire en l'honneur de pauvres femmes de paysans. L'assesseur la pria de rester sans crainte, on ne boirait pas ici à la santé de vieilles métayères ! Il emplit les coupes, leva la sienne et la salua, et tous ceux qui étaient à table firent de même — hormis l'archiprêtre : il se contenta de verser une goutte de caillebotte dans son verre, disant qu'il n'usait pas de vin, surtout à dîner, mais il souhaita mille grâces à tous ceux qui, d'un cœur pur et avec la complaisance de Dieu, levaient leur coupe en une telle occasion. La visiteuse leva les yeux, pas trop haut toutefois, éleva sa coupe pour eux tous ensemble, y trempa des lèvres qu'elle ouvrit en un sourire courtois et impassible, avec cette nuance sarcastique et involontaire qu'elle tenait de naissance, et ses dents, à peine saillantes, étaient encore intactes, blanches et régulières comme avant.

Mais quand la coupe eut été vidée, on ne trouva rien à dire, l'évêque ferma les yeux, joignit les mains et dit le Bénédicité ; les autres courbèrent la tête en silence, si ce n'est que la fille de l'évêque éternua. Puis tout le monde dit amen, la femme de l'évêque distribua un épais gruau aux raisins secs contenu dans une terrine luisante et le servit dans des coupelles à fleurs. Bien qu'elle embrassât ses convives d'un sourire suave et maternel, elle avait les pupilles dilatées et les yeux brûlants, et l'on pouvait voir des taches rouges sur son visage. Le regard de l'assesseur se posa sur l'archiprêtre qui, ascétique et sombre, restait courbé sur sa caillebotte.

— Cela n'eût point fait de tort à votre piété que de prendre un peu de vin, dit-il pour plaisanter; surtout à dîner. C'est laxatif.

— Je remercie Messire *Commisario,* dit l'archiprêtre. Mais j'ai bien assez de vices à supporter pour renoncer à celui-là.

— Pourtant, notre maître a dit *pecca fortiter,* dit Arnaeus en souriant.

— Il y a bien d'autres *Lutheri maxima* qui me tienne plus à cœur que celle-là, dit l'archiprêtre, roide, en regardant toujours droit devant soi, comme s'il y avait eu là, ouvert, le livre qu'il eût lu. Toutefois, ce n'est pas par crainte du péché que je ne bois pas de votre vin ce soir, commissaire.

— Une mauvaise vessie peut être également la source d'une grande sainteté, dit le baccalaureus, mais il n'y eut personne qui parut entendre cette remarque, sinon la petite Gunna qui se pinça rapidement le nez, et l'évêque dit avec autorité :

— Cela ne ferait pas de tort à notre ami s'il suivait, en cette affaire, le conseil du commissaire, car notre ami n'a pas besoin de craindre le péché au même degré que la plupart de nous autres. Parfois, quand je pense à sa rude vie et à ses longues veilles, il me semble que les anabaptistes doivent avoir raison, qui considèrent que certains hommes peuvent atteindre en cette vie un tel *statum perfectionis* que le péché ne les éprouve plus.

— S'il m'est permis de demander, dit le baccalaureus, n'est-ce pas de la bonne *theologia* que de dire que le Diable ne tente jamais ceux qu'il tient pour sa proie?

— Non, jeune homme, dit l'évêque en riant. C'est là l'hérésie de Calvin.

Alors, on se mit à rire autour de la table, et le dernier ne fut pas le commissaire qui dit à son secrétaire :

— Tu l'as bien mérité, mon bon garçon et prends mon

conseil, n'ouvre plus la bouche pour discuter pendant ce repas.

En vérité, Séra Sigurd n'avait pas esquissé un sourire, il mangeait son gruau sans se départir de sa gravité. Mais quand les autres eurent ri tout leur content, il reprit la parole :

— Certes, je ne puis faire montre ni des vertus des *anabaptistarum,* comme le dit mon ami Monseigneur l'évêque, ni de la sainteté en paroles et en actes que notre docte époque actuelle fait venir d'une vessie malade. J'espère tout de même ne pas être *naturaliter* un enfant du Diable, comme ce jeune mondain, mandataire de l'envoyé royal, le présumait ici à cette table. D'un autre côté, je ne nierai pas que ma pensée aille souvent aux pauvres gens, surtout lorsque je me trouve parmi des gens de haute condition. Et alors, je perds l'envie de toutes friandises; et même du vin.

— C'est la vérité même, dit la femme de l'évêque. Notre aimable Séra Sigurd ne mange souvent qu'une fois par jour, pour l'amour des pauvres de Dieu. Quand je me plains que ma soupe aux pois soit maigre, il se plaint qu'elle soit exquise...

— ...et repose dans le plat le bout de viande qu'on lui sert le vendredi, dit rapidement la fille de l'évêque.

— Gudrun, dit la femme de l'évêque. Sors immédiatement. Pardonnez, *assessor,* l'impolitesse de nos enfants, mais nous ne pouvons rien y faire, ici, en Islande...

— Madame, dit l'archiprêtre qui regardait toujours droit devant lui. Permettez à Gudrun de rester, elle dit vrai : je remets souvent la viande dans le plat. En revanche, que je le fasse le vendredi, selon la coutume des papistes, elle l'a entendu dire aux garçons.

— Oh non! cria la gamine dépitée, devenue toute rouge, car il ne fallait surtout pas, à Skalholt, mettre en relations la grande fille d'un évêque et les garçons.

— Je voudrais demander à votre piété, dit Arnaeus en se tournant vers l'archiprêtre, car en vous vit sans aucun doute la lumière intérieure qui, seule, rend douce la science : les pauvres sont-ils agréables à Dieu et faut-il essayer de leur ressembler? Ou bien la pauvreté est-elle la verge dont le

Seigneur fustige le peuple pour ses mauvaises actions et sa foi indolente? Ou bien encore, la vieille règle vaut-elle, qui veut qu'il ne convienne qu'aux pauvres de louer la pauvreté?

L'archiprêtre :

— Messire *Commissarius* se trompe s'il croit que, par le savoir, je peux m'élever au-dessus des doctes et, de la sorte, exposer mes *imperfectiones* plus que nécessaire. D'autre part, aucun chrétien ne devrait se cacher, comme on a toujours pu l'entendre dans la prédication chrétienne et le lire dans les livres chrétiens, que la pauvreté vous donne un cœur simple plus agréable à Dieu et plus proche du *statui perfectionis* que la splendeur du monde et la sagesse du siècle. Et Notre Seigneur a compté les pauvres dans la cohorte des bienheureux, disant que nous devons toujours les avoir tout près de nous :

L'envoyé du roi :

— Si le Seigneur veut qu'il y ait des pauvres afin que les chrétiens puissent les avoir tout près d'eux et prendre exemple sur leur pauvreté, n'est-ce pas alors aller contre Sa volonté que de vouloir soulager leur détresse? Que vienne le jour où les pauvres auront de quoi se vêtir et manger, sur quoi les chrétiens prendront-ils alors exemple pour vivre? Où alors faudra-t-il apprendre cette simplicité du cœur qui est agréable à Dieu?

L'archiprêtre :

— Tout comme le Seigneur a créé les pauvres afin que les riches puissent apprendre d'eux à vivre humblement, de même, il a aussi institué une classe plus haute, par grâce particulière, en lui demandant de faire l'aumône et de prier pour le salut de son âme.

— Il n'est pas trop tôt pour que l'art de la dialectique soit de nouveau pratiqué à la table de Skalholt, intervint alors l'évêque. Et le besoin n'a jamais été plus grand qu'à notre époque d'entendre exposer, selon les livres, les bonnes mœurs. Mais il ne faut pas vous plonger dans votre gruau, mes *praeclari et illustrissimi,* au point que votre appétit ait disparu quand arrivera le rôti.

L'évêque regarda à la ronde en espérant que tout le

monde rirait mais, en dehors du *commissarius*, personne n'esquissa un sourire.

— Nous autres gamins, dit Arnaeus en faisant un sourire aux deux sœurs parce qu'il utilisait ce mot familier au lieu du latin, nous autres gamins avons la faiblesse, lorsque nous nous trouvons parmi de belles femmes, de vouloir paraître un peu plus doués que nous le sommes en réalité, si possible, au lieu d'écouter leurs belles voix.

— Je ne sais à quel point les voix sont belles, dit la femme de l'évêque; mais puisque la conversation concerne les pauvres, il me revient en mémoire, une fois encore, le souvenir qui reste attaché à cette maison-ci de Skalholt, lorsqu'une de mes devancières fit abattre la voûte de pierre que la nature avait édifiée au-dessus de la Bruara, interdisant de la sorte aux pauvres le chemin qui menait à l'évêché. Cet affreux souvenir m'émeut bien souvent, comme si j'y avais eu personnellement part. J'ai souvent pensé à faire faire là, de nouveau, quelque espèce de pont, afin que les pauvres ne soient pas réduits à mourir sur l'autre rive, de l'autre côté. C'est certainement un affreux péché de démolir le pont d'amour chrétien que Dieu veut voir jeter entre les pauvres et les riches. Et pourtant, quand je me mets à réfléchir, il me semble que mon ancienne devancière ait eu des excuses : l'honneur de l'Islande n'aurait guère été accru du fait que l'évêque de Skalholt aurait été réduit à la mendicité et que des vagabonds faméliques auraient investi l'évêché.

Les taches rouges reparurent sur le visage de la femme de l'évêque, et bien qu'elle sourît affablement à ses invités, on pouvait nettement lire dans ses yeux que ce n'était pas d'abord par amour de la philosophie qu'elle avait parlé. Sa sœur reposa son couteau et la contempla de très loin.

— Que dit Snaefrid? demanda le commissaire.

Quand il prononça son nom, elle tressaillit légèrement et se hâta de répondre :

— Je vous demande pardon, j'ai dormi toute la journée et je ne suis pas encore réveillée. Je rêve.

Mais l'évêque se tourna vers sa femme et dit :

— Ma très chère, dis-moi qui n'est pas mendiant devant Notre Rédempteur. Et crois-moi, souvent j'ai envié un vagabond aux pieds nus qui dormait au bord du chemin, sans souci, souhaitant pouvoir rester dans un groupe de mendiants étendus sur le sable près d'une cascade, à contempler les oiseaux en priant Dieu sans avoir de responsabilités envers qui que ce soit. Ce sont de lourds fardeaux que ceux dont le Seigneur nous a chargés, nous qui sommes les administrateurs de ce pauvre pays, *in temporalibus* aussi bien qu'*in spiritualibus*, quoique le peuple ne soit guère pressé de nous remercier.

Arnaeus demanda :

— Quelle position doit prendre alors Notre Sire le Roi devant les suppliques éplorées qui viennent presque constamment de ce pays, si les vagabonds et les mendiants sont plus heureux que leurs supérieurs?

— Toute la création se plaint et s'agite, cher Messire *Commissarie*, dit l'évêque. Voilà le son qu'elle rend.

— Chacun se lamente devant son maître et tous pour leur propre compte, et pourtant nous savons que tout ce qui nous arrive, mal et bien, a sa cause en nous-mêmes, dit l'archiprêtre. Ce n'est pas l'affaire des hommes que d'alléger la détresse du peuple que le Seigneur veut châtier par sa justice : il prie pour des choses qui ne se peuvent obtenir par l'intercession de qui que ce soit, jusqu'à ce que la punition de ses mauvaises actions soit accomplie. *Inexorabilia* est sa vie.

— Vous dites vrai, Séra Sigurd, dit le *commissarius*. Les hommes ne doivent pas avoir la fatuité d'entraver la justice de Dieu, et cela, certes, n'est pas chose nouvelle. Mais je ne vois pas, et ce n'est pas votre opinion non plus sans aucun doute, que cette certitude nous dispense des devoirs de la justice humaine. Selon toutes les Saintes Écritures, Notre Seigneur, en même temps qu'il créait le monde, conféra à l'homme l'intelligence du juste et de l'injuste. Quant à présent, de braves gens ont montré au roi que ce n'est pas Sebaoth qui vend aux Islandais des marchandises avariées ou en quantités insuffisantes, si bien qu'ils en meurent, ni Lui qui néglige de condamner l'orgueil des riches tout en jugeant trop sévèrement les pauvres, à certains faisant trancher la main, à d'autres, couper la langue, pendant le troisième et brûlant le quatrième sous prétexte de leur abandon et de leur incapacité de se défendre, ce n'est pas pour s'opposer aux desseins de Dieu que le roi veut faire examiner cette farine avariée et examiner de tout près les jugements trop cléments aussi bien que les trop rigoureux, c'est bien conformément à ce discernement que nous donna notre Créateur pour distinguer le juste de l'injuste et fonder sur cette intelligence une condition et un gouvernement honorables de notre vie.

— Oui, bien cher *commissarie*, soyez remercié de vos énergiques remontrances aux marchands, dont beaucoup sont en fait mes bons amis, certains mêmes étant des amis fidèles avérés, dit l'évêque. Mais malheureusement, ils sont pécheurs autant que nous autres, Islandais. Dieu veuille que la façon dont vous les avez traités fasse que nous ayons de la meilleure farine l'an prochain et surtout des amendes payées en bel argent.

Peu après, le repas était terminé et l'évêque dit les grâces :

— Élevons tous nos cœurs, édifiés par les propos de notre docte et aimable convive, mon ami l'archiprêtre qui prie pour que s'accomplisse la justice de Dieu, et par ceux de Messire le *commissarius* spécial de Sa Très Gracieuse Majesté, qui prie pour que la justice humaine règne également sur les Danois aussi bien que sur les Islandais, clercs comme laïcs, nobles et roturiers...

— ...et que les nobles hommes qui maintiennent l'honneur et la réputation de notre pauvre pays dans sa détresse puissent porter la tête haute, ainsi que leurs bonnes épouses et les gardent intacts jusqu'à la dernière heure — c'était la femme de l'évêque qui complétait cette prière, d'une voix étouffée et remplie de la crainte de Dieu, tête courbée, yeux clos et mains jointes.

— Et, comme le dit ma femme tendrement aimée, poursuivit l'évêque, que sa Grâce divine fasse prévaloir les nobles hommes de distinction qui maintiennent l'honneur de notre pauvre pays. En outre, nous dirons tous pour finir cette simple strophe de notre bienheureux et excellent Séra Olaf de Sandar, que nous avons apprise sur les genoux de notre mère :

> *Que nous protège le Seigneur Jésus très clément,*
> *Qu'il soit avec nous en tous temps,*
> *Que Dieu console ceux qu'afflige le chagrin,*
> *Qu'ils se trouvent tout près de lui ou bien loin;*
> *Qu'il fasse fleurir la sainte chrétienté,*
> *Qu'il secoure les puissants dans l'adversité*
> *Et qu'à nous tous il donne la céleste paix.*

Le lendemain, vers midi, Arnas Arnaeus vint rendre visite à la femme de l'évêque dans ses appartements. Elle y était avec sa sœur Snaefrid. Toutes deux faisaient des travaux d'aiguille et l'éclat du soleil d'automne pénétrait jusqu'à elles.

Il les salua aimablement, s'excusa de sa venue, dit qu'il avait des excuses à faire à Dame Jorun pour avoir lancé, la veille à table, des propos étourdis : il avait vraisemblablement blessé un homme aussi remarquable que leur ami, Séra Sigurd, en citant imprudemment Luther, se trouvant de la sorte, avant même de s'en être rendu compte, apporter de l'eau au moulin de son gamin de secrétaire par ses frivoles plaisanteries envers cet honorable serviteur de Dieu. Mais les hommes du siècle mettent bien du temps à parvenir à l'âge où ils sont capables de mesurer leurs propos en face de ce contempteur de notre monde.

La femme de l'évêque accepta aimablement les excuses de l'assesseur et dit que ce serait chose nouvelle que les courtisans du roi se sentent discourtois en Islande. Quant au *baccalaureus,* il allait sans dire que, par nature, la jeunesse était portée à se gausser de ceux qui dédaignent ce monde : Séra Sigurd devait avoir l'expérience de ces choses et les comprendre. En revanche, Snaefrid répondit que des héros de la foi comme Séra Sigurd, qui eussent aimé extirper la langue des gens et la leur trancher, n'avaient pas à s'étonner que cette arme fût dirigée contre eux et leurs semblables tant qu'elle était encore fermement attachée à son possesseur.

L'assesseur déclara qu'assurément, il était au courant des propositions de Séra Sigurd, reprises lors des conférences pastorales et à l'Althing et fondées sur de doctes interprétations de la Sainte Écriture et sur des paragraphes ambigus de la loi, et disant qu'il fallait torturer les hérétiques et brûler les sorciers. Mais il considérait qu'on n'était pas tenu pour autant à montrer moins de courtoisie à Séra Sigurd.

Arnaeus était toujours debout au milieu de la pièce. La femme de l'évêque le pria de condescendre à honorer deux ignorantes femmes en s'asseyant un petit moment en leur compagnie.

— Et ne parlons plus de notre ami, le pieux incendiaire et docte coupeur de langues, Séra Sigurd. Parlons plutôt un peu des états de ce monde — c'était Snaefrid qui parlait, la voix légère, l'allure altière et les yeux clairs, une tout autre femme que celle en l'honneur de laquelle il avait bu la veille au soir dans la Grande Salle.

Il dit qu'en fait, il n'avait pas le loisir de s'asseoir, car il y avait des gens qui attendaient en bas et qui avaient fait un long chemin pour venir le voir. Il ne déclinerait pas, pourtant, une invite aussi honorable et il s'assit à la place que lui désignait la maîtresse de maison. Quand il se fut assis, Snaefrid se leva et mit un escabeau sous ses pieds.

— A coup sûr, je ne connais pas les merveilleux empires qui provoquent votre nostalgie, mais vous pouvez choisir parmi les pauvres pays que j'ai fréquentés, dit-il en sortant une petite tabatière en or et en la leur présentant : elles prisèrent une petite pincée, à la mode des dames distinguées. Cela fit éternuer Snaefrid, qui rit et se hâta de s'essuyer le visage de son mouchoir. Je ne connais en fait que les pays où mon démon m'a attiré, continua-t-il, dans cette recherche de ma propre patrie où il m'a longtemps entraîné.

— Ma sœur est instruite, c'est à elle de choisir un pays la première, dit la femme de l'évêque. Elle peut choisir pour nous deux.

— Nous voulons entendre parler, dit Snaefrid, de tous les pays où les nobles dames s'entendent à priser comme il faut.

— Je crois que je ne peux guère inviter de telles dames à se rendre ailleurs qu'à Rome, pour le moins, dit le *commissarius* royal.

La proposition plaisait à Snaefrid, mais sa sœur, la femme de l'évêque, pensait que cette ville était trop loin de nous, elle se tourna vers sa sœur en demandant :

— Hé! Snaefrid, veux-tu donc entendre parler de ce maudit pape?

Mais le *commissarius* dit que tout finissait par arriver

puisque voilà qu'enfin il n'était pas du même avis que la femme de l'évêque : selon lui, en effet, peu de villes étaient plus près de l'Islande que Rome, et il n'y avait pas longtemps que c'était, de toutes les villes, la plus proche de nous, sans même excepter la fille de Sion qui est sur la hauteur. Du pape, il ne discuterait pas avec des dames, mais il n'y avait pas à nier, dit-il, que plus on allait vers le sud, dans notre hémisphère, moins un Saint Pierre paraissait absurde.

— Je sais pourtant que vous ne voulez pas dire, *assessor,* dit la femme de l'évêque, qu'il peut exister deux sortes de vérités, une pour le sud du monde, l'autre pour le nord.

Arnas Arnaeus répondit, après réflexion, de cette plaisante façon d'éluder le sujet qui, parfois, peut donner l'impression d'une élévation de la pensée sans jamais s'en prendre aux choses sérieuses :

— Il y a une montagne dans le Kinn, dans les Terres du Nord, qui s'appelle Bakrangi si on la voit de l'est, Ogaungufjall si on se trouve à l'ouest, mais au large du Skjalfandi, le marin l'appelle Galti. A ma grande honte, je ne suis pas allé à Rome pour chercher la vérité, bien que, pour moi comme pour beaucoup d'autres, il se soit révélé difficile d'en repartir sans l'avoir trouvée. Mais je vois que maintenant, ces dames ne me comprennent pas. Aussi vous dirai-je les choses telles qu'elles sont : je suis allé à Rome pour chercher trois livres, un surtout. Ils concernent tous l'Islande, mais celui-là surtout car il décrit plus précisément que les obscures *fabulae* que nous connaissons trop bien comment nos compatriotes découvrirent et colonisèrent *Americam terram* juste avant l'an mille, et comment ils en repartirent.

Et comme elles voulaient des renseignements plus précis, il dit qu'une lettre du Moyen Age, conservée maintenant à Paris, indiquait qu'il devait se trouver dans une collection d'archives d'un ancien couvent de Rome[1], un codex portant la confession d'une femme de *Hislant terra,* nommée Gudrid, qui était allée en pèlerinage à Rome vers l'an 1025. La lettre disait que lorsque cette femme commença à se confesser aux moines, il apparut que c'était de toutes les femmes que

1. C'est-à-dire au Vatican

l'on connût dans la chrétienté à cette époque, celle qui avait le plus voyagé, ni plus ni moins. Dans ses jeunes années, elle avait séjourné dix ans durant, avec son mari et quelques compatriotes, à l'ouest de l'océan, au-delà du bout du monde lui-même, et là, elle avait mis au monde un enfant. Mais des créatures étranges les avaient empêchés de vivre en paix dans ce pays, si bien qu'ils en étaient partis avec son fils en bas âge. Et cette femme avait dit à la face de Dieu, à Rome, des nouvelles si remarquables que, finalement, le moine les avait consignées par écrit : longtemps ensuite, on avait pu lire cet écrit dans le couvent. Par la suite, le couvent avait été démoli et les documents qu'il possédait avaient été dispersés ou perdus, mais on en avait retrouvé et mis en ordre certains des siècles après, lorsque l'on avait entrepris d'aménager la bibliothèque du pape en son palais[2] après l'exil et les innombrables épreuves de la papauté.

Les deux livres qu'Arnaeus avait cherchés dans les archives du pape étaient le *Liber Islandorum* dans une version plus complète que celle qu'Ari avait écrite en islandais et qui contenait à la fois des généalogies et des vies de rois[3], et le *Breviarium Holense,* le premier livre qui eût été imprimé en Islande, sur l'instigation de Jon Arason, mais qui, que l'on sache, avait été placé sur le sein de Maître Thorlakur dans sa tombe.

— Le pape est grand amateur de livres, et il n'est guère douteux qu'il ait possédé tous ces livres, pour autant qu'il ne les possède pas encore selon toute vraisemblance. Mais on a chipé bien des grimoires au bonhomme depuis qu'il est pape. Aussi est-il assez naturel qu'il soit devenu soupçonneux envers les gens qui viennent d'un peu partout et qui veulent mettre le nez dans ses vieux livres.

Des années durant, Arnaeus s'était évertué à obtenir l'intercession de puissants personnages : ambassadeurs, princes,

2. Hislant terra : Terre d'Islande Il est exact qu'au couvent de Reichenau on a retrouvé un rôle de pèlerins sur lequel figure une certaine Gudrid de Hislant terra

3. Ari Thorgilsson le savant a en effet composé, au XIIᵉ siècle, une histoire de son pays intitulée *Livre des Islandais* ainsi que diverses autres œuvres qui sont perdues

archevêques et cardinaux, dont il avait besoin pour obtenir la permission de pénétrer dans cette obscure forêt appelée Cabinet des Manuscrits du pape. Et encore! la confiance que l'on avait en lui restait limitée : tout le temps qu'il errait dans ces souterrains de la déesse Saga [4], il était flanqué d'un chanoine et suivi d'un Suisse en armes pour veiller qu'il ne volât pas un fragment de feuille ou ne se mît à copier sans permission un de ces *memoranda* dont il était probable que les évangéliques tireraient profit dans leur combat tenace contre le serviteur des serviteurs de Dieu.

Il avait erré si longtemps sous ces voûtes funéraires où étaient enterrés les siècles que le temps présent en devenait comme un rêve lointain. Quantité de ces rouleaux de documents et de *schedulae* qui emplissaient les salles, les passages et les couloirs, avaient eu tout le temps d'accumuler de la poussière et d'être dévorés par la vermine des siècles durant, et de certains il sortait des vers et des escargots. Régulièrement, la poitrine du chercheur était oppressée d'un poids, tout à fait comme celle du paysan d'Islande qui a longtemps secoué du foin moisi dans une grange, à tel point qu'il ne pouvait plus se tenir droit parce qu'il étouffait. Il lui passait entre les mains des renseignements, remarquables ou non, sur tout ce que l'on peut imaginer dans la chrétienté depuis l'origine des archives, tout sauf le *Liber Islandorum,* le *Breviarium Holense* et la confession de la dénommée Gudrid de *Hislant Terra.* Le délai que Sa Gracieuse Majesté le roi des Danois lui avait octroyé pour ce voyage était dépassé depuis longtemps. Finalement, il avait acquis la conviction que, quand bien même il chercherait tout le temps, court ou long, qu'il lui restait à vivre, il serait toujours aussi loin du but au moment de mourir. Et pourtant il était certain que ces livres se trouvaient là, aussi certain que ce vagabond fou qu'il se rappelait dans son enfance était sûr qu'il y avait des trésors cachés sous les pierres. Mais il semblait qu'il dût être privé de la consolation exprimée dans la promesse divine qui dit que qui cherche trouve.

— Alors, vous n'avez rien trouvé? demanda Snaefrid qui

4. Saga est la déesse de l'Histoire dans le panthéon nordique.

avait posé son ouvrage sur ses genoux et le regardait. Pas la moindre chose?

— Je sais, dit-il en regardant la femme de l'évêque, qu'ôter ou ajouter à l'Écriture est péché, mais le péché originel, cet affreux fardeau, se fait toujours sentir et j'ai longtemps soupçonné que, dès l'origine, la parole de la Bible que je viens de citer voulait dire : Cherchez et vous trouverez... tout sauf ce que vous cherchez. Mais pardonnez-moi ce bavardage et je crois qu'il me siérait davantage de ne plus parler aujourd'hui.

Il avait l'intention de se lever et de s'en aller.

— Mais vous avez oublié de nous parler de Rome, dit Snaefrid. Nous qui avions choisi cette ville, voilà que vous menacez de ne pas tenir parole là-dessus.

La femme de l'évêque également le pria courtoisement de ne pas les quitter si vite.

Il resta assis. En réalité, il n'était pas pressé. Peut-être n'avait-il jamais eu l'intention de s'en aller. Il eut la permission de regarder leurs tapisseries, les déploya, les admira : il s'y connaissait en ouvrages de dames. Il avait de petites mains, des doigts aux extrémités lisses, des poignets minces et le dos des mains uni avec de fins poils noirs. Il se carra dans son siège, mais il n'avait pas encore posé les pieds sur l'escabeau.

— Rome, dit-il en souriant, l'esprit absent et comme s'il voyait quelque chose dans le lointain. J'y ai vu deux hommes et une femme; j'en ai vu bien d'autres, assurément, mais toujours ces deux hommes et cette femme, ces trois-là, du matin au soir, deux Islandais, une Islandaise.

Les dames ouvrirent de grands yeux — des Islandais, une Islandaise?

Alors, il leur décrivit une femme de courte taille, d'âge assez mûr, assez menue parmi la foule des pèlerins allemands à Rome, une personne sans apparence dans la multitude grise des gens qui paraît encore plus grise en comparaison des habitants de la ville et qui d'ailleurs ne compte pas plus aux yeux de ceux-ci que des nuées d'oiseaux. Il n'est pas jusqu'aux mendiants et aux lazzaroni de Rome qui ne passent pour une espèce aristocratique auprès d'eux. Et comme on l'a dit, dans cette masse grise de piétons, il y a une femme, quotidienne, insignifiante, en manteau élimé de vadmel noir auquel est attaché son chapeau, pieds nus, comme toute l'Europe du début du XIe siècle, en ce temps où les chrétiens étaient encore anthropophages en raison de leur pauvreté. Mais dans un petit baluchon que cette femme du peuple, pieds nus, tient sous son bras, elle cache des chaussures neuves qu'elle emporte depuis longtemps. Elles sont faites d'une peau teinte, merveilleusement douce, l'orteil taillé de biais et la semelle fermement cousue sur la plante du pied, la couture recouverte d'une fine lanière de peau et le cuir de l'empeigne incrusté de perles de cuir aux belles couleurs. Jamais encore on n'avait vu de telles chaussures dans la chrétienté, non plus que chez les anciens Romains ou chez quelque autre peuple éminent de l'Antiquité; et une autre paire de chaussures comme celle-là, on n'en verrait plus au monde pendant les quatre siècles à venir. Or ces chaussures extraordinaires, marques de ces chemins d'une longueur sans pareille dans le monde entier, elle les avait emportées avec elle jusqu'à Rome pour les donner au pape pour les péchés qu'elle avait commis en ce pays où elle les avait reçues, Vinland le bon[5]. J'essayai de regarder dans les yeux cette femme qui, seule parmi les femmes terrestres, avait découvert un nouveau monde, mais ce n'étaient que les yeux d'une femme fatiguée qui avait fait un long voyage; et en écoutant plus attentivement, tout ce que j'entendis, c'est qu'elle parlait avec ses compagnons de route dans ce bas-allemand qui, à l'époque, était la langue des navigateurs. Cette femme-là, c'était Gudrid de *Hislant Terra,* Gudrid fille de Thorbjörn de Glaumbaer dans le Skagafjord, en Islande, qui, des années durant, avait habité Vinland le bon et y avait mis au monde un fils dont descendent des lignages islandais, Snorri, fils de Thorfinn Karlsefni.

5. On sait que les Islandais sont censés avoir découvert l'Amérique autour de l'an mille. Du moins est-ce l'opinion généralement admise concernant le pays que les sagas appellent Vinland le bon. L'un des découvreurs de cette terre est Thorfinn Karlsefni, héros de la *Saga des Groenlandais* et l'un des personnages de la *Saga d'Éric le rouge.*

Sur ce, il raconta l'histoire des deux autres Islandais qu'il avait vus à Rome. L'un était allé en pèlerinage au sud, à la mode des nobles gens, sur un coursier royal, en compagnie d'autres gentilshommes qui emportaient de l'argent et de l'or et se rassemblaient en bandes armées pour se protéger des brigands. C'était un homme de caractère, blond, de grands yeux quoique sans profondeur, avec une expression de curiosité enfantine, sans rien dans la façon toutefois qui laissât entendre qu'il se fût tenu pour inférieur à qui que ce fût. C'est qu'il incarnait en sa personne le peuple qui, dans ses voyages de commerce, s'était frayé une route jusqu'à Miklagard [7] et aux pays du Calife alors que l'Europe restait barbare, ce peuple qui avait assiégé Paris et Séville, fondé des états en France et en Italie, amené ses bateaux sur les rivages du Straumfjord en Vinland et composé la Völuspa [8]. Et voici qu'il avait réduit à merci les siens en Islande, déchaîné sur son pays ce Ragnarök dont parle le poème [9] : il était venu à Rome pour que le pape lui fît faire pénitence. Et comme pénitence, on lui avait imposé de se faire conduire, pieds nus, d'une église de Rome à l'autre et d'être flagellé devant la plupart des églises cathédrales. Et le peuple se tenait au-dehors, s'émerveillant et s'affligeant qu'un si bel homme fût si durement traité. Cet homme s'appelait Sturla Sighvatsson [10].

L'autre, en vérité, n'était jamais venu à Rome, mais il avait reçu du pape une lettre où on lui enjoignait de défendre de taille et d'estoc l'église d'Islande et ses propriétés contre les rois luthériens. En ce temps-là, on n'hésitait pas plus qu'à notre époque à passer aux armes. Ce fut Rome que ce dernier Islandais des temps anciens eut devant les yeux lorsqu'on le

7. Miklagard est le nom nordique de Constantinople.
8. La Völuspa est certainement le plus beau poème de l'*Edda* poétique, c'est un chef-d'œuvre comparable à la *Divine Comédie*.
9. Le Ragnarök ou Destin des Puissances est le cataclysme général qui marquera la fin des temps dans la cosmogonie nordique ancienne. Il est dépeint en termes inoubliables par la Völuspa.
10. Sturla Sighvatsson est l'un des principaux personnages de la *Sturlunga Saga*, ouvrage historique relatant l'histoire d'Islande aux xiie et xiiie siècles. C'est le neveu de Snorri Sturluson. Les faits qui lui sont imputés ici sont attestés par l'*Islendinga Saga*, principale des sagas contenues dans la *Sturlunga Saga*.

conduisit à la mort. Arnas Arnaeus dit avoir souvent vu son image en vision, mais à Rome, il avait vu cet ancien dans cette espèce de mirage clair qui rend douteuses les choses réelles. C'est ici à Skalholt. Il fait nuit. Il veille avec ses deux fils. Ils ont l'air plus vieux et plus fragiles que leur vieillard de père, parce que ce sont des hommes ordinaires, mais le malheur a rendu ses épaules si vastes qu'elles ne sauraient ployer sous aucun fardeau, si court son cou qu'il ne se peut courber. Voici le matin : sept novembre. Cette nuit, une légère chute de neige a fait grisonner les montagnes et il y a du givre sur les brins d'herbe [11].

— Voilà les hommes que j'ai vus.

— Et ensuite, plus personne? demanda Snaefrid.

— Si, dit-il à voix basse en la regardant avec un sourire : ensuite, le monde entier.

— Nul ne doute, dit la femme de l'évêque, que Jon Arason n'ait été un grand batailleur et un Islandais de la vieille souche, mais ne vous passe-t-il pas des frissons dans le dos en imaginant que cet énergumène aurait pu remporter la victoire et, par là, l'hérésie papiste? Que mon Sauveur m'aide.

— En ce temps-là, on fêtait solennellement à Rome une année jubilaire pour toute la chrétienté, dit Arnas Arnaeus. Un jour, je me promenais tout près du fleuve. S'il me faut dire la vérité, j'étais d'humeur sombre, comme il arrive quand on pense à juste titre avoir gâché une bonne part de sa courte vie pour rien, sacrifié sa peine et son argent, miné sa santé, peut-être même perdu l'amitié d'excellentes gens par son obstination. Je méditais sur les excuses que je pourrais trouver auprès de mon maître et souverain pour m'être absenté bien trop longtemps de mes devoirs. Et comme je flânais là, abattu, je tombai sans m'en être rendu compte sur une formidable foule de gens qui traversait lentement le pont sur le fleuve. Jamais, ni auparavant ni depuis, je n'ai vu une telle masse de gens rassemblés, les ruelles et les rues principales étaient pleines et il était difficile de distinguer qui

---

11. 7 novembre. C'est la mise à mort du dernier évêque catholique, Jon Arason et de ses fils qu'Arnas évoque ici.

était spectateur et qui, participant de cette procession. Et tout le monde chantait. Je m'arrêtai parmi quelques habitants de la ville pour voir passer ce courant. C'étaient des pèlerins de diverses nationalités qui avaient fait ce pèlerinage pour recevoir l'absolution de leurs péchés en cette année de grâce particulière pour la chrétienté. Cette foule était faite de quantité de petits groupes dont chacun portait le nom du saint de son comté écrit sur une bannière, ou bien les ossements de l'intercesseur devant Dieu dans son district, dans une châsse, ou encore une reproduction de la statue de sa cathédrale, cette image de Marie qui a un cachet particulier en chaque lieu car, chez les papistes, il y a autant de Marie que de villes, certaines tenant leur nom de fleurs, d'autres, de rochers, d'autres encore, de sources thermales, et de sièges de la Vierge, des langes de l'enfant Jésus ou des couleurs de son manteau. Il était extraordinaire de voir tant de comtés se succéder sur le même pont pour l'amour de leur âme. Quand j'étais jeune et que je vivais chez moi dans le Breidafjord, je ne me rendais pas compte qu'il y eût tant de nations pour habiter le monde. Il y avait là des gens des nombreux bourgs et comtés d'Italie : Milanais, Napolitains et Siciliens, Sardes, Savoyards, Vénitiens et Toscans, outre les Romains mêmes. On pouvait y voir des gens des six royaumes espagnols, Castillans, Aragonnais, Catalans, Valenciens, Majorquais, Navarrais. De même étaient venus là les différentes nations de l'Empire et même les gens des pays qui avaient adopté la nouvelle doctrine de Luther, Bavarois, Allemands et Croates, Franconiens, Westphaliens, Rhénans, Saxons, Burgondes, Francs, Wallons, Autrichiens et Styriens. Mais à quoi bon énumérer toutes ces nationalités ? Pourtant, c'était ainsi : je voyais passer tous ces gens, et beaucoup d'autres. Je voyais quel air avaient les gens de nations que je ne connaissais pas, la façon dont leurs habits étaient tissés, leurs visages harassés au regard brûlant, assoiffé de vie. Souvent, je repense à leurs pieds innombrables, chaussés ou nus, fatigués, certes, mais animés par l'espérance tout de même. Et aussi à l'ancienne mélodie de croisade que faisait retentir leur *musicam*, qu'ils pincent de la lyre ou d'autres instruments à cordes ou qu'ils soufflent dans leurs pipeaux : Magnifique la terre, glorieux le ciel de Dieu! Et alors, je notais soudain que Gudrid, fille de Thorbjörn, n'était plus là. Il n'y avait aucun Islandais.

La femme de l'évêque avait également arrêté son ouvrage et regardait le narrateur.

— Dieu soit loué qu'il n'y ait eu aucun Islandais, dit-elle. Et n'avez-vous pas pensé qu'il était affligeant d'imaginer tous ces gens simples et hérétiques à qui le pape interdit d'entendre le message du Christ, en sorte qu'ils n'ont aucun droit de faire le salut de leur âme par la foi?

— Quand on voit tant de pieds en marche, on se demande immanquablement : où vont-ils, Madame. Ils traversent le Tibre et s'arrêtent sur le parvis de la *basilicam Sancti Petri*, et au moment où le pape sort sur le balcon de son palais, ils entonnent *Te Deum laudamus,* tandis que sonnent toutes les cloches de Rome. Est-ce juste? est-ce injuste, Madame? Je ne sais. Des *autores* bien informés tiennent que le riche Johan de Medici, encore appelé Léon X, était un docte maître de l'école d'Épicure et que, pas une fois, il ne lui vint à l'idée de croire en l'âme, bien qu'il eût vendu des indulgences pour le salut de celle-ci. Peut-être est-ce précisément pour cela qu'il le fit. Il est permis de penser parfois que Martin Luther s'est conduit comme un bouffon sorti de son trou perdu pour avoir entrepris de disputer du salut de l'âme avec un tel homme.

— Oui, mais, cher Monsieur le Commissaire, n'est-ce pas péché que de penser de telles choses de notre maître Luther, dit la femme de l'évêque.

— Je ne sais pas, Madame, dit Arnas Arnaeus. Cela se peut. Mais une chose est sûre : tout d'un coup, les *reforma-tores* très instruits, très inspirés se trouvaient infiniment loin de moi, tout au nord. Car lorsque j'eus contemplé un moment ces pieds innombrables, je me surpris tout à coup à me dire à moi-même : Suis cette procession, où qu'elle aille. Et alors, un Islandais entra dans cette foule qui passait le Tibre. Nous nous arrêtâmes devant la *basilicam de Sanctus Petrus et* les cloches de Rome sonnaient, et le pape sortit sur son balcon avec sa mitre et sa crosse tandis que nous chantions le *Te Deum.* J'avais cherché d'anciens livres et j'avais été saisi de chagrin parce que je ne les trouvais pas. D'un seul coup, il me parut que cela n'avait pas d'importance que je n'eusse pas trouvé ces livres anciens. J'avais découvert autre chose à la place. Le lendemain, je quittai Rome.

Les dames remercièrent chaleureusement l'assesseur de ce qu'il leur avait raconté sur la capitale de Gudrid fille de Thorbjörn, de Sturla Sighvatsson et de Jon Arason. Mais comme il y avait en bas des hôtes venus de loin qui l'attendaient, il n'avait pas le temps de leur parler d'autres villes pour cette fois et la femme de l'évêque, qui était une grande protestante et, par conséquent, ne s'intéressait que médiocrement à la résidence du pape, pria l'assesseur de lui réserver une ville pour la prochaine fois. Il dit qu'il allait de soi qu'elles choisiraient la ville qu'elles voudraient, à quelque moment que ce fût, prit congé et se dirigea vers la porte.

— Tant que j'y pense, dit Snaefrid en se levant, après qu'il eut ouvert la porte. J'ai une petite commission pour vous, assesseur. Pour un peu, je l'aurais oubliée. Mais je précise que ce n'est pas pour mon propre compte.

— S'agit-il d'un livre? demanda-t-il en se retournant sur le seuil et en la regardant en face.

— Non. D'un homme, dit-elle.

Il dit qu'elle serait très bienvenue, quand elle le voudrait.

Puis il s'en alla.

DIXIÈME CHAPITRE

Il la pria de s'asseoir.

Elle s'assit en face de lui, les mains jointes sur ses genoux. Elle le regardait de loin; de nouveau, elle s'était refermée.

— Je n'avais pas l'intention de venir, bien qu'un vieil homme me l'ait demandé, dit-elle. J'ai dit à ce vieil homme : cela ne me regarde pas. Tout de même, me voici, à cause·de cela. Il ne faut pas croire que je sois venue pour autre chose.

— Bienvenue, Snaefrid, dit-il pour la deuxième ou troisième fois.

— Oui, dit-elle, je sais que vous connaissez toutes les belles manières. Mais comme je l'ai dit, je n'y puis rien : ce vieil homme que je ne connais pas et qui ne me regarde pas, c'est comme si je l'avais toujours connu et comme s'il me regardait. Il s'appelle Jon Hreggvidsson.

— Ah oui! le vieux Jon Hreggvidsson, dit Arnaeus. C'est sa mère qui conservait dans ses cachettes un des plus grands trésors qui soient dans le Nord.

— Oui, dit Snaefrid, ce trésor, c'est son cœur...

— Non, quelques feuilles de parchemin, interrompit Arnas Arnaeus.

— Excusez-moi.

— Nous sommes tous les obligés de Jon Hreggvidsson — à cause de sa mère, dit Arnas Arnaeus. Voilà pourquoi, Snaefrid, quand il m'a remis la bague, je la lui ai rendue pour qu'il puisse s'offrir quelque chose de bon.

— Hé! oublions cette bagatelle maintenant, après quinze ans, dit Snaefrid. On rit et on rougit tout ensemble quand on repense à sa jeunesse.

Il se pencha sur son pupitre. Il y avait derrière lui de grands livres et des manuscrits en paquets ficelés en croix et il en dénoua quelques-uns. Il était en habit ample et noir et en manchettes blanches. Il avait les index repliés. Et elle l'entendit parler de nouveau.

— Quand je disparus pour ne pas revenir, malgré la parole donnée, étant donné que le destin est plus fort que la volonté humaine, comme on peut le lire dans les sagas des Islandais, je me suis consolé en pensant que, la prochaine fois que je verrais la vierge claire, ce serait une autre femme : sa jeunesse aurait disparu alors ainsi que cette beauté qui est le don de la jeunesse. Les sages de l'antiquité enseignaient que l'infidélité en amour est la seule trahison que les dieux considèrent avec clémence : *Venus haec perjuria ridet.* Hier soir, quand vous êtes entrée dans la salle après toutes ces années, j'ai vu que Lofn[1] n'avait pas besoin de me sourire avec clémence.

— Je vous prie de cesser ces vains discours, assesseur, dit-elle en dénouant les mains et en les élevant un instant devant elle comme pour se défendre. Pour l'amour de Dieu.

— De même que tous, nous sommes scaldes quand nous sommes jeunes, pour ne plus l'être ensuite, nous sommes tous beaux, un moment, quand nous sommes jeunes ; la jeunesse symbolise ces deux choses. Mais il en est à qui les dieux font, par grâce spéciale, le don de leur concéder ces choses du berceau jusqu'à la tombe, sans égard au nombre des années.

— Sans aucun doute, vous êtes scalde, assesseur, dit-elle.

— Je veux que ce que j'ai dit serve d'introduction à tout ce qu'il nous reste à dire, dit-il.

Elle regarda au loin ; comme si elle avait oublié le but de sa visite. Il y avait dans son expression ce calme élevé et serein qui tient plus de l'air que de la terre. Finalement, elle abaissa tout de même les yeux.

— Jon Hreggvidsson, dit-elle, c'est uniquement de lui que j'avais l'intention de vous parler. On dit que celui qui fait l'aumône dépend, à partir de ce moment même, de celui à qui il l'a faite. Ce que l'on a fait une fois continue d'exister. Et voici qu'après quinze ans, ce Jon Hreggvidsson arrive pour me donner des ordres.

— Je pensais que vous étiez fière d'avoir sauvé la tête du vieux Jon Hreggvidsson qui tua le bourreau du roi.

— Mon père méritait pourtant autre chose de moi que

---

1. Lofn est l'une des petites déesses du panthéon nordique Elle protège les amants.

de me voir lui soustraire des criminels, dit-elle. Il ne m'a jamais voulu que du bien. Vous qui êtes ami du roi, vous devriez aussi être fâché contre moi au nom de Sa Majesté car, comme vous le dites, il a tué un homme, il a tué un homme du roi.

— Sans aucun doute, dit Arnas Arnaeus. Nous sommes tout de même innocents vis-à-vis du roi, même si nous avons tendu à cet homme une main secourable. En fait, il n'a jamais été convaincu de rien.

— Mon père ne juge pas à tort, dit-elle.

— Comment le savez-vous? dit-il.

— Je suis une part de lui, dit-elle, il est en moi. Il me semble que c'est moi-même qui ai condamné, à bon droit, ce criminel. Voilà pourquoi ma conscience m'accuse de l'avoir relâché.

— La conscience humaine est un juge incertain quant au bon et au mauvais droit, dit-il. Elle n'est que le chien en nous qui, bien ou mal dressé, obéit à son maître, c'est-à-dire aux prescriptions de la loi en vigueur. Elle peut avoir un bon ou un méchant maître, selon les circonstances. Parfois, elle peut avoir un maître qui, lui-même, est un scélérat. N'ayez aucun souci des fautes que vous reproche votre conscience à propos de la tête de Jon Hreggvidsson. Vous n'êtes pas infaillible et, par conséquent, votre père non plus. Considérez que le tribunal s'est trompé, jusqu'à preuve du contraire.

— Mais à supposer que le tribunal se soit trompé et que Jon Hreggvidsson soit innocent, est-ce que la justice ne vaut pas plus que la tête d'un mendiant — quand bien même elle pourrait errer une fois ou une autre?

— Si le tribunal réussit à prouver pleinement la culpabilité d'un homme, celui-ci y perdra donc la tête — quand bien même il n'aurait jamais commis de crime. C'est un rude principe; mais sans lui, nous n'aurions pas de justice. Et c'est précisément à cela que, semble-t-il, le tribunal a échoué dans le cas de Jon Hreggvidsson; et d'ailleurs, dans le cas de beaucoup d'autres criminels présumés, dans ce pays; beaucoup trop d'autres.

— Il se peut, dit-elle. Pourtant, je n'ai jamais entendu personne douter que Jon Hreggvidsson n'ait tué l'homme.

Et vous le dites vous-même. D'ailleurs, l'individu n'aurait pas peur du procès s'il n'avait la conscience lourde.

— Il n'aurait guère été difficile de s'emparer de Jon Hreggvidsson et de le décapiter, car il est resté chez lui à Rein une quinzaine d'années absolument sous le nez des autorités. Mais personne n'a touché un cheveu de sa tête.

— Mon père ne juge pas deux fois un homme pour le même crime, dit-elle. De plus, cet individu est rentré chez lui avec une espèce de lettre du roi.

— Malheureusement, pas pour la vie éternelle, dit Arnas Arnaeus en souriant.

— Une lettre le graciant.

— Une lettre demandant la revision du procès. Mais il ne l'a jamais produite. Et le procès n'a pas été repris.

— Mon père ne fait jamais mystère de rien, dit-elle. Mais c'est un homme miséricordieux et il a sûrement eu pitié de ce pauvre diable.

— Est-il juste d'être miséricordieux? demanda Arnas Arnaeus, toujours souriant.

— Je sais que je suis stupide, dit-elle. Je sais que je suis si stupide que me voici devant vous comme un petit scarabée qui est tombé sur le dos et qui ne peut se remettre sur ses pattes pour fuir.

— Vos lèvres sont comme avant : deux chrysalides, dit-il.

— Je suis convaincue que Jon Hreggvidsson a tué l'homme, dit-elle.

— Vous me l'aviez envoyé pour que je le prenne en ma garde.

— C'était une coquetterie, dit-elle. J'avais dix-sept ans.

— Il m'a dit que sa mère s'était adressée à vous, dit Arnas Arnaeus.

— Tant pis! dit-elle. Je n'ai pas de cœur.

— Puis-je voir? dit-il.

— Non, dit-elle.

— Vous avez tout de même les joues brûlantes, dit-il.

— Je sais que je suis ridicule, dit-elle. Mais il n'est pas nécessaire, Monsieur, de me le faire sentir.

— Snaefrid, dit-il.

— Non, dit-elle, faites-moi la grâce de ne pas prononcer

mon nom, dites-moi seulement une chose : si l'on doit recommencer à examiner cette affaire, est-ce que la façon dont les choses se passeront pour Jon Hreggvidsson ne revient pas au même?

Il avait cessé de sourire et répondit évasivement, sur le mode impersonnel, à la façon des fonctionnaires :

— Une décision n'a pas encore été prise. Mais il y a divers procès anciens qui doivent être revisés. Le roi veut qu'on les revise. Jon Hreggvidsson est venu ici l'autre jour et nous avons parlé de choses et d'autres. Son affaire n'a pas bonne tournure. Quoi qu'il en aille pour lui, je crois que, par égard pour l'avenir, il conviendrait, pour la population de ce pays, que son procès fût réinstruit.

— Et si on le trouve coupable — après toutes ces années?

— Il ne peut pas être plus coupable qu'il l'est selon cet ancien verdict.

— Mais s'il est innocent?

— Hum! Que vous voulait Jon Hreggvidsson?

Elle ne répondit pas à cette question mais regarda bien en face l'envoyé du roi en demandant :

— Le roi est-il l'ennemi de mon père?

— Je crois que je peux sans risque dire que non, dit Arnaeus. Je pense que Notre Très Gracieux Sire le Roi et mon très noble ami le gouverneur sont tous deux également grands amis de la justice.

Elle s'était levée.

— Je vous remercie, dit-elle. Vous parlez comme il sied à un homme du roi : vous ne laissez rien échapper, mais vous condescendez à raconter d'intéressantes histoires, si nécessaire, comme celles que vous nous avez dites sur Rome aujourd'hui.

— Snaefrid, dit-il alors qu'elle allait partir. Il s'était tout à coup rapproché d'elle. Que pouvais-je faire d'autre que de donner la bague à Jon Hreggvidsson?

— Rien, assesseur, dit-elle.

— Je n'étais pas libre, dit-il. J'étais lié par mon passé. L'Islande me possédait. Ces anciens livres que je conservais à Copenhague, leur démon était le mien. Leur Islande était l'Islande et il n'en existait pas d'autre. Si j'étais rentré au printemps avec le bateau d'Eyrarbakki, comme je l'avais promis, j'aurais vendu l'Islande. Chacun de ces livres, chacune de ces feuilles et de ces lettres se serait perdue dans les mains des usuriers, mes créanciers. Nous deux, nous aurions vécu dans quelque propriété en ruines, deux mendiants de grandes familles, je me serais adonné à la boisson, je t'aurais vendue pour de l'eau-de-vie, tuée peut-être...

Elle se retourna complètement et le regarda, le prit précipitamment dans ses bras, inclina son visage vers sa poitrine, une seconde, en murmurant :

— Arni.

Elle n'ajouta rien et il caressa, une seule fois, son opulente chevelure blonde, puis la laissa partir, comme elle en avait manifesté l'intention.

Un pauvre homme, le visage bleui et trempé de pluie se tient devant la porte de l'évêque, un jour d'automne, essayant de parler à quelqu'un, mais on n'a cure de lui. Ses habits sont déchirés et crottés de boue ancienne, bien qu'initialement ils aient été coupés pour un homme de meilleur rang, ses bottes sont déformées, mal tenues et trouées, autant que l'on peut s'y attendre dans un pays dont le peuple n'a qu'un seul trait national commun : de mauvaises chaussures. Visiblement, il n'est pas ivre, son visage n'est pas la caricature de celui d'un être humain, il n'en est que le vestige; on y entrevoit encore ce qui fut initialement humain. Il est clair aussi, à en juger par le maintien de cet homme, qu'il a connu des jours meilleurs et il ne se mêle pas à la populace des lieux, il n'a à faire qu'à des personnes de haut rang.

Quand il avait frappé à la porte de l'évêque pour la première fois, il avait simplement demandé de parler à sa femme. On lui avait claqué la porte au nez. Il était resté là un long moment, mais quand la porte se rouvrit pour d'autres hôtes, on lui intima de rester dehors. Et il restait là, frappant légèrement à la porte de temps à autre, mais ceux qui étaient à l'intérieur savaient que c'était lui et n'ouvraient pas. Il s'en alla sur l'arrière de la maison, pensant arriver chez l'évêque par la pièce des domestiques, mais rencontra dans le passage des servantes revêches qui dirent que personne ne se rendait chez l'évêque par ce chemin-là. Après bien des efforts, il parvint finalement à parler aux servantes de la femme de l'évêque, qui dirent que la sœur de Madame n'était pas bien et que Madame elle-même était occupée. Il demanda de parler à l'évêque, mais ce dernier conférait avec des pasteurs.

Le lendemain, le visiteur est revenu et tout reprend comme la veille, si ce n'est que maintenant, le vent est au sud-ouest, avec de violentes giboulées de grêle, et sous l'effet des coups de vent qui accompagnent les rafales et s'engouffrent dans ses habits, on peut voir que ses jambes se sont mises à se dessécher et ses genoux à se déjeter, ses bottes sont encore plus misérables sèches qu'humides, il n'a pas de mitaines et se mouche dans ses doigts et il s'est enrhumé. A sa troisième visite à l'évêché, il remet dans l'entrée principale une lettre qu'il a écrite à l'évêque, puis le temps s'écoule jusqu'à ce que, vers le soir, on lui fasse savoir qu'il doit se présenter devant l'évêque dans le grand salon.

L'évêque lui dit « Mon cher Magnus », prit sa main glacée avec une dignité et une autorité souriantes, sans courroux, seulement paternel, disant l'avoir cru assez raisonnable pour ne pas s'exposer au risque impossible d'entreprendre un procès sur ses relations conjugales, comme on pouvait le lire dans la lettre qu'il lui avait fait tenir. Quant au vœu du légitime époux d'avoir un entretien avec sa femme, l'évêque répondit que c'était à elle seule d'en décider. Pour l'exigence exprimée dans cette lettre — à savoir, que l'évêque, par son pouvoir sacerdotal et son autorité, enjoignît à son épouse de retourner chez son mari légitime, il répondit de la sorte : que sa belle-sœur était la bienvenue à l'évêché tant qu'elle choisirait d'y séjourner. Magnus de Braedratunga déclara aimer sa femme de tout son cœur et au-delà de toute expression et que c'était fort vilaine action que de la lui retirer. L'évêque affirma qu'il n'avait rien à voir dans cette affaire et pria son beau-frère de ne pas s'offusquer qu'il n'eût rien à redire aux affaires de cœur tant qu'il ne s'était pas rencontré entre les conjoints chose qui exigeât expressément sa présence.

Le légitime époux n'en continua pas moins de revenir à l'évêché à toute heure du jour, se donnant maintenant des commissions à faire auprès de l'intendant et du personnel de bas rang puisqu'il ne parvenait pas à se faire entendre du plus élevé. Il alla jusqu'à entreprendre de réparer des harnais pour les gens de l'évêché et à travailler à la forge pour l'intendant. Il était constamment sobre, même si l'on buvait autour de lui, et quand les ivrognes du lieu entamaient une beuverie générale, après une expédition de ravitaillement à Bakki, il refusait carrément de leur tenir compagnie et s'en allait.

Un dimanche matin, il envisagea de s'embusquer sur le

chemin qu'elle prendrait pour aller à l'église, mais elle ne passa pas par là, bien qu'il eût attendu longtemps sur le sentier. Quand enfin il pénétra dans l'église, il la vit, assise à côté de sa sœur et d'autres nobles dames, tout au bout de la partie réservée aux femmes, parée de sa haute coiffe. Elle ne levait pas les yeux mais écoutait sans bouger le prêche de Séra Sigurd sur le lépreux. Il était arrivé tard à la messe car il s'était attardé dehors trop longtemps et quand il voulut prendre place dans le chœur, toutes les places étaient occupées de même que dans tous les autres bancs séparés, car Arnas Arnaeus se trouvait là avec sa suite et quelques chefs d'en dehors du district, si bien que le junker battit en retraite dans la nef. Après que le pasteur eut chanté la collecte, il vit Snaefrid et la femme de l'évêque se lever ainsi que l'intendante de l'évêché et la servante, et se préparer à s'en aller. Mais au lieu de sortir en traversant l'église, elles sortirent du chœur par l'intérieur, passèrent devant la balustrade de l'autel et entrèrent dans la sacristie car, de là, un passage que l'on utilisait en hiver par mauvais temps menait jusqu'à la salle de l'évêque. Il fallait certainement qu'elle enlevât sa coiffe avant de se risquer à pénétrer dans ce boyau terreux.

Un jour, peu de temps après cette visite malchanceuse à l'église, le légitime époux prit le parti d'aller trouver Arnaeus : on lui indiqua où se trouvait sa chambre, où il travaillait avec deux secrétaires ; le feu brûlait dans l'âtre. Le légitime époux abandonné posa sa main engourdie dans la bienheureuse main chaude de l'émissaire royal. Arnaeus accueillit aimablement l'arrivant et le pria de s'asseoir. Le légitime époux s'assit en béant stupidement et en grimaçant. En présence d'un authentique gentilhomme, un feu brûlant derrière soi, de gros livres et des sièges sculptés, l'arrivant n'allait pas sans évoquer un garnement embarrassé à cet âge ingrat où l'on n'est pas certain d'être un homme en dépit des apparences.

— Puis-je faire quelque chose pour vous ? demanda Arnas Arnaeus.

— Je voudrais vous dire quelques mots... Votre Seigneurie, dit-il.

— *Privatim*, demanda l'assesseur.

Son interlocuteur leva les yeux en émettant un ricanement qui découvrit une rangée de dents en mauvais état.

— Oui, c'est bien ça, dit-il. Il y a longtemps que je ne me suis pas exercé au latin : *privatim*.

Arnaeus pria ses secrétaires de sortir pendant qu'ils parleraient.

Le grimacement de l'homme restait à la fois flou et insolent, partie pour lui et partie pour le monde extérieur, et il dit :

— Je pensais vous offrir quelques vieux grimoires s'ils ne s'étaient pas complètement détériorés dans le grenier, chez moi ; ils viennent de la demeure de feu mon grand-père.

Arnaeus dit qu'il était toujours curieux d'entendre parler des *opera antiquaria* et demanda quelles sortes de livres il possédait. Mais le junker n'en savait rien, disant qu'il n'avait guère en coutume de fureter dans les vieilles fables concernant Gunnar de Hlidarendi et Grettir Asmundarson [1] et autres histoires de brigands que l'on composa ici, dans le pays, autrefois. Il dit même qu'il donnerait ces lambeaux à Son Éminence si Elle le voulait.

Arnaeus s'inclina dans son siège et remercia du cadeau.

Puis il y eut une pause dans la conversation. Le légitime époux cessa progressivement de faire son regard ahuri et resta assis, tête pendante, dans une obstination muette et Arnas Arnaeus contempla en silence son large front plat qui rappelait celui d'un taureau. Finalement, ce silence étant devenu anormalement long, il demanda :

— Y avait-il autre chose ?

Alors, ce fut comme si son hôte se réveillait, et il dit :

— Je voudrais prier l'assesseur de m'aider dans une petite affaire.

— J'ai le devoir d'aider chacun au mieux de mes possibilités dans une juste cause, dit Arnas Arnaeus.

Après un certain délai, son hôte prit la parole. Il avait épousé une excellente femme qu'il aimait beaucoup et d'ail-

---

1. Tout comme Gunnar de Hlidarendi, héros de la *Saga de Njall le brûlé*, Grettir est le personnage central de la saga qui porte son nom : la *Saga de Grettir le fort*.

leurs, c'était une femme de grande sagesse. Il déclara avoir toujours traité cette femme comme un œuf sans coquille, la portant de ses mains du matin au soir. Il l'avait laissée habiter comme une princesse dans une tour parmi ses bijoux d'or et d'argent et de belles tapisseries, avec des vitres aux fenêtres, des friandises et un poêle de faïence, lui-même allant dormir dans une aile éloignée de la maison quand elle le voulait. Il déclara avoir considéré que rien n'était trop bon pour cette femme ; du reste, c'était une personne de haute famille et de plus, tenue par beaucoup pour la plus belle femme d'Islande. Mais voilà bien les femmes : soudain, elle ne voulait plus rester avec son légitime époux et s'était enfuie de chez lui.

Arnaeus examinait l'homme tandis qu'il parlait. On ne voyait pas bien s'il débitait ingénument cette histoire, comptant qu'un fonctionnaire venu de loin n'était pas au courant de l'évolution des choses dans une affaire si personnelle, ou bien si c'étaient là sarcasmes dissimulés d'un cocu cauteleux venant faire le bouffon devant son ancien rival pour le mettre à l'épreuve. Quoiqu'il persistât dans les yeux de cet interlocuteur des traces de caractère qui rendaient vraisemblable qu'il eût été une fois cavalier et séducteur de femmes, leur éclat était pourtant étonnamment dépourvu d'âme, comme chez un prisonnier ou une bête, et l'on doutait qu'un homme s'y cachât.

— Qui est partie adverse en cette affaire, la femme elle-même ou quelqu'un d'autre ? demanda Arnas Arnaeus.

— L'évêque, dit le légitime époux.

La chose exigeait explication, laquelle fut que l'évêque, beau-frère de l'homme, et tous ses gens, s'étaient longtemps évertués à le calomnier auprès de cette femme. Maintenant, en fin de compte, ces gens avaient obtenu satisfaction, ils lui avaient ravi son épouse par ruse et la tenaient dans une espèce de prison, ici dans cette maison, montant la garde autour d'elle nuit et jour afin que son époux légitime devant Dieu et devant les hommes ne parvînt pas à la rencontrer. L'époux légitime déclara être allé trouver l'évêque pour parler de cette affaire, mais n'avoir reçu pour toutes réponses que faux-fuyants et lieux communs. Le vœu et la prière de cet époux légitime étaient donc que l'émissaire du roi lui prêtât assistance pour qu'il obtînt son droit contre l'évêque dans son procès pour réclamer sa femme selon la loi.

Arnaeus souriait aimablement, mais il était assez peu disposé à entreprendre un procès contre son hôte et ami l'évêque pour le compte de la femme d'autrui, à moins que de grands crimes se révélassent en cette affaire. Quant aux anciens livres que possédait l'époux légitime, il dit qu'il aimerait les regarder quand l'occasion s'en présenterait pour examiner ce qu'ils valaient. Sur ce, il se leva, prisa et offrit une prise au légitime époux et le congédia de la sorte.

Il y avait des tourbillons de neige. Le vent glacial enveloppe l'homme sans foyer qui se tient dans la cour devant la demeure de l'évêque, le soir. Il tourne le dos au vent, comme un cheval que l'on laisse dehors, et serre autour de son cou le col de son manteau d'une main bleue, trop bien né pour porter un foulard, puis se met à fixer du regard les petites fenêtres au-dessus du grand salon, mais les rideaux sont baissés et il n'y a pas de lumiè car on s'est endormi au crépuscule. Mais alors qu'il est resté là un moment à grelotter, un homme s'avance entre les maisons avec quelques chiens, le hèle et crie dans les tourbillons de neige que le misérable pendard de Magnus de Braedratunga doit décamper immédiatement du domaine de Skalholt, sinon on lâchera les chiens sur lui. Et s'il persiste dans l'habitude qu'il a prise de venir ici à toute heure du jour, on l'attachera à un piquet la prochaine fois et on le fouettera. L'intendant, qui jusque-là lui avait confié de menus travaux à l'évêché et s'était montré bien disposé à son égard avait dû recevoir des instructions pour que les gens du lieu adoptent une autre conduite vis-à-vis de ce pèlerin.

L'époux légitime ne dit rien. C'était un trop grand junker pour se chamailler, quand il n'avait pas bu, avec de la canaille, d'autant qu'il souffrait de faim et de bien d'autres choses. Il marcha droit contre le vent parmi les maisons, la bise gonflant ses habits, ses jambes paraissaient plus minces, ses genoux plus cagneux que jamais. Il s'était trouvé une époque où il avait traversé à cheval ce noble parvis par les nuits lyriques du début de l'été, les chevauchées de jour étant interdites. Maintenant, il n'avait plus de cheval ferré. En revanche, voici que chevauche à sa rencontre un homme montant un poulain ferré à glace; il est allé, dans le crépuscule, sur la Mare aux Chiens, exercer son noir coursier favori. Le junker fit semblant de ne pas voir le cavalier et continua de marcher contre le vent, mais l'autre s'arrêta à quelque distance de lui, tint la bride haute à son impétueux coursier qui rongeait son mors écumant, se retourna dans sa selle et héla le marcheur :

— Es-tu soûl?

— Non, dit le junker.

— Tu as une commission pour moi, peut-être?

— Non.

— Pour qui alors?

— Pour ma femme.

— Ainsi, elle est encore ici à Skalholt, dit le pasteur. J'espère que ma chère et bonne amie va bien.

— J'imagine que c'est toi qui sais le mieux comment vous allez ici à Skalholt, dit le piéton d'un ton impertinent au cavalier, car ils avaient tous deux été camarades d'école ici, bien longtemps avant. Vous avez parfaitement réussi à me subtiliser mon épouse. Et l'on dit que tu ne t'es pas ménagé dans cette affaire.

— Je n'aurais tout de même pas cru, mon cher Magnus, que je me trouverais en posture de subtiliser l'épouse d'un séducteur comme toi, dit le pasteur.

— J'ai appris qu'en vérité, tu avais eu avec elle un long entretien dans le clos cet été.

— Oh! il n'y a rien à redire, mon cher Magnus, au fait que nous autres pasteurs ayons un entretien avec nos chères paroissiennes au vu et au su de tout le monde, dans le clos, en plein soleil; à ta place, je me préoccuperais davantage des entretiens qui, peut-être, n'ont pas lieu au vu et au su de tout le monde, dans un clos, en plein soleil.

— Je suis transi, j'ai faim, je suis malade et je n'ai cure d'écouter tes bavardages en plein air, dans le froid et la tourmente de neige. Au revoir, je m'en vais, dit l'époux légitime.

— Du reste, je ne fais pas mystère de la commission que

j'avais à faire à ta femme l'été dernier, chez Magnus, dit Séra Sigurd. Si tu tiens à le savoir, je vais te le dire sur-le-champ.

— Eh bien? dit l'époux légitime.

— Le bruit a couru un certain temps cet été que tu aimais l'eau-de-vie, mon cher Magnus, dit Séra Sigurd. En sorte que je suis allé voir en passant ta femme, ma chère Snaefrid, pour savoir ce qu'il y avait de vrai là-dessus.

— Et alors, dit le junker. Est-ce que ça te regardait si je buvais? Et qui est-ce qui ne boit pas?

— Tout le monde n'aime pas l'eau-de-vie, dit Séra Sigurd. Tu le sais bien toi-même, mon cher Magnus. il y en a qui vont jusqu'à penser que c'est mal. Il y en a qui ne l'aiment pas au point de n'y pas goûter, purement et simplement, d'autres en prennent pour s'émoustiller un peu ou s'égayer, puis ils arrêtent. Et puis il y en a encore qui peuvent boire au point de perdre entendement et bon sens une fois ou une autre, sans considérer pourtant que l'eau-de-vie soit à ce point bonne qu'ils donneraient pour en avoir ce à quoi ils attachent de la valeur. Tous ces gens-là ne pensent pas que l'eau-de-vie soit bonne.

— Je vois que tu as gardé ta vieille habitude de tourner autour de ce qu'on te demande, dit Magnus de Braedratunga. Pour te le dire, je ne te comprends pas et ne t'ai jamais compris. Je demandais quelles personnes étrangères à toute cette affaire cela regardait que j'aie bu de l'eau-de-vie naguère? Personne ne le savait mieux que ma femme, et pas une seule fois de toute notre vie commune elle n'a trouvé à y redire.

— Celui-là n'attache pas grand prix à l'eau-de-vie, dit Séra Sigurd, qui n'est pas prêt à vendre sa femme, fût-elle la plus belle d'Islande, et ses enfants avec, s'il en a, et à abandonner son foyer après l'avoir complètement détruit.

— C'est un mensonge, dit Magnus de Braedratunga. S'il existe une chose que je hais, c'est l'eau-de-vie.

— Est-ce que ce ne serait pas la voix du Seigneur et non la tienne qui dit ces mots, mon cher Magnus, dit l'archiprêtre. On devrait sentir la différence entre les deux. Ce n'est pas à ce que dit sa bouche, mais aux actes d'un homme que l'on voit à quelle voix il obéit.

— J'ai solennellement juré que jamais plus désormais mes lèvres ne toucheraient l'eau-de-vie, dit le légitime époux qui avança alors tout près du cheval, saisit à pleines mains sa crinière tout en regardant d'yeux brûlants le pasteur à cheval tandis qu'il parlait. J'ai passé des nuits entières à veiller depuis que mon épouse a quitté la maison et j'ai prié Dieu, même si tu ne le crois pas. Ma mère m'a appris à lire dans le livre des Sept Paroles. Et maintenant il ne reste plus en moi une étincelle de désir pour l'eau-de-vie. Sans arrêt on m'a offert de l'eau-de-vie tous ces jours-ci, et que crois-tu que j'avais envie de faire? j'avais envie de cracher dedans. Si tu lui parles, Séra Sigurd, dis-le-lui.

— Je crois qu'il vaut mieux que tu le dises toi-même, mon cher Magnus, dit le pasteur. Mais si tu veux lui faire parvenir un message, il en est d'autres qui seraient mieux fondés à le faire que moi.

— Ils m'ont tous mis à la porte, dit l'époux légitime. Tout récemment, je me suis présenté à celui qui est plus élevé que le maître de maison en cette demeure, et l'on a excité les chiens contre moi alors que je venais de le quitter, en me menaçant de me molester si je revenais!

— Ces gens du siècle! dit le pasteur.

Le junker se pencha sur le garrot du cheval tout en continuant de dévisager passionnément le cavalier, et demanda :

— Dis-moi franchement, cher Séra Sigurd : crois-tu qu'elle se soit mise à le fréquenter?

Mais Séra Sigurd venait de rendre la bride à son cheval.

— Pardonne-moi de t'avoir contrarié, dit-il en s'en allant. Je croyais que, peut-être, tu avais une commission pour moi. Et comme je t'ai aperçu, je voulais te dire que, quel que soit l'état de cette affaire à présent, il n'y a pas longtemps que, dans le clos, Snaefrid était prête à tirer un trait sur toutes tes erreurs, aimant l'homme qui voulait la vendre bon marché plus que celui qui voulait l'acheter chèrement.

Le junker demeura dans la tourmente de neige et lui cria :

— Mon cher Siggi, mon cher Siggi, j'ai une commission pour toi, permets-moi de parler plus intimement avec toi.

— Je passe souvent mes nuits à veiller... après que les chiens se sont endormis, dit l'archiprêtre. J'ouvrirai si tu frappes prudemment à ma fenêtre.

— Au bord du Breidafjord, il y a de beaux domaines, des eiders dans chaque baie, le phoque y dort sur la pierre, le saumon bondit dans les cascades, il y a des oiseaux dans les îles, des prairies herbeuses au bord de la mer, les pentes sont couvertes de taillis, l'herbe tapisse les passes des montagnes et plus loin vers l'intérieur des terres, il y a de vastes landes à bruyère pleines de rivières et de cascades. Les fermes y reposent sur de verts monticules qui dominent les pâturages et donnent sur le fjord, et, par temps calme, les îlots et les récifs y font une ombre veloutée qui tremble, transparente comme un reflet dans l'eau de source — c'est Arnaeus qui s'adresse à elle, le soir, car elle est venue lui rendre visite, s'enquérir de ce que son mari avait à lui dire. Si j'ai bonne mémoire, tu possèdes un de ces domaines?

— Oui. Eh bien? dit-elle.

— Si tu as envie de monter une maison dans un domaine de ce genre, je t'enverrai du bois de construction.

— Célèbre homme de ce siècle, dit-elle, es-tu enfant à ce point?

— Oui, dit-il, je suis puéril à ce point. La première impression dure longtemps. C'est dans un domaine de ce genre que je t'ai vue pour la première fois. En pensée, je revois toujours le Breidafjord autour de ta silhouette. Et les gens du Breidafjord, que les chagrins ne peuvent réduire et dont l'adversité n'a pu effacer les marques de la noblesse sur leurs visages.

— Je ne sais d'où je suis, dit-elle d'une voix indifférente.

— Puis-je te raconter une histoire? dit-il.

Elle acquiesça, l'esprit ailleurs.

— Il y avait une fois un festin de noces dans le Breidafjord. C'était tard dans le printemps, vers le solstice d'été, quand tout renaît de ce qui n'est pas encore mort en Islande. Vers la fin de la soirée, deux cavaliers traversèrent la cour du domaine. On ne leur laissa pas poursuivre leur route tant qu'ils n'eurent pas accepté de recevoir l'hospitalité. Il y avait une tente dans le clos, où se trouvaient les gens du petit peuple, et les libations y battaient son plein. Les voyageurs furent conduits dans la maison où se trouvaient les paysans de meilleure condition, avec leurs femmes. Quelques jeunes filles les servaient. Ces hôtes inattendus qui s'attardèrent un bon moment au banquet cette nuit-là étaient frères, l'un était compté parmi les chefs, c'était le chef du district de l'autre côté du Breidafjord. L'autre était un jeune homme qui, tout de même, avait passé une bonne décennie loin de son pays. Son frère aîné était allé le chercher au bateau de Stykkisholmur, ils avaient l'intention de poursuivre leur route pendant la nuit. Le nouvel arrivant regardait ce peuple gris, le sien, qu'il se rappelait depuis son enfance; les efforts que faisaient ces gens pour se réjouir rendaient cette grisaille encore plus visible et son dénuement plus poignant. Beaucoup se roulaient, ivres morts, dans la cour. Mais alors que les deux voyageurs étaient restés un moment dans le groupe des hommes rangés, à la ferme, un visage apparut soudain à l'invité qui venait du plus loin et ce visage lui procura un instant un tel ravissement qu'au moment même, tous les autres furent transformés en ombres. Bien qu'il eût précédemment fréquenté les salles royales, il lui parut soudain n'avoir jamais rien éprouvé qui ressemblât à cela.

— Tu me fais peur, dit-elle.

— Je sais que parler de la sorte passe la mesure qui sied à toute bonne conversation, dit-il. Mais cet hôte a beau repenser bien souvent à cet événement, il n'a pas encore trouvé de termes mesurés pour traduire cette vision, cette apparition dans la lumière enchantée de la nuit d'été. Il pose toujours la même question qu'alors : comment cela se peut-il? Comment un tel abîme peut-il séparer une figure humaine de toutes les autres? Par la suite, il s'est souvent fait des reproches à lui-même, disant : N'as-tu pas vu dans le monde assez de femmes célèbres, que tu ne puisses supporter la vision d'une gamine du Breidafjord. Ton trouble vient de toi-même, de cette sorte de vision que connaît l'âme en un moment de bonheur, quand bien même l'entendement y chercherait de fausses explications extérieures. Mais il s'avéra avec le temps que les étrangères s'effaçaient de la mémoire de cet invité, avec leur renom et leur beauté, et disparaissaient au royaume des ombres. Elle seule restait.

— Est-ce que ce voyageur étranger n'aurait pas surtout été surpris de voir quels grands yeux une gamine du Breidafjord peut faire la première fois qu'elle voit un homme!

Mais il ne se laissa pas décontenancer par la remarque.

— Dans une vie humaine, il n'existe qu'un moment qui soit et qui demeure malgré la fuite du temps; c'est à sa lumière que nous accomplissons ensuite nos œuvres, bonnes ou mauvaises, que nous livrons le combat de notre vie — quand bien même tout serait dirigé contre ce moment-là. Sans aucun doute, sur un tel moment règnent toujours les mêmes yeux, ces yeux pour lesquels sont nés tous les scaldes, encore qu'ils ne trouvent jamais leur propre scalde, car le jour où l'on dira leur nom véritable, le monde périra. Que se passa-t-il? Que fut-il dit? En un tel moment, il ne se passe rien et rien n'est dit. Si ce n'est que, soudain, lui et elle descendirent au bord de la rivière : la marée est haute à l'embouchure. Derrière, il y a une gloire dorée. La brise nocturne souffle sur ses cheveux blonds. Le jour s'attarde en une rougeur pâle sur une joue au teint de pétale de rose.

— Comment a-t-il pu venir à l'idée d'un ami des reines de prier cette ignorante créature de l'accompagner sur le rivage? Elle n'avait pas plus de quinze ans.

— Elle avait quinze printemps.

— Elle-même savait à peine qu'elle existait. Elle pensait que, puisque cet hôte était un homme distingué, il voulait la prier de transmettre ses salutations à son père qui avait quitté le banquet. Ce ne fut que le lendemain qu'il lui vint à l'idée qu'il lui avait donné une bague — à elle, personnellement.

— Qu'a-t-elle bien pu penser d'un hôte si étrange?

— C'était la fille du gouverneur, et tout le monde veut faire des cadeaux aux puissants. Il lui paraissait aller de soi que l'on fît des présents à la fille du gouverneur.

— Quand la bague lui fut rendue, il la donna à Jon Hreggvidsson pour qu'il en bût le prix. Il avait brûlé ses vaisseaux. Promesses, serments, notre volonté la plus sincère :

fumées! Le jeune pétale de rose de cette belle nuit de printemps, il l'avait vendu pour des manuscrits de parchemin ratatiné. C'était sa vie.

— Tu m'as dit cela une fois, dit-elle. Mais tu sautes quelque chose, Arni. Tu sautes deux étés.

— Dis-le, toi, Snaefrid.

— Je ne connais pas les mots.

— Celui qui connaît les mots ne peut pas dire l'histoire, Snaefrid; seulement celui qui respire comme il faut. Respire!

Elle resta longtemps à regarder devant soi, l'air absent, et respira.

— Quand tu vins habiter chez nous pour examiner les vieux livres de mon père, je ne me rappelle pas m'en être réjouie; mais peut-être étais-je un peu curieuse. Je n'avais pas osé dire à ma mère qu'un inconnu m'avait donné une bague et c'était parce qu'elle m'avait interdit d'accepter sans sa permission des cadeaux d'inconnus. Elle considérait qu'un étranger qui fait des cadeaux aux enfants d'une puissante personne doit avoir de mauvaises intentions. Assurément, une jeune fille ne croit pas volontiers aux propos de sa mère, mais tout de même, je tenais à ne pas la voir apprendre sur mon compte chose qui lui eût paru inconvenante. Aussi cachai-je la bague.

— Veux-tu continuer, dit-il.

— Quoi? dit-elle. Me serais-je mise à raconter une histoire?

— Je ne t'interromprai pas.

Elle baissa les yeux et dit pensivement, sombrement :

— Que se passa-t-il? Tu étais venu. J'avais quinze ans. Tu es parti. Rien.

— Je suis resté chez ton père un demi-mois cet été-là, à examiner ses livres. Il possédait quantité de documents, et quelques excellentes *membranas*. J'en copiai quelques-unes, je lui en achetai d'autres, il m'en donna certaines. C'est un docte homme à la mode islandaise et il sait beaucoup de choses sur les généalogies. Dans les soirées de cette fin d'été, nous parlâmes souvent et longtemps entre nous des gens qui avaient vécu dans ce pays.

— Je me suis souvent faufilée pour écouter, dit-elle.

Jamais encore, je n'avais eu envie d'écouter les adultes. Mais alors, je ne pouvais plus m'arracher de là, et pourtant, je ne devais pas comprendre grand-chose à ce que vous disiez. J'étais curieuse de toi. J'étais fort curieuse d'observer cet homme, comment il s'habillait, ses bottes, comment il se comportait, d'entendre comment il s'exprimait, sans prendre en considération le contenu de ses propos, mais avant tout sa voix. Et puis tu es parti. La maison était vide. Quelle chance qu'il ne soit pas allé plus loin que de l'autre côté du fjord, pensait cette petite imbécile. Ah! qui se faufilerait maintenant le soir pour écouter? Un jour, en automne, on dit : il est parti, il a pris le bateau à Holm.

— Cet hiver-là, le roi m'envoya au sud, en Saxe, examiner des livres qu'il avait l'intention d'acheter. Je logeais chez un comte, dans son château. Mais dans ce pays, où même l'homme du commun s'en allait à la fin de sa journée de travail, joyeux et bien portant, à la salle de concert, pour deux skildings, ou bien entendait, le dimanche à l'église, de grands maîtres exécuter leurs *cantatas,* — où donc étaient les pensées de cet invité, sinon dans le seul pays d'Europe qui fût accablé par la famine et dont le peuple était appelé par les doctes *gens paene barbara?* Tandis que j'examinais les superbes *volumina* composés par les plus célèbres imprimeurs, certains par le maître imprimeur Plantino, quelques-uns par Gutenberg lui-même, des livres illustrés et précieusement enluminés, avec de belles reliures de cuir aux fermoirs d'argent que mon souverain avait l'intention de s'approprier pour sa bibliothèque de Copenhague, ma pensée tout entière était dans le pays où le trésor le plus précieux des pays du Nord avait son origine — ce trésor qui devait alors être en train de pourrir dans des masures de terre. Chaque soir, lorsque je me couchais, voici quelle était ma pensée : aujourd'hui, la moisissure a encore gagné une feuille de plus du livre Skalda.

— Au bord du Breidafjord, une petite gamine se languit tout au long des mois de Thorri et de Goi [1] — tant mieux si tu n'y pensais pas.

1. Thorri et Goi sont les noms de deux mois de l'année en vieil islandais.

— Dans les sagas anciennes, on lit souvent que l'Islandais devenait silencieux dans les salles du roi quand l'hiver tirait à sa fin. Je pris un passage sur le premier bateau qui partait pour l'Islande, à Lukkstad, au printemps.

— Elle ne comprenait pas, cette gamine, à quoi cela tenait, mais elle ne pensait qu'à un seul et même homme. Il y a un vieux grigou dans le Grundafjord qui ne dort pas de la nuit mais veille et contemple un ducat d'or. Peut-être était-elle folle comme ce pauvre homme. Pourquoi cette inquiétude, cette angoisse tremblante, ce vide, cette crainte d'un destin glacé : celui d'être abandonnée sans pouvoir revenir dans son pays, comme les Islandais du Groenland[2]. Arrivée dans la chambre des domestiques, la vieille Helga Alfsdottir s'assied sur le bord de son lit et se met à son ouvrage, dans le crépuscule, tandis que les autres dorment. Il y a longtemps qu'elle a cessé de me raconter des histoires, parce qu'elle considère que je suis devenue une grande fille, mais me parle plus souvent, au lieu de cela, de gens qui ont eu des épreuves à endurer. Elle-même, elle se rappelle maintes générations dans le pays; rien de ce qui appartient à la vie humaine ne lui est étranger. Quand elle racontait, c'était comme si la vie du peuple défilait, âge après âge. Et finalement, il se fit qu'un soir je me coulai dans son alcôve, pris mon courage à deux mains et lui demandai de tirer les rideaux de lit parce que j'avais l'intention de lui dire un secret. Je lui dis qu'il y avait une petite chose qui me tourmentait et que c'était pour cela que je ne connaissais pas de jour joyeux, et je la priai de ne pas m'appeler fille du gouverneur, mais de me dire ma bonne enfant, comme lorsque j'étais petite. Et alors, elle demanda : « Qu'y a-t-il, ma bonne enfant? »

— C'est un homme, dis-je.

— Qui est-ce? dit-elle.

— C'est un homme adulte, qui ne me concerne pas, et je ne le connais pas. Je dois être folle.

— Dieu me garde, dit la vieille Helga Alfsdottir, ce n'est tout de même pas quelque vagabond?

2 La colonie islandaise qui avait découvert et colonisé le Groenland finira par périr misérablement faute de liaisons avec le reste du monde

— C'est l'homme qui portait des bottes anglaises, dis-je, car je n'avais jamais vu un homme en bottes brillantes avant lui. Je montrai à la vieille la bague que tu m'avais donnée ce soir où nous nous étions vus. Puis je lui représentai comment cet homme qui ne me concernait pas et que je ne connaissais pas et que je ne reverrais jamais ne sortait de mes pensées ni de jour ni de nuit, et que j'avais peur. Et quand je lui eus tout dit dans un murmure, elle posa sa paume sur le dos de ma main, se pencha vers moi et me chuchota quelque chose à l'oreille, si bas que je ne compris pas ce qu'elle avait dit avant qu'elle se fût redressée.

— N'aie pas peur, ma bonne enfant, c'est l'amour.

— Je crois que tout s'obscurcit devant mes yeux. Je ne sais comment je m'en allai de là. L'amour, c'était un des mots qu'il ne fallait pas prononcer. Chez nous, dans la maison du gouverneur, on ne mentionnait jamais des choses de cette sorte, nous ne savions pas qu'elles existaient et quand ma sœur Jorunn s'était mariée avec l'évêque de Skalholt, sept ans plus tôt, il n'était venu à l'idée de personne de mettre ce fait en rapport avec l'amour. Quand des gens se mariaient, c'était comme n'importe quelle autre disposition pratique dans la contrée, et, de toute façon, pour des motifs qui nous étaient étrangers, à nous, gens du gouverneur. Mon bon père m'avait appris à lire dans le livre des discours de Cicéron, et quand j'entrepris de lire le poème d'Aeneas, ce qui représente le maximum de la *grammatica* auquel je parvins à la maison, il ne me vint jamais à l'esprit que la grande passion de Didon fût autre chose que poésie exclusivement, l'opposé de la vie réelle. Quand donc j'appris de la vieille Helga Alfsdottir ce qui m'était arrivé, est-ce merveille si je fus accablée? Je me glissai chez moi et trempai de larmes un ou deux oreillers certainement. Puis je dis toutes les prières de Bjarni et ensuite toutes celles de Thord, et finalement, puisque rien n'y faisait, je récitai douze fois un Ave Maria en latin, que je lus dans un vieux livre papiste : *ora pro nobis peccatoribus, nunc et in hora mortis nostrae.* Et alors, cela s'apaisa.

Arnaeus dit :

— Le premier jour que je fus de retour chez toi dans le

Breidafjord, je sus cela dès que nos regards se rencontrèrent. Nous le savions tous deux. Toute autre confirmation parut insignifiante et superflue ce jour-là.

— Et, dit-elle, je vins à toi pour la première fois. Nul ne le sut. Je vins malgré moi, parce que tu l'avais dit et que je n'avais aucune volonté hormis la tienne. Je serais venue quand bien même j'aurais dû traverser un cours d'eau impétueux ou commettre un forfait. Et voilà, j'étais venue à toi. Je ne savais pas ce que tu faisais de moi, ce qui se passait, rien, sinon cela seul : que tu me possédais. Et voilà pourquoi tout était bien, tout était juste.

— Je me rappelle ce que tu me demandas la première fois, dit-il. N'es-tu pas le meilleur homme au monde, demandas-tu en m'observant pour voir si tu ne courais aucun risque. Puis tu ne dis plus rien.

— Si... en automne, dit-elle. En automne, quand tu t'en allas et que nous nous dîmes adieu, ici, à Skalholt. Alors, je t'ai dit : Maintenant, je n'ai pas besoin de demander, maintenant, je sais.

— Il faisait clair de lune dans ma petite chambre. Je te fis tous les serments qu'un homme peut faire. J'avais bien des mers à traverser.

— Oui, j'aurais dû le savoir, dit-elle.

— Je sais à quoi tu penses, dit-il : *nulla viro juranti femina credat.* Mais les bateaux ont du retard et arrivent tout de même, Snaefrid.

— Quand des bateaux arrivèrent de nouveau au Groenland, dit-elle, les gens avaient depuis longtemps cessé d'exister. La contrée était déserte.

— C'est le destin qui commande l'arrivée des bateaux. Les dieux, dit-il. Cela est prouvé dans les sagas islandaises.

— Oui, c'est grande chance qu'il existe des dieux et un destin, dit-elle.

Il dit :

— Je n'étais pas le meilleur homme au monde.

— Et tout de même, dit-elle. Sinon, je n'aurais pas épousé le junker de Braedratunga. J'aurais épousé l'archiprêtre de Skalholt.

— C'était un jour, en automne. Nous étions en voyage,

toi et moi ainsi que ton beau-frère et ta sœur, en route vers Skalholt, ici, venant de l'ouest. Je devais faire voile quelques jours après. C'était un de ces jours d'automne, plus lumineux que les jours de printemps. Tu portais des bas rouges. J'avais l'impression d'être en compagnie des elfes, comme toujours quand tu étais présente, et le monde dans lequel j'étais pris, de l'autre côté de la mer, était oublié. Nous chevauchâmes à travers Hafnarskog[3]. Dès que le voyageur circule au grand air, dans ce pays qui tient ses couleurs du soleil, de l'eau et du parfum du sol, il oublie qu'y règne la détresse. Alors, les fermes basses et couvertes d'herbe y semblent dormir un sommeil enchanté, profond et bienheureux. Tu étais en manteau bleu et chevauchais devant moi, et le vent soufflait dans tes boucles et je vis bien qu'en ces lieux voyageait toujours la femme pour laquelle les héros donnaient leur vie, la femme immortelle des sagas anciennes. Celle-là, il ne faut pas que je la trahisse, quand bien même tout périrait, disait celui qui chevauchait derrière toi dans la forêt. J'étais résolu à ne pas me séparer de toi. Je savais que j'obtiendrais du roi le poste que je voudrais en Islande et à cette époque, l'un des deux postes de gouverneur était vacant. Mais — il y avait un livre qui s'appelait Skalda. Pendant des années, ç'avait été, de tous les livres, celui qui me tenait le plus à cœur, et j'avais envoyé des gens dans tous les quartiers du pays pour obtenir des renseignements sur certaines feuilles de ce livre. Cent ans plus tôt, il avait échoué chez les héritiers d'un chef pauvre et été réparti en quantité de petits lots qui se trouvaient maintenant aux mains de mendiants incultes, dispersés dans tout le pays. J'avais réussi, après d'incroyables difficultés, à en reconstituer une grande partie, mais il manquait quatorze feuilles et c'était à elles que j'attachais le plus de prix. J'avais un obscur soupçon que, dans une masure de l'Akranes, il existait des lambeaux d'un vieux manuscrit, et vous vous étiez laissés convaincre de faire le détour jusque-là avec moi. L'endroit s'appelait Rein.

Elle dit :

1. Hafnarskog : une forêt.

— Je me rappelle quand tu m'y amenas.

— C'est vrai, cet endroit seyait mal à une femme de sagas héroïques. Certes, je me rappelle comment tu te glissas tout contre moi à la vue de tout le monde en disant : Mon ami, pourquoi m'entraînes-tu dans cette terrible maison — puis disparus.

— Tu m'oublias.

— Dans cette masure, je trouvai les feuilles de la Skalda, celles auxquelles j'attachais le plus de prix. Nous cherchâmes jusqu'à ce que nous ayons trouvé ce livre précieux entre tous parmi les détritus, dans le fond du lit d'une vieille femme. Je me rappelle le moment où je me trouvai là, dans la pièce, ces feuilles à la main, contemplant ces gens qui recelaient le joyau de tout ce qui a quelque valeur dans la littérature des pays du Nord : la vieille décrépite et le crétin, le maître de maison, un voleur de bout de ficelle et blasphémateur, le dos enflé des coups de fouet du bourreau qu'il était accusé d'avoir assassiné, la fille décharnée avec ses grands yeux et les deux lépreuses aux visages abolis; mais tu avais disparu. Je savais que j'allais partir et ne reviendrais pas. A ce moment-là, je t'avais trahie. Rien n'aurait pu me contraindre à devenir chef d'un peuple assassiné. De nouveau, les livres d'Islande me possédaient.

Demoiselle Snaefrid s'était levée.

— Je ne t'ai jamais accusé, Arni, dit-elle; ni en paroles, ni en pensées. Tu aurais dû le savoir par le message que je t'envoyai avec cette bague.

— J'ai prié Jon Hreggvidsson de se taire. Je n'ai jamais entendu ton message.

— Je me suis enfuie de Skalholt, dit-elle, et je suis arrivée de nuit à Thingvellir. J'étais seule. J'avais résolu de t'envoyer ce criminel. Sa mère était venue me trouver, marchant par monts et par vaux. Je savais que tu ne reviendrais pas, mais je ne t'accusais pas : j'avais volontairement assassiné mon amour la nuit précédente, je m'étais donnée à Magnus de Braedratunga, pour la première fois. Pendant tout le chemin jusqu'à Thingvellir, je m'appliquai à composer le message que j'avais l'intention de t'envoyer, et puis tu n'as pas voulu l'entendre parce que tu n'avais pas confiance en moi. Maintenant je voudrais tout de même te le dire, et je demande que ce soient les derniers mots qu'il y aura entre nous ce soir, et tous les soirs, même le dernier.

Puis elle lui dit les mots qu'elle avait chargé l'homme que son père avait condamné à mort de transmettre à son bien-aimé, depuis Thingvellir au bord de l'Oxara, autrefois, et qui disaient : si mon maître peut sauver l'honneur de l'Islande, quand bien même j'essuierais des affronts, son visage brillera toujours tout de même aux yeux de sa vierge claire.

Il se fit qu'une fois, la femme de l'évêque se donna une course à faire chez sa sœur pour l'interroger sur sa santé et admirer son travail, car Snaefrid était constamment occupée à quelque ouvrage d'art. La femme de l'évêque avait les joues un peu brûlantes, ses yeux avaient un éclat particulier et ne cessaient d'errer. Elle demanda à sa sœur, entre autres choses, si elle dormait assez la nuit ou si sa fille Gudrun, qui partageait sa chambre, ne la tenait pas éveillée par le bruit et l'agitation que font toujours les petites filles, offrant, en ce cas, de trouver à la gamine un autre endroit pour dormir. Snaefrid était toujours sur ses gardes vis-à-vis de sa sœur quand celle-ci lui manifestait quelque bonté. Elle dit qu'elle ne manquait de rien et qu'en ce qui concernait la petite fille de la maison, elle ne lui procurait que de la joie.

— Et elle s'endort à l'heure voulue? dit la femme de l'évêque.

— D'ordinaire, elle est endormie avant moi, dit Snaefrid.

— Mais ma chère Snaefrid, moi qui croyais que tu te mettais toujours si tôt au lit!

— Je suis toujours assez ensommeillée le soir, dit Snaefrid.

— Il semblerait qu'une servante ait laissé échapper dans la salle de tissage que, parfois, elle t'aurait aperçue en bas, tard le soir, dit la femme de l'évêque.

— Les servantes devraient dormir davantage la nuit, dit Snaefrid. Et parler moins le jour.

Après une courte hésitation, la femme de l'évêque dit :

— Puisque nous nous sommes mises à parler de l'heure d'aller au lit, il vaut mieux que, tant que j'y pense, je te dise la dernière nouvelle : depuis quelque temps, l'évêché est inondé de documents écrits provenant des campagnes, où l'on se plaint des frasques nocturnes que font les gens, ici, à Skalholt, et où l'on menace de faire des enquêtes et d'intenter des procès.

Snaefrid était, comme on pouvait s'y attendre, curieuse

d'en entendre davantage sur ces documents et leur origine, et elle s'entendit répondre qu'une lettre avait été adressée au fondé de pouvoir du roi, Arnaeus, sur cette affaire, et que d'ailleurs celui-ci était l'un de ceux qui étaient accusés d'aller se coucher tard le soir. L'autre accusée était la sœur de l'épouse de l'évêque, Snaefrid elle-même. La femme de l'évêque déclara qu'elle aurait pensé que sa sœur en savait plus long qu'elle-même sur les causes de cette lettre. Snaefrid dit qu'elle n'en avait pas encore entendu parler.

Il se trouvait qu'en fait, Arnaeus venait tout récemment d'avoir un entretien avec l'évêque, et qu'il lui avait montré une lettre que lui avait écrite Magnus de Braedratunga, où ce dernier prodiguait des insinuations qui revenaient à des accusations déclarées contre Arnaeus, soutenant que le commissaire du roi avait coutume d'entretenir, à Skalholt, des relations illicites avec sa femme — chose d'ailleurs également rapportée par la voix publique. Magnus déclarait avoir appris de source sûre que sa femme rendait constamment visite à Arnaeus chez lui, lorsqu'il se trouvait seul dans sa chambre, tantôt passé midi quand les fourbes se croient le moins soupçonnés, tantôt tard le soir au moment où ils croient que les autres sont allés se coucher, et qu'alors elle restait seule chez lui des heures durant, toutes portes closes. Magnus avait déposé dans sa lettre qu'il y avait longtemps de cela, sa femme, alors adolescente, avait lié commerce de quelque sorte avec le fondé de pouvoir du roi qui était alors *assessor in consistorio* et qu'elle avait dû reprendre maintenant ce pli ancien : du reste, l'insoumission de cette femme à son légitime époux s'était soudain aggravée ce printemps, dès que l'on avait appris l'arrivée d'Arnaeus. Pour mettre un comble à l'affaire, Magnus de Braedratunga déclarait être en butte à des voies de fait haineuses de la part de dignitaires à lui apparentés qui, ce dernier automne, lui avaient ravi sa femme par cautèle, ravi à lui, son légitime époux devant la loi, et il priait Dieu de l'aider contre la malignité de personnes investies de hautes fonctions pour mettre un terme à leur comportement arrogant envers un pauvre homme sans défense.

Parvenue à ce point, Snaefrid ne put se contenir davan-

tage et partit d'un éclat de rire. La femme de l'évêque la
regarda, surprise.

— Tu ris, sœur? dit-elle.

— Que puis-je faire d'autre? dit Snaefrid.

— Il y a encore un Tribunal pour mœurs dans ce pays,
dit la femme de l'évêque.

— Il pourrait se faire que nous soyons tous soumis au
supplice de la roue, dit Snaefrid.

— Il suffit que Magnus fasse intenter un procès pour
adultère, contre les nobles gens de l'évêché, pour qu'il y ait
grand divertissement parmi les gamins et les fillettes et
toute la canaille des mendiants. Il nous faudra tous boire de
ce potage-là.

Snaefrid avait cessé de rire, et quand elle regarda sa sœur,
elle nota que les couleurs de la bonté avaient pâli. Comme
Snaefrid ne répondait rien, sa sœur demanda :

— Que dois-je croire, moi, ta sœur, la maîtresse de
Skalholt?

— Crois ce qui te paraîtra le plus vraisemblable, brave
femme, dit Snaefrid.

— Cette nouvelle m'a frappée comme un coup de foudre,
dit la femme de l'évêque.

— Si je voulais te cacher quelque chose, sœur, ce n'est pas
de questionner qui te rendrait plus instruite, dit Snaefrid.
Tu devrais mieux connaître les gens de ta race; de même que
ton propre sexe.

— Je suis la maîtresse de maison, ici, à Skalholt, dit la
femme de l'évêque. Et je suis ta sœur aînée. Devant Dieu et
devant les hommes j'ai à la fois le droit et le devoir de savoir
si l'on t'accuse à tort ou non.

— Je croyais que nous et notre lignage étions gens assez
nobles pour qu'il ne fût pas besoin de poser de pareilles
questions, dit Snaefrid.

— Que crois-tu que je veuille, si ce n'est ton honneur, et le
mien, et celui de tous les nôtres, n'importe que ces accusations soient fondées ou fausses? dit la femme de l'évêque.

— Voilà une nouveauté si l'on croit devoir se soucier des
propos de Magnus Sigurdsson, ici, à Skalholt, dit Snaefrid.

— Nul ne sait ce qu'un homme dans le désespoir peut entreprendre. On comprend les ivrognes quand ils sont ivres, mais pas quand ils sont sobres, dit la femme de l'évêque. Mais comment faut-il que je défende ma maison si je ne sais pas dans quel état je suis avant que la justice ait suivi son cours et que les serments aient été passés.

— Que je jure oui ou que je jure non, maintenant ou plus tard, cela revient au même, dit Snaefrid, et tu peux bien te le dire à toi-même, sœur Jorun : une femme jure en dépit du bon sens où que ce soit et devant qui que ce soit si elle veut cacher une chose qui lui est plus précieuse que la vérité.

— Que Dieu me prenne en grâce, ta façon de parler m'effraie, je suis tout de même l'épouse d'un clerc.

— Ragnheid, fille d'évêque, jura devant l'autel, à la face de Dieu[1].

— Je pourrais tout te dire sur mon compte, sœur, et prêter serment là-dessus, l'insignifiant comme l'important, sans détours, dit la femme de l'évêque. Mais qui répond dans le vague en jouant sur les mots s'attire le soupçon de ne pas avoir la conscience pure et cela ne doit pas être entre sœurs ; au contraire, elles doivent être confidentes et refuges l'une pour l'autre en cas d'ennuis.

— Il y avait une fois une vieille femme qui mourut de remords de conscience, dit Snaefrid : elle avait oublié de donner à manger à son veau. Sans aucun doute, elle n'avait pas de sœur.

— Moqueries que cela, ma chère Snaefrid, dit la femme de l'évêque.

— J'ai conscience d'avoir commis une action, dit Snaefrid. Et il faut dire aussi que c'était une action si honteuse que je ne peux faire autre chose que de la laisser entendre à ma sœur bien-aimée : j'ai sauvé la vie d'un homme.

— Tu te dérobes derrière tes sortilèges, Snaefrid, dit la femme de l'évêque. Mais maintenant, je te demande de me

---

1. Ragnheid est la fille de l'évêque Brynjolf Sveinsson qui vivait au XVIIᵉ siècle et découvrit le célèbre manuscrit de l'*Edda*. Elle fut accusée d'avoir entretenu des relations galantes avec son précepteur, un jeune clerc. Son père l'obligea à jurer solennellement dans la cathédrale de Skalholt qu'elle était toujours vierge. Elle prêta ce serment et neuf mois après, jour pour jour, elle donnait le jour à un enfant. Cet épisode n'a jamais cessé de déchaîner la verve des écrivains islandais.

dire une chose; si ce n'est pour l'amour de toi ou de moi, que ce soit pour l'amour de notre excellente mère et de notre père qui maintient l'honneur de notre pays : y a-t-il quoi que ce soit de fondé dans les propos de ceux qui nous veulent du mal?

— Cet automne, dit Snaefrid, je suis arrivée de nuit ici, sœur, chez toi. J'ai dit qu'il me fallait sauver ma vie. Pourtant, je n'étais pas en plus grand danger de mort cette nuit-là que je l'ai été chaque nuit quinze ans durant. Bien que Magnus soit adroit de ses mains, il ne s'entend pas à tuer un être humain, du moins pas moi, quand il est ivre. Je ne doute pas que, quand l'ivresse l'a quitté, il ait trouvé étrange que j'aille à Skalholt cet automne alors que je ne l'avais jamais encore fait; et il se peut que ce soit étrange; je ne sais qui je suis ni où je suis, je ne peux me l'expliquer malgré tous mes efforts : il n'y a pas de sincérité en moi. Il peut se faire aussi, bien que je ne m'en souvienne pas, que je me sois attardée les quelques rares fois où j'ai eu des commissions urgentes à faire auprès du commissaire du roi. Tu sais bien toi-même avec quelle maîtrise il s'entend à entretenir une conversation même avec ceux, hommes ou femmes, qui n'ont pas grandes connaissances. Et il est plus que vraisemblable que son secrétaire était présent pendant que nous parlions, encore que je ne m'en souvienne pas bien.

— Tiens donc! dit la femme de l'évêque avec un petit pli autour de la bouche. Ne sais-tu donc pas que cette famille-là compte les plus grands coureurs de femmes du pays?

Snaefrid devint écarlate et les traits de son visage se relâchèrent un instant. Elle saisit son ouvrage et dit, d'un ton un peu plus bas :

— Épargne-moi les *vulgaribus*, femme d'évêque!

— Je ne sais pas le latin, ma chère Snaefrid, dit la femme de l'évêque.

Puis elles se turent toutes les deux, longtemps. Snaefrid ne levait pas les yeux, elle travaillait calmement à son ouvrage. Finalement, sa sœur s'avança jusqu'à elle et, redevenue bonne, l'embrassa sur le front :

— Il y a seulement une chose qu'il faut que je sache, dit-elle, au cas où l'on imputerait à mon mari la conduite de ceux qui sont sous sa garde — et, parvenue à ce point, elle se pencha vers sa sœur et chuchota : y a-t-il eu quelqu'un qui ait été au courant?

Snaefrid regarda froidement sa sœur, de loin, et répondit d'un ton indifférent :

— Je jure qu'il n'y a rien eu.

Peu après, elles interrompirent cette conversation.

Il se fit qu'un soir, à peu de temps de là, Snaefrid eut une commission pour le commissaire et qu'elle s'en alla, un soir, lui parler, entre autres choses, de cette lettre de Magnus Sigurdsson dont elle avait appris qu'il l'avait reçue. Il dit qu'il pourrait se faire que, pour raisons professionnelles, il fût forcé d'examiner de près cette lettre mais que, d'un autre côté, de tels documents n'avaient aucune signification tant que rien ne s'était produit.

Elle demanda :

— Donc, rien ne s'est produit.

— Rien ne s'est produit tant qu'on ne peut le prouver, dit-il.

— Parfois, nous sommes restés ici seuls, le soir, dit-elle.

— Les Islandais d'autrefois n'étaient pas des sots, dit-il. Sans doute instituèrent-ils le christianisme; mais ils n'interdirent pas aux gens de faire des sacrifices [2] — si la chose était faite en secret. En Perse, il n'était pas interdit de mentir, qui le voulait le pouvait s'il le faisait de façon si plausible que personne ne pouvait le convaincre de mensonge. Mais quiconque mentait de telle sorte que la chose fût manifeste était tenu pour un imbécile, et s'il mentait une seconde fois de façon à être convaincu de mensonge, on le tenait pour un fripon; la troisième fois qu'il était convaincu de mensonge, on lui coupait la langue. La loi des gouvernants d'Égypte était du même genre : là, on ne tenait pas seulement la chose pour permise, mais on trouvait louable de voler. Seulement, si quelqu'un était pris en flagrant délit de vol, on lui tranchait les deux bras à hauteur des épaules.

2. En effet, lorsque l'Islande adopta officiellement le christianisme, en 999, il fut d'abord convenu que l'on tolérerait certaines pratiques païennes pendant un certain temps.

— Faudra-t-il donc que notre petite fréquentation soit éternellement comparée à un crime? dit-elle.

Les réparties rapides et joviales de l'homme de Cour cessèrent soudain et il répondit sombrement :

— Quand a-t-on tenu le bonheur humain pour autre chose que pour un crime et quand en a-t-on joui autrement qu'en cachette, contre les lois de Dieu et des hommes?

Elle le regarda longtemps. Finalement, elle vint vers lui et dit :

— Ami, tu es fatigué.

Il était assez tard quand elle le quitta et le silence s'était fait depuis longtemps. Dans le vestibule du Grand Salon, on laissait toujours brûler une faible lumière dans une petite lampe à huile pendant la nuit, pour le cas où quelqu'un aurait besoin de sortir, comme il se trouvait précisément en l'occurrence. En face de la porte extérieure, il y avait, dans le vestibule, une autre porte qui ouvrait sur le passage vers l'office et la cuisine et, plus loin, vers la chambre des domestiques; du vestibule partait un escalier qui montait au grenier. Quand donc Snaefrid sortit du grand salon, Arnaeus qui l'avait raccompagnée depuis sa chambre restant derrière elle sur le seuil après lui avoir souhaité bonne nuit, elle découvrit soudain que la faible lueur de la lampe à huile tombait sur un visage qui surveillait par l'entrebâillement de la porte ouvrant sur le passage. L'homme ne se retirait pas de l'entrebâillement bien qu'il les vît, il les regardait fixement, pâle, les yeux caves et noirs, une ombre sur chaque trait du visage.

Elle regarda un instant cet homme dans l'entrebâillement de la porte, jeta ensuite un rapide coup d'œil à l'assesseur qui se contenta de chuchoter : Sois prudente! Elle agit comme si de rien n'était, fit les quelques pas qui séparaient la porte du salon de l'escalier et monta en silence chez elle. Arnas ferma la porte du salon et alla à sa chambre. L'homme, dans l'entrebâillement de la porte de derrière, referma également le battant en silence.

Et tout fut calme dans la maison.

Les gamins cessèrent de se chamailler et la regardèrent dans un silence de mort, traverser, mince et pieds menus, dans son manteau, leur salle pour se rendre chez l'archi-prêtre.

Il y avait du givre sur les vitres de celui-ci. Il était assis à son pupitre, penché sur des livres et cria d'un ton hargneux *deo gratias* quand on frappa à la porte; il ne leva pas les yeux lorsqu'on fut entré mais s'enfonça davantage dans sa lecture. Elle passa le seuil et s'arrêta, contempla, étonnée, l'épou-vantable crucifix au-dessus du pupitre, tout en saluant, d'une voix légère mais pieusement :

— Que Dieu vous donne... le bonjour.

A cette voix, il leva les yeux, décontenancé, presque effrayé. Sous un certain éclairage, comme alors, ses yeux noirs prenaient un reflet de braise. Il se leva, s'inclina devant elle et lui indiqua une place dans son fauteuil à oreillettes, puis s'assit lui-même juste entre elle et le cruci-fix, en sorte qu'il avait une joue tournée vers chacune d'eux.

— Voilà la première fois que l'on fait cet honneur à un pau-hum-vre homme, commença-t-il, car il ne s'était pas préparé à cette visite et n'avait guère sous la main de ces tournures savantes et élaborées qui conviennent à la cour-toisie en une telle rencontre. Il dut tousser.

— Non, il ne faut pas dire pauvre homme, cher Séra Sigurd, dit-elle. Vous qui possédez tous ces nombreux domaines. Il est dommage qu'il n'y ait pas de poêle chez vous par ce froid; je crois que vous vous êtes enrhumé. D'ailleurs, ce n'est pas la première fois non plus : je suis venue chez vous une fois déjà, du temps de feu votre épouse, elle me donna du miel dans une boîte, oh! vous avez certai-nement oublié cela, et puis voici que vous vous êtes procuré cette terrible image — elle soupira profondément tout en regardant le crucifix : croyez-vous qu'il soit vrai que notre bienheureux Sauveur ait si cruellement souffert?

In cruce latebat sola deitas
at hic latet simul et humanitas,

récita l'archiprêtre.

— Est-ce que c'est un poème! dit-elle. J'ai complètement oublié le peu de *grammatica* que je savais. Pourtant, je crois comprendre que *deitas* est la nature divine et *humanitas,* la nature humaine, et que l'on dit que les deux sont ennemies, est-ce bien cela? Mais considérez-vous que l'on devrait constamment dire des Ave Maria comme moyen de propitiation, ou faire comme notre cher maître Luther, qui avait une épouse craignant Dieu?

— Je pourrais mieux vous répondre si je savais plus clairement dans quel esprit vous posez la question, dit l'archiprêtre. Vous venez de me rappeler mon excellente femme. Mais quand je contemple ces blessures, je suis empli de reconnaissance pour Dieu à cause de la grâce qu'il m'a manifestée en m'ôtant ma consolation humaine.

— Ne m'effrayez pas inutilement, cher Séra Sigurd, dit-elle en ramenant son regard du crucifix à l'homme. Vous possédez tout de même encore un cheval bien gras; et des terres. Appelez-moi donc Mademoiselle, comme autrefois, et soyez mon camarade; et mon prétendant.

Il rassembla son manteau autour de lui et serra plus fort les lèvres.

— Il n'est pas surprenant que vous ayez froid, cher Séra Sigurd, votre fenêtre ne dégèle même pas.

— Hum! dit-il.

— Ne le prenez pas en mauvaise part, dit-elle : je sais que vous pensez que je mets bien du temps à exposer l'objet de ma visite. Mais vous comprenez bien qu'il est difficile de parler de sa petitesse à un homme qui est constamment en train de triompher dans le Seigneur.

— Il m'est arrivé de croire que j'avais été choisi pour vous tendre la main, Snaefrid, dit-il. Mais Dieu a ses propres voies.

Elle demanda soudain :

— Pourquoi étiez-vous à la porte du passage, dans la maison de l'évêque, l'autre soir? Et pourquoi ne m'avez-vous pas souhaité le bonsoir?

— Il était tard, dit-il. Il était très tard.

— Il n'était pas trop tard pour moi, dit-elle. Et vous étiez debout en tout cas, même si, peut-être, vous n'aviez pas sommeil. Je pensais que vous salueriez.

— Je parlais à une femme malade dans la salle commune et je me suis attardé, dit-il. Je voulais sortir par l'entrée principale mais elle était fermée, en sorte que j'ai dû faire demi-tour.

— J'ai tout de suite raconté cela à ma sœur hier matin. Que crois-tu que Séra Sigurd pense de toi, a-t-elle dit. Oui, ai-je dit, il est bien possible qu'il croie toutes ces vilaines histoires. Il faut que j'aille lui parler.

Il dit :

— Ce que croient les gens est sans importance. Ce que Dieu sait, voilà ce qui seul importe.

— D'une certaine façon, je n'ai pas peur de ce que Dieu sait, dit Snaefrid. Mais ce que croient les gens ne m'est pas indifférent, et surtout pas ce que vous croyez, cher Séra Sigurd, vous qui êtes mon directeur de conscience et mon ami. Je souffre qu'un noble homme comme Arnaeus doive avoir mauvaise réputation à cause de moi, misérable mendiante en cet évêché. Voilà pourquoi je suis allée le voir dans sa chambre avant-hier soir et lui ai dit : Arnas, ne vaudrait-il pas mieux que je quitte Skalholt pour revenir chez mon mari? Je ne supporte pas de savoir que l'on vous discrédite, vous qui êtes innocent, à cause de moi.

— Si vous avez l'intention de me dire quelque chose, je vous prie de me dire ce que vous avez personnellement dans le cœur, comme vous faisiez autrefois quand vous étiez jeune fille, et non ces propos que d'autres vous ont chargée de dire, surtout pas l'homme à la langue bifide de serpent que vous venez de nommer.

— Vous qui aimez le Christ, dit-elle, comment pouvez-vous haïr un homme?

— Les chrétiens haïssent les propos et les actions de l'homme qui a fait un pacte avec Satan. L'homme lui-même, ils le plaignent.

— Si je ne savais que vous comptez parmi les saints, cher Séra Sigurd, je croirais que vous êtes jaloux parfois, et peu s'en faudrait que je n'en tire vanité, moi qui serai bientôt une vieille femme.

— D'une certaine façon, je suis votre obligé, Snaefrid, car les prières de l'âme sur ces blessures et cette croix sont devenues les paroles qui de toutes, me tiennent le plus à cœur : *fac me plagis vulnerari, fac me cruce inebriari.*

— Pourtant, pas plus tard que l'été dernier, vous êtes venu trouver une femme mariée un jour où son mari n'était pas à la maison et vous l'avez pour ainsi dire demandée en mariage, dit-elle. Du moins, elle ne put vous comprendre autrement après qu'elle eut ôté de vos propos la théologie et le style de chancellerie.

— Je conteste, Madame, que ma visite de l'été dernier ait eu des intentions pécheresses, dit-il. Si le sentiment que j'ai pour vous a jamais été mêlé d'un désir de coupable nature, c'est il y a longtemps maintenant. L'amour d'âme à âme est ce qui gouverne le sentiment que j'ai pour vous à présent. Je prie seulement que les fallacieuses apparences qui vous abusent puissent disparaître. Chère Snaefrid, vous rendez-vous compte des désastreux propos que vous venez de tenir quand vous avez dit ne pas craindre l'œil de Dieu qui vous voit? Ou bien n'avez-vous jamais essayé de vous représenter à quel point le Seigneur aime votre âme? Savez-vous que Son amour pour votre âme est si démesurément grand que le monde entier est comme un grain de poussière en comparaison? Et avez-vous réfléchi en outre que l'homme qui n'aime pas son âme hait Dieu? Ma bonne âme, ma chère âme, dit notre excellent psalmiste quand il s'adresse à son âme, se rappelant que l'âme est cette part de l'homme pour la délivrance de laquelle Dieu est né dans une crèche et mort sur la croix.

— Séra Sigurd, dit-elle, ne voulez-vous pas, une seule fois, laisser de côté ces gros livres de théologie; ne voulez-vous pas vous mettre la main sur le cœur et regarder en face un être vivant, un instant, au lieu de fixer des yeux le pied de bois transpercé du Sauveur, et répondre, candide, à une question : qui a été le plus tourmenté en ce monde pour l'amour d'autrui, Dieu pour l'amour des hommes, ou les hommes pour l'amour de Dieu?

— Celui-là seul pose une telle question qui incline à commettre un grand péché. Je prie que ce vaisseau empoisonné recélant la mort éternelle en son fond puisse être détourné de vous.

— Je crois que vous n'avez pas la moindre idée de la façon dont je suis faite, dit-elle. Vous fomentez des ragots de servantes et des racontars sur mon compte plus par mauvais vouloir que sur des arguments fondés.

— Voilà de rudes paroles, dit le pasteur.

— Tout de même, je ne vous menace pas de mort éternelle, ce qui, m'a-t-on dit, signifie l'enfer dans votre langage, répondit-elle en riant.

Il eut un tremblement dans le visage.

— Une femme qui se rend chez un homme de nuit, commença-t-il — mais il se reprit, la regarda à la dérobée en face et dit : Je vous ai prise en flagrant délit, ou tout comme. Ce ne sont plus des ragots de servantes.

— Je savais que vous le croiriez, dit-elle. Je suis venue vous dire que vous vous trompez. Et je voudrais vous avertir de prendre garde à ne pas le calomnier. Sa réputation vivra après que l'on aura cessé de rire de vous et de moi. Il était prêt à donner sa vie et son bonheur pour que l'honneur de son pauvre pays s'accroisse. Rien n'est plus étranger à un tel homme que de déshonorer une femme sans foyer qui est venue le trouver pour lui demander secours.

— Une femme qui va trouver un homme, de nuit, n'a qu'un but, dit l'archiprêtre.

— Celui qui ne peut jamais arracher sa pensée de sa misérable chair, la fixant en peinture sur un mur, chez soi, sous forme d'une idole aux membres transpercés de clous, ou qui témoigne de ce désir selon les livres saints, jamais ne comprendra celui qui s'est consacré corps et âme au service des gens sans défense et au rétablissement de son peuple.

— C'est la coutume du diable que d'attirer la femme sous toutes sortes de travestissements, pour un prétexte ou pour un autre ; la première fois ce fut sous la forme d'un serpent pour lui présenter sous de belles couleurs une pomme. Il ne tendit pas lui-même cette pomme à la femme, il la pervertit en paroles afin qu'elle la prît malgré l'interdiction de Dieu.

Sa nature n'est pas de commettre l'action impure, car alors l'espèce humaine serait libre, mais on l'appelle Tentateur parce qu'il induit la volonté humaine à le suivre. Dans ce livre, *De operatione daemonum*, qui se trouve ouvert ici, cela est attesté par cent exemples, comme quand une vierge demande dans son angoisse, alors que Satan l'a embrasée du désir de la chair puis s'échappe en serpentant de ses mains : *quid ergo exigis*, dit-il, *carnale conjugium, quod naturae tuae dinoscitur esse contrarium*, pourquoi m'induis-tu à l'œuvre de chair sans être toi-même de chair ? — et il répond : *tu tantum mihi consensisti, nihil aliud a te nisi copulae consensum requiro*, tu as accepté de me fréquenter et ton consentement était la seule chose que je souhaitais.

Quand l'archiprêtre eut rendu explicite cet exemple dans les deux langues, la visite de son hôtesse se mit à tirer vers sa fin. Elle contempla l'homme un moment, avec sur le visage cette sorte d'étonnement qui avoisine le vide parfait. Finalement, elle se leva, sourit de très loin, s'inclina et dit en partant :

— Je remercie sincèrement mon ami cher et mon directeur de conscience... pour cette amusante histoire obscène.

Une semaine après Pâques se tint à Skalholt une conférence pastorale à laquelle prirent part également des administrateurs de biens conventuels, des fondés de pouvoir et autres personnes qui avaient la surveillance d'églises un peu partout dans les basses terres. Figuraient à l'ordre du jour des questions concernant les rentes et le bétail affermé, le traitement des lépreux et l'entretien des hôpitaux, le transfert des indigents dans les communes, les poursuites contre les métayers de domaines de l'Église qui dilapidaient la valeur des terres, l'enterrement des gens au domicile incertain et qui avaient rendu l'esprit sur les sentiers de montagnes, parfois en groupes ; sans oublier la supplique annuelle au roi en raison de la pénurie de vin de messe et de corde, cette dernière pénurie rendant à peu près aussi difficile aux gens de tirer du poisson des pêcheries des églises que la première de tirer avec succès du poisson de la mer du salut. Encore n'a-t-on énuméré que la plus petite partie de ce que les clercs devaient traiter pendant cette conférence. A la fin de cette réunion, au bout de trois jours, l'évêque monte en chaire devant ses pasteurs et leur inculque une fois encore les principaux articles de la vraie foi, en termes que tous trouvent bon d'entendre et qui n'étonnent personne. On était prêt pour le départ. Finalement, un psaume fut chanté : Que ton esprit nous fortifie, comme viatique.

Mais alors, il se fit, au dernier verset du psaume, que l'archiprêtre, le pasteur Sigurd Sveinsson, se leva, prit place aux portes du chœur et attendit là, immobile et grave, que l'on eût fini de chanter. Alors, il sortit de son manteau une lettre décachetée, la défroissa soigneusement et la tint devant lui d'une main tremblante. Puis, après le chant rauque, il éleva la voix dans l'église glacée en déclarant qu'il n'avait pu résister à la requête d'un de ses paroissiens, un homme d'honneur, estimé et aimable, qui avait adressé cette lettre à la conférence et lui avait confié le soin de la lire. Il considérait que lui et eux étaient d'autant plus tenus d'accéder à sa requête qu'il savait, lui, que l'auteur de cette lettre n'avait rien négligé pour redresser sa cause.

Il entreprit donc de débiter sur un ton édifiant un écrit excessivement décousu, empli d'étranges circonlocutions et de phrases alambiquées, si bien que l'auditoire ne parvint pas pendant longtemps à démêler à quoi on voulait en venir. Après une longue exposition à la louange des bonnes mœurs et la proclamation qu'une juste conduite doit être le fait de la classe supérieure, soutenue avant tout par les serviteurs du Christ afin d'être un modèle pour le peuple, on renvoyait aux exemples terribles et affligeants qui se produisaient présentement dans le pays, surtout parmi les personnes de haut rang, aussi bien hommes que femmes, mais qui étaient cachés ou passés sous silence par le clergé, bien que ravalant grandement la condition du peuple, c'est-à-dire *mores,* comme on peut le lire dans le Livre des Sept Paroles — et ainsi de suite à n'en plus finir.

D'abord, on ne peut dire qu'il n'y eut pas çà et là quelque individu isolé qui n'écarquillât les yeux, ouvrît la bouche et tendît le menton, et de vieux pasteurs durs d'oreille mirent la main en éventail derrière leur oreille. Mais comme ce flux de paroles ne cessait de déferler et que l'on ne voyait apparaître nulle part un soupçon de lumière, l'attention se relâcha et les auditeurs prirent une expression béante. Toutefois, l'auteur de la lettre finit par reprendre pied ferme sur cette terre et se mit à décrire l'exemple navrant qui lui tenait le plus à cœur, à savoir que sa légitime épouse, Snaefrid Björnsdottir, s'était, l'automne dernier, laissée induire à abandonner sa maison. Puis il reprenait avec force boursouflures l'histoire qu'il n'avait pas cessé de raconter auparavant à tout propos, sur le départ de sa femme, la rumeur qui courait à propos de ses relations antérieures avec Arnas Arnaeus et le bruit qui de nouveau se répandait de leur fréquentation illicite à Skalholt, quoique secrètement, les tentatives qu'il avait faites pour amener des personnes haut placées à l'évêché à s'entremettre et à la décider à rentrer à la maison, efforts auxquels on n'avait fait qu'opposer sourde oreille. Ensuite, l'auteur de la lettre rapportait comment, lorsque tout dernièrement il avait tenté d'exposer ses tribulations à Skalholt, on avait lâché les chiens sur lui en le menaçant de lui rompre bras et jambes. Cependant, il déclarait être parfaitement informé que ces menaces ne provenaient pas des maîtres de maison, car il avait soupçonné qu'elles étaient le fait de ceux qui, pour le moment, se considéraient au-dessus des maîtres, là à l'évêché, et il avait pu avoir confirmation de ces soupçons. La requête de l'auteur, présentée dans les lamentations et les larmes, était donc que cette honorée conférence voulût bien prendre quelque mesure pour mettre un terme à la conduite répréhensible, à Skalholt, de son épouse légitime trop fréquemment nommée et de prêter, à lui, le mari, main forte pour la retirer de ce fossé où, à la vue de Dieu et des chrétiens, elle était tombée. La lettre se terminait par des renvois réitérés au Livre des Sept Paroles et échafaudait des formules de salutations théologiques où toutes les personnes de la Trinité étaient mêlées dans une prière pour la réalisation des bonnes mœurs en ce pays, après quoi amen, amen, Magnus Sigurdsson.

Il était absolument impossible de deviner, à l'expression de ceux qui se trouvaient dans l'église, ce qu'ils pensaient de ce document; leurs visages burinés rappelaient ces images de géants, dans les montagnes, qui ont pris traits humains encore que tantôt avec un menton trop long, tantôt un nez trop gros ou une redoutable mèche de cheveux, mais immuables, que le soleil brille ou que la tempête de grêle fasse rage.

L'archiprêtre fourra la lettre dans la poche de son manteau et quitta la porte du chœur. Le service divin était terminé; on se leva; quelque vicaire isolé jeta un coup d'œil furtif sur le visage de son supérieur, mais il ne fut pas répondu à son regard. Arrivé sur le perron, on aborda des sujets de conversation plus légers.

On porta cette nouvelle à la connaissance d'Arnaeus et il envoya aussitôt son secrétaire trouver l'archiprêtre pour lui faire prendre copie de la lettre de Magnus Sigurdsson. Ensuite, il la lut à haute voix devant ses serviteurs et s'amusa bien. Toutefois, il envoya le même jour un message au chef de district Vigfus de Hjalmholt et fit assigner à comparaître l'auteur de la lettre. Il ordonna à ses hommes de préparer ses bagages pour le lendemain matin et de faire ferrer les chevaux.

Les jours s'étaient allongés, mais il faisait un froid humide comme souvent vers la fin de l'hiver.

Dans le matin clair et froid, un groupe de chevaux se dresse dans la cour, certains sellés, d'autres sous le bât. On sort les bagages de l'hôte d'hiver, colis après colis et on les pose sur les selles. Le but du voyage est le domaine royal de Bessastadir.

En dernier lieu sort Arnaeus lui-même, en grand manteau de fourrure russe et en bottes hautes. Il embrasse pour prendre congé l'évêque et son épouse devant la porte, monte ensuite sur son cheval blanc, ordonne à son secrétaire de chevaucher juste derrière lui et sort de la cour. Ses deux chambres derrière le Grand Salon restaient vides. Le Grand Salon était vide. Une servante entra et desservit la table. Il régnait encore un fumet de viande grillée dans la maison. Il restait du vin rouge dans son gobelet car il ne l'avait pas bu jusqu'au bout.

Le *commissarius* de Sa Royale Majesté et juge particulier en certaines affaires, Arnas Arnaeus, vous convoque, vous noble et très sage Sire Gouverneur Eydalin, à Thingvellir sur l'Öxara, ce prochain douze juin, pour y défendre devant mon tribunal et celui de mes juges adjoints quelques-uns de vos verdicts anciens et nouveaux et des arrêts de votre cour, *videlicet* diverses condamnations à mort pour brigandage, adultère, sorcellerie, et cætera; peines prolongées pour Brimarholm, flagellations, marques au fer rouge et mutilations de pauvres gens en raison de manquements insuffisamment prouvés; particulièrement délits contre le Négoce, tels que commerce secret, tractations avec les pêcheurs, affaires en dehors du district — quand cette division était en vigueur — et indocilité de la part des métayers à remplir les obligations imposées par les propriétaires terriens en général et par le Souverain en particulier. D'une façon générale, on considère que, dans trop de vos actes administratifs, vous auriez opprimé les pauvres en sorte que, durant l'époque de votre juridiction, il aurait été presque impossible à un homme du commun d'obtenir justice contre les puissants, et que la chose aurait été absolument exclue si la partie adverse était l'église, le marchand ou la couronne. Certains de vos jugements paraissent avoir non seulement été prononcés contre la loi, mais purement et simplement *sine allegationibus juris vel rationum.* C'est donc la volonté du Père de notre pays et Notre Très Clémente Majesté Royale, clairement exprimée dans ma lettre de procuration, que de tels jugements soient soumis à investigations, et Sa Majesté m'a confié le soin de passer jugement sur les autorités qui sont censées avoir manqué à la loi et entravé la bonne marche de la justice; d'annuler les verdicts qui paraissent avoir été rendus plus pour que le nom des juges soit prononcé avec satisfaction par les puissants que pour satisfaire à la justice humaine et aux lois du pays telles qu'elles ont été instituées par nos pères; et enfin de mettre en face de leurs responsabilités les autorités qui ont été trouvées coupables.

Sur quoi des exemples étaient donnés et les points d'accusation, énumérés.

Bien que les mesures juridiques qu'Arnaeus avait fait prendre l'automne précédent contre les marchands eussent été tenues pour une remarquable nouveauté dans le pays, l'émotion fut à son comble quand on apprit les accusations que le *commissarius* royal portait ce printemps contre plusieurs des plus éminentes instances du pays et qu'elles étaient couronnées par une telle accusation contre le gouverneur lui-même.

Jorun, la femme de l'évêque, va trouver sa sœur un jour de printemps et lui tend en silence deux lettres : une copie de la convocation de leur père par Arnaeus et une lettre de leur mère.

Snaefrid lut soigneusement la convocation, point par point. Il y apparaissait, entre autres choses, que leur père était sommé de répondre d'un pacte ou d'un contrat passé dans la Lögrétta à l'Althing avec Jon Hreggvidsson de Rein, condamné à mort pour meurtre, lequel pacte impliquait que ce Jon serait toléré, sans être inquiété, dans le district le plus proche de celui du gouverneur, son juge, à condition qu'il ne montre pas l'assignation devant la Cour Suprême, pour le verdict précité, qu'il avait rapportée chez lui de Copenhague, dans une lettre royale.

Puis Snaefrid jeta les yeux sur la lettre de leur mère, qui était adressée à Jorun.

Après que la Dame d'Eydal y eut, en quelques mots d'introduction, dûment loué le Seigneur pour sa santé qui était aussi bonne que possible de corps et d'âme, malgré la vieillesse imminente, elle passait aussitôt aux nuages menaçants qui s'amassaient à présent au-dessus de sa paisible maison au soir de leur vie. Elle faisait un commentaire sur le salaire que l'on destinait maintenant au gouverneur Eydalin, son époux, pour son long désintéressement au service de son pays et de Sa Royale Majesté, étant donné qu'il lui fallait à présent, sur le témoignage de coquins, être traîné devant une espèce de tribunal d'ivrognes par un inconnu pour réussir à l'y déposséder de son honneur et de sa réputation, voire même à l'envoyer, lui, un vieillard débile, aux fers et au bagne du roi. Mais quand bien même les apparences seraient inquiétantes, la vieille dame n'avait pas d'inquiétudes sur l'issue de ce procès. Elle disait que ceux qui toute leur vie avaient gardé un cœur sincère ne pouvaient guère trembler ou perdre courage parce que des chevaliers d'industrie, indigènes ou étrangers, s'érigeaient en juges, munis de quelques bizarres documents venus de Copenhague. De telles incursions n'étaient pas sans exemple, mais la fortune de ce pays avait toujours triomphé des coquins errants et tel serait le cas, encore une fois. Les esprits tutélaires du pays ne cesseraient pas plus maintenant qu'auparavant de protéger les vieillards : au contraire, ils les soutiendraient et les réconforteraient, comme avant, dans leurs adversités, favoriseraient leur succès et les éléveraient au moment voulu, abattant l'arrogance de leurs ennemis.

En revanche, la vieille et noble femme nourrissait plus de craintes si ceux qui, pour raisons de consanguinité et d'amour du cœur, nous tiennent du plus près devaient, par leur façon de vivre, susciter d'inutiles et fausses rumeurs parmi le peuple, rumeurs comme celles qui, elle ne voulait pas le nier, avaient atteint ses oreilles au sujet de sa fille durement éprouvée, Snaefrid, à présent inculpée de fréquentations déhonorantes avec une personne détestée. Assurément, le gouverneur et son épouse étaient bien éloignés d'ajouter foi aux propos d'ivrogne, parlés ou écrits, de Magnus Sigurdsson, mais il ne s'agissait pas ici de preuves : c'était tout autant une tache sur l'honneur d'une noble femme que d'être publiquement décriée. Elle affirmait que sa fille avait accumulé malchance sur crime quand elle s'était rendue en un endroit qui pût donner lieu, à tort ou à raison, de l'accuser d'avoir eu des relations avec le diffamateur de son père, cet homme qui, pour sa patrie, implique un malheur comparable aux interminables hivers de famine et aux montagnes qui crachent le feu. Elle déclarait prendre si fortement part aux souffrances de son enfant harassée par de durables chagrins, qu'elle ne pourrait trouver d'adoucissement avant qu'elle se fût assurée de ce qui était vrai en cette affaire, et

elle priait Jorun de lui écrire sans détours, s'offrant finalement à envoyer à Snaefrid des chevaux et une escorte
si elle voulait s'en aller vers l'ouest jusqu'au Breidafjord. Et
elle posait la plume pour cette fois, souhaitant à ses deux
filles la même chose quand le chagrin fait rage que quand le
faux bonheur de ce monde sourit, et priant qu'on lui par-
donnât cette lettre emplie de larmes et hâtivement rédigée.
Ta mère fidèle et sincère.

Snaefrid regarda longtemps par la fenêtre. Il n'y avait
plus de neige sur le sol, les eaux dégelaient.

— Eh bien? dit sa sœur, la femme de l'évêque.

La sœur cadette se reprit, jeta les yeux sur la lettre de leur
mère, restée ouverte sur la table et l'envoya d'une piche-
nette sur les genoux de la sœur aînée.

— C'est lettre de notre mère, dit la femme de l'évêque.

— Nous autres, qui sommes d'une famille de scaldes,
connaissons nos lettres, dit Snaefrid en souriant.

— N'as-tu donc pas même un mot de compassion pour
notre père non plus? demanda la femme de l'évêque.

— Il semble que notre père ait fait une chose qui va lui
coûter cher dans ses vieux jours, dit Snaefrid.

— Faut-il que je t'entende aussi dire du mal de lui, sœur?

— Beaucoup de mal, dit Snaefrid : il a eu des filles.

Le voyageur qui avait apporté la lettre avait l'intention
de retourner dans l'ouest le lendemain matin de bonne
heure.

— Que faut-il que j'écrive? demanda la femme de l'évêque.

— Présente mes hommages, dit Snaefrid.

— Est-ce tout?

— Dis à notre mère que je suis femme mariée à Braedratunga et que je n'irai pas dans l'ouest. En revanche,
je serai auprès de mon père à Thingvellir sur l'Öxara le
douze juin, s'il le désire.

Ce même jour, elle démonta sa tapisserie, roula ses toiles et
emballa les bijoux qu'elle avait emportés en automne, et le
tout fut fait en même temps que Jorunn écrivait sa lettre.

— Eh oui! sœur, dit Snaefrid. Ma visite est terminée pour
cette fois. Je te remercie pour cet hiver : tu es une femme
hospitalière. Embrasse l'évêque de ma part et dis-lui qu'il

n'aura pas à répondre de moi. Et puis, je sais que tu vas me prêter des chevaux et une escorte pour faire ce petit bout de chemin et passer le Tungufljot — jusque chez moi.

Il y avait bien longtemps que les bâtiments de Braedratunga n'avaient pas été en si bon état. Tout l'hiver, Magnus
n'avait cessé de réparer les charpentes de la ferme, parfois
avec l'aide d'un autre charpentier. Au printemps, dès que le
sol s'était dégelé, il avait engagé un homme pour refaire les
murs. Maintenant, il restait à réparer les portes de la ferme.
Ils virent des gens qui remontaient à cheval depuis Spordur,
où se trouve le bac pour Skalholt, et Magnus, qui avait la
vue perçante, reconnut tout de suite qui c'était; il sauta de
l'endroit du mur où il était en train de poser des mottes de
tourbe, entra dans la ferme, se lava en toute hâte, mit une
chemise propre et un pantalon neuf, se peignit et sortit.
Sa femme entrait dans la cour.

— Sois la bienvenue après ce voyage, ma chère Snaefrid,
dit-il en la descendant de selle et en l'embrassant, puis en la
portant dans la maison.

Sa mansarde était telle qu'elle l'avait laissée, si ce n'est
que l'on avait refait le plafond en pente et réparé le toit aux
endroits où il prenait l'eau, l'automne précédent, et que l'on
avait posé une fenêtre neuve. Cela sentait bon le bois raboté.
Le plancher avait été récuré à fond. Elle souleva la housse
du lit : il y avait dessous des draps de lin plissés d'un blanc
de neige, les rideaux de lit avaient été aérés et épousetés
si bien que les motifs qu'ils portaient étaient devenus plus
clairs; et l'on avait passé un petit pinceau sur les peintures du
coffre pour rafraîchir la couleur des roses. Snaefrid embrassa
Gudrid, sa gouvernante.

— Je n'ai pas encore reçu l'ordre de Madame, ma maîtresse, de cesser de nettoyer ce taudis, dit-elle dignement.

La maîtresse de maison fit apporter ses bagages, ouvrit
son coffre et sa cassette et y posa ses objets d'argent, ses
parures, ses toiles et ses habits. Le même jour, elle monta
sa toile afin de faire une nappe d'autel pour la cathédrale,
en gage de souvenir pieux et reconnaissant, de la part d'une

femme qui s'en était allée loger à Skalhot mais qui était revenue chez elle.

Personne ne savait mieux se repentir que Magnus Sigurds-son de Braedratunga et personne ne comprenait mieux le repentir d'autrui. Il ne rappela pas par un seul mot ce qui s'était passé. Ni l'un ni l'autre ne demanda pardon de quoi que ce fût. C'était comme si rien n'était arrivé. Il restait de longs moments en silence dans la mansarde de sa femme, effacé, la regardant complaisamment, anxieusement. C'était comme un enfant qui est tombé dans une mare et que l'on a puni, qui est fatigué de pleurer depuis longtemps et qui a retrouvé son calme, un calme transfiguré et profond.

Quelques jours après son retour, elle envoya un homme au *signor* Vigfus Thorarinsson de Hjalmholt pour lui faire dire qu'elle voulait parler au chef du district. Et il ne fallut pas longtemps pour que cet ami avéré des nobles femmes passât par l'ouverture de la porte son visage allongé avec sa longue lèvre supérieure et ses piquants gris épars autour des maxillaires, ses sourcils aux gros poils noirs et ses yeux gris translucides nageant dans leur humidité. Il embrassa courtoisement la maîtresse de maison qui le pria de s'asseoir et lui demanda les nouvelles.

Il dit :

— J'ai repris le poulain.

Elle demanda :

— Quel poulain?

Il déclara ne pas s'entendre, assurément, à choisir des présents pour les nobles femmes, mais ajouta que, tout de même, les aïeules de Snaefrid n'avaient jamais considéré comme une honte de recevoir un cheval de selle d'un bon ami.

Alors, elle se rappela le cheval qu'il avait laissé attaché à la pierre, là, dans la cour, la dernière fois, et le remercia du cadeau, mais dit qu'elle avait pensé que ce cheval avait été abattu et donné en nourriture aux mendiants par les temps difficiles que l'on avait connus l'année dernière.

Il dit que ce cheval était originaire du Breidafjord, qu'il était reparti jusque là-bas depuis Braedratunga et qu'on le lui avait ramené, car ce cadeau n'avait été porté à la connais-

344

sance de personne d'autre. Et il avait élevé le poulain parmi ses chevaux de selle pendant l'hiver; peut-être en aurait-elle besoin ce printemps?

Elle dit que c'était un grand réconfort pour une pauvre femme que d'avoir la protection d'un tel chevalier mais que, pour le moment, elle ne parlerait pas davantage de chevaux. Elle considérait qu'il était temps d'en venir au fait.

Il convenait d'abord de mentionner la bonne action que son gendre, Jon de Vatn, avait faite à l'égard de son époux Magnus, non seulement en ne le dépossédant pas de Braedratunga mais encore en lui versant le prix d'achat en argent comptant quand d'autres s'amusaient à extorquer par ruse au paysan ses biens pour de l'eau-de-vie ou en faisant des paris, en jouant aux dés ou par d'autres stratagèmes qu'il est facile d'employer vis-à-vis d'individus sans défense. La suite, elle n'avait pas besoin de la récapituler au chef de district, il savait mieux que personne comment, après cela, lui et son père avaient réglé leurs comptes sur ce domaine, à l'Althing. Une chose était sûre : le domaine lui avait été transféré, à elle, en cadeau, par acte légal, par son père et elle avait ce document en sa possession. En automne, il était arrivé ensuite ce que tout le monde savait : elle avait quitté son mari et, par là, il était sous-entendu qu'elle ne reviendrait pas à moins qu'elle n'eût la preuve assurée que Magnus avait renoncé aux habitudes qui rendaient si difficile leur existence commune. Elle était donc restée à Skalholt plus d'une demi-année et avait appris de source sûre que, pendant tout ce temps, pas une seule fois Magnus n'était retombé dans son vieux vice; donc, elle était revenue chez elle, résolue à reprendre le fil, dans l'espoir que son mari avait recommencé une vie nouvelle. En conséquence, elle priait le chef du district de faire invalider l'acte de l'année passée selon lequel le domaine principal, l'héritage patrimonial et l'alleu de Magnus Sigurdsson seraient sa propriété à elle seule, demandant que le tout fût remis à la libre disposition de son mari comme il convient aux biens de conjoints pour desquels on n'a pas pris de dispositions écrites particulières.

Signor Vigfus Thorarinsson ferma à demi les yeux en marmonnant et balança le buste, se caressa les mâchoires de sa main osseuse.

— Je dois dire à ma bonne Madame, dit-il finalement, que, bien que le gouverneur Eydalin et moi n'ayons pas toujours eu la chance d'être d'accord au thing, je ne fais pas exception parmi les fonctionnaires qui contemplent, avec une révérence sans mélange, notre excellent ami et supérieur : il prit la charge de gouverneur alors que c'était un chef de district miséreux il y a vingt ans et il compte maintenant au nombre des hommes les plus riches, ayant acheté plus de domaines et dans de plus avantageuses conditions de la part de Sa Majesté que tout autre Islandais non évêque. Et puisque Votre Vertu s'est abaissée jusqu'à me convoquer pour lui parler, je voudrais lui donner un sain conseil, c'est de s'entretenir avec son excellent et très docte père avant d'annuler l'acte qu'il fit passer l'été dernier sur ce domaine.

Elle déclara ne pas vouloir avoir affaire avec son père à ce propos et que du reste, il y avait un certain temps maintenant qu'elle n'était plus au berceau. Et s'il était intervenu dans cette affaire l'été précédent, c'était sans aucun doute aussi pour la raison qu'il savait bien qu'on lui reprochait d'avoir, quinze ans durant, laissé traîner en longueur le versement de la dot de sa fille.

Alors, le chef du district demanda si elle attachait grande importance à ce que cette affaire fût réglée avant que les gens ne se rencontrent à Thingvellir ce printemps.

Elle dit que oui.

Alors Vigfus Thorarinsson entonna le même couplet : des courants dangereux s'approchaient du pays, une calamité inouïe s'était déclarée au Danemark et avait porté préjudice aux gens bien nés de ce pays tandis que des parvenus et des bouffis d'orgueil circonvenaient la monarchie et, par là, étaient devenus supérieurs au roi — et les membres doivent danser comme fait la tête, ici, en Islande; l'air était infesté de trahison, comme il est dit dans les écrits anciens, et c'est au point que nul ne peut plus être sûr de rien dans ce pays C'était une nouveauté de l'époque que l'on dût maintenant intenter des procès aux autorités alors que quiconque touche à un cheveu de la tête de l'envoyé de la

346

Couronne est puni de mort et déshonoré. Il dit qu'un cas de calomnie de ce genre avait été déféré à son jugement, avec exigence de décision immédiate. Mais, dit-il, attendu que la vertu de mon amie la fille du gouverneur est si grande, je sais que jamais on ne vérifiera l'accusation que son époux légitime a fait lire à haute voix aux portes du chœur à Skalholt. Et voilà pourquoi le maître de Braedratunga sera condamné à verser de fortes amendes à une personne de haut rang.

Alors Snaefrid dit :

— Vous venez de toucher le nœud de cette affaire, cher chef de district. Je demande que cet acte soit conclu et que Braedratunga soit mis à la libre disposition de Magnus avant que le verdict soit rendu sur ses calomnies, non seulement à l'Althing, mais aussi dans le district, devant votre tribunal. Je veux que, si mon époux doit être condamné à perdre ses biens à cause de ses propos, il le soit en tant qu'homme aisé et non comme indigent.

Il la pria d'en décider, mais ajouta qu'il emmènerait avec soi le bon cheval de selle qu'elle avait, jusqu'à nouvel ordre, et qu'il le ferait prospérer jusqu'à plus ample informé. Puis on fit venir Magnus Sigurdsson et il fut de nouveau établi, devant témoins, en pleine possession de Braedratunga. Le chef de district prit congé par un baiser et s'en alla.

C'était le printemps en Islande, cette époque entre l'affouragement et les pâturages où le bétail meurt le plus promptement. Les mendiants s'étaient mis en mouvement vers l'est, on en avait déjà trouvé deux morts à Landeyjarsand, un homme et une femme, ils s'étaient égarés dans le brouillard. Les oiseaux indiquaient l'endroit où se trouvaient les cadavres.

Chaque matin, le maître de Braedratunga était debout de bonne heure et réveillait ses gens. Il faisait porter à la maison des dalles de pierre, car on devait paver la cour de la ferme d'un bout à l'autre jusqu'aux portes d'entrée et il avait fait abattre une grande partie du vestibule en sorte que l'on ne pouvait pas entrer dans la ferme autrement que par un trou sur l'arrière de la cuisine, par lequel on rentrait ordinairement la tourbe et le fumier et par lequel on sortait les cendres. Un matin que le paysan avait travaillé avec ardeur depuis l'aube, il se fit, sur le coup de neuf heures, qu'il eut une soudaine envie de voir ses chevaux et les envoya chercher. Il trouva qu'ils étaient en mauvais état, dit qu'ils n'étaient pas en état de porter des charges, qu'il y en avait deux qu'il fallait ferrer à la maison pour les laisser aller dans le clos en leur donnant du lait. La femme des Dalir transmit cette inquiétante nouvelle à la fille de Madame, sa maîtresse :

— Est-ce qu'on a entendu dire quelque chose de neuf à propos des bateaux? demanda Snaefrid. Est-ce qu'il n'a pas couru un vague bruit disant qu'un bateau était arrivé à Keflavik?

— Que dirait Madame bénie si elle apprenait qu'il faut maintenant donner aux chevaux la petite goutte de lait que j'ai mise de côté pour maintenir les gens en vie, dit la femme des Dalir.

Puis on donna du lait aux chevaux.

Le soir, le maître se plaignit avec colère, à portée d'oreille de sa femme, que quelque canaille inconnue, à ce qu'il affirmait, lui aurait volé une barre de cuivre qu'il avait dans sa forge. De ce cuivre, il avait en fait pensé faire un anneau pour la nouvelle porte de la ferme. Maintenant, donc, il était obligé de s'en aller au sud à Ölves trouver une de ses connaissances qui avait du cuivre et était en bons termes avec lui.

Snaefrid dit :

— Voici la seizième année que nous habitons ici, et tout s'est passé vaille que vaille sans que nous ayons ne serait-ce qu'un anneau de fer à la porte, pour ne pas parler de cuivre.

— Je sais bien que tu as réussi à sortir, dit-il.

— Et que tu es rentré, dit-elle.

Le lendemain, il tailla les crins de ses chevaux et les peigna. Il trouvait que les dalles de la cour n'étaient jamais placées comme il faut et il les faisait continuellement arracher. Il ordonnait aux gens de passer en rampant par le trou du mur pour pénétrer dans la cuisine. La femme des Dalir dit qu'il n'y avait que les grands chefs du Sud pour pénétrer dans leur maison en rampant par le trou à ordures.

Le junker répartit que, s'il s'agissait d'elle, cela ne faisait rien, il ne plaindrait ni elle ni ses semblables parce qu'elles devraient se glisser par un trou dans les murs. Vers le soir, il monta deux fois à cheval, mais on l'entendit un moment après fredonner une chanson dans la cour de la ferme. Le ciel était rouge.

Le lendemain, il était parti. Les tas de terre se trouvaient toujours devant les portes, le toit n'avait pas été recouvert de mottes de gazon aux endroits où il avait été arraché. Il n'y avait pas de portes à la ferme. Le marteau et la hache gisaient dans le tas de copeaux.

Dans la journée, il y eut de la pluie, avec un orage venant du sud. Il plut toute la nuit, et le lendemain. L'entrée de la ferme devint absolument impraticable, seuls le vent et l'eau circulaient librement par la maison. Puis cela cessa.

Quelques jours passèrent. Alors, un hôte arriva à la ferme, montant un cheval noir et gras. Il demanda à parler à la maîtresse de maison. Quand elle apprit qui était venu, elle fit dire qu'elle n'allait pas bien et qu'elle n'était pas en état de recevoir, mais ordonna de donner du petit lait à l'archiprêtre. Il renvoya ces salutations et fit dire qu'il ne faisait pas un voyage d'agrément, qu'il désirait parler à la maîtresse de maison au pied de son lit si elle ne pouvait se lever. Elle répondit qu'en ce cas, le mieux était de tirer l'archiprêtre par le trou du mur sur l'arrière de la cuisine et de le faire entrer ensuite dans la salle boisée. Elle continua de tisser, longtemps. Quand, enfin, elle descendit, elle portait un manteau de brocart sous lequel on voyait une ceinture d'or.

Le petit lait était resté intact sur la table devant le visiteur, tel que la servante l'avait posé devant lui. Quand elle entra, il se leva et la salua.

— Je me réjouis de voir que l'amie de ma jeunesse ne va pas plus mal que cela, dit l'archiprêtre.

Elle lui souhaita la bienvenue, mais dit regretter que l'on ne pût inviter les gens à entrer par le devant de la maison ; pourtant, elle aurait fait déblayer l'entrée principale si elle s'était attendue à la venue de l'archiprêtre : il était venu plus vite que prévu. Voulait-il avoir la bonté de s'asseoir ?

Il affaissa un peu le menton sur la poitrine, ses regards errèrent alentour dans la pièce, quoique jamais plus haut qu'à hauteur des genoux. Finalement, ils s'arrêtèrent sur la cruche, sur la table devant lui. Il dit :

— Mon amie veut-elle faire emporter ce petit lait ?

Elle prit aussitôt la cruche et en répandit le contenu dehors, par la porte.

Il restait toujours assis, le regard errant. Elle ne s'assit pas.

— Hum! J'avais l'intention de faire un préambule approprié à cette visite, dit-il. Mais je ne trouve plus les mots. Lorsque l'on vous voit, on oublie ce que l'on avait l'intention de dire.

— Alors, c'est que ce n'était pas quelque chose de remarquable, dit-elle.

— Si, dit-il.

— Il n'y a pas grand dommage, si vous avez oublié le préambule, dit-elle. Je ne m'y connais pas en préambules. Que voulez-vous?

— C'est très difficile, dit-il en rassemblant visiblement toutes ses forces pour cet exploit. Mais j'existe. Aussi dois-je parler.

— Sagement parlé, dit-elle : *sum, ergo loquor.*

— Inutile de se moquer de moi, même si je l'ai mérité, dit-il : vous savez que je suis sans défense devant vos remarques glaçantes. Je suis venu vous voir après de longues veilles.

— On doit dormir, la nuit, dit-elle.

— Ce document, hum! que je me suis laissé amener à lire à la porte du chœur lors de la conférence pastorale : je vous dois mes excuses pour cela. Pourtant, cela n'avait pas été fait au hasard, mais après une longue invocation à ce Seigneur qui, assurément, tient sa grâce éloignée de vous alors qu'il vous a concédé une beauté qui rehausse un pauvre pays.

Elle se taisait et le contemplait de cette incommensurable distance avec laquelle on regarde un staphylin qui s'est renversé sur le dos sans parvenir à se remettre sur pied.

Mais il se fut bientôt mis en train, prenant garde tout de même de regarder dans une autre direction que là où elle était, afin de ne pas oublier ce qu'il avait l'intention de dire : il déclara avant tout vouloir l'assurer que les propos qu'il lui avait tenus cet hiver, sur la nature du Tentateur et ses démêlés avec la femme selon l'Écriture et les *autores,* n'avaient pas été dits dans le dessein de l'accuser, mais qu'ils étaient provoqués par le chagrin, ou plutôt oserai-je dire le deuil que lui valait le fait qu'elle, le soleil de l'Islande, dût s'amuser à mettre en péril le salut de son âme en se complaisant dans le voisinage du péché. Malgré chagrin et deuil, sa conviction à lui était que rien ne s'était passé à Skalholt, de sa part à elle, qui fût déshonorant pour une noble femme ou que la grâce divine n'eût point voulu pardonner, surtout si foi et repentir venaient en échange. Sur ce, il revint à la lettre : si, dit-il, votre directeur de conscience s'est mêlé à cette affaire d'une façon qui vous a paru témoigner d'inimitié, c'est qu'il y a été amené par sa sollicitude pour votre âme bien digne d'amour. Quoique tout espoir d'obtenir votre faveur fût par là perdu, il était, avec l'aide de Dieu, prêt à payer également cette dette, si, d'autre part, il était acquis que la pécheresse proximité était éloignée de l'âme qu'il prisait au-dessus de toutes les autres; comme cela se fit aussi le lendemain de la lecture de cette lettre.

Ensuite, le cours des événements avait permis de vérifier de tangible façon maintes choses qu'il avait précédemment tenté de lui expliquer, mais elle avait toujours fait la sourde oreille à cet enseignement et il en donna pour exemple l'attaque qui était maintenant portée contre l'honneur de l'Islande par cette assignation dirigée contre les respectables vieillards agréables à Dieu de ce pays, nos supérieurs.

Parvenu à ce point, il se sentit enfin à son affaire et tint un discours sur ce qui se passe dans un pays quand en est chassée l'autorité chrétienne instituée par Dieu pour le châtiment de la populace qui n'aspire à rien d'autre qu'à satisfaire ses mauvais désirs, cherchant toute occasion de s'insurger dans l'anarchie en foulant aux pieds les bonnes mœurs. Il démontra, selon les docteurs et les auteurs, que, sur mille hommes, il ne s'en trouvait qu'un qui fût digne de faire le salut de son âme, ou encore, uniquement par grâce. Il donna l'exemple des Grecs et des Romains pour montrer quelle abomination ce fut quand leur plèbe voulut gouverner et dit que l'on pouvait se représenter par là ce qu'il adviendrait de notre misérable peuple si c'étaient des voleurs, des assassins et des vagabonds qui devaient avoir droit de cité et si les autorités chrétiennes devaient souffrir préjudice, tort et dévastation, tenues qu'elles seraient en déshonneur et en mépris. Quand la plèbe se dresse contre ses maîtres, c'est qu'alors, il y a un envoyé de Satan à l'œuvre pour déconcerter les simples et abuser le roi. Nul n'accuse Arnas Arnaeus de manquer d'intelligence. Mais sa mission est tout de même de ce genre-là. Sa pauvre patrie, il veut l'effacer de la surface de la terre, sans scrupule sur le choix des moyens. D'abord, il a dévalisé le pays de tous les souvenirs de son âge d'or, extorquant à de pauvres clercs les joyaux livresques qui sont notre couronne, certains contre un paiement ou de fallacieux cadeaux, mais encore plus pour des aumônes telles que de vieux manteaux ou une perruque inutilisable, et il les a emportés ou fait envoyer chez lui à Copenhague. Maintenant, c'est au tour de nos anciennes lois et de la Constitution de nos pères, et l'Esprit mauvais se manifeste ici encore, cette fois investi de la charge de juge d'une façon que l'on n'avait pas encore connue en ce pays, encore que nanti de lettres dont nul n'entreprendrait de révoquer en doute la validité et qui stipulent qu'il peut désigner ses adjoints selon son gré et juger tout un chacun à sa propre convenance. De la sorte, les autorités seront ébranlées, les biens des chefs, confisqués et eux-mêmes, privés de leur honneur, leurs jugements rendus non avenus, les criminels et les malfaiteurs, relevés. Et l'on voyait bien maintenant qui serait le premier à être abaissé jusqu'à terre aux pieds de la populace.

Elle dit :

— Je me tromperais fort si mon père ne prend pas avec calme le fait que le roi ait envoyé un homme examiner de quelle façon les charges officielles sont assumées ; et il restera droit quand bien même on découvrirait des fautes mineures, chose bien humaine et qui n'encourt le blâme de personne dans l'œuvre de toute une longue vie.

— D'ici quelques semaines, votre père sera destitué par jugement de ses biens et de son honneur, dit l'archiprêtre avec un tremblement autour de la bouche, tout en la regardant rapidement en face. Il y eut un moment de pause dans la conversation. Son visage continuait de trembler.

— Que me voulez-vous ? demanda-t-elle.

— Je suis votre prétendant, dit-il — une personne mise à part.

— Je suis revenue à la maison chez mon époux Magnus, dit-elle.

— Magnus Sigurdsson a déjà reçu son verdict devant le tribunal de district pour sa lettre, dit l'archiprêtre. C'est un homme déchu. Ses biens ont été attribués au roi par jugement, et par là également, cette terre que vous lui avez donnée.

— Alors, il est bon, dit-elle, qu'il y ait eu un homme pour répondre.

— Hier, un messager m'est arrivé du Floi, me demander d'intervenir pour que quelque remède fût apporté aux façons d'agir de Magnus Sigurdsson cette nuit-là. Ce n'est pas la première fois, en fait, qu'il me faut intervenir dans des affaires de ce genre — pour l'amour de la personne qui me tient pour le plus bas des hommes.

— Pour l'amour de moi? demanda-t-elle.

— Pour l'amour de cette personne chère, de petits métayers ont parfois reçu quelques compensations de la part de nobles hommes afin que de telles affaires n'aillent pas plus loin. Il est bien vraisemblable pourtant que de tels ménagements soient rangés parmi les bonnes œuvres que les philosophes appellent intempestives et que l'on tient pour équivalentes à des péchés.

Alors, l'archiprêtre raconta à la maîtresse de maison que son mari, la nuit précédente, était allé de chez lui jusqu'à une chaumière du Floi, qu'il avait tiré l'homme de son lit à coups de fouet et péché avec la femme.

Elle sourit en déclarant que l'argent qui servait à lui cacher de bonnes nouvelles était mal employé, et dit que son mari Magnus avait toujours été un grand cavalier. Et je suis fière d'apprendre, dit-elle, que j'ai un mari encore bon aux femmes après toute cette eau-de-vie pendant trente ans.

L'archiprêtre regarda de côté, sans bouger ni exprimer quoi que ce fût, comme s'il n'avait pas entendu cette réponse frivole.

— Mon cher Séra Sigurd, dit-elle. Pourquoi ne riez-vous jamais?

354

— Il est grand temps, dit-il, que ce prétendu mariage, qui a longtemps été un sujet de scandale pour les bonnes gens de ce pays, soit dissout par la miséricorde de Dieu et avec le consentement de l'Église.

— Je ne parviens pas à voir ce que cela changerait, dit-elle. Aux yeux du peuple, je reste toujours sous le coup d'une accusation d'adultère que je n'ai aucune possibilité de repousser et qui ne cesserait pas le moins du monde si je divorçais d'avec mon mari déshonoré et miséreux. Et il ne sert à rien de chercher secours auprès de mon père car lui aussi va être réduit au vagabondage, à ce que vous dites, et sera infâme aux yeux de quiconque dans sa vieillesse.

— Je me suis tenu plein d'angoisse devant votre fenêtre, la nuit, cet hiver, dans le gel et les tempêtes de neige souvent, dit-il. J'offre mes biens et ma vie. Mon dernier cent de terre servira à redresser l'honneur de votre père si vous le voulez.

— Que dit le monstre percé de trous dont vous vouliez faire mon juge cet hiver?

Ses blasphèmes ne semblaient plus l'atteindre.

— L'immortel témoin de Mon Sauveur, Séra Hallgrim Pétursson, avait une femme païenne[1]. Ma situation n'est pas pire que la sienne.

— Et que dit l'*ordonnantia*, qui est pourtant considérablement plus sévère que le crucifié lui-même, demanda-t-elle. Combien de temps un pasteur qui épouse une femme qui a abandonné le foyer conjugal, accusée d'adultère par-dessus le marché, conserve-t-il sa soutane?

— Puis-je vous dire un mot en toute confiance? dit-il.

— Si bon vous semble, dit-elle.

— Je viens ici avec le consentement de l'homme qui, juste après votre père, est notre honneur incarné, le chef aux mains duquel vous et moi pouvons en confiance remettre notre destinée.

— L'évêque? demanda-t-elle.

— Votre beau-frère, dit-il.

Elle eut un rire glacé. Puis ce fut le silence.

1. Hallgrim Pétursson est le plus grand écrivain islandais du XVIIe siècle, particulièrement célèbre pour ses *Psaumes de la Passion*.

— Allez d'abord chez vous, voir votre monstre, Séra Sigurd, dit-elle. Ma sœur Jorun et moi n'avons pas besoin d'intermédiaire pour converser.

Peu de jours après, le junker fut transporté chez lui sur une civière, tout ensanglanté, vraisemblablement souffrant de lésions internes, les côtes brisées pour le moins, sans pouvoir remuer un membre. Il n'était pas en état de parler. On le poussa à l'intérieur par le trou du mur de la cuisine et on lui fit un lit dans une pièce. Ç'avait été une rude équipée.

Quand il recouvra la conscience et put parler, il s'enquit de sa femme mais on lui dit qu'elle était malade. Il demanda qu'on le monte chez elle, mais on lui dit qu'elle avait fait mettre une barre à sa porte, à l'intérieur.

— Ça ne fait rien, dit-il. Elle ouvrira tout de même.

On lui dit que la femme des Dalir, Gudrid, ne quittait pas le bord de son lit, jour et nuit.

Il lui parut alors que les perspectives étaient mauvaises. Il demanda comment se présentait la maladie de sa femme et s'entendit répondre qu'elle était descendue, légèrement vêtue, accueillir un hôte une semaine plus tôt, qu'elle lui avait parlé un moment et avait pris joyeusement congé de lui, puis qu'elle était montée chez elle d'un pied léger. Depuis, elle ne s'était pas levée. Elle ne supportait pas la lumière du jour, pas plus que le vacarme que fait le gazouillement des oiseaux autour de la ferme, nuit et jour à cette époque de l'année. Elle avait tendu ses fenêtres de bure noire.

En haut de l'Almannagja, deux vieilles tentes se dressent, de part et d'autre d'un rocher, très sales et déchirées par endroits, bien que marquées du sceau de la Couronne de Notre Très Gracieuse Majesté. Celle qui est du côté de la Faille au Bûcher est habitée par des hommes, celle du côté de la Mare aux Noyades, par des femmes.

Certains d'entre eux avaient été convoqués à Thingvellir pour témoigner dans des procès mais la plupart étaient des criminels condamnés qui avaient subi des châtiments corporels, certains récemment, d'autres longtemps auparavant : marqués au fer rouge, flagellés, mutilés d'une main. Mais ils avaient été convoqués là, cette fois, par l'envoyé particulier du roi pour une revision de leur procès. Ils attendaient que la soupe du roi leur fût distribuée par le cuisinier de Bessastadir.

— Pour une fois que justice va être faite, j'ai l'impression que cette société est plutôt sinistre, dit un homme. C'est étrange de ne pas pouvoir déclamer même une strophe.

La plupart étaient en haillons, pieds nus ou avec force lambeaux de chaussures entassés les uns sur les autres, la face velue, vêtus de haillons attachés par un bout de corde ou un gros fil de laine, sans bagage, un manche de râteau cassé en guise de bâton pour ceux qui avaient des mains. Toutefois, il y avait dans le groupe quelques propriétaires de vaches laitières, des chicaneurs qui, une fois ou une autre, avaient souffert préjudice des autorités sans avoir jamais pu l'oublier, passant les nuits à veiller et réfléchir, infatigables à se plaindre, à récriminer et à tracasser. Maintenant qu'il estimait être enfin en passe d'obtenir réparation, un de ces hommes dit alors :

— J'exige une journée de salaire pour avoir été arraché à mon travail de printemps et avoir été traîné ici.

Un autre considérait qu'il ne serait pas pleinement payé de son voyage à Thingvellir s'il ne voyait flageller son chef de district.

Un saint homme qui avait été marqué au fer rouge pour avoir volé dans le tronc des pauvres dit :

— Voilà des exigences qui me paraissent témoigner de peu de solidarité pour les gens qui ont été marqués ici dans la Faille au Bûcher, pendus près du Roc au Gibet ou noyés dans la Mare au Noyades parce qu'ils n'étaient pas capables de se défendre, soit qu'ils n'aient pu faire un serment de disculpation contre une fausse accusation, soit que le Diable se soit manifesté sous forme de chien et ait témoigné contre eux. Notre situation est-elle pire que la leur ? Pourquoi pas moi ni toi ?

Alors, Jon Hreggvidsson de Rein, qui était assis à l'entrée de la tente, avec sa barbe grise et non plus noire, ses bas de cuir boueux et une épaisse vareuse de vadmel pleine de crins de cheval, ceint d'une corde, vociféra :

— Une fois, il y a longtemps, on m'a transporté ici par la lande avec un certain Jon Theofilusson, de l'Ouest, contre lequel le Diable avait porté témoignage, si bien qu'il fût brûlé. Mais il faut bien dire : un galant comme lui, qui pouvait rester toute une nuit sur la poutre faîtière avec un signe cabalistique à vent magique, pendant qu'au-dedans la fille était couchée avec un autre, il ne méritait pas mieux et d'ailleurs, je lui ai souvent dit dans le cachot : Tu seras sûrement brûlé, mon cher Jon.

— Il y en aurait beaucoup pour dire que ça n'aurait pas été une grande calamité pour le district si on avait fait voler ta caboche, l'autre année, Hreggvidsson, dit un voleur manchot.

— Pourquoi ne suis-je pas décapité, pourquoi ne suis-je pas pendu, je ne suis pourtant pas meilleur qu'eux, dit le saint qui avait volé dans le tronc des pauvres.

Un homme à la voix fluette, que l'on avait oublié d'exécuter pour inceste, parla de la sorte :

— Ma sœur fut noyée, comme tout le monde le sait, et je me fis voleur de grand chemin par la grâce de Dieu, puis je parvins dans un autre quartier du pays où je circulai sous un faux nom. Ma première action fut de dénoncer au chef du district les voleurs de grand chemin, on les captura et on les lapida. Évidemment, je fus reconnu finalement, et pendant dix ans, tout le monde a su qui j'étais. Pendant dix ans, je suis allé, plein de repentir, de porte en porte et il y a beau temps que les gens m'ont rendu leur faveur en tant que criminel envers Dieu et envers eux, et ils se sont montrés bons pour moi. Et voilà qu'il s'avère, après dix années, que c'est un tout autre homme et une tout autre femme qui ont eu cet enfant pour lequel ma sœur a été noyée parce que ç'aurait été de moi qu'elle l'avait eu. Qui ai-je été pendant toutes ces années, et qui suis-je à présent? Est-ce que quelqu'un me fera l'aumône après cela? Quelqu'un m'accueillira-t-il dans un esprit de miséricorde et d'indulgence désormais? Non, on va rire de moi dans tout le pays. On ne me jettera pas même une queue de poisson. On va lâcher les chiens sur moi. Mon Dieu, mon Dieu, pourquoi m'as-tu ôté ce crime?

— On m'a appris, tout enfant, à vénérer les chefs, dit un vieux vagabond avec des sanglots dans la gorge. Et voilà que dans mes vieux jours, il me faut voir de quelle façon on traîne devant le tribunal quatre des bons chefs de districts qui m'ont fait flageller. S'il n'y a plus personne pour nous flageller, qui va-t-il falloir vénérer, alors?

— Dieu, dit quelqu'un.

— Ça me fait fait penser à quelque chose, dit un malandrin aveugle. Que voulait dire Séra Olaf de Sandar quand, dans ses beaux vers, il priait Notre Seigneur Jésus d'assister les autorités?

— Il ne me viendrait pas à l'idée de mettre toutes les autorités dans le même sac, dit le manchot. J'ai été flagellé dans les Rangarvellir pour le délit qui m'avait fait couper les mains sur la côte sud.

— Est-ce qu'il faut comprendre, dit l'aveugle, que Notre Sauveur assiste une autorité particulière, une bonne autorité, comme par exemple celle qui se contente de fouetter les gens, mais pas celle qui fait couper les mains? Je pense que l'excellent homme n'excepte personne dans ses beaux vers : il prie pour que le Sauveur assiste toute autorité, celle qui coupe les mains autant que celle qui fouette.

— Séra Olaf de Sandar peut bouffer de la merde, dit un homme.

— Je ne sais pas ce que Séra Olaf de Sandar peut bouffer, dit le malandrin aveugle. Mais ce que je tiens pour vrai, c'est que quand Maître Brynjolf fut devenu si vieux qu'il avait cessé de savoir le grec et l'hébreu, qu'il avait en plus oublié la dialectique et l'astronomie et qu'il ne savait plus comment on décline *mensa* en latin, il récitait continuellement ces vers de Séra Olaf de Sandar que sa mère lui avait enseignés au berceau.

— Celui qui fait confiance à l'autorité n'est pas un homme, dit Jon Hreggvidsson. J'ai traversé la Hollande, moi.

— Mon roi est équitable, dit le vieux vagabond maintes fois flagellé.

— Ce qu'on ne prend pas chez soi-même, on ne le prend nulle part, dit Jon Hreggvidsson. J'ai eu des aventures chez les Allemands, moi.

— Heureux celui-là qui a subi sa peine, dit le maintes fois flagellé.

— Je crache sur les Grands quand ils jugent à tort, dit Jon Hreggvidsson. Et pourtant, je crache encore plus sur eux quand ils jugent juste, car alors, c'est qu'ils ont peur. Comme si je ne connaissais pas mon roi et son bourreau! C'est moi qui ai descendu la cloche d'Islande, moi qui ai enduré la veste espagnole à Lukkstad et pris ma patenôtre à Copenhague. Quand je suis rentré chez moi, ma fille gisait sur la civière des morts. Ils ne seraient même pas capables, je crois, d'aider un enfant innocent à traverser un ruisseau sans le noyer.

— Jon Hreggvidsson est le vrai portrait de Satan, dit le maintes fois flagellé en frissonnant comme feuille de tremble. Que Dieu me prenne en grâce, moi, pécheur.

Le malandrin aveugle dit :

— Restez en paix, mes frères, tandis que nous attendons la soupe du roi. Nous sommes la populace, les plus minables créatures de la terre. Prions pour le succès de tout homme puissant qui entreprend d'aider les gens sans défense. Mais il n'y aura pas de justice tant que nous-mêmes ne serons pas des hommes. Les siècles passeront. L'amendement à la loi que nous avons obtenu du dernier roi sera repris par le prochain. Mais un jour viendra. Et le jour où nous serons devenus des hommes, Dieu viendra à nous et sera avec nous.

*et là, manquant d'... ... ... se détendre de selle et
d'ôter le cheval, mais il ne voulait pas descendre les bonnes
jambes. Pourtant, elle le remit en route non loin encore. Il
ne courait jamais autrement qu'au grand galop, avec des*

Le jour même où les pauvres du roi qui avaient été acquittés attendaient la soupe du roi à Thingvellir sur l'Öxara, la
nouvelle, à Braedratunga, fut que la maîtresse de maison se
leva de son lit, appela les domestiques et leur ordonna
d'aller chercher des chevaux, disant qu'elle avait l'intention
de s'en aller. Ils répondirent que, de nouveau, le maître de
maison était parti et qu'aucun des chevaux restants ne pouvait être monté.

Elle dit :

— Vous rappelez-vous ce cheval qui était attaché à la
pierre ici, au printemps dernier et que je vous avais ordonné
d'abattre?

Ils s'entre-regardèrent en ricanant.

— Allez-vous-en à Hjalmholt, cherchez ce cheval dans les
prés du chef de district et ramenez-le-moi, dit-elle.

Ils arrivèrent avec le cheval vers minuit. Elle les attendait,
prête à partir. Alors, elle fit sortir sa selle et seller le cheval,
s'enveloppa d'un grand manteau de vadmel avec chapeau
assorti, car il pleuvait toujours et ordonna à un homme de
l'accompagner vers l'ouest pour passer les rivières. Elle
avait l'intention de chevaucher seule, et de nuit. Il ne faisait
pas froid, le temps était calme, avec une bruine dense.

A peine son accompagnateur avait-il rebroussé chemin
après la traversée de la Bruara que le cheval de Snaefrid
devint rétif. Quand elle lui eut fait goûter du fouet un
moment, il partit au galop d'un seul coup si bien qu'il s'en
fallut de peu qu'elle ne tombât de sa selle. Il alla à toute
allure un bon moment et elle dut employer toutes ses forces
à rester en selle, se cramponnant frénétiquement à l'arceau
jusqu'à ce qu'il lui arrache les rênes, coure dans une lande
rocailleuse où il s'immobilisa. Elle lui donna du fouet un
moment, mais il s'ébroua et battit l'air de sa queue quand il
en eut assez d'être rossé et fit même des tentatives pour se
cabrer. Finalement, il partit à fond de train comme précédemment et reprit aussitôt le même jeu, se précipitant çà

et là, manquant de la désarçonner. Elle descendit de selle et flatta le cheval, mais il ne voulait pas entendre les bonnes paroles. Pourtant, elle le remit en route une fois encore. Il ne courait jamais autrement qu'au grand galop, avec des intervalles d'immobilité. Peut-être montait-elle mal. En fin de compte, dans un vallon où coulait un ruisseau, il se jeta carrément de côté et, en moins de temps qu'il n'en faut pour le dire, elle fut projetée hors de selle vers l'avant et se retrouva gisant sur le sol. Elle se releva, essuya la terre et la boue qui la couvraient. Elle n'avait pas de mal. Un courlis lançait des trilles éperdus dans le brouillard, d'une voix perçante. Le cheval paissait sur la rive du ruisseau. Encore une fois, elle remonta en selle, quoique de mauvais cœur, le frappa sous l'aîne, tira sur les rênes, cria, mais rien n'y fit. Sans doute ne savait-elle pas rosser un cheval. Une chose était sûre : il ne bougeait pas. Il allait contre tous ses principes de continuer à avancer dans cette direction-là. Il se débattait et se cabrait. Elle descendit de selle, monta sur le bord du vallon, s'assit là sous la pluie et regarda le cheval.

— Évidemment, un cheval qu'un pillard vous donne en dédommagement des peines qu'il vous a infligées ne peut pas être meilleur que toi, mon cher palefroi, dit-elle au cheval.

Heureusement que personne n'avait vu son expédition, car cela se passait en pleine nuit et la contrée dormait, mais depuis un moment, le brouillard s'éclaircissait, et le soleil devait s'être levé.

Elle retroussa ses cottes et se mit à marcher. Il y avait du brouillard sur les collines et la bruyère était blanche d'eau, un filet de rosée grise couvrait les plaques de terre dénudée. Les feuilles de bouleaux mi-écloses sentaient si fort dans la pluie tiède que l'on en était comme étourdi. Elle était mal chaussée pour la marche, ses bottines furent rapidement percées et ses cottes alourdies car les fourrés de bouleaux dégouttants d'eau lui enveloppaient les jambes; en outre, elle relevait de maladie et n'était pas très forte; mais elle avait beau tomber, elle se relevait quand même et poursuivait son chemin. A Blaskog, il y avait longtemps qu'elle était trempée jusqu'aux os.

Quand elle descendit jusqu'à l'Öxara, la matinée était si avancée que les ivrognes étaient endormis. Même le bruissement de la rivière glacée semblait figé dans cette aube voilée de brouillard, et lointain, même pour qui se fût tenu sur la berge. Quelques chevaux laissaient pendre le col, endormis à l'endroit de la prairie où ils étaient attachés.

Autour de la maison de la Lögrétta se dressaient quelques tentes et elle vit que le baraquement du gouverneur était monté. Elle y alla. Les murs avaient été récemment refaits, il y avait une belle entrée avec une porte magnifique dans le mur de façade et trois marches de pierre pour monter jusqu'à la porte; le baraquement était couvert d'une double toile de tente, une à l'extérieur et une au-dedans. Elle frappa à la porte. Le valet de son père, tout endormi, sortit et elle lui demanda de réveiller le gouverneur. Un vieil homme se mit à remuer à l'intérieur et on l'entendit demander d'une voix rauque qui était arrivé.

— C'est moi, père, dit-elle à voix basse, d'un ton grave et en s'appuyant au montant de la porte.

Le toit de la tente intérieure était sec malgré la pluie et il y avait un plancher amovible. Son père était couché dans un hamac de cuir, sur des coussins qui sentaient bon le foin, ce qui était là un parfum pour grand homme par un jour de printemps alors que personne n'avait de foin. Il se redressa sur un coude, vêtu d'une épaisse chemise de nuit de vadmel, un foulard autour du cou, bleu, complètement chauve, le nez trop grand, de terribles sourcils et les yeux considérablement enfoncés à cause des années, des rides sur les joues et un sac de peau à la place de son double menton. Il la regarda sans broncher.

— Que veux-tu, enfant, demanda-t-il.

— Je voudrais te parler seule à seul, père, dit-elle avec le même accent grave dans la voix, sans le regarder et toujours appuyée, dans sa fatigue, au montant de la porte.

Il dit à son valet de s'en aller un moment dans le baraquement des domestiques, le priant d'attendre un peu sur le seuil qu'il se fût habillé. Quand elle put entrer, il était également sur pied, ayant passé de hautes bottes, un épais manteau et une perruque. Il portait une lourde bague d'or à

l'annulaire droit. Il prisa dans une tabatière d'argent. Elle
marcha droit sur lui et l'embrassa.

— Eh bien? dit-il quand elle l'eut embrassé.

— Je suis venue à toi, mon père, voilà tout, dit-elle.

— A moi? dit-il.

— Oui, dit-elle, il faut que l'on puisse s'appuyer sur quelqu'un, sinon, on meurt.

— Tu étais une enfant indocile, dit-il.

— Père, veux-tu me permettre de rester à tes côtés? dit-
elle.

— Ma bonne enfant, dit-il. Tu n'es plus une enfant.

— Je suis restée couchée, père, dit-elle.

— J'ai appris que tu as été malade, mais je vois maintenant que tu as repris des forces, dit-il.

— Mon père, dit-elle. Un jour, au printemps, je ne voyais
plus que ténèbres. Cela se voûtait au-dessus de moi, j'ai
perdu les forces et je me suis remise au pouvoir des ténèbres.
Je suis restée couchée, encore et encore, dans l'obscurité.
Tout de même, je ne suis pas morte. Comment se fait-il
que je ne sois pas morte, mon père?

— Beaucoup prennent froid au printemps mais survivent
tout de même ma bonne enfant, dit-il.

— Hier, on m'a chuchoté qu'il fallait que je vienne à toi.
Quelqu'un a dit que les verdicts seraient rendus aujour-
d'hui. D'un seul coup, j'étais en bonne santé. Je me suis
levée. Père, malgré cette redoutable situation, notre famille
a tout de même quelque valeur, n'est-ce pas?

— Oui, dit-il. Je suis d'une bonne famille. Ta mère est
d'une famille encore meilleure. Dieu soit loué.

— On n'a pas réussi à nous briser, dit-elle; pas complètement. Nous nous tenons encore droit. Nous sommes des
hommes, n'est-ce pas, père? Je suis certaine que si quelque
devoir m'incombe, c'est envers toi.

— Tu as été une grande épreuve pour ta mère, enfant,
dit-il.

Elle dit:

— Maintenant, j'ai l'intention d'aller avec toi à la maison,
la voir, comme elle me l'a demandé.

Il regarda ailleurs.

— Mon père, poursuivit-elle. J'espère que les verdicts n'ont pas encore été rendus dans les procès.

Il dit qu'il ne savait pas bien ce qu'elle voulait dire par verdicts et d'ailleurs, on en était au point que nul ne savait plus où se trouvait le bon droit dans ce malheureux pays. Lui-même, il ne savait pas quel nom il fallait donner à la farce qui débutait ici. Puis il demanda quel aveuglement l'avait poussée à transférer Braedratunga à Magnus Sigurdsson après qu'il était devenu évident qu'il courrait à sa perte pour la fausse accusation qu'il avait portée contre elle. Pourquoi ne pas s'être proclamée séparée de cet homme par lettres et témoignages ? — Tu savais pourtant, dit-il, que sont menacés de perdre leurs titres et leurs biens des gens bien plus prudents en paroles et en actes que Magnus Sigurdsson et qui ont pourtant moins de comptes à régler avec la nouvelle autorité du pays. Il dit que le vice-gouverneur et deux chefs de districts avaient été désignés pour rendre en cette affaire un verdict qui aurait force d'arrêt suprême car Arnaeus a exigé que sa réputation soit lavée de cette inculpation infamante, non seulement par un tribunal de district, mais aussi par le tribunal du gouverneur ; sinon, il considérerait ne pas pouvoir procéder aux actes attachés à sa charge. C'est ce verdict qui devait être proclamé ce jour-là, de bonne heure. Ensuite, Arnaeus se mettra au travail.

— Mon père, dit-elle, quelle peine y aurait-il si l'accusation de Magnus était prouvée ?

Il répondit :

— Si un homme marié prend une femme mariée, il sera puni de la perte de son titre et de son honneur et les deux parties seront condamnées à de fortes amendes envers le roi. En cas de défaut de paiement, il y a flagellation.

— Mon père, dit-elle, veux-tu me permettre de me présenter devant la Cour et de dire quelques mots ?

— Il n'est pas question de mots ici, dit-il. Que veux-tu ?

— Je ferai en sorte que la conduite du procès soit désorganisée, la cour dispersée et le juge invalidé, afin que les nobles gens aient le loisir d'envoyer leurs porte-parole au roi. Si l'actuel représentant est mis hors de jeu, il peut se faire que l'on ne trouve pas de si tôt un successeur pour porter contre toi un autre été un jugement qui te déshonore.

— Je ne sais pas à quoi tu rêves, enfant, dit-il.

— J'ai l'intention de demander le silence, dit-elle, et d'exiger d'être entendue comme témoin dans le procès contre Magnus Sigurdsson. J'ai l'intention de proclamer devant le tribunal que Magnus a dit la vérité dans la lettre qu'il a fait lire aux portes du chœur dans la cathédrale de Skalholt.

— Voilà une chose épouvantable à entendre, dit le gouverneur Eydalin. Ta sœur et son mari, l'évêque, ont écrit tous deux à ta mère que cette accusation était le plus noir des mensonges, comme chacun peut se le dire. Et du reste, qui pourrait vraiment certifier un tel témoignage?

Elle dit :

— J'offrirai de prêter serment.

— Mon honneur ne grandirait pas si je pensais le sauver des diffamateurs en mêlant la vie et la pudeur de ma fille à ces chicanes juridiques, dit le gouverneur. Surtout si le serment que tu ferais *in praejudicio Arnaei* dans cette affaire devait être un parjure.

— Cela n'est pas ton affaire, dit-elle, c'est celle de notre patrie. Si vous, les quelques rares qui vous tenez droit dans cette détresse, devez siéger au banc des proscrits et être condamnés; si notre famille doit être foulée aux pieds dans la fange; s'il ne doit plus y avoir d'êtres humains en Islande, à quoi alors a servi tout cela?

— Si tu crois que j'aie l'habitude, ma bonne enfant, de faire emploi de faux serments pour remporter mes procès, tu te trompes sur le compte de ton père. Je frémis d'entendre de la bouche de mon enfant proposer l'appui que même l'homme le plus malhonnête refuserait d'une canaille. Ce qui peut passer par la tête d'une femme malheureuse est incompréhensible aux hommes sensés. Je reconnais volontiers avoir, par mes imperfections, commis une erreur ou une autre; mais je suis chrétien. Un chrétien place le salut de son âme au-dessus de toute autre chose. Si quelqu'un fait un faux serment au su d'un autre et pour le servir, tous deux ont forfait le salut de leur âme pour l'éternité.

— Même si, par leur crime, ils pouvaient sauver l'honneur de tout un pays? demanda-t-elle.

— Oui, dit-il, même si l'on pouvait envisager la chose ainsi.

— Cette mesquinerie, tu m'as enseigné une fois à l'appeler *artem casuisticam,* père, dit-elle. Que le diable emporte cet artifice.

Il dit d'une voix rauque et froide :

— Je tiens tes propos pour les imaginations fiévreuses d'une femme dérangée qui a, par sa propre faute, gâché son bonheur, perdu de vue la différence entre honte et honneur, et qui parle à présent *in desperatione vitae.* Cessons cette conversation, ma bonne enfant. Mais comme tu es venue ici, Dieu sait pourquoi, je vais appeler des valets et leur demander d'allumer du feu et de préparer du thé, car voici le jour.

— Mon père, dit-elle. N'appelle personne. Attends. Je ne t'ai pas tout dit. Pas la vérité. A présent je dois le faire. Je n'ai pas besoin de me parjurer : tout cet hiver, Arni et moi avons constamment eu des relations intimes illicites à Skalholt. Je venais le voir la nuit — elle parlait d'une voix basse et sombre, les yeux fixés sur ses genoux, accroupie près de la porte.

Il s'éclaircit la voix et marmonna d'un ton encore plus rauque :

— Un témoignage de ce genre n'aurait aucune valeur devant un tribunal et l'on ne t'imposerait pas non plus de prêter serment. Il y a bien trop d'exemples de personnes mariées qui ont menti sur de telles choses pour obtenir le divorce. Ici, il faut des témoins.

Elle dit :

— Un homme est venu me trouver ce printemps, avec le consentement de ma sœur et de mon beau-frère, pour me parler de cette affaire. C'est une personne haut placée de l'évêché de Skalholt, c'est l'homme qui a lu publiquement aux portes du chœur le document qui m'accusait et je ne serais pas étonnée qu'il n'ait participé à la rédaction du document, avec le consentement et le gré de Jorunn, ma sœur. Une chose est sûre : Séra Sigurd Sveinsson l'archiprêtre est un homme trop avisé pour lire au hasard un tel document en un lieu saint et d'ailleurs, il savait ce qu'il faisait : il m'avait pour ainsi dire prise en flagrant délit une nuit. En outre, j'avais compris à ses discours et à ceux de ma sœur, plus tôt pendant l'hiver, qu'ils avaient dépêché des espions, une ou plusieurs servantes de l'évêché, pour surveiller mes faits et gestes et ceux d'Arni. Il sera facile d'entendre ces témoins-là.

Il resta longtemps silencieux avant de répondre.

— Je suis un vieil homme, dit-il finalement. Et je suis ton père. Dans notre famille, de telles choses n'ont jamais été vraies. En revanche, il y avait des malades mentaux dans ta famille maternelle et si tu en dis davantage dans ce sens, je devrai comprendre que tu es l'une d'entre eux.

— Arni ne niera pas cela devant moi, dit-elle. Il va résigner sa charge de juge.

Son père dit :

— Même si Arnas Arnaeus t'avait engendré un beau garçon et qu'en outre, non seulement l'archiprêtre et les servantes, mais l'évêque et sa femme l'avaient pris en flagrant délit, cet homme ne connaîtrait pas de repos qu'il n'ait obtenu des princes de cour, des empereurs et des papes un arrêt établissant que tu aurais eu cet enfant d'un rustre de vagabond. Je connais sa famille.

— Mon père, dit-elle en le regardant en face, ne veux-tu donc pas que je dise un mot ? Ton honneur t'est-il donc indifférent ? Est-ce que même tes soixante domaines n'ont aucune valeur pour toi ?

Il dit :

— C'est pour moi un moindre affront de me tenir droit en face d'un petit-maître, à la lumière du jour, que d'avoir une fille qui est tombée devant un petit-maître dans les ténèbres de la nuit, quand bien même elle mentirait sur cette faute. Et tu sais bien, enfant, que lorsque tu t'es enfuie pour te marier avec le plus grand vagabond du quartier des Terres du Sud après qu'un des plus puissants clercs de ce pays, le docte scalde Séra Sigurd Sveinsson, t'eut demandée en mariage, je me suis tu sur cette honte. Quand il se fut dessaisi de son patrimoine pour faire de toi une mendiante, j'ai racheté le domaine sans dire mot. De même quand ta mère apprit que tu avais été vendue à un Danois pour de l'eau-de-vie, puis menacée d'une hache, j'ai refusé de me mêler à une folie. Et même quand tu es revenue, offrant à ton bourreau le domaine que je t'avais donné par lettre, je n'ai ouvert la bouche devant personne, et encore moins mon cœur. Sans doute, j'ai dû, hier comme aujourd'hui, endurer que des voyous me couvrent de boue en ce haut-lieu de ma charge, Thingvellir sur l'Öxara, mais cela n'a guère d'importance : de cela, personne ne rira quand le temps aura passé; mais après toute la honte que tu as attirée sur ta mère et sur moi, ce qui te sied le mieux, c'est de te taire sur cette dernière chose, si tu ne veux pas faire de ta famille un objet de risée dans l'histoire de ce pauvre pays à travers les siècles.

Lorsqu'il était assis, il paraissait encore vert. Mais quand il se leva et prit son bâton, qu'il sortit appeler ses serviteurs pour les affaires de la matinée, on put voir à quel point il était décrépit. Il avançait en chancelant sur le plancher, à pas courts et boiteux, si courbé que les pans de son manteau traînaient, à l'avant, sur le plancher, tout en grimaçant pour réfréner les gémissements que lui avaient valus un mauvais repos dans cette dépendance glacée, si tôt en été.

Peu après que le gouverneur fut allé trouver ses domestiques, sa fille se leva également et sortit du baraquement.
Elle était fatiguée et toute mouillée après avoir marché sous
la pluie toute une nuit, et le froid la saisit. Elle se hâta de
s'éloigner du baraquement de son père et se trouva tout
soudain dans l'Almannagja, sous le rebord supérieur de
l'à-pic. Les falaises se refermaient autour d'elle, le mont en
surplomb au-dessus d'elle se confondait avec le brouillard.
Elle erra un moment au pied de la paroi rocheuse. Ses pieds
lui faisaient mal. Des chevaux trempés de bruine paissaient
au fond de la faille, laissant des traces dans la rosée là où
ils paissaient. Tout près, on entendait la rivière bruire dans
le brouillard. Peu après, elle se trouva près de la grande
mare aux femmes, là où la rivière modifie son cours et sort
de la faille. Elle regarda ondoyer l'eau comme du velours
noir dans le tourbillon du courant, profonde, froide et pure
dans l'aube, et sentit qu'elle avait la bouche sèche.

Elle regardait l'eau depuis un petit moment quand elle
entendit des coups à travers le bruissement et aperçut une
femme vêtue de gris, un châle autour du cou et de la bouche,
qui se tenait sur une dalle de pierre au bord de l'eau et battait des bas avec un battoir. Elle alla à cette femme et la
salua.

— Est-ce que tu habites en ce lieu, demanda-t-elle à la
femme.

— Oui et non, dit la femme. Je devais être noyée dans
cette mare, une fois.

— J'ai entendu dire que la lune se reflète parfois dans
l'eau, ici, dit Snaefrid.

La femme se redressa et la regarda, examina son manteau de couleur sombre, bien coupé dans du bon vadmel,
marcha droit sur elle, souleva les pans du manteau et vit
qu'elle était, en dessous, en jupe bleue de tissu étranger, avec
une ceinture d'argent, qu'elle avait aux pieds des bottes
anglaises qui, certes, étaient crottées mais qui devaient bien

valoir tout de même leurs deux ou trois cents de terre.
Puis elle inspecta son visage et ses yeux.

— Tu dois être une elfe, dit la grise.

— Je suis fatiguée, dit l'inconnue.

La femme grise expliqua qu'elles étaient trois femmes,
ici, sous la tente, chacune de son district. L'une avait été
marquée au fer rouge pour s'être enfuie avec un voleur, la
seconde aurait dû être noyée ici pour avoir juré qu'elle était
vierge, bien qu'elle fût enceinte, la troisième s'était débarrassée de son fœtus à Slettuhlid, mais comme, selon toute
vraisemblance, l'enfant aurait été mort-né, elle avait été
envoyée d'ici, de la Mare aux Noyades, à la maison de
correction de Copenhague et avait été libérée après six ans
de travail, quand Sa Très Clémente Majesté et Grâce
avait épousé la reine. Et voilà qu'elles avaient été convo-
quées ici pour entendre leur supérieur envoyé par Dieu être
destitué par jugement de son honneur. Elles avaient l'intention de rentrer chez elles ce jour-là. Mais, dit la femme,
puisque, pour une raison ou pour une autre, tu es venue
chez les humains, si tu as besoin d'hospitalité, entre dans la
tente avec moi.

Les compagnes examinèrent la femme elfe dans un silence
religieux et purent la toucher. Elles lui voulaient tout le
bien du monde, car c'est un porte-bonheur amplement avéré
que de se montrer bon pour les elfes. Elles avaient grande
envie de lui raconter l'histoire de leur vie, comme le font
souvent les gens du commun devant les créatures surna-
turelles et les nobles personnes, mais elle les écoutait distraitement, comme un vent qui soufflerait de l'autre côté de la
montagne. De temps à autre, un frisson la traversait. Elles
demandèrent pourquoi elle avait rejeté son voile d'invisi-
bilité pour venir ici.

— Je suis condamnée, dit-elle.

Elles dirent :

— Va voir Arnaeus, sœur, il t'acquittera, quoi que tu aies
fait.

— Le tribunal qui m'acquittera n'existe ni chez les elfes
ni chez les hommes, dit-elle.

— Mais au ciel, du moins, dit la femme qui s'était débarrassée de son fœtus et était allée à la Maison de Correction.

— Non, pas au ciel non plus, dit Snaefrid.

Elles regardèrent, interdites de savoir qu'il ne se trouvait ni au ciel, ni sur terre, ni dans le monde des elfes un tribunal qui pût acquitter cette criminelle.

— Ne t'en fais pas, dit la femme de la Maison de Correction. Il n'y a que les femmes qui logent dans la Mare qui sont heureuses.

Elles avaient amassé de la mousse pour coucher dessus, et reçu des couvertures du roi. Alors, elles lui firent un lit. Et comme elle était toute trempée, elles la déshabillèrent, partagèrent leurs propres habits pour elle, si bien qu'elle eut la veste de l'une, la jupe de l'autre, la chemise de la troisième. Celle qui était allée en maison de correction enleva son châle et le lui noua autour de la tête. Elles allèrent chercher du thé et du pain chez le cuisinier de Bessastadir et se les partagèrent. Puis elles étalèrent sur elle les couvertures qui portaient le monogramme royal et l'emmitouflèrent de mousse.

Un moment après, elle était endormie, enfin, car ses souffrances, au cours de ce rude printemps, venaient, entre autres choses, de ce qu'elle ne pouvait trouver le repos dans le sommeil. Mais maintenant, elle dormait. Elle dormait profondément et paisiblement. Elle dormit longtemps. Dormit.

Quand elle se réveilla, les trois acquittées avaient disparu, la tente était vide. Elle se leva et regarda par la porte, l'herbe était sèche depuis longtemps, le ciel, clair, le soleil s'enfonçait vers l'ouest. Elle avait dormi toute la journée. Elle n'avait pas vu le soleil depuis une certaine fois, l'année précédente, mais à présent, elle le voyait briller sur Thingvellir au bord de l'Öxara : sur le Skjaldbreid, Blaskog, l'embouchure de la rivière, le lac et le Heingil[1]. Quelque chose lui irrita la peau sous ses vêtements et elle s'aperçut qu'elle portait les haillons des trois acquittées : une veste grise toute rapiécée avec des boutons blancs en os, pas de ceinture, une courte jupe déchirée et boueuse à l'ourlet effilochée, pleine d'accrocs, des bas grossiers brun clair dont les pieds

1. Le Skjaldbreid et le Heingil sont des montagnes, Blaskog, une forêt, la rivière est l'Öxara et le lac, celui de Thingvellir.

venaient d'être tricotés et des chaussures de gros cuir de vache, les coutures déchirées aux orteils et les côtés en lambeaux, un bout de vadmel gris entortillé autour de la tête. Ses pieds dépassaient de l'ourlet de sa jupe et ses manches n'atteignaient pas plus loin que juste en dessous des coudes. De ces haillons, elle respirait toute la puanteur de saleté qui, en règle générale, est le fait des pauvres gens : fumée, viande de cheval, huile de baleine, vieille senteur humaine. Et quand elle entreprit d'examiner ce qui l'irritait, elle découvrit qu'elle avait la peau rouge et tuméfiée, à cause des poux.

Une vieille pouilleuse grise s'éloigna de l'endroit où elle avait dormi. Elle s'arrêta sur la berge de la rivière, but de l'eau dans ses paumes puis tira son châle devant son visage. Elle déambula en direction de la Lögrétta mais sans oser s'avancer jusqu'à la maison; elle sortit du sentier et s'assit sur le sol rocailleux, à courte distance d'un cheval qui paissait. La maison de la Lögrétta, le Palais de Justice de l'Islande, menaçait ruine, ses murs s'écroulaient, ses charpentes étaient pourries, sa poutre faîtière, brisée, toutes les solives de travers, les portes sorties de leurs gonds et le mur de tourbe troué sous le seuil. Et il n'y avait pas de cloche. Dehors, des chiens se battaient. Le soleil du soir dorait la forêt en bourgeons.

Finalement, on entendit agiter une petite clochette à l'intérieur de la maison, le tribunal levait la séance. Sortirent d'abord trois hommes en longs manteaux et en bottes à revers, portant chapeau à plume, l'un avec l'épée au côté : le fondé de pouvoir du souverain. Les autres étaient le vice-gouverneur et, finalement, le *commissarius* spécial de Notre Très Gracieuse Majesté, Arnas Arnaeus, *assessor consistorii, professor philosophiae et antiquitatum Danicarum.* Aussitôt après ces trois nobles hommes venaient leurs secrétaires et aides de camp, et quelques soldats danois en armes. Le vice-gouverneur et le fondé de pouvoir du souverain s'entretenaient en danois mais le *commissarius* les suivait en silence, à pas fermes, des documents sous le bras.

Sur ce, sortit en chancelant de la maison de la Lögrétta le gouverneur Eydalin, son valet à ses côtés pour le soutenir. En fait, c'était devenu un vieillard sans forces : il tendait la main comme un enfant à celui qui voulait le conduire, au lieu de lui offrir le bras. Son manteau, par-devant, traînait à terre.

Puis sortirent de la maison quelques fonctionnaires d'âge mûr, visiblement échauffés car on les entendait jurer, certains étaient bien ivre et titubaient. Enfin, quelques acquittés qui avaient été précédemment condamnés à de dures peines et n'avaient dû qu'au hasard de conserver leur tête. Pourtant, ces hommes ne manifestaient aucune joie, pas plus que les autres qui étaient sortis de la maison.

Un homme du peuple qui faisait partie du groupe sortit du chemin dans la direction de l'endroit où la haillonneuse était assise, dans la tourbière. Il sacra. Elle crut qu'il était ivre et qu'il allait lui faire du mal, mais ce n'était pas du tout vers elle qu'il se dirigeait, il ne la regarda même pas, il alla au cheval qui paissait non loin de là. La haridelle était un peu farouche et tourna la croupe à son maître un petit moment, mais pour la forme seulement, car, peu après, ce dernier s'était mis à passer un bout de corde dans la bouche du cheval tout en déclamant cette formule de malédiction, extraite du septième chant des Anciennes Rimes de Pontus :

> *Va de l'avant et n'épargne rien,*
> *Bataille sans miséricorde,*
> *Bataille sans miséricorde,*
> *Baleine de la dernière corde.*

Puis il détacha les pattes entravées du cheval.

— Jon Hreggvidsson, dit-elle.

— Qui es-tu ? dit-il.

— Comment cela s'est-il passé ? dit-elle.

— Mauvaise est leur iniquité, pire, leur justice, dit-il. Voilà qu'ils m'ont enjoint de me procurer une nouvelle convocation devant la Haute Cour du roi, et que, par-dessus le marché, ils m'ont menacé de me mettre à Brimarholm maintenant, à l'Althing, cet été, parce que je n'avais pas montré l'ancienne convocation ! J'imagine que tu es une des acquittées ?

374

— Non, dit-elle, je suis une des coupables. Les acquittées m'ont volé mon manteau.

— Je ne crois pas en une autre justice que celle que je rends moi-même, dit-il.

— Que s'est-il passé dans le procès du junker de Braedratunga? demanda la femme.

— Des hommes de ce genre se condamnent eux-mêmes, dit-il. Le bruit courait que j'aurais tué mon fils. Et après? Est-ce que ce n'était pas mon fils? Il n'y a qu'un seul crime qui se venge, c'est de trahir les elfes.

— Je ne comprends pas, dit-elle.

— Deux nobles messieurs se tiennent l'un en face de l'autre et se condamnent mutuellement, mais ils ne savent pas qu'ils sont tous les deux condamnés. Tous deux ont trahi la vierge claire, l'elfe au svelte corps. Le junker inculpe aux portes du chœur le commissaire d'adultère, le commissaire répond en se faisant attribuer par jugement, pour lui et le roi, toutes les propriétés du junker. Mais où est la richesse de Monsieur Arnaeus? Jon Hreggvidsson est devenu un homme riche depuis qu'il est entré dans cette maison. Si tu veux, je vais t'emporter devant moi sur mon cheval, vers l'ouest dans le Skagi et je t'engagerai comme journalière, bonne femme.

Elle n'accepta pas l'offre mais répondit :

— J'aime mieux mendier que de travailler pour ma subsistance; je suis de ce genre-là. Donne-moi plutôt d'autres nouvelles, que je puisse raconter un peu, là où je trouverai à me coucher cette nuit. Comment les choses se sont-elles passées pour les gens en place?

Il dit que le gouverneur Eydalin, ainsi que trois chefs de districts avaient été destitués de leur honneur et de leurs fonctions, et que tous leurs biens avaient été attribués au roi :

— Il ne reste pas grand-chose de lui en dehors de son bec et de sa voix. C'est laid de ressentir de la compassion pour un homme, sans parler d'un chef, mais aujourd'hui, quand on m'a mis à côté du pauvre vieux avec ma veste neuve alors qu'il portait le vieux manteau qu'il avait quand il m'a condamné l'autre année, j'ai pensé à part moi : oh!

Sûr que je ne crois pas que tu en aurais trop fait si tu avais eu la laide tête de Jon Hreggvidsson!

— As-tu tué cet homme? dit-elle.

— Si je l'ai tué? Ou bien tu le tues, ou bien c'est lui qui te tue, dit Jon Hreggvidsson. Une fois, j'étais noir. Maintenant, je suis gris. Bientôt, je serai blanc. Mais que je sois noir, gris ou blanc, je crache sur la justice, sauf sur celle qui est en moi-même, Jon Hreggvidsson de Rein; et au-delà de ce monde. Tiens, voilà une rixdale que je te donne, ma bonne femme. Mais ta tête, je ne peux pas la racheter.

Il prit une pièce d'argent dans sa bourse et la lui jeta dans le giron tout en montant à cheval. Puis il s'en alla. La mendiante resta assise longtemps sur sa touffe d'herbe après qu'il fut parti, tripotant la pièce, l'esprit ailleurs. Puis elle se leva, le visage dissimulé sous le châle. Elle n'était pas à l'aise dans la jupe courte de l'acquittée. On ne voyait pas seulement dépasser le pied et le cou-de-pied élancé, la fine cheville et le tendon d'Achille, on apercevait aussi la jambe se renfler et devenir un solide mollet de femme que personne encore n'avait vu, et la femme se sentait nue. Mais tout de même, les hommes qu'elle rencontrait sur la berge de la rivière étaient trop mornes pour prêter attention si la jupe d'une mendiante était trop courte d'un pouce ou non. Et quand elle vit qu'ils ne s'intéressaient pas à elle, mais à eux-mêmes, elle tourna sur ses talons et les appela :

— Avez-vous aperçu Magnus de Braedratunga?

Mais c'étaient là de nobles hommes qui, visiblement, étaient venus ici pour affaires judiciaires et s'estimaient offensés qu'une vagabonde les hélât, pour s'enquérir d'un homme, si l'on pouvait appeler homme celui que, ce jour même, ils avaient condamné à être destitué de son honneur et de ses biens pour calomnie, et ils ne lui répondirent pas.

Un très jeune homme n'avait pourtant pas trop de choses à quoi penser, il attendait sur la berge de la rivière avec deux chevaux sellés, pendant que son père, à courte distance de là, était en train d'embrasser d'autres hommes honorables pour prendre congé. Ce jeune homme lui répondit :

— Le junker de Braedratunga est précisément l'homme

qu'il te faut pour coucher avec toi, lui qui a accusé mensongèrement d'adultère, aux portes du chœur, sa femme, Snaefrid Soleil d'Islande.

Après cela, elle n'osa plus prononcer le nom du junker, mais quand elle rencontra un vieux palefrenier à barbe grise, elle eut la bonne idée de s'enquérir des chevaux de Magnus Sigurdsson.

— De Magnus Sigurdsson? répondit le barbu. Est-ce que ce n'est pas celui-là qui a vendu sa femme à un Danois pour de l'eau-de-vie?

— Si, dit-elle.

— Et qui voulut ensuite la tuer d'une hache?

— Oui, dit-elle.

— Et qui ensuite l'accusa aux portes du chœur de Skalholt d'avoir couché avec l'ennemi de son père?

— Oui, dit la femme. C'est lui.

— Que je sache, les domestiques de Bessastadir ont dû prendre ses chevaux en garde, dit le barbu. Si c'est eux que tu voulais aller chercher, ils ne sont sûrement pas libres.

Elle erra longtemps en ce lieu sacré, Thingvellir sur l'Öxara, où les pauvres gens ont été tellement torturés que, finalement, la montagne s'était mise à parler. Le soleil luit sur la paroi noire de la faille et les fumées, dans la montagne, de l'autre côté du lac, montent haut en l'air. Un chien hurle à quelque distance, dans le calme, en accents prolongés, discordants et hachés, parfois interrompus par un aboiement sans force. Ce hurlement lamentable durait peut-être depuis longtemps sans qu'elle l'eût remarqué, mais elle aperçut le chien, assis sur une touffe d'herbe au bas d'une falaise, les oreilles couchées, les yeux mi-clos, le nez en l'air et hurlant vers le soleil, presque sans ouvrir la gueule. Derrière lui gisait un homme étendu sur le dos, dans l'herbe, mort peut-être. Quand la femme s'approcha, le chien cessa de hurler mais ouvrit grande la gueule à plusieurs reprises, dans cette espèce de désespoir qui parfois accable les chiens; il se leva et se traîna dans sa direction. Il avait le corps creusé par la faim. Comme elle s'approchait davantage, il la reconnut malgré son travestissement et essaya de bondir sur elle : elle vit que, sans aucun doute, c'était le chien de Braedratunga.

C'était le junker qui gisait dans l'herbe. Il dormait. Il était couvert de sang et de terre, le visage enflé des coups qu'il avait reçus, les habits tant déchirés que l'on apercevait la nudité de son corps au travers. Elle se pencha sur l'homme et le chien lui lécha la joue. Son chapeau était à quelque distance de là, dans l'herbe, elle le ramassa et alla chercher dedans de l'eau à la rivière, pour laver l'homme. Il se réveilla et essaya de se lever, mais poussa un cri et retomba sur le dos.

— Laisse-moi mourir en paix, hurla-t-il.

En examinant de plus près, elle vit que l'une de ses jambes était totalement inerte, cassée à mi-mollet.

— Quelle espèce de garce es-tu, dit-il.

Alors, elle leva le châle de devant son visage, en sorte qu'il vit la gloire dorée de son teint et ses yeux bleus sans pareils dans les pays du Nord.

Elle dit :

— C'est moi, ta femme, Snaefrid.

Puis elle continua de soigner son mari.

L'INCENDIE DE COPENHAGUE

PREMIER CHAPITRE

C'est fête à Jägerlund.

La reine donne un banquet pour son époux le roi et sa mère, la princesse allemande, et son frère, le duc de Hanovre. A ces festivités ont été invités les plus nobles hommes du pays et les plus célèbres étrangers.

La reine avait fait préparer à Hamburg plus de cinquante arcs d'apparat, avec quatre flèches pour chacun, car le roi devait tirer le cerf ce jour-là.

Vers le soir, les nobles invités s'assemblèrent dans une clairière entourée de hêtres altiers : dans toutes les directions, des tentes avaient été dressées. Quand ils eurent pris place, Notre Très Gracieuse Majesté et Sire fit son apparition en costume de chasse, rouge, avec une plume longue d'une aune flottant sur une toque de velours noir; puis venaient la reine ainsi que son très noble frère, en habits de chasse également; les suivaient à pas menus les dames de la cour et autres élégantes du royaume, en costumes de chasseresses.

Sur la droite de cet emplacement, on avait dressé une sorte de comptoir long de cent pieds et l'on y avait aligné les trophées, tous en argent, pour lesquels on allait rivaliser dans cette partie de chasse. A l'une des extrémités de ce comptoir, on avait tendu une toile de tente entre deux troncs d'arbres, et en face de cette toile, il y avait des sièges pour les grands, ainsi que pour leurs épouses et les dames de la cour. Mais les cavaliers devaient rester debout, de même qu'une délégation en bonnets pointus portant de longs coutelas et barbe noire. On disait que c'était la délégation des Tartares.

Voilà que l'on souffle dans des trompes : alors, la toile verte fut levée et un cerf en bois apparut qui se mit à bondir, sautant d'un arbre à l'autre. On laissa les Tartares tirer les premiers, mais leurs flèches manquèrent grossièrement le but. Puis les élégantes dames de la cour tirèrent et tout le monde admira leurs gracieuses manières; puis ce furent les cavaliers et certains passèrent assez près de la cible — pas trop près pourtant — et l'on y prit grand plaisir. Enfin tirèrent le roi et la reine. Et pour parler bref, disons que le roi toucha le cerf du premier coup, acquérant par là le titre de Meilleur Tireur des Pays du Nord. Les autres trophées furent répartis parmi les cavaliers et les dames de la cour, mais la reine elle-même n'accepta pas de prix, par courtoisie.

Sur le côté de cet emplacement en plein air, on avait érigé avec une extraordinaire habileté une petite éminence. Y montait un passage voûté où des piliers, de part et d'autre, devaient figurer des citronniers et des orangers, le monogramme du roi et de la reine étant sculpté çà et là sur les troncs des arbres. Au-dessus de ce passage était tendu un ciel de tissu bleu, avec le même monogramme. Tout en haut de l'éminence, et en son milieu, il y avait un bel étang plein de poissons où voguaient une quantité de canards apprivoisés ainsi que d'autres volatiles. Dans cet étang, on avait dressé un rocher d'où jaillissaient quatre jets d'eau jusqu'à une hauteur d'environ un demi-jet de lance, et qui retombaient en arc dans l'étang. Tout autour, on avait fait une banquette de mottes de gazon, l'herbe vers l'extérieur, puis on l'avait couverte de belles nappes pour en faire une table de banquet. Les sièges étaient disposés de telle sorte que les places des nobles personnes se trouvent sous le dais. Les ambassadeurs, la noblesse et les gens de la cour étaient assis à cette table, les uns en face des autres. Les fonctionnaires et autres dignitaires de la bourgeoisie, ainsi que leurs épouses et les autres invités, parmi lesquels des marchands, prirent leur repas, de même que les Tartares, sur le gazon, au pied de la colline. A la table du roi, on servit environ deux cents plats de nourriture et environ deux cents sortes de confitures et de fruits, dans des coupes dorées. Les friandises s'alignaient dans les deux directions à perte de vue. C'était un beau spectacle.

— *Ein Land von Liebegott gesegnet* [1].

Le notable allemand, qui portait son ventre dans ses bras et avait salué l'*assessorum consistorii et professorum anti-*

---

1. Ein Land... : Un pays béni de Dieu.

quitatum Danicarum Arnam Arnaeum tandis que l'on chassait le cerf, et qui s'était présenté comme étant le conseiller de commerce Uffelen de Hambourg, avait été placé à côté d'Arnaeus à table et c'était lui qui venait de lui adresser aimablement la parole.

— Notre gracieuse reine, votre compatriote, est une femme fort magnifique, dit Arnas Arnaeus. Dans le château de plaisance de Sa Grâce, comme elle appelle sa résidence d'été, elle se travestit souvent, elle et ses dames de cour, en sylphide et en elfe. Et le soir, on y danse à la mode campagnarde au son des rebecs, des pipeaux, des musettes et des chalumeaux. On y vogue au clair de lune sur le fantasque petit Lac des Pins. Et la soirée se termine par un feu d'artifice.

L'Allemand répondit :

— Je vois que Messire est dans les bonnes grâces de ma compatriote, chose qui n'arriverait que rarement, sinon jamais, à un Allemand du commun. Pourtant, il m'a été accordé de visiter le château des deux filles du roi à Amager car, par galanterie, j'avais emporté avec moi deux colibris pour les leur donner. Mais il s'avéra alors que les temps étaient loin, où une jeune princesse aimait un petit oiseau. Ces petites Grâces se dirent mécontentes d'avoir de petits oiseaux au lieu de l'animal dont elles rêvaient pour l'heure : un crocodile.

— *Ach ja, mein Herr, das Leben ist schwer* [2], dit Arnas Arnaeus.

— De même, moi et mes compagnons eûmes l'honneur d'être convoqués par Sa Majesté à prendre un petit déjeuner de chasse dehors, dans son château d'été de Hjartholm, dit l'Allemand. Nous y mangeâmes sous la tonnelle qui a cinquante pieds au carré, repose sur vingt piliers et est tapissée, à l'intérieur, d'or, de banderoles et de taffetas. Sous la coupole pendent plus de huit cents citronniers et orangers artificiels ; il faut aller tout au sud, jusqu'en France, pour trouver de telles façons.

— Ma reine, votre compatriote, vient de recevoir un remarquable singe qui fut acheté pour deux cents speciedales, dit Arnas Arnaeus — sans parler des beaux perroquets. Si Messire, au lieu d'offrir deux petits oiseaux aux princesses, avait fait présent à sa compatriote d'une couple de chevaux espagnols aussi bons que ceux qu'on lui acheta l'an dernier pour les deux mille speciedales tirées d'Eyrarbakki — c'est là que se trouve le plus grand comptoir du royaume de Danemark — le chagrin qu'elle a de ne pas posséder d'attelage à quatre aurait été apaisé. Et Messire aurait pu vivre une grande soirée parmi les sylphides dans la résidence du Lac-aux-Pins, on l'aurait congédié par un feu d'artifice.

— Je me réjouis que ma compatriote ait trouvé en Islande un admirateur qui considère que nulle créature terrestre n'est trop bonne pour elle si elle peut lui ménager une véritable joie, dit l'Allemand.

Arnas Arnaeus dit :

— Certes, nous autres Islandais devrions offrir à Sa Grâce un attelage à quatre de baleines bleues, si nous ne placions pas encore plus haut une autre reine.

Le Hambourgeois eut un regard interrogateur pour le *professor amiquitatum Danicarum*.

— Celle dont vous parlez ne peut guère avoir son royaume sur terre puisque vous osez placer ma compatriote un degré plus bas à son banquet, dit-il.

— Bien deviné, dit Arnas Arnaeus en riant, car c'est la reine d'Islande.

Du fond de sa graisse, l'Allemand continua de jeter des regards obliques et ironiques à son commensal, mangeant sans interruption et pensant sans doute autre chose que ce qu'il disait. Jusqu'à ce qu'enfin, il arrache une pince à un crabe en disant :

— Le temps ne serait-il pas venu que celle que vous avez nommée descende des salles éthérées des chimères pour venir sur la terre ferme?

— Le temps est sévère, dit l'Islandais. La reine que je viens de mentionner est plus heureuse là-haut qu'ici-bas.

— J'apprends que la petite vérole a fait de durs ravages en Islande, dit l'Allemand.

— Le pays était mal équipé pour affronter la peste, dit

Arnas Arnaeus. La petite vérole est arrivée dans le sillage de la famine.

— J'apprends que l'évêque de Schalhot et sa femme ont trépassé, dit l'Allemand.

Arnas Arnaeus regarda, étonné, cet étranger :

— Très juste, dit-il, mes amis et hôtes et nobles compatriotes, l'évêque de Skalholt et sa femme, ont péri de la petite vérole l'hiver dernier ainsi que vingt-cinq autres personnes de l'évêché.

— Je m'associe au chagrin de Messire, dit le Hambourgeois. Ce pays mérite un meilleur sort.

— Je me réjouis de vous l'entendre dire, dit Arnaeus. Un Islandais est toujours reconnaissant de rencontrer un étranger qui a entendu parler de son pays. Et encore plus reconnaissant d'entendre dire qu'il mérite du bien. Mais que Messire veuille bien prêter attention au fait que, presque en face de nous, exactement devant le cochon rôti troussé là sur ce plat d'argent, se tient le bourgmestre de Copenhague, autrefois mousse sur un bateau d'Islande, à présent l'homme le plus important de la Compagnie ou société des marchands d'Islande : il ne sied pas de l'irriter en ce moment de grâce en parlant à haute voix de l'Islande. Car il a été condamné à verser quelques milliers de rixdales d'amendes pour avoir vendu aux Islandais de la farine mangée aux vers et de plus en dessous du poids.

— J'espère ne pas être trop hardi, dit l'Allemand, si j'évoque les jours d'autrefois, où mes compatriotes et devanciers, les gens de la Hanse, faisaient voile pour cette île. C'était une autre époque. Peut-être trouverons-nous, lorsque nous nous lèverons de table, un recoin où un vieil Hambourgeois pourra évoquer de bons souvenirs avec l'Islandais que les marchands danois d'Islande tiennent pour le diable incarné, de telle sorte surtout que ces gens-là, qui sont nos amis, soient hors de portée d'oreille !

— Il y a pas mal de gens en Islande qui donneraient beaucoup pour que l'opinion des marchands d'Islande sur mon compte ne soit pas complètement dépourvue de fondement, dit Arnas. Mais, malheureusement pour mes compatriotes, j'ai subi une défaite. Je suis le dragon que ces marchands d'Islande ont sous le talon. Certes, ils ont été condamnés à verser des amendes pour la farine, et le roi est censé envoyer quelques graines de mauvaises années tant que durera la famine. Mais ce que je désirais pour mon peuple, ce n'étaient ni des amendes pour la farine ni des semences de mauvaises années, c'était un commerce meilleur.

La reine avait prescrit de ne pas servir à ce banquet des vins capiteux, mais seulement des vins français légers, versés modérément en outre, pour que, dans toute la mesure du possible, cette fête ne tombât pas dans la grossièreté qui, à ses yeux, caractérisait les peuples nordiques et qui se manifestait toujours quand ils buvaient.

Vers le coucher du soleil, on se leva de table. Alors, pour le divertissement des gens, on lança force petits chiens dans l'étang et ils durent s'évertuer à l'envi à nager pour mettre à mort les canards apprivoisés et autres volatiles aux ailes rognées qui voguaient là. Leurs Altesses Royales et leurs nobles invités prirent grand plaisir à ce jeu.

Ensuite, on s'en alla en procession au château de Jaegerlund où la danse allait commencer dans un moment. Comme c'était un bal familial, on ne porta ni masques ni costumes particuliers, contrairement à l'habitude de la cour, si ce n'est que la reine et ses dames s'habillèrent en noir avant l'ouverture du bal.

Après le repas, les conversations s'engagèrent parmi les invités qui se connaissaient. Or il se trouva qu'Arnas Arnaeus qui avait longtemps été un hôte très bienvenu dans toutes les nobles assemblées en raison de sa science, nota que, çà et là, divers gentilshommes et autres personnes de haut savoir qu'il connaissait bien, ou bien oubliaient de le saluer, ou bien disparaissaient de sa vue dès qu'ils l'avaient fait. Sans doute considéra-t-il que certains honorables membres du Conseil municipal, actionnaires de la Compagnie tout comme le bourgmestre, étaient excusables de ne pas lier conversation pour le moment avec l'homme qui, peu de temps auparavant, les avait fait condamner pour fourberie et faux poids. En revanche, il lui parut plus extraordinaire que deux nobles juges de la Cour Suprême de Notre Majesté se hâtent de détourner les regards et se volatilisent au moment même où ils n'avaient pu éviter de recevoir ses salutations. Et il comprit encore moins pourquoi deux de ses collègues du Consistoire se trouvèrent embarrassés quand ils le virent; son compagnon de travail et vieil ami, le maître du roi et bibliothécaire Worms, lui parla distraitement, le visage inquiet et se hâta de disparaître. Et il ne put pas ne pas voir que quelques cavaliers chuchotaient entre eux sur son compte, comme on le fait depuis toujours dans les pays du Nord quand il s'agit des Islandais, habitude qui, pourtant, avait apparemment cessé en ce qui le concernait, lui, Arnas Arnaeus.

Il s'était laissé porter par le flot des gens jusqu'à l'intérieur du château. Et comme il était là dans un vestibule en compagnie d'autres gens, les flûtes des musiciens entonnant un air, passa à grand fracas l'escorte royale qui se rendait à la salle de bal. Alors, Notre Très Gracieux Sire jeta les yeux sur l'Islandais : sur ce très noble visage avec son bec d'oiseau et ses yeux de vieillard sensuel et impuissant à l'expression étrangement moqueuse passa un éclair soudain tandis qu'il lançait, dans la langue qu'il avait apprise de ses nourrices bas-allemandes, ces quelques mots :

— *Na, de grote Islaenner, de grote schöttenjaeger* — ce qui signifie : voilà le grand Islandais coureur de jupes.

Quelque part, on entendit un gros rire.

Les personnes présentes dans la salle s'inclinèrent devant Sa Majesté tandis que l'éminente compagnie poursuivait son chemin. L'Islandais restait seul. Il regarda les autres invités autour de lui : nul ne fit mine d'avoir remarqué ce qui s'était passé; il restait tout aussi incertain de ce qu'il était aux yeux de cette société ou de sa situation; jusqu'à ce qu'une fois encore, le gras Allemand de Hambourg avec sa voix douce émerge à côté de lui.

— Je demande pardon, mais Messire n'a pas refusé de discuter de quelques petites choses avec moi en un lieu où il n'y aurait pas tant de monde pour écouter. Si Messire daigne...

Au lieu de poursuivre vers les salles intérieures du château, ils sortirent du vestibule et pénétrèrent dans le verger. Arnas Arnaeus gardait le silence, mais le Hambourgeois parlait.

Il parlait du blé et du bétail de Danemark, de la position enviable de Copenhague et du fameux albâtre que l'on y apportait d'Asie; il revint aux nombreux et magnifiques châteaux du roi, disant que Sa Majesté était un si *galanthomme* qu'il n'avait pas son pareil dans la chrétienté : il faudrait chercher parmi les sectateurs de Mahomet pour trouver son égal. Il en donnait pour exemple que, chose qui avait déchaîné l'admiration du peuple, lorsque l'on avait donné pour lui la grande fête de Venise, Sa Majesté avait dansé sans interruption seize heures durant, alors que les chevaliers et légats de trois empires et de quatre royaumes, sans compter ceux qui venaient de cités et d'électorats, s'étaient rendus livides d'épuisement et avaient perdu la faculté de parler. Au petit jour, il avait fallu dépêcher des gens par la ville pour réveiller de grosses pécores massives qui avaient coutume de vendre du chou et de porter sur la tête des barils de poisson pour les affubler de soie, d'or et de plumes de paon afin qu'elles dansent avec ce roi du pays de l'ours blanc, comme on appelle le Danemark là-bas, les dames bien nées de cette cité étant, à ce moment-là, ou bien affalées sur le sol, ou bien sur le point de l'être.

— Mais, comme je l'ai dit, continua l'Allemand, il faut payer pour ses divertissements, les rois comme les autres. Je sais que Messire connaît les comptes de ce royaume mieux que moi; et il est superflu de vous éclairer sur les difficultés croissantes que connaît le Conseil d'État pour faire admettre les impositions nécessaires au financement des bals masqués qui non seulement se multiplient d'année en année mais encore deviennent de plus en plus magnifiques. A Hambourg, nous avons appris de source sûre que, ces dernières années, les rentes du commerce d'Islande ont été employées à faire face aux divertissements de la Cour; mais à présent, la vache a été traite jusqu'au sang; et par-dessus le marché, sous-alimentée, ce que nul ne sait mieux que Messire, en sorte que, ces dernières années, ce n'est qu'à grand-peine que l'on a réussi à extorquer à la Compagnie les intérêts que le roi doit retirer de l'île. Maintenant, après ces amendes sur la farine, les marchands y regarderont à deux fois avant de faire le voyage, à supposer qu'ils réussissent à pressurer encore un tout petit peu votre peuple. Mais quoi qu'il en soit, il faut que les bals continuent, il faut construire d'autres châteaux, la reine a besoin d'une couple de chevaux espagnols encore, il faut à mes gracieuses princesses un crocodile. Et avant tout, il faut préparer la guerre. Ici, les bons conseils sont chers.

Arnas Arnaeus dit :

— Je crains de ne pas bien comprendre où Messire le conseiller de commerce veut en venir, à moins que le roi ou la Trésorerie danoise lui aient donné mission de trouver de l'argent?

— On m'a offert d'acheter l'Islande, dit le Hambourgeois.

— Qui vous a offert cela, si je peux me permettre?

— Le roi de Danemark.

— Il est amusant d'apprendre que celui qui met en vente son pays ne saurait être accusé de haute trahison, en l'occurrence, dit Arnas en souriant, ayant tout d'un coup pris un ton léger. Au demeurant, est-ce que cette offre a été confirmée par une lettre?

L'allemand tira alors de son manteau un document portant le nom et le sceau de Notre Majesté, où il était offert à quelques marchands de Hambourg d'acheter cette île qui se trouve à mi-chemin entre la Norvège et le Groenland et que l'on appelle Islandiam, avec en outre les droits et privilèges de plein et libre droit de propriété, par quoi le roi des Danois et ses descendants se désistent entièrement et totalement de l'île susnommée pour l'éternité; le prix serait fixé à cinq barils d'or exactement, payables à Notre Royale Trésorerie, une fois le contrat signé.

Arnas Arnaeus parcourut ce document sous un luminaire dans le verger, puis le rendit à Uffelen en le remerciant.

— Je sais qu'il ne m'est pas nécessaire de souligner, dit l'Allemand, qu'en vous montrant cela, j'ai seulement voulu vous faire une marque de confiance particulière en votre qualité d'Islandais le plus éminent dans l'empire des Danois.

— Voici venu le temps, dit Arnas Arnaeus, où mon nom jouit d'une telle estime dans l'empire des Danois que je suis le dernier de tous à avoir connaissance des nouvelles concernant les affaires d'Islande. J'ai rencontré grande infortune à vouloir le plus grand bien à ma patrie, et un homme comme moi est l'ennemi de l'empire des Danois : tel était donc le destin de ces deux pays. Assurément, il n'a jamais été de bon ton de mentionner le nom de l'Islande en bonne société au Danemark ; mais depuis que le désir m'a saisi d'insuffler vie à l'existence du peuple islandais au lieu de me contenter des anciens livres de mon pays, mes amis ont cessé de me connaître. Et sa Majesté, Sa Royale Grâce, me raille en public.

— Étant donné la position que vous avez assumée, puis-je espérer que cette affaire en cours ne va pas contre votre gré ?

— Je crois, malheureusement, que le rôle que je choisirais de prendre dans une affaire comme celle-ci n'importe pas.

— Pourtant, c'est de vous qu'il dépend que ce marché soit conclu ou non.

— Comment cela pourrait-il être, Messire, puisque je ne suis nullement partie dans cette affaire ?

— L'Islande ne sera pas achetée sans votre consentement.

— Je vous sais gré de m'avoir fait la confiance de me dévoiler un secret. Mais je n'ai pas la possibilité d'exercer une quelconque influence en une telle affaire, pas plus en paroles qu'en actes.

— Vous voulez le plus grand bien à l'Islande, dit le marchand allemand.

— Assurément, dit Arnas Arnaeus.

— Personne ne sait mieux que vous que les gens de cette île ne peuvent attendre pire destin que de continuer à être la vache à lait du roi de Danemark et des détenteurs de monopoles auxquels il vend le pays, intendants ou commerçants.

— Ce n'est pas ce que je disais.

— Vous savez bien que les richesses accumulées ici à Copenhague se sont fondées sur le commerce d'Islande au cours des générations passées. La voie vers la plus haute considération dans cette capitale danoise a toujours passé par le commerce d'Islande. Il n'existe guère une seule famille en cette ville dont aucun membre n'ait tiré sa subsistance de la Compagnie. Et l'on n'a jamais tenu que l'Islande pût être reçue en fief d'autres que des gens de haute noblesse, de personnes de naissance royale surtout. L'Islande est un bon pays. Aucun pays n'entretient autant de richissimes personnes que l'Islande.

— Il est rare d'entendre un étranger parler avec tant de discernement, dit Arnas Arnaeus.

— J'en sais davantage encore, dit l'Allemand. Je sais que les Islandais ont toujours été bien disposés envers nous autres, Hambourgeois, et ce n'est pas extraordinaire car d'anciens tarifs montrent que, l'année même où le roi des Danois chassa Die Hansa de l'île, s'arrogeant, pour lui et ses gens, le droit exclusif de commercer avec elle, les tarifs des marchandises locales pour l'exportation furent abaissés de soixante pour cent alors que ceux des marchandises étrangères étaient élevés de quatre cents pour cent.

Et après un bref silence :

— Je n'aurais pas eu l'audace d'aborder cette affaire devant Votre Éminence si je ne m'étais auparavant assuré, pour le repos de ma conscience chrétienne, que nous autres Hambourgeois pourrions offrir à vos compatriotes de meilleures conditions que Notre Très Gracieuse Majesté et hôte.

Ils déambulèrent un instant en silence dans le verger. De nouveau, Arnaeus était plongé dans ses pensées. Finalement, il sortit de ses méditations pour demander :

— Messire a-t-il jamais fait voile pour l'Islande ?

Le Hambourgeois dit que non.

— Et pourquoi cela ?

— Messire n'a pas vu l'Islande surgir de la mer après une longue et pénible traversée ? dit Arnas Arnaeus.

Le marchand ne comprenait pas bien.

— Des montagnes fouaillées par les tempêtes y surgissent d'une mer agitée ainsi que des pics de glaciers entourés de nuages orageux, dit le *professor antiquitatum Danicarum*.

— Ah oui ? dit l'Allemand.

Arnas Arnaeus dit :

— Il m'est arrivé de rester debout sous le vent dans une cogue, sur la trace des pillards de mer norvégiens au visage buriné qui erraient longtemps sur la mer, chassés par la tempête — jusqu'à ce que, soudain, surgisse cette image.

— Il va sans dire, dit l'Allemand.

— Il n'y a pas de spectacle plus imposant que l'Islande surgissant de la mer, dit Arnas Arnaeus.

— Vous croyez? dit l'Allemand un peu décontenancé.

— Rien qu'à voir ce spectacle, on pénètre le secret qui fait que c'est là qu'ont été écrits les livres les plus remarquables de toute la chrétienté, dit Arnas Arnaeus.

— Oui, eh bien? dit l'Allemand.

— Je sais que vous comprenez maintenant, dit Arnas Arnaeus : qu'il n'est pas possible d'acheter l'Islande.

Le Hambourgeois réfléchit d'abord, puis dit :

— Bien que je ne sois qu'un marchand, je crois comprendre un peu Messire le savant. Je vous demande pardon si je ne suis pas d'accord avec vous en tout. Assurément, il n'est pas possible d'acheter ou de vendre l'effrayante majesté qui hante les pics altiers; non plus que les chefs-d'œuvre qu'ont exécutés les doctes gens de ce pays, ni les poèmes qu'a chantés son peuple. Et d'ailleurs, aucun marchand n'aspire à ces choses. Nous autres marchands ne sommes soucieux que du profit que l'on peut tirer des choses. Quant au peuple islandais, bien qu'il se trouve dans ce pays de hauts pics et ce Mont Hekla qui crache du poison dont le monde entier tremble, et bien que les Islandais aient composé aux jours d'autrefois de très remarquables *eddas* et sagas [3], le fait est tout de même qu'il a besoin de manger, de boire et de se vêtir. La question est uniquement de savoir s'il a plus avantage à ce que son Islandia soit une maison danoise pour esclaves, ou un duché indépendant...

— ...sous le terrible sceptre de l'Empereur, ajouta Arnas Arnaeus.

— Naguère, il n'y avait pour les nobles gens d'Islande rien d'absurde dans un tel dessein, dit Uffelen. A Hambourg, il y a d'anciennes lettres islandaises très remarquables. Sans aucun doute, l'Empereur promettait la paix à un duché islandais; de même que le roi d'Angleterre. Le gouverne-

---

3. Les *Eddas* (XIIIe siècle) contiennent le trésor des poèmes mytho-
logiques et héroïques du Nord. Les sagas (XIIIe et XIVe siècles) relatent,
dans une prose caractéristique, les hauts faits des rois et héros légendaires et des grands colonisateurs de l'Islande.

ment d'Islande accorderait ensuite à la société de Hambourg les droits sur les ports de pêche et sur le commerce.

— Et le duc?

— Le duc Arnas Arnaeus siégerait dans l'île à l'endroit qui lui conviendrait.

— Messire est un plaisant marchand.

— Je voudrais que Votre Éminence ne prît pas les propos que je viens de tenir pour pur bavardage. Je n'ai aucune raison non plus de me moquer de Messire.

Arnas Arnaeus dit :

— Je ne pense pas qu'il y ait en Islande une charge qui ne m'ait été offerte par le roi des Danois. Pendant deux ans, j'ai eu les plus hauts pouvoirs que quiconque ait jamais eus dans ce pays-là : j'ai eu barre sur les chefs des subdivisions de l'Islande, sur la Compagnie, sur les juges, sur les fondés de pouvoir du régent; dans une certaine mesure, sur le régent lui-même. J'avais en outre la meilleure volonté de servir ma patrie. Et quel a été le fruit de mes efforts? La famine, Messire. Une famine plus grande. L'Islande est un pays vaincu. Le duc d'un tel pays serait la risée du monde entier, quand bien même ce serait le serviteur des bons Hambourgeois.

Uffelen répondit :

— Certes, vous avez eu en Islande pleins pouvoirs du roi en maintes choses, Messire, mais vous venez vous-même de dire ce qui manquait; vous n'avez pas eu pleins pouvoirs pour accomplir ce qui importait le plus : chasser du pays les privilégiés possesseurs de monopoles et instaurer un commerce décent.

Alors Arnas Arnaeus dit :

— A maintes reprises déjà, Sa Très Gracieuse Majesté a envoyé des émissaires trouver, en larmes, des princes étrangers pour les prier de lui acheter l'Islande, ou du moins, de lui avancer de l'argent dessus. Chaque fois que la Compagnie a eu vent de tels desseins, elle s'est offerte à verser à la Couronne des intérêts plus élevés sur le commerce d'Islande.

— Je souhaite, dit Uffelen, que ce marché soit si vite conclu que les marchands d'Islande n'en entendent pas parler avant que tout ne soit réglé. Cela dépend de votre volonté d'être notre homme auprès du peuple islandais.

— Il faut voir d'abord, dit Arnaeus, si cette offre est autre chose qu'un stratagème du roi pour extorquer un intérêt plus élevé aux marchands d'Islande, à un moment où tout doit être mis en œuvre pour trouver de l'argent afin de parer à l'urgence qui vient tout de suite après la danse : la guerre. Et s'il se faisait qu'il m'appartînt de donner une réponse, il n'y a aucun préjudice à attendre demain.

Il n'y eut pas à attendre longtemps pour avoir l'explication de l'étrange conduite des notables vis-à-vis d'Arnas Arnaeus lors du banquet de la reine. Lorsqu'il revint chez lui cette nuit-là, le document était là : il était condamné. Les conclusions de la Cour Suprême sur l'affaire dite de Braedratunga qui avait été présentée au tribunal depuis près de deux ans étaient que Magnus Sigurdsson devait être lavé de toute accusation.

L'origine de cette affaire tenait à deux lettres que le susnommé Magnus avait écrites en Islande; l'une était une plainte adressée à Arnaeus au sujet de la prétendue fréquentation assidue que celui-ci aurait faite de l'épouse de l'auteur de la lettre, l'autre était destinée à être publiquement lue lors de la conférence pastorale de Skalholt et l'auteur de la lettre y accusait sa femme de fréquentation illicite du commissaire royal, engageant le clergé à intervenir dans cette affaire. L'émissaire du roi s'était tenu pour offensé par ces lettres et avait assigné l'auteur en justice pour diffamation. Un jugement avait été rendu sur les lieux par le chef de district Vigfus Thorarinsson deux semaines après la lecture publique, à la porte du chœur, de la dernière de ces lettres, et Magnus Sigurdsson avait été condamné à être destitué de son honneur et de ses biens en raison de l'accusation infamante portée contre Arnaeus. Le commissaire avait déféré ce jugement devant la Haute Cour sur l'Öxara, qui avait été spécialement instituée et nommée par lui pour reprendre l'affaire, étant donné que le gouverneur d'alors, Eydalin, ne pouvait passer verdict sur cette affaire en raison de sa parenté avec le répondant. Cette cour de l'Öxara avait aggravé le verdict du tribunal de district et Magnus Sigurdsson avait été condamné, outre à perdre son domaine de Braedratunga, à verser au commissaire royal trois cents rixdales en dédommagement des accusations contenues dans ses lettres, plus diverses sommes aux juges en raison du dérangement particulier qu'avait provoqué cette affaire.

Dans les arrêtés de la Cour Suprême, tout cela était invalidé. Il était dit dans les considérants que le pauvre Magnus Sivertsen[1] avait été l'objet d'une conduite dure et non chrétienne *actore* Arna Arnaeo et des juges. Magnus Sivertsen avait été inculpé pour avoir écrit une lettre pour défendre son honneur, puis une seconde à lire à la conférence pastorale dans l'intention d'amener Arnaeum à tarir à la source les bruits sans fondement et les commérages qui couraient, non seulement au préjudice de la maîtresse de maison de Braedratunga et de son mari, mais aussi à celui du siège épiscopal de Skalholt, étant donné que les rumeurs susmentionnées de fornication auraient eu leur origine et fondement dans ce bastion d'admonitions chrétiennes et ce rempart des bonnes mœurs. Pour preuve que ces lettres n'avaient pas été écrites au hasard ni portées en vain à la connaissance du public, on pouvait avancer que, dès le lendemain de la lecture de la dernière, Arnaeus avait quitté l'évêché pour transporter ses quartiers à Bessastadir. Il était dit dans les considérants que l'on avait peine à comprendre comment ces lettres avaient pu valoir à ce pauvre homme des poursuites aussi effrénées, avec de dures sentences et de lourdes amendes. Tout ce que l'on pouvait voir, c'était que le sieur Sivertsen avait eu toutes raisons d'écrire ces lettres, s'il se pouvait que, de la sorte, il pût réussir à faire taire l'opiniâtre rumeur qui courait dans le pays sur l'infidélité de sa femme. Son épouse avait saisi le prétexte de son ivrognerie, à lui, Magnus, pour fréquenter l'homme, Arnaeus, à cause duquel elle avait déjà, dans sa prime jeunesse, été tenue par l'opinion générale pour vierge non intacte, et voici qu'elle avait déserté le domicile conjugal pour séjourner sous le même toit que cet amant de sa jeunesse, tout un hiver, le fréquentant sans retenue, chose qui, témoignage à l'appui, s'était traduite par des conversations répétées qu'elle avait eues, seule à seul, avec le commissaire, tant à la lumière du jour qu'à la nuit noire,

1. Magnus Sivertsen : danisation de Magnus Sigurdsson.

toutes portes closes, si bien qu'il était malaisé de croire que l'époux légitime n'eût pas écrit par *justo dolore* dans les *termes* qu'il avait employés. En vertu du vingt-septième chapitre du code pénal, qui traite des atteintes à l'honneur, il n'existe aucun fondement à une punition telle que celle qui avait été infligée à Sivertsen par le tribunal de l'Öxara car les charges retenues n'ont pas été produites de convaincante façon et, quand bien même tel eût été le cas, n'ont pas fait état d'autre chose que de ce qui était connu de tous : à savoir les conversations seul à seule Arnaei avec la femme. C'est pourquoi les verdicts précités, erronés et non chrétiens, concernant l'honneur et la bonne réputation de Magnus Sivertsen seront déclarés nuls et non avenus. Et attendu que Arnas Arnaeus, en conformité avec lesdits verdicts, a fait saisir et confisquer son domaine et ses biens, lesdites saisies et confiscations seront par là même invalidées et les biens, qu'ils soient meubles ou immeubles, seront restitués à Magnus Sivertsen outre les intérêts et rentes y attachés depuis le moment où ils ont été mis sous séquestre. *Item,* attendu qu'Arnas Arnaeus devait être considéré comme *causa prima* de la jalousie du légitime époux ainsi que des abus de pouvoir des tribunaux à son égard, il paraît loisible que ledit Arnas Arnaeus paie à Magnus Sivertsen les dépens de la procédure ainsi que, pour opprobres et tribulations, une somme *jure talionis* d'une importance égale à celle que les précédents juges lui avaient attribuée par jugement sur les biens de Magnus. Et comme Arnas Arnaeus, par sa conduite non chrétienne, son iniquité et sa tyrannie dans toute cette affaire a provoqué un violent scandale en Islande en abaissant la considération due à l'autorité royale dans l'île, ladite personne maintes fois susmentionnée se verra interdire pour un temps indéterminé de faire voile jusqu'en Islande de même que de séjourner dans ladite île, autrement que par permission spéciale de Notre Très Clémente et Royale Grâce et Majesté.

Le lendemain du banquet, Arnas Arnaeus se leva, pâle d'insomnie, à l'heure où l'on entendait les premières voitures sur le pavé de la rue et où le marchand de quatre saisons se mettait à crier sur l'arrière des maisons. Il alla dans sa bibliothèque. Y était assis à son pupitre son secrétaire, *studiosus antiquitatum* Joannes Grindvicensis et qui pleurait. L'homme ne se rendit pas compte d'abord que son maître était entré et continua de pleurer. Son maître se râcla deux ou trois fois la gorge pour tirer le *studiosum* de cette occupation. Décontenancé, le secrétaire leva les yeux en hâte, mais en apercevant son maître, un accablement total le saisit, il se cogna le front sur son pupitre tout en pleurant, ses épaules, courbées par la science et la responsabilité furent prises d'un tremblement.

Arnas Arnaeus fit quelques allées et venues dans la pièce tout en contemplant avec une légère impatience le spectacle inhabituel et surprenant d'un homme en pleurs dans le silence épais d'une bibliothèque. Mais comme le chagrin de l'homme ne s'apaisait pas, il dit d'un ton plutôt bourru :

— Eh bien ! Eh bien ! Qu'est-ce que cela !

Un court instant passa, puis on entendit le docte homme gémir à travers ses larmes ces mots :

— Jo-jo-jon Ma-marteinsson...

Mots qu'il rabâcha derechef sans aller outre.

— As-tu bu ? demanda son maître.

— Il est venu ici, geignit le docte homme, il est *certe* venu ici. Que Dieu m'aide.

— Ah bon ! dit Arnas Arnaeus. Manque-t-il quelque chose, de nouveau ?

— Dieu, prends-moi en grâce, moi, pauvre pécheur, dit le Grindviking.

— Qu'est-ce qui a disparu ? demanda Arnas Arnaeus.

Jon Gudmundsson Grindviking se leva de son tabouret devant son pupitre, se jeta à genoux devant son maître et confessa alors que le livre des livres lui-même, le joyau des joyaux, la *Skalda,* avait disparu.

Arnas Arnaeus quitta l'homme et alla à l'armoire, dans une niche latérale, où étaient enfermés les plus rares trésors de la collection, sortit une clef, ouvrit et contempla l'endroit où, un temps, il avait conservé le joyau qu'il tenait pour le plus précieux de l'hémisphère nord, le livre qui recelait l'ancienne poésie de l'espèce humaine dans sa langue authentique. Et à l'endroit où il s'était trouvé, il y avait maintenant un vide.

Arnas Arnaeus regarda un moment l'emplacement vide dans l'armoire ouverte. Puis il referma. Il traversa la salle et revint, s'arrêta et contempla le vieux *studiosus antiquitatum,* toujours à genoux, avec ses mains décharnées devant le visage, et qui tremblait. Il avait perdu ses chaussures rapiécées derrière lui et ses bas étaient troués.

— Allons! levez-vous, je vais vous donner un gobelet, dit Arnas Arnaeus en ouvrant un petit placard d'angle et en versant le contenu d'une bouteille dans un vieux gobelet d'étain; il aida son secrétaire à se lever et lui donna à boire.

— Dieu vous le rende, murmura Jon Gudmundsson Grindviking, mais il n'eut pas le courage de regarder son maître en face avant d'avoir pris un second gobelet. Et moi qui veille ici presque toute la nuit, dit-il. Cette nuit, au petit matin, quand je suis descendu continuer de copier pour vous la *Mariusaga* [2] et que j'ai regardé dans l'armoire comme j'en ai l'habitude, il n'y avait pas de *Skalda.* Elle avait disparu. Il est venu pendant cette unique heure où je dors, après minuit. Mais par où est-il entré?

Arnas Arnaeus avait toujours la bouteille à la main. Il prit une fois encore le gobelet vide du secrétaire.

— En veux-tu encore, mon brave? dit-il.

— Mon maître, je ne dois pas boire au point de prendre le vin pour le vrai consolateur, car le vrai consolateur, c'est l'esprit de la déesse science, dit-il. Rien qu'un gobelet encore, cher maître, mais en vérité, j'aurais plutôt mérité que vous me fassiez goûter des verges pour avoir laissé ce véritable démon sous forme humaine se glisser encore une fois chez moi quand je dormais. Il me revient à l'esprit que j'ai entendu dire hier par un homme sincère que ce coquin, cet oiseau de potence a été vu il y a quelques soirs en voiture se rendant avec le comte du Bertelskiold au caveau de l'Hôtel de ville lui-même, vêtu d'un habit neuf. On dit que le comte aurait

---

2. *Mariusaga* : Saga de la Vierge Marie, compilation de récits légendaires et de miracles de la Vierge et datant du XIIIe siècle islandais.

commandé des perdrix rôties et du punch pour lui. Que dois-je faire?

— Encore un gobelet, dit Arnas Arnaeus.

— Dieu vous revaille vos bontés pour le pauvre homme de Grindavik, dit le secrétaire.

— *Vivat, crescat, floreat...* Martinius, dit Arnas Arnaeus en levant la main tandis que le secrétaire buvait. Puis il boucha la bouteille et l'enferma, ainsi que le gobelet d'étain, dans le placard d'angle.

— Je sais que c'est d'un cœur saignant que mon maître parle par antiphrase, dit le secrétaire. Mais je demande sincèrement à mon maître : la garde de la ville et la maréchaussée ne sont-elles pas plus fortes que Jon Marteinsson? Est-ce que le chapitre, le clergé et les hommes de guerre ne sont pas en état de faire cause commune contre cet homme? Mon maître, vous qui êtes en très haute faveur auprès des tribunaux, vous devez pouvoir faire envoyer un tel homme aux travaux forcés.

— Malheureusement, je ne crois pas être encore en très haute faveur nulle part, mon cher Jon, dit Arnas Arnaeus; et surtout pas auprès des tribunaux. Jon Marteisson a le dessus partout. Il vient aussi de gagner, sur l'affaire de Braedratunga, le procès qu'il avait intenté contre moi pour le compte des marchands d'Islande.

Le Grindviking resta d'abord abasourdi puis, comme font les poissons, il ouvrit et referma coup sur coup la bouche sans émettre le moindre son pour finir par bredouiller cette question :

— Se peut-il que ce soit la volonté du Christ que le Diable dispose de tout en ce monde?

— L'argent des marchands d'Islande est bien coté, dit Arnas Arnaeus.

— Personne ne s'étonnera qu'il se soit vendu aux marchands d'Islande pour intenter un méchant procès à son multiple bienfaiteur qui est aussi la défense de notre patrie, puisqu'il a pu aller en Islande acheter des livres et des copies pour le compte des Suédois : car de tous les maux qui puissent accabler les Islandais, le pire est tout de même de servir les Suédois, ces gens qui nous refusent le droit d'être un peuple, et qui prétendent être les Goths et les Götar de l'ouest [3] auxquels appartiennent les livres islandais. Faut-il maintenant que la *Skalda* aussi entre en leur possession et soit décrétée poésie des Götar de l'ouest?

Arnas Arnaeus s'était assis sur son banc et se renversa en arrière, le visage livide, les yeux à demi clos. Il se passa distraitement la main sur les joues non rasées en bâillant.

— Je suis fatigué, dit-il.

Le secrétaire restait debout au même endroit, penché vers l'avant, les épaules tombantes, avalant sa salive en reniflant et contemplant un moment, méditatif, son maître. Il venait de commencer à se frotter le nez et à lever un pied. Mais tout à coup, les larmes se mirent de nouveau à couler des yeux de ce pauvre savant, il oublia tous les menus tics qui marquaient sa personne et enfouit de nouveau son visage dans sa grosse main noueuse aux doigts de crocheteur.

— Y a-t-il quelque chose encore, mon cher Jon? dit Arnas Arnaeus.

Jon Gudmundsson Grindviking à travers ses larmes :

— Mon maître n'a pas d'ami.

---

3. Les Götar sont les habitants anciens de la province de Suède qui se trouve au sud des grands lacs Väner et Vätter (d'où le nom de la ville de Göteborg).

Juste avant neuf heures, quand le marchand des quatre saisons se fut enroué à crier dans les cours, que le brossier fut bien ivre et le rémouleur — une sorte d'équarrisseur — fut arrivé avec sa meule aux portes des gens, un homme descendit Köenhavns Straede. Il portait son manteau râpé, un archaïque chapeau haut de forme et des chaussures racornies, marchant à longues enjambées sur un rythme étrange, l'expression même de la dignité, l'air absent et si distant de l'entourage que la ville avec ses tours, la multitude et le temps présent, tout s'évanouissait. Il ne regardait vif ni mort tant la ville que le hasard lui avait donnée pour lieu de séjour était une illusion insignifiante.

Tiens! Voilà le fou de Grindevigen, chuchotaient ses voisins tandis qu'il passait.

Dans une ruelle latérale qui remontait d'un canal, le brave homme s'arrêta et regarda autour de lui pour s'assurer qu'il était sur le bon chemin, dirigea ensuite ses pas sous un porche, traversa la cour et de là, pénétra dans un passage obscur jusqu'à ce que, dans le vestibule, il trouve la porte qu'il cherchait et où il frappa à plusieurs reprises. Pendant longtemps, on n'entendit pas un signe de vie à l'intérieur, mais le Grindviking continua de frapper et de marteler la porte fermée jusqu'à ce que, perdant patience, il crie par le trou de la serrure :

— Espèce de scélérat, tu as beau faire semblant de dormir, je sais que tu es éveillé.

Quand l'occupant de la chambre reconnut cette voix, il ne fallut pas longtemps pour qu'il ouvre. Il faisait noir à l'intérieur et une forte odeur de pourriture sortait par l'ouverture.

— Quoi? du requin? tout sauf ça! dit le Grindviking en reniflant et en se frottant le nez car il avait cru subodorer la senteur de cette exquise friandise d'Islande que l'on enterre douze ans plus un hiver avant de la servir.

Le maître de céans, en chemise de nuit crasseuse, se tenait

à la porte et il tira l'arrivant à l'intérieur, l'embrassa avec sollicitude sur le seuil puis cracha. Le docte Grindviking essuya ce baiser de la manche de son manteau et pénétra dans la pièce sans ôter son haut-de-forme. Le maître de céans battit le briquet et alluma une chandelle, si bien qu'il y eut un demi-jour dans la demeure. Dans un coin, il y avait une couche en peau de mouton islandaise avec un grand pot de chambre devant. Une des particularités du propriétaire des lieux était qu'il ne gardait pas son fourniment au vu et au su de tout le monde mais qu'il le cachait dans des sacs de peau et des besaces. Sur le plancher, il y avait une grande flaque d'eau, une inondation presque, et le Grindviking crut d'abord que c'était le pot de chambre qui s'était renversé, mais quand il se fut habitué à la pénombre, il vit que tel n'était pas le cas, mais que cette eau coulait d'une table de chêne près de l'un des murs latéraux; sur cette table gisait le cadavre dégouttant d'eau d'un noyé qui perdait eau de tous côtés, aux deux extrémités surtout; la tête à la tignasse trempée pendait du bord de la table, d'un côté, et les jambes de l'autre : le cadavre avait visiblement des bottes remplies d'eau quand on l'avait traîné jusque-là. Malgré ce que l'arrivant avait sur le cœur, et quelque sévère qu'était le discours qu'il avait composé en cours de route pour morigéner Jon Marteinsson, il se trouva, comme toujours, que cet oiseau de potence l'avait pris à l'improviste.

— Que... que veux-tu faire de ce cadavre? demanda le Grindviking en se découvrant involontairement devant le mort.

Jon Marteinsson se mit un doigt sur les lèvres en signe qu'il ne fallait pas parler trop haut puis ferma prudemment la porte.

— J'ai l'intention de le manger, chuchota-t-il.

Alors, un frisson parcourut le docte Grindviking et il regarda en tremblant le maître de céans.

— Et moi qui croyais que c'était l'odeur de requin, voilà que c'est l'odeur du cadavre! dit-il en reniflant d'importance, l'excitation accentuant son tremblement. Il faut ouvrir la porte!

— Ne fais pas tant de vacarme, mon brave, dit Jon Marteinsson. Comment veux-tu que ce fils de Satan sente alors qu'il n'y a pas plus longtemps que ce matin à l'aube que je l'ai tiré tout tiède du canal? En revanche, si tu sens quelque odeur, c'est que je sue des pieds.

— Où veux-tu en venir si maintenant tu tires des morts du canal? demanda l'arrivant.

— Hé! J'ai eu pitié de celui-là qui gisait, mort, c'est un compatriote à nous, dit Jon Marteinsson en retapant sa couche. Pour dire la vérité, j'ai pris la fièvre à me réveiller si tôt? Que veux-tu?

— Tu dis que cet homme est notre compatriote? Est-ce que tu crois pouvoir voler des morts et aller dormir ensuite?

— Eh bien, prends-le, toi, dit Jon Marteinsson. Emporte-le si tu veux. Va-t'en avec lui où tu voudras. Va-t'en au diable avec lui.

L'homme de Grindavik prit alors la chandelle, s'approcha du cadavre et lui éclaira le visage. C'était un homme grand et mince, d'âge mûr et qui avait commencé de grisonner, convenablement vêtu et en bonnes bottes. Les traits de son visage avaient l'expression lisse des noyés; comme sa tête pendait du rebord de la table, ses paupières étaient à demi ouvertes et on voyait le blanc de ses yeux; l'eau dégouttait toujours de son nez et de sa bouche sur le plancher.

Le Grindviking avala sa salive plusieurs fois, renifla, se frotta le nez de l'index de sa main libre et se gratta le mollet gauche avec le cou-de-pied droit, puis le mollet droit avec le cou-de-pied gauche.

— Magnus de Braedratunga, dit-il. Comment se fait-il qu'il soit mort, ici?

— Il est en train de faire la fête, cet homme, tu ne vois pas? dit Jon Marteinsson. Il a gagné son procès hier, le pauvre, et il est allé au cabaret passer une joyeuse soirée.

— Bon, bon, dit le Grindviking en avalant sa salive. C'est toi qui l'as noyé.

— J'ai gagné son procès pour lui, de son vivant, et je l'ai tiré de l'eau, mort, dit Jon Marteinsson. Que d'autres traitent mieux leur compatriote.

— C'est un vrai diable, celui qui est diable pour tout le

monde, même pour celui qu'il fait semblant d'aider, dit le Grindviking. Tu l'as poussé dedans d'abord.

— Et alors, dit Jon Marteinsson. Ce n'était pas trop tôt pour que je rende un petit service au pauvre Arni aussi. Maintenant, Snaefrid Björnsdottir est veuve, si bien qu'il peut se déclarer séparé de sa Gilitrutt et épouser Snaefrid, ils peuvent aller s'installer à Braedratunga dont elle va hériter légalement à présent, grâce à moi.

— Honte à toi, honte maudite et honte éternelle pour t'être mis de connivence avec les Danois contre ton compatriote et bienfaiteur et avoir fait condamner mon maître et seigneur à être la risée des coquins.

— Peuh! Je ferai destituer la Cour Suprême si Arni le veut, dit Jon Marteinsson. Si seulement tu avais de quoi acheter de la bière, mais tu n'as jamais de quoi. Écoute voir, regarde donc si tu ne trouves rien dans les poches du cadavre.

— Demande de la bière à la Compagnie, demande aux Suédois, dit le Grindviking. Tu crois peut-être qu'il n'y a que toi qui voudrais boire de la bière, ici, en ville? Tu peux me faire commettre bien des mauvaises actions, mais spoliateur de cadavres, je ne le serai jamais sur ton ordre.

— S'il cache quelques skildings sur lui, il me les doit. Le peu d'honneur qui restera attaché au nom de ce cadavre, c'est quand même moi qui le lui aurai restitué par mes longs *actis, petitionibus* et *appellationibus* — sur ce, Jon Marteinsson se leva et se mit à fouiller le cadavre. Tu crois peut-être que j'ai quelque respect pour un cadavre qui, de son vivant, s'est vu destitué, par jugement, de son honneur et de son domaine? dit-il.

— Il me semble que la moindre des choses que l'on puisse exiger d'un assassin, c'est qu'il parle courtoisement de l'homme qu'il a assassiné, dit le Grindviking. Du moins, on ne connaît pas autre chose dans les sagas anciennes. Pas une fois les pires des hommes ne disaient de mal de ceux qu'ils avaient tués. Et bien que cet homme ait été l'ennemi de mon maître, de son vivant, tu ne m'amèneras pas à prononcer des paroles infamantes sur sa dépouille mortelle. *Requiescas*, je dis *quisquis es, in pace, amen*. Et pour en venir finalement au fait : qu'as-tu fait du livre *Scaldica maiora* que tu as volé dans la *bibliothèque* de mon maître?

— La *Skalda,* dit Jon Marteinsson. T'en es-tu défait?

— Mon maître sait parfaitement qu'il ne peut être question de personne d'autre que toi, dit le Grindviking.

— Ce livre-là, aucun homme sensé ne le volerait, quiconque serait trouvé avec serait pris, dit Jon Marteinsson.

— Que ne volerait pas Satan pour le vendre aux Suédois? dit le Grindviking.

— Mon ami Arni a longtemps été un ingénu : il croyait pouvoir donner à manger aux Islandais en imposant des amendes à la Compagnie; il croyait pouvoir mettre fin aux rumeurs sur le compte de Snaefrid soleil d'Islande en déshonorant les proches de celle-ci; il croyait pouvoir sauver l'honneur de sa patrie en soutirant aux imbéciles affamés d'Islande les quelques livres qui n'étaient pas encore pourris et en les entassant ici, à Copenhague, où ils partiront certainement en fumée en une seule nuit. Et maintenant, il croit que les Suédois ne sont pas aussi malins que lui. Il faut que je te le dise : ils sont plus malins que lui, ils sont si malins qu'aucune puissance au monde ne leur fera croire que l'amas de mendiants pouilleux entassés dans un recoin du Nord et qui s'appellent Islandais et qui seront bientôt tous morts, Dieu soit loué, aient écrit les anciennes sagas. Je sais qu'Arni est fâché contre moi parce que je ne lui fourre pas en gueule toute feuille que je peux trouver. Mais ne peut-il pas se consoler en se disant qu'il a mis la main sur les livres les plus précieux? Tout ce que j'ai fait, c'est d'avoir vendu quelques lambeaux sans valeur à von Oxenstierna et à du Bertelskiold, outre le fait que de la Rosenquist m'a demandé une bribe de généalogie pour pouvoir faire remonter son lignage jusqu'aux trolls.

— On t'appellera tout de même voleur de la *Skalda* même si les gens de Lund disent que c'est la poésie ancienne des Götar de l'ouest. Bon, dis-moi maintenant où tu as caché ce livre, sinon j'écris à un homme de l'Arnarfjord qui sait manipuler les *characteribus* [1].

---

1. Characteribus au sens de signes magiques.

— Alors, tu seras brûlé, dit Jon Marteinsson.

Parvenu à ce point de la conversation, il avait trouvé en tout et pour tout deux rixdales sur le cadavre, et quand il considéra qu'il n'y avait pas espoir de s'emparer de davantage, il posa l'argent sur le rebord de la fenêtre qui était encore hermétiquement close et se mit à tirer les bottes du défunt. Le Grindviking, se redisant une fois encore que les mots n'avaient pas grand pouvoir sur Jon Marteinsson, se contenta d'ouvrir et de refermer la bouche, le regard fixe.

Quand Jon Marteinsson eut terminé sa besogne, il se mit en devoir d'enfiler ses frusques. En guise de toilette, il s'oignit les cheveux d'un onguent odorant. Pour finir, il mit un manteau large comme une ancienne chape de chantre. Les bottes de Magnus de Braedratunga, il en fourra une dans chacune des poches de son manteau. Sur ce, il prit son chapeau. Celui-ci portait quelques taches de boue à demi-sèches sur lesquelles il cracha d'abord, les essuyant ensuite avec sa manche. Puis il aplatit la plus importante bosse de la calotte et se la mit sur la tête. Il avait la mâchoire inférieure ainsi faite qu'il pouvait sucer sa lèvre supérieure avec l'inférieure; de plus, il y avait beau temps qu'il avait la gencive supérieure édentée et, avec l'âge, son menton tendait de plus en plus à aller embrasser le bout de son nez. Les commissures de ses lèvres lui descendaient des joues de part et d'autre du menton. Mais ses yeux étaient étonnamment vifs et il n'avait besoin que de cuver son vin pour qu'ils retrouvent leur éclat. Il parlait toujours d'une voix geignarde, sur un ton de fausset traînant, à l'islandaise.

— Tu n'aurais pas l'intention d'aller déclarer ce cadavre, mon brave, dit le Grindviking tandis que Jon Marteinsson fermait à clef la porte derrière eux.

— Ça ne presse pas, dit-il, il a tout le temps. Les vivants doivent boire. Si je me le rappelle, je leur dirai ce soir que j'ai trouvé un Islandais dans le canal. Ce n'est pas pour cela qu'ils se dépêcheront de l'enterrer.

Puis ils s'en allèrent au cabaret.

Les doctes ont noté diverses choses dans leurs livres sur les multiples présages qui se manifestèrent en Islande avant la grande peste. Le premier à mentionner de ces présages, c'est la faim et la mauvaise saison qui firent irruption dans toutes les parties du pays, avec grande hécatombe d'hommes, en particulier parmi les pauvres. Grande pénurie de cordage. S'y ajoutèrent pillage et vol plus que de coutume ainsi qu'inceste et tremblements de terre dans le sud du pays. De même, diverses choses étranges. A Eyrarbakki, une femme de quatre-vingts ans épousa un homme d'un peu plus de vingt ans l'automne d'avant la peste et voulut, au printemps, le répudier *impotentiae causa.* Le 17 *majus,* on vit sept soleils. Le même printemps, à Bakkaholt dans le Skorradal, une brebis mit au monde un agneau mal conformé avec une tête de cochon et des soies de porc; la mâchoire supérieure manquait jusqu'aux orbites, la langue pendait fort avant sur la mâchoire inférieure qui était détachée du crâne et l'on ne voyait pas trace d'yeux; les oreilles étaient aussi longues que celles d'un chien de chasse et sur l'avant du crâne pendait une petite mamelle avec un petit pertuis dessus. Quand il vint au monde, on entendit distinctement l'agneau parler, disant : Grand est le Diable chez qui manque de foi. Du couvent de Kirkjubaer se répandit le récit, l'hiver d'avant la peste, que l'administrateur ainsi qu'un autre homme qui l'accompagnait au cimetière le soir, entendirent des lamentations sous leurs pieds. Dans le thing de Kjalarnes, vacarme dans les airs. Dans le Skagafjord, on tira de la mer une raie ainsi faite que lorsqu'elle eut été hissée sur le bateau, elle se mit à mugir avec force criailleries et grognements, et semblablement quand elle eut été découpée en morceaux sur le rivage, chaque morceau cria et se lamenta de la même façon, et même après que les morceaux eurent été portés dans les maisons, ils continuèrent à geindre et à produire des sons désagréables chacun à part soi, en sorte que l'on rejeta le tout à la mer. Des hommes dans les airs[1]. Et pour finir, il reste à consigner cet œuf qu'une poule pondit à Fjall dans le Skeid et sur lequel on vit distinctement imprimé une sorte de signe noir qui était le signe de Saturnus à l'envers, ce qui signifie *omnium rerum vicissitudo veniet.*

Quand la petite vérole survint dans le pays, trente années s'étaient écoulées depuis que la dernière peste avait fait rage, et cinquante depuis l'avant-dernière. La plupart des gens qui avaient plus de trente ans et étaient vivants dans le pays portaient quelque marque de la peste précédente, certains une main ou un pied flétri, quelques-uns un œil extirpé ou quelque autre infirmité au visage ou à la tête; outre le fait que la plupart des gens étaient marqués par les maladies populaires courantes, éclopés, tors et noués par le rachitisme, remplis de nodosités ou de plaies par la lèpre, enflés par l'hyatide ou mornes et minés de phtisie. Vu la famine durable, la croissance de la population était mauvaise, si bien que qui réussissait à grandir correctement était l'objet d'un conte populaire et tenu pour égal à Gunnar de Hlidarendi et aux autres Islandais d'autrefois et doué d'une force comparable à celle des nègres que les Danois emmenaient parfois avec eux sur leurs bateaux.

C'est sur ces gens-là que s'abattit de nouveau la petite vérole et cette fois, sous une forme sans précédent : on n'y pouvait rien comparer que la Mort Noire. Cette maladie arriva en Islande par bateau marchand à Eyrarbakki au printemps vers les jours de déménagement, et après une semaine, trois petites fermes étaient complètement dévastées sur les lieux; dans une quatrième ferme survivait uniquement un enfant de sept ans et le bétail n'était pas trait. Au bout de dix jours, quarante personnes avaient trépassé en ce pauvre lieu.

De la sorte, la tuerie s'étendit. Parfois, on enterrait trente personnes d'un coup dans une petite église. Dans des paroisses populeuses, deux cents personnes et plus expiraient; le clergé était frappé de la même façon et les services

1. Laxness imite ici, littéralement, le style des annales islandaises du Moyen Age, prodigues de relations de ce genre et sous cette forme.

religieux n'étaient plus remplis. Maints époux s'en allaient en même temps dans la tombe, certains perdaient tous leurs enfants et il arrivait qu'un simple d'esprit survécût seul à toute une kyrielle de frères et sœurs. Beaucoup devenaient d'une force anormale ou avaient l'entendement offusqué. Étaient surtout emportés ceux qui n'avaient pas atteint la cinquantaine, ceux des plus jeunes qui étaient les mieux portants et les plus robustes, tandis que vieillards et décrépits survivaient. Quantité perdaient la vue ou l'ouïe, d'autres restaient cloués au lit longtemps ensuite. Dans cette tourmente, l'évêché de Skalholt perdit sa tête, et cette tête, sa couronne, étant donné qu'à un intervalle d'une semaine expirèrent le lumineux témoin de la foi et ami des pauvres, l'évêque ainsi que le luminaire de ce pays, magnifique par sa crainte de Dieu et ses aumônes, son épouse légitime, tous deux placés dans la même tombe.

C'était deux ans après que Sa Royale Majesté avait dépêché ici son confident particulier avec les pleins pouvoirs les plus étendus pour, si possible, améliorer les conditions de vie du peuple. Quand Arnas Arnaeus était revenu à Copenhague, il s'était trouvé dans ce pays que Notre Sire d'alors était sur son lit de mort et que les Grands étaient en train de se préparer à couronner le suivant. Le jour du couronnement, le peuple reçut à la fois de la soupe et de la viande grillée ainsi que de la bière et du vin rouge sur la place devant le château. Alors, une ère nouvelle se leva pour le Danemark. Le bon vouloir vis-à-vis de l'Islande qu'Arnaeus, par sa longue fréquentation de la Cour, était parvenu à éveiller dans le sein de Sa Majesté était maintenant éteint au Danemark avec le défunt roi. Les rapports d'Arnaeus sur la situation en Islande, tout comme ses propositions d'amélioration concernant le commerce, la vie économique, la justice et le gouvernement du pays furent froidement reçus à la Chancellerie, à supposer même, chose douteuse, qu'on les eût lus. Tout le monde savait que l'esprit du nouveau roi se portait vers des œuvres plus renommées que de prendre soin des Islandais. A présent, il faudrait bientôt se mettre en état de faire de nouveau la guerre aux Suédois. Le seul soin des hommes en place était de conserver leur charge après le changement de rois, mais il y avait beau temps que ce n'était pas une voie vers la renommée — et d'ailleurs, la chose n'avait que médiocrement tenté les meilleurs hommes de Danemark — que de s'intéresser à cette marche éloignée de l'Empire des Danois, cette plaie lointaine en forme de pays dont le seul nom, Islande, donnait la nausée aux gens de Copenhague, quoique ce fût de là que coulait l'huile qui alimentait les réverbères de la ville.

Des Islandais, il faut dire que, bien que les criminels du pays fussent les amis d'Arnaeus, encore que non unanimement, pas même tous ceux dont il avait déclaré sans effet les marques de brûlures; bien que beaucoup de pauvres saluassent avec joie les amendes en farine qu'il avait condamné les marchands à payer, de même que le grain de mauvaises récoltes qu'il avait réussi à extorquer à la Couronne; et bien que ne fussent pas rares ceux qui lui étaient reconnaissants d'avoir bien voulu présenter à Son Très Clément Cœur leurs suppliques pour des cordages, de l'hématite et du vin de messe, ainsi que pour des taxes plus légères que celles que, sept ans durant, le régent avait dissimulées, il ne régnait pas moins de haine, tant s'en faut, pour Arnaeus parmi les meilleures gens de sa patrie que toujours au Danemark. Alors que les marchands avaient transporté Magnus de Braedratunga à Copenhague et fomenté deux ans durant son procès pour se venger d'Arnaeus, voilà que l'on apprenait que les chefs de districts islandais préparaient un procès contre lui en vue de casser ses verdicts sur l'Öxara, les prétendus verdicts du commissaire, pour recouvrer les possessions dont ils avaient été destitués par jugement et redresser l'honneur qu'ils avaient perdu sous le même juge.

Cet homme de livres qui s'était laissé aller, un temps, à s'éloigner d'eux et qui avait répondu à sa vocation de devenir l'esprit tutélaire de sa patrie, il récoltait maintenant comme il avait semé, le salaire qui revient à l'éternel chevalier à la triste figure. Celui qui a obéi à cette vocation ne peut plus revenir au livre qui était tout son univers. Voilà pourquoi, ce matin-là, quand on lui communiqua la nouvelle de la disparition du livre qui était la couronne de ses livres, il se laissa tomber sur un banc, le visage pâli par les veilles, et dit ces seuls mots :

— Je suis fatigué.

Il resta longtemps assis après que l'homme de Grindavik fut sorti et il fut pris de somnolence dans son siège. Finalement, il se ressaisit et se leva. Il ne s'était pas déshabillé de la nuit après avoir quitté le banquet de la reine. Alors, il se lava, fit toilette et se changea. Il ordonna au cocher d'atteler une voiture puis partit.

Arnaeus se rendait fréquemment à la Chancellerie pour suivre le cours des affaires car il y servait d'intermédiaire dans une quantité de questions islandaises.

Le Conseiller d'État chargé des affaires islandaises avait fait venir un barbier à la Chancellerie, mais il se levait fréquemment pendant qu'on le rasait pour manger de la confiture, dans un pot qui se trouvait sur la table au beau milieu des copies de verdicts de flagellation, de stigmatisation et de pendaison envoyés d'Islande. Il régnait là une odeur étouffante d'onguents de perruquier.

Quand le *professor antiquitatum Danicarum* ouvrit la porte, le Conseiller d'État jeta un coup d'œil par-dessus le rasoir, dit « Monsieur » en allemand ou en bas-allemand et pria l'arrivant de s'asseoir. Puis il dit en danois :

— J'apprends qu'il y a beaucoup de jolies filles en Islande.

— En effet, Votre Grâce, dit Arnas Arnaeus.

— Encore que l'on dise qu'elles dégagent une odeur d'huile de baleine sous leurs habits, dit le responsable principal des affaires islandaises.

— Je n'ai jamais entendu dire cela, dit Arnas Arnaeus en sortant une courte pipe de terre.

— Item, on peut lire qu'il n'y a pas une seule vierge dans ce pays-là, dit le Conseiller d'État.

— Où cela peut-il bien se trouver écrit? dit le *professor antiquitatum.*

— C'est ce que dit l'excellent auteur Blefken.

— Ne serait-ce pas un malentendu de la part de cet excellent *autor,* dit Arnaeus. Chez les meilleurs *autoribus,* on peut lire que les filles d'Islande restent vierges intactes jusqu'à ce qu'elles aient donné le jour à leur septième enfant, Votre Grâce.

Le Conseiller d'État resta immobile comme dans la tombe pendant qu'on le rasait autour de la pomme d'Adam. Cela fait, il se leva de son siège, non pour prendre de la confiture, mais parce qu'il voulait exhaler son profond mécontentement sur l'avancement d'une mauvaise affaire.

— Bien que nous n'ayons pas eu, vous et moi, la chance de tomber d'accord sur la plupart des questions qui concernent l'Islande, on ne saurait nier ceci : je ne puis comprendre comment un honorable tribunal peut condamner un homme bien né comme vous pour avoir couché avec une personne sans vergogne. *Das ist eine Schweinerei.* J'ai ici les actes du procès d'il y a deux ans, quand une fille islandaise de Keblevig [1] fut violée par deux Allemands. Lorsqu'ils furent condamnés à verser des amendes et à être flagellés, la mère de la fille se mit à pleurer en priant le Seigneur de faire pleuvoir sur le juge du feu et du sang.

Arnas Arnaeus s'était mis à fumer.

— Mon opinion, souligna le Conseiller d'État tandis qu'on le rasait, est que si les gens honorables et bien nés ne peuvent entretenir des concubines, mariées ou non, que vaut la vie alors ? Nul ne peut exiger que l'on soit *verlibt* à sa femme. Messire, qui est versé dans la connaissance des *classicis,* sait mieux que moi que l'on ne connaissait pas de telles choses chez les Anciens — ils avaient une femme par devoir, une amante par besoin et un petit garçon pour le plaisir.

Le *Professor antiquitatum Danicarum* se carra confortablement dans son fauteuil et son visage prit une expression détendue tandis qu'il contemplait le nuage de fumée sortant de sa pipe :

— Bah ! Que dit le barbier ? dit-il.

— Comme il sied à un simple bourgeois, le barbier ne veut pas entendre parler de mauvaises mœurs, dit le Conseiller d'État. Juste avant que Messire passe la porte, il m'apprenait la nouvelle que, de bonne heure ce matin, Notre Très Gracieux Sire se trouvait dans la maison mal famée Den Gyldne Löve, s'y livrant à quelque grossier commerce avec ses cavaliers de service, chose qui se termina par une altercation avec la garde.

— Je ne dirais jamais telle chose en présence de deux

1. Keblevig : forme danoise pour Keflavik.

témoins, dit le barbier, mais puisque Votre Éminence daigne me demander les nouvelles et que le hasard voulut que je vinsse de chez le baron où se trouvaient deux lieutenants-généraux bien ivres qui s'étaient trouvés dans une maison que je ne nommerai pas et qui, avec Notre Grâce, s'étaient battus contre les hommes de la garde, alors, que le Seigneur me le pardonne, moi qui hante les demeures des belles gens, comment mes oreilles eussent-elles évité d'apprendre l'allemand?

— Le barbier peut procéder à l'application du parfum et de la pommade, dit le Conseiller d'État.

L'interpellé se tut net et s'inclina fort courtoisement, ouvrit ses boîtes d'onguents et se mit en devoir de pulvériser ses parfums. Arnaeus demeura assis, fumant avec constance tandis que le barbier aspergeait le Conseiller d'État et l'oignait.

— A propos, dit-il tout à trac en contemplant la fumée, est-ce que l'envoi des lignes de pêche dont je vous parlais dernièrement est arrivé à bord du bateau de Holmen?

— Pourquoi le roi s'escrimerait-il toujours à procurer à ces gens de plus en plus de corde? Voici une supplique pour de la corde. Que font les gens avec toute cette corde?

— Oui, j'apprends que la supplique au roi que j'avais dénichée chez Gyldenlöve il y a deux ans et sur laquelle il avait dormi pendant sept ans a enfin échoué ici.

— Nous n'avons cure ici que les Islandais tirent plus de poisson que ce dont nous avons l'usage. Lorsque nous pourrons de nouveau faire la guerre aux Suédois, nous leur donnerons de la corde; et même, en outre, des hameçons!

— Votre Grâce préfère-t-elle laisser le roi acheter des graines de mauvaises années pour ces gens plutôt que de leur permettre de pêcher du poisson?

— Je n'ai jamais dit cela, dit le Conseiller d'État. Mon opinion est que nous avons toujours manqué, en Islande, d'un fléau suffisamment radical pour que la canaille qui infeste ce pays disparaisse une bonne fois pour toutes, afin que les quelques gens qui sont bons à quelque chose puissent, sans être dérangés par les mendiants et les voleurs, tirer le

poisson dont la Compagnie a besoin et préparer l'huile de
baleine qu'il faut à Copenhague.

— Puis-je, de la part de Votre Grâce, présenter ce genre
de salutations à l'Althing?

— Vous pouvez, Messire, nous calomnier, nous autres
gens de la Chancellerie, autant que vous en aurez envie
auprès des Islandais. Peu importe ce que les Islandais disent
ou pensent. Nul ne sait mieux que vous, Messire, que les
Islandais sont un peuple sans vergogne. Puis-je offrir de la
confiture à Votre Éminence?

— Je remercie Votre Grâce, dit Arnas Arnaeus. Mais si
mon peuple a perdu son honneur, à quoi me sert de la
confiture?

— Aucun envoyé du roi n'a jamais destitué légalement ce
peuple de son honneur au point où l'a fait Messire.

— Mes efforts tendaient à faire bénéficier les Islandais de
la juste loi, dit Arnas Arnaeus.

— Bah! Est-ce que cela ne revient pas au même, les lois
selon lesquelles les Islandais sont condamnés! La Chancellerie a des preuves que c'est un peuple dégénéré dont les
hommes d'élite se sont entre-tués autrefois, en sorte qu'il
ne subsiste plus que cet amas de gueux, voleurs, lépreux,
pouilleux et pochards.

Arnaeus fumait toujours, l'air absent, et se murmura à
lui-même, d'une voix sourde, comme lorsque l'on se récite
distraitement un fragment de poème, quelques mots en latin :
non facile emergunt quorum virtutibus obstat res angusta domi.

— Oui, je sais qu'il n'y a pas en Islande un pauvre diable
de pasteur qui ne connaisse son Donat à l'envers et à l'endroit et qui n'en appelle à tout propos au témoignage des
classiques. D'ailleurs, leurs suppliques à Sa Majesté sont
tellement farcies de science incongrue que le diable m'emporte si l'on comprend que tout ce qu'ils veulent dire, c'est
qu'il leur faut de la ficelle. A mes yeux, c'est une tare, pour
quelqu'un qui manque de ficelle, que de savoir le latin. Et
pour en venir à ce que je voulais dire : les quelques hommes
qu'il restait en Islande, vous les avez destitués par jugement
de leur bon renom, comme le vieil et honorable Eydalin qui
était fidèle à son roi : vous en avez fait un mendiant sans

honneur dans sa vieillesse, si bien qu'on l'a mis en tombe.

— Il est vrai que mon passage là-bas a provoqué le déshonneur de quelques Islandais du roi; mais des gens sans défense ont retrouvé leur honneur. Si le peuple s'entendait à assurer la victoire qui fut remportée, il serait désormais plus sûr de défendre sa vie contre l'autorité.

— Et pourtant, Messire ne fut pas satisfait. Par-dessus le marché, vous avez entrepris par des procès de toutes sortes, de poursuivre jusqu'aux bienfaiteurs de cette île, les honorables bourgeois danois, les pieux marchands d'Islande qui se mettent en grand péril de leur vie pour apporter à ce peuple les denrées de première nécessité — car beaucoup périssent sur l'horrible mer qui cerne ce pays désolé. La calomnie a couru, principalement sur votre instigation, que le commerce d'Islande était conçu pour produire quelque profit. Messire nous pardonnera si nous, qui sommes mieux renseignés, avons un autre avis. Le commerce d'Islande a toujours été entrepris par nous autres, Danois, à des fins de miséricorde. Et quand Notre Majesté, autrefois, se réserva le monopole exclusif du commerce avec l'île, ce fut uniquement pour empêcher que des étrangers exercent des pressions économiques sur cette misérable nation.

Tandis que le Conseiller d'État parlait, le barbier prodiguait pommade sur pommade pour lui masser le visage, mais Arnaeus restait assis le plus confortablement possible, toujours contemplatif et fumant.

— Il est vrai, dit-il finalement de sa voix calme, presque apathique : les tarifs des Hambourgeois n'étaient pas toujours tenus pour avantageux en Islande autrefois. Pourtant, des gens qui s'y connaissent considèrent que la chose a plutôt empiré depuis ces temps-là, à la fois sous les pieux trafiquants, puis sous les gens de Helsingör et enfin sous la Compagnie. Et en ce qui concerne les collègues de Monsieur et copropriétaires du commerce d'Islande, il est superflu de déplorer leur lot tant qu'ils auront à leur service leurs Islandais préférés.

— Nous n'avons pas d'Islandais particulier à notre service, nous nous attachons à être les serviteurs fidèles et les auxiliaires de l'île tout entière.

— Hum! dit Arnas Arnaeus. Jon Marteinsson se porte bien, tous ces temps-ci.

— Joen Mortensen, dit le Conseiller d'État. Je ne connais pas ce nom-là.

— Les Danois ne le connaissent pas quand on prononce son nom, dit Arnas Arnaeus. Mais c'est le seul Islandais auquel ils s'adressent. Il y a quelques autres nations aussi qui savent comment le trouver.

— Ce n'est pas dans les livres danois qu'il est dit que les Islandais descendent de coupables de lèse-majesté et de pillards de mer, dans la mesure où ils ne viennent pas d'esclaves irlandais — on dit que cela se trouve dans vos propres livres, dit le Conseiller d'État en se renversant pour être assis plus confortablement encore sous l'onction. Cela dit, qu'avez-vous sur le cœur, Messire?

— On m'a offert de devenir duc d'Islande, dit Arnas Arnaeus.

— Assez perruquier! dit le Conseiller d'État en se relevant avec effort. Emporte ta camelote!... elle pue. Déguerpis. Qu'attends-tu? Pour le compte de qui espionnes-tu?

Le barbier prit peur, se hâta d'essuyer le Conseiller d'État et de reposer ses boîtes tout en faisant des courbettes sans interruption, disant être un homme du commun qui n'entendait rien ni ne voyait rien et quand bien même il aurait vu ou entendu quelque chose, il n'aurait pas compris. Lorsqu'il eut disparu à reculons, le Conseiller d'État quitta son siège, se tourna vers le maître en antiquités danoises, toujours imperturbablement calme et assis, et demanda finalement quelles nouvelles c'étaient là :

— Qu'étiez-vous en train de dire, Monsieur?

— Je ne crois pas avoir rien de particulier, dit Arnas Arnaeus. Sinon que nous étions en train de parler de Jon Marteinsson, le porte-parole des marchands d'Islande, le grand vainqueur.

— Qu'est-ce que vous étiez en train de dire à propos de gouverneur? Qui devrait être gouverneur où, et pour le compte de qui?

— Votre Grâce sait tout cela beaucoup mieux que moi, dit Arnas Arnaeus.

— Je ne sais rien, cria le Conseiller d'État au beau milieu de la pièce.

Et comme Arnas Arnaeus ne donnait pas le moindre signe d'en dire davantage, le haut personnage redoubla de curiosité, étendant les bras en signe de reddition et de commisération pour lui-même.

— Je ne sais rien, reprit-il. Nous autres, ici, à la Chancellerie, ne savons jamais rien. Tout se passe au Conseil du Royaume et dans les Conseils de guerre des Allemands ; ou bien dans la chambre à coucher de la reine. Nous ne recevons pas même notre salaire. Je dépense annuellement de quinze à seize cents rixdales pour mon entretien et, en trois ans, je n'ai pas vu une seule pièce trouée de deux skildings de la part du roi. On se moque de nous, on ne nous parle pas, on forge toutes sortes de machinations derrière notre dos dans la ville ; et je m'imagine volontiers qu'un matin, nous pourrions nous réveiller en apprenant que notre coquin de roi nous a vendus.

— Comme le sait Votre Grâce, Sa Majesté a souvent essayé de vendre et de mettre en gage la très fréquemment mentionnée île d'Islande, dit Arnas Arnaeus. Ainsi, à deux reprises en un peu plus d'une décennie, il a envoyé au roi des Anglais un légat avec la mission que l'on peut lire dans les documents. Le riche Hambourgeois Uffelen m'a représenté hier que Notre Grâce, une fois encore, par son cœur très clément, avait daigné offrir de mettre en vente ce pays qui n'en est pas un.

À cette nouvelle, le Conseiller d'État retomba dans son siège, regardant fixement devant soi et pâlissant. Finalement, il bredouilla du fond des ténèbres de son esprit :

— C'est un procédé arbitraire, c'est une perfidie, c'est une œuvre de ténèbres.

Arnas Arnaeus continuait de fumer. En fin de compte, le Conseiller d'État parvint à rassembler ses forces pour se lever, il alla chercher des boissons dans un placard et versa du vin dans des gobelets, pour lui-même et pour son visiteur. Quand le vin eut coulé dans sa gorge, il dit :

— Je me permets de mettre en doute le droit qu'a le roi de vendre ce pays à notre insu, à nous autres gens de la

Chancellerie. Ce serait voler le pays; et pas seulement de la Chancellerie, mais aussi de la Compagnie. Et que dit la Trésorerie? Ou Gyldenløve, le régent du pays?

— Votre Grâce devrait savoir, dit Arnas Arnaeus, qu'après la défaite des papistes et l'introduction de la doctrine luthérienne, le roi est devenu possesseur des biens d'Église dans son royaume; de la sorte, tous les plus grands domaines fonciers d'Islande, plus des milliers de petits, lui sont revenus; un édit encore, et il possède aussi les terres qui restent. Ce que Notre Très Clémente Grâce fait de ses propriétés ne regarde pas autrui. Et ne serait-ce pas ôter un fardeau considérable à la Chancellerie si sa conscience était délivrée de ce rebut des pays? Les marchands d'Islande n'auraient plus à périr sur des routes maritimes dangereuses. La Compagnie serait débarrassée du grand tracas de devoir se mettre en peine, par miséricorde divine, pour mon peuple en détresse.

La fureur s'était emparée du Conseiller d'État. A présent, il s'arrêta devant son hôte, lui secoua un poing tremblant devant le visage et dit :

— Voilà encore une de vos maudites ruses; duperie; machination; manœuvre; vous avez débauché le roi; le conseiller et chancelier danois n'existe pas qui suggérerait au roi de vendre l'Islande, pour la simple raison que, quelque élevé que soit le prix offert, il tirerait toujours, à la longue, un plus grand profit de ce pays par le moyen d'un bon commerce.

— Il faut parer au plus pressé, dit Arnas Arnaeus. Il faut maintenir les bals masqués, cela coûte de l'argent. Un bon bal masqué engloutit les intérêts d'une année de revenus de tous les couvents islandais, Votre Grâce. En outre, Sa Grâce doit faire la guerre aux Suédois pour accroître l'honneur du Danemark; cela aussi coûte de l'argent.

— Et les Islandais eux-mêmes? demanda le Conseiller d'État découragé, pris entre la colère et la crainte. Que disent-ils?

— Les Islandais, dit Arnaeus. Qui demande son avis à un peuple sans honneur? Leur seule tâche est de graver leur histoire dans les mémoires pour des temps meilleurs.

— Votre Éminence doit m'excuser, dit finalement le Conseiller d'État, mais des affaires urgentes m'attendent en ville. Je viens notamment de trouver une nouvelle maîtresse. Peut-être Messire voudra-t-il faire un bout de chemin avec moi?

Arnas Arnaeus s'était levé, il avait cessé de fumer.

— Ma voiture attend également dehors, dit-il.

— Comme on l'a dit, à propos de cet envoi de corde sur un bateau pour Holmen, dit le Conseiller d'État en passant son manteau : je vais examiner cette affaire. La Chancellerie a toujours été disposée à prendre en considération les requêtes des Islandais pour de l'hématite, du vin de messe ou de la corde. Peut-être sera-t-il possible de faire en sorte que plus de bateaux fassent la traversée cette année que l'an dernier.

Le printemps qui suivit la petite vérole, il y eut si peu de monde à l'Althing que les jugements ne furent pas rendus. De beaucoup de districts, personne ne vint au thing. Il fallut ajourner l'exécution des criminels étant donné que les bourreaux chrétiens avaient également péri dans cette tourmente et des coquins peu dignes de confiance qui s'offraient à décapiter les hommes et à noyer les femmes pour le plaisir ne furent pas admis près de la rivière qui tire son nom de la hache justicière[1]. Toutefois, fut mise à mort pendant ce thing une certaine Hallfrid du Mulathing qui avait eu un enfant d'un Olaf exécuté l'année précédente. En fait, il n'était venu à l'Althing personne d'autre du Mulathing que l'homme qui amenait cette femme et qui refusa résolument de la reconvoyer vive à travers tout le pays, avec toutes les rivières à traverser, et les nobles hommes prirent sur eux de noyer la femme, là, dans la Mare.

Il faut à présent parler du vieux Jon Hreggvidsson qui réside dans sa demeure de Rein. Ce n'était pas merveille que, par les temps qui couraient, il eût différé de se procurer une nouvelle assignation devant la Cour Suprême comme on le lui avait enjoint par jugement du commissaire. Il avait l'esprit tout plein d'autres choses. Les rares chefs qui n'étaient pas morts et enterrés avaient aussi d'autres choses à penser que Jon Hreggvidsson, pour l'heure. Les années passèrent. Mais il se trouva pourtant, quand l'hécatombe eut cessé et que la nation connut quelque répit, que le croquant entendit dire que les autorités remplaçant maintenant les défuntes n'avaient pas complètement oublié son affaire ancienne. On ne doutait pas dans le pays que la charge du commissaire eût été d'une nature particulière : il avait été institué juge des juges et ses verdicts étaient sans appel. Ceux qu'il avait condamnés n'avaient aucun espoir

1. L'Öxara signifie proprement : rivière de la hache. Toutefois, ce n'est pas en référence à la hache du bourreau, mais à une hache que les découvreurs de l'Islande y auraient perdue par mégarde.

de redressement. Ceux dont il avait redressé la cause, il ne leur était plus fait de mal. Il s'avéra pourtant, une fois achevée sa besogne, que l'on voyait mieux qui était tombé que qui avait été redressé. Ceux dont il avait redressé la cause étaient perdus. On ne voyait pas trace de leur délivrance. L'homme qui avait abaissé les grands pour relever les petits ne reçut aucune preuve publique de reconnaissance. Mais le peuple s'affligeait de la chute et de l'abaissement du gouverneur Eydalin.

Après le verdict du commissaire sur l'Öxara, le printemps d'avant la petite vérole, Jon Hreggvidsson était un de ceux qui étaient rentrés chez eux les plus incertains de leur situation, se trouvant à la fois innocenté et condamné. Assurément, son affaire avait été cause de l'une des plus graves accusations portées contre Eydalin et rien n'avait contribué aussi puissamment à la chute du gouverneur que le verdict de mort qu'il avait rendu contre cet homme, il y avait longtemps de cela, sur des preuves qui, au maximum pouvaient passer pour des indices. Toutefois, on n'avait jamais réussi à prouver, contre Eydalin, l'accusation du commissaire selon laquelle, seize ans plus tôt, il aurait conclu un accord avec Jon Hreggvidsson pour que celui-ci ne montre pas devant la Cour Suprême l'assignation qu'il avait ramenée de Copenhague. On n'avait jamais produit aucun témoin d'un pareil accord et du reste, le fermier du Christ s'était vu imposer de se procurer une nouvelle assignation devant la Cour Suprême pour faire de nouveau examiner son ancienne affaire.

Quand Eydalin fut tombé et que la petite vérole eut dépouillé le siège de Skalholt de son honneur et de sa parure par le trépas de l'évêque et de son épouse, la fille du gouverneur, et comme d'autres notables encore avaient disparu dont on pouvait penser qu'ils eussent voulu poursuivre cette affaire, Jon Hreggvidsson pensa qu'il n'y aurait plus grand monde maintenant à se plaindre qu'il atermoyât pour se procurer une nouvelle assignation. Mais les choses se passèrent autrement que le croquant ne l'avait espéré.

Deux printemps après la petite vérole, on put de nouveau

tenir un thing sur l'Öxara et il y eut assez de monde pour exécuter les criminels et composer une nouvelle supplique au roi. Les présidents de la cour suprême du pays étaient maintenant le vice-gouverneur Jon Eyjolfsson, chef de district, et le bailli Beyer de Bessastadir.

Le thing tirait à sa fin et rien n'indiquait que l'on dût reprendre les anciennes affaires importantes ; le printemps, d'ailleurs, était rude et froid, l'inertie et la maussaderie marquaient les rares membres de la Lögrétta qui s'étaient imposé d'aller au thing à travers des contrées à demi mortes alors que la population accablée qui survivait chancelait encore, étourdie après ce grand coup. Mais une nuit avant la fin du thing, alors que les membres de la Lögrétta s'étaient glissés sous leurs peaux de moutons, une personne arriva au thing. C'était une femme. Elle chevauchait escortée de trois valets et de force chevaux, venant de l'est, de l'autre côté de la plaine, depuis le Kaldadal qui sépare les quartiers du pays. Cette femme venue de loin descendit de selle devant le baraquement du bailli et alla aussitôt rendre visite à Beyer, l'homme qui était fondé de pouvoir du régent. Un court moment après, le bailli envoya un messager chercher le vice-gouverneur : on réveilla celui-ci et il se rendit au baraquement du bailli. Sur ce qui se passa lors de cette rencontre, personne ne put rien raconter. Peu après, la femme repartait de Thingvellir.

L'autre fait qui se produisit cette nuit-là, ce fut que deux domestiques du vice-gouverneur furent réveillés et envoyés avec une lettre, vers l'ouest jusqu'au Skagi pour aller trouver Jon Hreggvidsson, paysan de Rein et l'emmener avec eux au thing.

C'était une autorité assez médiocre que celle qui, le surlendemain, entreprit une fois encore un procès contre ce fermier du Christ en ce lieu mal famé de Thingvellir sur l'Öxara. Même le baraquement du fondé de pouvoir danois était en ruines, comme si le pouvoir royal ne trouvait plus qu'il valût la peine de restituer un éclat à cette charge contre les intempéries d'Islande, ces tempêtes et cette grêle que ce peuple, rejeton rabougri et gelé sous forme humaine avait pour compagnons constants. Ce temps islandais était un moulin qui n'épargnait rien hormis les montagnes de basalte, moulant, engloutissant et décomposant toute œuvre humaine, abolissant les couleurs aussi bien que les formes. Les auvents décorés de ce royal bâtiment étaient ou bien brisés ou bien en éclats, tout ce qui était de fer était rouillé, la porte était ébarouie et gauchie, les carreaux, crevés, les châssis des fenêtres, détachés de leurs gonds, les emblèmes royaux à peu près effacés. Et le fondé de pouvoir du roi danois, le bailli Beyer était ivre-mort chaque jour d'un bout à l'autre du thing.

Le tribunal suprême du pays siégeait dans une méchante cahute que l'on avait autrefois appelée maison de la Lögrétta; le toit était crevé de telle sorte que vent et pluie se donnaient libre cours à travers toute la maison. La boue qui avait dégouliné des murs de tourbe sur les mauvaises lattes du plancher n'avait pas été déblayée. Et ce fut sur ces planches que pénétra en boitant Jon Hreggvidsson de Rein, cheveux blancs, geignant et haletant.

Le vice-gouverneur Jon Eyjolfsson demanda comment il se faisait qu'il n'eût pas satisfait à l'obligation qui lui avait été faite deux ans plus tôt par un tribunal royal spécial siégeant ici près de l'Öxara, de déférer son affaire devant la Cour Suprême.

Jon Hreggvidsson ôta son bonnet de laine et l'on vit ses cheveux blancs. Il se tenait humble et courbé devant ses juges, sans oser les regarder, il dit qu'il était un vieil homme, ayant mauvaise vue et mauvaise ouïe, ravagé par la goutte, le peu d'entendement qu'il avait eu dans sa jeunesse, complètement avachi. Demanda, en raison de son incapacité de se défendre, que l'on désigne quelqu'un pour présenter sa cause. Cette prière ne fut pas prise en considération. On fit toutefois consigner la réponse de l'homme, puis on passa en hâte à l'affaire suivante étant donné que c'était le dernier jour du thing et qu'il s'agissait de dépêcher autant d'affaires que possible avant que les juges ne s'enivrent trop, chose qui se produisait régulièrement chaque jour lorsque l'on arrivait vers l'après-midi. Jon Hreggvidsson estima que l'on n'en ferait pas davantage sur cette affaire à ce thing-là, il prit sa monture et s'en alla vers le nord, le long du Leggjabrjot, jusque chez lui. Quand, de nouveau, on trouva le temps de revenir à son affaire, il avait disparu. Le procès fut alors repris pour jugement, lui absent, sans attaque ni défense, et les conclusions furent que, étant donné que ce Jon était bien connu pour sa conduite déplaisante, perverse et malhonnête car, accusé de meurtre, il n'avait pas tenu compte des deux lettres de sauf-conduit de Sa Royale *Maiestatis,* non plus en outre que de la lettre de congé de la *militie* du Roi; que, de même, il avait négligé de produire l'ancienne assignation devant la Cour Suprême, récalcitrant finalement à s'en procurer une nouvelle comme il lui avait été imposé de le faire par verdict du commissaire; qu'il s'était échappé d'ici, du thing, s'opposant à rester, comme il était de son devoir, pour répondre de son affaire; ledit Jon Hreggvidsson devait en bonne justice être saisi, incarcéré et gardé à vue chez le chef de district du Thverarthing et, cet été même, dès que possible, être envoyé sur un bateau à destination voulue jusqu'à la maison de travaux forcés de Brimarholm pour y travailler dans la forteresse, moitié de ses propriétés devant revenir à Sa Royale. Majesté.

C'était un jour où Jon Hreggvidsson était en braies dans le clos de Rein et fauchait. Deux hommes arrivèrent à cheval et se dirigèrent vers lui parmi l'herbe haute. Le croquant cessa de faucher, se précipita sur eux, faux brandie, en menaçant de les tuer parce qu'ils piétinaient l'herbe, ainsi que son chien hargneux. Les hommes ne se laissèrent pas intimider, disant qu'ils étaient envoyés par le chef du district pour s'emparer de lui. Alors, il ficha sa faux dans les mottes du gazon de telle sorte qu'elle resta droite, alla à eux, joignit les poings et tendit les poignets.

— Je suis prêt, dit-il.

Ils dirent qu'ils ne le mettraient pas aux fers pour le moment.

— Qu'attendez-vous? dit-il, car ils étaient nonchalants selon la coutume du pays et prenaient leurs aises dans le pré.

— Penses-tu partir en braies? dirent-ils.

— C'est mon affaire, dit-il. Quel cheval dois-je monter?

— Tu ne veux pas dire au revoir chez toi? dirent-ils.

— Qu'est-ce que ça peut vous faire? dit-il. En route!

C'était un tout autre homme que celui qui s'était tenu devant ses juges à l'Althing, courbé et tremblant, soupirant profondément et sur le point de pleurer.

Il sauta immédiatement sur le cheval libre qu'ils avaient amené. Le chien mordit ce cheval au jarret.

— On ne va pas faire d'enlèvement, déclara celui qui commandait et il ajouta qu'ils allaient entrer dans la cour pour faire connaître la raison de leur venue aux parents du croquant.

La ferme, là, au pied de la montagne, était prospère, avec sa fenêtre, vivante comme un œil dans l'épais mur de tourbe couvert d'herbe, sa porte basse sous laquelle on ne passait qu'en se courbant, avec, devant, une dalle de seuil. La cheminée fumait. La femme était morte depuis longtemps. L'idiot n'existait plus non plus et les gens pensaient que c'était le croquant, son père, qui l'avait tué. Les lépreuses avaient également trépassé si bien que plus personne ne louait Dieu à la ferme. Mais le croquant avait eu une autre fille pour remplacer celle qui gisait, morte, quand il était revenu de l'étranger, et ce fut celle-ci qui arriva de la cuisine et se tint sur la dalle de seuil, presque en âge d'être mariée, le visage marqué d'acné et de traces de suie, les sourcils noirs ainsi que les cils et un air de son père dans l'œil noir, pieds nus et en courte jupe de vadmel, des genoux épais, des habits adornés de cendre, de brins de fumier et de brindilles de bruyère.

Les hommes dirent :

— On nous a donné l'ordre de nous emparer de ton père et de le conduire à un bateau à Olafsvik.

Une certaine inquiétude avait saisi le chien, il hérissa le poil et pissa sur le chemin en jappant.

— Il aurait mieux valu qu'on vous tue, dit la gamine. Vous ne voyez pas ce vieil homme avec ses cheveux blancs!

— Tais-toi, gamine, dit Jon Hreggvidsson.

— Papa, dit-elle, tu ne veux pas mettre ton pantalon?

— Non, dit-il. Mais apporte une corde.

Elle savait à quel endroit il cachait un peu de corde et revint petit moment après avec un joli bout de cette glorieuse marchandise; les hommes du chef de district regardèrent, pleins d'admiration. Sa fille apportait également son manteau, qui lui arrivait à mi-cuisse, et il se résigna à le mettre, là, sur le dos du cheval, sur quoi il s'enroula plusieurs tours de corde autour de la taille, en gestes rapides. Sa fille le regardait. Il fit un nœud à la corde et se trouva ceint.

— Papa, que faut-il que je fasse quand tu seras parti? demanda la gamine.

— Enferme le chien, dit-il d'un ton rogue.

Elle appela le chien, mais celui-ci sentit qu'on voulait le tromper et il ne fit que la moitié du chemin, la queue basse. Elle se radoucit et voulut aller vers lui pour le prendre, mais il décampa vers le clos, la queue entre les pattes.

— Si tu ne t'arrêtes pas, Kol, je te tue, dit la gamine.

Le chien se coucha et se mit à trembler. Elle alla vers lui, le prit par la peau de la nuque et le porta, hurlant, jusqu'à une remise dans la cour, le jeta dedans et referma. Quand elle eut fini cette besogne, les hommes avaient quitté la cour.

— Au revoir papa, lui cria-t-elle, mais il n'entendit pas, ils étaient arrivés au petit trot sur le sentier, son père chevauchait en tête, jambes pendantes. Les ouvriers qui se trouvaient dans le clos arrêtèrent de travailler et regardèrent en silence les gens qui s'en allaient avec leur patron.

Ils passèrent la nuit à Andakil, chez le chef de commune et gardèrent le prisonnier dans une resserre à provisions. Le soir, ils voulurent bavarder avec lui, mais il dit qu'il se faisait vieux et que les gens le fatiguaient. Déclara regretter que tout le monde n'ait pas crevé de la petite vérole. Ils demandèrent s'il ne connaissait pas quelques rimes.

— Pas pour amuser les autres, dit-il.

Le lendemain de bonne heure, ils poursuivirent leur route. Ils chevauchèrent avec le croquant vers l'ouest à travers les Myrar, traversant le Snaefellsness et la lande de Froda vers la côte en direction d'Olafsvik. Ils arrivèrent là tard le soir, il s'était mis à pleuvoir. Un bateau marchand mouillait dans le port. Ils descendirent de cheval devant le baraquement, parlèrent aux domestiques du marchand, montrèrent leur lettre et envoyèrent chercher le capitaine. Celui-ci arriva quand il le jugea bon et demanda ce qu'ils voulaient. Ils dirent qu'ils étaient des hommes du chef de district du Thverathing et qu'ils amenaient un criminel destiné aux travaux forcés de Brimarholm, et remirent au capitaine la lettre du chef de district à ce sujet. Le capitaine était un homme tout bleu et massif qui ne savait pas lire et il appela du monde pour qu'on lui traduisît cet écrit. Une fois cette lecture terminée, il demanda :

— Où sont les actes du tribunal ?

Cela, ils ne le savaient pas bien.

Le Danois montra Jon Hreggvidsson et demanda d'une voix rauque et fâchée :

— Qu'a fait cet homme ?

— Il a tué le bourreau royal, dirent-ils.

— Ce vieillard ! dit le Danois. Où cela est-il dit ?

Ils dirent qu'ils pensaient que c'était dit dans la lettre, mais de quelque façon qu'on lise, il ne s'y trouvait aucune confirmation de quoi que ce fût de ce genre-là. Le Danois déclara qu'aucun chef de district en Islande ne pourrait l'amener à offrir aux gens un voyage d'agrément sur son bateau.

— Qu'est-ce que c'est qu'un voyage d'agrément? dirent les hommes.

Le capitaine expliqua qu'il appelait voyage d'agrément le fait de transporter un Islandais sur son bateau jusqu'à Copenhague sans qu'il fût prouvé que l'homme était un voleur ou un assassin. Si, dit-il, la personne est pourvue d'actes du tribunal avec sceaux pendants de ceux de Bessested et une assurance de la Trésorerie, alors, c'est autre chose. Et pour l'homme qu'ils avaient traîné jusqu'ici, il n'y avait pas un mot qui signifiât qu'il eût volé un agneau, encore bien moins, assassiné un homme.

Pas moyen d'ébranler le capitaine. Il accepta de prendre l'homme à la seule condition qu'ils aillent d'abord à Bessastadir chercher des documents valables. Sur ce, il s'en alla.

D'Olafsvik à Bessastadir, il y a trois bons jours de voyage dans un sens comme dans l'autre, si bien que les gardiens du prisonnier prirent le parti de s'adresser à l'autorité du district où ils se trouvaient alors, le Snaefellsness pour le cas où ils eussent réussi à obtenir de ce chef la preuve que l'homme qu'ils transportaient avait bien été condamné à l'Althing. Ils cherchèrent où passer la nuit à Olafsvik, mais la détresse régnait dans le Snaefellsness et l'hospitalité était au plus bas dans les rares endroits où il restait du poisson dans les sècheries et du beurre dans les garde-manger, beaucoup de demeures restaient désertes après la petite vérole, les gens morts et enterrés.

Il n'y avait que la Compagnie qui possédât, dans le Snaefellsness une maison de bois et non de terre. Celle-ci, qui avait en outre des contrevents aux fenêtres, était continuellement vide en dehors des quelques semaines d'été où l'on faisait du commerce. Les gardiens de Jon Hreggvidsson envoyèrent un messager au marchand pour demander s'il serait possible d'héberger un prisonnier et deux hommes. Le marchand répondit que les Danois n'étaient pas tenus d'héberger d'autres Islandais que ceux qui, preuves à l'appui, étaient des criminels; tel n'était pas le cas pour celui-là; ils devaient être fous ou voleurs; ils n'avaient qu'à prendre soin d'eux-mêmes. Ils demandèrent s'ils pouvaient fourrer le prisonnier dans un abri ou en entrepôt, car il pleuvait. Le marchand dit que les Islandais avaient coutume de faire leurs besoins, par-devant comme par-derrière, où qu'ils se trouvassent, sans compter qu'ils laissaient des poux derrière eux, et qu'il n'était pas convenable de laisser une telle nation dans une remise danoise. Là-dessus, le marchand partit, mais un magasinier danois complaisant donna aux Islandais du tabac à priser à grignoter, bien qu'ils n'eussent rien à manger. Il était tard. Peu après, le capitaine monta à bord, chez lui, pour dormir. La maison du marchand était fermée. Les gardiens discutaient entre eux sur le gravier, devant le baraquement et le prisonnier se tenait à quelque distance, vêtu de sa corde, son bonnet de laine tricotée trempé de pluie sur ses cheveux blancs. Devant le baraquement, il y avait, fichée dans le sol et portant un puissant crampon de fer, une pierre pour attacher les chevaux. En fin de compte, les gardiens se tournèrent vers leur prisonnier, lui dirent de s'en aller jusqu'à cette pierre en disant :

— Nous allons t'attacher ici.

Puis ils enlevèrent au vieux sa corde, lui en ligotèrent les pieds et les mains et attachèrent ce qui restait de corde au crampon de fer. Ensuite, ils s'en allèrent. Quand ils furent partis, le croquant se déplaça du côté de la pierre qui était sous le vent, et s'allongea sur elle mais sans essayer de se détacher quoique la chose eût été facile à faire, ses liens étant plus symboliques que réels. Il n'était plus aussi ardent à s'enfuir que vingt ans plus tôt et ne couchait plus non plus, en rêve, la nuit, avec des géantes. Le sommeil fondit alors sur l'homme fatigué, là où il était, pendu à la pierre à chevaux devant la maison des Danois, de nuit. Alors qu'il dormait là contre la pierre, sous la pluie nocturne, un messager doux et chaud vint lui rendre visite, tout comme il est dit dans les livres que des anges viennent aux enchaînés à travers les murs, il lui souffle dans la barbe et lui lèche les yeux. C'était son chien.

— Ah! te voilà, démon, dit l'homme. Et le chien tout

trempé continuait à le piétiner en agitant la queue, à lui lécher le visage en hurlant, et l'homme était attaché et ne pouvait le repousser.

— Tu as mangé du poulain, espèce de démon, dit Jon Hreggvidsson — et on ne peut rien dire de pire à un chien; mais l'animal n'en était que plus content. Finalement, il se mit à courir en rond autour de la pierre à laquelle l'homme était attaché.

Au matin, l'homme dormait à côté de la pierre et le chien, à côté de l'homme. Les autres hommes et les autres chiens se mettaient en mouvement : des Danois seigneuriaux se tenaient sur les marches du baraquement, gonflés de nourriture et satisfaits après le schnaps matinal et le petit déjeuner, tandis que les lamentables indigènes traînaillaient à quelque distance de là, contrefaits, dans des tricots haillonneux aux épaules tombantes, le dos bossu. Ils regardaient avec indifférence l'homme et le chien; l'un connaissait le ligoté et sa famille, un autre ne put s'empêcher de mettre la conversation sur la corde dont il était attaché, tous deux parlant d'un ton de fausset criard sans rapport avec une voix humaine. Les Danois, aux portes du baraquement, avaient des remarques toutes prêtes à faire et faisaient de gros rires.

On ne voyait nulle part les gardiens et l'on ignorait tout de leurs faits et gestes. Peu après, les Danois s'en allèrent à leurs occupations, mais les Islandais restèrent à contempler stupidement l'homme et le chien. Il ne leur vint pas à l'idée de s'approcher et de détacher le ligoté, pas plus qu'il ne viendrait à l'idée de s'en aller détacher le loup Fenrir [1] ou de se colleter à quelque autre tâche qu'il sied aux dieux d'accomplir. En revanche, un garçon de magasin danois voulait détacher l'homme pour jouer un tour aux autorités et le voir détaler, mais quand il s'approcha, le chien devint furieux et se mit en devoir de défendre son maître ainsi que les liens dont il était attaché. Or on continuait de monter à bord la morue

---

1. Le loup Fenrir est le monstre symbole du Mal dans la mythologie nordique. Les dieux l'ont enchaîné mais il se libérera au Ragnarök.

que les patrons de pêche avaient déposée et les gens ne se soucièrent pas davantage de l'assassin qui était attaché à la pierre, hormis une pauvre femme qui s'en vint jusque-là et lui porta à la bouche une écuelle de lait, donnant au chien, par miséricorde divine, un morceau de peau de morue.

Et ce jour-là passa.

C'était tard le soir, on avait fini de charger, le bateau était prêt à appareiller. Les gardiens étaient venus et avaient détaché le croquant. Ils attendaient toujours, traînant près du mur du marchand d'Olafsvik dans l'espoir qu'un message arriverait de quelque responsable royal et qui aurait l'approbation du capitaine, car ils avaient envoyé la veille un messager rapide au chef du district du Snaefellsness pour obtenir un document attestant que Jon Hreggvidsson était un criminel avéré.

Vers minuit, le chien du prisonnier se mit à aboyer; peu après, on put entendre le bruit des sabots d'une troupe de cavaliers. Les gardiens se redressèrent, espérant que c'était le chef de district qui était arrivé. Mais c'était une noble dame qui pénétrait là, avec force chevaux écumants, sur le terre-plein de gravier, tout de noir vêtue et le chapeau tiré sur le visage. Elle sauta sans aide de selle, rassembla d'une main sa jupe d'amazone qui lui allait jusqu'au pied, afin de ne pas marcher sur l'ourlet, traversa en hâte le terre-plein d'un pas léger et disparut dans la maison du marchand, chez les Danois, sans avoir frappé à la porte. Ses valets essayèrent de maintenir les chevaux pour les faire paître tandis que la dame faisait halte.

L'étrangère ne resta dans la maison qu'un court moment. Quand elle sortit, elle avait repoussé son chapeau et la brise nocturne soufflait dans ses cheveux. Le boutiquier et le capitaine l'accompagnèrent jusqu'à la porte et s'inclinèrent devant elle, elle sourit de telle sorte que ses dents firent une lueur dans l'obscurité de la nuit. Ses valets lui amenèrent son cheval et le maintinrent tandis qu'elle montait en selle, à quelques toises de l'endroit où Jon Hreggvidsson était assis sur la pierre.

Alors, le prisonnier ouvrit la bouche :

— Mademoiselle est plus altière en selle cette nuit que

lorsque Jon Hreggvidsson lui lança une speciedale dans le giron l'autre fois, dit-il.

Elle répondit aussitôt, de sa selle :

— Celui à qui tu fais l'aumône est ton ennemi.

— Pourquoi n'ai-je pas pu me faire décapiter il y a vingt ans, quand ma tête était encore noire et que mon cou était assez puissant pour convenir à la hache de ton père et du roi, dit-il.

Elle dit :

— Tu rends service à un mendiant par miséricorde, mais dès que tu lui as tourné le dos, ton droit d'aînesse est vendu. Voilà l'erreur que j'ai faite. Je t'ai fait l'aumône de ta tête : et la tête de mon père, la tête de ce pays a dû tomber sans honneur. Maintenant, on se regimbe, tout faible que l'on soit.

— Je suis un vieil homme, dit-il.

— Ce n'est pas toi qui prendras le dessus sur mes pères, ici, dans ce pays, dit-elle.

— Je ne demande pas grâce, dit-il alors en se levant soudain de la pierre, son bonnet de laine tricotée sur ses cheveux blancs et sa corde autour de la taille. J'ai un ami, comme le sait ma Demoiselle, sa femme-elfe.

— Sa putain, rectifia-t-elle en riant, puis elle partit.

Quand elle fut partie, le capitaine appela les gardiens et leur dit d'attacher le prisonnier et de le monter à bord.

434

Quand ils arrivèrent à Copenhague, en août, le capitaine envoya un message aux autorités de la ville pour dire qu'il avait à bord un coquin d'Islande. On dépêcha aussitôt des gardes de la forteresse, en armes, pour prendre livraison de l'homme ainsi que des lettres qui l'accompagnaient et pour le conduire à l'endroit du Danemark que connaissaient le mieux les Islandais. Cette forteresse de Brimarholm se trouvait, comme son nom l'indique [1] sur un îlot près de la ville, avec d'épaisses murailles montant droit de la mer et de profonds caveaux pleins d'eau et, en haut des tours, des canons pour tirer sur les Suédois. Le lieu de séjour réservé aux criminels dans cette forteresse était conçu exclusivement pour des hommes, ils y couchaient, la nuit, dans de vastes salles communes et, le jour, travaillaient comme des esclaves dans un cachot. S'ils avaient peur et faisaient preuve d'une bonne conduite, ils jouissaient de la confiance de leurs tortionnaires et pouvaient dormir sans liens la nuit, mais s'ils faisaient les intrépides et ripostaient, leurs gardiens les enchaînaient aussitôt, les rouaient de coups de pied et les attachaient au mur, chacun près de sa couche.

Il n'avait pas fallu longtemps pour que les Islandais qui se trouvaient en ce lieu aient eu vent d'une rumeur émanant de la Chancellerie, selon laquelle il y avait quelque chose qui n'allait pas dans le jugement de l'Öxara qui avait amené le croquant de Rein à Brimarholm et qu'il y avait vices de forme dans le procès entrepris là-bas contre ce croquant maintes fois décrit. Lorsque celui qui daigna s'en donner la peine voulut bien jeter un regard sur ces documents, il découvrit qu'ils consistaient uniquement en une copie faite en hâte et non revêtue d'un sceau, du jugement passé au hasard sur le croquant au printemps à l'Althing après un procès hâtif sans attaque ni défense. Ce document disait que, comme le croquant était bien connu pour sa

---

1. Brimarholm comporte le mot holm : îlot.

fâcheuse conduite envers autrui, et que, d'autre part, quand il avait été accusé de meurtre, il s'était enfui du thing sans répondre de sa cause, il devait être envoyé à Brimarholm. C'était tout.

La règle était que l'unique ouverture par laquelle on échappait de la forteresse de Brimarholm fût fermée à son autre extrémité : c'était la tombe. Rares étaient ceux qui, à la longue, supportaient les épreuves qui leur étaient imposées en ce lieu pour l'amour de la justice. Quelques prisonniers islandais qui se trouvaient là pour délits de gravités diverses pensèrent que ce n'était pas trop tôt que Jon Hreggvidsson se joignît à eux une bonne fois pour toutes; ils tenaient pour invraisemblable que ce vieux scélérat, glissant comme une anguille et discrédité par tant de méfaits sortît de là, maintenant qu'on avait enfin réussi à l'y amener. Aussi n'est-ce pas merveille que ses compagnons de geôle aient fait de grands yeux quand le chef geôlier pénétra dans l'établissement de travaux forcés pour appeler Regvidsen, ce bandit qui avait décapité pour ainsi dire la main droite de Notre Très Clément Seigneur et Grâce : le bourreau, et lui ordonna de sortir avec lui.

On ne ramena pas Jon Hreggvidsson à terre du côté de Dyben, on lui fit passer le canal de Holm par le bac de la forteresse. Les Danois lui avaient fait passer des pantalons en guenilles sur les braies qu'il portait quand on s'était emparé de lui en Islande, mais on lui enleva sa corde. Il était en train de faire une scène au passeur pour récupérer sa corde quand on le fit passer à terre, jurant et sacrant, du côté du canal où se trouvait la ville. Se tenait là un individu dégingandé en redingote rapiécée, voûté et tremblant. Il alla au-devant du croquant, incarnant le sérieux même, l'esprit un peu distrait peut-être, et lui tendit une main bleue aux doigts de crocheteur.

— Bonjour Jon, dit en islandais cet homme à la redingote.

Jon Hreggvidsson le regarda en grimaçant et se gratta la tête :

— Qui donc es-tu?

— Je suis *studiosus antiquitatum* et je m'appelle Johannes Grindvicensis, Jon Gudmundsson, originaire de Grindavik.

— Mais oui, j'aurais bien dû te reconnaître, toi qui vins à la porte d'une maison célèbre ouvrir à un soldat du roi. Bonjour et paix à toi, mon cher Jon.

Le docte homme de Grindavik renifla plusieurs fois et se frotta un peu le nez.

— Mon seigneur et maître veut te faire une grâce, Jon Hreggvidsson, dit-il. C'est sur son ordre que je suis ici depuis ce matin quand la cloche de l'église Saint-Nicolas jouait l'angélus. Et bientôt ce sera l'heure du chant du Saint Esprit. Tu dois bien comprendre que j'aie faim et soif.

— On m'a enlevé à mon manche de faux tel que j'étais, en braies, et je n'ai pas une pièce de deux skildings pour payer de la bière, dit Jon Hreggvidsson. Et les Danois m'ont même volé ma corde.

— Bon, bon, dit le docte homme en écartant le sujet. Au nom de Jésus, donc, la gorge sèche, quoi de neuf en Islande?

— Bon, ça ne va pas trop mal, dit Jon Hreggvidsson. On a eu un temps un peu orageux pendant la saison de pêche l'an dernier. Mais l'herbe a bien poussé cet été.

— Bon, dit le docte. Qui ajouta après réflexion : J'apprends que tu es toujours le même criminel.

— Sûrement pas, dit Jon Hreggvidsson.

— Quoi? demanda le Grindviking.

— Je pense que je suis un saint, dit Jon Hreggvidsson. Le docte Grindviking n'entendait pas la plaisanterie.

— C'est bien laid d'être criminel, dit-il avec componction.

— En réalité, je suis seulement voleur, dit Jon Hreggvidsson.

— On ne doit pas, dit l'homme de Grindavik.

— J'ai volé un bout de corde à quelqu'un, il y a une bonne vingtaine d'années, dit Jon Hreggvidsson.

— Il ne faut pas faire ça, dit le Grindviking.

Alors Jon Hreggvidsson dit :

— Quand s'est-il trouvé un vrai saint qui n'ait pas commencé par être voleur?

Le docte renifla et mit du temps à retrouver son souffle, puis s'arrêta pour se gratter le mollet gauche avec le cou-de-pied droit.

— Comme j'ai dit : bon! dit-il finalement sur un ton d'instituteur. Mais qu'est-ce que je voulais dire et ne pas taire : n'est-il rien arrivé en Islande? rien passé?

— Pas que je me rappelle, dit Jon Hreggvidsson. Rien de particulier du moins; pas ces années-ci.

— Rien remarqué? demanda le docte de Grindavik.

— Non, il y a longtemps qu'on n'a rien remarqué en Islande, dit Jon Hreggvidsson. Pas la moindre chose. A moins qu'il faille tenir pour une nouveauté cette raie hurlante qui a été pêchée dans le Skagafjord il y a deux ans.

— Mais j'appelle cela plus qu'une petite nouvelle, dit le docte. Qu'est-ce que tu dis, elle hurlait?

— Alors, peut-être que tu n'as pas même entendu dire, camarade, qu'il y a trois ans, on a vu des gens en l'air en Islande, dit Jon Hreggvidsson.

— On a vu des gens en l'air, dit le docte, mais un peu plus gravement. Bon. Et quand il eut fait ses tours de force plusieurs fois, entre autres, se frotter fortement le nez, il parla net, disant : Puis-je signaler à mon compatriote qu'étant donné que tu es un homme du commun qui t'adresses à un homme instruit (quoique je sois, comme dit le frère Berg Sokkason [2], le plus petit des diacres dans la chrétienté de Dieu) il ne convient pas que tu me traites sur un pied d'égalité et me tutoies comme un chien, ou m'appelles camarade. Et certes, je ne parle pas pour mon propre compte car je sais que mon seigneur et maître ne tolérerait jamais que le tout venant se conduise de la sorte vis-à-vis de la docte confrérie. Lorsqu'il m'envoya chez moi en Islande l'autre année pour copier la saga d'apôtre du XIIᵉ siècle qui se trouve à Skard et dont les gens de Skard ne voulaient pas se dessaisir pour de l'or, j'étais muni d'une lettre de lui spécifiant que l'on ne devait pas m'adresser la parole là-bas sous un titre plus bas que *Monsieur*.

Jon Hreggvidsson répondit :

— Je ne suis rien d'autre qu'un ignare métayer qui n'a jamais connu d'homme véritable en dehors de mon proprié-

2. Le moine Berg Sokkason est l'un des plus célèbres écrivains de l'Islande du Moyen Age. Il vécut au XIVᵉ siècle.

taire, Jésus-Christ, car je ne saurais appeler homme le chien pelé qui m'a suivi à la trace vers l'ouest jusqu'à la pierre à chevaux du marchand d'Olafsvik où je suis resté attaché à un crampon de fer. Et si Votre Très Savante Éminence veut tant soit peu faire fond sur moi, je promets de me conduire désormais en conformité avec votre savoir, dans la mesure où mon incurable sottise n'y fera point obstacle.

Le Grindviking dit :

— Toi et tes semblables avez beau être zélateurs de Moria [3], mon maître ne veut pas te faire expier cela, car il s'est toujours senti l'obligé de ta mère qui à l'aveuglette cacha ce que d'autres eussent laissé se perdre. Voilà pourquoi, avec de considérables difficultés et de grandes disputes avec l'autorité, il t'a tiré de la forteresse dont nul ne sort vivant et t'invite chez lui. Il reste à voir maintenant de quelle trempe tu es. Toutefois, je veux dès le début te mettre en garde sur une chose, car le salut de ton corps et de ton âme en dépend : c'est de n'entretenir aucune relation avec Jon Marteinsson tant que tu seras ici dans cette ville.

— Oh! Que dit là Votre Savoir? Est-il donc encore sur terre, ce démon qui but le prix de mes bottes l'autre année lorsque j'étais sous les drapeaux, dit Jon Hreggvidsson.

— Oui, et il est allé jusqu'à voler la *Skalda* elle-même, le livre dont on trouva quatorze feuilles dans le lit de ta défunte mère, à Rein, dans l'Akranes.

— Il faut espérer qu'il lui est arrivé de voler des choses de plus de valeur, cette vermine, dit Jon Hreggvidsson. Ma mère ne pouvait même pas utiliser ces lambeaux de peau pour rapiécer mon sarrau.

— Mon maître a fait offrir à Jon Marteinsson le poids en or de ce livre, s'il voulait rendre ce qu'il avait volé; il s'est offert à lui trouver un grand domaine et une charge en Islande. Il a dépêché des espions pendant des jours et des jours pour surveiller le voleur quand il était ivre, au cas où l'on eût réussi à lui tirer quelque chose au sujet de ce livre. Mais tout a été vain.

— Hum! dit Jon Hreggvidsson. Cela me fait penser que

3. Moria est la déesse de la sottise, dans le panthéon grec.

je pourrais peut-être, avec l'aide de Dieu, me tirer d'affaire comme voleur, ici, à Copenhague.

Le docte Grindviking happa l'air à plusieurs reprises comme un poisson, mais les mots lui manquèrent.

— Je veux dire, dit Jon Hreggvidsson, puisqu'on offre à ces gens-là de l'or, une charge et une ferme et qu'on leur donne de l'eau-de-vie par-dessus le marché.

— Qui a fait un pacte avec Satan peut assurément passer pour un voleur heureux jusqu'à ce que vienne le jour où l'humanité se réveillera au son des trompettes, dit le docte. Du reste, comment se fait-il que nul ne puisse surprendre Jon Marteinsson nu dans son lit? Est-ce parce que cet homme porte des braies de cadavre?

— Oui, oui, le pauvre type. Ce n'est pas à moi de dire du mal de lui bien qu'il ait bu le prix de mes bottes, car ce que je sais, c'est qu'il a contribué à me faire sortir de la Tour Bleue l'autre année. Et on a appris en Islande qu'il avait réussi à faire acquitter le pauvre Magnus de Braedratunga, lui qui avait Dieu et les hommes contre lui.

— Et moi, je dis qu'il a noyé cet homme dans le canal le soir même du jour où il l'avait fait acquitter, dit le Grindviking. L'homme que Jon Marteinsson sauve, il est perdu.

— Tout de même, je me rappelle bien que Votre Savoir aimait bien descendre au cabaret avec notre homonyme, dit Jon Hreggvidsson.

— Bon, bon, dit le docte de Grindavik en faisant tous ses exercices à la file : renifler, happer l'air, se frotter le nez de part et d'autre, s'arrêter pour se gratter le cou-de-pied gauche avec le mollet droit, et inversement.

— J'ai l'intention d'entrer dans l'église Saint-Nicolas, dit-il ensuite, pour y faire ma prière. Reste dehors pendant ce temps et essaie d'avoir quelques bonnes pensées.

Un court moment après, le docte ressortit de l'église et remit son chapeau sur les marches de l'escalier.

— Tu disais que l'on a vu des hommes en l'air en Islande? demanda-t-il.

— Oui, et même des oiseaux, dit Jon Hreggvidsson.

— Des oiseaux? En l'air? reprit le docte. Voilà qui est extraordinaire — *sine dubio* avec des serres de fer. Il faut que je note cela dans mes *memoranda*. Mais quand tu dis que je suis allé au cabaret avec Jon Marteinsson, cela n'est ni *dignum neque justum,* ni équitable ni juste qu'un homme du commun venu de Brimarholm parle ainsi au *scribam et famulum* de mon seigneur. Et je peux te dire que mon seigneur est un seigneur et maître du genre qui toujours et constamment pardonne à son serviteur sa faiblesse, sachant, comme c'est le cas, que j'ai peu d'argent mais que Jon Marteinsson porte des braies du diable.

Sur les contrées basses et vertes que séparent les eaux courantes des Terres du Sud pèse une étrange lourdeur. L'œil se couvre d'une taie qui l'empêche de voir le soleil, la voix est sans timbre comme celle de l'oiseau qui pépie en vol, les gestes sont mous et ébauchés seulement, les enfants ne doivent pas rire, il ne faut pas attirer l'attention sur soi, pas irriter les puissances, uniquement se couler et parler à voix basse : peut-être les dieux n'ont-ils pas assez frappé encore, peut-être se cache-t-il quelque part encore un péché non expié, peut-être rampe-t-il encore quelque part un ver qu'il faudrait écraser sous le talon.

Le centre de la fortune locale, la tête et l'honneur de la vie nationale, l'évêché de Skalholt menaçait ruine. Il se pouvait que les gens des terres du Sud fussent plus ou moins satisfaits de leur évêché en raison de la personne qui l'occupait à tour de rôle, mais, en tout état de cause, c'était à ce lieu qu'était attachée la charge que rien n'abaissait quand bien même le roi eût été exhaussé; là que se trouvaient l'école, le foyer du clergé et de son savoir; là qu'étaient payés les loyers des terres de l'évêché; là qu'étaient distribuées les aumônes aux gens de passage à supposer qu'ils obtinssent qu'on leur fît passer les cours d'eau. Et même quand une femme d'évêque faisait abattre un pont naturel au-dessus de la Hvita, les pauvres et les voyageurs mouraient sur la rive orientale dans la certitude que la lumière de la chrétienté se trouvait tout de même à l'ouest de la rivière.

Mais tel était le péché de la nation que même ce lieu n'avait pas été épargné. Dans leur courroux, les dieux avaient frappé aussi l'évêché. Que de petites gens dussent tomber sous la faux répressive, cela ne passait pas l'entendement ordinaire. Mais que les pasteurs et les très doctes personnages de l'école à la fois eussent promptement décédé, ainsi que les écoliers prometteurs et les vertueuses vierges, puis le père lui-même des chrétiens, l'évêque, et finalement l'honneur au suave parfum de notre pays, la femme de l'évêque, elle qui alliait en une seule personne toutes les plus éminentes familles du pays, appelée à expirer dans la fleur de son âge, voilà qui donnait à voir que la rose n'était pas prisée plus haut que l'herbe dans cette tourmente. Et tous les efforts qu'avait déployés le clergé pour prêcher sur le péché de l'homme et le courroux de Dieu s'étaient réalisés.

Lors d'une réunion des pasteurs survivants du diocèse, l'archiprêtre Sigurd Sveinsson fut chargé d'assumer les fonctions d'évêque jusqu'à plus informé. Il transporta ses livres et autres affaires du réduit glacé, au bout de la salle des domestiques, jusqu'à la demeure de l'évêque. Le laid crucifix de bois trône maintenant dans la salle verte, le Grand Salon.

En automne, les journées furent claires et il y eut de la gelée blanche pendant les nuits. Un jour, des chevaux s'arrêtèrent en s'ébrouant sur le terre-plein devant la demeure de l'évêque; dès que l'on fut descendu de selle, ils mordirent impatiemment leurs mors, bride lâche, la tête entre les pattes. On ne frappa pas aux portes. C'est qu'était arrivé là un hôte qui ne frappait pas aux portes des gens. La porte extérieure fut ouverte à la volée, comme par un coup de vent soudain; des pas légers dans le vestibule; et le Salon vert s'ouvrit tout grand.

— Bonjour!

Elle se tenait à la porte, mince et droite, en manteau d'amazone brun noir couvert de crins de cheval, un peu boueux à l'ourlet, le fouet à la main. Assurément, le visage de la femme mûre avait perdu son teint de fleur et ses dents étaient trop saillantes pour que l'on pût dire sa bouche belle. Mais sa stature avait pris l'autorité qui vient quand cesse le caractéristique et que le général prévaut. Et, une fois de plus, il régnait une clarté différente là où brillaient ses yeux.

L'*electus* leva les yeux de ses livres et la regarda. Puis il alla au-devant d'elle et la salua gravement :

— Quel *bonis auguris...?* dit-il.

Elle déclara qu'elle était allée à Hjalmholt il y avait une semaine, sur l'invitation du chef de district, le vieux Vigfus

Thorarinsson, mais qu'elle était maintenant sur le chemin du retour vers l'ouest, vers sa demeure dans le Breidafjord. Et puisque son chemin passait par là, elle trouvait plus séant de venir saluer son ancien ami et... prétendant.

— De plus, ajouta-t-elle, j'ai une petite commission pour vous, Séra Sigurd.

Il affirma qu'il ne connaîtrait pas de jour plus heureux que celui où elle consentirait à jouir de ses services, s'enquit de son état de santé de corps et d'âme, s'associa à son chagrin de veuve, rappelant les nouvelles qui étaient parvenues simultanément ici en Islande l'été dernier quand son camarade d'école et bon ami Magnus, cet homme malchanceux, avait été rappelé de ce monde, à Copenhague, après toutefois avoir gagné son procès.

Elle sourit.

— Dans ce procès, il y a assurément quelqu'un qui a perdu, dit-elle. Mais les temps sont tels à présent qu'il ne vaut pas la peine de parler de broutilles. Et je n'ai pas daigné non plus me procurer des hommes qui prêtent serment ni me plier à un serment de dénégation pour me laver de l'accusation dont je suis réputée coupable par la Cour Suprême. Et vous, Séra Sigurd, considérez que ma honte ne mérite même pas que vous me demandiez raison, selon les lois de l'Église, pour me faire noyer dans l'Öxara.

— Les fautes dont on se repent n'existent plus, dit le *vicarius* épiscopal. Pour celles-là, toutes les punitions humaines sont vanité, car le Seigneur les a effacées de son livre.

— Laissons là ces bavardages, dit-elle. D'un autre côté, cette morsure de chien m'aura valu au moins une satisfaction : Braedratunga, à l'est de la rivière, a été retirée au roi par jugement, avec les vaches et les veaux qui l'accompagnent; le vieux Vigfus vient de me remettre une lettre légale pour que je puisse récupérer le tout.

— La défaite des forces qui, raisonnablement, font le jeu du Seigneur n'est qu'illusion passagère, dit le *vicarius* épiscopal. Tout cela a sans aucun doute été remis sur une voie qui correspond mieux qu'avant aux volontés de Dieu. Il se pourrait aussi maintenant que la mesure que le Seigneur destinait à ce pauvre pays soit comble et secouée.

— Sans aucun doute, dit-elle, puisque je suis la seule, dégénérée que je suis, à survivre à ma parentèle.

— Un scalde errant avait caché une petite vierge dans sa harpe, dit le *vicarius* épiscopal. La noble famille de celle-ci avait été anéantie. Quand la vierge pleura, le scalde joua de sa harpe. Il savait que c'était à elle que revenait de maintenir l'honneur de sa famille.

— J'espère seulement que ce n'est pas une vieille veuve couturée de marques de petite vérole, en outre coupable d'adultère, que vous portez dans votre harpe latine, cher Séra Sigurd, dit-elle.

— Le vrai scalde aime la rose des roses, la vierge des vierges, dit le *vicarius* épiscopal; elle que mon maître Luther ne put voir ni en état de veille ni en rêve ni en apparition, c'est elle qu'aime le scalde et elle seule, l'éternelle *rosam rosarum et virginem virginum* qui est la *virgo ante partum, in partu, post partum*. Et que Dieu m'aide au nom de Jésus.

La visiteuse dit :

— Il y a longtemps que je sais que nulle science n'est plus indécente que la théologie si on l'enseigne correctement : vierge avant qu'elle enfante, vierge au moment qu'elle enfante, vierge après qu'elle a enfanté. Je rougis, moi, vieille veuve. Au nom de Jésus, aidez-moi de nouveau à redescendre sur terre, mon cher Séra Sigurd.

Il s'était mis à déambuler dans la pièce, les mains jointes, les yeux noirs et brûlants.

Ce fut elle qui, de nouveau, prit la parole :

— Vous êtes venu me trouver une fois par-delà les rivières, Séra Sigurd. Depuis, trois bonnes années se sont écoulées. Vous m'aviez dit quelques mots auxquels je n'avais pas prêté attention alors. Depuis, il s'est passé des choses qui, une fois encore, ont vérifié le vieux dicton selon lequel les pires exagérations sont toujours ce qui passe le plus près de la vérité. Vous estimiez être certain que mon père serait destitué par jugement de son honneur et de ses biens. J'ai ri. Et c'est alors que vous avez prononcé ces mots.

Il demanda quels ils étaient.

— J'offre mes biens et ma vie; mon dernier cent de terre, avez-vous dit.

— Que me voulez-vous? demanda-t-il.

— J'ai besoin d'argent, dit-elle; d'argent comptant; d'argent; d'or.

— Pour quoi faire? demanda-t-il.

— Je pensais que mon ami n'aurait pas besoin de le demander, dit-elle. Et surtout pas l'ami de mon père.

— Une fois ou l'autre, j'ai cru comprendre que vous-même possédiez quelque argent comptant, dit-il.

Elle dit :

— Je possédais un peu d'argent frappé. Quand on apprit ici la mort de Magnus et qu'en outre il avait gagné son procès, il m'arriva de toutes les directions des gens qui réclamaient des dettes. J'ai payé ce que l'on exigeait de moi. Cela a déjà fait pas mal d'argent. Et les créanciers de mon défunt mari n'ont pas fini de se manifester.

— C'est une grande habitude, quand on sait qu'une femme reste sans défense, que d'essayer de la dépouiller, dit le *vicarius* épiscopal. Il aurait fallu examiner ces créances. Vous auriez mieux fait de venir me trouver avant. Pour parler franchement, je doute que vous soyez le vrai répondant pour régler certaines des dettes qu'a contractées le défunt Magnus.

Elle ne voulait pas discuter de ces choses, elle dit avoir à régler des dettes qui rendaient petites les autres. Ainsi, elle en était finalement venue à l'objet de sa visite :

Elle voulait que le procès de son père fût de nouveau repris et qu'une nouvelle enquête fût entreprise sur les prétendues causes sans précédent, les procès des vagabonds et des coquins que son père était accusé d'avoir condamnés trop rigoureusement. Or il se trouvait que si la plupart de ces gens n'étaient pas morts, c'étaient des personnes si insignifiantes que l'on n'avait nulle prise sur eux pour une revision de leur procès, hormis un, l'assassin Jon Hreggvidsson dont l'affaire avait pesé lourd dans le jugement qui avait été rendu sur son père. Elle déclara que des gens connaissant les lois lui avaient dit qu'aucun doute n'avait jamais régné sur sa condamnation, bien que la procédure à son encontre eût été mal conduite, et que si l'on parvenait à laisser la justice suivre son cours sur son compte, on aurait de la sorte une raison valable de reprendre encore une fois le procès du gouverneur Eydalin. Elle représenta alors à l'*electus* qu'elle avait réussi, par de considérables pots-de-vin, à amener le tribunal suprême du pays à interroger l'homme, le printemps passé : bien entendu, il avait réussi à leur glisser entre les mains comme auparavant sans avoir été entendu. Jugement avait tout de même été rendu sur son compte, pour la forme, par lequel il avait été condamné aux travaux forcés de Brimarholm. Mais, comme on pouvait s'y attendre, dit-elle, ce lamentable ramassis d'ivrognes n'avait pas été capable de rédiger un document correctement formulé sur ce verdict rendu, en sorte que, lorsque l'homme avait été amené au bateau, les Danois avaient eu l'impression, d'après la lettre qui le concernait, que cet individu avait l'intention de faire un voyage d'agrément. Après avoir délibéré avec l'autorité du district du Snaefellsne, je suis allée ensuite jusqu'à Olafsvik, de nuit, dit-elle, et là, j'ai dû acheter les Danois pour qu'ils emmènent l'homme.

Puis elle raconta au *vicarius* les nouvelles qu'avait transmises, sur le procès de cet homme, un bateau dernièrement arrivé cet automne. A Copenhague, de puissantes forces agissaient, comme longtemps auparavant, pour innocenter ce vieux criminel pour lequel son père avait fait preuve d'une clémence qu'il avait fallu payer de son honneur et de celui du pays. Jon Hreggvidsson n'avait passé que quelques nuits dans la forteresse de Brimarholm quand ces personnages avaient réussi à le délivrer de là, et les dernières nouvelles étaient que le bonhomme se trouvait dans un enviable bien-être dans une maison renommée de Copenhague. Ce qu'elle avait pu obtenir, à grand-peine, dans le procès, était perdu. De nouveau avaient le dessus ceux qui voulaient voir son père coupable et Jon Hreggvidsson innocent.

Pour faire bref, elle avait l'intention de quitter le pays dès que l'occasion se présenterait et d'aller au Danemark, rendre visite au seigneur qui tenait en fief, de la part du roi, l'Islande et dont je crois qu'il a été notre ami, le prier d'obtenir du roi que le procès du gouverneur Eydalin soit de nouveau repris devant un tribunal recevable. Mais, dit-elle, pour un voyage si coûteux, il me faut de l'argent.

Le *vicarius* épiscopal demeura tête baissée tant qu'elle parla. De temps à autre, il levait les yeux sur la silhouette de son interlocutrice, quoique jamais plus loin qu'à hauteur des genoux. Et sans cesse des frémissements lui passaient autour de la bouche et du nez. Il crispait si rudement les doigts que les jointures de ses mains bleues blanchissaient.

Lorsqu'elle eut exposé son affaire, il se racla la gorge fort gravement, ouvrit les mains pour les renouer. Il jetait les yeux sur son visage avec la rapidité de l'éclair, les yeux brûlants, la face tremblante, comme une bête au moment où elle va pousser un hurlement. Mais quand il prit la parole, ce fut d'une voix calme et posée, avec l'insistante gravité qui ne convient qu'aux arguments extrêmes.

— Pardonnez, dit-il, si l'inaltérable amant de votre salut au saint nom de Notre Seigneur Dieu vous pose une question préalablement à toute autre : avez-vous, une fois ou une autre dans votre vie, donné à Arnas Arnaeus ce que l'on appelle le Troisème Baiser, celui que les auteurs appellent *suavium*.

Elle le regarda avec la résignation de quelqu'un qui a fait un long chemin par les sables désolés et qui aboutit pour finir devant le Fulilaekur lui-même. Elle se mordit les lèvres et se détourna, regarda par la fenêtre ses compagnons qui maintenaient les chevaux sur le terre-plein en l'attendant. Finalement, elle se retourna vers l'intérieur de la pièce et sourit à l'*electus :*

— Je prie Votre Piété de ne pas m'entendre comme si j'avais l'intention de défendre ma chair misérable, dit-elle. Encore quelques jours et quelques nuits — et cette dépouille aura cessé de se mouvoir. Mais, mon très bon Séra Sigurd, puisque vous êtes amant de mon âme, et que l'âme, n'est-ce pas, n'a pas de lèvres, est-ce que cela ne revient pas au même que la dépouille ait été embrassée selon le premier, le second ou le troisième baiser?

— Je vous mets en garde encore une fois, âme bien-aimée : ne répondez pas en sorte que la réponse implique un péché plus grand que celui, fût-il véridique, que vous voulez nier, dit-il.

— On devient immédiatement un petit diable griffu à

converser avec un homme aussi saint que votre piété, Séra Sigurd, dit-elle. Il y a longtemps que je sais que, plus je vous parle, plus de marches je descends sur le chemin qui mène au plus profond des enfers. Et pourtant, je viens à vous.

— Mon amour pour vous est et demeurera le même, dit l'*electus*.

— Je viens à vous parce que nul ne sait posséder un refuge plus sûr auprès de votre Christ transpercé que les plus vils enfants de l'Enfer. Si j'ai jamais parlé irrévérencieusement de votre idole à portée de vos oreilles, ce n'était pas parce que je me méprenais sur sa force. Et je crois et confesse sincèrement que si ce rédempteur vit quelque part dans notre pays, c'est dans votre poitrine.

— Vous avez fait un pacte avec tout ce qui m'est contraire, dit-il en se frottant les mains avec force. Les fleurs de la prairie, vous les avez fait se conjurer contre moi. Et même le soleil quand il brille dans un ciel clair, vous en avez fait l'ennemi de mon âme.

— Pardon, Séra Sigurd, dit-elle. Je croyais que vous étiez l'ami de mon père et que c'était d'un cœur entier que vous aviez prononcé les mots que j'ai cités tout à l'heure. Mais je vois bien maintenant que je me suis trompée. Je ne fais que vous mettre de mauvaise humeur. Je vais m'en aller au plus vite. Et nous oublierons tout.

Il se mit en travers de son chemin et dit :

— Quel moment aurais-je attendu pendant toutes ces années sinon celui où la femme la plus éminente de ce pays viendrait à ce pauvre reclus ?

— La femme la plus misérable de ce pays, dit-elle, vraie image de la méchante femme : ce sexe féminin que combat toute votre théologie. A présent, laissez, voulez-vous, cette abjection poursuivre son voyage, mon bien-aimé Séra Sigurd.

— I...i...ils sont dans un petit baril, dans le mur, chuchota-t-il alors en restant dans le passage devant elle, les mains en l'air, disjointes. De plus, il y en a un peu dans un coffre, au grenier. Voici les clefs. Et deux cents rixdales dans ce nécessaire. Prends ces hosties de Satan, ces *faeces diaboli* qui ont trop longtemps accablé ma conscience, va-t'en, grâce à elles, au sud, dans le monde, trouver ton galant. Mais si quelqu'un se perd, qu'il fasse bien ou mal, c'est bien moi.

Gyldenlöve, parent du roi, baron de Marsilia, maître général des postes en Norvège, régent d'Islande et receveur des impôts, ou, comme il s'intitulait lui-même, *gouverneur von Ijsland* possédait au Danemark maints remarquables domaines avec de splendides châteaux. En été, il se plaisait surtout au château de Fredholm en raison des forêts giboyeuses qui commençaient juste à l'extérieur des fossés. Ce château, il l'avait rebaptisé et l'appelait *Château au Bon Soleil*, ce qui, traduit en danois, signifie château du bon soleil ou Plaisir du Soleil. De la grand-route au pont du château, il y avait presque un mille : la distance entre la grand-route et le pont-levis d'un château dénote la qualité d'un homme. Seuls, d'éminents invités, en voiture, visitent un tel lieu.

Un beau soir de plein été au Danemark, une vieille voiture, guère astiquée et mal graissée, rafistolée çà et là avec de la ficelle, et grinçante monte l'imposante allée qui mène à ce château; encore bon si l'unique cheval ne boite pas.

Près du pont qui enjambait le fossé se tenait un dragon, portant fusil et épée, son coursier à quelque distance de là, près de l'écurie. Il demanda qui allait là. Le postillon lui ouvrit la porte de la voiture : était assise au-dedans une femme pâle, en manteau noir tout simple, si ce n'était qu'il était fermé par une boucle d'argent ancienne à l'encolure, sous un collet blanc. Elle portait une perruque argentée, si aérienne et d'une teinte si fraîche qu'on l'aurait crue achetée de la veille, pour ce voyage peut-être, surmontée d'un chapeau assez simple, à larges bords, comme si l'argent avait manqué pour acquérir un magnifique chapeau à plume après l'achat d'une perruque si précieuse. Cette femme était de stature imposante. Quand le dragon entendit qu'elle parlait avec effort la langue du pays, il lui fit une profonde révérence et déclara bien comprendre l'allemand, la langue des meilleures gens; elle pouvait sans crainte s'exprimer en cet idiome. Puis il marcha, présentant les armes, devant la voiture, passa le pont et souffla dans une trompette sur la place du château. Un vieux serviteur, rouge et respectable, sortit sur la place et aida la visiteuse à descendre. Elle dit :

— Annonce au baron qu'est arrivée la femme qui lui a écrit et qu'elle apporte une lettre du bailli Beyer.

La façade était faite de deux tours d'une hauteur vertigineuse, l'une ronde, l'autre carrée, réunies par un bâtiment intermédiaire de quatre étages percé d'un porche si large que l'on pouvait y passer en voiture. La visiteuse fut introduite par une petite porte dans l'une des tours et monta un long escalier en spirale jusqu'à ce qu'elle fût arrivée dans une salle sombre, en haut. Là, une porte à deux battants s'ouvrit et elle fut invitée à pénétrer dans la salle du régent. C'était à peu près au milieu du château et les fenêtres donnaient sur la cour. Cette salle était voûtée et pavée. Elle était décorée d'une grande collection d'armes ; aux murs pendaient non seulement toutes sortes de fusils, de mousquets et de poires à poudre, mais aussi des piques, des épées et des lances, en faisceaux comme des gerbes de fleurs, et des armures avec leurs heaumes tenaient debout d'elles-mêmes, comme des géants, des écussons étaient pendus au-dessus des portes et des fenêtres, peints de dragons, d'oiseaux de proie et autres redoutables animaux sauvages. Sur les fenêtres qui étaient constituées de centaines de petis carreaux sertis de plomb étaient peints des chevaliers sur des montures à vastes croupes en train de livrer de glorieuses batailles. On pouvait encore voir sur les murs de vastes bois de cerfs, certaines avec une étonnante quantité de cors, les bois étant restés sur le crâne de la bête. Il y avait des bancs massifs le long des murs, ou des coffres à ferrures, avec, devant, une épaisse table de chêne, et, sur les étagères au-dessus des sièges, on voyait des pots de cuivre bien fourbis, de grandes cruches de grès portant des inscriptions en relief : des strophes indécentes ou des citations bibliques en allemand. Sur une table étaient posés deux gros livres : la Bible avec un fermoir de cuivre et un livre de médecine pour les maladies des chevaux, aussi gros sinon davantage ; on avait jeté sur ces livres deux gants et un fouet à chiens.

Quand la femme fut restée un moment à contempler cette

salle, entra un personnage vêtu de soie et sanglé d'or, qui annonça par de grands gestes à la visiteuse que *Durchlaucht*[1] allait arriver.

Gyldenlöve, baron de Marsilia et *gouverneur* von Ijsland, était un homme dégingandé, cave de poitrine mais gros de ventre, des cuisses minces, en chausses très ajustées qui leur donnaient l'air de deux allumettes enfoncées dans une miche, le visage oblong avec des bajoues pendantes et une perruque, verdâtre qui lui descendait sur les épaules, un pourpoint cousu d'or mais souillé de taches de graisse et de vin. Il avait les yeux translucides, non dépourvus d'intelligence mais mélancoliques de sa famille, assez semblables à ceux d'un cochon : un homme réservé, presque farouche, l'air fatigué et un peu sinistre; il tenait une baguette à la main. Il parlait un langage assez difficile à comprendre; le fond en était cette sorte d'allemand que l'on emploie pour invectiver les soldats, mais avec un mélange de divers vocables pris à d'autres langues. Il parlait d'une voix de rogomme, roulant les r sur le ton dont râlent les animaux quand on leur tranche le cou.

— *Bonjour, Madame,* dit le régent de l'Islande. *Na du bust en islaendsch wif, hombre, hew nie een seihn :* ainsi, tu es une femme islandais, Seigneur, je n'en ai jamais vu.

Puis il alla à elle et tâta de ses doigts raides le tissu de ses vêtements, demanda où elle avait acheté ce drap et qui avait cousu ce manteau; et voilà un curieux bijou d'argent, jamais encore il n'avait vu de l'argent ainsi travaillé, est-ce que c'est en Islande que l'on fait cela? Qui donc leur a fourni de l'argent pour ce faire? *Hombre,* me voici vraiment étonné, est-ce qu'elle ne voudrait pas me donner ce bijou?

Elle dit que tout ce qu'elle avait en argent était à lui s'il daignait s'en contenter, mais ne fit pas le moindre signe qu'elle allait détacher le fermoir de l'encolure pour le lui remettre. Elle passa tout de suite à l'objet de sa visite, tirant la lettre du bailli Beyer de Bessastadir, qu'elle avait apportée. Mais dès qu'il vit cette lettre, il fut saisi de la las-

1. Durchlaucht, en allemand : Son Altesse.

situde et de l'écœurement du fonctionnaire et demanda, découragé :

— Pourquoi cela ne passe-t-il pas par la Chancellerie? Je ne m'occupe de rien d'autre que de ce qui se passe par la Chancellerie. Je suis en train de chasser le chevreuil.

— Cette lettre contient un message particulier, dit-elle.

— Il y a longtemps que j'ai cessé de lire, hormis dans le livre de médecine s'il y a à quelque chose qui ne va pas chez les chevaux, dit-il. Et je n'ai personne non plus pour lire pour moi ici. En outre, tout ce qu'on m'écrit d'Islande est du même genre, c'est toujours le même genre de gémissements pour avoir de la corde; tout mon temps, toujours de la corde. Mais nous n'avons besoin de poisson, ici au Danemark, que certaines années : nous n'avons aucun intérêt à laisser les gens pêcher indéfiniment du poisson avec une corde indéfiniment longue.

— Je suis, dit-elle, la fille du gouverneur d'Islande qui fut condamné, quoique innocent, à perdre son honneur et ses biens dans sa vieillesse. Votre Excellence est régent d'Islande.

— Oui, mon vieil ami, votre père, était un grand chicanier, dit Gyldenlöve; et tout de même, c'est ainsi que les choses se sont passées pour lui. Il y en a eu un autre qui était encore plus grand chicanier. Ça a toujours été ainsi en Islande. J'en ai assez de penser aux Islandais.

— J'ai fait ce long voyage pour rencontrer Votre Excellence, dit-elle.

— Tu es une femme ragoûtante, dit-il, tout ranimé de nouveau à la contempler et à cesser de penser à sa charge. A ta place, je ne retournerais pas en Islande. Je m'installerais au Danemark et je me marierais. On a la vie si belle ici, c'est si agréable chez nous. Depuis que j'y suis, le nombre des animaux a augmenté de trois cents têtes et davantage, ici dans la forêt. Regarde cette tête, n'est-elle pas belle? — et il se leva pour lui montrer la plus grande tête de cerf sur le mur, les bois ont vingt-neuf cors, *hombre*. C'est moi-même qui ai abattu cette bête. Même mon parent, Sa Majesté, n'abat pas de bêtes pourvues de plus de cors.

— Certes, c'est une belle tête, dit la visiteuse. Pourtant, je connais un animal qui a encore plus de cors. C'est la justice. Je suis venue à vous au nom d'une justice qui concerne un pays tout entier : votre pays.

— L'Islande ? mon pays ? *Pfi deibel*, dit le baron de Marsilia, Gyldenlöve.

Il condescendit tout de même à entendre la lettre de son serviteur de Bessastadir si elle voulait bien la lire.

Il était dit dans cette lettre que la femme qui la transmettait restait seule survivante de la plus importante famille de chefs d'Islande. L'auteur de la lettre évoquait les faits révoltants qui s'étaient produits dans l'île quand le père de cette femme, leur homme le plus honorable, en outre fidèle et aimable serviteur de Sa Majesté Royale, avait dû subir les avanies de l'étrange émissaire Arnaeus qui avait été envoyé en Islande par Sa défunte Majesté de louable mémoire pour y exercer pleins pouvoirs spéciaux. Il expliquait le comportement de cet Arnaeus, comment il avait opprimé le vieux gouverneur ainsi que certains de ses collaborateurs, invalidant des verdicts qui remontaient à loin en avant dans le temps, confisquant ses propriétés jusqu'à ce que ce fidèle serviteur du roi, accablé de vieillesse, fût devenu un esclave sans honneur et un miséreux que l'on avait mis en bière quelques semaines plus tard.

Puis le bailli disait que l'évêque de Skalhot, gendre de ce vénérable chef, avait été fermement résolu à se rendre au Danemark pour tenter d'y obtenir quelque redressement de ces affaires auprès des instances suprêmes du royaume. Mais la petite vérole avait sévi et mis en tombe un bon tiers de la population, entre autres une partie importante du clergé, et l'évêque de Skalholt, un des plus éminents amis du roi, s'était trouvé du nombre des décédés ainsi que son honorable épouse, l'éminente *madame* Jooren.

De la sorte, il ne subsistait de cette famille, seule à reprendre la cause de son père, que la jeune dame Snefriid, veuve du malheureux chef Magnus Sivertsen. Cette femme était venue trouver l'auteur de la lettre, à Bessastadir, pour lui représenter que son honneur la poussait, elle, pauvre femme seule, à traverser une mer démontée afin de présenter au gouverneur ou même à Notre Majesté sa très humble prière : que le prétendu verdict du commissaire sur l'affaire de son père fût déférée devant un tribunal plus élevé et que, de nouveau, le procès fût repris. Confiant au bon vouloir très favorable du baron de Marsilia et régent d'Islande cette honorable femme, le priant de bien considérer et examiner la pratique dangereuse qui avait été introduite en Islande par les façons de faire du commissaire Arnaeus et d'empêcher que des chevaliers d'industrie se haussent jusqu'à fouler aux pieds *auctoritatem*, à molester les serviteurs du roi et à abuser le public, je reste, de Votre Excellence, le très humble, dévoué et *très obéissant serviteur*.

Gyldenlöve fourra sa baguette dans sa botte pour se gratter la cheville. Il dit :

— J'ai toujours dit à Sa Majesté, mon parent : envoie ces Islandais en Jutland, là où il y a assez de bruyère pour leurs moutons, *hombre*, et vends ensuite ce pays aux Allemands, aux Anglais et même aux Hollandais, plus ce sera tôt, mieux ce sera, et pour une somme décente, et sers-toi de cette somme pour te battre contre les Suédois qui t'ont dépouillé de ta bonne terre de Scanie [2].

Elle resta longtemps silencieuse après cette réponse.

— Il existe une strophe d'un ancien scalde islandais, répondit-elle enfin. Il y est dit : quand bien même on perdrait ses biens et ses parents et que l'on mourrait finalement soi-même, cela n'a pas d'importance si l'on conserve sa réputation.

— *Hew ick nich verstahn*, dit le baron de Marsilia, régent d'Islande.

Elle continua, d'abord hésitante, puis de plus en plus animée au fur et à mesure qu'elle parlait :

— Je demande à Votre Excellence : pourquoi faut-il que l'on nous enlève notre honneur avant notre vie ? Pourquoi le roi de Danemark ne veut-il pas nous laisser notre réputation ? Nous ne lui avons pourtant jamais rien fait. Nous ne sommes pas gens plus insignifiants que lui. Mes

---

2. La Scanie était originellement province danoise. Elle a fait, des siècles durant, l'objet de contestations sanglantes entre Suède et Danemark

ancêtres régnaient et sur terre et sur mer. Ils traversaient des mers démontées sur leurs bateaux et arrivèrent en Islande à une époque où aucune autre nation ne connaissait la navigation à voile. Nos scaldes composaient des poèmes et racontaient des histoires dans la langue du roi Odin d'Asgard lui-même [3] tandis que l'Europe parlait le langage des esclaves. Où sont les poèmes, où, les sagas que vous avez composés, vous autres Danois? Vos anciens héros mêmes, c'est nous, Islandais, qui leur avons donné vie par nos livres. Votre ancienne langue, cette langue danoise qui vous avez laissé s'oublier et se perdre, nous l'avons gardée. S'il vous plaît, prenez l'argent de mes aïeules — et elle détacha son bijou d'argent de son encolure, et le manteau noir tomba : elle était en bleu, un ruban d'or autour de la taille — prenez tout. Vendez-nous comme du bétail. Transportez-nous jusqu'à ces landes du Jutland où pousse la bruyère. Ou bien, si cela vous plaît, continuez à nous rosser au fouet, chez nous, dans notre pays. On peut supposer que nous l'avons mérité. Une hache danoise est enfoncée dans le cou de l'évêque Jon Arason pour l'éternité, et c'est bien. Dieu soit loué qu'il ait mérité chacun des sept coups qu'il a fallu pour détacher de son corps cette tête grise à la nuque épaisse et courte qui ne savait pas se courber. Pardonnez-moi de donner ces exemples, pardonnez-nous d'être un peuple historique qui n'est pas capable d'oublier quoi que ce soit. Et toutefois, n'allez pas me comprendre comme si, en paroles ou en pensées, je me plaignais le moins du monde de ce qui s'est passé. Peut-être vaut-il mieux pour un peuple vaincu d'être exterminé : je ne prononcerai pas un mot pour demander grâce pour nous autres Islandais. En vérité, nous ne sommes pas trop bons pour mourir. Et il y a beau temps que, pour nous, la vie ne vaut rien. Il n'y a qu'une seule chose que nous ne pouvons perdre tant qu'il reste un représentant, riche ou pauvre, de ce peuple; et même morts, nous ne pouvons nous en passer; et c'est de cela qu'il est question dans le poème ancien, ce que nous appelons réputation :

---

3. Odin est le principal dieu nordique. Selon Snorri, les dieux du Nord résidaient dans un palais appelé Asgard (palais des Ases).

que mon père et ma mère, dans leur tombe, ne soient pas appelés voleurs sans honneur.

Le baron de Marsilia tira de sa bourse une cartouche vide et en examina l'intérieur, d'un œil.

— Si jamais quelqu'un a déchu par jugement les Islandais de leur honneur, c'est bien eux-mêmes, *ma chère Madame,* dit-il en souriant de telle sorte que ses yeux s'immergèrent et que force chicots jaunes apparurent. Quand leur indolence et leur ivrognerie les mènent à la famine, il faut que Sa Majesté, mon parent, leur donne d'urgence du grain. S'ils considèrent que ce grain n'est pas assez bon, ils entament des procès et réclament de l'or et de l'argent. Et en ce qui concerne la justice, *ma chère,* tout ce que je sais, c'est que les Islandais ont trouvé leur homme, celui qu'ils tenaient pour le meilleur. Et tout ce que je sais, c'est que c'est précisément ce *galanthomme* qui a privé, par jugement, de ses biens et de son honneur le vieux gouverneur honorable, votre père. C'est la sempiternelle histoire d'Islande. Les doctes m'ont raconté qu'il est dit dans leurs livres qu'autrefois, tous les meilleurs hommes d'Islande s'occupaient à s'entre-tuer jusqu'à ce qu'il ne reste plus que des poivrots et des barbares. Et voici que, pour la première fois de ma vie, une femme islandaise vient à moi, qui plus est avec un ruban d'or autour de la taille, pour demander plus de justice. Y a-t-il à s'étonner si je demande : *Wat schall ick maken* [4]?

— Je ne demande rien d'autre que l'honneur et les biens qui étaient attachés au titre de mon père, dit-elle.

Gyldenlöve laissa sa badine et sortit sa tabatière d'or. Il dit :

— Il y a deux forces dans l'empire de Danemark. Quand règne celle qui ferme les yeux sur les sorciers et les voleurs, maint excellent homme doit s'incliner. Si maintenant, sous mon nouveau parent, doivent revenir au pouvoir ceux qui exigent plein droit pour les hommes bons et bien nés, alors il fera meilleur vivre; peut-être qu'aussi quelques voyous de brasseurs et libertins devront pendiller, avec l'aide de Dieu.

4. Wat schall ick maken, platt-deutsch pour Que dois-je faire?

Il n'y a pas d'accommodement possible entre les bons et les méchants. Mais malheureusement, *ma chère,* nombreux sont ceux qui doivent attendre longtemps leur heure.

— Il existe un criminel islandais qui s'appelle Jon Hreggvidsson, dit-elle. Il a tué le bourreau royal. Tout le pays le sait. Mon père l'a condamné à mort il y a vingt ans, mais une enfant s'amusa à le délivrer, la veille du jour où il devait être décapité. On n'a pas encore réussi à obtenir justice contre cet homme. Le *commissarius* du roi a rendu un verdict déclarant mon père coupable en cette affaire et innocentant le criminel. Au dernier Althing, le procès de cet homme a de nouveau été repris et le bonhomme a été condamné à être envoyé à Brimarholm. Mais à peine est-il arrivé à la forteresse que des gens l'en tirent et prennent soin de lui. Et tandis que ce bagnard maintes fois condamné, cet assassin du serviteur du roi vit ici dans le faste, mes parents, tenus pour des voleurs, gisent dans leur tombe.

— Comme je l'ai déjà dit, les Islandais sont matois et fort versés dans la connaissance des lois, dit le gouverneur. Ils remuent ciel et terre pour démontrer que le paragraphe de la loi selon lequel ils ont été condamnés sort d'un code que quelque imbécile de roi norvégien a abrogé il y a bien des siècles; ou de lois danoises qui n'ont jamais été ratifiées en Islande; ou s'oppose à quelque décret, toujours valable, tiré des lois de Saint Olaf; ou de leurs antiques statuts païens, le *Gragas*[5]. Ils disent que seules valent parmi eux les lois qui les innocentent de tout crime. Je peux vous assurer, *Madame,* que sur l'affaire de ce méchant pendard islandais de Regvidsen, plus d'un excellent fonctionnaire danois a transpiré.

Il lui expliqua alors — et, de nouveau, l'air fatigué du fonctionnaire s'abattit sur le chasseur — que peu d'hommes savaient aussi bien que lui à quel point son père avait bien mérité du roi et du gouvernement, quand bien même il eût sans doute été bien empressé de pousser sa cause auprès du Trésor, réussissant de la sorte à faire main basse, à vil prix,

---

5. Le Gragas est le plus ancien recueil de lois islandaises dont la rédaction remonte au XIIIe siècle au plus tard.

sur quelques grands domaines que le roi danois s'était appropriés en Islande lors de la Réforme. Mais à Copenhague, on fermait les yeux sur le bon vieux gentilhomme parce que c'était un homme sûr. Et ç'avait été un grand chagrin parmi ses amis en cette ville quand on avait eu vent du verdict qu'il avait dû encourir alors qu'il était accablé par les ans. Gyldenlöve déclara souhaiter que la fille du gouverneur sût, comprît et admît que ni le gouvernement, ni lui, Gyldenlöve ou quelque fonctionnaire danois placé sous ses ordres n'avaient eu part à cette affaire, sinon, pour reprendre ses termes : uniquement l'homme que, sans aucun doute, *Madame* connaît mieux que moi.

Elle dit :

— Bien que mon nom ait été mêlé de déshonorante façon à celui de l'homme dont a parlé Votre Excellence, dans un procès honteux que quelques marchands persuadèrent par ruse mon pauvre époux d'entreprendre, la prétendue affaire de Braedratunga, je ne connais pas Arnas Arnaeus. Le déshonneur que l'on a essayé de m'infliger en cette affaire ne me concerne pas, je n'ai même pas daigné repousser ces propos d'ivrognes — qui, en aucun cas, ne gagneraient à être consignés dans les actes des tribunaux, ici, au Danemark. Je veux que Votre Excellence comprenne que ce n'est pas pour mon propre compte que je suis venue demander justice.

Quand Gyldenlöve entendit en quels termes la visiteuse parlait d'Arnaeus, il se mit à parler sans détours de ce dangereux ennemi, disant que cet homme était plein de haine et avait la fausseté dans le cœur : il avait longtemps fait semblant d'être l'ami du roi mais en couvant toujours la trahison et en la haïssant dans son cœur; le gouverneur savait de source sûre qu'en présence de témoins, Arnaeus avait affirmé qu'il ne s'était jamais trouvé en Islande d'autre criminel que le roi de Danemark. Ajouta qu'Arnaeus détestait tous les Danois honorables, et tout autant ceux de ses compatriotes qui faisaient preuve de sincérité et d'un cœur pur au service de Sa Majesté Royale. Souhaitait la mort de tels hommes, où qu'ils se trouvent, et les pendrait tous si l'occasion s'en présentait afin de pouvoir, avec ses collaborateurs, gouver-

ner le pays *ad arbitrium.* Dit que sans aucun doute, son
défunt père n'obtiendrait pas réparation tant que cet homme
et sa coterie n'auraient pas été mis au gibet. L'un ou l'autre,
dit-il, a tort *in principio,* feu votre père ou Arnas Arnaeus. Il
demanda finalement si elle prisait si fort l'honneur de son
père qu'elle voulait l'amener, lui, Gyldenlöve, à provoquer
la chute de cet homme et, par témoignage qu'elle déposerait
sous serment, lui donner sa caution pour cela ?

Elle répondit, après quelque réflexion, et sa voix s'était
faite grave et sombre :

— Mais je ne déposerai pas de faux témoignage contre
qui que ce soit.

Il y avait maintenant sensiblement plus d'un semestre que le croquant Jon Hreggvidsson de Rein avait été tiré de la forteresse, promu de l'état de criminel enchaîné à celui de porteur d'eau et paisible coupeur de bois dans la maison de l'assesseur lui-même, consistoire du maître en antiquités danoises. Quand le docte de Grindavik l'avait amené de la forteresse à cette maison, le très savant maître l'avait salué en riant, disant que tant que son affaire n'aurait pas été tirée au clair, il pourrait avoir là gîte et couvert, mais à condition uniquement qu'il se conduise honorablement en toutes choses. Sinon, il serait envoyé servir sous les drapeaux pour se battre en pays étrangers avec les soldats du roi.

Chaque fois que son compatriote et maître le trouvait sur son chemin dans le palais, ou le rencontrait portant un seau d'eau tiré du puits, il le saluait par son nom, lui demandait en camarade comment il allait et lui offrait une prise. En revanche, les gens de la maison ne lui faisaient pas plus d'honneurs qu'il n'en méritait. Les Danois considérant que l'odeur islandaise est si mauvaise que l'on peut difficilement séjourner sous le même toit qu'un Islandais, Regvidsen se vit désigner par l'intendant un endroit pour dormir dans le grenier à foin au-dessus de l'écurie. Toutefois, le cocher lui interdit, pour sa part, de trop s'approcher des chevaux, craignant que ces bêtes n'attrapent des poux ou quelque autre vermine prospérant sur le fermier du Christ en Islande, car ce cocher soignait ses quadrupèdes avec tant de sollicitude, les lavant, leur coupant les crins et les étrillant à toute heure du jour, que les plus nobles filles d'Islande, celles que l'on tenait pour les meilleurs partis dans ce pays-là ne devaient guère être mieux parées et adornées. Dès le début, et au grand soulagement des autres, le croquant avait refusé de manger à la table des domestiques car en Islande, ce n'est pas la coutume que des gens simples mangent à une table, sinon lors des grands banquets : chacun est assis sur sa couche avec son écuelle. Aussi envoyait-on une servante au croquant lui porter à manger dans une écuelle, dans le bûcher où il résidait pendant le jour; ou bien encore, il tenait compagnie aux mendiants, haillonneux et voyous qui prenaient leurs repas dans l'entrée principale, deux fois par semaine pour l'amour du roi.

Un jour, vers la fin de l'été, un honneur inattendu fut réservé au croquant : il reçut la visite, dans le bûcher, de rien de moins que de la maîtresse de maison en personne, sa patronne, la très vertueuse et honorable épouse de l'assesseur, Dame Mette. Elle salua l'Islandais. Depuis que cette noble dame avait envoyé Jon Hreggvidsson au diable, en allemand pour soldats, à sa porte, vingt ans plus tôt, son menton s'était encore affaissé considérablement tandis que la graisse s'était accumulée sur elle, au point qu'elle ressemblait à une statue d'argile qui vient de tomber d'un rayonnage et que l'on a remise en boule avant de la passer au four. Elle s'était saupoudré le visage, elle portait sur la tête une grande chose pointue qui lui descendait jusqu'à la bosse et elle avait une longue jupe noire et ample, toute froissée. Jon Hreggvidsson ôta sa casquette déguenillée, s'essuya le nez et déclara louer Dieu. Elle jeta un regard de maîtresse de maison sur sa pile de bois. Il demanda si elle voulait que les bûches aient moins de trois empaumures de long ou si elle les voulait d'une longueur qui, avec votre permission, correspondrait à celle d'un pénis de cheval de dimension moyenne : elle dit que cette dernière longueur serait la bonne; pour l'eau, il demanda si elle voulait avoir celle du puits de l'ouest, où un gamin avait été noyé l'année précédente, ou celle du puits de l'est où l'on avait repêché une femme allemande au printemps.

Elle affirma qu'il n'y avait rien à redire sur l'eau et le bois, mais qu'il s'agissait de quelque chose de plus important : on n'avait pas de mal à dire de lui, ici, au palais. Son mari Arnaeus avait coutume de faire surveiller les nouveau-venus parmi la domesticité de la maison, pour le cas où ils ne seraient pas sûrs ou auraient les doigts crochus, et s'il s'avérait que tel était le cas, ils étaient immédiatement chassés. Comme Regvidsen ne s'était signalé par rien de tel en presque une année, elle considérait que le temps était venu de s'occuper de lui et de s'enquérir de sa santé. Jon Hreggvisson répondit qu'il n'avait jamais eu de santé, ni de corps ni d'âme, pas plus bonne que mauvaise, et que d'ailleurs il était Islandais. Tout dépendait de ce que voulait le roi. Il espérait que ce bon roi qu'il ne pourrait jamais assez bénir aurait peut-être l'inspiration de ne pas laisser un stupide paysan du Skagi à la charge, pour toujours, de comtesses et de baronnes chrétiennes du Danemark et de leurs maris, chose dont la conséquence pouvait être que les très nobles et honorables chevaux de Danemark attrapent des poux.

Sans pouvoir dire ce que Madame comprenait des politesses du croquant, il était visible qu'elle désirait converser avec lui, d'autant plus que son seigneur et légitime époux était compté parmi les gens de sa nation; elle dit qu'elle avait longtemps souhaité questionner Regvidsen sur les nouvelles d'Islande, qui était un étrange pays, certains disaient que l'Enfer s'y trouvait, mais comme son bien-aimé, quoique Islandais, fût un bon chrétien, elle ne le croirait pas sans confirmation.

Il dit, toujours aussi courtois à l'égard de son propre pays, que ma Très Noble comtesse, baronne et Madame ne devait pas croire qu'il y eût grand-chose digne d'être raconté sur le compte de ce maudit cul de chien qu'on appelle Islande; sinon cette vieille chose, qui est et demeure la vérité quand bien même on éviterait d'en parler, que dans ce pays-là est et demeure l'Enfer pour les siècles des siècles — à destination de ceux qui méritent d'être torturés.

Alors, Madame demanda :

— Comment vont les Islandais maintenant, après que Notre Seigneur leur ait envoyé, par miséricorde, une peste bénie?

— Oh! ils ont été tués comme moutons affamés et ils sont allés au diable.

— Leurs médecins auraient bien dû les saigner à blanc, dit la femme.

— Oh! il y a longtemps qu'ils ont perdu tout leur sang, ma brave femme, dit Jon Hreggvidsson. Depuis qu'ils ont tué mon parent Gunnar de Hlidarendi, il n'y a plus de sang en Islande.

— Qui l'a tué? demanda la femme.

Il regarda de côté en se grattant la tête.

— Ce n'est pas à moi de me mêler des affaires d'autrui, dit-il. Quand on est mort, on est mort, on est allé au diable. Ça ne sert à rien de s'affliger là-dessus. Mais Gunnar de Hlidarendi était un homme de grand honneur, de son vivant.

— Oui, vous autres Islandais pensez que c'est nous, les Danois, qui vous avons tués tous, dit la femme. Mais je voudrais vous demander : qui sont ceux d'entre eux qui avaient l'intention de tuer mon mari, le *magister* Arnaeus, quand il est venu chez eux pour les aider? Ce ne sont pas les Danois, mais bien les Islandais eux-mêmes.

— Oui, vous voyez bien ce que sont ces gens-là, dit Jon Hreggvidsson. D'abord, j'ai volé une corde. Ensuite, quand j'ai trouvé que mon fils était embêtant, je l'ai tué. Il y en a qui vont jusqu'à dire que j'ai noyé un fonctionnaire du roi dans une mare.

— Bien que l'on dise mon mari Islandais, c'est un aussi bon chrétien que n'importe quel Danois, dit la femme.

— Oui, c'est ça le pis pour lui, dit Jon Hreggvidsson. Il s'est trempé comme une peau de chien crevé pour sauver les Islandais tantôt de la corde, tantôt de la hache; ou pour les empêcher de manger des vers danois, chose que, pour ma part, je tiens pour assez bonne pour eux et même trop bonne puisqu'ils n'en veulent pas. Et qu'en a-t-il retiré, pour la peine? Merde et honte. Non, femme, ne va pas croire que j'éprouve quelque compassion pour les Islandais. Moi-même, j'ai toujours essayé de garder en cachette de la corde pour les lignes. C'est ça qui compte. J'avais monté un hangar à instruments de pêche sur la terre d'Innraholm malgré les gens d'Innraholm. Un six rames, femme, c'est-à-dire trois rames par bordage, une, deux, trois, quatre, cinq, six. J'avais appelé l'endroit Hretbyggja [1], comprends-tu ça, femme? En danois, Reetbygge. C'est parce que le vent du sud-ouest s'abat, là, sur la côte. Dans le Skagi, ma brave femme, tu comprends ça? Akranes. Rein — au pied de la

---

1. Hretbyggja signifie littéralement : construction dans les tourmentes.

montagne, en remontant de la terre d'Innraholm qui appartient aux gens d'Innraholm. Qu'est-ce que je vous dirai encore comme nouvelles? Si, j'ai eu deux fois une fille. La première, celle qui avait de grands yeux, gisait sur la civière quand je suis revenu de la guerre. L'autre a l'intention de vivre, la petite vérole ne l'a pas réduite, elle s'est mise à coucher avec le commis de ferme, des fois, le soir; elle était aux portes quand je suis parti. Mais elle ne s'est pas occupée du chien assez bien pour l'empêcher de me courir après jusqu'à Olafsvik. C'est une terre qui appartient au Christ. C'est Jésus-Christ qui possède la terre, tu comprends ça, femme?

— C'est beau de ta part de dire que Jésus-Christ possède la terre, dit la femme. Cela montre que tu portes du repentir dans ton cœur. Qui se repent, ses péchés lui sont pardonnés.

— Péchés, dit Jon Hreggvidsson en s'emportant. Jamais je n'ai commis aucun péché. Je suis un honorable grand criminel.

— Dieu pardonne à tous ceux qui avouent être de grands criminels, dit la femme, et d'ailleurs, la fille de cuisine m'a dit maintes fois qu'il n'a jamais manqué un seul liard quand on t'a envoyé au marché. Voilà pourquoi je te parle comme à un homme d'honneur, bien que tu sois Islandais. Mais qu'est-ce que je voulais dire, déjà? Oui, à propos, qui est cette prostituée de Babylone qui est arrivée d'Islande à Copenhague?

Jon Hreggvidsson regarda de côté, un peu stupidement, en essayant de résoudre cette énigme, mais il ne put trouver aucun point d'appui dans ce dont ils venaient de parler et renonça.

— Babylone, dit-il. Voilà que vous me mettez échec et mat en un tournemain, ma brave madame. Maintenant, j'arrête de mentir.

Elle dit :

— Ah! Cette bonne femme d'Islande que ça n'aurait rien fait s'ils avaient assassiné mon mari en comparaison d'elle, ils savaient bien aussi qu'elle était pire qu'un assassin, si bien qu'ils ont continué à le mettre en rapports avec elle jusqu'à ce que le roi lui-même se soit mis à le croire et ait donné l'ordre de faire condamner ce bon chrétien qui aurait pu être Danois et même Allemand — voilà qu'est-ce que c'est, cette bonne femme-là. Quelle sorte de bonne femme c'est, en fait? Et comment mon époux, ce bon chrétien qui passe toutes ses nuits sur les vieux livres, a-t-il pu avoir l'idée de courir après elle?

Jon Hreggvidsson se gratta à des endroits aussi plausibles qu'invraisemblables en essayant d'aller jusqu'au fond de cette affaire, puis il entreprit d'élaborer progressivement une réponse.

— Quoiqu'il y ait longtemps eu des livres dans la famille de ma mère, je n'en ai jamais lu un, dit-il. Et je ne sais pas écrire, sauf en gribouillis. Mais je ne reprocherais à personne de troquer un livre contre une femme, quand bien même il passerait ses nuits à étudier, car il n'y a pas deux choses qui s'étudient de façon aussi semblable que ces deux-là.

— Personne ne saurait excuser un homme islandais qui serait infidèle à une femme danoise, dit-elle. Mais Dieu merci, comme dit mon époux, rien n'est vrai si on ne peut le prouver, et par conséquent, ce n'est pas vrai.

— Oui, je parle maintenant pour mon compte personnel. Quand j'étais à Rotterdam — c'est en Hollande, c'est de là que viennent les cotres des pêcheurs — j'y ai rencontré une femme de pasteur, une nuit. Oui, qu'est-ce que je dirai? J'avais une vieille laide et assommante en Islande...

— Si tu veux insinuer que je suis laide et assommante pour excuser mon époux légitime d'avoir couché avec une prostituée de Babylone, je te dirai, Regvidsen, que, bien que l'assesseur Arnaeus croie être un homme, il ne tire aucun criminel de la forteresse de Brimarholm sans ma permission. Et je peux te dire, à toi qui es Islandais et en conséquence, répands une puanteur de requin, d'huile de baleine et de toute la crotte d'Islande, à tel point que toute la lavande de Danemark sent à peine en comparaison, je peux te dire que mon précédent mari qui était un vrai homme même s'il n'était pas convoqué à manger à la table du roi, il disait que j'étais bien faite pour le mariage. Et que serait celui qu'il faut bien appeler maintenant mon mari si je n'avais pas fourni l'argent; et la maison; et la voiture; et les chevaux? Il n'aurait possédé aucun livre. Si bien que j'ai parfaitement le droit de savoir quelle sorte de bonne femme islandaise c'est, celle dont on dit qu'elle est arrivée ici à Copenhague.

— Elle est svelte, dit Jon Hreggvidsson.

— Comment ça, svelte, demanda la femme?

— Presque rien, dit Jon Hreggvidsson. Rien de rien.

— Comme quoi, par exemple? demanda la femme.

Il ferma un œil et regarda la femme.

— Comme un brin de roseau qui est le plus élancé et le plus faible des arbrisseaux, dit Jon Hreggvidsson.

— Voudrais-tu insinuer, peut-être, que je suis grosse, dit la femme. Est-ce que c'est une sorte de jonc, comparée à moi?

— Ma noble dame et patronne et baronne ne doit pas imaginer qu'un Islandais de Brimarholm a plus d'esprit qu'il n'en a. Et ne pas prendre en mauvaise part son stupide bavardage. Si ce pauvre hère avait une bouche, à supposer qu'on puisse appeler bouche ce qui maintes fois a été convaincu de parjure envers Dieu et les hommes, il baiserait l'orteil de Son Éminence.

— Alors, qu'est-ce que tu radotais à propos de jonc? dit la femme.

Jon Hreggvidsson dit :

— Je voulais seulement parler de cette espèce de baguette que l'on ne peut casser et qui se redresse quand on lâche prise et alors, elle est aussi droite qu'avant.

— Je t'ordonne de répondre, dit la femme.

— Il vaut mieux demander au Jon de Grindavik, dit Jon Hreggvidsson. C'est un homme instruit et sage.

— Ce fou de Jon Grindevigen, dit-elle. Les gens de l'espèce que les Islandais disent instruits et sages, on les appelle idiots de villages, ici, au Danemark, et il est interdit par la loi de les laisser sortir de leur bourgade.

— Ou alors Jon Marteinsson, dit Jon Hreggvidsson. Il sait ce que sont les bonnes femmes, aussi bien en Islande qu'au Danemark car il a couché avec une fille d'évêque. Moi, je ne compte même pas pour un être humain.

— Ma maison est une maison chrétienne où n'entrent pas

les voleurs de poules, dit la dame. Et si tu ne me dis pas sans détours tout ce que tu sais sur cette bonne femme, c'est toi qui iras chez Martinsen et t'arrangeras pour qu'il s'occupe de toi.

— Tout ce que je sais de cette bonne femme, c'est qu'elle m'a sauvé de la hache près de l'Öxara et qu'elle m'a attaché à une pierre à chevaux à Olafsvik.

— Est-ce qu'elle a de l'argent ? demanda la femme. Et comment est-elle habillée ?

— As-tu dit de l'argent ? — elle a plus d'argent que n'importe quelle bonne femme de Danemark, dit Jon Hreggvidsson. Elle a tout l'argent d'Islande. Voilà des siècles qu'elle a de l'argent et de l'or. Elle possède tous les grands domaines du pays, et leurs métairies avec, qu'elle réussisse à les reprendre au roi ou non : des forêts et des rivières à saumon, femme ; des domaines avec des rivages à épaves [2] où un seul tronc suffirait pour rebâtir Constantinople pour peu qu'on ait la scie qu'il faudrait ; des prés salés et des marécages à carex ; des pâturages avec des lacs poissonneux et des hauts prés qui montent jusqu'aux glaciers ; des îles à oiseaux dans la mer sans fond, où on marche dans le duvet d'eider jusqu'aux genoux, femme ; des rochers à oiseaux qui voltigent et se précipitent à la verticale dans la mer, où on peut entendre un jovial preneur d'oiseaux jurer au bout de sa corde, par une nuit de la Saint-Jean, à soixante toises de hauteur. Et pourtant, c'est là le moindre de ce qu'elle possède, jamais je ne pourrais énumérer tout. Mais le comble de la richesse, c'est quand même le jour où tout lui avait été enlevé par jugement et où l'assassin Jon Hreggvidsson lui a jeté un rixdale, assise au bord du chemin, qu'elle l'a atteint. Habillée comment ? Elle a un ruban d'or autour de la taille, ma brave femme, là où brûlait la flamme rouge [3]. Elle est habillée comme une femme elfe l'a toujours été en Islande. La voilà qui arrive, vêtue de bleu, d'or et d'argent,

2. Les « épaves », bois flotté et baleines échouées, ont toujours été une ressource non négligeable pour les Islandais. Leur attribution était sévèrement réglementée au Moyen Age.
3. Là où brûlait la flamme rouge : citation d'une des plus célèbres chansons populaires islandaises.

à l'endroit où un chien noir vient d'être terrassé. N'empêche, elle n'a jamais été aussi bien habillée que quand on l'avait vêtue de bas grossiers et d'une jupe de mendiante et de putain, et qu'elle a regardé Jon Hreggvidsson avec ces yeux qui régneront sur l'Islande le jour où le reste du monde aura péri de ses méfaits.

Dans une auberge de Nyhavn, la Maison de l'Orfèvre, une noble voyageuse ainsi que sa chambrière font leurs préparatifs de départ, un soir, tard, vers l'automne. Au-dehors, des bateaux de provenances lointaines se balancent doucement sur leurs amarres dans l'étroit canal, tournent un instant leur proue vers le quai pour revenir en place en se dandinant. Les deux femmes déposent des affaires, des bijoux, des vêtements dans des caisses et des coffres, la dame assigne une place à chaque chose, mais distraitement, allant même parfois jusqu'à oublier un instant ses occupations, se détournant pour aller, pensive, à la fenêtre. Sa chambrière, une femme d'âge mûr, interrompt alors également sa besogne et contemple à la dérobée sa maîtresse, d'un air de compassion.

Finalement, tout est emballé, hormis une chose. Il reste encore sur le rebord de la fenêtre, à demi enveloppé d'un linge de soie rouge, un antique livre sur parchemin, racorni, noir de suie, plein de marques de doigts graisseux : il a appartenu à des gens morts depuis si longtemps qu'il ne subsiste de leur séjour ici-bas que ces marques de doigts. Encore et encore, la chambrière, soucieuse, manipule cet objet antique, ôtant la soie rouge pour l'en réenvelopper, ou bien elle déplace le livre et le repose en fin de compte là où il se trouvait initialement. La dame n'a pas encore dit où il faut placer ce livre, ni l'une ni l'autre n'ont rappelé son existence par une seule parole. Quand vient la nuit et que le calme se fait dans la rue, le nombre des mouettes s'accroît, qui vont et viennent en glissant parmi le gréement des navires, et de nouveau, les dames se tiennent à la fenêtre, regardant au-dehors.

Jusqu'à ce que, finalement, la chambrière rompe le silence :

— Vous ne voulez pas que j'aille en ville, bien qu'il soit tard, déposer ce livre là où il faut?

— Penses-tu savoir où ce livre doit être? demande sa

maîtresse d'une voix lointaine et grave, sur un ton sombre et doré.

— Je n'ai rien entendu d'autre que ce que vous avez dit avant que nous ne quittions l'Islande : que ce livre devait être en un endroit... hum... chez un homme.

— Cet homme-là est encore plus loin de nous à Copenhague cet automne qu'en Islande au printemps dernier, dit la dame.

La chambrière se donna une occupation ou une autre dans la chambre et répondit sans lever les yeux :

— Ma défunte maîtresse, votre mère bénie, nous racontait souvent, à nous autres petites filles, l'histoire d'une de vos aïeules qui n'embrassa aucun homme plus ardemment que l'ennemi de son père et n'offrit non plus à personne plus grande hospitalité, ne prit congé de personne avec de plus magnifiques cadeaux, pour dépêcher dès qu'il eût quitté la ferme, un homme à sa poursuite afin de le tuer.

Snaefrid ne regarda pas sa chambrière, mais répondit lentement, du fond de sa rêverie :

— Il se peut que mon aïeule des sagas anciennes ait d'abord fait des cadeaux à l'ennemi de son père pour le tuer ensuite. Mais elle ne l'a pas tué d'abord, pour lui faire des cadeaux ensuite.

— La fille de ma défunte maîtresse n'a tué personne encore, dit la chambrière. Et voici qu'il ne nous reste plus que cette nuit à passer dans cette ville, et encore, pas toute la nuit, et voilà l'automne, il faut se préparer à toutes les intempéries, au point du jour, nous devons faire voile sur cette mer furieuse que l'on pourrait presque comparer aux cours d'eau des Terres du Sud. Que nous fassions naufrage ou non, voici le dernier moment maintenant, si elle ne se reprend pas, si elle ne met pas à profit cette dernière nuit, jamais elle ne rendra le livre qu'elle a ; son livre, à lui.

— Je ne sais pas où tu veux en venir, dit la dame en regardant sa chambrière avec étonnement. Tu ne veux pas parler, je pense, du cordier qui va et vient, sans arrêt, toute la journée, aujourd'hui, hier, avant-hier, toute la journée, toute la nuit, dans la corderie, de l'autre côté du canal ?

La chambrière ne répondit rien, mais un petit moment

après, elle se trouva oppressée, profondément courbée qu'elle était sur un coffre ouvert, et quand sa maîtresse regarda de ce côté-là, elle vit tomber les larmes de la femme.

— J'ai réussi à faire en sorte qu'il soit condamné au printemps par mes amis Beyer et Jon Eyjolfsson, près de l'Öxara, dit alors la noble dame d'une voix glacée. L'ordonnance du roi est entre mes mains.

— Il n'est pas condamné encore, dit la chambrière. Ce document vient seulement d'arriver aujourd'hui. Il ne le saura pas avant que vous soyez partie. Vous pouvez lui remettre le cadeau ce soir.

— Tu es une enfant, ma chère Gudrid, quand bien même tu aurais vingt-cinq ans de plus que moi, dit la noble dame. T'imagines-tu qu'il ne soit pas au courant de tout ce qui concerne ma venue depuis le moment où j'ai mis pied à terre cet été? Ce ne sont pas des cadeaux que l'on fait pour se faire bien voir qui lui donneront le change.

— Vous saviez parfaitement, pourtant, pourquoi vous emportiez ce livre d'Islande, cet été, dit la chambrière.

— Si, fatiguée de supplier, j'avais été renvoyée en Islande sans rien avoir obtenu, peut-être lui aurais-je fait ce cadeau, dit la dame. Mais le triomphateur ne peut faire de cadeau au vaincu. Il s'en est fallu de peu, d'ailleurs, que je ne donne ce livre à ce démon de Jon Marteinsson qui s'est introduit de force ici, aujourd'hui, quand tu étais dehors, et qui voulait m'extorquer de l'argent : il m'a dit que j'avais à le remercier pour Braedratunga.

— Que Dieu nous fasse miséricorde, qu'est-ce que votre défunte mère aurait dit! dit la chambrière en essuyant ses larmes. Il n'aurait plus manqué que vous fassiez des cadeaux à cette vermine qui a écrit votre nom sur un nombre incalculable de documents, ici, à Copenhague, pour faire de vous la risée des Danois.

— Laissons les Danois rire, ma chère Gudrid, mets ce vieux bouquin sous le couvercle de ce coffre-là et referme bien. C'est l'heure de se mettre au lit pour des femmes qui ont un long voyage à faire.

La lampe ne luisait plus que faiblement, mais il ne valait guère la peine de nettoyer la mèche : dans un bref moment, elles éteindraient et dormiraient, et au matin, elles seraient parties. Leur logement consistait en deux chambres, la première était lambrissée de vert jusqu'à mi-hauteur des murs et badigeonnée à la chaux au-dessus, aux murs pendaient des plats de cuivre portant des figures en relief, ou des plats enluminés, sans parler de deux estampes représentant, l'une des déesses romaines, l'autre, l'église Saint-Marc de Venise; dans un placard ouvert à pignons se dressaient, sur des rayonnages, leurs assiettes, coupes, cruches et autres ustensiles, car la dame se faisait servir ses repas ici au lieu de les prendre à la table d'hôtes. Vers le fond, il y avait une chambre à coucher : le lit de la dame se trouvait près de la fenêtre, avec des draps d'une blancheur de neige tandis que la chambrière couchait sur un sofa vers l'avant, près de la porte.

Bien que la dame eût dit qu'il était l'heure de se coucher, elle continua de rester pensive à la fenêtre et la chambrière se donna quelque occupation pour ne pas être la première à se mettre au lit. Il faisait nuit noire. Silencieuses comme elles l'étaient, elles ne furent que plus surprises lorsqu'on frappa à la porte et que le portier de la maison, réveillé en sursaut, fit savoir à ces dames qu'il y avait en bas un gentilhomme étranger qui désirait parler à la noble dame.

Elle pâlit, et ses pupilles s'élargirent...

— Assure-toi que c'est bien moi qu'il cherche, dit-elle. Et si c'est bien le cas, introduis-le.

Il se tenait là, à sa porte, dans cette hôtellerie de Copenhague, ce dernier soir, après une longue absence et tant d'événements de toutes sortes écoulés, d'une façon tout aussi naturelle que s'il l'avait quittée un moment auparavant pour aller se promener dans le jardin d'agrément du roi à cause du beau temps.

— Bonsoir, dit-il.

Il tenait son chapeau à la main. Ses habits avaient leur habituelle coupe élégante, mais l'homme avait grossi et les traits de son visage étaient plus accusés, l'éclat de ses yeux avait pâli comme peut le provoquer la fatigue. Sa perruque d'un blanc argenté, soigneusement frisée, luisait.

Elle ne répondit pas immédiatement à la salutation de son

visiteur, debout près de la fenêtre, mais jeta un coup d'œil rapide à sa chambrière et dit :

— Descends voir ton amie la cuisinière, et va lui dire au revoir.

Il attendit sur le seuil que la chambrière fût sortie en passant devant lui, puis il s'approcha, vint vers elle dans la pièce. Elle alla à la porte et la ferma, fit un pas en avant et embrassa son hôte sans lui avoir dit un mot : lui mit les deux bras autour du cou et posa son visage contre sa joue. Il caressa de la paume son opulente chevelure blonde qui s'était mise à pâlir. Quand elle eut enfoui son visage dans sa poitrine un moment, elle leva les yeux et le contempla.

— Je ne pensais pas que tu viendrais, Arni, dit-elle. Et pourtant je savais que tu viendrais.

— Certains viennent tard, dit-il.

— J'ai apporté un livre pour toi, dit-elle.

— Cela te ressemble, dit-il.

Elle le pria de s'asseoir sur le sofa. Puis elle ouvrit le coffre où se trouvait le livre, sous le couvercle, enveloppé dans la soie rouge, et le lui tendit.

— C'était le livre auquel mon défunt père tenait le plus, dit-elle.

Il défit le tissu, doucement, lentement, et elle attendit, curieuse de revoir dans ses yeux l'éclat qu'un nouveau livre ancien y allumait habituellement, naguère. Soudain, il marqua une pause dans cette opération, leva les yeux, sourit et dit :

— J'ai perdu mon livre le plus cher.

— Lequel? dit-elle.

— Le livre que nous avons trouvé tous les deux ensemble, dit-il, dans la maison de Jon Hreggvidsson.

Puis il lui expliqua, en termes simples et calmes, comment la *Skalda* avait disparu.

— C'est une grande perte, dit-elle.

— Rien n'est plus accablant, dit-il, que de perdre l'amour que l'on portait à un précieux livre.

— Je croyais que l'on aimait un objet précieux disparu aussi longtemps qu'il vous manque, dit-elle.

— Nul ne sait quand disparaît le sentiment de l'absence,

dit-il. D'une certaine façon, c'est comme de guérir d'une blessure; ou comme de mourir. On ne se rend pas compte du moment où la blessure cesse de faire mal; ni du moment où l'on meurt. Soudain, on est guéri; soudain, on est mort.

Elle le regarda, de loin.

Finalement, elle dit :

— Tu as l'air d'un mort qui apparaît en rêve à son ami : c'est lui et ce n'est pas lui.

Il sourit. Et dans le silence qui suivit, il se remit à défaire le tissu qui enveloppait le livre.

Quand le tissu de soie eut été enlevé, il dit en faisant un hochement de tête :

— Je le reconnais. J'ai offert de donner à ton père la ferme de Holt dans l'Önundarfjord pour ce pauvre livre de lois — car on le tient pour l'une des sources primitives les plus remarquables qui soient sur le compte de la société germanique, plus remarquable même que la vieille *lex salica* des Francs. Oui, c'était à l'époque où l'on ne tenait pas plus compte de mes propos que d'un bourdonnement de mouche à la Trésorerie. J'avais envisagé de lui offrir Videy pour finir s'il pensait que ce chiffon n'était pas assez payé par Holt. Mais bien qu'il eût rarement refusé des propriétés foncières s'il les obtenait à des conditions avantageuses, il savait aussi bien que moi que tous les domaines d'Islande sont de très piètre valeur en regard des vieux manuscrits islandais et je n'ai jamais pu avoir prise sur lui en cette affaire. Par la suite, je lui ai écrit en m'offrant à payer de sa part, pour ce vieux bouquin, à la Compagnie ici à Copenhague, la somme qu'il fixerait lui-même, en or ou en argent. Le printemps suivant, il m'envoya en cadeau une copie de ce livre, faite de la façon dont ils ont l'habitude là-bas en Islande : si le copiste ne fait pas lui-même de faute en lisant, il faut toujours qu'il s'empresse de corriger son prédécesseur. J'avais moi-même beaucoup de copies meilleures de ce livre.

— Considères-tu encore que l'Islande n'existe plus, en dehors de l'Islande que conservent ces vieux livres? dit-elle. Et nous qui y vivons, ne sommes-nous qu'une douleur qui te reste dans la poitrine et dont tu voudrais bien être débarrassé d'une manière ou d'une autre? ou même plus, peut-être?

Il dit :

— L'âme des peuples nordiques se cache dans les livres islandais mais pas chez les gens qui vivent à présent dans les pays du Nord, non plus qu'en Islande même. Une voyante a pourtant prophétisé que les tables d'or du matin des temps se retrouveront dans l'herbe, à la consommation des siècles [1].

— J'apprends qu'il est question ici, à présent, de nous transporter dans les landes du Jutland, dit-elle.

— Si tu veux, on empêchera cela, dit-il en souriant.

— Si je veux, reprit-elle. Que peut une pauvre femme? La dernière fois que je t'ai vu, j'étais mendiante à Thingvellir, sur l'Öxara.

— J'étais au service des sans défense, dit-il. J'ai vu où tu étais assise, au bord du chemin...

...dans les haillons de celles que tu avais réhabilitées, ajouta-t-elle.

Il dit sombrement, sans lever les yeux et presque absent, comme s'il se débitait un vieux refrain :

— Où sont les humbles que je voulais exhausser? Ils sont plus humbles que jamais. Et les sans défense que je voulais défendre? Même leurs soupirs, on ne les entend plus.

— Tu as Jon Hreggvidsson, dit-elle.

— Oui, dit-il. J'ai Jon Hreggvidsson. Mais c'est tout, aussi. Et peut-être me l'enlèvera-t-on pour le pendre avant la fin de cet hiver.

— Oh non! dit-elle en se rapprochant de lui sur le sofa. Ce n'était pas de Jon Hreggvidsson que nous devions parler. Pardonne-moi d'avoir mentionné ce nom. Je vais réveiller l'aubergiste pour lui dire de nous apporter un pichet de vin.

— Non, dit-il. Pas de vin de l'aubergiste; rien de personne. Tant que nous sommes ici tous les deux, nous avons tout.

Elle se renversa dans le sofa et répéta à voix basse le dernier mot :

— Tout.

---

1. Une voyante... : c'est la prophétesse qui parle dans la Völuspa, dans l'*Edda poétique*.

— Il n'y a en tout cas pas plus d'une chose dans notre vie, dit-il.

Elle murmura :

— Une chose.

— Sais-tu pourquoi je suis venu? dit-il.

— Oui, dit-elle : pour ne plus jamais me quitter.

Elle se leva, alla à un petit coffre massif à ferrures et sortit d'un casier quelques documents de grand format, avec des sceaux pendants émanant des autorités suprêmes.

Elle tint ces documents à bout de bras, entre le pouce et l'index comme on tient en l'air un rat par la queue.

— Ces ordonnances, dit-elle, édits et assignations, exemptions et licences, ce n'est qu'artifice et vanité, rien d'autre.

Il alla à elle et du mouvement dont on soulève ou abaisse une araignée au bout de son fil tout en disant : monte, monte si tu présages le bien, descends, descends si tu présages le mal, il soupesa dans sa paume le sceau royal qui pendait à un ruban de l'un de ces documents.

— Tu as mené à bien une grande affaire, dit-il.

— Je suis venue ici dans l'espoir de te rencontrer, dit-elle. Tout le reste est sans importance. Maintenant, je vais déchirer ces torchons de lettres.

Il dit :

— Que ces documents restent entiers ou soient déchirés, cela revient au même. Les édits du roi danois seront tout de même nuls et non avenus en Islande avant que le prochain Althing ne se rassemble près de l'Öxara.

— Tu veux dire que désormais, le rêve et la fable seront nos lois, dit-elle et il y eut une gloire autour de son visage.

— Je suis en passe de devenir lord d'Islande, dit-il; et toi, ma lady. C'est pour te dire cela que je suis venu.

— Haute trahison? demanda-t-elle à voix basse.

— Non, dit-il. Le roi veut vendre l'Islande. Les rois des Danois ont toujours eu grande envie de vendre ou de mettre en gage cette propriété, c'était seulement que les princes allemands y trouvaient à redire. Mais finalement, on a trouvé un acheteur. Les Allemands de Hambourg ont l'intention d'acheter le pays. Mais ils craignent de ne pouvoir le garder s'ils ne trouvent un régent qui soit populaire auprès du public, et ils pensent que je suis cet homme-là.

Elle le regarda fixement, longtemps.

— Qu'as-tu l'intention de faire? dit-elle.

— Gouverner le pays, dit-il en souriant. Le premier pas serait le rétablissement de notre droit national sur des bases semblables à celles qui, à l'époque, avaient été posées par le traité avec Hakon le vieux de Norvège[2].

— Et le pouvoir judiciaire? demanda-t-elle.

— Ma seconde œuvre serait de révoquer tous les fonctionnaires du roi des Danois et d'en expulser certains du pays, entre autres le bailli Pall Beyer; pareillement, le vice-gouverneur Jon Eyjolfsson. Il faut épurer la législation de l'ingérence danoise et en fonder une nouvelle.

— Et où as-tu l'intention de résider? dit-elle.

— Où veux-tu que je réside? dit-il.

Elle dit :

— A Bessastadir.

— Comme tu veux, dit-il. La demeure sera de bois et aussi magnifique que n'importe quel château royal dans l'Empire. Je ferai bâtir une maison de pierre pour les livres et ferai restituer les ouvrages précieux que j'ai sauvés de la pourriture, là-bas, dans la misère, sous les ravages des Danois.

— Nous aurons une grande salle de fêtes, dit-elle. Aux lambris seront suspendus les armes et les écus des champions de l'antiquité. Tes amis s'assoiront avec toi à la table de chêne, le soir et raconteront d'anciennes sagas en buvant de la bière dans des pots de grès.

— Nos compatriotes ne seront plus rossés pour avoir voulu faire un commerce avantageux, dit Arnas Arnaeus. Des comptoirs construits sur le modèle étranger seront fondés autour des ports et l'on équipera une flotte de pêche; nous vendrons du poisson séché et de la laine aux villes du continent comme autrefois, jusqu'aux jours de Jon Arason, et nous achèterons en échange les marchandises qui conviennent à des gens civilisés. Du sol, on extraira des métaux précieux. L'Empereur montrera le poing au roi des Danois et exigera qu'il restitue aux Islandais les objets précieux qu'il a fait

2. Le roi Hakon Hakonarson, qui soumit l'Islande à sa couronne en 1264 moyennant une convention.

voler dans la cathédrale de Holar, à Munkathvera, à Mödruvellir et à Thingeyrar [3]. De même, tous les vieux domaines
que la couronne danoise s'appropria après la chute de l'église
islandaise seront restitués. Et l'on fondera en Islande une
magnifique université et des *collegia* où les doctes d'Islande
mèneront de nouveau une vie humaine.

— Nous construirons des châteaux, dit-elle, pas moins
imposants que ceux que s'est fait bâtir le gouverneur Gyldenlöve au Danemark avec le tribut islandais.

Il dit :

— A Thingvellir, on érigera une magnifique maison de la
Lögrétta et on y mettra une autre cloche, plus grosse et
plus mélodieuse que celle que fit réquisitionner le roi et que
le bourreau ordonna à Jon Hreggvidsson d'abattre.

— L'éclat foncé de la lune qui scintille sur la Mare aux
Noyades ne sera plus la seule miséricorde qui soit envers les
pauvres femmes d'Islande, dit-elle.

— Et les mendiants affamés ne seront plus pendus, au
nom de la justice, dans l'Almannagja, dit-il.

— Tous seront nos amis, dit-elle, car le peuple sera heureux.

— Et la Caisse aux Esclaves de Bessastadir tombera en
désuétude, dit-il. Car dans un pays où le peuple est heureux,
on ne commet pas de crime.

— Et nous chevaucherons par le pays sur des chevaux
blancs, dit-elle.

---

3. Munkathvera, Mödruvellir et Thingeyrar sont trois des plus
célèbres monastères islandais du Moyen Age.

Les mouettes planaient toujours effrontément au-dessus des rues et des canaux et la ville était endormie quand on entendit au-dehors le bruit lourd de sabots et le grincement des roues d'une voiture, puis des freins crissèrent. Peu après, on frappa précautionneusement à une porte. Snaefrid, vêtue de sa seule chemise de nuit, regarda au-dehors par l'entrebâillement de la porte. Elle avait le visage empourpré, ses yeux avaient un doux éclat, ses cheveux dénoués ondulaient autour de ses épaules.

— Tu frappes à la porte et restes dehors, dit-elle. Pourquoi n'entres-tu pas?

— Je pensais que, peut-être, je dérangerais, dit la chambrière.

— Qui?

— Êtes-vous seule?

— Comment cela?

— Ils sont venus de la Compagnie avec une voiture pour prendre les bagages, dit la chambrière.

— Où as-tu passé toute la nuit, femme?

— Vous m'avez dit hier soir d'aller voir mon amie Trine, dit la chambrière. Je n'ai pas osé revenir. Je croyais qu'il y avait quelqu'un ici.

— Que veux-tu dire? Qui devait être ici?

— Je n'ai entendu personne sortir.

— Mais qui donc aurait dû sortir?

— Mais celui qui est venu chercher le livre!

— Quel livre?

— Le livre.

— Personne n'est venu chercher le livre, comme tu peux le voir si tu regardes sous le couvercle du coffre, là où tu l'as mis hier soir.

La dame ouvrit le coffre à sa chambrière pour prouver la chose et, de fait, le livre était là comme devant, enveloppé dans sa soie rouge.

— Jamais encore, on n'a entendu dire qu'il ait oublié un livre, dit la femme.

— Je ne sais pas de qui tu es en train de parler, dit la dame.

— Mais de l'homme qui se trouvait ici sur le seuil quand vous m'avez dit de sortir hier soir !

— C'est vrai, je t'ai priée hier soir de descendre dire au revoir à la cuisinière de l'auberge qui était ton amie. Mais ne va jamais dire à personne que tu as vu ici un homme, les gens pourraient croire que tu as le timbre fêlé.

Dans l'aube naissante se dessinaient les grands bâtiments du commerce d'Islande, près de Slottsholm. Mouillait là sur son ancre le navire en partance pour l'Islande qui devait faire voile maintenant avec le grain de mauvaise année du roi pour apaiser, si possible, la famine.

Malgré l'heure matinale, les gens de la Maison de l'Orfèvre étaient sur pied. Les valets portaient les bagages de leur pensionnaire dans la voiture et l'hôtelière l'aidait à passer ses vêtements de voyage, pleurant de voir qu'une femme avec de tels yeux devait envisager de se rendre sur la mer effroyable où nul ne règne, que Dieu seul, alors que l'hiver approchait, pour gagner le pays où l'Enfer brûle sous la glace.

Ce même matin, l'assesseur Arnas Arnaeus se trouva dans sa bibliothèque plus tôt qu'il n'en avait eu coutume depuis un certain temps. Il réveilla une servante et lui ordonna d'allumer du feu dans le poêle de faïence, et de lui servir du thé chaud, puis de balayer et de nettoyer la salle et l'entrée, car il attendait un visiteur dans la matinée.

Quand il se fut rasé, qu'il eut peigné sa perruque et eut employé les onguents et les parfums qui conviennent à un noble homme, il se mit à déambuler dans la pièce, à la mode islandaise, en fumant une grosse pipe.

Vers neuf heures, une grosse voiture étrangère s'arrêta près du porche et un homme gigantesque en sortit, portant un manteau démesurément ample et tenant sa bedaine à deux mains tandis que ses bajoues déferlaient sur ses épaules : c'était le Hambourgeois Uffelen. On l'introduisit dans la bibliothèque de l'assesseur. Dès la porte extérieure, l'Allemand commença à faire des courbettes. Arnas Arnaeus le fit entrer et le pria de prendre place. Ils s'entretinrent de nouvelles générales et se dirent les politesses d'usage. Puis l'arrivant en vint à l'objet de sa visite. Il était revenu ici, comme ils en avaient convenu un an plus tôt, pour avoir une réponse définitive à la question qui avait été abordée plusieurs fois avec Messire à ce moment-là, concernant son île natale *Islandia*, en particulier et partout les points qui étaient abordés sans relâche par le messager de Sa Seigneurie le roi des Danois auprès des Hambourgeois et sur lesquels on exigeait maintenant une prompte réponse, étant donné que la guerre contre les Suédois paraissait maintenant ne plus devoir être différée bien longtemps. Les Hambourgeois avaient soigneusement enquêté auprès de diverses *relationes* de ce pays, dans la mesure où la chose était praticable, et ils avaient renouvelé et arrêté leur précédente décision de n'envisager un accord avec le roi des Danois qu'à la seule condition de pouvoir amener à être régent d'*Islandia* en leur nom un Islandais qui eût la confiance et obtînt l'obéissance des pauvres habitants de l'île. Cet homme devait être aussi de telle nature qu'il pût passer pour le représentant de cette future république aux yeux de l'Empereur, lequel allait être nominalement (tout comme pour tant d'autres pays liés à l'Empire par des liens lâches ou tout à fait libres) son chef suprême dans l'ensemble du Saint Empire. Uffelen dit que, tant lui que ses *collegae* avaient, sur le conseil de l'assesseur, essayé de découvrir quelque autre homme parmi les Islandais qui convînt mieux que lui ou aussi bien que lui et qui se serait chargé, plus complaisamment peut-être, du gouvernement de l'île. Ils n'avaient pas réussi à trouver un homme de ce genre. Ils ne voulaient ni faire confiance à quelque fonctionnaire du roi des Danois qui avait été remercié, là-bas dans l'île, ni promouvoir pour leur service quelque croquant inculte, sachant fort bien que tous les notables de l'île étaient, par vieille habitude ou corruption ou espoir de privilèges, infectés de fidélité intempestive envers le roi des Danois. En revanche, ils savaient de source sûre que Messire l'*assessor consistorii* était la prunelle des yeux et le favori de son peuple, lequel était hors d'état de s'élever moralement par ses propres forces.

Arnas Arnaeus qui avait fait les cent pas dans la pièce tandis que l'Allemand parlait demanda alors si, du côté des Danois, on avait discuté l'éventualité qui préoccupait le plus divers membres de la Chancellerie bien qu'elle n'eût pas été consignée par écrit : celle de transporter dans les landes du Jutland la population islandaise qui n'était pas encore exterminée et de vendre ensuite le pays inhabité.

Uffelen dit que, du côté allemand, des choses de ce genre ne seraient pas prises en considération et que d'ailleurs, les Hambourgeois n'avaient pas la possibilité de se procurer ailleurs des gens pour exploiter l'île. En Islande, il n'existait aucun bâtiment de quelque sorte, où que l'on cherchât. Les indigènes avaient la faculté, inconnue dans d'autres nations, de pouvoir vivre dans des tas de tourbe et des trous dans le sol en guise de maisons; il était improbable que puissent subsister là d'autres nations que celle qui était accoutumée au pays. Les Hambourgeois s'efforceraient de promouvoir le bien-être de ce peuple et de créer au plus tôt des conditions de vie qui ne seraient pas pires que celles qui régnaient dans ce pays quand *Die Hansa* s'y était chargée du commerce.

Arnas Arnaeus demanda si les Hambourgeois avaient bien examiné dans quelle mesure il ne serait pas judicieux de placer un régent allemand à la tête des Islandais, pour le cas où l'on choisirait pour ce faire un homme doux et intègre.

A cela, Uffelen déclara qu'il ferait la vieille réponse que l'on pouvait retrouver dans les lettres et les notes d'Henri VIII et de ses conseillers concernant les offres instantes de vente de l'île par le roi des Danois au roi anglais. Car les Anglais avaient répondu qu'ils ne voulaient pas acheter un pays où il leur faudrait entretenir une surveillance aussi coûteuse qu'en Islande, si l'on voulait que l'autorité étrangère y conservât la vie et les membres. Selon une enquête que les conseillers du roi anglais avaient fait faire sur l'histoire de l'île, les insulaires étaient connus pour leur méfaits vis-à-vis des représentants étrangers qui n'étaient pas de leur goût. Ç'avait longtemps été une des raisons pour lesquelles le roi n'avait pu parvenir à vendre ce pays. Uffelen connaissait les noms des étrangers célèbres que le peuple islandais avait mis à mort sans jugement ni enquête, envoyés du roi et représentants du gouvernement, régents, évêques et baillis, parmi lesquels diverses personnes de grandes familles. Les femmes d'Islande s'étaient toujours signalées pour de tels exploits. Il n'y avait pas si longtemps qu'une Islandaise avait fait bouillir dans ses chaudrons un très éminent seigneur danois et ses seize pages, et le roi des Danois n'était jamais parvenu à tirer vengeance de ce crime, pas plus qu'il n'avait pu faire juger légalement les assassins. Un noble baron allemand au service du roi des Danois gisait, disait-on, enterré sous un tas de cailloux comme un chien à un jet de pierre du verger de l'évêché de Skalholt. Un très distingué et très renommé archevêque suédois dont les armoiries pendaient toujours dans la cathédrale d'Upsal, on l'avait fait évêque d'Islande, mais la population l'avait noyé dans un sac comme un chien. Nous autres, Hambourgeois, dit Uffelen, n'avons pas l'outrecuidance des rois, nous sommes des marchands prudents, bien disposés envers les Islandais, et nous souhaitons traiter avec eux par l'intermédiaire de leurs propres amis.

Parvenu à ce point de la conversation, Arnas Arnaeus s'arrêta en face de l'Allemand et parla de la sorte :

— Il y a une raison pour laquelle il m'est impossible de faire votre jeu en Islande, c'est que celui qui offre de mettre en vente ce pays n'en est pas le possesseur. Certes, j'ai reçu, quoique sans pression de ma part, cette charge de la main du roi que des circonstances inévitables et de lointains malheurs ont fait souverain de ma patrie. Mais ce serait une erreur pire encore que de devenir maintenant l'homme de confiance de ceux auxquels il veut, en dépit du bon droit, vendre ce pays.

Le Hambourgeois répondit :

— Messire sait-il qu'à Hambourg on conserve dans des coffres secrets les lettres qu'en leur temps et chacun de son côté, deux des plus éminents personnages de l'île, l'évêque Augmundus et Jona Aronis [1] écrivirent à notre empereur Charles V de louable mémoire pour lui demander de les assister contre le roi des Danois car ce dernier envoyait

1. Augmundus : latinisation pour Ögmundr. Jon Aronis, *ibidem* pour Jon Arason.

des pillards sur des bateaux de guerre afin d'emporter d'Islande les biens et les objets précieux des Islandais et de confisquer les domaines de l'église islandaise. Dans ces lettres, les évêques islandais souhaitent que l'Empereur prenne leur pays sous sa protection, soit en tant qu'état confédéré à l'intérieur du Saint Empire, soit comme membre de la Ligue des états libres de la Hanse, avec les droits et les devoirs afférents. Votre tâche, sous la protection allemande, ne serait qu'une continuation des efforts de ces méritoires patriotes islandais de la grande époque avant que la couronne danoise n'eût réussi à ployer les insulaires sous son joug.

Arnas Arnaeus répliqua qu'en ce temps-là, la situation était tout à fait différente : car alors, le roi des Danois avait eu à lutter contre un pouvoir fort, local et national, en Islande, c'est-à-dire l'Église islandaise, institution qui traduisait et résumait à la fois l'autonomie islandaise tout en étant intimement liée à la chrétienté internationale comme le veut l'Église romaine. De la sorte, l'église islandaise et l'Empereur allemand étaient frère et sœur en la foi, l'Empire étant, selon son origine et sa nature confédéré avec le Saint Siège de Rome. Maintenant, il n'existe plus d'institution de ce genre en Islande puisque le roi des Danois a aboli l'église islandaise en tant que pouvoir temporel et l'a fait chasser des cœurs en tant que pouvoir spirituel tout en introduisant la prétendue hérésie de Luther qui a pour but de transformer en lois divines les pillages et déprédations des princes. Ainsi, dit Arnaeus, il n'y aurait en Islande nul pouvoir, institution, opinion publique ou autre qui pourrait me soutenir moralement ou justifier juridiquement que je serve une nouvelle autorité étrangère.

Uffelen dit que tous Islandais était tenu de se rappeler que les deux vieillards et plus éminents Islandais de leur temps qui avaient cherché secours auprès de l'Empereur Charles V avaient été pris par les émissaires du roi des Danois, l'un pour être envoyé, aveugle et décrépit, en exil dans un pays étranger, l'autre pour être tiré de sa demeure à soixante-dix ans, dans son propre pays, et décapité par les Danois.

Arnas Arnaeus dit :

— Messire Uffelen! Mon cœur s'émeut vraiment d'entendre un étranger si bien au courant des événements qui ont eu lieu en Islande. Mais bien que Notre Sauveur nous ait privés de tant de ses dons d'amour, je ne crois nullement qu'il soit nécessaire de reprocher à mes compatriotes de manquer de mémoire. Le destin d'Ögmund, évêque de Skalholt et d'Arason, évêque de Holar est et restera tout proche du cœur de tout Islandais, de siècle en siècle. Bien que le roi des Danois, en dépit de son bon vouloir assurément, n'ait pas encore réussi à nous vendre comme des esclaves, il a tout de même fait suffisamment pour que Son Très Clément Cœur prenne, dans les temps à venir, la place qu'il mérite dans l'histoire islandaise.

L'homme qui veut étrangler une petite bête peut finir par se fatiguer. Il la tient à bout de bras, resserre tant qu'il le peut son étreinte autour de sa gorge, mais elle ne meurt pas, elle le regarde, toutes griffes sorties. Elle ne s'attend à aucun secours, quand bien même un troll amicalement disposé surviendrait qui dirait vouloir la délivrer. Tout son espoir de survivre vient de ce qu'elle attend que le temps agisse à son avantage et affaiblisse les forces de son ennemi.

Si un petit peuple sans défense a eu la chance, au milieu de son malheur, d'avoir un ennemi pas trop fort, le temps finira par conclure un pacte avec lui comme avec la bête que j'ai prise comme exemple. Mais si, dans sa détresse, il se met sous la protection du troll, il sera englouti en une bouchée. Je sais que vous autres Hambourgeois nous enverriez, à nous Islandais, du grain sans vermine et jugeriez indigne de vous donner la peine de nous tromper sur les poids et mesures. Mais lorsque auront été établis sur les rivages d'Islande des villages de pêcheurs allemands et des comptoirs allemands, combien de temps faudra-t-il attendre pour qu'on y établisse aussi des forteresses avec des gouverneurs militaires allemands et des troupes de mercenaires? Qu'en sera-t-il alors du peuple qui écrivit des livres célèbres? Au mieux, les Islandais seront devenus les gras serviteurs d'un état vassal allemand. Un serviteur gras n'est pas un grand homme. Un esclave que l'on rosse est un grand homme, car dans sa poitrine habite la liberté.

Cet automne-là et le printemps suivant, on ne trouva plus Arnas Arnaeus aussi souvent qu'avant dans sa bibliothèque. Il avait longtemps été fort matinal, se mettant souvent au travail après matines, mais disant toujours, tout de même, que ses matinées ne suffiraient jamais à faire, pour les générations à venir, les annotations nécessaires sur le contenu, l'origine et la composition des milliers d'écrits anciens de toutes tailles qu'il conservait. Or il arrivait maintenant, certains jours, qu'on ne le rencontrât pas dans sa bibliothèque avant que la matinée fût fort avancée, et d'autres jours, pas du tout, et si quelqu'un s'en inquiétait, les domestiques disaient qu'il était malade ou qu'il était allé se coucher tard et n'était pas levé. Ces réponses laissaient entendre qu'il n'avait pas été chez lui depuis la veille, sans que l'on sût où il se trouvait. Il ne se souciait guère de ses charges, tant au tribunal ou au consistoire qu'à l'université.

Dans la bibliothèque est assis le *studiosus antiquitatum* Grindvicensis, seul à sa besogne, copiant des livres sur parchemin déchirés, mais s'interrompant souvent pour griffonner diverses idées et notices pour les doctes ouvrages que lui-même compose pendant ses loisirs, sur les divers règnes en Islande, en particulier sur les forces secrètes. Il s'est, de plus, chargé d'une mission de confiance impliquant de lourdes responsabilités et une absence de repos de jour comme de nuit, la surveillance de la maison contre Jon Marteinsson. Le Grindviking n'avait guère de temps de reste car il devait, fort souvent, bondir de son pupitre pour aller guetter quand on entendait un bruissement venant du vestibule, sur l'avant ou sur l'arrière de la maison et des pas au-dehors. Mainte nuit, lorsqu'il soupçonnait cet hôte non invité d'errer dans le voisinage, il ne s'était ni déshabillé ni rendu chez soi pour dormir, s'étendant sur le plancher de la bibliothèque, un gros volume *in* folio sous la tête, enroulé dans une couverture venant d'Audnir dans le Vatnsleysuströnd, dormant d'un œil ou se tenant éveillé parmi les livres qui étaient la vie de l'Islande et l'âme des pays du Nord.

Un soir qu'il travaillait à son grand ouvrage grammatical où il prouvait que la langue islandaise, encore appelée langue danoise, n'existait pas au paradis d'Éden mais avait été édifiée à partir du grec et du celtique après le Déluge, et que toute cette science lui avait donné sommeil, il se mit, sauf votre respect, la tête sur les bras tel qu'il était, assis à son pupitre. Le vent venait de l'ouest ce soir-là, mordant et assez glacé, avec de rares gouttes de pluie de temps à autre, le feu était mort dans le poêle de faïence et il faisait froid dans la maison. Un vantail mal fermé battait au portail du voisin, et l'on entendait parfois le bruit indistinct de sabots de chevaux et de voitures dans une autre rue : des militaires qui rentraient chez eux, ou le roi qui sortait s'amuser. Rien de suspect nulle part. Soudain, au-dehors, on entendit d'étranges gémissements, à la fois aigus et forts, enroués et faux. Le Grindviking réagit et se trouva immédiatement bien réveillé.

— Se pourrait-il qu'il y ait un chat dehors par ce temps, dit le *studiosus antiquitatum*, soucieux, en marmonnant involontairement une strophe d'un vieux psaume pour la consolation des affligés, qu'il avait appris sur les genoux de sa mère :

> *Quand Satan siège dans le noir fossé*
> *Avec ses cris de stupre, son tapage et son bruit,*
> *Mon Seigneur trône au royaume des cieux*
> *Parmi le son des harpes et le chant des anges.*

Puis il se signa pour se protéger des revenants et se hâta de sortir de la bibliothèque par-derrière, ouvrit la porte et jeta un coup d'œil dehors. Et il se trouva, naturellement, que ce n'était que Jon Marteinsson avec ses tours de passe passe.

Quand le *studiosus antiquitatum* vit qui c'était, il siffla par l'ouverture de la porte, dans le vent :

— *Abi, scurra* [1].

— Copenhague est en train de brûler, grommela l'arri-

1. Va-t'en, diable !

vant, le nez sur la poitrine, mais le vent emporta ses paroles. Mais au moment précis où le Grindviking envisageait d'entonner la tirade latine qu'il avait à portée pour des occasions de ce genre, bouche ouverte pour parler, une bouffée de vent se coula par l'ouverture de la porte et lui porta des bribes des propos de l'arrivant. Une fois encore, Jon Marteinsson avait réussi à surprendre Jon Gudmundsson.

— Quoi? Que dis-tu? dit ce dernier nommé.

— Rien, dit l'arrivant. Je dis seulement que Copenhague est en train de brûler. Il y a le feu dans Copenhague.

— Oh! Je sais bien que tu mens, espèce de sale canaille, ou alors c'est toi qui l'as allumé, dit le Grindviking.

— Va porter à Arni cette salutation de ma part et dis que je veux un salaire pour avoir rapporté cela.

— Apporte d'abord la *Skalda* que tu as certainement vendue aux Suédois pour de l'eau-de-vie.

A ce moment, il y eut un flamboiement dans le ciel. L'incendie ne pouvait pas être bien loin.

— Pas d'eau-de-vie, dit Jon Marteinsson. Et je commençais à avoir froid, à rester dehors sur le Volden, à regarder. Il est minuit passé. J'ai jeté un coup d'œil au Lion d'Or pour m'enquérir d'Arni, mais ils m'ont dit qu'il devait boire chez lui cette nuit car il avait quitté les lieux, endormi, ce matin.

— Si tu as le front d'associer encore une fois le nom de mon seigneur et maître à ce lupanar, je vais appeler la milice, dit le *studiosus antiquitatum.*

— Cette maison, en tout cas, n'est pas si mauvaise que le roi n'y soit allé tout récemment, chevauchant à quatre, et l'on dit que tu n'es pas coutumier de lieux meilleurs à Grindavik, dit Jon Marteinsson.

— Le roi ne chevauche pas à quatre, mais avec un attelage à quatre, dit le Grindviking. Qui dit du mal du roi sera fustigé de quatre-vingts coups de verges.

La lueur évoluait toujours dans la voûte du ciel et à l'ouest, on pouvait apercevoir les toits des maisons voisines et le clocher de l'église Notre-Dame qui se dessinait sur une rougeur sombre projetée par des cendres ardentes dans l'obscurité de la nuit.

Le Grindviking ferma prudemment la porte et tourna la clef. Cependant, il n'alla pas d'abord trouver son maître pour lui apprendre la nouvelle, il se rendit à l'endroit où Jon Hreggvidsson était couché, le réveilla, lui ordonna de se lever immédiatement et de sortir dans le jardin surveiller Jon Marteinsson qui avait mis le feu à la ville de Copenhague et qui avait l'intention de profiter de la situation et du tumulte général pour voler des livres au maître de maison et des poulets à la dame. Il dit au croquant que les flammes dépassaient le clocher de l'église Notre-Dame.

Puis le Grindviking poursuivit vers l'intérieur de la maison et monta l'escalier pour s'arrêter devant la chambre à coucher de l'assesseur. La porte était fermée au verrou. Il frappa à plusieurs reprises et, comme on ne répondait pas, il cria par le trou de la serrure :

— Messire, Messire. Jon Marteinsson est arrivé. Les flammes dépassent l'église Notre-Dame. Copenhague brûle.

Une clef fut enfin tournée dans la serrure, à l'intérieur, et la porte s'ouvrit. Une faible lumière brûlait dans la chambre à coucher. Arnaeus se tenait à la porte, ivre de sommeil mais non déshabillé. Il n'était pas rasé et ne portait pas de perruque. De sa chambre à coucher venait une exhalaison de boissons et de fumée de tabac refroidie. Il fixa de lointains étranges cet homme qui se tenait dans l'ouverture de la porte et ne parut d'abord ni entendre ni comprendre ce qu'il avait sur le cœur.

— Messire, reprit son *famulus,* Jon Marteinsson a mis le feu à la ville.

— Qu'est-ce que cela peut me faire? dit Arnas Arnaeus d'une voix de basse profonde.

— Il y a le feu dans Copenhague, dit le Grindviking.

— Est-ce que ce n'est pas une des fables habituelles de Jon Marteinsson? dit Arnas Arnaeus.

Le Grindviking répondit sans se donner le temps de réfléchir :

— Nul ne sait mieux que Messire que Jon Marteinsson ne ment jamais.

— Voyons! voyons! dit Arnas Arnaeus.

— En revanche, je suis parfaitement sûr que c'est lui qui a

mis le feu à la ville, dit l'homme de Grindavik. J'ai vu de mes yeux une lueur rouge derrière l'église Notre-Dame. J'ai réveillé Jon Hreggvidsson et je lui ai dit de surveiller Jon Marteinsson.

— Déguerpis, avec tes radotages sur le compte de Jon Marteinsson, dit l'assesseur qui voulut fermer.

— Les livres, les livres, bégaya alors l'homme de Grindavik sur un ton de fausset; il s'était mis à pleurnicher. Pour l'amour de Dieu et au nom de Jésus : les précieuses membranes, la vie de l'Islande.

— Des livres! dit Arnaeus, en quoi te concernent-ils? Ces précieuses membranes, laisse-les tranquilles.

— Ils vont brûler, dit le Grindviking.

— Sûrement pas cette nuit, dit Arnas Arnaeus. N'as-tu pas dit que l'incendie était de l'autre côté de l'église Notre-Dame?

— Mais le vent est à l'ouest, Messire. Est-ce que je ne devrais pas essayer de transporter les plus précieux de l'autre côté du canal tout de suite, pour plus de sécurité?

Arnas Arnaeus dit :

— La *Skalda* a échoué chez les voleurs. Et le superbe livre du gouverneur, je l'ai laissé, bien qu'on me l'ait donné. Maintenant, le mieux est que les dieux décident. Je suis fatigué.

— Si l'incendie devait s'étendre jusqu'à l'église Notre-Dame, ce n'est qu'à un jet de pierre de chez nous, poursuivit le *famulus*.

— Laissons brûler l'église Notre-Dame, dit Arnas Arnaeus. Monte chez toi, dans ta chambre, et dors.

C'était vers neuf heures, un mercredi soir que le feu avait éclaté en bas de Vesterport; on disait qu'il avait été provoqué par l'imprudence d'un enfant avec une bougie. Les sapeurs-pompiers s'étaient rapidement rendus sur les lieux, mais à cause de la tempête, l'incendie s'était propagé si rapidement que l'on était resté désemparé, le feu avait gagné maison après maison dans les rues étroites. Il s'étendit d'abord en direction du nord le long du Volden, pénétrant dans la ville par le travers. Mais vers dix heures le vent tourna au nord si bien que le feu se dirigea droit sur le centre de la ville, longeant Vestergade et Studiestraede, et alors, le maîtriser passa les forces humaines. Pour des raisons peu compréhensibles, d'autres incendies se déclarèrent alors en divers endroits du voisinage. Ainsi, par exemple, il se mit à y avoir le feu dans une brasserie de Nörregade au cours de la nuit et ce nouveau foyer se propagea rapidement de part et d'autre. Plus le feu s'étendait, plus le travail des sapeurs-pompiers devenait difficile. Quand il commença à faire jour, le jeudi matin, les maisons brûlaient des deux côtés de Nörregade. Le vent était alors au nord-ouest et le feu tout entier prit la direction du centre de la ville. La branche de l'incendie qui brûlait dans Vestergade avait alors ravagé toute cette rue et ses environs, jusqu'en bas, à Gammel Torv. Vers le même moment environ, l'incendie atteignit l'évêché et, de là, l'église Saint-Pierre. Beaucoup d'habitants crurent que le Seigneur épargnerait les églises : aussi y avaient-ils transporté tous leurs biens, si bien qu'elles étaient pleines à craquer. Mais quantité de ces choses étaient inflammables et ne servirent qu'à alimenter l'incendie. Vers neuf heures du matin, l'hôtel de ville brûla ainsi que la maison des orphelins. Les enfants de celle-ci furent emmenés dans les écuries du roi tandis que l'on amenait les chevaux à Fredriksberg. Une heure et demie après environ, l'incendie atteignit l'église Notre-Dame. En moins de temps qu'il n'en faut pour le dire, une colonne de fumée s'enroula autour de son clocher et immédiatement après, un grand feu se déclara dans cette fumée : peu après, la tour s'abattait avec son clocher. Au même moment, l'académie elle-même brûla ainsi que l'école Notre-Dame. Par là, l'incendie avait atteint le quartier des maisons savantes. Vers trois heures, on put voir plusieurs des vieux bâtiments célèbres de la ville et de nobles demeures dévorés par les flammes, de même que la cité estudiantine et les *collegia,* et cela se poursuivit pendant la journée. Vers six heures brûla l'église de la Sainte Trinité et, peu après, la précieuse et irremplaçable bibliothèque de l'Académie, puis l'église du Saint Esprit avec ses orgues renommées. Toute la nuit suivante, le feu fit rage dans Köbmagergade, puis dans la plus grande partie du sud de la ville jusqu'à Gammel Strand où l'on réussit à l'arrêter avec l'eau du fossé.

Les gens se précipitaient par la ville, frappés de terreur, — comme, en Islande, quantité de vermisseaux sortent en rampant d'une lompe que l'on fait cuire sur la braise pour les bergers — certains avec des enfants dans les bras, une quantité portant quelques affaires dans un sac, d'autres, nus et dépourvus de tout, affamés et assoiffés, certains hors de sens et multipliant gémissements et plaintes; une femme n'avait réussi à sauver qu'un tisonnier et restait là, nue. Beaucoup gisaient comme du bétail sur les remparts et à l'entour, ou dans le jardin d'agrément du roi, sous la pluie diluvienne et dans la tempête et plus d'un ne se serait jamais relevé si Sa Royale Majesté n'avait pris en pitié la détresse et les souffrances de ces pauvres gens et si Son Très Clément Cœur ne s'était rendu en personne, à cheval, à l'endroit où gisaient ces gens pleurant sur le sol, leur faisant distribuer du pain et de la bière, où qu'il passât.

Le second jour de l'incendie, quelques Islandais vinrent trouver Arnas Arnaeus à matines, des fils de nobles gens qui étudiaient à l'université et quelques pauvres apprentis artisans de même qu'un humble matelot, demandant de parler à l'assesseur, car le feu s'approchait à toute allure de l'église Notre-Dame, et offrant leur aide pour mettre en sécurité les célèbres livres islandais. Mais Arnaeus repoussa ces offres, disant que cet incendie serait bientôt éteint, et il voulut leur offrir de la bière. Mais ils étaient inquiets et ne voulurent rien boire. Il leur manquait aussi une résolution suffisante pour accomplir leur volonté malgré une personne noble et très instruite, et ils s'en repartirent abattus, encore que non loin de là : ils déambulèrent dans le voisinage de la maison de l'assesseur parmi l'ardente chaleur de l'incendie, voyant le feu se ruer de maison en maison en s'approchant toujours davantage. Quand, finalement, le feu jaillit de la tour de l'église Notre-Dame et se mit à lécher la toiture de l'église, ces jeunes gens se rendirent de nouveau chez Arnaeus, cette fois sans la moindre courtoisie, se précipitèrent dans la maison par-derrière, passèrent devant la cuisinière épouvantée et ne s'arrêtèrent que quand ils eurent pénétré dans la bibliothèque où ils trouvèrent Jon Gudmundsson de Grindavik en larmes et chantant les prières d'un livre latin. Un homme se mit en quête du maître de maison qu'il trouva dans une pièce du premier étage, debout près d'une fenêtre et contemplant l'incendie. Cet homme dit que lui et ses camarades étaient venus sauver les livres. A ce moment-là, la maîtresse de maison et les domestiques étaient fort affairés à sortir le mobilier. Arnaeus se ressaisit finalement et dit aux hommes de sauver ce qu'ils voudraient et ce qu'ils pourraient.

La bibliothèque était pleine de rayons, du plancher jusqu'au plafond; en outre, des livres étaient conservés dans deux armoires latérales et ce fut là que se précipitèrent les Islandais, car il était bien connu que c'était dans ces recoins de la bibliothèque qu'étaient conservées, dans des placards verrouillés, les choses de valeur. Et il fallut alors que, comme cela se trouve d'ordinaire dans les mauvais rêves, les clefs ne soient pas à leur place, et Arnaeus lui-même alla les chercher. La chaleur de l'incendie avait commencé à transpercer les murs de la maison et comme on craignait qu'elle ne flambât, avant que l'assesseur n'eût trouvé les clefs, ils entreprirent de forcer les placards avec des outils. Cela fait, ils se firent montrer par le secrétaire de l'assesseur ceux des livres qui avaient le plus de valeur, prirent ensuite dans leurs bras quelques-uns des plus célèbres manuscrits où se trouvent consignées les sagas des anciens

Islandais et des rois de Norvège, et les portèrent au-dehors. Ils ne le firent qu'une fois. Quand ils voulurent revenir, le feu avait pris à la maison. Une fumée bleue jaillit des deux armoires latérales et bientôt, des langues rouge foncé sortirent de cette fumée. Les jeunes gens voulurent alors s'emparer de ce qui était à portée de main sur les rayons de la bibliothèque principale avant qu'elle ne fût complètement investie par le feu, mais Arnas Arnaeus venait d'arriver avec les clefs des armoires, maintenant devenues la proie des flammes et inaccessibles. Il s'arrêta à la porte de sa bibliothèque et fit de la main un geste pour éloigner les jeunes gens, les empêchant d'entrer. Comme des brisants qui s'élèvent le long d'une falaise abrupte ou comme la plante Parmelia qui s'enracine soudain et se ramifie en hâte dans toutes les directions alors que son pied pourrit à l'endroit où elle est sortie de terre, les flammes s'insinuèrent autour des précieuses reliures qui couvraient les murs de la salle. Arnas Arnaeus restait à la porte, regardant à l'intérieur, les Islandais, déconcertés, dans le vestibule derrière lui. Puis il se retourna vers eux, montra du doigt à travers la porte les étagères de livres en flammes, sourit et dit :

— Voilà les livres dont jamais ni nulle part on ne trouvera les pareils jusqu'au jour du Jugement dernier.

La nuit, les deux Jon islandais, sans foyer, déambulent dans la ville en flammes. Le docte Grindviking pleurait comme un enfant. Le paysan de Rein trottinait derrière lui en silence. L'incendie de Copenhague était à leurs trousses. Ils traînaient, sans volonté, vers Nörreport. Des gens pressés, qui fuyaient, se dessinaient sur la mer de feu, derrière eux, simulacres vivants.

— Sur quoi gémis-tu, dit celui du Skagi, oubliant complètement de vouvoyer son savant homonyme. Ce n'est tout de même pas sur Copenhague que tu t'affliges?

— Non, dit le docte, la ville qui a été édifiée avec le sang de mon pauvre peuple doit périr. Car Dieu est équitable.

— Bon. Alors, il me semble que tu devrais le louer, dit Jon Hreggvidsson.

— Je donnerais beaucoup pour être illettré comme toi, Hreggvidsson, dit le docte.

— J'aurais pensé qu'il restait assez de vieux bouquins dans le monde, même si tes chimères sont parties en fumée, si c'est ça qui t'afflige, dit le croquant.

— Quoique l'œuvre de ma vie soit perdue, dit le *studiosus antiquitatum*, et brûlés, les livres que j'écrivis avec grand savoir quatre décennies durant, la nuit surtout quand j'avais terminé mon ouvrage de la journée, je ne pleure pas les pauvres livres d'un pauvre homme. Je pleure les livres de mon seigneur. Dans ces livres qui viennent de brûler se cachaient la vie et l'âme du peuple qui, dans le Nord, parlait la langue danoise depuis les temps du Déluge, jusqu'à ce qu'ils l'oublient et s'allemanisent. Je pleure parce que, maintenant, il n'y a plus de livres en langue danoise. Les pays du Nord n'ont plus d'âme. Je pleure sur le chagrin de mon maître.

En les entendant parler, des gens comprirent qu'ils étaient étrangers; ils crurent que c'étaient des espions suédois et voulurent les pendre incontinent.

Alors, ils tombèrent soudain sur un homme en habit por-

tant chapeau haut de forme et un sac sur le dos. Jon Hreggvidsson le salua en camarade, mais le docte de Grindavik
fit semblant de ne pas le voir et poursuivit son chemin en
pleurant.

— Imbécile de Grindavik, lui cria Jon Marteinsson, tu
ne veux pas de bière et de pain?

Ce troisième Jon qui venait de se joindre à leur compagnie était, en tous lieux, également roué. Même là, à Nör-
revold, il connaissait une femme qui pouvait vendre de la
bière et du pain.

— Mais je vous dis tout de suite, dit-il, que si vous ne me
dévorez pas du regard comme chiens fouettés pendant que
vous boirez la bière que je pense vous procurer, je vous la
fais enlever.

Il entra avec eux dans une cuisine chez une bonne femme
et les fit s'asseoir sur un banc. Jon Hreggvidsson fit des
grimaces dans diverses directions mais le Grindviking ne
levait pas les yeux.

La femme pleurait et se lamentait en faisant force prières
à Dieu sur l'incendie de Copenhague, mais Jon Marteinsson
tendit la main et la tripota au-dessus du genou en disant :

— Sers à ces bonshommes de croquants de la bière fade
dans une mauvaise cruche et de l'eau-de-vie dans un pichet
d'étain; mais pour moi, de la bière fraîche de Rostock dans
un pot de grès émaillé, de préférence avec un couvercle
d'argent et une citation libidineuse de Luther dessus; et de
l'eau-de-vie dans un pichet d'argent.

La femme administra une gifle à l'homme, mais elle se
dérida tout de même.

— Skaal, garçons, et dites-moi un peu quelques mensonges,
dit Jon Marteinsson. Apporte du pain et des saucisses, ma
brave femme.

Ils lampèrent la bière.

— C'est épouvantable de voir, dit la femme en étalant du
beurre sur le pain, ce que Dieu inflige à notre roi béni.

— Je pisse sur le roi, dit Jon Marteinsson.

— Les Islandais n'ont pas de cœur, dit la femme.

— Fais-nous bonne chère, avec du lard fumé dessus, dit
Jon Marteinsson.

Quand ils eurent calmé le plus fort de leur soif, il continua :

— Eh oui ! Ainsi, il a réussi à brûler tous les livres d'Islande, l'ami Arni...

Le docte de Grindavik regarda cet ennemi de ses yeux mouillés de larmes et se contenta de prononcer un seul mot : Satan !

...sauf ceux que j'ai pu sauver à temps pour le comte suédois du Bertelskiold et ses semblables, dit Jon Marteinsson.

— Tu as traité avec des gens qui déclarent que les livres islandais ont été écrits par les Götar de l'ouest, dit le Grindviking.

— Pourtant, j'ai là dans le fond de mon sac quelque chose qui maintiendra vivant le nom de Jon Marteinsson tant que durera le monde, dit l'autre.

Ils mangèrent et burent un moment en silence, si ce n'est que Jon Marteinsson continua de courtiser la femme tout en mastiquant. Le docte de Grindavik avait fini de pleurer, mais il avait la goutte au nez. Lorsqu'ils eurent entamé la troisième cruche, Jon Hreggvidsson était juste assez éméché pour chercher les mots d'une strophe des Anciennes Rimes de Pontus et il se mit à entonner ses beuglements.

Quand ils eurent mangé et bu et que ces bons moments tirèrent à leur fin, Jon Marteinsson se mit à regarder souvent et soupçonneusement sous la table pour examiner de quelle façon ses invités étaient chaussés : ils l'étaient tous deux à la mode islandaise typique. Il inspecta aussi les boutons de leurs vestes : il n'y avait là ni laiton ni argent, ce n'étaient que des boutons en os. Jon Marteinsson demanda à la femme de leur prêter un jeu ou des dés. Toutefois, ses deux invités refusèrent de se laisser aller à jeter les dés avec lui, mais Jon Hreggvidsson dit qu'ils pouvaient toujours jouer à se faire un gros bras. Il était si peu ivre, pensait-il, que, quoique vieux, il saurait se défendre contre n'importe quelle créature envoyée par Jon Marteinsson pour lui enlever ses chaussures. Genoux cagneux et grasse à lard, gonflée de pleurs, la femme regardait, de loin, près du feu, les hommes. Elle comprit bientôt de quoi il retournait, cessa de pleurer les malheurs du roi et dit que ces fous d'Islandais étaient bien toujours les mêmes : ce n'étaient pas des hommes et quiconque leur tendait un petit doigt le payait cher, même si la ville brûlait et que l'enfer s'ouvrait devant lui. Le monde pouvait bien périr, leur fourberie et leurs artifices resteraient. Maintenant, elle ne s'amadouait plus malgré les tentatives de Jon Marteinsson pour la pincer et elle dit qu'elle allait appeler la milice.

Finalement, Jon Marteinsson ne vit pas d'autre parti à prendre que d'ouvrir son sac et d'en offrir le contenu pour paiement de la bonne chère; il sortit un ancien manuscrit sur parchemin, très volumineux, et le montra à la femme.

— Qu'est-ce que j'ai à faire de ça, dit la femme en regardant dédaigneusement ce tas de lambeaux de peau noircis, déchirés, racornis à la faible lueur de la lampe à huile de la cuisine : ça n'est même pas bon à faire bouillir la marmite. Et encore bon si ça n'est pas infesté par la peste.

C'est alors que les deux Jon ouvrirent de grands quinquets : l'un revoyait là le précieux objet dérobé à son maître, tandis que l'autre croyait y reconnaître les feuilles de parchemin de sa défunte mère de Rein. C'était la *Skalda* qu'ils voyaient là. Alors, tous les deux enlevèrent leurs chaussures sans dire mot.

Le verdict de l'Althing avait condamné Jon Hreggvidsson à Brimarholm pour avoir négligé l'assignation devant la Cour Suprême qui, sous lettres royales, avait été promulguée sur son cas. Arnaeus avait réussi à tirer le bonhomme de la forteresse tout en faisant en sorte que le procès initial du croquant fût enfin repris devant la Cour Suprême. Une fois encore, son affaire fut instruite et jugée tout l'hiver que le croquant passa à Copenhague, et l'été de même. Dans l'ensemble, cependant, la procédure fut menée en l'absence du croquant, si ce n'est qu'il fut convoqué, une fois, devant le tribunal. Il connaissait sur le bout des doigts toutes les réponses à faire à l'ancienne accusation, il ne fut pas question de l'ébranler. En même temps, il s'entendit à faire valoir sa misère : le vieux rustre aux cheveux blancs se tint voûté, les yeux pleins de larmes et tremblant devant des juges étrangers dans un pays lointain, brisé par de longs et harassants voyages entrepris à temps et à contretemps à cause d'une mésaventure survenue longtemps avant et qui avait fait de lui, un innocent, une pomme de discorde entre les puissants.

L'affaire suivit son cours, pas tellement en vertu de l'intérêt que l'on pouvait porter au Danemark au destin d'un paysan de l'Akranes, mais parce qu'elle constituait un maillon dans l'épreuve de force qui se livrait entre deux factions de forces sensiblement égales à l'intérieur du royaume. Arnaeus présenta le cas de Jon Hreggvidsson avec cette implacable logique et ce formalisme savant qui ont toujours fait la force des Islandais en face des tribunaux danois. Dans un procès comme celui-là, où les griefs étaient depuis longtemps oubliés et où seuls, des indices banaux mais non des preuves légalement recevables témoignaient contre l'accusé, il fut relativement facile à Arnaeus de réfuter les attaques par des arguments logiques et philosophiques. Les actes de ce procès depuis les origines, pièces à charge et à décharge avaient fini par former une telle liasse qu'ils incarnaient le mauvais penchant des Islandais pour la filouterie et les chicanes, et quiconque eût tenté d'extraire la vérité de ces documents s'y fût perdu, c'est-à-dire, comment savoir si le maintes fois susnommé Regvidsen avait, oui ou non, vingt ans auparavant, mis à mort son bourreau dans une mare noire, une nuit noire d'automne, dans la noire Islande.

Pendant l'été qui venait de s'écouler, il sembla un moment que l'ampleur de ce procès dût s'accroître encore, que l'épreuve de forces entre les deux partis se durcirait même sur ce terrain-là et que le vieil écheveau deviendrait une pelote que jamais l'on ne pourrait démêler. La cause en était que la fille du gouverneur d'Islande, Eydalin, voulait que le procès de Jon Hreggvidsson devînt la pierre de touche de l'équité de son défunt père en tant que juge. Ce nœud fut tranché par les autorités suprêmes et les deux affaires disjointes sur ordre du roi : la Cour Suprême devait passer jugement sur l'affaire du paysan de Rein tandis que le sévère verdict du commissaire concernant feu Eydalin et d'autres autorités passerait devant la Haute Cour du pays près de l'Öxara.

Maintenant que le printemps approchait et que la vie à Copenhague retrouvait son cours ordinaire après l'incendie, on apprit la nouvelle que beaucoup, et surtout les Islandais, eurent peine à croire, que la Cour Suprême de Notre *Maiestatis* avait rendu un verdict définitif sur l'éternel procès bien exécré de Joen Regvidsen par Skage. Étant donné le défaut de preuves, l'homme était lavé de l'ancienne accusation portée contre lui par les autorités, selon laquelle il aurait assassiné le bourreau Sivert Snorresen; par là, il était débouté des peines qui lui avaient été infligées et il était réputé libre de rentrer chez lui au pays de Notre Royale *Maiestatis*, l'Islande.

Si bien qu'il se fit qu'un jour de printemps, dans Laksegade, où Arnas Arnaeus résidait maintenant dans un appartement exigu, l'assesseur convoqua son coupeur de bois, lui donna une veste neuve, des pantalons et des bottes et posa pour finir un chapeau neuf sur la tignasse blanche du bonhomme en disant qu'ils allaient ce jour même se rendre à Dragör.

C'était la première fois que Jon Hreggvidsson se déplaçait en voiture et on ne le fit pas asseoir devant, avec le cocher. On l'installa à l'intérieur de la voiture à côté du docte de Grindavik : en face d'eux, sur le siège arrière, était assis leur seigneur et maître qui leur offrit une prise tout en devisant d'abondance sur le mode plaisant — encore qu'un peu distrait, tout de même.

— Maintenant, je vais t'enseigner une strophe des Anciennes Rimes de Pontus que tu n'as jamais encore entendue, dit-il :

Sur ce, il débita la strophe suivante :

> *Ils vont bien béer cette année,*
> *Les chers habitants d'Islande,*
> *Quand Hreggvidsson le grisonnant*
> *Ramènera sa tête au pays.*

Quand les deux Jon eurent appris la strophe, tout le monde se tut. La voiture tanguait et cahotait, car le chemin était détrempé.

Un bon moment après, l'assesseur revint à la réalité, regarda le paysan de Rein, sourit et dit :

— Jon Marteinsson a sauvé la *Skalda*. Tu es bien la seule chose qui m'ait échu.

Jon Hreggvidsson dit :

— Ne me reste-t-il rien à faire, Messire?

— Voici une rixdale pour ta fille de Rein qui se tenait aux portes de la ferme quand tu es parti, dit Arnas Arnaeus.

— Je ne comprends pas comment la gamine a pu laisser sortir le chien, dit Jon Hreggvidsson. Alors que je lui avais dit de s'en occuper.

— Espérons qu'il a retrouvé le chemin de la maison, dit Arnas Arnaeus.

— S'il devait se passer quelque chose dans la paroisse de Saurbaer, dit le docte de Grindavik, rêves étranges, trolls, elfes, monstres ou autres enfants difformes remarquables, salue le pasteur Thorstein de ma part et prie-le de noter cela et de me l'envoyer afin que je puisse l'ajouter à mon livre, que je viens de recommencer : *De mirabilibus Islandiae*, Des merveilles de l'Islande.

Puis ils arrivèrent au comptoir de Dragör. Le bateau pour l'Islande était en rade et se balançait, il avait déjà hissé quelques voiles.

— C'est un bon signe que de commencer son voyage pour l'Islande à Dragör, dit Arnas Arnaeus en tendant la main à Jon Hreggvidsson pour prendre congé, une fois que celui-ci fut monté à bord de la chaloupe qui devait le mener au bateau pour l'Islande. C'est ici que les vieux amis des Islandais ont leur repaire. C'est un bateau qui partait d'ici que Saint Olaf prêta à un Islandais, alors que les autres avaient mis à la voile, lorsqu'il considéra qu'il était d'importance que notre compatriote arrivât à temps à l'Althing. Si, cette fois, le saint roi Olaf voulait que tu aies le temps d'arriver chez toi avant la treizième semaine de l'été, je voudrais te prier d'aller rendre visite à ceux de l'Althing sur l'Öxara pour te montrer à eux.

— Faudra-t-il que je leur dise quelque chose ? demanda Jon Hreggvidsson.

— Tu pourras leur dire de ma part que l'Islande n'a pas été vendue, pas cette fois-ci. Ils comprendront plus tard. Puis tu leur remettras l'arrêt qui a été rendu sur ton affaire.

— Mais n'ai-je pas de salutations à porter à personne ? dit Jon Hreggvidsson.

— Ta vieille tête hirsute, c'est elle qui sera ma salutation, dit le *professor antiquitatum Danicarum*.

Les brises légères de l'Öresund soufflaient sur les mèches blanches du vieil Islandais, le coquin de Jon Hreggvidsson, debout à l'arrière de la barque, à mi-chemin entre la côte et le bateau, en route vers chez lui, qui faisait de son chapeau des signes à l'homme fatigué qui restait.

A un endroit dans l'Almannagja, l'Öxara modifie son cours comme si elle en avait assez et se fraye un passage en travers de la faille. C'est là que se trouve la grande Mare des femmes, la Mare aux Noyades; un peu plus loin, un sentier remonte la paroi abrupte.

Là, sur le gazon près de la mare, en redescendant le sentier, quelques criminels étaient en train de se frotter les yeux pour en chasser le sommeil, sous le soleil du petit matin. Dans les baraquements des chefs, tout le monde dormait, mais venant de l'est de la plaine, des chevaux noirs avançaient en direction du baraquement de l'évêque. Un homme en chapeau et en veste danoise, portant ses bottes pendues sur l'épaule arrivait du sud et remontait pour traverser la plus basse des pentes de la faille. Il vit briller le soleil sur les criminels ensommeillés, près de la Mare aux Noyades.

Ils firent de grands yeux : Je n'ai pas la berlue, c'est Jon Hreggvidsson qui est revenu de chez le roi. Avec un chapeau neuf. En veste !

Il était arrivé la veille à Eyrarbakki et quand il avait appris qu'il ne restait plus qu'un jour de thing, près de l'Öxara, il s'était fait faire des chaussures dans le Floi, avait mis ses bottes sur son épaule et avait marché toute la nuit.

Il pensa que l'étoile, si l'on peut dire, de ses vieux amis les criminels, avait décliné s'ils étaient allongés là, en plein air. L'autre année, quand il avait passé la nuit en cet endroit, le roi avait fait les frais d'une tente portant monogramme et les serviteurs du roi leur avaient apporté du thé.

Mais ils ne se plaignaient pas. Le Seigneur avait été miséricordieux pour eux, comme toujours. Les verdicts avaient été rendus la veille. La nouvelle dame de Skalholt, l'épouse du futur évêque Sigurd Sveinsson et fille de feu notre gouverneur, avait obtenu du roi l'été précédent que le procès de son père fût repris devant le tribunal suprême du pays d'Islande. Hier, Beyer, bailli de Bessastadir, et le vice-gouverneur ainsi que vingt-quatre autres chefs avaient passé jugement sur ce procès. Feu le gouverneur Eydalin était lavé de toutes les accusations de l'émissaire royal Arnaeus et réparation lui était accordée *post mortem;* ses propriétés, entre autres les soixante terres qui avaient précédemment été attribuées au roi, lui revenaient et devenaient, par là, l'héritage légitime de Snaefrid, la femme de l'évêque. Le prétendu jugement du commissaire dans le procès du gouverneur était déclaré nul et non avenu et le commissaire lui-même, Arnas Arnaeus, était condamné à verser des amendes à la Couronne pour tyrannie et transgression de la loi. La plupart de ceux qu'Arnaeus avait innocentés étaient de nouveau déclarés coupables devant le tribunal supérieur du pays, à l'exception de Jon Hreggvidsson qui avait obtenu le *beneficium paupertatis* pour plaider sa cause devant la Cour Suprême du Danemark. Les verdicts d'Eydalin sur les prétendus cas abominables, que le commissaire avait cassés, ou bien retrouvaient vigueur, ou bien étaient réputés ne pas relever d'un tribunal laïque, entre autres l'affaire de la femme qui, bien qu'enceinte, avait juré être vierge intacte : sur ces cas de ce genre, c'était aux clercs qu'il incombait de statuer. Les jugements que feu le gouverneur avait rendus dans des domaines qui, à proprement parler, ne relevaient pas de sa compétence, étaient réputés non rendus.

— Dieu soit loué que nous ayons de nouveau quelqu'un à admirer, dit le vieux criminel mélancolique qui, quelques années plus tôt, avait déploré ne pas pouvoir voir quelques-uns des bons chefs de districts qui l'avaient fait flageller, traînés devant un tribunal.

Le saint homme qui avait volé dans le tronc des pauvres parla ainsi :

— Nul homme n'est heureux que celui qui a subi sa peine...

...et celui qui a retrouvé son crime, dit l'homme qui, pour un temps, avait perdu le sien.

Après que cet homme avait été criminel pendant dix ans, l'autorité avait déclaré que c'était une tout autre femme qui avait eu avec un tout autre homme l'enfant pour lequel sa sœur avait été noyée dans la Mare sous prétexte que c'était de lui qu'elle l'avait eu. Jusqu'à ce moment-là, tout le monde lui avait fait l'aumône. Mais depuis qu'on l'avait privé de son crime, on riait de lui par toute l'Islande. On ne lui jetait pas même une queue de poisson. On excitait les chiens contre lui. Or, ce procès venait d'être soumis à nouvelle enquête devant un nouveau tribunal : incontestablement, il avait bien commis ce crime épouvantable et était redevenu un vrai criminel devant Dieu et devant les hommes.

— Maintenant, je sais que plus personne ne rit de moi en Islande, dit-il. On ne lâchera plus les chiens sur moi, on me jettera des queues de poissons, Dieu soit loué!

Le criminel aveugle qui s'était assis sans dire mot à l'extérieur du groupe intervint alors, comme naguère :

— Notre crime, c'est de n'être pas des hommes, quand bien même on nous appellerait ainsi. Que dit Jon Hreggvidsson?

— Rien, sinon que j'ai l'intention de traverser le Leggjabrjot aujourd'hui pour aller chez moi, dit-il. Quand je suis revenu de l'étranger, la première fois, ma fille était sur son lit de mort. Peut-être que celle qui se tenait aux portes le jour où je suis parti pour la deuxième fois est vivante? Peut-être qu'elle aura un fils qui racontera à son petit-fils l'histoire de leur ancêtre Jon Hreggvidsson de Rein et de son ami, maître Arni Arnason.

On entendit alors un fracas de sabots derrière la pente orientale de la faille; les malandrins s'avancèrent entre les parois et virent un homme et une femme chevauchant accompagnés de force chevaux et valets, sur les pistes qui traversent la plaine en direction du Kaldadal qui sépare les quartiers du pays. Ils étaient tous deux vêtus de sombre et tous leurs chevaux étaient noirs.

— Qui est-ce qui chevauche là? demanda l'aveugle.

Ils répondirent :

— C'est Snaefrid, soleil d'Islande, qui chevauche là, toute en noir, et son époux, le scalde latin Sigurd Sveinsson qui a été élu évêque de Skalholt. Ils se dirigent vers l'ouest du pays pour prendre possession de l'héritage du père de Snae-frid : elle a réussi à le reprendre au roi.

Et les criminels restèrent au bas des falaises, à contempler la chevauchée du couple épiscopal. Et les chevaux noirs, humides de rosée, luisaient dans le petit matin.

TABLE DES MATIÈRES

L'INCENDIE DE COPENHAGUE   379

GF — TEXTE INTÉGRAL — GF

1174-Mai 1991. — Imp. Bussière, St-Amand (Cher).
N° d'édition 13127. — Juin 1991. — Printed in France.